Dieses Buch ist für Edward und Ally,
Samuel und Rebecca
und einen ganz besonderen kleinen Jungen,
meinen reizenden Enkel.

Wenn Ihr die Geschichte
eines glücklichen Liebespaars schreiben wollt,
wählt als Hintergrund die Ufer des Comer Sees.

Franz Liszt

ERICA JAMES

Mein Sommer mit dir

ROMAN

Aus dem Englischen von
Ulrike Moreno

BASTEI
LÜBBE
TASCHENBUCH

BASTEI LÜBBE TASCHENBUCH
Band 17213

MIX
Papier aus verantwortungsvollen Quellen
FSC® C083411

Dieser Titel ist auch als E-Book erschienen

Vollständige Taschenbuchausgabe

Deutsche Erstausgabe

Titel der englischen Originalausgabe: »Summer at the Lake«
Originalverlag: Orion Books, The Orion Publishing Group Ltd, London,
A Hachette UK Company

Textredaktion: Dorothee Cabras, Grevenbroich
Titelillustration: © Sandra Taufer, München, unter Verwendung von Fotos
von iStockphoto/Roberto A Sanchez; shutterstock/Oleg Milyutin;
shutterstock/CS Stock; shutterstock/Togataki
Umschlaggestaltung: Sandra Taufer, München
Satz: two-up, Düsseldorf
Gesetzt aus der Minion
Druck und Verarbeitung: CPI books GmbH, Leck – Germany
Printed in Germany
ISBN 978-3-404-17213-9

1 3 5 7 6 4 2

BASTEI
LÜBBE
TASCHENBUCH

Über die Autorin

Erica James wurde 1960 in Surrey, England, geboren. Heute lebt die Mutter zweier erwachsener Söhne in Cheshire und am Comer See.

Kapitel 1

Es war ein Fehler gewesen, das Kuvert zu öffnen.

Das hätte sie nicht tun sollen. Wenn sie es doch nur liegen gelassen hätte, um sich nach ihrer Rückkehr von der Arbeit damit zu befassen, oder wenn der Briefträger sich doch bloß verspätet hätte, dann wäre ihr Tag nicht ruiniert gewesen! So aber war sie in Gedanken ständig bei Sebs Weihnachtskarte mit dem rotgesichtigen Weihnachtsmann, der bis zum Hals in einer Schneeverwehung steckte.

Aber den wahren Schock hatte ihr die stilvolle andere Karte versetzt, die in dieser Weihnachtskarte steckte. In erhabener goldener Schönschrift wurde Floriana darum gebeten, sich den zehnten Juli des kommenden Jahres für die Hochzeit von Imogen Alicia Morgan und Sebastian Hughes frei zu halten.

Auf der Rückseite stand eine persönliche Nachricht in Sebs etwas krakeliger Handschrift:

Floriana, ich hoffe, dass du kommen wirst, denn das würde mir sehr viel bedeuten.

Ein Sticker mit einer ihr unbekannten E-Mail-Adresse klebte unten auf der Karte.

Würde es Seb wirklich so viel bedeuten, sie dabeizuhaben? Floriana fiel es schwer, das zu glauben, denn schließlich hatte er seit zwei Jahren nichts mehr von sich hören lassen. Kein Anruf, keine E-Mail, ja nicht einmal eine SMS hatte sie von ihm erhalten. Und jetzt kam aus heiterem Himmel diese Heiratsanzeige ins Haus geschneit. Eine Anzeige, die Floriana wie einen Schlag ins Gesicht empfand. Und nicht nur wie einen einzigen. Denn sobald ihr Verstand es fast geschafft hatte, alles auszublenden, traf sie auch schon – *wumm!* – der nächste Schlag.

Sie bog an der High auf den Radcliffe Square ab, wo sie vorher einer begeisterten Gruppe amerikanischer Touristen erklärt hatte, dass die Bodleian Library mit mehr als sechseinhalb Millionen Bänden Englands zweitgrößte Bibliothek war, und eilte an der Bodleian links und der Seufzerbrücke rechts durch die bittere Kälte zur Catte Street weiter. Genau an diesem Punkt der Straße warnte sie die Leute immer wieder, auf Radfahrer zu achten – sie hatte längst den Überblick verloren, wie viele Touristen hier schon schwer gestürzt waren, wenn sie stehen blieben, um die Brücke zu bewundern und Aufnahmen davon zu machen.

Kein Tag war jemals wie der andere für Floriana; das war eines der Dinge, die sie an ihrem Job als »Oxford Blue Badge«-Reiseführerin am meisten liebte. Am Vortag hatte sie mit einer Gruppe sehr gut informierter Fans eine *Inspektor-Morse-und-Lewis*-Tour gemacht, auf der einige wild entschlossen gewesen waren, sie beim Nichtwissen der einen oder anderen winzigen Kleinigkeit zu ertappen. Da sie jedoch mit einem hervorragenden Gedächtnis gesegnet war – das Seb als Supergabe ihrer dunkleren Künste zu bezeichnen pflegte –, hätten sie schon früher aufstehen müssen, um sie zu übertrumpfen.

Heute hatte sie die Führung gemacht, die von Dreaming Spires Tours als »Klassische Universitäts- und Stadttour« bezeichnet wurde und mit einem Nachmittagstee im *Randolph Hotel* ihren Höhepunkt erreichte. Da waren die amerikanischen Touristen von einem Bus abgeholt worden, um nach Woodstock zu fahren und dort auch über Nacht zu bleiben. Für morgen war ein Besuch im Blenheim Palace geplant, wo sie nach der Besichtigung Glühwein trinken und Weihnachtslieder singen würden. Als Floriana sich an diesem Tag von ihnen verabschiedet (und die ihr diskret zugesteckten Trinkgelder entgegengenommen) hatte, hatte sie unerklärlicherweise zusammen mit der fröhlichen, sorglosen Gruppe den Bus besteigen und die Flucht ergreifen wollen, und wenn auch nur bis Woodstock. Was auch immer – nur nicht heimgehen und sich mit Sebs Karte auseinandersetzen müssen, einer Karte, die die schlummernde und demütigende Qual ihrer Liebe zu jemand Unerreichbarem wieder aufgewühlt hatte.

Und dennoch war sie jetzt auf dem Heimweg nach North Oxford. Um der Broad Street und dem Gewirr von Bussen auf der St. Giles zu entgehen, nahm sie den weniger belebten Weg über die Parks Road. Gewöhnlich fuhr sie mit dem Fahrrad zur Arbeit, aber am Morgen hatte sie neben dem Schock, Sebs Heiratsanzeige in Händen zu halten, auch noch feststellen müssen, dass ihr Fahrrad einen Platten hatte.

Den Reifen zu flicken war ein weiterer Punkt auf der wachsenden Liste von Dingen, die erledigt werden mussten. Hauptsächlich Dinge, die sie immer wieder aufschob, weil sie keine Lust hatte, sich mit ihnen zu befassen. Wie das Auswechseln von zwei Halogenlampen in der Küche, die schon seit einem Monat nicht mehr funktionierten, oder einen Handwerker anzurufen, damit er die gesprungene Scheibe in ihrem Badezimmer erneuerte. Die Regenrinnen mussten gereinigt werden, und auch das ewige Tröpfeln des Wasserhahns im Badezimmer ging ihr langsam auf die Nerven. Irgendwo in ihrem Hinterkopf dachte sie wohl, wenn sie nur wartete, bis alles kaputtging, was noch kaputtgehen musste, würde sie schon jemanden kommen lassen, um alles in einem Aufwasch richten zu lassen.

»Herrgott noch mal, Floriana«, würde ihre Schwester sagen, »hör endlich auf, alles vor dir herzuschieben!« Und zweifellos würde Ann hinzufügen, dass all diese Dinge Kleinigkeiten waren, die jeder halbwegs vernünftige Mensch selbst erledigen konnte, und die Frage hinterherschicken, warum zum Teufel sie nicht die Ärmel hochkrempelte und sich ans Werk machte?

Die vier Jahre ältere Ann schob niemals etwas auf; sie war so etwas wie die oberste Instanz im *Erledigen* von Dingen. Sie war das, was die Welt als *richtige* Erwachsene einstufen würde – Ehefrau, Mutter, Haushaltstechnikerin und Arbeitsplatz-Diktator. Ann war überaus vernünftig und führte ein perfekt durchorganisiertes und untadeliges Leben. Vor allem aber versäumte sie nie eine Gelegenheit, Floriana den Eindruck zu vermitteln, dass sie es irgendwie vermasselt hatte, selbst wenn dem nicht so war. Jede ihrer Bemerkungen schien einzig und allein dem Zweck zu dienen, Floriana das Gefühl zu geben, unzulänglich, unbesonnen und verantwortungslos zu sein. Und obwohl es stimmte, dass es den einen oder anderen Moment gegeben hatte, in dem ihr impulsives Wesen sie wirklich fast in Teufels Küche gebracht hatte, war Floriana – auch das musste gesagt werden – einer echten Katastrophe immer noch gerade so entkommen.

Einer der bemerkenswertesten Zwischenfälle war der in ihrem ersten Studienjahr hier in Oxford gewesen, als sie eine Nacht in einer Polizeizelle verbracht hatte. Floriana hatte geglaubt, die Sache erfolgreich vor ihren Eltern verborgen zu haben, doch dann flatterte ein Brief mit dem Absender *Thames Valley Police* ins Haus. Ann war buchstäblich an die Decke gegangen und hatte ein lächerliches Theater darum veranstaltet, dass *ihre Schwester* Briefe von der Polizei erhielt.

»Nur diesen *einen*«, hatte Floriana entgegnet, »der dich, wie ich vielleicht hinzufügen darf, auch überhaupt nichts angeht.«

Ihre armen Eltern waren zutiefst beschämt gewesen, als Floriana einen »kleinen Streich« gestanden hatte, der ein bisschen ausgeufert war.

»Das wird doch morgen nicht in der Zeitung stehen, oder?«, hatte ihre Mutter mit leicht zitternder Stimme gefragt.

»Natürlich nicht, Mum«, hatte Floriana ihr versichert, während sie sich insgeheim selbst die Daumen drückte. »Verglichen mit anderen Vergehen ist das nur ein Klacks, der niemanden interessieren wird.«

»Und man wird dich nicht von der Uni delegieren?«

»Es heißt ›relegieren‹, Mum. Nein, nein, das werden sie mir ja wohl nicht antun.« Und wieder hatte sie sich ganz fest die Daumen gedrückt.

Wie das Glück es wollte, waren sowohl sie als auch Seb – ihr Komplize – mit einer bloßen Verwarnung davongekommen. Der Rektor von Florianas College hatte gesagt: »Ich bin mir sicher, dass es nicht nötig ist, Sie auf Ihr Fehlverhalten hinzuweisen«, um dann aber genau das zu tun und sich sehr ausführlich über die Torheit ihrer trunkenen Kapriole auszulassen: eine Mauer zu erklimmen, um einen Blick in das Gebäude auf der anderen Seite zu werfen – ein Gebäude, in dem Tierversuche durchgeführt wurden. Auch wenn sie Letzteres nicht gewusst hatten, machte es diesen Bau aber zu einem der geheimsten und bestbewachten Orte in ganz Oxford. Sobald Seb und sie auf der Mauer standen, waren überall Scheinwerfer aufgeflammt, und sie waren wie betäubt gewesen von einer plärrenden, sich nähernden Sirene. Bevor sie wieder hinunterklettern konnten, war ein Streifenwagen erschienen, und sie waren zur nächsten Polizeiwache gebracht worden. Nachdem ihre Zimmer im College durchsucht und ihre Laptops und Mobiltelefone auf Tierschutzaktivitäten überprüft worden waren, teilte man ihnen am nächsten Morgen mit, dass sie nicht angeklagt werden würden, und ließ sie, mit schamroten Gesichtern und in sehr gedämpfter Stimmung, wieder gehen.

Floriana war jetzt einunddreißig Jahre alt, doch Ann würde nicht zögern, den Zwischenfall als perfektes Beispiel für ihren Eigensinn und ihre Veranlagung anzuführen, immer nur die falschen Entscheidungen zu treffen. Aber verglichen mit Ann würde jeder unbesonnen und verantwortungslos wirken.

Und worauf ihre Schwester auch sehr großen Wert legte, war, dass sie eine Ann ohne ein E am Ende war. Giselle Anne Day hatte ihrer Mutter die Vornamen, die sie ihnen gegeben hatte, nie verziehen – Namen, die sie von der Menge abhoben und »anders« erscheinen ließen. Sobald Ann alt genug gewesen war und von den Hänseleien und Schikanen in der Schule genug gehabt hatte, hatte sie darauf bestanden, Ann genannt zu werden, und ihren zweiten Vornamen auf drei Buchstaben reduziert, als würde das überflüssige E ihr irgendwie noch mehr Ärger einbringen.

Im Gegensatz zu ihrer Schwester hatte Floriana ihren Namen schon als kleines Kind geliebt und nie auch nur den kleinsten Versuch unternommen, ihn zu Flora oder gar – Gott bewahre! – Flo abzukürzen. Und wer es versuchte, musste mit einer sehr barschen Abfuhr rechnen. Die Ausnahme von der Regel war Seb gewesen, der sie Florrie hatte nennen dürfen.

Inzwischen war es dunkel, und als sie am oberen Ende der Parks Road in die Banbury Road einbog, sah sie in Gedanken wieder Sebs handgeschriebene Nachricht vor sich. Er hatte *Floriana* geschrieben, nicht *Florrie*, was nur den Eindruck unterstrich, wie furchtbar fremd sie sich geworden waren. Und die Tatsache, dass er die Karte an ihre alte Adresse geschickt hatte und sie ihr an ihre neue nachgesandt worden war, hob die Kluft zwischen ihnen noch deutlicher hervor.

So groß der Schock allerdings auch war, auf diese Weise zu erfahren, dass Seb tatsächlich die ach so schöne und ach so perfekte Imogen heiraten würde, war die Einladungskarte doch auch ein Versöhnungsangebot. Es sei denn … dass Imogen dahintersteckte. Und wenn sie nun nur vorgeschlagen hatte, Floriana einzuladen, um ihr unter die Nase reiben zu können, dass sie gewonnen und Floriana verloren hatte?

Sie bog nach links auf die stille North Parade Avenue ab, winkte Joe hinter der Ladentheke von Buddy Joe's zu und fragte sich, ob sie nicht vielleicht einfach nur paranoid war. Nach zwei Jahren war die Einladung doch sicher ernst gemeint und aus den richtigen Beweggründen geschickt worden?

Am Ende der Straße wandte sie sich nach rechts und griff nach den Schlüsseln in ihrer Tasche, als sie sich ihrer Haustür näherte.

Aber was war, wenn Seb ihr die Einladung ohne Imogens Wissen geschickt hatte? Was, wenn er die Vergangenheit ruhen lassen und wieder mit ihr befreundet sein wollte? Wie würde Imogen darüber denken?

Doch noch wichtiger war die Frage, ob Floriana ihre Freundschaft überhaupt wieder aufleben lassen und riskieren wollte, erneut verletzt zu werden?

Nein, dachte sie entschieden, das kann ich nicht, und mit der gleichen Entschiedenheit überquerte sie die Straße, um nach Church Close zu gelangen, wo sie zu Hause war.

Komisch, dachte sie einige Zeit später – ohne jedoch wirklich ein Gefühl dafür zu haben, wie viel Zeit vergangen war –, warum liege ich auf diesem harten Boden, das Gesicht so schmerzlich fest auf seinen grobkörnigen Asphalt gedrückt? Und warum fühlen meine Glieder sich so bleiern an, aber gleichzeitig auch so, als schwebte ich? Was für ein äußerst merkwürdiges Gefühl …

Kapitel 2

Adam Strong trommelte mit den Fingern auf das Lenkrad. Es war eine fürchterliche Woche gewesen, aber zumindest endete sie mit einer halbwegs positiven Note. Der Kauf des Hauses auf der Latimer Street, für den er vor drei Wochen die Verträge unterschrieben hatte, war heute Nachmittag über die Bühne gegangen. Er hatte gerade eben die Schlüssel bei dem Makler abgeholt und war jetzt unterwegs zu dem neuen Objekt.

Oder wäre es, wenn er nicht im Stau stecken würde. Er hätte bis morgen warten sollen, um das Haus zu besichtigen, statt im Dunkeln und mitten im Berufsverkehr dorthin zu fahren. Es wäre in jeder Hinsicht besser gewesen, es erst am nächsten Tag zu tun. Aber er musste sich beschäftigen, um nicht ins Grübeln zu verfallen.

Als die Ampeln vor ihm auf Grün wechselten und er langsam anfuhr, musste er zugeben, dass die Erweiterung seines Immobilienportfolios durch ein neues Projekt immerhin den Zweck erfüllen würde, ihn von den Gedanken an Jesse abzulenken.

Vor einer Woche – am vergangenen Samstag, um genau zu sein –, hatte Jesse ihn darüber aufgeklärt, dass sie als Paar keine Zukunft für sie beide sah und sie ihn inzwischen nur noch wie einen Bruder lieb hatte. Und woher, dachte er mit einem Anflug von Empörung, will sie eigentlich wissen, wie sich das anfühlt, da sie doch nur Schwestern hat? *Wie einen Bruder,* Herrgott noch mal*!* War es das, was sie beim Sex mit ihm empfunden hatte: dass sie mit einem *Bruder* schlief?

Sie waren jetzt schon fast zwei Jahre zusammen, und er hatte diese Bombe wirklich überhaupt nicht kommen sehen. Okay, er hatte wahnsinnig viel gearbeitet, daher war er mit den Gedanken vielleicht oft woanders gewesen, doch das galt für beide Seiten. Jesse war es, die in diesen letzten elf Monaten ständig unterwegs gewesen war und als Pharmareferentin das ganze Land bereist hatte. Und natürlich nicht zu vergessen die rauschenden Partys und Tagungen dieser Pharmafirmen, die sie nie versäumte.

Sie hatte abgestritten, dass es einen anderen gab, was Adams erste Frage gewesen war, aber er war sich da nicht sicher. Vielleicht hatte sie ihn belogen und redete sich selbst ein, es sei ihre Art, Rücksicht auf seine Gefühle zu nehmen. Doch er wäre jede Wette eingegangen, dass ein anderer im Spiel war, irgendein Typ, den sie auf einer ihrer Reisen kennengelernt hatte. »Ich verspreche dir«, hatte sie gesagt, »dass es keinen anderen gibt.«

»Warum willst du unsere Beziehung dann beenden?«, hatte er erwidert, wie betäubt vor ungläubigem Staunen und bemüht, die schmerzlichen Gefühle, die ihn zu überwältigen drohten, im Zaum zu halten. »Was auch immer es ist, was zwischen uns nicht funktioniert, lass es uns in Ordnung bringen!«

Mit Tränen in den Augen hatte sie den Kopf geschüttelt. »Adam, das hier ist nichts, was man wiederherstellen kann wie die Häuser, die du kaufst, restaurierst und weiterverkaufst.«

Ihre Antwort, die sich so anhörte, als sähe er die Dinge derart simpel, hatte ihn sehr verletzt. »Du redest, als wäre ich ein emotional gestörter Idiot«, hatte er erwidert. »Und das bin ich nicht!« Er wusste sehr wohl, dass es in jeder Beziehung Schwierigkeiten gab und Kompromisse geschlossen werden mussten. Es war ja nicht so, als wäre er ein völliger Neuling auf diesem Gebiet.

Doch irgendwann und irgendwo hatte er etwas falsch gemacht und die Anzeichen übersehen, dass Jesse nicht glücklich war. Er dachte an ihren Geburtstag vor ein paar Wochen, als er sie zu einer Übernachtung im *Cliveden House* eingeladen hatte.

Ihr schien alles sehr gefallen zu haben, besonders der Wellnessbereich und die Mulberry-Handtasche, mit der er sie vor dem Abendessen überrascht hatte.

Hatte Jesse da schon gewusst, dass sie ihn über kurz oder lang abservieren würde? Die Frage, die ihm in dieser Woche schon viel zu oft durch den Kopf gegangen war, veranlasste ihn, die Abzweigung zur Banbury Road zu schnell zu nehmen, und plötzlich rammte er fast den Wagen vor sich. Ein Zentimeter mehr, und er wäre ihm hinten reingefahren.

Während Adam langsamer und mit größerem Abstand weiterfuhr, sagte er sich, dass die Antwort auf seine Frage ein Ja war und Jesse ganz gewiss schon seit einiger Zeit gewusst hatte, dass sie ihn verlassen wollte. Denn wenn er heute zu ihrem Geburtstag zurückblickte, konnte er sich noch gut erinnern, dass sie ihm in jener Nacht, als sie sich geliebt hatten, so unbeteiligt erschienen war, als spulte sie bloß ein Programm ab. Damals hatte er gedacht, sie sei vielleicht nur müde, nachdem sie fast die ganze Woche unterwegs gewesen war.

Seit dem vergangenen Wochenende wohnte sie bei einer Freundin, aber morgen – am Samstag – wollte sie kommen, um ihre Sachen abzuholen. Er hatte ihr zwar gesagt, er würde nicht zu Hause sein, doch ein Teil von ihm wollte dort sein, um noch einmal zu versuchen, sie zu überreden, die letzten beiden Jahre nicht einfach so wegzuwerfen.

Und was war mit all ihren gemeinsamen Plänen? Vor vierzehn Tagen hatten sie noch besprochen, wie sie die Weihnachtstage »aufteilen« konnten, ohne ihre oder seine Eltern vor den Kopf zu stoßen. Und nicht nur das; für den nächsten März hatten sie auch schon eine Urlaubsreise nach St. Lucia gebucht.

Wie konnte er dies alles so vollkommen missverstanden haben?

Weil Selbstbetrug und die Lügen, die man einander erzählte,

zur menschlichen Natur gehörten und dafür sorgten, dass man nur das sah, was man sehen wollte, nahm er an.

Da er sich seiner Schwäche für das Überanalysieren jedoch bewusst war, gebot er seinen Gedanken Einhalt. Adam hatte in dieser Woche schon genug hin und her überlegt, was zwischen Jesse und ihm schiefgelaufen sein könnte, ohne zu einem Ergebnis zu gelangen.

Er bog in die North Parade Avenue ein, wo die Schaufenster der Geschäfte bereits weihnachtlich geschmückt und erleuchtet waren. Es war ein Stadtteil Oxfords, den er ganz besonders mochte. Hier eine Immobilie zu erwerben war ein kluger Schachzug, wie er wusste. Die Universität besaß sehr viele der Gebäude in dem Viertel, doch die Latimer Street war einige der wenigen Straßen, in der überwiegend Wohnhäuser standen. Das Haus, das er dort gekauft hatte, war ein massives viktorianisches Fünf-Zimmer-Haus aus gelben und roten Ziegeln, das eine Kernsanierung, Neuverkabelung und neue Sanitäranlagen brauchte – eigentlich alles, um genau zu sein. Doch es würde ein wahres Schmuckstück sein, wenn er damit fertig war. Adam hatte sich noch nicht entschieden, ob er es seinem Vermietungsbestand von Wohnungen und Häusern hinzufügen oder es gleich weiterverkaufen sollte. Aber das würde sich mit der Zeit schon zeigen.

Es war absurd, sich das Haus im Dunkeln anzusehen, doch seit er seine erste Immobilie erworben hatte, war es für ihn zu einer Art Ritual geworden, unmittelbar nach der Schlüsselübergabe hinzufahren und das neue Objekt gewissermaßen »in Besitz zu nehmen«. Notfalls konnte er die Taschenlampe aus dem Kofferraum seines Wagens benutzen, um von Raum zu Raum zu gehen und festzustellen, ob die Restaurierung, die ihm für dieses Haus vorschwebte, machbar war.

Seine erste Immobilie hatte er mit zwanzig Jahren gekauft und sich dazu einen absurden Geldbetrag von der Bank geliehen – das war noch in den Zeiten, als die Banken gar nicht schnell genug Kredite vergeben konnten. Das Haus war ein Wrack gewesen, ein schmales, zweigeschossiges Bauwerk mit zwei kleinen Räumen oben und zwei unten, für dessen Renovierung er sechs Monate gebraucht hatte. Doch er hatte auch viel dabei gelernt und sogar darin gewohnt, bevor er es mit einem recht passablen Gewinn wieder verkauft hatte. Sehr zur Überraschung seiner Eltern, die entsetzt gewesen waren, als er im zweiten Jahr an der Universität sein Studium abbrach und – ganz schön großspurig – verkündete, er habe beschlossen, Bauunternehmer zu werden. Ebenso gut hätte er auch kundtun können, Drogendealer werden zu wollen. Er war jedoch froh gewesen, die Universität zu verlassen, denn da er eine leichte Leseschwäche hatte, war das Studium ihm oft wie eine wahre Plackerei erschienen.

Heute war er siebenunddreißig und trotz des beeindruckenden Bestands an zu verkaufenden und vermietenden Objekten, über den er heute verfügte, bezweifelte er, dass sein Vater den Gedanken aufgegeben hatte, dass auch er, Adam, eines Tages einer »vernünftigen« Arbeit wie sein Bruder Giles nachgehen würde, der für eine angesehene Bank in der City arbeitete. Andererseits war heutzutage, wo Banken als ebenso große Bedrohung der Menschheit betrachtet wurden wie Atombomben, *angesehen* ja vielleicht nicht das zutreffendste Wort.

»Wir haben auch so schon genug Karrieristen in der Familie«, hatte Adam erwidert, als seine Eltern ihre Enttäuschung über seine Berufswahl geäußert hatten. »Auf meine besondere und einzigartige Art und Weise bringe ich ein gewisses Maß an Normalität in die Familie«, scherzte er – worauf seine Mutter sagte, er sei noch nicht zu alt oder zu groß, um ihm die Ohren langzuziehen. Und sie wollte wissen, was er mit *Normalität* meine.

An der Kreuzung Winchester Road bog er rechts ab und beschleunigte gerade wieder, als das gleißend helle Licht voll aufgeblendeter Scheinwerfer in seinem Rückspiegel erschien. Er wusste, dass er nichts falsch machte, fuhr aber trotzdem langsamer. Seit er vor zwei Monaten auf der M4 von einem Zivilfahrzeug der Polizei bei zu schnellem Fahren erwischt worden war, befand er sich immer noch im Frühstadium der Blinklicht-Paranoia und hatte Angst, dass jeder Wagen hinter ihm ein sich an ihn heranpirschendes Polizeiauto sein könnte. Zu seiner Erleichterung schoss der Wagen jedoch hinter ihm heraus und überholte ihn unnötigerweise viel zu schnell. Kopfschüttelnd hupte Adam selbstgerecht und fragte sich, wo die Polizei war, wenn jemand wirklich ernsthaft gegen das Gesetz verstieß.

Doch seine Erleichterung wich schnell einem instinktiven und reaktiven Anfall von Besorgnis. Es war das, was sein Fahrlehrer ihn gelehrt und er niemals vergessen hatte: dass gute Fahrer ein Gespür für unmittelbar bevorstehende Gefahren haben und immer auf der Hut vor allen möglichen Wahnsinnstaten sind, weil es das Unerwartete ist, was einen umbringt. Und etwas Unerwartetes geschah gerade weiter vor ihm. Der Fahrer, der ihn überholt hatte, war voll in die Bremsen gestiegen und gleichzeitig zur Seite ausgeschert, bevor er mit Vollgas weitergebraust war.

Und erst da sah Adam im Schein der Straßenlaterne eine ältere Frau auf eine unverkennbar menschliche Gestalt zueilen, die reglos auf der Straße lag.

Kapitel 3

Esme Silcox lebte seit über sechzig Jahren in Oxford, und in dieser Zeit hatte sie sehr viele Veränderungen und ein wahres Kaleidoskop menschlichen Lebens gesehen.

Und deshalb war es für sie eine Geste aus längst vergangenen Zeiten, die sie sehr zu schätzen wusste, als sie ihre Handtasche zuschnappen ließ, ihre Glacéhandschuhe überstreifte und Joe sie zur Tür begleitete, wie er es immer tat, wenn im Laden nicht viel Betrieb war.

Wer Joe ansah, würde eine solch altmodische Höflichkeit nicht von ihm erwarten. Mit seinem glatt rasierten Kopf und den vielen Piercings und seltsamen Tattoos sah er haargenau wie der Typ von Mann aus, bei dessen Anblick man vielleicht lieber die Straßenseite wechselte, um ihm aus dem Weg zu gehen. Aber Esme wusste es besser: Man lebte nicht an einem Ort wie Oxford, ohne zu lernen, dass ein Buch nicht nach seinem Einband beurteilt werden sollte.

»Geben Sie gut acht auf sich!«, sagte der sie um Längen überragende Joe mit seiner überraschend weichen Stimme. »Es ist schon dunkel draußen. Und vergessen Sie nicht, dass Sie Ihre Bestellung jederzeit auch telefonisch aufgeben können und wir Ihnen Ihre Einkäufe gern nach Hause bringen! Sie brauchen uns nur anzurufen, Mrs. Silcox.«

Hätte er nicht in einem solch aufrichtig besorgten Ton gesprochen, hätte Esme sich vielleicht bevormundet gefühlt, aber so kam dieses Gefühl gar nicht erst bei ihr auf. »Danke«, sagte sie, »das ist sehr freundlich von Ihnen. Ich werde daran denken.«

Die Einkaufstüte in der Hand und ihre Handtasche am Unterarm, machte sie sich draußen in der kalten Abendluft mit flotten, zielstrebigen Schritten auf den Weg. In ihrem Kopf zumindest waren es flotte, zielstrebige Schritte, doch da sie zweiundachtzig Jahre alt war, war sie vielleicht ein bisschen zu optimistisch im Hinblick auf die Schnelligkeit, mit der sie sich bewegen konnte.

Nachdem sie die Läden und Restaurants hinter sich gelassen hatte und die Winchester Road erreichte, bog sie rechts ab, wartete, bis sich eine Lücke im Verkehr auftat, um die Straße zu überqueren, und achtete darauf, im Dunkeln nicht danebenzutreten, als sie den Gehsteig auf der anderen Seite erreichte. Letztes Jahr um diese Zeit war ihre einzige gute Freundin, die ihr geblieben war, nur auf einen Sprung hinausgegangen, um Teekuchen zu kaufen, und dabei auf dem vereisten Gehsteig ausgerutscht. Die arme Margaret hatte die Schmach ertragen müssen, mit einer gebrochenen Hüfte und einer Ellbogenfraktur per Rettungswagen ins Krankenhaus gebracht zu werden, und als sie endlich wieder für fit genug erachtet wurde, entlassen zu werden, hatte sie jegliches Selbstvertrauen verloren und rapide abgebaut. Zu Ostern war sie schon tot gewesen. Das passierte ständig: ein eigentlich belangloser Unfall – und das war's dann.

Vielleicht würde sie Joes Angebot annehmen, falls das Wetter in den nächsten Wochen noch unfreundlicher werden sollte, und sich ihre Einkäufe von ihm nach Hause bringen lassen. Der vorherige Besitzer des Geschäfts war nie so aufmerksam gewesen. Ganz im Gegenteil sogar. Er war ein grässlicher Mann gewesen, unhöflich und griesgrämig, der keine Hemmungen gehabt hatte, sich mit seinen Kunden herumzustreiten und alle, besonders Studenten, anzufahren, die »die Unverfrorenheit« besaßen, irgendetwas anzufassen. Zu Beginn des Sommers hatte er sogar versucht, Esme zu überlisten. Er hatte sie eine Lügnerin genannt und behauptet, sie habe ihm eine Zehnpfundnote gegeben statt eines Zwanzigers, obwohl sie es besser wusste. Dieser unangenehme Mensch hatte sie als verkalkt bezeichnet und behauptet, sie wisse nicht mehr, was sie tat. Erst als sie gedroht hatte, die Polizei zu rufen, hatte er eingelenkt und ihr das ihr zustehende Wechselgeld gegeben. Etwa einen Monat später, Anfang September, war der Laden geräumt und mit einem *Zu vermieten*-Schild versehen worden.

Joe und Buddy erschienen im Oktober, zusammen mit ihren hübschen Weidenkörben voller frischer Waren – Brot, Eier, Obst, Gemüse und einem großen Angebot köstlicher Pasteten, Torten und Kuchen. Sie führten auch alle möglichen Bio- und Fair-Trade-Produkte wie Käse, Schinken, Salami und Oliven, und vor Kurzem waren auch frisch zubereitete Sandwichs und Baguettes hinzugekommen, deren jeweilige Tagesangebote auf einer Tafel hinter der Theke angekündigt wurden. Im Moment überlegten sie, ihr Angebot durch hausgemachte Suppen zu erweitern, wie Esme soeben von Joe erfahren hatte. Sie hoffte nur, dass der Enthusiasmus und Unternehmergeist der beiden jungen Männer durch einen stetigen Strom treuer Kunden belohnt wurde. Auf jeden Fall boten sie alles an, was sie selbst in ihrem bescheidenen Haushalt brauchte.

Esme war sehr wohl bewusst, dass sie älter und ihre Welt immer kleiner wurde, so sehr, dass sie schon jetzt auf diesen überschaubaren, zwischen der Banbury und Woodstock Road eingekeilten Teil von North Oxford geschrumpft war. Irgendwann, so nahm sie an, würde ihre kleine Welt sich nur noch auf Trinity House beschränken und noch ein wenig später vielleicht gerade noch den Nebenraum umfassen. Ein Leben *en miniature*, dachte sie mit einem ironischen Lächeln.

Schon jetzt entfernte sie sich nur noch selten zu weit von ihrem Viertel. Gelegentlich überkam sie noch das plötzliche Verlangen, den Bus oder ein Taxi in die Innenstadt zu nehmen, um sich ein Theaterstück im Schauspielhaus anzusehen oder sich ein Konzert im St. Mary's zu gönnen, aber im Allgemeinen begnügte sie sich damit, daheim zu bleiben und sich die Zeit mit Lesen und Radiohören zu vertreiben. Die meiste Zeit saß sie an ihrem Lieblingsplatz am Fenster ihres Wohnzimmers, weil sie von dort aus das Kommen und Gehen ihrer nächsten oder entfernteren Nachbarn beobachten konnte. Sie schienen es meistens schrecklich eilig zu haben und hatten entweder wenig oder gar keine Zeit, die Leute in ihrer näheren Umgebung kennenzulernen. Sie waren alle – genau wie auch sie selbst – kleine Inseln der Selbstgenügsamkeit.

Vor langer Zeit hatte Esme ihre nächsten Nachbarn noch gekannt, doch nach einem rapiden Umschwung mit vielen neu Hinzugezogenen hatten die ständig wechselnden Gesichter eine Barriere der Anonymität mitgebracht. Zum diamantenen Thronjubiläum der Queen hatte es einen halbherzigen Versuch gegeben, ein Straßenfest zu feiern, aber Esme war nicht hingegangen. Hinter der Gardine verborgen, hatte sie durch das Fenster die Leute beobachtet, die mit einem Glas Bier oder Wein in der Hand ein wenig unsicher und befangen auf der Straße standen und Small Talk hielten. Esme hatte befürchtet, dass irgendeine wohlmeinende Seele an ihre Tür klopfen und sie aus Mitgefühl buchstäblich dazu zwingen könnte, an der Party teilzunehmen. *Die arme alte Dame*, würden sie wahrscheinlich untereinander sagen, *wir sollten sie besser einladen herauszukommen.* Aber niemand war gekommen, worüber sie sowohl erleichtert als absurderweise auch enttäuscht gewesen war.

Sie konnte sich nicht erinnern, wer es war, aber irgendjemand hatte einmal gesagt, die Vergangenheit sei keine Zeit, sondern ein Ort. Esme fand das sehr zutreffend, weil die Vergangenheit für sie ein sehr viel lebendigerer Ort war als die Gegenwart. Sie war erfüllt von Erinnerungen: an das Besteigen des Magdalen Towers, um die Sonne am Maifeiertag aufgehen zu sehen; an

Picknicks unten am Fluss, bei denen sie Pimm's Likör getrunken und Erdbeeren gegessen hatten; an Spaziergänge durch den Wildpark und den Botanischen Garten oder auch an Partys, auf denen sie bis tief in die Nacht hinein mit ernsten jungen Männern und Frauen, die glaubten, sie würden die Welt verändern, diskutiert hatten. Sie konnte sie jetzt noch vor sich sehen mit ihren von der Überzeugung glühenden Augen, dass sie alle Antworten besaßen.

Aber es gab keine Antworten, hatte sie lange seitdem gelernt, nur Fragen.

Als sie jetzt im Dunkeln an der Straße entlangging, dachte sie an das Nachbarhaus, das elf Monate leer gestanden hatte. Der Besitzer, der in London gelebt und es an eine Reihe häufig wechselnder Bewohner vermietet hatte, war verstorben, und erst jetzt war durch das Nachlassgericht geregelt worden, dass das Haus verkauft werden konnte.

Esme wusste all das, weil sie eines Nachmittags im Garten gewesen war und auf der anderen Seite der Mauer ein Gespräch zwischen dem Makler und einer anderen Person mitangehört hatte, die das Haus ganz offenbar besichtigte. Wer auch immer es kaufte, würde es höchstwahrscheinlich gründlich renovieren und zu einem teuren Apartment-Haus umbauen.

Für einen Moment hielt sie inne, um ihre schwere Einkaufstüte von der linken Hand in die rechte wandern zu lassen. Plötzlich hörte sie einen Wagen hinter sich. Als sie einen Blick über die Schulter warf und vorübergehend geblendet war von grellen Scheinwerfern, trat sie unwillkürlich einen Schritt von der Straße zurück, während der Wagen mit atemberaubender Geschwindigkeit und laut aufheulendem Motor an ihr vorbeiraste. Den Bruchteil einer Sekunde später hörte sie ein Geräusch, das sie scharf die Luft einziehen ließ.

Mit wild klopfendem Herzen beschleunigte sie ihre Schritte.

Kapitel 4

Floriana hatte das äußerst ungute Gefühl, dass irgendetwas nicht in Ordnung war.

Noch seltsamer jedoch war, dass ein ihr unbekannter Mann sie nach ihrem Namen fragte. Wen kümmerte es, wie *ihr* Name war, solange sie nicht *seinen* kannte? Wer war er, und warum fragte er sie, ob sie wisse, wo sie war? Natürlich wusste sie, wo sie war, sie war … war … Hey, Moment, wo war sie eigentlich?

Bei der Arbeit! Natürlich, das war es! Sie war mit ihrer fröhlichen Gruppe von Amerikanern beim Nachmittagstee im *Randolph*. Aber wo waren ihre Schäfchen? Oh Gott, sie hatte doch nicht etwa eines von ihnen verloren? Das war stets ihr Albtraum, dass irgendjemand einfach so davonspazierte. Sie durfte gar nicht daran denken, wie oft sie schon jemanden verloren hatte, weil er zur Toilette gegangen war, ohne ihr Bescheid zu sagen. Sie wollte den Kopf drehen, um sich nach ihrer Gruppe umzusehen, und musste feststellen, dass sie es nicht konnte. Das Einzige, was sie sehen konnte, war ein Mann.

Offenbar war er derjenige, der nach ihrem Namen gefragt hatte. Er hatte ein interessantes Gesicht, ja sah sogar ziemlich aristokratisch aus mit seiner langen und geraden Nase, der hohen Stirn und dem markanten, glatt rasierten Kinn. Wenn sie es genau bedachte, war er ihr viel zu nahe, aber vielleicht war der Grund dafür die Dunkelheit, in der er sie aus größerer Distanz nicht sehen könnte. Und irgendwie schien er sich auch in einem komischen Winkel zu ihr zu befinden. Oder war sie es, die in dieser seltsam schiefen Haltung war? Floriana versuchte, sie zu wechseln, hielt jedoch inne, als sie einen jähen Schmerz verspürte. Und als sie herauszufinden versuchte, welcher Körperteil ihr wehtat, konnte sie nur wieder feststellen, dass sie zu keinem Ergebnis kam.

Wer immer der Mann auch war, eins musste man ihm lassen: Er war verdammt beharrlich, denn er fragte sie schon wieder, wie sie hieß. Um ihn zum Schweigen zu bringen, sagte sie: »Floriana. Und Sie?«

»Adam«, antwortete er. »Ein Krankenwagen ist unterwegs, er müsste jeden Augenblick hier sein.«

»Ein Krankenwagen?«, wiederholte sie, denn nun war ihre Neugierde geweckt, und wieder versuchte sie, sich umzusehen, was ihr jedoch auch diesmal nicht gelang. »Wozu?«

»Es ist wahrscheinlich besser, wenn Sie sich nicht bewegen«, sagte er. »Versuchen Sie einfach stillzuhalten. Wie ist Ihr Nachname, Floriana?«

Na toll! Versuchte er etwa, sie anzumachen? »Day«, erwiderte sie. »Floriana Day.«

Dann hörte sie eine andere Stimme, eine Frauenstimme, die leise und gebildet war, aber auch einen recht autoritären Beiklang hatte. »Fragen Sie sie, wo sie wohnt! Und ob es jemanden gibt, den wir anrufen und bitten sollen herzukommen.«

Während Floriana darüber nachdachte, von wem die Frau wohl sprach, schloss sie die Augen und überlegte, wer von ihrer Gruppe es sein mochte, der im *Randolph* fehlte.

Aber eigentlich fehlte ja gar keiner, oder? Und sie war auch nicht im *Randolph Hotel*, sondern ... Sie war bereits auf dem Heimweg gewesen, richtig! Und sie war verärgert gewesen. Aber warum?

Sie kämpfte gegen die Verwirrung an, die ihr das Gehirn vernebelte. Ihr Ärger hatte etwas mit Seb zu tun. Er ... er hatte ihr eine Weihnachtskarte geschickt. Jetzt erinnerte sie sich wieder. Er und Imogen würden heiraten!

Wie von der bloßen Erinnerung daran entfesselt, durchzuckte sie ein scharfer Schmerz, und ihr wurde plötzlich übel. Und schwindlig. Außerdem begann sie so heftig zu zittern, dass ihre Zähne klappernd aufeinanderschlugen.

Sie erschrak, als irgendetwas sie berührte. Als sie die Augen öffnete, sah sie, dass der Mann, der sie nach ihrem Namen gefragt hatte, eine Decke über sie breitete. Nein, es war keine Decke, sondern ein Mantel. Ein sehr angenehm riechender, weicher Wollmantel. Wie nett von ihm! »Was ist passiert?«, fragte sie zähneklappernd. »Was ist los mit mir? Was habe ich getan, und wo bin ich?«

»Sie sind auf der Latimer Street, wo Sie von einem Wagen angefahren wurden«, erwiderte der Mann.

»Oh«, murmelte sie. »Das klingt nicht gut. Bin ich schlimm verletzt?«

»Das wissen wir nicht.«

»Und wenn Sie raten müssten?«

»Die Sanitäter werden es Ihnen genauer sagen können.«

Floriana dachte darüber nach und versuchte gleichzeitig, sich selbst ein Bild zu machen. Aber das überforderte sie. Sie wusste nur, dass sie müder war als je zuvor in ihrem Leben und auch irgendwie leicht weggetreten, wie am Rande eines Traumes. Das einzig andere, dessen sie sich sicher war, war ein Schmerz epischen Ausmaßes, der irgendwo in ihrem Körper wütete. Vielleicht würde er weggehen, wenn sie einfach nur ein bisschen schlafen könnte. Sie schloss die Augen und fühlte, wie sie sofort in einen unruhigen Schlaf hinüberglitt. Sie war wieder im *Randolph*, wo sie ihrer Gruppe die Morse-*Bar* zeigte und sie dann zum Nachmittagstee in das Gesellschaftszimmer führte. Ihre Schäfchen lachten und plauderten miteinander, aber eine der Frauen sagte: »Halten Sie sie am Reden, lassen Sie sie nicht einschlafen! Wir müssen sie wach halten.«

Doch es war keine der Amerikanerinnen ihrer Gruppe, die gesprochen hatte, sondern die Frau mit der unverwechselbaren, etwas autoritären Stimme.

»Floriana«, sagte der Mann. »Können Sie mich hören? Kommen Sie, erzählen Sie mir etwas von Ihrem Tag! Was haben Sie heute gemacht?«

»Ich will nur schlafen«, murmelte sie mit geschlossenen Augen.

»Das weiß ich, Floriana, aber tun Sie mir doch den Gefallen! Sagen Sie mir, wo Sie arbeiten! Oder studieren Sie?«

Mit enormer Anstrengung öffnete sie die Augen und merkte, dass sie direkt in die seinen blickte. »Ich bin Reiseführerin.«

»Das muss eine interessante Arbeit sein. Bestimmt begegnen Sie dabei allen Arten von Menschen, nicht?«

»Bringen Sie mich zum Reden, weil Sie Angst haben, dass ich sonst sterbe? In Filmen wird das doch immer so gemacht, oder?«

»Sie werden nicht sterben.«

»Das freut mich zu hören. Sind Sie Arzt?«

»Leider nicht.«

»Also haben Sie eigentlich keine Ahnung, was? Wie, sagten Sie, war doch noch Ihr Name?«

»Adam.«

»Nun, Adam, ich denke, so schlimm kann es eigentlich nicht um mich stehen, wenn ich mit Ihnen rede. Oder … oder bilde ich mir dieses Gespräch nur ein?«

»Nein, nein, Sie sprechen wirklich mit mir.«

»Aber was ist, wenn ich mir nur einbilde, dass Sie das sagen?«

Er hüllte sie noch fester in den Mantel ein. »Das ist eine interessante Argumentation und leider keine, die ich so leicht entkräften kann. Sie werden mir also einfach glauben müssen, Floriana.«

Sie mochte seinen Tonfall; er war angenehm beruhigend. »Mein Kopf tut weh«, sagte sie plötzlich, als sie merkte, dass der größte Schmerz sich dort befand.

»Umso wichtiger ist es, dass Sie sich völlig ruhig verhalten«, erwiderte Adam.

»Fragen Sie sie, ob es jemanden gibt, den wir für sie anrufen können!«

Wieder war es die Frau mit der kultivierten Stimme, und diesmal klang sie sogar noch nachdrücklicher.

»Wer ist Ihre despotische Freundin?«, sagte Floriana. »Die würde ich nicht verärgern wollen, glaube ich.«

»Ich habe keine Ahnung, wer sie ist; wir sind uns gerade erst begegnet. Aber ich glaube, es ist mehr Besorgnis und Angst um Sie als Despotismus, was Sie hören. Ah, da kommt ja schon der Krankenwagen!«

Als sie das Geheul einer sich rasch nähernden Sirene und die Erleichterung in der Stimme des Mannes hörte, sagte Floriana: »Ich bin noch nie in einem Rettungswagen gefahren.«

Tatsächlich war es ein Streifenwagen, der als Erster eintraf, doch fast unmittelbar darauf kam auch der Krankenwagen. Als die beiden Sanitäter sie nach einer kurzen Untersuchung vorsichtig auf eine Trage hoben, konnte Floriana einen kurzen Blick auf die Frau werfen, die so entschieden Anweisungen erteilt hatte. In ihrem benebelten Zustand konnte Floriana sich nicht sicher sein, aber sie hatte das Gefühl, diese Frau schon einmal irgendwo gesehen zu haben.

Der Krankenwagen war abgefahren, und die Schaulustigen, die das Geheul der Sirenen und die blinkenden Blaulichter auf die Straße hinausgelockt hatte, waren in ihre Häuser zurückgekehrt, nachdem ihre Namen und Adressen von einem Polizeibeamten aufgenommen worden waren. Da all diese Leute jedoch nichts

Hilfsreiches gesehen hatten, waren es Adam und die ältere Dame, die von größtem Interesse für den Polizeibeamten waren. Nachdem er ihre Zeugenaussagen aufgenommen hatte, machte er sich daran, die Straße nach irgendetwas abzusuchen, das als Beweisstück dienen könnte.

Erst nachdem Adam seinen Mantel wieder angezogen und den Schmutz vom Knien auf dem Boden von seiner Hose geklopft hatte, sah er sich die ältere Dame zum ersten Mal richtig an. Sie war klein – sie reichte ihm nicht einmal bis zur Schulter – und elegant in ihrem schwarzen, an den Ärmelaufschlägen mit Pelz besetzten Mantel. Ihr weißes Haar war teilweise bedeckt von einer schicken schwarzen Baskenmütze, die an einer Seite eine Brosche in Gestalt eines Panthers schmückte. Um den Hals trug sie einen rot-schwarzen Seidenschal, und mit ihren behandschuhten Händen umklammerte sie eine Einkaufstüte und eine Handtasche, die so aussah, als wäre sie einmal ein Teil von einem Krokodil gewesen. Sie mochte zart und betagt erscheinen, aber Adam vermutete stark, dass sich ein stählerner Charakter hinter ihrem zerbrechlichen Aussehen verbarg.

»Ich finde es nicht richtig, das arme Mädchen ganz allein zu lassen«, sagte sie und blickte zu ihm auf.

»Ich denke doch, dass die Sanitäter oder jemand im Krankenhaus ihre Familie oder einen Freund benachrichtigen werden.«

Die alte Dame zog zweifelnd die Brauen zusammen. »Ich habe sie hier schon des Öfteren gesehen. Und nie in Begleitung. Meinen Sie nicht, dass einer von uns im Krankenwagen hätte mitfahren sollen?«

»Ich könnte mir vorstellen, dass das Letzte, was sie jetzt noch gebrauchen konnte, ein Fremder war, der ihr auf die Nerven fiel.«

»Und wenn sie es nicht tun?«

»Wenn sie was nicht tun?«

»Wenn niemand ihre Familie oder Freunde anruft? Oder wenn sie vielleicht sogar niemanden hat?«

Adam, der seinen Mantel zuknöpfte, sagte: »Ich glaube, unter den gegebenen Umständen haben wir getan, was wir konnten.«

Er wusste selbst, dass das nicht sehr überzeugend klang, aber es stimmte doch, oder etwa nicht? Sie hatten einen Unfall gesehen, einen Krankenwagen gerufen, gewartet, bis er kam, und dann alles andere den Fachleuten überlassen. Wie könnten sie der jungen Frau denn sonst noch helfen?

»Sie sah so jung und so verletzlich aus«, fuhr die alte Dame fort. »Ich hoffe sehr, dass sie bald wieder auf den Beinen ist. Ich glaube, ich werde nicht eher ruhen, bis ich weiß, dass sie nicht allzu schlimm verletzt ist. Sind Sie denn gar nicht besorgt um sie? Es ist unerhört, dass der Fahrer nicht angehalten hat! Ich wünschte, ich wäre schnell genug gewesen, um mir sein Autokennzeichen zu merken.«

Okay, das hier schien sich also in eine jener surrealen Nächte zu verwandeln, von denen man nicht glaubt, dass man sie selbst jemals erleben könnte. Adam befand sich nun in der Notaufnahme des John-Radcliffe-Krankenhauses, blieb den Anweisungen entsprechend stumm und überließ das Reden seiner sehr viel älteren Begleiterin, die sich ihm und dem Polizeibeamten als Miss Silcox vorgestellt hatte.

Innerhalb von Minuten nach ihrer Ankunft hatte sie mühelos die Frau am Empfang überzeugt, dass sie *Mrs.* Silcox war, Floriana Days Großmutter, und damit alle möglichen Probleme bezüglich der Regel umgangen, dass nur Familienmitgliedern Auskunft über einen Patienten erteilt werden durfte. Adam war sich ziemlich sicher, dass solche Tricks in einem Fall wie diesem nicht vonnöten waren, aber wer war er schon, um die Denkweise seiner Begleiterin zu hinterfragen? Und eins musste er ihr lassen: Sie war eine clevere alte Lady und raffiniert genug, um sein Gewissen ins Spiel zu bringen und ihn zu überreden, sie hierher zu fahren.

Es war nicht so, als kümmerte die junge Frau ihn nicht, die angefahren worden war; er war sehr wohl besorgt um sie, aber er wollte nicht später von irgendjemandem der Einmischung beschuldigt werden. Sehr wahrscheinlich würde sie sich nämlich ebenfalls fragen, was sie hier taten. Mit ziemlicher Sicherheit war längst eine Freundin, ein Familienmitglied oder gar ihr Partner auf dem Weg hierher, und ehrlich gesagt würde es Adam ziemlich unangenehm sein, ihre Anwesenheit hier erklären zu müssen. Außerdem hasste er Krankenhäuser. Er hasste den Geruch, hasste die Geräusche – aber am meisten hasste er den Tod, der überall drohend in der Luft zu hängen schien. Je eher er hier herauskam, desto besser.

»Soll ich mal nachsehen, ob ich etwas zu trinken für uns finde?«, fragte er, weil er das Bedürfnis hatte, etwas Nützliches zu tun.

»Eine Tasse Tee wäre mir sehr willkommen«, meinte Miss Silcox. »Mit einem Spritzer Milch und ohne Zucker. Danke schön.«

Adam wollte sich gerade auf die Suche nach einem Getränkeautomaten machen, als eine Krankenschwester auf sie zukam.

»Wenn Sie mich begleiten, bringe ich Sie zu Ihrer Enkelin«, sagte die Schwester zu Miss Silcox. »Sie ist noch ein bisschen benommen, fürchte ich, scheint es aber kaum erwarten zu können, Sie zu sehen.«

Oh, oh, dachte Adam.

Kapitel 5

Floriana war versichert worden, sie habe großes Glück gehabt.

Nur fühlte sie sich ganz und gar nicht so, sondern schwelgte in jämmerlichem Selbstmitleid, so ganz allein hier in ihrem nur durch einen Vorhang vom Rest des Raumes abgetrennten Bett, mit blutbefleckten Kleidern und Schmerzen im ganzen Körper, als wäre er in eine Schrottpresse geraten. Nein, sie hatte ganz und gar nicht das Gefühl, sich glücklich schätzen zu können.

Außerdem war sie nervös wegen dieser anderen Sache. Sie hatte nichts gesagt, als die Schwester *ihre Großmutter* erwähnt hatte, die draußen wartete, um sie zu sehen, für den Fall, dass Widerspruch die medizinischen Alarmglocken zum Schrillen brachte und sie dann womöglich als zu krank erachtet wurde, um entlassen zu werden. Der Gedanke, für die Nacht auf eine Station verfrachtet zu werden, erfüllte sie mit Schrecken. Sie wollte nur nach Hause, um sich mit einer Wärmflasche, einer Tasse Tee und einem Teller Toast mit Marmite und Erdnussbutter ins Bett zu legen und bis zur nächsten Woche durchzuschlafen.

Aber die Sache war die, dass sie sich ziemlich sicher war, keine Großmutter zu haben. Oder jedenfalls keine, die noch lebte. Falls ihre Erinnerung halbwegs zuverlässig war, hatte Oma Tricia das Zeitliche gesegnet, als Floriana noch ganz klein gewesen war, und Oma Betsy war erst in sehr viel jüngerer Zeit verstorben. Dessen war sich Floriana ziemlich sicher, weil sie sich sehr gut daran erinnern konnte, dass sie auf der Beerdigung gewesen war und gedacht hatte, dass dies der traurigste Tag ihres Lebens war.

Was die Frage aufwarf, wer diese »Großmutter« war, die draußen darauf wartete, sie sehen zu können?

Oder litt sie unter irgendeiner Art Gedächtnisschwund? Entsann sie sich vielleicht nicht richtig und brachte ihre Erinnerungen durcheinander? Oh Gott! Was, wenn sie nun irgendwie in der Zeit zurückgegangen und zu einer Zeitreisenden geworden war?

Aber das war lächerlich. Statt ihre Fantasie mit sich durchgehen zu lassen, konzentrierte sie sich besser auf die noch sehr deutliche Erinnerung daran, wie sie nach der Arbeit heimgegangen war, aufgewühlt und den Kopf voller chaotischer Gedanken über Sebastians Karte und die Neuigkeit, dass er im kommenden Sommer heiraten würde. Denn das war ja wohl hundertprozentig real gewesen, oder?

Doch von da an war alles ein bisschen verschwommen, wie sie schon dem Polizisten erklärt hatte, der gewartet hatte, bis sie vom Röntgen ihres Kopfes zurückgekommen war, um ihre Aussage aufzunehmen. An den eigentlichen Zusammenstoß mit dem Wagen, der sie angefahren hatte, konnte sie sich noch immer nicht erinnern, aber die Sanitäter schienen zu glauben, dass er sie nur gestreift haben konnte, weil ihre Verletzungen sonst viel schlimmer wären. Floriana kniff die Augen zusammen und konzentrierte sich auf die Erinnerung an ihren Heimweg. Sie sah sich die North Parade Avenue hinuntergehen und Joe zuwinken, dann die Straße überqueren und … Aber nein, da war nichts anderes mehr. Egal, wie sehr sie versuchte, ihren Verstand dazu zu zwingen, sich zu erinnern, er widersetzte sich ihr beharrlich, und die Anstrengung, diese letzten entscheidenden Momente zu verstehen – und die Tatsache, dass sie eine Großmutter hatte, die gesund und munter war –, erzeugten einen Druck in ihrem Kopf, der ihn jeden Moment platzen zu lassen drohte wie eine aus großer Höhe herabfallende Wassermelone.

Floriana erschrak. Woher kam dieses fürchterliche Bild? Sie öffnete die Augen und berührte zaghaft den Verband an der einen Seite ihres Kopfes, an dem eine sehr nervöse junge Assistenzärztin namens Suzy eine Ewigkeit herumgefummelt hatte, um mit sechs Stichen die Verletzung dort zu schließen. Das war der Moment, in dem die ebenfalls anwesende Krankenschwester bemerkt hatte, Floriana habe großes Glück gehabt, dass die Schnittwunde so nahe am Haaransatz war und die Narbe irgendwann nicht mehr zu sehen sein würde. Sie hatte auch ein Pflaster am Kinn und an der Wange, wo die Haut schlimme Abschürfungen aufwies, und Gott allein wusste, wie schauderhaft das aussehen musste.

Auf der anderen Seite des Vorhangs hörte sie Stimmen und Schritte, dann wurde der Stoff so ruckartig zurückgezogen, als wäre es Teil eines Magierauftritts und der großen Enthüllungsszene – *Ta-daa!* Die Krankenschwester von eben erschien am Fußende des Bettes und sagte mit einem warmherzigen Lächeln: »Hier sind Ihre Großmutter und ein Freund. Ich überlasse Sie ihnen ein Weilchen.«

Floriana starrte zuerst die zierliche alte Dame und dann den großen, gut aussehenden Mann an ihrer Seite an. Ihr Blick kehrte zu der Frau zurück. Gut gekleidet und gepflegt, stand sie mit der Eleganz alter Schule sehr aufrecht da. Aber sie war definitiv nicht Oma Betsy, die eine größere und sehr viel rundlichere Frau gewesen war.

»Sie sind nicht meine Großmutter«, sagte Floriana schließlich.

Ihr entging nicht, dass der Mann bei ihren Worten scharf den Atem einzog. Er errötete, aber die ältere Frau trat vor. »Das ist völlig richtig, und es tut mir leid, Sie verwirrt zu haben, doch ich hoffe, dass Sie uns diesen kleinen Trick verzeihen werden. Denn wissen Sie, wir … oder beziehungsweise ich habe am Empfang ein bisschen geflunkert, um sicherzugehen, dass wir erfahren würden, wie es Ihnen geht. Ich war in Sorge, dass man es uns vielleicht nicht sagen würde, wenn wir ehrlich wären. Übrigens heiße ich Esme Silcox und wohne auf der Latimer Street, nicht weit von der Kreuzung, wo Sie angefahren wurden.«

Sehr langsam begann sich für Floriana eins der Puzzleteilchen in das Bild zu fügen. »Ihre Stimme«, sagte sie. »Ich erinnere mich an Ihre Stimme. Sie waren …«

»Ganz recht, wir waren an der Unfallstelle. Mr. Strong hier«, Esme Silcox deutete auf ihren gut aussehenden Begleiter, »hat den Krankenwagen gerufen.«

Floriana richtete ihren Blick wieder auf Mr. Strong und dachte an die *Unsere kleinen Damen und Herren*-Bücher, die sie als Kind so geliebt hatte; Mr. Tickle war ihr Favorit gewesen. Dieser Mr. Strong sah aus, als fühlte er sich äußerst unbehaglich und wünschte, er wäre ganz woanders als hier in dieser drückenden Hitze und dem durch Vorhänge abgetrennten kleinen Raum. Nicht nur du, dachte Floriana. »Ja«, sagte sie leise, »jetzt erinnere ich mich auch an Sie. Sie haben mit mir gesprochen, nicht? Ihr Name ist …«

»Adam«, sagte er.

»Mr. Strong war einfach wunderbar«, erklärte die alte Dame. »Er war sehr galant und deckte Sie mit seinem Mantel zu, um Sie warm zu halten.«

Floriana, die sich jetzt nicht nur an seinen Namen, sondern auch an seine ruhige und ermutigende Art erinnerte, lächelte ihn dankbar an. »Danke, Mr. Strong. Aber wieso sind Sie jetzt beide hier?«

»Weil wir uns Sorgen machten«, erwiderte die alte Dame und trat näher an das Bett heran. »Wir wollten nicht, dass Sie ganz allein hier liegen. Ist schon jemand unterwegs, um bei Ihnen zu bleiben?«

»Ähm … eigentlich nicht.«

»Aber Sie haben doch jemanden, der kommen wird?«, beharrte Miss Silcox.

»Ich brauche niemanden. Es geht mir gut«, sagte Floriana zuversichtlicher, als sie sich fühlte. »Sobald getan ist, was auch immer getan werden muss, bin ich hier weg.«

»Halten Sie das für klug?«, fragte Esme Silcox mit einem prüfenden Blick auf die Verbände an Florianas Gesicht und Kopf.

»Sie haben Röntgenbilder und alle möglichen Untersuchungen gemacht, und da nichts gebrochen ist, brauche ich auch nicht zu bleiben.«

»Und wenn Sie eine Gehirnerschütterung haben? Würden die Ärzte Sie dann nicht über Nacht dabehalten wollen, um ein Auge auf Sie haben zu können?«

Florianas Mut sank, als sie ihre Befürchtungen bestätigt hörte.

»Und ich wage zu behaupten, dass sie nicht eher zufrieden wären, bis sie wüssten, dass jemand bei Ihnen zu Hause ist, um sich um Sie zu kümmern. *Ist* so jemand bei Ihnen zu Hause?«

Was sollte das? Warum nahm die alte Dame sie so ins Kreuzverhör? Und warum trieb die ehrliche Antwort auf Miss Silcox' Frage ihr die Tränen in die Augen und erinnerte sie daran, dass der einzige Mensch auf der Welt, den sie bei sich haben wollte, es nicht sein konnte? Warum dachte sie in einer solchen Situation überhaupt an Seb, nachdem er ihrem Leben in den letzten beiden Jahren so entschieden ferngeblieben war? Und nun bekam sie eine einzige verdammte Karte von ihm, und schon geriet sie völlig durcheinander!

Wut, ja, das war besser. Besser, sie war wütend auf Seb, als zu einer jämmerlichen Heulsuse zu werden. Schließlich war es seine Schuld, dass sie hier lag. Ganz allein seine Schuld, dass sie so unachtsam die Straße betreten hatte und …

Sie hielt inne, als sie merkte, dass ein weiterer Erinnerungsfetzen in ihr aufgetaucht war. Schnell konzentrierte sie sich darauf, ihn einzufangen, aber wie Quecksilber entglitt er ihr und war verschwunden.

»Haben Sie denn nun jemanden, der sich zu Hause um sie kümmern kann?«

Oh nein, jetzt fing Miss Marple schon wieder mit der Fragerei an! »Ich glaube, das ist ja wohl meine Sache, oder?«, versetzte Floriana spitz, um Stärke zu demonstrieren, wie sie hoffte – obwohl sogar sie den Eindruck hatte, dass sie sich mehr wie ein patziger Teenager anhörte, statt wie eine erwachsene, emanzipierte Frau.

»Sie haben recht«, sagte Mr. Strong, der jetzt vortrat und der alten Dame eine Hand auf den Arm legte. »Kommen Sie, Mrs. Silcox! Da wir nun erledigt haben, was wir uns vorgenommen hatten, wird es Zeit zu gehen, glaube ich.«

»*Miss* Silcox«, berichtigte ihn die alte Dame. »Und bevormunden Sie mich bitte nicht und stellen mich als nette alte Dame hin, die nichts Besseres zu tun hat, als ihre Nase in Dinge hineinzustecken, die sie nichts angehen!«

»Wollen wir dann nicht lieber gehen, bevor es zu diesem Vorwurf kommt?«, hakte Adam Strong schnell nach.

Ooh, dachte Floriana, Mr. Strong macht seinem Namen alle Ehre!

Aber dann weckte der niedergeschlagene Gesichtsausdruck der alten Dame Florianas Mitgefühl, und beschämt über ihre eigene Unhöflichkeit sagte sie schnell: »Bitte, Miss Silcox, ich weiß Ihre Sorge wirklich sehr zu schätzen, und es war ausgesprochen nett von Ihnen beiden, so viel für mich zu tun.«

»Danke«, sagte Miss Silcox mit trotzig vorgeschobenem Kinn. »Und ich kann Ihnen versichern, dass ich der letzte Mensch auf Erden bin, der sich in anderer Leute Angelegenheiten einmischt. Aber in diesem Fall bin ich nicht nur aus reiner Menschenfreundlichkeit hergekommen, sondern auch, weil ich ... weil ich mir wünschen würde, dass jemand irgendwann einmal das Gleiche auch für mich täte.«

Ihre Worte beschämten Floriana, und ein rascher Blick auf Mr. Strong verriet ihr, dass es ihm nicht anders ging.

»Und wie kommen wir hier drinnen zurecht?«, erklang in diesem Augenblick eine andere Stimme, und die Krankenschwester von vorhin trat ein.

»Bestens«, sagte Floriana. »Darf ich jetzt bitte nach Hause gehen?«

Die Schwester lächelte. »Um Ihnen das mitzuteilen, bin ich hergekommen.«

Eine Dreiviertelstunde später wurde Floriana entlassen und nahm dankbar das Angebot ihrer barmherzigen Samariter an, sie heimzufahren.

Als sie vor Church Close anhielten, dankte sie ihnen, schrieb sich auf Miss Silcox' Beharren ihre Telefonnummern und Adressen auf und verabschiedete sich mit einem Winken und der sehr entschiedenen Versicherung, es gehe ihr bestens.

Es ging ihr alles andere als bestens, und wahrscheinlich wussten die beiden anderen das auch, waren aber rücksichtsvoll genug gewesen, sie nicht weiter zu bedrängen. In der Küche setzte Floriana Teewasser auf und wollte gerade ein paar Scheiben Brot in den Toaster stecken, als ihr Mobiltelefon klingelte. Ein Blick auf das Display verriet ihr, dass es ihre Schwester war. Floriana war nicht gerade in der Stimmung für ein Gespräch mit ihr, doch da sie sehen konnte, dass Ann schon mehrmals angerufen hatte, meldete sie sich.

»Endlich!«, sagte Ann. »Wo hast du nur gesteckt? Ich versuche schon den ganzen Abend, dich zu erreichen.«

»Wieso, was ist denn los?«

»Nichts ist los. Ich bemühe mich nur, unser Weihnachten zu organisieren. Du hattest versprochen, mir spätestens bis heute endgültig Bescheid zu geben, ob du kommen wirst oder nicht.«

Anns vorwurfsvoller Tonfall hämmerte auf Florianas Ohr ein und drohte den Schmerz in ihrem Kopf zu einer ausgewachsenen Migräne zu verschlimmern.

»Tut mir leid«, erwiderte sie matt. »Ich wollte dich anrufen, ich hatte es wirklich vor, nur wurde ich dann …«

»Na, das ist doch mal wieder typisch für dich, nicht?«, unterbrach Ann sie erbost. »Du nimmst dir immer irgendwas vor, nur kommst du leider nie dazu, es auch in die Tat umzusetzen, nicht wahr? Also wirklich, Floriana! Bei dir bin ich mit meinem Latein am Ende! Was ist diesmal deine Ausrede?«

»Auf dem Heimweg wurde ich von einem Wagen angefahren und …«

»Über so etwas scherzt man nicht!«, fiel ihre Schwester ihr ärgerlich ins Wort. »Bevor du dich's versiehst, wird es wirklich noch passieren – das nennt man ›das Schicksal herausfordern‹!«

»Ich scherze nicht. Ich wurde tatsächlich von einem Auto angefahren. Erst vor ein paar Minuten bin ich aus dem Krankenhaus heimgekommen.«

Eine Pause entstand am anderen Ende der Leitung, als versuchte ihre Schwester, sich zu sammeln. »Warum hast du mich nicht angerufen?«

Wie typisch für Ann, sofort gekränkt zu reagieren, ohne sich auch nur nach Florianas Zustand zu erkundigen! »Wozu?«, erwiderte sie. »Es ist ja nicht so, als könntest du mir helfen, dazu bist du viel zu weit entfernt. Und danke der freundlichen Nachfrage, wie es mir geht.«

Wieder entstand eine Pause, als Ann ihren Fehler einsah. »Tut mir leid«, sagte sie, und es klang fast so, als meinte sie es ernst. »Wie geht es dir also? Wenn du mich fragst, klingst du eigentlich ganz gut.«

»Tja, aber zufällig geht es mir gar nicht gut, sondern sogar verdammt bescheiden. Mein Kopf musste mit einem halben

Dutzend Stichen genäht werden, und dazu habe ich ein schlimm zugerichtetes Gesicht und höllische Schmerzen überall.«

»Aber nichts gebrochen? Keine inneren Verletzungen?«

»Nein, das zumindest nicht.«

»Na, das ist doch gut«, sagte Ann. »Was ist mit dem Wagen, der dich angefahren hat? Was unternimmt die Polizei gegen den Fahrer?«

»Er hat nicht angehalten.«

»*Was?* Konntest du dir wenigstens die Autonummer merken?«

Wie immer schaffte Ann es, Floriana ein Gefühl der Unzulänglichkeit zu geben, als hätte sie aus bloßer Nachlässigkeit versäumt, diesen wichtigen Punkt zu beachten.

Floriana erklärte ihr, dass der eigentliche Unfall wie ausgelöscht aus ihrem Bewusstsein war und sie keinerlei Erinnerung an diesen Moment hatte.

»Gab es Zeugen?«

Sie erzählte ihrer Schwester von den beiden barmherzigen Samaritern, und zu ihrem Entsetzen bemerkte Ann darauf: »Ich würde ja kommen und bei dir bleiben, wenn es möglich wäre, aber im Moment kann ich unmöglich von der Arbeit weg. Warum kommst du nicht zu uns?«

»Das ist nicht nötig«, erwiderte Floriana schnell, weil sie wusste, dass sie den Unfall herunterspielen musste oder ihre Schwester sonst wer weiß was auf sie loslassen würde. »Ich bin nur ein bisschen lädiert und geschockt, mehr nicht. Es ist nichts Ernstes. Wirklich nicht.«

»Bist du sicher?«

»Ja, völlig sicher. Ich muss mich nur mal ordentlich ausschlafen, und morgen früh bin ich dann wieder auf dem Damm.« Es ging doch nichts über ein bisschen ungerechtfertigten Optimismus!

Das Teewasser begann zu kochen, und während sie es abstellte, hörte sie ihre Schwester sagen: »Ich glaube, es wäre besser, Mum und Dad nichts davon zu erzählen. Es würde sie nur beunruhigen, und es wäre doch jammerschade, wenn du ihnen den Urlaub verderben würdest. Du weißt ja, wie Mum ist; sie würde auf der Stelle zurückkommen, wenn sie wüsste, dass du einen Unfall hattest.«

Ihre Eltern befanden sich auf einer Kreuzfahrt um die Welt. Die seit vielen Jahren geplante Reise war ein Geschenk an sie selbst gewesen, nachdem Dad endlich das Familienunternehmen verkauft und sich zur Ruhe gesetzt hatte, und deshalb wusste Floriana, dass Anns Vorschlag nur vernünftig war und es falsch wäre, ihren Eltern den Urlaub zu verderben. Aber wie so oft war es die Art und Weise, wie ihre Schwester sich ausdrückte, was Floriana wurmte.

»Natürlich werde ich es ihnen nicht erzählen«, sagte sie verteidigend. »So dumm bin ich nicht. Und jetzt muss ich leider Schluss machen, denn ich brauche etwas zu essen und muss ins Bett, weil ich fix und fertig bin.«

»Natürlich. Ich rufe morgen früh an, um zu hören, wie es dir geht. Oh, und denk bitte mal über Weihnachten nach. Ich muss die endgültige Zahl der Gäste wissen.«

Und ich muss mir eine erstklassige Ausrede einfallen lassen, warum ich Weihnachten nicht zu euch kommen kann, dachte Floriana, als sie das Gespräch beendete. Sie befürchtete allerdings, dass nur ihr Tod ihr eine plausible Entschuldigung liefern würde, um nicht den ehrgeizigen Plänen ihrer Schwester zu entsprechen.

Das ist nicht lustig, sagte sie sich erschaudernd. Wäre das Timing heute Abend auch nur ein bisschen anders gewesen, hätte dieser Wagen sie sehr gut vom Leben zum Tode befördern können. Ihr war, als striche ihr eine kalte Hand über den Rücken, und plötzlich wurde ihr klar, dass die Schwester im Krankenhaus recht gehabt hatte: Sie hatte großes Glück gehabt.

Und Glück auch, dass zwei so hilfreiche Menschen zur Stelle gewesen waren. Morgen würde sie sich gebührend bei ihnen für ihre Hilfe bedanken müssen. Das war das Mindeste, was sie tun konnte.

Kapitel 6

Samstagmorgen in Summertown, und Adam war mit der drastischen Erinnerung daran erwacht, dass Jesse tatsächlich nicht mehr da war. Ihrer beruflichen Verpflichtungen wegen war es nichts Ungewöhnliches, dass sie von Montag bis Freitag ihrem Bett fernblieb, doch samstags und sonntags morgens war sie immer dort gewesen, neben ihm; es war eine der Konstanten in ihrer Beziehung gewesen.

Um sich von den Gedanken an ihre Abwesenheit abzulenken, war er trotz der eisigen Kälte recht früh am Morgen laufen gewesen, und später, nachdem er geduscht und sich angezogen hatte, war er zu den Läden hinuntergegangen und war von den neuen Bäckern dort mit einer Tüte frisch gebackener Croissants für sein Frühstück zurückgekehrt.

Und als er sich nun eine zweite Tasse Kaffee einschenkte, dachte er über den Tag nach, der vor ihm lag.

Um zwölf Uhr wollte Jesse kommen, um ihre Sachen abzuholen. Wie ursprünglich geplant würde er sich jedoch verziehen, bevor sie erschien. Er wollte sich auf keinen Fall der schmerzlichen Erfahrung aussetzen, mitansehen zu müssen, wie sie das Haus ihrer Präsenz beraubte, oder gar versuchen, sie zu überreden, es sich noch einmal anders zu überlegen. Wenn er sich selbst gegenüber ehrlich war, traute er sich auch gar nicht zu, nichts Würdeloses zu sagen oder zu tun. Da ihm erst vor einer Woche ganz offiziell der Laufpass gegeben worden war, war es noch zu früh für ihn, sich einigermaßen normal in Jesses Nähe zu benehmen – was auch immer normal sein mochte unter den gegebenen Umständen.

Von seinem Sessel in dem Wintergarten im viktorianischen Stil, den er an das Haus hatte anbauen lassen, blickte er sich zur Küche um, in der sich jetzt an der Wand über dem weiß getünchten Sideboard eine leere Fläche befand. Vor einer Woche hatte an dieser Stelle noch eine große gerahmte Fotografie von Jesse und ihm gehangen. Sie war im vergangenen Januar im Urlaub auf den Malediven aufgenommen worden, und beide sahen braun gebrannt und glücklich darauf aus – Jesse mit ihrem perfekt durchtrainierten Körper in einem winzigen Bikini und er selbst, nicht ganz so durchtrainiert, in einer Badehose. Im Laufe der Woche hatte er das Foto von der Wand genommen, weil er einfach nicht mehr zurechtkam mit dem, was ihm heute wie spöttisches Lächeln auf selbstzufriedenen Gesichtern vorkam. Er hatte auch den Rest der aufgehängten Fotografien, die ihre Beziehung bildhaft darstellten, entfernt und im Gästezimmer auf das Bett gelegt. Falls Jesse diese Fotos haben wollte, konnte sie sie gern mitnehmen. Doch irgendwie bezweifelte er, dass sie das tun würde.

Während er noch die leere Fläche an der Wand anstarrte, wurde er urplötzlich von einem wütenden Impuls erfasst, die Küchenschränke von Jesses gesamtem Vorrat an Kräutertees und grünen Tees, Reformkost und Nahrungsergänzungsmitteln zu befreien – von dem Ginseng, dem Nachtkerzenöl, dem Ginkgo Biloba, dem gemahlenen Bio-Leinsamen und den Goji-Beeren. Er wollte all das Zeug in einen Müllsack packen, zusammen mit Jesses Supernahrungsmittel-Kochbibel, und damit dann im Badezimmer fortfahren und die Regale von jeglichen Spuren ihrer teuren Schönheitsmittel säubern. Aber er wappnete sich gegen das Bedürfnis, weil er Jesse keinen Anlass geben wollte, ihn kleinlicher Rachsucht zu bezichtigen.

Aus all diesen Gründen war es das Beste, sich heute rarzumachen und sie ungestört zu Werke gehen zu lassen, wie sie es für richtig hielt. Sollte sie ihn lieber für einen Feigling halten, weil er ihr aus dem Weg ging! Hauptsache, er riskierte nicht, sich zu einem idiotischen Benehmen hinreißen zu lassen, das er später bereuen würde. Ein Mann hatte schließlich seinen Stolz.

Nach dem Frühstück räumte er auf und vergaß auch nicht, den Mülleimer in der Küche zu leeren, um auch gleich die peinlichen Überreste seines gestrigen Abendessens zu beseitigen. Ein sitzen gelassener Mann, der es sich mit Essen zum Mitnehmen gemütlich machte, war einfach zu klischeehaft.

Am vergangenen Abend hatte er auf dem Heimweg in dem bangladeschischen Restaurant angerufen und das Essen vorbestellt, nachdem er zuerst in Church Close und dann in Latimer Street angehalten hatte, wo sich zu seiner und Miss Silcox' Überraschung herausstellte, dass sich die Immobilie, die er gerade erst erworben hatte, direkt neben dem Haus der alten Dame befand. Wie groß waren die Chancen für einen solchen Zufall?

»Ich nehme an, dass Sie das Gebäude in Luxusapartments umbauen werden«, hatte Miss Silcox gesagt, als er angehalten hatte und zur Beifahrerseite hinübergegangen war, um ihr beim Aussteigen zu helfen. Womit er sein Geld verdiente, hatte sie ihm schon während der Fahrt entlockt.

Da zu befürchten stand, dass sich die Neuigkeiten bis zum Frühstück in der ganzen Nachbarschaft verbreiten würden, war er nicht bereit gewesen, der alten Dame seine Pläne zu offenbaren, und hatte nur erwidert: »Ich muss erst noch entscheiden, was ich mit der Immobilie mache.«

Im Dunkeln hatte er sie die Stufen zu ihrem Haus hinaufbegleitet und war bei ihr geblieben, bis sie ihre Handschuhe abgestreift hatte, um die Schlüssel aus ihrer Krokodilledertasche zu fischen. Als sie endlich die Tür geöffnet hatte, drehte sie sich um und blickte zu ihm auf. »Gute Nacht, Mr. Strong«, sagte sie. »Trotz der unerfreulichen Natur unserer Begegnung hat es mich gefreut, Ihre Bekanntschaft zu machen. Nochmals vielen Dank dafür, dass Sie Ihren Freitagabend geopfert haben, zumal Sie sicherlich schon andere Pläne hatten. Und ich wünsche Ihnen alles Gute für Ihr Vorhaben für das Nebenhaus, was immer das auch sein mag. Gute Nacht.«

Trotz der scheinbaren Endgültigkeit ihrer Worte hatte Adam gewusst, dass sie nicht die letzten waren, die sie miteinander wechseln würden. Als er wieder hinter dem Lenkrad seines Wagens gesessen hatte, hatte er beschlossen, die Besichtigung seiner neuen Immobilie aufzuschieben, statt dort in der Dunkelheit herumzutappen, und war die kurze Strecke bis zur North Parade gefahren. *Pläne*, hatte er mit einem Auflachen gedacht. Außer einem grüblerischen Abend zu Hause vor dem Fernseher hatte er für den Abend nichts geplant gehabt.

Fest entschlossen, auch heute Morgen nicht ins Grübeln zu verfallen, fasste er schnell einen Entschluss: Da er am Vorabend die Gelegenheit versäumt hatte, sein neues Haus zu besichtigen, würde er hinfahren und es sich bei Tageslicht ansehen.

Er saß schon in seinem Wagen und hatte die Heizung angestellt, als er einen weiteren Entschluss fasste, der ihn selbst sehr überraschte.

Mit der Kuchenschachtel auf dem Beifahrersitz machte er sich in Richtung Church Close auf.

Sein rationales Ich sagte ihm, dass er sich für nichts zu entschuldigen brauchte, und dennoch wurde er das Gefühl nicht los, gestern Abend einen falschen Eindruck von sich hinterlassen zu haben. Wenn es eines gab, was er bei anderen verabscheute, waren es aggressive Verhaltensweisen oder, schlimmer noch, das völlige Fehlen von Manieren, und je länger er darüber nachdachte, desto mehr war er überzeugt, dass er am Vorabend beide Charakterzüge hatte erkennen lassen. Vielleicht war es auf seinen Stolz zurückzuführen, aber er fühlte sich verpflichtet, diesen Eindruck bei Miss Silcox und auch bei Floriana Day zu korrigieren.

Wann immer er an Letztere dachte, sah er sie wieder hilflos auf der Straße liegen, das Gesicht rot von dem Blut, das unter ihrer Beanie-Mütze hervorquoll, die verrutscht war und daher eines ihrer Augen teilweise bedeckte. So sanft und vorsichtig er konnte, hatte er sie ihr abgenommen, damit sie besser sehen konnte, vor allem aber auch, um selbst herauszufinden, welche Art Verletzung sich unter dieser Mütze befand. Da war sein Verhalten noch tadellos gewesen; erst später hatte er sich nicht gerade positiv hervorgetan. Wahrscheinlich war er distanziert und kalt erschienen im Vergleich zu der außerordentlich hilfsbereiten Miss Silcox. Zu Beginn hatte er sie für eine etwas aufdringliche alte Dame gehalten, die ihren Nervenkitzel daraus bezog, in das Drama eines anderen Menschen verstrickt zu werden. Und die ihn auch gleich mit hineinzog.

Es war ihre Bemerkung darüber, dass sie hoffte, jemand würde das Gleiche für sie tun, wenn sie einen Unfall hätte, die ihn veranlasst hatte umzudenken. Ihre liebenswürdige Hilfe, denn darum handelte es sich in Wahrheit, hatte ihn dazu gebracht, sein eigenes Verhalten unter die Lupe zu nehmen. Und er war schnell zu der Erkenntnis gelangt, dass es sehr zu wünschen übrig gelassen hatte. Natürlich hatte er getan, was von ihm als Zeuge eines Unfalls mit Fahrerflucht erwartet wurde, doch wahrscheinlich hatte er es lediglich als seine Pflicht betrachtet und, als die erfüllt war, sich nur wieder auf den Weg machen wollen. Doch wie würde er sich fühlen, wenn beispielsweise sein Vater so verunglückt wäre? Würde er dann nicht dankbar sein für die Art von Hilfe, die Miss Silcox so schnell und bereitwillig geleistet hatte?

Und so befand er sich nun auf einer Mission, um seinen guten

Ruf wiederherzustellen und, wenn er ganz ehrlich zu sich selbst sein wollte, auch um sein Gewissen zu erleichtern. Er hoffte nur, dass die Empfängerin seines Geschenks es begrüßen würde und dass sie, anders als Jesse, nicht ständig auf Diät war.

Jesse hatte heftig bestritten, überhaupt je Diät zu halten. »Ich achte nur auf meine Ernährung«, pflegte sie zu sagen. Was bedeutete, dass sie keinen Kuchen aß, oder höchstens bei besonderen Gelegenheiten. Auch Bacon-Sandwichs waren tabu, ebenso wie Schokolade, Chips, Pizza, Würstchen und Kartoffeln. Im Prinzip betrachtete sie alles mit einem Kaloriengehalt, der über dem eines Reiscrackers lag, als Gift. Natürlich war auch nicht zu übersehen, wie sensationell Jesse dank all ihrer Work-outs und des »Achtens auf ihre Ernährung« aussah.

Adam klopfte an die Tür von Church Close, dem Haus mit der Hausnummer 10a. Es war Viertel vor elf und damit hoffentlich spät genug, dass die Bewohnerin ausgeschlafen hatte, aber auch noch früh genug, um sie nicht zur Mittagszeit zu überfallen. Allerdings war es auch sehr gut möglich, dass sie nach ihrem gestrigen Unfall eine Ausnahme von ihrer üblichen samstagmorgendlichen Routine machte, sofern sie überhaupt eine hatte.

Noch mit ihrem alten Schlafanzug mit Rosenmuster bekleidet, über dem sie eine bequeme Wolljacke statt eines Morgenmantels trug, legte Floriana das Buch beiseite, das sie zu lesen versucht hatte, und ging auf ihren grob gestrickten Wollsocken vorsichtig, um nicht auf dem Kachelboden in der Diele auszurutschen, zur Tür. Dabei fragte sie sich, ob es wohl wieder der Polizeibeamte sein mochte, der zurückkam, um ihr eine Frage zu stellen, die er bei seinem ersten Besuch heute vergessen hatte. Es sei ein Anschlussbesuch, hatte er vorhin gesagt, a: um noch einmal ihre

Aussage zu überprüfen, und b: um sich zu erkundigen, ob ihr noch etwas eingefallen war, das nützlich sein könnte. Das war leider nicht der Fall. Und das machte Floriana zu schaffen. Sie hasste den Gedanken, dass es einen Zeitraum gab, der ihr genommen worden war, auch wenn es nur ein paar Sekunden oder Minuten waren.

»Oh«, murmelte sie, als sie sah, wer der Besucher war. Er sah anders aus, als sie ihn in Erinnerung hatte. Vielleicht lag es daran, dass er gestern einen Anzug und einen eleganten schwarzen Mantel getragen hatte. Siehst du, sagte sie sich, du hast kein ernsthaftes Problem mit deiner Erinnerung; du brauchst nur den richtigen Anreiz. Heute wirkte Mr. Strong mehr wie Mr. Zwanglos, da er mit Jeans und einem marineblauen Jackett, einem grauen Pullover und einem locker um den Hals geschlungenen marineblauen Schal bekleidet war.

»Ich hoffe, ich komme nicht ungelegen«, sagte er. »Ich wollte mich nur vergewissern, dass es Ihnen gut geht. Und ich habe Ihnen Kuchen mitgebracht«, fügte er hinzu und zeigte ihr eine weiße Schachtel mit einer weihnachtlich rot-grünen Schleife, »weil ich dachte, der würde Sie vielleicht ein bisschen aufheitern. Wie fühlen Sie sich heute?«

Überrascht und gerührt erwiderte sie: »Sie kennen doch bestimmt den Ausdruck: ›Als wäre ich unter einen Lkw geraten‹? Das trifft es ziemlich gut. Aber bei der Erwähnung von Kuchen geht es mir plötzlich viel besser.« Obwohl ihr bewusst war, wie schauderhaft sie aussah, fügte sie hinzu: »Möchten Sie hereinkommen?«

Die Schachtel mit dem Kuchen noch in den Händen, zögerte er. »Ich möchte Sie nicht stören.« Wie bei dem Polizisten vorher, glitt auch sein Blick von ihrem Gesicht zu ihrer alten Strickjacke und dem Pyjama.

»Wenn es hilft, kann ich mich auch anziehen«, erwiderte sie.

Sie hatte dies zwar keineswegs wirklich vor, aber sie wollte nicht, dass er schon wieder ging, bevor sie sich richtig bedankt hatte für alles, was er und Miss Silcox für sie getan hatten. »Ich weiß nicht, was genau in dieser Schachtel ist«, fuhr sie fort, »doch wenn Sie mich damit allein lassen, wäre ich durchaus imstande, alles auf einmal aufzuessen. Also retten Sie mich doch bitte vor mir selbst, Mr. Strong! Und angesichts meines gebrechlichen Zustands werde ich sehr wahrscheinlich sogar erfrieren, wenn Sie mich noch eine Sekunde länger auf der Schwelle herumstehen lassen, um zu diskutieren, was doch eine Schande wäre, nachdem ich gestern Abend schon so nahe daran war, den Löffel abzugeben.«

Er warf ihr ein amüsiertes Lächeln zu. »So gesehen wäre es natürlich sehr ungehobelt, ja geradezu unverantwortlich von mir, Sie Ihren schlimmsten Exzessen zu überlassen. Und nennen Sie mich doch bitte Adam!«

»Dann müssen Sie aber Floriana zu mir sagen«, entgegnete sie, als sie die Tür schloss. »So, jetzt haben wir uns wenigstens vernünftig miteinander bekannt gemacht.«

»Das haben wir gestern Abend schon getan.«

»Stimmt, aber ich ziehe es vor, dabei nicht mit allen vieren von mir gestreckt auf dem Asphalt zu liegen.«

Sie nahm ihm die Kuchenschachtel ab und erbot sich, Kaffee oder Tee zu kochen.

»Eine bessere Idee wäre, dass ich das übernehme«, sagte er. »Ihres *gebrechlichen Zustands* wegen, meine ich.«

»Unter normalen Umständen würde ich Sie eher niederringen, als einem solch unerhörten Vorschlag zuzustimmen, doch ehrlich gesagt habe ich heute nicht die Kraft dazu. Und auch nicht die Energie, hinaufzugehen und mich anzuziehen. Meinen Sie, Sie könnten einfach Ihre Augen abwenden, um uns unser gegenseitiges Erröten zu ersparen?«

Er nickte kurz. »Keine Angst, meine Augen werden Sie vollkommen ignorieren.«

»Gut.« Nachdem das geregelt war und er sein Jackett und seinen Schal abgelegt hatte, saß Floriana auf einem Hocker an der kleinen Frühstücksbar und beobachtete, wie ihr barmherziger Samariter sich daranmachte, in ihrer winzigen Küche Kaffee aufzubrühen. Alles an Church Close war winzig; es war das kleinste Haus der Straße und sah so aus, als hätte es den Atem anhalten müssen, um zwischen seine größeren Nachbarn hineingezwängt werden zu können. Mit einem Schiebefenster links neben der Eingangstür und einem normalen Fenster darüber war es eines dieser typischen zweigeschossigen Häuser mit Wohnzimmer und Küche im Parterre und einem Schlafzimmer und Badezimmer im ersten Stock. Das ursprüngliche Backsteinmauerwerk war schon vor vielen Jahren verputzt und weiß getüncht worden. Floriana nannte es liebevoll ihr »Puppenhaus«.

Als hätte ihr hilfreicher Gast, der gerade kochend heißes Wasser in zwei Becher goss, erraten, was sie dachte, sagte er: »Wie lange wohnen Sie schon hier?«

»Seit August. Vorher hatte ich etwas zur Miete an der Iffley Road.«

Mit einem fragenden Blick hob er den Milchkarton hoch.

»Ja, bitte.«

»Ein hübscher Besitz«, bemerkte er, als er nun zu dem kleinen Garten hinter dem Haus hinausblickte, wo nichts als ein Vogelhäuschen, zwei alte Holzstühle und ein heruntergekommener Schuppen standen. Floriana hatte vor, einen schönen Tisch mit passenden Stühlen zu kaufen und Lichterketten zur Beleuchtung aufzuhängen, sobald sie dazu kam. »Und in einer guten Gegend«, fuhr Adam fort. »Einer sehr guten. Haben Sie das Haus gemietet?«

»Nein, es gehört mir«, antwortete Floriana. »Und wenn ich

mich recht entsinne, erwähnten Sie gestern Abend im Wagen Miss Silcox gegenüber, dass Sie eine Art Projektentwickler sind, nicht wahr?«

»Das ist richtig. Also reden Sie ruhig weiter, und werden Sie es los!«

»Was soll ich loswerden?«

»Dass Sie Leute wie mich in Oxford für das Allerletzte halten und denken, dass ich die Geißel einer altehrwürdigen, schönen Stadt bin und deren architektonisches Erbe zerstöre. Und vergessen Sie nicht, dass ich nur ein weiterer gewissenloser Vermieter bin, der alte Häuser in teure Mietwohnungen verwandelt und die Armen hinters Licht führt, um meine vollen Taschen nur noch mehr zu füllen.«

»Und? Sind Sie so jemand?«

»Nein. Als Vermieter nehme ich meine Verpflichtungen sehr ernst.«

»Puh, da bin ich aber erleichtert! Ich möchte mir nicht mal vorstellen, dass ich solch schlechten Umgang haben könnte.«

Er lächelte. »Wie sich gezeigt hat, habe ich gerade ein Haus neben Miss Silcox' erworben – ein beängstigender Zufall, nicht? Möchten Sie Ihren Kaffee hier in der Küche trinken?«

»Nein, nebenan ist es bequemer.«

Er folgte ihr mit einem Tablett mit Bechern, Tellern und dem Kuchen. Nachdem Floriana einen Korb mit Strickzeug weggeräumt hatte, stellte er das Tablett auf den Couchtisch und wartete, bis sie sich auf das Sofa gesetzt hatte, bevor er sich für den Sessel neben ihr entschied. Der geringen Größe des Hauses entsprechend waren auch die Möbel kleiner als gewöhnlich, und der Sessel, der aus einem Secondhandladen an der Cowley Road stammte und erst kürzlich aufgepolstert worden war, stellte sich als viel zu klein für Adam heraus. Ihm war anzusehen, dass er seine Wahl sofort bereute. »Das Sofa wäre vielleicht bequemer für Sie«, schlug Floriana ihrem barmherzigen Samariter vor.

»Nein, nein, danke, ich sitze gut.«

Ihr wundes Gesicht verzog sich zu einem Lächeln angesichts seiner höflichen Gelassenheit, und sie erinnerte sich, wie ruhig und ermutigend er gestern Abend gewesen war, wie er sie am Reden gehalten und sie mit seinem Mantel zugedeckt hatte. Ironischerweise war er genau die Art von Mensch, den man bei einem Notfall an seiner Seite würde haben wollen. Miss Silcox hatte ihn als »galant« beschrieben, und dieser Bezeichnung war er definitiv gerecht geworden, indem er hergekommen war, um nach ihr zu sehen.

»Ich bin froh, dass Sie vorbeigekommen sind«, sagte sie, als sie nach ihrem Becher Kaffee griff. »Und nicht nur, weil Sie Kuchen mitgebracht haben, sondern weil ich mich bei Ihnen bedanken wollte für alles, was Sie gestern Abend getan haben. Ich glaube nicht, dass ich meiner Dankbarkeit so gut Ausdruck verliehen habe, wie es angebracht gewesen wäre. Es tut mir leid, falls ich Ihnen aufsässig und undankbar erschienen bin.«

»Aber ganz und gar nicht! Eigentlich wollte ich mich sogar bei *Ihnen* entschuldigen.«

»Bei mir? Wofür denn nur?«

»Für mein Benehmen im Krankenhaus; diese Einrichtungen bringen das Schlimmste in mir hervor. Mit sieben Jahren war ich zu einem längeren Aufenthalt in einem, und seitdem halte ich mich lieber fern von ihnen.«

»Ich weiß, was Sie meinen. Ich konnte es kaum erwarten, es zu verlassen, und hatte furchtbare Angst, dass ich gezwungen sein würde, über Nacht zu bleiben.«

»Haben Sie deshalb mitgespielt, als Miss Silcox behauptete, Ihre Großmutter zu sein?«

»Ja. Ich dachte, sie würden mich zwingen zu bleiben, wenn

sie glaubten, ich hätte niemanden, der mich zu Hause pflegen kann.«

Sie nippte vorsichtig an ihrem Kaffee und achtete darauf, wie sie den Becher an ihre Lippen hielt. Gestern Nacht war der Schmerz in ihrer Wange noch ziemlich eingegrenzt gewesen, doch heute hatte er sich auf ihr ganzes Gesicht ausgeweitet, obwohl sie regelmäßig Paracetamol einnahm, das jedoch auch dem heftigen Kopfschmerz, den sie noch immer hatte, nicht viel anzuhaben schien. Auch die Schwellungen und Prellungen hatten sich ausgebreitet, und nach einer unruhigen Nacht hatte Floriana am Morgen bei einem Blick in den Spiegel voller Entsetzen festgestellt, dass sie ein blaues Auge hatte. Aber eigentlich hätte sie damit rechnen müssen, da die Krankenschwester sie gewarnt hatte, dass das geschehen könnte. »Sehr wahrscheinlich wird sich die Prellung von dem Schlag gegen Ihren Kopf sich bis zu Ihrem Auge und noch darüber hinaus ausdehnen«, hatte sie gesagt.

Als hätte er erneut erraten, was sie dachte, fragte er: »Konnten Sie wenigstens ein bisschen schlafen?«

»Nicht viel.«

»Haben Sie heute irgendetwas zu erledigen?«, fuhr er fort. »Irgendwelche Einkäufe, die ich Ihnen abnehmen könnte? Oder andere Besorgungen?«

Aus ihr unerklärlichen Gründen war Floriana plötzlich den Tränen nahe. »Bitte«, sagte sie und winkte ab, »seien Sie nicht so hilfsbereit, weil sonst nämlich Gefahr besteht, dass ich Sie nicht mehr gehen lasse!«

Als erriete er, dass sie im Begriff war, sie beide in Verlegenheit zu bringen, erhob er sich aus dem Sessel und griff nach einem Teller, den er ihr anreichte. »Kuchen«, sagte er. »Marie Antoinettes Lösung für alle Beschwerlichkeiten des Lebens. Was möchten Sie?«

Noch ganz erschüttert darüber, dass sie fast die Kontrolle über sich verloren hätte, schluckte Floriana den Kloß in ihrem Hals herunter und murmelte: »Etwas von dem Weihnachtsgebäck, bitte.«

Der peinliche Moment verstrich, als Adam sich ein Schokoladen-Eclair aussuchte und sich wieder setzte. Sie sah, wie sein Blick an dem Kaminsims hängen blieb, wo eine einzige Weihnachtskarte stand – die von Seb, dem Anlass ihrer derzeitigen Unannehmlichkeiten. »Was haben Sie Weihnachten vor?«, fragte Adam. »Bleiben Sie in Oxford?«

»Nun ja«, erwiderte sie so gelassen wie möglich, »normalerweise würde ich zu meinen Eltern fahren, aber da sie sich auf einer Kreuzfahrt um die Welt befinden, bin ich gezwungen, mir etwas einfallen zu lassen, um die Feiertage nicht bei meiner Schwester verbringen zu müssen.«

»Verstehen Sie sich nicht gut mit ihr?«

»Oh, wir kommen bestens miteinander aus, solange ich nicht vergesse, dass ich die unbeholfene, verantwortungslose jüngere Schwester bin.«

»Und? Sind Sie das, Floriana?«

Da sie den Mund nicht sehr weit öffnen konnte, weil das einen unerträglichen Schmerz in ihrem Kinn auslöste, knabberte sie nur vorsichtig am Rande eines Plätzchens. »Ich habe meine Momente«, gab sie zu. »Sehen Sie mich nur an – mit mehr Prellungen bedeckt als eine verfaulende Banane, und das womöglich gar aus eigener Schuld.«

Adam runzelte die Stirn. »Sie können sich ja wohl kaum die Schuld daran geben, dass Sie von einem rücksichtslosen Autofahrer angefahren wurden.«

»Hm … na ja, das Problem ist – und an diesem Punkt ist meine Erinnerung leider nicht ganz klar –,es ist sehr gut möglich, dass ich die Straße betreten habe, ohne mich vorher umzuschauen. Ich war mit meinen Gedanken eindeutig woanders; das zumindest weiß ich mit absoluter Sicherheit.«

»Trotzdem hätte der Fahrer bremsen müssen. Was werden Sie denn nun tun, wenn Sie nicht zu Ihrer Schwester fahren?«

»Mich versteckt halten.«

»Haben Sie keine Freunde, zu denen Sie gehen könnten?«

»Ich würde mich ihnen nur sehr ungern aufdrängen. Weihnachten ist Familiensache, nicht? Und was haben Sie vor, Adam?«, erwiderte sie, seiner Fragerei ein wenig müde. Oder besser gesagt, der Richtung, in die seine Fragen zielten. Sie machten nur allzu deutlich, wie wenig enge Freunde sie im Grunde hatte. Als wäre das nicht gestern Abend schon klar genug gewesen! Schließlich hatte sie niemanden angerufen, um ihn zu bitten, nach ihr zu sehen.

Das Problem war, dass sie zwar genug »lockere« Freundschaften hatte, wie sie sie nannte – Arbeitskollegen und frühere Studienfreunde, die sie lange nicht gesehen hatte, weil sie heute über ganz England verstreut waren –, aber nur eine wirklich gute Freundin von der Art, die sie bei einem Notfall anrufen konnte. Doch leider war Sara letzte Woche nach Argentinien heimgeflogen, um Weihnachten mit ihrer Familie zu verbringen. Und vor Sara war es Seb gewesen, auf den sie immer hatte zählen können. Doch das hatte aufgehört, als Imogen in sein Leben getreten war und alles kaputtgemacht hatte.

»Ich werde bei meiner Familie sein«, antwortete ihr Gast und riss sie damit aus ihren Gedanken an Seb. »Was werden Sie bezüglich Ihrer Arbeit unternehmen? Sie sagten gestern Abend, Sie seien Reiseführerin. Arbeiten Sie hier in Oxford?«

»Ja, und ich habe schon angerufen, um Bescheid zu geben, dass ich meine zwei Gruppen morgen nicht führen kann. Es hat meine Arbeitgeber ziemlich in die Bredouille gebracht, doch ich hoffe, dass ich bis Montag wieder fit genug bin.«

»Finden Sie nicht, Sie sollten sich etwas mehr Zeit lassen, um sich zu erholen? Zumindest, bis der blaue Fleck verblasst ist?«

»Sie meinen, bis ich nicht mehr riskiere, die Leute mit meinem scheußlichen Gesicht zu erschrecken?«

Er schenkte ihr ein Lächeln von sehr einnehmender Offenheit und zwinkerte ihr zu. »Es wäre perfekt für eine Geistertour.«

»Bis Montag bin ich wieder fit«, wiederholte sie entschieden. »Zu Not klatsche ich mir ein ganzes Töpfchen Bühnenschminke ins Gesicht und trage eine tief herabgezogene Mütze und einen Schal, den ich so weit hochziehe, dass nur noch meine Augen zu sehen sind. Übrigens ist dieses Weihnachtsgebäck köstlich. Vielen herzlichen Dank noch mal, dass Sie gekommen sind – und auch noch so aufmerksam waren, mir Kuchen mitzubringen.«

Adam bewies noch sehr viel Aufmerksamkeit, bevor er ging. Er bestand darauf, die Becher und Teller abzuwaschen, die defekten Halogenlampen in der Küche auszutauschen und die Heizung im Wohnzimmer zu entlüften, damit das Gurgeln darin aufhörte und sie mehr Wärme abgab, wie er sagte. Als er schließlich an der Tür sein Jackett und seinen Schal nahm, fragte er: »Sind Sie absolut sicher, dass ich nicht noch etwas für Sie tun kann?«

»Aber ja. Da wären noch die gesprungene Fensterscheibe im Bad, die ausgewechselt werden muss, und ein Wasserhahn, der tropft.« Als Floriana sah, dass er zögerte, seine Jacke anzuziehen, fügte sie schnell hinzu: »Das war ein Scherz, Adam! Sie haben mir mehr als genug geholfen. Gehen Sie, Sie haben doch sicher Besseres zu tun, als hier zu sein. Gehen Sie, und machen Sie sich einen schönen Samstagnachmittag!«

»Nun ja, eigentlich wollte ich zu meinem neuen Haus fahren, um es mir anzusehen.«

»Oh, in dem Fall werde ich Sie doch noch um einen Gefallen

bitten! Würden Sie bitte bei Miss Silcox anklingeln und ihr in meinem Namen für ihre Hilfe gestern danken?«

»Sehr gern, Floriana.« Er streckte ihr die Hand hin. »Auf Wiedersehen, und passen Sie gut auf sich auf! Und wie gesagt, falls ich Ihnen irgendwie helfen kann, zögern Sie bitte nicht, mich anzurufen. Sie haben doch meine Karte, nicht?«

Mr. Strong, dachte sie, als sie ihm nachwinkte. Wie gut der Name zu ihm passte! Stark, verlässlich und alles in allem ein sehr interessanter Mann. Sie war noch nie einem Projektentwickler begegnet, oder jedenfalls nicht wissentlich, doch Adam Strong passte so gar nicht zu dem Bild, das sie von einem Projektentwickler hatte.

Während sie dem Motorgeräusch seines davonfahrenden Wagens lauschte, stand sie noch einen Moment unschlüssig da und überlegte, was sie als Nächstes tun sollte. Dann fiel ihr Blick auf Sebs Weihnachtskarte auf dem Kaminsims. Nein. Nicht das. Sie war nicht fit genug, um auch nur daran zu denken, diese Karte zu beantworten. Das konnte warten.

Kapitel 7

Von ihrem üblichen Platz am Wohnzimmerfenster in Trinity House und mit ihrer zufrieden schnurrenden Katze Eurydike auf dem Schoß, verfolgte Esme den an- und abschwellenden Verkehr auf der Latimer Street. Gerade war ein Auto mit einem großen, sehr ungeschickt auf dem Dach befestigten Weihnachtsbaum vorbeigefahren, der so ausgesehen hatte, als würde er jeden Augenblick herunterrutschen.

Das war es, was das Alter ihr angetan hatte – es hatte sie von einer Teilnehmerin zu einer Beobachterin gemacht. Trotzdem war sie recht zufrieden damit, gewissermaßen nur indirekt zu leben; schließlich hatte sie mehr als genug Erinnerungen, die ihr Gesellschaft leisteten. Außerdem hegte sie eine natürliche Abneigung dagegen, sich in das Leben anderer Leute einzumischen.

Gestern war sie jedoch nicht darum herumgekommen, den Unfall dieser jungen Frau mitzuerleben und sich sogar hineinziehen zu lassen. Nichts auf der Welt hätte sie dazu bringen können, sich einfach abzuwenden und zu gehen. Wie sie dem Polizeibeamten gesagt hatte, der vorhin bei ihr gewesen war: Wenn ein Mensch in Not war, war es eine Frage der Menschlichkeit zu helfen.

Auf dem Tisch vor ihr lag die Morgenausgabe der *Times*, das Kreuzworträtsel erst angefangen. Normalerweise hatte Esme es um diese Zeit, bevor sie sich etwas zum Mittagessen zurechtmachte, schon gelöst. Aber heute war sie nicht ganz bei der Sache, weil sie immer wieder an Floriana Day denken musste. Was für ein hübscher und ungewöhnlicher Name!, sinnierte sie, während sie der Katze geistesabwesend den Kopf kraulte und sich fragte, ob das Mädchen wohl italienischer Herkunft sein mochte.

»Was soll ich denn nun tun, Eurydike? Soll ich Miss Floriana Day vergessen und hoffen, dass es ihr gut geht, oder soll ich sie in ihrer Überzeugung bestärken, dass ich eine aufdringliche, lästige alte Frau bin?«

Mit noch lauterem und wonnevollerem Schnurren schloss die Katze die Augen und drückte ihren Kopf an Esmes Hand.

»Ja, ja, ich dachte mir schon, dass du das sagen würdest – was allerdings überhaupt nicht hilfreich ist, wie ich vielleicht hinzufügen darf.«

Draußen auf der von Bäumen gesäumten Straße näherte sich ein Wagen. Als sie sich vorbeugte, sah Esme, dass er vor dem Nachbarhaus links von ihrem hielt und der Fahrer kein anderer als Mr. Strong war. Sie beobachtete, wie er ausstieg und prüfend das Nebenhaus betrachtete. Ihr eigenes Haus war zur gleichen Zeit und auch aus rotem und gelbem Backstein erbaut worden, doch während Nummer sechs ein bescheidenes viktorianisches Stadthaus war, war Trinity House ein sehr viel größerer und aufwendigerer Bau. Mit spitz zulaufenden Bogenfenstern und einer erhöhten Eingangstür am Ende eines gewölbten, mit Schiefer gedeckten Vorbaus, war es eine etwas kleinere Version der prunkvollen Villen im gotischen Stil, die an der östlichen Seite der Banbury Road in Norham Gardens zu finden waren.

Ein gut aussehender Mann, dachte Esme, als Mr. Strong fortfuhr, die Fassade seines neu erworbenen Hauses vom Bürgersteig aus zu betrachten. Er war selbstbewusst, aber in keiner Weise arrogant. Ein bisschen wortkarg vielleicht, was einem schwatzhaften Einfaltspinsel aber immer vorzuziehen war. Sie hatte gestern Abend bemerkt, dass er keinen Ehering trug, und obwohl ihr durchaus bewusst war, dass die Leute ihre Lebensgefährten heutzutage nicht immer heirateten oder einen Ring trugen, um ihren Familienstand zu demonstrieren, war ihr doch auch nicht entgangen, dass Mr. Strong niemanden angerufen hatte, um sein spätes Heimkommen anzukündigen, was die Schlussfolgerung zuließ, dass er sehr wahrscheinlich noch Junggeselle war.

Genau wie Floriana Day. Und das war auch der Grund dafür, dass Esme sich so um sie sorgte. Sie wurde den Gedanken nicht los, dass das arme Mädchen offenbar niemanden hatte, an den sie sich wenden konnte, und obwohl Esme kein Freund von Selbstmitleid war, wusste sie doch, wie es war, krank und allein zu sein, und wie schutzlos und verletzlich man sich in einer solchen Lage fühlte.

Draußen auf der Straße war Mr. Strongs Aufmerksamkeit abgelenkt worden: Er betrachtete jetzt Esmes Haus, und obwohl sie hinter der Gardine verborgen war, entfernte sie sich schnell vom Fenster, damit sein Eindruck von ihr sich noch verschlechterte und er sie auch noch als neugierige Klatschtante abtat.

Bei der unerwarteten Störung sprang Eurydike von ihrem Schoß und landete mit einem erschrockenen Miauen auf dem Fußboden. Sie schüttelte sich ein wenig, streckte sich dann und blickte zu Esme auf, als wollte sie fragen: »Und jetzt?«

Die Antwort war ein energisches Klopfen an der Eingangstür.

»Wir scheinen Besuch zu bekommen«, meinte Esme, während sie schnell einen Blick in den Spiegel über dem Kamin warf und sich über das Haar strich. »Und angesichts der Tatsache, dass es Mr. Strong ist, sollten wir beide uns vielleicht von unserer besten Seite zeigen, meinst du nicht?«

Die Katze miaute wieder und schlich davon, um sich hinter einem Sessel zu verbergen; sie nahm sich immer sehr in Acht vor Fremden.

Wieder einmal wurde Adam etwas zu trinken angeboten. Diesmal war es Tee, den er jedoch höflich ablehnte. Er hatte gar nicht vorgehabt hineinzugehen; er wollte nur Florianas Nachricht überbringen und sich dafür entschuldigen, dass er am Vorabend so kurz angebunden gewesen war. Aber wie schon bei Floriana, die ihn darauf hingewiesen hatte, dass es viel zu kalt war, um im Freien herumzustehen, stimmte er schließlich auch diesmal zu, für ein paar Minuten hereinzukommen.

Bevor er die Diele mit dem überhängenden Obergeschoss, dessen kunstvoll verzierter Balustrade und dem verblichenen Läufer betrat, hatte er schon halb erwartet, ein düsteres Schattenreich wie Miss Havishams aus Charles Dickens *Große Erwartungen* zu betreten, mit Spitzendeckchen und viel Kitsch verziert und parfümiert mit Eau de Mottenkugeln und dem muffigen Geruch nach Alter. Doch da hatte er sich gewaltig geirrt. Der elegante, wohlproportionierte Raum mit hoher Decke, in den Miss Silcox ihn geführt hatte, war mit auf Hochglanz polierten Antiquitäten, feinstem Porzellan, Bücherregalen und auffallend vielen Gemälden sehr schön und gemütlich eingerichtet. Zarte Aquarelle hingen Seite an Seite mit mächtigen Ölgemälden und anderen Bildern, die wie Experimente mit Acrylfarben aussahen. Es gab Landschaftsbilder, Stillleben und Porträts, von denen einige gut und andere sogar sehr gut waren. Besonders eines der großen Gemälde fiel Adam ins Auge; es stellte ein auffallend schönes, blondes junges Mädchen dar, das im lichten Schatten eines Baumes saß. Sie hatte ein Buch in den Händen, aber sie sah es nicht an, sondern hielt den Blick direkt auf denjenigen gerichtet, der das Bild gemalt hatte.

»Sie sind Kunstliebhaberin, wie ich sehe«, bemerkte Adam, als ihm ein bequemer Ledersessel angeboten worden war und Esme in einem Ohrensessel mit gerader Rückenlehne Platz genommen hatte. »Oder sind Sie die Künstlerin?«

»Schließt das eine das andere aus?«, entgegnete sie mit erhobener Augenbraue.

Sofort entschuldigte er sich. »Verzeihung, das war sehr ungeschickt von mir!«

»Mein Vater war der Künstler«, erwiderte sie lächelnd. »Ich bin nur die Hüterin der Bilder. Und nun erzählen Sie mir von Floriana! Wie geht es ihr *wirklich*? Und glauben Sie, dass es vielleicht noch mehr gibt, was wir für sie tun könnten?«

Er berichtete ihr das Wenige, das er selbst während seines Besuchs erfahren hatte, und schloss mit den Worten: »Sie wäre sicher sehr erfreut, wenn Sie bei ihr vorbeischauen würden.« Ob das zutraf, konnte er nicht wissen; er war aber überzeugt, dass es nicht schaden könnte. Floriana schien jedenfalls kein Übermaß an bereitwilligen Helfern zu haben, und da Miss Silcox offenbar ehrlich daran gelegen war zu helfen, warum sollte er sie also nicht dazu ermutigen?

Das Wiedersehen mit der alten Dame – unter weniger dramatischen Umständen als gestern – veranlasste ihn, seine Meinung von ihr gänzlich zu revidieren. Sie war kein »Gutmensch«, der sich in alles einmischte, wie er ursprünglich gedacht hatte, sondern eine intelligente Frau, die ihn, wie auch ihr Haus, neugierig machte und faszinierte. In der schwachen Nachmittagssonne, die den eleganten, aber auch angenehm behaglichen Salon mit ihrem wässrigen Licht erfüllte, fühlte Adam sich seltsam wohl beim Plaudern mit Miss Silcox und hoffte sogar, dass es noch mehr solcher Momente geben würde, wenn er mit der Renovierung des Hauses nebenan begann.

»Meinen Sie wirklich, ich sollte sie besuchen?«, fragte Esme Silcox. »Sie glauben nicht, dass Miss Day es als Belästigung betrachten könnte?«

Er wollte gerade antworten, als eine hübsche kleine, rötlich braune Katze vorsichtig hinter Miss Silcox' Sessel hervorspähte. Einen Moment lang sah sie Adam unverwandt an, dann kam sie langsam mit zierlichen Schritten über den Teppich auf ihn zu.

Nachdem sie wieder vor seinen Füßen haltgemacht hatte, um zu ihm aufzublicken, sprang sie mit einer anmutigen Bewegung auf seine Knie und starrte ihn an. Auch Adam verhielt sich völlig still, als er den Blick erwiderte, und als wäre sie zufrieden mit ihrer stummen Übereinkunft, rollte sich die Katze auf seinem Schoß zusammen und begann zu schnurren.

»Ach du liebes bisschen!«, sagte Miss Silcox. »Das hat sie noch nie bei jemand anderem getan. Sie können sich sehr geehrt fühlen. Normalerweise ist sie nämlich furchtbar schüchtern.«

Adam machte es sich noch bequemer in dem gut gepolsterten Sessel und streichelte die Katze. »Wie heißt sie?«

»Eurydike.«

»Und gibt es auch einen Orpheus?«

Er sah einen Anflug von Erstaunen über das Gesicht der alten Dame huschen, gefolgt von einem fast unmerklichen zufriedenen Nicken, als hätte er soeben einen Test bestanden. »Nein«, sagte sie, »hier gibt es nur uns beide. Und Sie, Mr. Strong? Haben Sie eine Lebensgefährtin?«

Er beschloss, ganz aufrichtig zu sein. »Bis letzten Samstag ja.«

»Ach Gott! Darf ich fragen, was vergangenen Samstag geschehen ist?«

»Da ist meine Freundin zu dem Schluss gekommen, dass ihre Gefühle für mich mehr schwesterlicher Natur sind.«

»Ich verstehe«, sagte Miss Silcox nach einer bedeutungsvollen Pause. »Der Funke ist bei ihr erloschen; das kommt vor. Sie werden im Moment vermutlich nicht so denken, doch ich rate Ihnen, es nicht so schwer zu nehmen, denn es gibt schlimmere Möglichkeiten, wie eine Beziehung enden kann. Waren Sie lange mit dieser Frau zusammen?«

»Lange genug für mich, um zu denken, dass wir vielleicht für immer zusammenbleiben würden.« Kaum waren die Worte ausgesprochen, dachte er an Orpheus' Liebe zu Eurydike und die berühmte Arie *Was ist Leben?* aus Glucks Oper, von der Adams Mutter, eine leidenschaftliche Sängerin und Opernliebhaberin, oft geschwärmt hatte, sie sei eine der ergreifendsten und schönsten Arien, die je geschrieben wurden. Er hörte dieses Musikstück nicht oft, aber wenn er es tat, musste er stets an seine Mutter denken, die vor zwölf Jahren verstorben war.

Ob es die unerwartete Erinnerung an seine Mutter war oder das Gespräch darüber, dass Jesse ihn verlassen hatte, oder vielleicht auch beides zusammen, konnte er nicht sagen. Jedenfalls erfasste ihn eine tiefe Traurigkeit. Um dagegen anzukämpfen, konzentrierte er sich auf das Streicheln der wohlig schnurrenden Katze auf seinem Schoß.

»Es tut mir leid«, sagte Miss Silcox leise. »Sie müssen ja untröstlich sein. Aber ist es wirklich hoffnungslos? Gibt es keine Möglichkeit, sie zurückzugewinnen?«

Er schluckte und schaute auf die Uhr. »Sie ist jetzt gerade im Haus und räumt …« Seine Stimme brach. »Sie packt ihre Sachen. Und wissen Sie was? Ich habe keine Ahnung, warum ich Ihnen das erzähle.«

»Nun, ich bin froh, dass Sie es getan haben«, erwiderte Miss Silcox schnell. »Dinge in sich aufzustauen hat keinen Zweck. Es ist besser, sie herauszulassen.«

Sie erhob sich langsam aus ihrem Sessel und legte ihre Hände aneinander, als sie vor ihm stand. »Möchten Sie mir nicht beim Mittagessen Gesellschaft leisten, Mr. Strong? Und später, wenn Sie ausreichend gestärkt sind, gehen Sie nach nebenan, um zu tun, wozu auch immer Sie gekommen sind.«

Vorsichtig hob er Eurydike auf, setzte sie auf den Boden und erhob sich ebenfalls. »Das wäre mir ein Vergnügen, aber nur, wenn Sie mich Adam nennen«, meinte er lächelnd.

Esme erwiderte das Lächeln. »Und Sie müssen Esme zu mir sagen, und wir können auch gern das *Sie* beiseitelassen.«

Kapitel 8

Der Sonntag brach grau und frostig an.

Von ihrem Schlafzimmerfenster blickte Esme auf den weiß glitzernden Garten hinaus. Auf einem kahlen Ast schlug die herrische Amsel, die selbst ernannte Alleinherrscherin über den ummauerten Garten, mit den Flügeln, stieß zum Boden unter der Stechpalme herab und begann, die herabgefallenen Beeren unter den vom Frost erstarrten Blättern aufzupicken. Von der steinernen Vogeltränke aus beobachtete ein Rotkehlchen die Amsel, als wöge es seine Chancen ab, und flog dann zu dem Stechpalmenstrauch hinüber, um zu sehen, welche Ausbeute sich dort noch finden ließ. Die Amsel duldete jedoch keine Konkurrenz und verscheuchte das Rotkehlchen mit einer ganzen Salve bösartiger Schnabelhiebe.

»Na, na!«, sagte Esme missbilligend. »Wie kann man nur so giftig sein! Dieses kalte Wetter bringt wirklich den Tyrannen in diesem elenden Biest hervor.«

Neben ihr auf der Ankleidekommode saß Eurydike und leckte ihre Pfote, betupfte damit dann anmutig das Fell hinter ihrem Ohr und gähnte, als wäre es unter ihrer Würde, sich für das unzivilisierte Treiben dort unten im Garten zu interessieren.

Das Frühstück war bei Esme stets das gleiche: Tee und eine Scheibe Toast mit Orangen- oder Zitronenmarmelade, gefolgt von frischem Obst, je nachdem, was gerade Saison hatte. Wenn sie kein frisches Obst hatte, griff sie zu Konserven; besonders gern mochte sie Ananas aus der Dose. Heute nahm sie zwei Clementinen aus der Schale auf der Anrichte und setzte sich zu

Bachs Sonate in g-Moll, die im Radio lief, in einen der Windsor-Sessel an den Tisch.

Gestern beim Lunch mit Adam hatte sie ihm gesagt, nach so vielen Jahren des Alleinlebens sei sie ein akribisches Gewohnheitstier. Daraufhin hatte er ihr gestanden, dass er dagegen nie von einem Tag zum anderen wusste, was er tun würde, und sich durch die unkalkulierbare Natur seiner Arbeit geradezu beflügelt fühlte. Wie fremd ihm ihre Welt hier in Trinity House erscheinen musste! Natürlich war es nicht immer so gewesen, aber wie Esme ihm erklärt hatte, gewöhnte man sich im Laufe der Jahre daran und lernte, sich auf eine simplere Lebensweise einzustellen, und war sogar dankbar für den Trost, den diese mit sich brachte.

Nachdem sie ihr Frühstück beendet und den Tisch abgeräumt hatte, ging Esme hinunter, um sich anzuziehen. So sehr sie die angenehm geordnete Beschaulichkeit ihrer Routine auch genoss, fand sie deren Störung seit der freitagabendlichen Wende in keiner Weise unangenehm. Sie würde ihren natürlichen Lauf nehmen, diese Wende, und bald würde alles wieder so wie vorher sein.

Esme öffnete den größeren der beiden Mahagonischränke in ihrem Schlafzimmer und überlegte, was sie für ihren Ausflug anziehen sollte.

Wie Adam vorgeschlagen hatte, würde sie Floriana einen Besuch abstatten, doch nun, da der Moment sich näherte, war sie plötzlich ängstlich und voller Sorge, ob sie auch wirklich willkommen sein würde. Aber Adam, der ein sehr aufrichtiger und glaubwürdiger junger Mann war, hatte keinen Zweifel daran gehegt, dass es so sein würde, und deshalb musste sie versuchen, ihre Zweifel zu zerstreuen und auf seine Worte zu vertrauen. Und auf die Geschenke, die sie mitnehmen würde: ein Alpenveilchen und eine kleine Schachtel Champagner-Schokoladentrüffel, die sie gestern noch bei Buddy Joe's gekauft hatte, nachdem Adam nach nebenan gegangen war. Solche Mitbringsel müssten ihre guten Absichten doch wohl beweisen?

Bis sie angekleidet und geschminkt war, hatte ihre Nervosität sich jedoch höchstens noch verdoppelt. Was, wenn Floriana nicht daheim war? Der Gedanke, dass die ganze Anstrengung umsonst sein könnte und sie mit ihren Geschenken nach Trinity House zurückkehren müsste, überfiel sie so schmerzlich, dass sie den Mut verlor und sich fragte, ob sie das ganze Unterfangen nicht einfach vergessen sollte. Warum nicht hierbleiben und sich mit ihrem üblichen Sonntag zufriedengeben, der aus Lesen und Radiohören bestand, oder vielleicht sogar die Speisekammer aufräumen, was seit Langem überfällig war? Warum riskieren, in die Kälte hinauszugehen, zumal die Gehsteige wahrscheinlich immer noch mit einer tückischen Schicht glitschigen Frosts bedeckt sein würden und nur darauf warteten, eine dumme alte Frau straucheln zu lassen, die es eigentlich besser wissen und im Haus bleiben sollte.

Floriana hatte sich nach dem Erwachen an diesem Morgen eine regelrechte Moralpredigt gehalten. Ab jetzt war Schluss damit, im Schlafanzug im Haus herumzugammeln und sich in Selbstmitleid zu ergehen! Auch einen sehr wichtigen Telefonanruf würde sie nun nicht länger aufschieben.

Fest entschlossen, ihrer Schwester zu sagen, sie habe eigene Pläne für Weihnachten, raffte sie sich dazu auf, aus ihrem warmen Bett zu kriechen. Sie würde Ann erzählen, dass sie nicht nur Weihnachten, sondern auch Sylvester und den Neujahrstag bei Freunden verbringen würde. Auf keinen Fall würde sie sich von ihrer Schwester unter Druck setzen lassen, auch nur irgendeinen der Feiertage in ihrem Haus zu verbringen.

Es wäre nicht so schlimm, wenn nur Ann, ihr Mann Paul

und ihre beiden Kinder anwesend sein würden, aber der ganze Brown-Clan würde diesmal dort versammelt sein – Pauls Eltern, ein unverheirateter Onkel und Pauls ultravernünftiger Bruder. Ann hatte die verrückte Vorstellung, Robert sei der perfekte Mann für Floriana und dass es äußerst dumm von ihr sei, Roberts Zuneigung nicht zu würdigen zu wissen. »Eine Frau in deinem Alter darf einem geschenkten Gaul nicht ins Maul schauen«, predigte sie Floriana immer wieder.

Mum und Dad sprachen nie darüber, dass sie noch immer Single war, aber Ann war geradezu krankhaft fixiert darauf, und bei ihr konnte man sich stets darauf verlassen, dass sie wusste, warum ihre jüngere Schwester außerstande war, einen anständigen Mann zu finden. Es lag an vielen Dingen, doch vor allem daran, *dass sie sich nicht zu kleiden wusste*, wie Ann es sah. »Du bist keine Studentin mehr«, pflegte sie in übertriebenem Entsetzen über jedes neue ausgefallene Outfit, das Floriana sich zusammenstellte, zu sagen. »Es wird Zeit, dass du erwachsen wirst und eine Familie gründest«, war ein weiterer ständiger Kommentar von ihr.

Eine Familie zu gründen bedeutete jedoch zunächst einmal, einen Partner finden zu müssen, und das wollte Floriana nicht. Die traurige Wahrheit war, dass sie in den letzten beiden Jahren zu der Erkenntnis gelangt war, dass sie, wenn sie Seb nicht haben konnte, überhaupt keinen Mann wollte.

Und den Schwager ihrer Schwester schon erst recht nicht! Robert war ein Anwalt von Ende dreißig, der sich hauptsächlich mit Personen- und Sachschäden befasste. Nach Florianas Unfall, von dem Ann Robert natürlich schon erzählt hatte, konnte Floriana sich gut vorstellen, was das Hauptthema der Unterhaltung sein würde, falls sie mit der Brown-Sippe die Weihnachtstage verbrachte.

Inzwischen angezogen, ging sie vorsichtig die Treppe hinunter, weil sie noch immer Kopfweh hatte und ihr schwindlig wurde, wenn sie sich zu schnell bewegte. Die Schwellungen in ihrem Gesicht waren ein wenig zurückgegangen, aber dafür hatte sich die Palette der Farben ihrer Blutergüsse noch vergrößert. Nennt mich Freak-Gesicht!, dachte sie am Fuß der Treppe, wo sie sich krümmte, als ein scharfer Schmerz ihre Hüfte und ihren Rücken durchzuckte. Allmählich zweifelte sie daran, dass sie morgen tatsächlich fit genug zum Arbeiten sein würde. Sie konnte es nur hoffen, denn sie hasste es, Menschen zu enttäuschen und im Stich zu lassen. Außerdem brauchte sie das Geld. Aber in ihrer momentanen Verfassung und bei der Kälte draußen durch die Oxforder Straßen zu spazieren, erschien ihr auch nicht gerade sehr vernünftig.

Als sie sich etwas zum Frühstück zubereitete, erinnerte sie sich an Adams gestrige Warnung, vorsichtig zu sein, und an seine Freundlichkeit. Komisch, die Freundlichkeit von Fremden ist viel angenehmer, dachte sie. Oft war Güte vonseiten nahestehender Menschen viel schwerer anzunehmen, vor allem deshalb, weil sie häufig mit zu vielen Auflagen verbunden war.

Ihre Schwester hatte am Vortag ihr Versprechen gehalten und pflichtgemäß angerufen, um sich zu erkundigen, wie es ihr ging, aber ihr Hauptanliegen war gewesen, dass ihre Eltern auf keinen Fall etwas von dem Unfall erfahren durften. Nachdem sie Floriana so das Gefühl vermittelt hatte, wie ein unartiges Kind gewarnt – nein, *ermahnt* – worden zu sein, das Richtige zu tun, bereute Floriana, den Unfall Ann gegenüber je erwähnt zu haben.

Normalerweise gab es kein Problem mit Weihnachten, weil Mum dann alles regelte und die Familie sich bei ihr und Dad versammelte. Anns Bedürfnis, alle herumzukommandieren, hielt sich dort in Grenzen. Doch dieses Jahr zu Weihnachten würden ihre Eltern sich irgendwo zwischen Borneo und Vietnam befinden und auf dem Weg nach Ho-Chi-Minh-Stadt sein.

Mum war nicht sicher gewesen, ob sie ausgerechnet im Dezember unterwegs sein sollten, und hatte versucht, Dad zu einem anderen Termin zu einer anderen Jahreszeit zu überreden. Aber in einem seltenen Moment von Unnachgiebigkeit hatte Dad entschieden, dass sie fahren würden, und die Kreuzfahrt kurzerhand gebucht. Er hatte argumentiert, Ann und Floriana seien alt genug, um während ihrer Abwesenheit allein zurechtzukommen. Womit er natürlich auch völlig recht hatte. Floriana hatte sofort den Plan gefasst, gemeinsam mit Sara Weihnachten zu verbringen, doch dann hatte Saras Familie in Argentinien darauf bestanden, dass ihre Tochter für den ganzen Dezember zu ihnen nach Hause kam.

Pläne, dachte Floriana, während sie vorsichtig an einer Scheibe butterweichem Toast knabberte, da ihr Kinn noch immer sehr empfindlich war. Hatte es überhaupt einen Sinn, Pläne zu machen? Bevor Sebs Karte eingetroffen war, hatte sie vorgehabt, einen Teil des Wochenendes der Durchsicht der Kartons auf ihrem Kleiderschrank zu opfern, die sie nach ihrem Einzug vorübergehend dort abgestellt hatte und die seither noch immer unberührt dort standen. Aber auf einen Stuhl zu steigen, um sie herunterzuholen, war gestern über ihre Kraft gegangen. Vielleicht würde sie später, nach dem Anruf bei Ann, die Energie aufbringen, sich mit diesen Kartons zu beschäftigen.

Kaum hatte sie ihr Frühstück beendet, hörte sie ein Klopfen an der Tür.

Floriana zog ihre unerwartete Besucherin aus der Kälte in das warme Haus.

»Normalerweise würde ich nicht einmal im Traum daran denken, unangemeldet vorbeizukommen«, sagte Miss Silcox entschuldigend. »Und schon gar nicht an einem Sonntag.« Ihre Wangen waren gerötet von der Kälte, ihre Augen ein bisschen wässrig, und sie sprudelte die Worte heraus, ohne auch nur einmal Luft zu holen. Sie klang ganz anders als in Florianas Erinnerung, gar nicht mehr wie die autoritäre Person, die am Freitag so entschieden Anweisungen erteilt hatte.

»Es wäre mir äußerst unangenehm, gegen die guten Manieren verstoßen zu haben«, fuhr Florianas Besucherin fort. »Aber ich wollte mich beruhigen und mit eigenen Augen davon überzeugen, dass Sie wirklich auf dem Weg der Besserung sind.«

»Sehen ist Glauben«, sagte Floriana mit dem kleinen Lächeln, das ihr wundes Gesicht ihr gerade noch erlaubte, »und darum hoffe ich, dass Sie jetzt beruhigt sind. Und außerdem habe ich mein Selbstmitleid beiseitegeschoben und mich heute offiziell wieder der menschlichen Spezies angeschlossen. Gestern habe ich den ganzen Tag auf der Couch herumgelegen und keinen Finger krummgemacht. Geben Sie mir doch bitte Ihren Mantel!«

Als er am Haken in der Diele hing, führte sie ihren Gast ins Wohnzimmer. »Adam hat Ihnen doch gestern meine Nachricht übermittelt?«

»Oh ja, es war sehr freundlich von Ihnen, sich über ihn bei mir zu bedanken«, sagte Miss Silcox, während sie das Tuch von dem Korb nahm, den sie in der Hand hielt. »Wirklich sehr aufmerksam. Ich habe Ihnen das hier mitgebracht, eine Kleinigkeit nur, um Sie ein wenig aufzuheitern. Aber es freut mich zu sehen, dass Sie schon wieder erstaunlich munter sind, wenn man bedenkt, was Ihnen erst vorgestern zugestoßen ist.«

»Oh, wie reizend von Ihnen!«, rief Floriana. »Doch wissen Sie, ich komme mir schon fast wie eine Schwindlerin vor. Zuerst bringt Adam mir Kuchen, und nun kommen Sie mit Pralinen und Blumen … Ich sollte mich öfter mal anfahren lassen.«

»Das wäre vielleicht ein bisschen drastisch, meine Liebe. Wo soll ich das Alpenveilchen hinstellen?«

Floriana nahm ihrem Gast den Blumentopf ab und blickte

sich in dem kleinen Zimmer um. »Ich glaube, hier auf der Fensterbank wäre der beste Platz dafür, nicht wahr?«

»Sie werden etwas darunterstellen müssen, sonst könnte die Fensterbank beschädigt werden.«

»Kein Problem. Ich hole einen Teller. Was möchten Sie trinken, Tee oder Kaffee? Oder sollen wir bei dieser Kälte einmal sehr großzügig sein und uns eine heiße Schokolade zu den köstlichen Trüffeln gönnen, die Sie mitgebracht haben?«

Als sie mit ihren Getränken am Couchtisch saßen, stellte Floriana fest, dass sie sich sehr darüber freute, dass diese ältliche, puppenhaft zierliche Frau zu ihr zu Besuch gekommen war. Und je mehr Bruchstücke an Informationen sie der alten Dame entlockte – sie hatte ihr ganzes Erwachsenenleben in Oxford verbracht, war nie verheiratet gewesen und hatte zuerst als Bibliothekarin in Queens und später als Archivarin in der Bodleian Bibliothek gearbeitet –, desto größer wurde Florianas Interesse, noch mehr über Miss Silcox zu erfahren. Inzwischen war ihr auch bewusst geworden, dass sie die alte Dame schon des Öfteren gesehen hatte, seit sie nach Church Close umgezogen war, sehr wahrscheinlich in den Läden an der North Parade.

Ruhig und entspannt saß Miss Silcox in dem Sessel, in dem Adam sich gestern alles andere als behaglich gefühlt zu haben schien. Sie trug ein elegantes marineblaues Kostüm mit einer cremefarbenen Seidenbluse, und ihre bestrumpften Beine in den feinen Seidenstrümpfen hielt sie fest geschlossen, wie es sich gehörte, und auf genauso damenhafte Art zur Seite abgewinkelt. Ihre schicken Pumps mit halbhohem Absatz waren vom gleichen Blau wie ihr Kostüm und ihre Handtasche und Handschuhe. Ihr elegant aufgestecktes silbernes Haar war erstaunlich dicht und üppig für eine Frau ihres Alters, das Floriana auf Ende siebzig schätzte. Esme Silcox' wache blaue Augen, denen vermutlich nichts entging, waren von einem filigranen Muster feiner Linien umgeben.

Fasziniert von der alten Dame, ertappte Floriana sich bei dem Gedanken, dass Miss Silcox in jungen Jahren eine sehr attraktive Frau gewesen sein musste. Sie beobachtete, wie diskret sie die Winkel ihres mit pinkfarbenem Lippenstift geschminkten Munds mit der Papierserviette abtupfte, von denen Floriana zum Glück noch einige in einer Küchenschublade gefunden hatte. Adam war am Vortag keine solche Behandlung zuteilgeworden, er hatte nicht einmal ein Blatt von der Küchenpapierrolle erhalten. Aber Miss Silcox hier zu haben war ein bisschen so wie ein Besuch der Queen. Doch was hatte sie sich nur dabei gedacht, ihrem »königlichen« Gast einen solch angeschlagenen alten Becher vorzusetzen? In Miss Silcox' kleinen, gepflegten Händen, die zweifelsohne mehr an zierliche Teetassen aus feinstem Porzellan gewöhnt waren, sah er ja aus wie ein Eimer!

»Bitte denken Sie jetzt nicht, wir hätten über Sie geklatscht!«, sagte Miss Silcox und schaute Floriana über den Rand des klobigen Bechers hinweg an. »Aber Adam erwähnte, dass Sie zu glauben schienen, Sie trügen die Schuld an diesem Unfall. Das können Sie doch nicht wirklich denken? Der Wagen war schließlich viel zu schnell gefahren.«

»Ich fürchte, bis zu einem gewissen Grad war auch ich daran schuld«, erwiderte Floriana. »Ich kann mich noch immer nicht an den Zusammenprall erinnern, doch ich weiß, dass ich die Straße betrat, ohne mich vorher umgeschaut zu haben. Ich komme mir ziemlich dumm vor wegen der ganzen Sache. Und wenn ich ehrlich sein soll, tut der Fahrer mir sogar ein bisschen leid.«

Die silbernen Augenbrauen der alten Dame fuhren in die Höhe. »Aber er hat nicht angehalten«, sagte sie bestürzt. »Sie hätten sterben können, nachdem er Sie dort einfach liegen ließ!«

»Ich weiß, doch da nichts Vorsätzliches an der ganzen Sache war, kann ich irgendwie verstehen, dass er oder sie in Panik geriet und einfach weiterfuhr.«

»Das ist eine sehr großzügige Sichtweise, aber finden Sie nicht, dass dem Fahrer eine Lektion erteilt werden sollte, und wenn auch nur, um ihn oder sie davon abzuhalten, erneut Fahrerflucht zu begehen?«

Einen Trüffel zwischen Daumen und Zeigefinger, dachte Floriana darüber nach und tauchte ihn dann in ihren Becher heißer Schokolade. »Grundsätzlich stimme ich Ihnen zu«, sagte sie. »Aber woher wissen wir, ob der Fahrer das Wochenende über nicht von Verzweiflung, Reue und Selbstvorwürfen gequält wurde? Wäre es wirklich gerecht, ins Gefängnis geschickt und für einen Unfall bestraft zu werden, den er nicht verursacht hat? Ich weiß nicht, ob ich das auf meinem Gewissen haben will, da ich doch sicher bin, dass es zum Teil meine eigene Schuld war und ich unbeschadet heimgekommen wäre, wenn ich mit meinen Gedanken nicht woanders gewesen wäre. Und wissen Sie, wenn der Zeitpunkt ein anderer gewesen wäre, hätte es auch Adams Wagen sein können, vor den ich gelaufen wäre.«

Miss Silcox schürzte die Lippen. »Das ist eine bewundernswerte Einstellung, für die ich Ihnen Beifall zolle. Wir leben in einer Zeit, in der zu viele Menschen sich weigern, die Verantwortung für ihre Handlungen zu übernehmen und unbedacht und wahllos anderen die Schuld an ihren eigenen Fehlern geben. Trotzdem bin ich immer noch der Meinung, dass ich besser von dem Fahrer denken würde, wenn er den Mut gehabt hätte, auszusteigen und zu helfen. Und was Adam angeht, so hätte er mit Sicherheit angehalten, um Ihnen beizustehen, wenn er Sie angefahren hätte. Ich kenne ihn kaum, aber daran, dass er ein anständiger Mann ist, hege ich nicht den kleinsten Zweifel.«

Floriana steckte sich den aufgewärmten, weich gewordenen

Trüffel in den Mund und ließ ihn auf der Zunge zergehen. Nach längerem Schweigen sagte sie: »Wir können nie wirklich wissen, wie ein Mensch reagieren wird, wenn er vor einem moralischen Dilemma steht, nicht wahr? Und wir machen auch alle Fehler. Haben Sie noch nie etwas getan, was Sie im selben Moment schon bereuten?«

Während sie den eigenen Worten nachlauschte, fragte Floriana sich mit einem Anflug von Verärgerung, ob sie nicht vielleicht an etwas völlig anderes dachte.

An Seb.

An Seb und *sie*.

Sie errötete vor Ärger darüber, die Tiefe ihrer Gefühle zu verraten und dass Seb nie sehr weit entfernt von ihren Gedanken war. Nicht willens, die Unterhaltung weiterzuführen, bot sie Miss Silcox einen weiteren Trüffel an.

»Nein, danke«, sagte die alte Dame, »die sind für Sie. Und, ja, ich habe viele Dinge getan, die ich später bereut habe, aber auch genauso viele, die ich nicht bereue, selbst wenn ich über einige vielleicht Reue empfinden sollte.«

In dem darauf folgenden Schweigen sah Miss Silcox sich im Zimmer um. Als Floriana es möbliert hatte, hatte sie einen Shabby-Chic-Stil im Sinn gehabt, doch selbst sie musste zugeben, dass sie nur das schäbige Element des Stils erreicht hatte.

Sie sah, wie die scharfen Augen ihrer Besucherin über die vollgestellten Bücherregale zu beiden Seiten des Kamins glitten, über den ausrangierten Fernseher ihrer Eltern, den Korb mit dem Strickzeug auf dem Boden – sie strickte gerade fingerlose Handschuhe für ihre Nichte –, über die einzelne Weihnachtskarte auf dem Kaminsims, die wackelige Lampe, die Kerzen und den alten, abgenutzten cremefarbenen Teppichboden, den der Vorbesitzer zurückgelassen hatte und den Floriana schnellstens loswerden wollte. Das Entfernen des Teppichbodens war ein weiterer Punkt auf ihrer Aufgabenliste, die mit jedem Tag zu wachsen schien. Wenn doch nur die Anzahl der nutzbaren Stunden am Tag im gleichen Maße zunehmen würde! Sie wusste nicht, in was für einer Art von Haus Miss Silcox lebte, doch sie nahm an, dass es zumindest sehr viel größer war als ihr heißgeliebtes Puppenhaus.

»Darf ich Sie etwas fragen?«, begann Miss Silcox, als sie genug gesehen hatte und vorsichtig ihren leeren Becher auf den Couchtisch stellte. »Es ist eine ziemlich persönliche Frage, also sagen Sie mir bitte, dass ich mich um meine eigenen Angelegenheiten kümmern soll, falls ich zu weit gehe!«

Neugierig zu hören, was diese Frau für so persönlich hielt, nickte Floriana und zog die Beine unter sich, um es sich bequemer zu machen. Vielleicht wollte Miss Silcox ihr ja auch nur ein paar Einrichtungstipps geben.

»Gleich nach dem Unfall«, bemerkte die alte Dame, »als Adam einen Krankenwagen rief und Sie nicht ganz zurechnungsfähig waren, wiederholten Sie immer wieder etwas.«

»Wirklich? Und was war das?«

»Ich kann mir nicht hundertprozentig sicher sein, doch ich glaube, es war ein Name. Sagt Ihnen der Name Seb etwas?«

Kapitel 9

Floriana sah Sebastian Hughes zum ersten Mal, als sie vierzehn war und während der langen Sommerferien im Laden ihres Vaters aushalf.

Day & Son war ein in dritter Generation geführter Familienbetrieb, seit Florianas Urgroßvater einen kleinen Haushaltswarenladen eröffnet hatte, in dem er Eisenwaren und Einrichtungsgegenstände verkaufte. Als ihr Vater ihn übernahm, war Stanhurst längst von einem Dorf in Kent zu einer Kleinstadt angewachsen, und das Geschäft war auf die beiden angrenzenden Ladenlokale rechts und links erweitert worden. Damals schon umfasste der Warenbestand eine große Auswahl an Heimwerkermaterial sowie eine umfangreiche Produktpalette von Küchenutensilien und Gartenmöbeln. Im vergangenen Jahr dann, nachdem eine große Supermarktkette mehrfach an ihren Vater herangetreten war, akzeptierte er widerstrebend ein Kaufangebot des Unternehmens, das sein Geschäft in einen wesentlich größeren Verbrauchermarkt umwandeln wollte. Es war eine Entscheidung, die er nicht leichtfertig getroffen hatte und die auch nicht allgemeine Anerkennung fand, was niemanden überraschte.

Sobald Floriana und ihre Schwester alt genug gewesen waren, um zu helfen, hatten beide samstags und in den Ferien in Dads Laden gearbeitet. Und an einem besonders geschäftigen Nachmittag, als Floriana die Regale mit Schädlingsbekämpfungsmitteln auffüllte, bemerkte sie einen Jungen, der etwa im gleichen Alter war wie sie und in einem nahen Regal nach irgendetwas suchte. Da sie ihn noch nie gesehen hatte, verhielt sie sich einen Moment still, um ihn gründlich in Augenschein zu nehmen. Wie die meisten Teenager seines Alters trug er schlabberige Jeans, die zerfranst über die Fersen seiner Turnschuhe hingen, wo sie über den Boden schleiften. Dazu trug er ein schwarzes T-Shirt, auf dessen Vorderseite ein Totenschädel mit einer Krone aus Stacheldraht prangte. Sein dichtes Haar war zerzaust, als hätte es seit Tagen keine Bürste mehr gesehen, doch trotz seiner etwas schlampigen Art sah er gar nicht schlecht aus, fand Floriana.

Sie beobachtete, wie er eine Mausefalle aus dem Regal nahm, und zu ihrer Belustigung zog er die Metallfeder zurück und legte probeweise einen Finger auf die Stelle, wo die Maus ihr jähes Ende finden würde. Floriana wartete auf den unvermeidlichen Aufschrei, der jedoch ausblieb. Erst nachdem er den Finger wieder zurückgezogen hatte, ließ er die Falle zuschnappen und steckte sie dann völlig unbefangen in seine Hosentasche.

Kleine Diebstähle kamen im Laden ständig vor, aber noch nie hatte Floriana es jemanden direkt vor ihrer Nase tun sehen. Schockiert blickte sie sich nach einem der Verkäufer um, doch es war keiner in der Nähe. Entschlossen, den Jungen nicht damit davonkommen zu lassen, ließ sie ihre Arbeit liegen und folgte ihm, als er lässig zur Eingangstür hinüberschlenderte.

Draußen auf der Straße tippte sie ihm auf die Schulter. »Ich glaube, du hast etwas vergessen, nicht?«, sagte sie und imitierte dabei den hochnäsigen Tonfall, den Ann gebrauchte, wenn sie sie mal wieder wegen irgendetwas tadelte.

Er fuhr so schnell herum, dass sie dachte, er würde sie vielleicht zurückstoßen oder schlagen und wegrennen. Aber stattdessen lächelte er sie verlegen an und sagte: »Oh, Mist! Ich vermute mal, du kannst mich nicht einfach so gehen lassen, oder? Ich meine, es ist doch bloß eine Mausefalle. Ein bisschen Holz und Metall für fünfundsiebzig Pence wird doch wohl kaum einen Unterschied machen, oder?«

»Natürlich macht es einen Unterschied!«, erwiderte sie empört.

Er zuckte mit den Schultern. »Aber das kann dir doch egal sein, du arbeitest ja bloß hier, nicht?«

»Das Geschäft gehört meinem Dad«, sagte Floriana, »was bedeutet, dass es mich sehr wohl interessiert.« Sie streckte die Hand aus. »Also hör auf, dir vorzumachen, du wärst Robin Hood oder Dick Turpin, und gib mir die Mausefalle zurück!«

Er senkte den Blick und betrachtete so seltsam fragend ihre ausgestreckte Hand, dass sie sich plötzlich ausgesprochen dumm vorkam. »Sieh mal«, sagte er und deutete mit einem Finger auf ihre Handfläche, »diese Linie hier zeigt, dass du einen starken Willen hast und nicht leicht von anderen zu manipulieren bist.«

Erbost zog sie die Hand zurück. »Wechsle nicht das Thema! Gib mir einfach nur die Mausefalle, oder …« Verdrossen brach sie ab, weil sie nicht weiterwusste. *Was* genau sollte sie tun?

»Oder was?«, fragte er auch schon. Er klang jedoch überhaupt nicht herausfordernd, sondern eher so, als versuchte er nur, ihr behilflich zu sein. Was dazu führte, dass sie sich noch hundert Mal dümmer vorkam.

»Oder ich rufe die Polizei!«, stieß sie hervor, in dem sicheren Bewusstsein, dass ihr Gesicht jetzt die gleiche Farbe wie das rote Poloshirt mit dem Schriftzug *Day & Son* hatte, das alle Angestellten trugen. Aber noch viel schlimmer war, dass sie ihre selbstherrliche Schwester nicht nur imitierte, sondern nun sogar förmlich zu Ann *wurde*!

Er trat einen Schritt zurück und starrte sie an. »Du meine Güte, du meinst das ernst, was? Du würdest wirklich die Polizei rufen, und das wegen eines lächerlichen Stückchens Holz und einer Feder.«

»Du hast dich selbst in diese Situation gebracht«, sagte sie, schon nicht mehr ganz so empört wie eben noch. »Ich lasse dir nur die Wahl, das Richtige zu tun.«

»Und du? Tust *du* immer das Richtige?«, fragte er mit spöttisch funkelnden Augen.

Das brachte ihre Wut schlagartig zurück. Aber nur, weil er den Nagel auf den Kopf getroffen hatte. Denn wenn Floriana vor der Wahl stand, das Richtige oder Falsche zu tun, entschied sie sich meist für das, was sie in Teufels Küche brachte. Für sie war es ein Zeichen ihrer Individualität, da sie kein Schaf unter vielen sein wollte, nicht eine mehr in der langweiligen Menge, aber ihre Lehrer sahen das ganz anders und bezeichneten sie als eigensinnig und rebellisch. Einmal war sie zum Schulleiter gerufen worden wegen unbotmäßigen Verhaltens einem Lehrer gegenüber, was sie wütend abgestritten hatte, da sie nur seine Rechtschreibung korrigiert hatte. Du lieber Himmel, hatte sie gedacht, ein Englischlehrer, der seine eigene Sprache nicht beherrscht?

»Okay«, sagte sie entschieden und ergriff den Arm des Jungen, »du kommst jetzt mit.«

Aber er rührte sich nicht von der Stelle, und da er viel größer war als sie, hatte sie keine Chance, ihn in den Laden zurückzuziehen. Und zu ihrer noch größeren Verärgerung lachte er auch noch. »Was soll das werden? Eine Festnahme durch eine Zivilperson?«

Erbost darüber, ausgelacht zu werden, ließ sie ihn los. »Ach, du kannst mich mal!«, brummte sie und wünschte, sich nicht eingemischt zu haben. Warum hatte sie auch nicht an einer anderen Stelle im Laden gearbeitet, als er hereingekommen war, um ihren Dad zu beklauen?

Ein Moment verstrich, in dem keiner von beiden zu wissen schien, was er noch sagen sollte. Schließlich brach der Junge das Schweigen. »Tut mir leid. Hier hast du das Ding, wenn es dir so wichtig ist.« Damit drückte er ihr die Mausefalle in die Hand.

»Du könntest sie auch einfach bezahlen«, erwiderte Floriana. »Wie du selbst gesagt hast, sind fünfundsiebzig Pence nicht viel.«

»Wenn man gar kein Geld hat, schon.«

Seine Antwort überraschte sie. Von dem Moment an, als er den Mund geöffnet hatte, war er ihr sofort wie die Art von Junge erschienen, der jede Menge Geld hatte, und wenn nicht er selbst, dann doch zweifellos seine Eltern.

»Wozu brauchst du eine Mausefalle?«, fragte sie, als er sich schon zum Gehen wandte.

Er drehte sich zu ihr um und sah sie an, als wäre sie total verblödet. »Wozu braucht man eine Mausefalle? Um Mäuse zu fangen natürlich.«

Sie schaute ihm nach, als er die Straße hinunterging. Seine Schritte waren groß und ausgreifend, und er hatte etwas Gedankenverlorenes an sich.

Zwei Tage später, als Floriana einem Kunden gezeigt hatte, wo er Entkalkungsmittel finden würde, tippte ihr von hinten jemand auf die Schulter.

Es war der Junge.

»Hallo«, sagte er. »Ich hätte gern eine Mausefalle, bitte. Und bevor du wieder hochnäsig wirst: Heute bin ich in der glücklichen Lage, dir fünfundsiebzig Pence in unserer schönen Landeswährung anbieten zu können. Gott schütze die Königin!«

Trotz der unangenehmen Erinnerung an seinen vorherigen Besuch, nach dem sie sich für den Rest des Tages kleinlich und gemein gefühlt hatte, lächelte sie.

Als die Transaktion erledigt war, sagte er: »Wann hast du Feierabend? Oder lässt dein Vater dich die ganze Nacht über Regale auffüllen?«

Als das Ende der Schulferien kam, waren sie nicht nur Freunde geworden, sondern Florianas Vater war sogar damit einverstanden gewesen, dass der Junge samstags im Laden mitarbeitete.

Seb und seine Mutter waren nach ihrer Scheidung nach Stanhurst gezogen, und Seb hatte ihre Situation als »in vornehmer Armut lebend« beschrieben. Es war eine Formulierung, die für Seb sehr typisch war, insofern, als sie mit ausreichend Übertreibung und Ironie befrachtet war, um komisch zu wirken, in Wahrheit jedoch nur darüber hinwegtäuschte, wie schwierig Sebs Lage und die seiner Mutter wirklich war. Es war seine spezielle Verteidigungsmethode, alles ins Lächerliche zu ziehen; das war Floriana mit der Zeit bewusst geworden.

Er hatte sich dafür entschuldigt, die Mausefalle gestohlen zu haben, und erklärt, dass er und seine Mutter noch keine vierundzwanzig Stunden in ihrem neuen Haus gewesen waren, als sie entdeckt hatten, dass sie nicht allein dort lebten. Und da seine Mutter in hysterisches Geschrei ausbrach, wann immer eine Maus den Kopf aus einer Schublade herausstreckte, und da sie bei der Bank tief in den roten Zahlen steckten, hatte Seb die Sache in die Hand genommen. Und versagt. »Offensichtlich bin ich für ein kriminelles Dasein nicht geschaffen«, hatte er gescherzt, um dann ernsthafter hinzuzufügen: »Ebenso wenig, wie meine Mutter für die Ehe und Mutterschaft geschaffen ist.«

Denn dies war schon die zweite Ehe seiner Mum, die mit Scheidung geendet hatte. Sebs Vater, Ehemann Nummer eins, hatte längst wieder geheiratet und trug nur hin und wieder etwas zum Unterhalt seines Sohnes bei, und dieses Geld ging dann größtenteils für die Gebühren der Privatschule drauf, die Seb besuchte. Ehemann Nummer zwei war nicht geneigt, ein Kind zu unterstützen, das nicht seines war. »Ich kann nicht behaupten, dass ich es ihm verübele«, sagte Seb. »Warum sollte er zahlen, bloß weil er mit meiner Mutter verheiratet war?«

Obwohl Seb im gleichen Alter war wie Floriana, wirkte er älter und auch lebenserfahrener und raffinierter. Er sei *durchdrungen von Zynismus*, behauptete er, und das bringe die Leute dazu, ihn für smarter zu halten, als er war. »Wenn man so will, bin ich durch eine harte Schule gegangen«, bemerkte er eines Tages, als Floriana ihn fragte, wie er es immer schaffte, so positiv und pragmatisch zu erscheinen.

»Seit wann?«, hatte sie gefragt.

»Seit dem Tag meiner Geburt.«

Von seiner Mutter hatte er nur beiläufig gesagt: »Es ist schade, aber sie ist nun mal nicht gut darin, verheiratet zu sein. Das Problem ist, dass sie auch nicht gut darin ist, allein zu sein.«

Es dauerte nicht lange, bis Floriana merkte, dass Seb alle Hände voll damit zu tun hatte, sich um seine Mutter zu kümmern, die in Florianas Augen eine faule, selbstsüchtige Frau war, die aufhören musste, sich darüber zu beklagen, wie ungerecht das Leben war. An manchen Tagen blieb sie im Bett und suhlte sich in ihrem eigenen Elend, ohne auch nur einen Gedanken an Seb zu verschwenden, der zusehen musste, wo er blieb. Doch nicht ein einziges Mal kritisierte er sie oder beklagte sich, sondern akzeptierte die Situation, wie sie war, und kam damit zurecht.

Es ärgerte ihn nicht einmal, als sechs Monate nach dem Umzug nach Stanhurst sein Vater schrieb, er könne es sich nicht mehr leisten, Sebs Schulgeld zu bezahlen. Zu Beginn des Schulhalbjahres wechselte er auf die Einheitsschule, die Floriana besuchte und auf der auch ihre Schwester Schülerin gewesen war – eine vorbildliche Schülerin, wie Floriana leider nur allzu oft zu hören bekam. Von dem Moment an, als Seb an ihre Schule kam, ließ Floriana ihren engsten Freundeskreis mehr oder weniger fallen, und Seb und sie wurden unzertrennlich und fortan von den anderen »die Zweiergang« genannt.

Florianas Mutter vergötterte Seb, machte ihn zu einem Ehrenmitglied der Familie und sagte ihm, er sei jederzeit willkommen, wann immer er nur wolle. Ohne Florianas Wissen steckte sie ihm regelmäßig Esspakete für zu Hause in die Schultasche. Floriana merkte es erst, als sie ihre Mutter auf frischer Tat ertappte, nachdem Seb einen Samstagnachmittag bei ihnen verbracht hatte, um mit Floriana für die bevorstehende Abschlussprüfung zu lernen. Nachdem ihre Mum ihr befohlen hatte, still zu sein, gestand sie ihr, dass sie Seb schon seit Monaten Esspakete zusteckte. »Er hat seinen Stolz, Floriana«, warnte ihre Mutter, »also sag darüber nichts zu ihm!«

Mum war nicht die Einzige, die so angetan von Seb war; ein hoher Prozentsatz der Mädchen an der Schule war es auch, aber irgendwie hielt er sie immer auf Distanz, ohne jemanden zu verärgern oder zu beleidigen. Unter vier Augen sagte er zu Floriana, er habe genug um die Ohren, ohne sich auch noch die Forderungen einer unselbstständigen Freundin aufzuhalsen.

»Nicht alle weiblichen Wesen sind so unselbstständig wie deine Mutter«, hatte Floriana ihn zurechtgewiesen.

Seine Einstellung zu Mädchen änderte sich jedoch an der Universität.

Sie hatten nicht geplant, dieselbe Universität zu besuchen, geschweige denn auch noch die in Oxford. Floriana, die immer für den leichtesten Weg und den des geringsten Widerstandes war, hatte ein Studium nicht mal in Betracht gezogen, aber ihr Geschichtslehrer drängte sie, es zumindest zu versuchen. »Ich weiß, dass du harte Arbeit hasst«, hatte er gesagt, »und dich auf dein nahezu fotografisches Gedächtnis verlässt, um nur das Nötigste zu tun, doch Oxford würde dir den Ansporn geben, den du brauchst. Was hast du zu verlieren?«

Kostbare Zeit, die ich brauchen werde, um mich auf den ganzen Stress vorzubereiten, hatte Floriana bei sich gedacht. Als Seb ihr dann aber erzählte, dass er sich um einen Studienplatz bewarb – »einfach nur zum Spaß«, erklärte er –, setzte ein bisher nie gekanntes Wettbewerbsdenken bei ihr ein, und ehe sie sich's versah, befanden Seb und sie sich zusammen mit vier anderen Schulabsolventen auf dem Weg zu einer Runde von Vorstellungsgesprächen und einer Übernachtung in Oxford.

Auf der Zugfahrt zurück nach Hause, bei der alle einen Riesenkater hatten nach einer Nacht, die Seb als »Einführung ins Collegeleben« bezeichnete, hatte Floriana gewusst, dass sie am Boden zerstört sein würde, wenn ihr kein Studienplatz angeboten wurde. Sie hatte sich in Oxford verliebt. Sie liebte alles an dieser Stadt; ihre samtigen grünen Rasenflächen und efeubewachsenen Mauern, die Architektur, das Flair, die Tradition und das allgegenwärtige Gefühl der kontemporären und historischen Bedeutung dieses Ortes. Noch nie hatte sie irgendetwas so sehr gewollt wie das Studium in dieser Stadt. Im Zug neben Seb hatte sie ihre Handschuhe ausgezogen und ihn gebeten, ihr aus der Hand zu lesen. »Sag mir, was du siehst!«, hatte sie gesagt. »Gehe ich nach Oxford?«

Er hatte ihre Hand in seine genommen und sie in einem feierlichen Akt der Weissagung versonnen angestarrt. »Ja, Florrie, du wirst hingehen, zweifellos.«

»Und du?«, hatte sie kichernd erwidert.

Er hatte seine Hand umgedreht und sie lange prüfend angesehen. »Hier steht, dass ich gehe, wohin auch immer meine beste Freundin geht. Und außerdem sagt meine Hand, dass wir eines Tages zusammen reisen werden.«

Für den Rest der Zugfahrt hatten sie geschlafen, Floriana mit dem Kopf an seiner Schulter und seinem Arm um sie. Jeder, der sie so sah, musste annehmen, dass sie ein Pärchen waren. Niemand, nicht einmal ihre eigene Schwester, konnte begreifen, dass sie wirklich nur sehr gute Freunde waren. Wie könnten sie auch etwas anderes sein, pflegte Seb zu sagen, nachdem Floriana und ihre Eltern doch quasi zu einer Ersatzfamilie für ihn geworden waren? Etwas anderes zu sein als Freunde wäre daher schlicht und einfach unnatürlich. Er war ja auch tatsächlich wie ein Bruder für Floriana. Und deshalb, sagte er, habe es nie etwas auch nur annähernd Sexuelles zwischen ihnen gegeben.

So wie auch nichts Wahres daran war, dass Seb die Fähigkeit besaß, aus der Hand zu lesen. Bis auf ein paar Grundkenntnisse in der Handlesekunst war es, wie er selbst zugab, nur ein weiterer seiner raffinierten Tricks, die Leute glauben zu machen, er sei etwas, das er nicht war. Trotz alledem war es zu einem kontinuierlichen Witz zwischen Floriana und ihm geworden, zu dem sie griffen, wann immer sie wegen irgendetwas Selbstvertrauen brauchten. Oder um sich ihre Träume zu bestätigen.

Diesmal hatte Seb jedoch mit seiner Prophezeiung recht behalten, denn im darauffolgenden Oktober nahm Floriana ihren Platz am St. Anne's College in Oxford ein, um Geschichte zu studieren. Seb, in seiner typisch lässigen Art und Weise, sagte, er habe sich für drei Jahre des Faulenzens am Keble College eingeschrieben, um dort mit möglichst wenig Aufwand das Studium der Literaturwissenschaft zu absolvieren.

Weit weg von daheim und als wäre er nun befreit von der Verantwortung für seine Mutter, stürzte Seb sich ins Collegeleben – hauptsächlich in die vergnüglichen Aspekte, selbstverständlich. Er hole verlorene Zeit nach, sagte er, und während er sich durch eine Reihe von Freundinnen hindurchzuarbeiten begann, fing Floriana an, mit einem Rugby spielenden Chemiker namens John aus Merton auszugehen. Er blieb bis fast zum Ende dieses ersten Semesters, wo er sich dann jedoch von Floriana trennte, als er merkte, dass sie ihre Beziehung bis ins intimste Detail mit Seb besprach. »Aber warum sollten wir das nicht tun?«, verteidigte sie sich. »Wir erzählen einander alles.«

»Aber manche Dinge sind privat«, hatte John empört entgegnet.

Ihr nächster Freund war einer ihrer Kommilitonen gewesen,

der sich jedoch nach ihrer Eskapade mit Seb, die mit einer Übernachtung in Polizeigewahrsam geendet hatte, von ihr zurückgezogen hatte. Wahrscheinlich wollte er durch die Verbindung mit ihr nicht seinen guten Ruf beschmutzt sehen.

Obwohl Seb und sie die engsten Freunde waren, war nichts Besitzergreifendes oder Ausschließliches an ihrer Freundschaft, da beide sehr zufrieden damit waren, dass der andere auch ein eigenes Leben hatte. Mehr als einmal ertappte Floriana sich bei dem Gedanken, dass sie eine langfristige Beziehung gar nicht in Betracht ziehen könnte, sofern sie nicht in gleicher Weise geführt würde.

Währenddessen wechselte Seb seine Freundinnen in erschreckendem Tempo; er hatte jedes Mal eine andere, wenn Floriana ihn sah. Sie hatte allerdings den Eindruck, dass es ihm dabei nur um Sex ging, und je beiläufiger und bedeutungsloser, desto besser. Während die Wochen, Monate und Semester vergingen, sah sie eine Leichtfertigkeit in seinem Verhalten, die ihr Sorgen machte.

Kapitel 10

Es war Sonntagabend, und obwohl Adam damit gerechnet hatte, überraschte ihn das Klingeln seines Telefons.

Er ermahnte sich, nicht zu schnell den Anruf anzunehmen. Schließlich durfte er nicht zu eifrig wirken. Es war besser, cool zu bleiben. Cool, aber nicht kalt. Auf keinen Fall kalt. Cool, aber nicht verzweifelt.

War er verzweifelt?

Klar war er das. Die ganze vergangene Nacht hatte er dagesessen und gedacht, wie sehr er Jesse vermisste und den Anblick der leeren Stellen hasste, die sie hinterlassen hatte – die leeren Schränke, die kahlen Wände und Regale. Und heute hatte er den ganzen Morgen und Nachmittag wie auf glühenden Kohlen gesessen und auf diesen Anruf gewartet. Wohin er auch im Haus ging, das Mobiltelefon war stets dabei, um nur ja nicht das Klingeln zu verpassen. Doch so wie ein mit Ungeduld beobachteter Topf Wasser nie zu kochen begann, klingelte auch ein ungeduldig angestarrtes Telefon nicht. Deshalb war es unvermeidlich, dass im selben Moment, als er dem Ding den Rücken zukehrte, um ein paar Handgriffe zu erledigen, der Anruf endlich einging.

Natürlich könnte es auch sein, dass nicht Jesse die Anruferin war.

Oder dass sie, wenn sie es war, vielleicht nicht sagen würde, was er sich erhoffte: dass ihr Zweifel gekommen seien und das Packen ihrer Sachen sie dazu veranlasst habe, noch einmal gründlich nachzudenken.

Herrgott noch mal, geh einfach dran!

Über die Frühstücksbar griff er nach dem Telefon, das hinter dem Laptop lag; Jesse starrte ihn von dem erleuchteten Display an.

»Hi, Jesse«, sagte er, in der Hoffnung, erfreut zu klingen, von ihr zu hören, aber nicht so erfreut, dass sie glauben könnte, er vermisste sie übermäßig.

»Adam«, sagte sie.

Sie klang nicht gerade unbekümmert optimistisch, doch auch nicht allzu pessimistisch. So weit, so gut. Sie hatten insgesamt drei Worte ausgetauscht, und noch war alles offen.

Er schwieg und wartete darauf, dass sie wieder zu reden begann – schließlich war sie es, die mit ihm sprechen wollte. Bei seiner Rückkehr von der Latimer Street hatte er am vergangenen Tag eine Nachricht von Jesse auf der Arbeitsfläche vorgefunden. In diesen paar Zeilen hatte sie ihn höflich gefragt, ob es ihn störe, dass sie sich einen Drink gemacht hatte, und angekündigt, am nächsten Tag anzurufen, da sie etwas mit ihm besprechen wolle. Von Neugier – und Hoffnung – gepackt, war er versucht gewesen, sie auf der Stelle anzurufen, aber er hatte sich beherrscht.

Als sie nun nichts mehr sagte, fragte er: »Bist du gestern gut zurechtgekommen und hast alles gefunden, was du brauchtest?«

»Aber ja. Danke.«

Eine weitere Pause entstand. Adam wollte sie schon mit irgendeiner Nichtigkeit füllen, als Jesse fortfuhr:

»Es ist nicht leicht, nicht wahr? Es ist nicht so, wie ich es mir gedacht hatte.«

Verdammt noch mal, dachte er, du solltest es erst mal von meiner Warte aus betrachten! Aber da er eine Schwachstelle in ihrer Abwehr spürte, vielleicht sogar einen Anflug der Reue, den er sich erhofft hatte, antwortete er: »Wäre es leichter für dich, wenn wir direkt miteinander sprechen würden?«

»Nein«, erwiderte sie schnell. Zu schnell. »Nein, ich denke nicht«, fügte sie hinzu.

»Bist du sicher? Ich würde nicht versuchen, dich unter Druck zu setzen. Nur ein ruhiges Gespräch zwischen uns beiden, Jesse. Du sagst, was immer du mir sagen willst, und ich höre zu. Vielleicht bei einer Tasse Kaffee. Oder bei einem Abendessen?« Er zuckte zusammen und umklammerte das Telefon noch fester. Zu aufdringlich! Viel zu aufdringlich. Er schwieg und wartete auf eine schroffe Abfuhr.

»Das … das ist wirklich lieb von dir, dass du so etwas vorschlägst, denn so hätte ich die Dinge gern zwischen uns. Du weißt schon, dass wir Freunde bleiben und ohne Verstimmtheit miteinander reden können.«

Seine Hoffnung erstarb. »Freunde«, wiederholte er. »Wolltest du deshalb mit mir sprechen? Um mir klarzumachen, dass wir *Freunde* bleiben könnten?«

»Ja«, sagte sie. »Falls auch du das für möglich hältst.«

Schmerz und Wut wallten in ihm auf. Und Enttäuschung. »Du meinst, ob ich mit dir zusammen sein kann, ohne zu wünschen, es wäre so wie früher zwischen uns? Aber Moment mal, war ich in letzter Zeit nicht wie ein Bruder für dich? Ich bin verwirrt, Jesse – willst du einen Freund oder einen Bruder?«

»Adam, mach es bitte nicht noch schwieriger, als es ohnehin schon ist!«

Das Telefon ans Ohr gepresst, spazierte er im Kreis herum und zwang sich, ruhig zu bleiben. Sarkasmus würde seiner Sache nicht dienlich sein. Er schloss die Augen, und aus dem Nichts heraus erschien das Bild von ihm in Esme Silcox' Haus, wo die Sonne durch die Fenster in den Salon fiel und Eurydike zufrieden schnurrend auf seinem Schoß lag. Und er hörte auch wieder die Worte der alten Dame: *Gibt es keine Möglichkeit, sie zurückzugewinnen?*

Er räusperte sich. »Ich hatte mir vorgenommen, mich nicht aufzuregen«, sagte er, »aber du fehlst mir, Jesse, und ich wünschte, du wärst jetzt hier. Ich muss ständig an all die schönen Zeiten denken, die wir hatten. Und die guten Zeiten, die noch vor uns liegen könnten.«

»Ich vermisse dich auch«, erwiderte sie. »Ich vermisse, wie beruhigend du sein konntest und immer dafür sorgtest, dass ich mich besser …«

»Dann komm nach Hause!«, unterbrach er sie, weil er gar nicht anders konnte. »Lass uns vergessen, dass es diese schreckliche Woche je gegeben hat! Sag mir einfach nur, wie ich unsere Beziehung verbessern kann, dann werde ich es tun! Ich … ich liebe dich, Jesse.«

Ein langes Schweigen folgte. Es war so lang, dass er sich fragte, ob die Verbindung abgebrochen war.

»Bist du noch da, Jesse?«

»Ja, ich bin noch da.« Er hörte ihr tiefes Einatmen, und da er das Schlimmste – wie kompromisslose Zurückweisung – befürchtete, nahm er das Gespräch schnell wieder auf.

»Hör mal«, begann er, den Rat befolgend, den Miss Silcox ihm gegeben hatte, »warum verschieben wir es nicht, irgendwelche endgültigen Entscheidungen zu treffen, da im Moment wahrscheinlich keiner von uns einen klaren Gedanken fassen kann? Warum warten wir nicht ab und nehmen uns die Zeit, alles noch einmal zu überdenken?«

»Willst du damit sagen, dass wir eine Art Beziehungspause einlegen sollen?«

Adam versuchte, einen etwas leichteren Tonfall anzuschlagen. »Ich weiß, dass es wie etwas aus einer amerikanischen Sitcom klingt, aber ja, genau das meine ich. Wenn es helfen würde. Wenn es uns beiden Raum gäbe, die Dinge zu überdenken und herauszufinden, was wir wirklich wollen.«

Wieder folgte statt einer Antwort Schweigen.

»Was meinst du?«, fragte er. »Würde es helfen?«

Kapitel 11

Es wurde Dienstag, bis Floriana wieder zur Arbeit gehen konnte.

Das Büro der Dreaming Spires Tours lag an der High Street, gleich unterhalb der Universitätskirche St. Mary. Die Butzenscheiben in den Erkerfenstern sahen sehr hübsch und festlich aus und waren in Florianas Augen mit genau der richtigen Menge an altweltlichem *Weihnachtsschmalz* geschmackvoll dekoriert. Aber vielleicht gefielen sie ihr auch deshalb so gut, weil sie sie in der vergangenen Woche selbst geschmückt hatte.

Da es erst kurz nach neun war und sie nicht vor neun Uhr dreißig öffneten, war es noch zu früh für Kunden, doch Tony, ihr Chef, war sogar schon vor ihr da. Als sie hereinkam, blickte er vom Aufräumen des Buchungs-Schreibtischs auf und versuchte nicht einmal, sein Erschrecken über ihren Anblick zu verbergen. »Floriana, Darling, du siehst ja schrecklich aus!«

»Danke, das ist genau das, was ich jetzt hören wollte.«

Tony nahm seine Brille ab und ließ sie an der Kette um seinen Hals baumeln, als er hinter dem Tisch hervorkam. »Ich hätte keine Ahnung, dass du in so einem schlechten Zustand warst. Ich dachte, es sei mehr der Schock, von dem du dich erholen musstest, statt von echten körperlichen Schäden. Du armes Ding! Warum hast du mir nicht gesagt, dass es so schlimm war?«

Enttäuscht, dass ihre Kaschierungsversuche – eine tief ins Gesicht gezogene Beanie-Mütze, strategisch eingesetztes Make-up und offenes Haar, das wie ein halb geschlossener Vorhang eine Seite ihres Gesichts bedeckte – alles andere als erfolgreich waren, sagte sie mit aufgesetzter Munterkeit: »Es geht mir gut. Ehrlich. Es sind nur Prellungen.«

Tony schnalzte missbilligend mit der Zunge und schüttelte den Kopf. »Aber deine Wange sieht aus, als wäre jemand mit einer Käsereibe darübergegangen.«

Floriana erschauderte bei der Beschreibung. Gestern hatte sie noch ein Pflaster auf der Wange gehabt, das sie dann aber vorsichtig abgenommen hatte, weil unbedeckte Wunden schneller heilten, wie ihre Mutter früher immer gesagt hatte, wenn Floriana sich als Kind die Knie aufgeschrammt hatte: *Es muss Luft daran, Floriana.*

»Ich muss arbeiten, Tony«, erwiderte sie. »Ich kann nicht mehr zu Hause hocken und Trübsal blasen; das habe ich lange genug getan.«

»Bist du sicher? Ich könnte Damian anrufen und ihn fragen, ob er Zeit hat einzuspringen. Du bist heute für die *Harry-Potter-*Tour eingeteilt, nicht wahr? Die wird er ohne allzu große Mühe schaffen. Und dann könntest du mir heute im Büro zur Hand gehen, was viel leichter für dich wäre.«

Alle bei Dreaming Spires Tours wussten, dass Tony total auf Damian Webb stand und daher gern die Tatsache übersah, dass er kein qualifizierter Reiseführer war. Damian war ein Schauspieler, dessen Anspruch auf Berühmtheit auf einer Statistenrolle in einer Episode von *Inspektor Morse – Der Tod ist mein Nachbar* – beruhte, in der er einen Universitätsdozenten gespielt hatte, der durch den vorderen Innenhof von Brasenose College gegangen war. Das war 1997 gewesen, also ewig her, doch er ließ es niemanden vergessen. Darüber hinaus war er auch flüchtig in zwei Episoden der Krimiserie *Midsomer Murders* zu sehen gewesen. Wenn er gerade kein Engagement hatte, was sehr häufig vorkam, bot er Tony seine Dienste an, und obwohl Damians Kenntnisse als Fremdenführer erbärmlich unzulänglich waren und er deshalb zum Glück keine anspruchsvolleren Touren übernehmen konnte, liebten ihn die Touristen, die überhaupt nichts über

Oxford wussten, und waren daher leicht zu täuschen, besonders wenn er sie mit seinen affektierten Geschichten über Dreharbeiten mit John Thaw und Kevin Whately unterhielt.

Insgeheim dachte Floriana, dass er nichts als ein Angeber war, der die harte Arbeit, die sie und all die anderen staatlich geprüften Reiseführer investierten, *ad absurdum* führte – wie die vielen Stunden des Lernens für die Prüfungen, die sie hatten ablegen müssen, und die Seminare, an denen sie auch heute noch laufend teilnahmen, um auf dem neuesten Stand zu bleiben.

Was sie jedoch am meisten störte, war der Gedanke, dass Damian die ihr zustehende Bezahlung für die Führung ihrer Gruppe heute Morgen erhalten würde. »Aber Tony«, sagte sie und versuchte, an seinen Ehrgeiz zu appellieren, dass Dreaming Spires Tour niemals ein zweitklassiger Service vorgeworfen werden durfte, »du weißt doch, dass Damian in den Klang seiner eigenen Stimme verliebt ist und im Laufe der Führung einfach nur alles erfindet. Das ist nicht gerade gut für unseren Ruf, nicht wahr?«

»Ach, so schlecht ist Damian gar nicht«, entgegnete Tony, »und seine Sprüche kommen bei den Gästen sehr gut an. Die meisten der Leutchen wissen nicht, dass er improvisiert, und viele von ihnen wollen auch gar nicht mehr als eine gute Geschichte, die sie daheim erzählen können.«

Obwohl das auf einer gewissen Ebene sogar stimmte, war Floriana trotzdem nicht bereit, sich von einem Amateur die Schau stehlen zu lassen. »Ich bin fit genug, um meine Gruppe zu übernehmen«, sagte sie, »und wenn ich meinen Professor-McGonagall-Hut aufsetze und mir einen Hogwarts-Schal umbinde, werden sie die Prellungen kaum noch sehen.«

Tony hob seine Brille an, um sie genauer in Augenschein zu nehmen. Sein Gesichtsausdruck war skeptisch. »Na schön«, meinte Tony und hob warnend einen Finger, »aber übertreib es bitte nicht!«

Froh, ihn überzeugt zu haben, dass sie fit genug war, um zu arbeiten, ging sie zu dem hinteren Büro weiter. Jetzt musste sie nur noch sich selbst davon überzeugen, den Tag durchstehen zu können, ohne umzukippen oder in Panik zu geraten.

Es verunsicherte sie, dass sie sich schon so vollkommen entkräftet fühlte, bevor der Tag noch richtig begonnen hatte. Und sie war auch nervös und zittrig. Vielleicht hätte sie den Bus nehmen und nicht zu Fuß gehen sollen, doch sie hatte gedacht, der Spaziergang würde ihr guttun und ihr helfen, zu ihrer gewohnten Routine zurückzufinden. Aber darin hatte sie sich schwer verschätzt, denn jedes Mal, wenn ein Wagen ihr zu nahe gekommen war, hatte sie einen beschämend panikartigen Schrei ausgestoßen und war vom Rand des Bürgersteigs weggesprungen. Mit rasendem Herzen und zitternden Händen hatte sie dann dagestanden, und einmal hatte sie sogar befürchtet, einen regelrechten Panikanfall zu bekommen. Es war eine enorme Erleichterung gewesen, als sie den Radcliffe Square erreicht hatte und dem Verkehr entkommen war.

So sehr es sie auch bekümmerte, sah es doch ganz so aus, als hätte Esme Silcox recht gehabt, als sie gemeint hatte, Floriana solle sich noch einen weiteren Tag freinehmen, wenn nicht sogar die ganze Woche, bevor sie wieder zur Arbeit ging. »Kein vernünftiger Mensch würde von Ihnen erwarten zurückzukommen, bevor Sie wieder ganz erholt sind«, hatte die alte Dame gesagt.

Das Problem war, und das hatte Floriana ihr auch erklärt, dass sie als Freiberuflerin pro Tour bezahlt wurde, und das bedeutete, dass sie umso mehr verdiente, je mehr Touren sie übernahm. Neben ihrer Arbeit als Fremdenführerin übernahm sie auch Schichten im Büro, wenn Tony zusätzliche Hilfe brauchte. Es gefiel ihr ganz gut, aber auf den Straßen Gruppen herumzuführen war nun einmal das, was Floriana am liebsten tat. Sie liebte das

Zusammenspiel mit einer Touristengruppe und sah sich teils als Lehrerin und teils als Entertainerin. Nur war es bei ihr natürlich nicht die Art von Unterhaltung, die Damian Webb bot.

Sie war die einzige der Fremdenführer, die bei ihren Touren ein Kostüm trug. Anfangs war Tony gar nicht begeistert davon gewesen. Seltsamerweise, wenn man seine Vorliebe für den affektierten, seine Theatralik voll auslebenden Damian bedachte, war gerade Tony besorgt gewesen, es könne den falschen Eindruck machen, und die Touristen würden sie dann nicht ernst nehmen. Aber Floriana hatte sich durchgesetzt, und das Feedback, das Tony erhielt, war durchweg positiv: Die Leute genossen Florianas Touren immer sehr, sowohl ihres Inhaltes als auch ihres Stils wegen, der leicht und gewinnend war, doch auf fundierten Fakten gründete. Davon abgesehen war Floriana in Oxford auch schon so etwas wie ein vertrauter Anblick geworden, wenn sie ihre Gruppen durch Straßen und Colleges führte, was schon etwas hieß in einer Stadt, die voller ausgefallener Sehenswürdigkeiten war, sowohl in menschlicher als auch in architektonischer Gestalt.

Sie öffnete den Schrank, in dem sie ihre »Theaterrequisiten« aufbewahrte, und fand einen Umschlag mit ihrem Namen darauf – eine Weihnachtskarte von Sandra, einer der anderen Fremdenführerinnen, die auf Gartentouren und Glasmalerei spezialisiert war. Die Karte erinnerte Floriana daran, dass sie selbst noch einige kaufen und schreiben musste. Und da war auch noch die »Kleinigkeit« von Sebastians unbeantworteter Karte, mit der sie sich befassen musste.

All diese freie Zeit daheim, und sie hatte es nicht einmal geschafft, Sebs Karte zu beantworten!

Sie hatte jedoch an ihn gedacht. Um ehrlich zu sein, hatte sie sogar viel zu oft an ihn gedacht. Und es war Esme Silcox, die zum Teil dafür verantwortlich war.

Es war ein Schock für Floriana gewesen, als Esme erwähnt

hatte, dass sie zur Zeit des Unfalls immer wieder Sebs Namen gemurmelt hatte. Vielleicht habe sie ja ihm die Schuld gegeben, hatte Floriana etwas verlegen erwidert.

»Oh nein, das würde ich ganz und gar nicht sagen«, hatte die alte Dame widersprochen. »Sie haben seinen Namen richtig wehmütig gemurmelt, als hätten Sie ihn gern bei sich gehabt.«

Das war für Floriana zu viel gewesen, und erst nachdem sie in die Küche verschwunden war, um ihr wundes Gesicht in einer Handvoll Küchentücher zu vergraben, war sie ins Wohnzimmer zurückgekehrt und hatte Esme erzählt, wer Seb war.

»Ach, Sie armes, liebes Mädchen!«, hatte die alte Dame gesagt, als sie am Ende ihrer Erzählung angelangt war. »Wie grausam das Leben doch zu uns sein kann!«

»Es ist meine eigene Schuld«, hatte Floriana widersprochen. »Ich schiebe immer alles auf. Das wird noch mal auf meinem Grabstein stehen. *Hier ruht Floriana Day, die größte Zauderin von allen*. Ich habe einfach nicht erkannt, dass ich Seb liebte, bis es zu spät war.«

»Haben Sie ihm denn nie gesagt, was Sie empfanden?«

»Erst als mir endlich dämmerte, dass er sich in jemand anderen verliebt hatte.«

»Lieben Sie ihn immer noch?«

»Ich weiß es nicht, wenn ich ehrlich sein soll. Ich dachte, ich hätte ihn überwunden, doch dann kam das hier.« Floriana ging zum Kaminsims, um die Weihnachtskarte und die Hochzeitseinladung darin zu holen. »Das war es, woran ich dachte, als ich Freitagabend auf die Straße hinaustrat«, sagte sie und reichte Esme die Karten.

»Werden Sie die Einladung annehmen?«, fragte Esme, nachdem sie beide gelesen und sie Floriana zurückgegeben hatte.

»Auch das kann ich wirklich nicht beantworten. Ich weiß nicht, ob ich mir so etwas Schmerzliches zumuten möchte.«

»Was glauben Sie, warum er so ausdrücklich geschrieben hat, er habe Sie gern dabei?«

»Es ist auf jeden Fall eine versöhnliche Geste, das kann ich sehen. Ich bin nicht so dumm zu glauben, dass er mich aus Boshaftigkeit dabeihaben will.«

Die alte Dame hatte gelächelt. »Nun ja, Sie brauchen sich ja auch noch nicht endgültig für das eine oder andere zu entscheiden. Auf dieser Karte bittet er Sie ja nur, sich den Tag frei zu halten, nicht? Haben Sie eine Ahnung, wann die Hochzeit stattfinden wird?«

»Überhaupt keine«, hatte Floriana erwidert. »Ich vermute, dass sie nicht einmal in England heiraten werden; heutzutage scheint ja jedermann im Ausland seine Hochzeit feiern zu wollen. Eine Karte mit der Bitte, sich den Tag frei zu halten, ist eine Warnung an geladene Gäste, Geld und Zeit bereitzuhalten. Und wenn das der Fall ist und Imogen ihr steinernes Herz an irgendetwas außergewöhnlich Exotisches gehängt hat, ist dieses ganze Dilemma ohnehin nur hypothetisch, da ich es mir gar nicht leisten kann, Gott weiß wohin zu fahren.«

»Aber in der Zwischenzeit könnten Sie das Friedensangebot doch annehmen, oder? Was wäre das Schlimmste, was geschehen könnte, wenn Sie es tun?«

Als Floriana sich jetzt wieder an dieses Gespräch erinnerte, dachte sie, wie herrlich einfach die klar denkende Esme es hatte klingen lassen. Doch wahrscheinlich sah es von außen betrachtet auch tatsächlich einfach aus. Sie brauchte Seb nur eine Karte mit der Zusage zu schicken, dass sie sich den Tag frei halten würde, weil sie das zu nichts verpflichtete. Und mal ehrlich, wie schwierig könnte das schon sein?

Das Problem war jedoch nicht so sehr das Beantworten der Karte, sondern vielmehr das, was darauf folgen könnte. Was, wenn Seb dann wieder Kontakt zu ihr aufnahm? Was, wenn er ihre Freundschaft wieder aufleben lassen wollte? Wäre das mit Imogen in seinem Leben überhaupt je möglich?

Seb hatte ihr offenbar verziehen, da er ihr ein Versöhnungsangebot machte. Aber die eigentliche Frage war doch, ob Floriana Seb verzeihen konnte, dass er sich in Imogen verliebt hatte?

Nachdem Adam das Parkticket gekauft und gut sichtbar hinter die Windschutzscheibe gelegt hatte, schloss er den Wagen ab und überquerte die Straße. Ihm blieb noch eine Dreiviertelstunde vor dem Meeting mit seinem Buchhalter, was ihm Zeit ließ, kurz bei Blackwell's reinzuspringen, um das Buch von Haruki Murakami zu kaufen, das er seinem Bruder zu Weihnachten schenken wollte. Gott erbarme sich seiner, aber vielleicht würde er sogar einen Blick in die Sachbuch-Regale werfen, wo er zweifelsohne jede Menge Bücher zum Thema *Wie überlebt man eine Beziehungspause* oder *Wie Sie Ihre Freundin zurückgewinnen können* finden würde.

Nachdem er einen Weg gefunden hatte, Jesse dazu zu bringen, ihre Beziehung während einer einmonatigen »Pause« noch einmal zu überdenken, war er anfangs voller Optimismus gewesen, dass er doch noch eine Wende herbeiführen könnte; jetzt jedoch war diese Hoffnung von Zweifel und Sorge überschattet.

Wie zum Teufel sollte er sie zurückgewinnen, wenn er sie nicht sehen durfte? Wie sollte er die nächsten vier Wochen nur rumkriegen? Und was bedeutete eine »Beziehungspause« eigentlich genau? Durfte Jesse sich in dieser Zeit mit anderen Männern treffen? Sollten sie andere als eine Art Test betrachten, um zu sehen, ob es jemand Besseren dort draußen gab?

Es war dieser Gedanke, der ihn verrückt machte. Gerade mal achtundvierzig Stunden nach dieser halb garen Vereinbarung, die er selbst in die Wege geleitet hatte, und schon war er sich überhaupt nicht mehr sicher, das Richtige vorgeschlagen zu haben! Er war es gewohnt zu handeln, Dinge zu bewegen und zu regeln, doch nun, vielleicht zum ersten Mal in seinem Erwachsenenleben, war er machtlos. Ihm blieb absolut nichts anderes, als darauf zu warten, dass Jesse ihre Entscheidung traf.

In der Zwischenzeit hing er in der Luft. Und irgendwie konnte er nicht umhin, sich zu fragen, ob er vorher nicht besser dran gewesen war, als er noch geglaubt hatte, es sei endgültig vorbei. Hoffnung war eine Sache, sich falsche Hoffnungen zu machen aber eine völlig andere.

Die Einkaufstüte in der Hand, hielt Adam einer jungen Frau mit einem Kinderwagen die Tür auf und trat auf die Straße hinaus.

Es war ein kalter, feuchter und trostloser Tag, und nach der Wärme des Ladens schien es draußen sogar noch ungemütlicher als vorher zu sein. Als er seinen Mantel zuknöpfte, bemerkte er eine Gruppe von Touristen auf der anderen Straßenseite vor den Stufen des Sheldonian Theaters. In all den Jahren, die er schon in Oxford lebte, hatte er jede Menge Touristengruppen mit ihren Fremdenführern gesehen, aber kaum je einen Gedanken an sie verschwendet oder sich höchstens einmal geärgert, wenn sie im Weg herumstanden. Nachdem er jedoch Floriana Day begegnet war, schenkte er der Gruppe da vorn jetzt mehr als nur einen flüchtigen Blick – und merkte, wie er trotz der fürchterlichen letzten achtundvierzig Stunden über diesen verrückten Zufall lächeln musste.

Er überquerte die Straße, um Floriana besser sehen zu können, hielt aber genügend Abstand, um sie nicht abzulenken, als er sah, wie aufmerksam ihre Gruppe ihr zuhörte. Wie es aussah, hingen die Leute ja förmlich an ihren Lippen. Er konnte es ihnen nicht verdenken. Mit ihren schwungvollen Gesten sah Floriana ausgesprochen motiviert und lebhaft aus. Das schwarze Cape, der Schal und der Hexenhut, die sie trug, verliehen ihr noch ein zusätzliches Maß an Schwung. Wie herrlich unkonventionell sie aussah!

Sie scheuchte ihre Schäfchen gerade die Stufen zum Sheldonian hinauf, als sie ihn bemerkte. Wie er vorhin schaute auch sie zweimal hin, um sicherzugehen, dass er es war. Dann lächelte sie und winkte ihm.

Da er alles andere als unhöflich empfunden hätte, ging er die paar Schritte auf sie zu. »Hübscher Hut«, bemerkte er.

»Professor McGonagall«, sagte sie erklärend. »Heute mache ich die *Harry-Potter*-Tour.«

»Das klingt nach viel Spaß. Wie geht es Ihnen?«, fragte er und dachte, dass sie nicht viel besser aussah als beim letzten Mal, als er sie gesehen hatte. Aber vielleicht kam es ihm auch nur so vor, weil sie im Gesicht keinen Verband mehr trug. Und was nun freilag, sah schrecklich aus.

Sie blickte sich über die Schulter nach ihrer Gruppe um, die sich langsam entfernte, einige zum Fotografieren und andere, um ihre Stadtpläne zurate zu ziehen, während die restlichen Leute sie scharf im Auge behielten, als hätten sie Angst, sie könnte drauf und dran sein, sie im Stich zu lassen. »Mir geht's gut«, sagte sie. »Im Moment bin ich allerdings sehr beschäftigt, wie Sie sehen.«

»Entschuldigen Sie, ich wollte Sie nicht stören. Dann lasse ich Sie jetzt besser weitergehen.«

»Hat mich gefreut, Sie wiederzusehen.«

»Mich auch.« Damit wandte er sich zum Gehen, doch dann folgte er einem ganz unerwarteten Impuls. »Ich nehme an, Sie werden vermutlich nicht …« Er unterbrach sich schnell. Es war ein verrückter Gedanke, der sie zudem auch noch in Verlegenheit bringen würde. Also fragte er sie besser nicht.

»Was?«

Er schüttelte den Kopf. »Nein, vergessen Sie es! Es war nichts Wichtiges.«

»Oh, tun Sie mir das nicht an! Jetzt werde ich den Rest des Tages rätseln, was Sie von mir wissen wollten.«

Adam zögerte. Ach, warum auch nicht! »Ich wollte Sie fragen, ob Sie mir einen Rat geben könnten. Beim Mittagessen vielleicht. Das heißt, falls Sie heute Zeit haben. Oder überhaupt eine Mittagspause machen.«

»Ich habe um halb zwei Feierabend, falls Ihnen das passt.«

»Das wäre perfekt!«

»Aber jetzt muss ich wirklich gehen«, sagte sie und wandte sich zum Gehen.

»Wo wollen wir uns treffen?«, rief er ihr schnell nach.

»In den Gewölben von St. Mary. Dort gibt es eine wunderbare Suppe. Und Kuchen, der fast so gut ist wie der, den Sie mir am Samstag mitgebracht haben. Bis dann also!«

»Ich hätte Sie warnen sollen, dass Ratschläge zu erteilen nicht gerade meine Stärke ist«, sagte Floriana, nachdem sie für ihr Essen angestanden hatten und nun endlich saßen. Beide hatten sich für üppige Teller Lasagne entschieden, statt die Suppe zu nehmen. Floriana war froh über die Gelegenheit zu sitzen. Sie war erschöpft und freute sich schon darauf, heimzukommen und ein Nickerchen zu machen.

»Aber ich würde trotzdem gern Ihre Meinung hören«, sagte Adam und reichte ihr eine der Papierservietten.

»Na schön, dann erzählen Sie mir, was es ist, wobei ich Ihnen helfen soll.«

Er probierte ein Stückchen der Lasagne, kaute und trank einen Schluck von seinem Sprudelwasser. »Hatten Sie schon einmal eine … Beziehungspause?«

Sie schüttelte den Kopf. »Nein.«

»Aber wissen Sie, was die Grundregeln dafür sind?«

»Auch das muss ich verneinen. Tut mir leid.«

»Okay«, meinte er stirnrunzelnd. »Das war kurz und schmerzlos.«

Angesichts seiner offensichtlichen Enttäuschung und von dem Wunsch beseelt, mehr für ihn zu tun, sagte Floriana: »Warum geben Sie mir nicht eine kurze Zusammenfassung dessen, was Sie wissen wollen?« Von ihrem Gespräch mit Esme wusste sie, dass Adam erst seit Kurzem von seiner Freundin getrennt war. Aber ohne zu gestehen, dass sie hinter seinem Rücken über ihn gesprochen hatten, konnte sie nicht zugeben, dass sie von Jesse wusste.

»Mein erster Impuls wäre, Ihnen zu empfehlen, Jesse gehen zu lassen«, sagte sie, als er ihr alles erzählt hatte, »und Ihnen einzuschärfen, dass es nichts Schlimmeres gibt, als sich an etwas zu klammern, das man nicht haben kann.«

Sein Gesicht umwölkte sich.

»Aber«, fuhr sie eilig fort, »was ich sagen *werde*, ist, dass sie alles tun sollten, um Jesse zurückzugewinnen, wenn Sie sie wirklich lieben. Und wenn das bedeutet, ihr einen Monat zum Nachdenken zu geben oder vielleicht sogar noch länger, dann muss es eben sein. Wenn Sie die nötige Geduld aufbringen und wirklich glauben, dass Jesse es wert ist, dann halten Sie durch. Was haben Sie zu verlieren?«

»Sie klingen sehr sicher …«

»Glauben Sie mir, Adam, ich könnte ein Buch über verpasste Chancen schreiben. Aus eigener Erfahrung weiß ich nur allzu gut, was man verlieren kann.« Und weil er so offen zu ihr gewesen war und es ihr so wichtig erschien, dass er nicht den gleichen Fehler machte wie sie, erzählte sie ihm, warum sie so gut wusste, wovon sie sprach.

Als sie die ganze alte Geschichte mit Seb wieder ausgegraben hatte und plötzlich sehr verlegen wurde, sagte sie: »Ich weiß, dass die Einladung zu Sebs Hochzeit dies alles wieder in mir aufgewühlt hat, aber *wirklich* erstaunlich ist, dass ich seit Ewigkeiten mit niemandem mehr über ihn gesprochen hatte und jetzt hier sitze und Ihnen von ihm erzähle, obwohl ich Sie kaum kenne. Und vor Esme habe ich am Sonntag übrigens auch alles ausgebreitet.«

»Damit sind wir schon zwei«, meinte Adam. »Auch ich habe ihr am Samstag, als ich sie besuchte, von Jesse erzählt. Vielleicht ist sie ja so etwas wie eine Hellseherin oder Beichtmutter.«

»Entweder das oder eine Hexe«, erwiderte Floriana lachend.

Ein leises Lächeln breitete sich auf seinen Zügen aus; auf diesen attraktiven Gesichtszügen, die jedoch leider dazu neigten, nur allzu oft zu ernst zu sein, wie Floriana nicht entgangen war. »Apropos Hexe«, sagte er. »Ich bin enttäuscht, dass Sie nicht Ihren Professor-McGonagall-Hut zum Mittagessen tragen. Ich hatte mich schon so darauf gefreut.«

»Also das ist mir nun doch ein bisschen unheimlich«, scherzte sie. »Noch mehr von diesem Gerede, und ich werde meine Meinung über Sie revidieren müssen.«

Kapitel 12

Das Haus sah aus, als hätte es jemand aufgehoben und kräftig durchgeschüttelt, es dann obendrein noch auf den Kopf gestellt und erneut gut geschüttelt.

Es war knapp eine Woche vor Weihnachten, und mit Adams Hilfe hatte Floriana sämtliche Möbel aus dem Wohnzimmer geräumt und sie in Küche und Diele gezwängt. Jetzt fegte sie die verstaubten Bodendielen ab, damit der neue Teppichboden gelegt werden konnte. Adam schleppte den alten gerade aus der Haustür, damit er später fortgeschafft werden konnte.

Mit seiner beeindruckenden Armee von Händlern und Handwerkern, die ihm zur Verfügung stand und fast alles innerhalb von ein paar Stunden beschaffen oder reparieren konnte, hatte Floriana Adam zum nützlichsten Mann auf dem Planeten erklärt. Letzte Woche hatte er nicht nur das Loch im Reifen ihres Fahrrads geflickt, sondern auch einen seiner hilfreichen Bekannten geschickt, um die zersprungene Scheibe in ihrem Badezimmerfenster zu erneuern. Floriana hatte zwar keine Ahnung, was der derzeitige Preis für eine solche Arbeit war, aber die Rechnung war so niedrig ausgefallen, dass sie Adam verdächtigte, ein gutes Wort für sie eingelegt und einen niedrigeren Betrag ausgehandelt zu haben.

Das Gleiche galt auch für den neuen Teppichboden. »Es ist das Ende einer Rolle«, hatte er beiläufig erwidert, als Floriana sich über den Schnäppchenpreis gewundert hatte. »Nur ein Reststück, das ich beiseitegelegt hatte, um es vielleicht später einmal zu verwenden.« Er sprach wie ein Mann, der jede Menge Reststücke von Teppichböden einfach so herumliegen hatte.

Neulich hatte er ihr ein Muster mitgebracht, um zu sehen, ob es ihr gefiel, und die Farbe war genau die gewesen, die sie im Sinn gehabt hatte – ein wunderschönes helles Beige.

Das war, nachdem sie eine Ecke des alten Teppichs hochgezogen und angesichts des Zustandes der Holzdielen darunter beschlossen hatte, dass es das Einfachste und Preisgünstigste sein würde, den arg verschlissenen alten Teppichboden durch einen neuen zu ersetzen. Sie hatte Adam um Rat gebeten, da er in allem, was mit Häusern zu tun hatte, ein Experte zu sein schien. Die von ihm grob geschätzten Kosten für das Abschleifen und Aufpolieren der Dielen hatten Floriana in kalten Schweiß ausbrechen lassen. Selbst mit dem kleinen Aufschlag, den sie zahlen musste, um diesen preisgünstigen Teppichboden an einem Sonntagnachmittag verlegen zu lassen, war es so noch sehr viel billiger.

In den vergangenen Wochen war es für Floriana nur zu offensichtlich geworden, dass zwischen Adams Einkommen und ihrem ein gewaltiger Unterschied bestand, doch er prahlte keineswegs damit. Als »bewundernswert bescheiden«, hatte Esme ihn in einer ihrer so scharfsinnigen Bemerkungen beschrieben. Beide waren sich jedoch darüber einig, dass er sich ziemlich bedeckt hielt und es ihnen dadurch manchmal sehr schwierig machte zu erraten, was ihm durch den Kopf ging. Doch vor die Wahl gestellt, verbrachte Floriana ihre Zeit lieber mit jemandem, der wortkarg, aber ehrlich war, als mit einem prahlerischen Aufschneider. Was Adam an Mitteilsamkeit fehlte, machte er mit Nachdenklichkeit, Rücksichtnahme und Zuverlässigkeit mehr als wieder wett.

Draußen auf der Straße fuhr ein weißer Van vor und parkte hinter Adams Wagen. Sekunden später öffnete ein Mann von Umfang und Größe eines olympischen Gewichthebers die hinteren Wagentüren und plauderte dabei mit Adam. Zusammen trugen sie dann die Rollen Unterlagen und Teppichboden in das Haus.

In null Komma nichts, so schien es, standen sämtliche Möbel wieder an ihrem Platz, und der schäbige alte Teppich lag hinten in dem Van und befand sich auf dem Weg zur Müllkippe. Die Arbeit war erledigt.

»Vielen, vielen Dank«, sagte Floriana, als sie sich entzückt in ihrem Wohnzimmer umsah. Es war fast nicht wiederzuerkennen. »Du vollbringst wahre Wunder, Adam.«

»Dann bist du also zufrieden?«

»Ich bin hin und weg vor Begeisterung! Und wenn wir nicht zu Esme müssten, würde ich mich jetzt auf den Teppich werfen und mich darauf herumwälzen wie ein junger Hund!«

Er zog eine Augenbraue hoch. »Tu dir keinen Zwang an! Lass dich von mir nicht daran hindern, dich zu amüsieren.«

»Das wäre mir dann doch ein bisschen peinlich«, erwiderte sie lächelnd. »Aber vielleicht hebe ich mir dieses Vergnügen für heute Nacht auf, wenn ich allein und unbeobachtet bin.«

Als sie mit dem Aufräumen fertig waren und Floriana sich umgezogen hatte und in einem Paar klobiger Stiefel und einem etwas bizarren, seltsam vielschichtigen Outfit die Treppe herunterkam, fiel gerade der erste Schnee des Winters. Den ganzen Tag über hatte der Himmel schon bedrohlich bleiern ausgesehen, und die Temperatur war kontinuierlich gefallen.

Sie waren auf dem Weg zu Trinity House, um mit Esme zu Abend zu essen; es war das erste Mal seit Florianas Unfall, dass alle drei wieder zusammen sein würden. Beide hatten die alte Dame unabhängig voneinander in der Zwischenzeit besucht – Adam, weil er sich oft in seinem neuen Haus nebenan aufhielt, und Floriana, weil sie fasziniert von Esme war und sie besser kennenlernen wollte.

»Sie hat etwas ganz Besonderes«, hatte Floriana Adam gegenüber bemerkt. »Sie ist so unergründlich, und immer, wenn ich gerade meine, ich hätte sie durchschaut, sagt sie irgendwas, das mich wieder zum Umdenken bewegt. Ich wäre gar nicht überrascht, wenn sie sich als Spionin aus dem Kalten Krieg herausstellen würde und die Bibliothekarin nur ihre Tarnung war!«

Fantasievolle Aussagen oder Spekulationen wie diese waren typisch für Floriana, wie Adam schon erkannt hatte. Sie waren ebenso extravagant wie ihr schräger Kleidungsstil, der ihre oft planlose und impulsive Persönlichkeit sehr gut widerspiegelte.

Doch was wusste er schon von Mode – auch wenn er unter Jesses Anleitung gelernt hatte, den eleganten, stilvollen Look zu schätzen, den sie so perfekt beherrschte. Seine Garderobe auf den neuesten Stand zu bringen war eine der ersten Aufgaben gewesen, die Jesse sich gestellt hatte, als sie ein Paar geworden waren. Sie hatte seine alles andere als beeindruckende Auswahl an Kleidung durchgesehen, und nach viel Genörgel und Kopfschütteln war sie mit ihm einkaufen gegangen.

»Es ist schon komisch«, sagte Floriana jetzt, als sie an der Kreuzung Church Close und Latimer Street standen und einen Wagen vorbeifahren ließen, dessen Scheibenwischer fast vergeblich gegen den Schnee ankämpften, der vom Himmel fiel. »Aber wann immer ich bei Esme in Trinity House bin, habe ich das Gefühl, in einer Parallelwelt, einer interessanteren Welt zu sein. Ich glaube, das ist einer der Gründe, warum ich so gern bei ihr bin.«

»Ich weiß, was du meinst«, sagte Adam. »Ich bin zu dem Schluss gekommen, dass es all diese interessanten Gemälde sein müssen; sie erzeugen eine ganz besondere Atmosphäre.«

Ja!«, rief Floriana aufgeregt und wandte sich ihm so blitzschnell zu, dass die am Ende einer langen Kordel hängende Quaste an ihrer Mütze – ein farbenfrohes Teil mit Ohrenklappen, die wie handgestrickt aussah – herumwirbelte und ihr gegen die Nase schlug. Sie schob sie mit ihrer behandschuhten Hand beiseite und meinte: »Du hast völlig recht. Ich weiß, dass es vielleicht ein bisschen überspannt klingt, aber ich denke immer wieder, dass jedes dieser Bilder eine Geschichte ihres Lebens erzählt, etwa so wie ein Fotoalbum, weißt du.«

»So hatte ich das noch nie betrachtet, doch es ist eine hübsche Vorstellung. Hast du sie schon mal danach gefragt?«

Ihre Augen funkelten spitzbübisch. »Ich arbeite noch daran.«

Das bezweifelte Adam keine Minute lang. Denn eine weitere von Florianas Eigenschaften war ihre Begabung, Informationen zu sammeln. Wie sie selbst zugab, hortete sie nützliche und auch weniger nützliche Details, und wie Adam selbst schon miterlebt hatte, konnte sie jede dieser Informationen blitzschnell abrufen. »Ich habe nun mal diese Art von Gehirn«, hatte sie gesagt und auf sein Drängen hin, ihm ein Beispiel zu geben, eine Liste von Sprichwörtern aus der ganzen Welt heruntergerasselt, einschließlich eines russischen, das Adam besonders gut gefiel. Es besagte, dass ein Kampf nicht der richtige Moment sei, um sich das Haar zu scheiteln. »Mein Gehirn sammelt einfach wahllos Daten und Fakten«, erklärte Floriana mit einem Schulterzucken, »ob ich es will oder nicht.«

Wahrscheinlich machte ihre Arbeit als Reiseführerin ihr deshalb so viel Spaß: weil sie mühelos Fakten aufnehmen und sie ebenso mühelos wieder abrufen konnte. Er zum Beispiel wäre gar nicht in der Lage, die nötigen Informationen im Kopf zu behalten.

Esme hatte sich schon seit drei Tagen auf diesen Nachmittag vorbereitet. Nachdem sie beschlossen hatte, mit ihrem Besuch den Tee im Esszimmer einzunehmen, hatte sie ihre Putzhilfe gebeten, dort diesmal besonders gründlich sauberzumachen.

Krysta kam einmal in der Woche und sprach ebenso viel Englisch, wie Esme Polnisch sprach. Die Agentur, die Esme kontaktiert hatte, als ihre frühere, langjährige Haushaltshilfe weggezogen war, hatte ihr vor drei Monaten Krysta geschickt, und in all dieser Zeit waren die einzigen Worte, die die Frau einigermaßen fließend zu sprechen gelernt hatte, *Hallo* und *Ich mache jetzt Schluss, auf Wiedersehen.*

Als das Esszimmer gründlich abgestaubt und auf Hochglanz poliert war, hatte Esme ihr bestes Tischtuch herausgesucht, doch leider feststellen müssen, dass es nach dem langen Liegen in der Schublade gewaschen und gebügelt werden musste. Als das geschehen war, hatte sie die Schachtel mit dem Tischschmuck durchgesehen, den sie auch schon ewig nicht mehr benutzt hatte, und war zu dem Schluss gekommen, dass er zu schäbig war. Also hatte sie sich zu der Kunstgalerie auf der North Parade aufgemacht, die auch eine kleine Auswahl an Weihnachtsschmuck anbot. Dort hatte Esme sich für eine Tischdekoration aus Tannenzapfen und einigen nach Äpfeln und Zimt duftenden Kerzen entschieden und dann bei Buddy Joe's noch einen Weihnachtsstern und einige mit roten und grünen Girlanden verzierte Papierservietten gekauft.

Bei Buddy Joe's hatte sie auch die nötigen Zutaten für ein Menü gefunden: Blätterteigpasteten mit einem Puter-Pilz-Ragout sowie mit Räucherlachs gefüllte Blinis und Cocktail-Würstchen im Speckmantel mit einem Preiselbeer-Relish. Zum Dessert würde es Weihnachtsgebäck und Yule-Log, einen wie ein Baumstamm geformten Schokoladenkuchen geben. Zum Trinken hatte sie Glühwein vorgesehen, der auf der Herdplatte schon leise vor sich hin köchelte, und eine begrenzte Auswahl an Spirituosen, falls etwas Stärkeres erwünscht war.

Nun, da die Kerzen brannten, die Lampen leuchteten und das gemütlich zischende Gasfeuer im Kamin den Raum erwärmte, überprüfte Esme noch einmal den Tisch, um sich zu vergewissern, dass sie nichts vergessen hatte.

Ihre eigentliche Sorge war nicht, etwas übersehen zu haben. Sie fragte sich vielmehr, ob ein so feierlich gedeckter Tisch ihren jungen Gästen nicht peinlich altmodisch erscheinen musste. Sie war hoffnungslos außer Übung, was Einladungen anbelangte. Eigentlich war es sogar regelrecht beschämend, dass sie sich nicht einmal erinnern konnte, wann sie zuletzt jemanden zum Tee zu sich gebeten hatte.

Vor vielen, vielen Jahren hatten ihr Vater und sie den Tee sehr gern im *Randolph* eingenommen; später waren ihre Freundinnen Margaret, Dorothy, Nina und sie lieber in das *Old Parsonage* gegangen, das sehr viel gemütlicher gewesen war. Aber Esmes Vater und diese Freundinnen waren inzwischen alle tot. Nur die Erinnerungen waren geblieben, einige von ihnen kaum mehr als schemenhaft und vage, andere so scharf, als hätten die Ereignisse erst gestern stattgefunden.

Esme blickte zu dem Gemälde über dem Kamin hinüber und betrachtete das junge Mädchen, das ihr entgegensah. Sein Gesichtsausdruck hatte etwas ausgesprochen Nachdenkliches, das von niemandem unbemerkt blieb, der sich die Zeit nahm, das Porträt genauer anzusehen. Aber es war die subtile Mischung aus Unschuld und Verwegenheit, die es Esmes Ansicht nach zu dem faszinierenden Bild machte, das es war. Sie hatte ihr Gesicht nie als schön oder auch nur hübsch empfunden – das Kinn war zu markant, die Wangenknochen zu ausgeprägt und der Haaransatz zu tief –, doch es war ein interessantes Gesicht, was für ihre Begriffe sehr viel mehr zählte.

Sie war zweiundachtzig Jahre alt und hatte mit diesem Porträt von sich gelebt, seit ihr Vater es fertiggestellt und ihr zu ihrem achtzehnten Geburtstag geschenkt hatte. Das Komische war, dass es Zeiten gab, in denen sie es völlig objektiv betrachten konnte und das Gefühl hatte, dieses Mädchen fast gar nicht zu kennen.

Das Gemälde an der gegenüberüberliegenden Wand, ein Selbstbildnis ihres Vaters, war dagegen eine völlig andere Sache. Wenn sie sein Gesicht ansah, das teilweise im Schatten des Hutes lag, den er trug, verflogen die Jahre, und sie konnte wieder seine sanfte Stimme hören, so klar und deutlich, als stünde er neben ihr.

Neben seinem Selbstporträt hing ein kleineres Gemälde, ein weiteres Bildnis der damals zehnjährigen Esme. In einem schlichten blauen Trägerrock, einer weißen Bluse und mit heruntergerutschten, in Falten liegenden Socken saß sie mit eingezogenen Schultern auf einem kleinen Hocker, das gerötete Gesicht ihrem Vater auf eine Weise zugewandt, die darauf hindeutete, dass er sie gerade bei irgendetwas gestört hatte. Es war eines ihrer Lieblingsbilder, das zeigte, wie stark sie ihrem Vater und nicht ihrer Mutter ähnelte. Darüber war sie immer froh gewesen.

Esme, der plötzlich einfiel, dass ihre Gäste bald erscheinen würden, richtete den Blick wieder auf den Tisch, um zu überprüfen, ob vielleicht ein Teller fehlte oder ein Messer oder eine Gabel nicht ganz gerade lag.

»Was meinst du?«, fragte sie Eurydike, die vor der Terrassentür saß und sich das Schneetreiben draußen ansah. »Wird es genügen?«

Die Katze wandte den Kopf und blinzelte sie an.

»Gut, dann werde ich das als ein Ja betrachten und das Beste hoffen«, sagte Esme. »Und komm jetzt mit, denn mit all dem verlockenden Essen auf dem Tisch werde ich dich hier nicht allein lassen.«

Die Katze folgte ihr gehorsam aus dem Esszimmer.

Als Esme ihren Gästen die Tür öffnete, wurde sie zu ihrer Belustigung mit einem kurzen, von Floriana gesungenen Liedchen »*Die* zwei *Könige aus dem Morgenland sind wir*« begrüßt. Adam sah der Darbietung verlegen zu.

»So weit sind wir natürlich nicht gereist«, sagte Floriana außer Atem und mit von der Kälte geröteten Wangen, als sie in der Diele in einem Gewühl von abgenommenen Mützen, Mänteln, Handschuhen und Schals standen. »Aber wir bringen Geschenke mit – die du allerdings nicht vor Weihnachten öffnen darfst, hörst du? Möchtest du, dass wir unsere Schuhe ausziehen?«

»Du liebe Güte, nein! Es sei denn, ihr hättet das brennende Verlangen, es zu tun. Kommt mit in die Küche, um euch erst mal aufzuwärmen, und erzählt mir, wie es euch beiden geht!«

»Ich nehme an, dass Adam sich hinsetzen und ausruhen muss«, sagte Floriana fröhlich lachend. »Ich habe ihn heute schwer arbeiten lassen. Aber dafür bin ich jetzt die stolze Besitzerin eines wunderschönen neuen Wohnzimmerteppichbodens, der so etwas wie ein Meilenstein ist, da ich noch nie einen neuen Teppichboden besessen hatte. Ich kann euch gar nicht sagen, wie erwachsen ich mich auf einmal fühle.«

Esme bedachte sie mit einem liebevollen Lächeln, in das sie dann auch Adam einschloss, der sich vermutlich fragte, ob er je dazu kommen würde, auch etwas zu sagen. »Wenn dem so ist«, meinte sie, »dann sollten wir zur Feier eines so wichtigen Meilensteins in deinem Leben darauf anstoßen.«

Nicht zum ersten Mal dachte Esme, wie anders diese muntere, mitteilsame Floriana war als die, der sie zum Zeitpunkt ihres Unfalls begegnet war. Ihr Gesicht wies noch schwache Spuren der Prellungen auf, und die Narbe, wo sie genäht worden war, würde noch lange nicht verblassen, aber seitdem war ihre wahre Persönlichkeit zutage getreten. Sie war von unerschütterlichem

Optimismus, ein bezauberndes Energiebündel voller Enthusiasmus, und Esme bereute nie auch nur eine Minute des Zusammenseins mit ihr.

Es war nicht nur Florianas temperamentvolle Natur, die in den Vordergrund getreten war, seit sie sich von dem Unfall erholte, sondern es war auch nicht zu übersehen, wie hübsch sie war. Esmes Vater hätte große Freude daran gehabt, sie zu malen; er hätte die sprühende Lebensfreude in ihren großen, haselnussbraunen Augen mit den langen Wimpern eingefangen und ihr zartes, ein wenig spitzes Kinn und ihre zierliche gerade Nase perfekt wiedergegeben. Esmes Meinung nach hatte Floriana ein seltenes, nicht alltägliches Gesicht – die Art von Gesicht, das zu einem boshaften oder unsympathischen Ausdruck gar nicht fähig zu sein schien.

Alle Bedenken, die Esme gehegt hatte, ihre Gäste könnten sich nicht wohl bei ihr fühlen, verflogen schnell, als sie sie mit ihren Gläsern Glühwein in das Esszimmer führte.

»Wie schön!«, rief Floriana, als sie den Tisch erblickte. »Aber du hättest dir nicht so viel Mühe machen sollen, Esme.«

»Nun, es hat mir großen Spaß gemacht. Nun lasst es uns auch genießen. Ich weiß, dass es heutzutage politisch nicht korrekt ist, so etwas vorzuschlagen, aber ich bin heute in subversiver Stimmung und möchte dich daher bitten, Adam, dich an den Kopf des Tisches zu setzen. Und du, Floriana, sitzt mir gegenüber. Genau – so ist es perfekt. Und falls Eurydike euch belästigt, lasst euch nichts gefallen, sondern schiebt sie energisch weg. Ah, Adam, wie ich sehe, marschiert sie schon schnurstracks auf dich zu.«

»Das macht nichts«, sagte er, als die Katze sich neben seinem Stuhl platzierte und hingebungsvoll zu ihm aufblickte. »Mich stört sie nicht.«

»Ich wüsste gern, warum sie nie zu mir kommt«, murmelte Floriana.

Esme warf ihr einen verschmitzten Blick zu. »Ich glaube, sie mag Adam, weil er so eine ausgeglichene, beruhigende Aura hat.«

Floriana lachte. »Soll das etwa heißen, dass ich ihr zu unruhig bin?«

»›Lebhaft‹ ist das Wort, das ich benutzen würde; du strahlst eine schier unglaubliche Energie aus, meine Liebe. Findest du nicht auch, Adam?«

Adam hob die Hände. »Ich sage gar nichts.«

»Unser stets um Diplomatie bemühter Adam«, meinte Esme lächelnd, während sie Platten herumreichte. »Aber jetzt erzählt mir doch, was ihr Weihnachten vorhabt!«

Floriana stöhnte. »Du zuerst, Adam. Ich muss etwas essen, bevor ich mich dazu überwinden kann, die Hölle zu beschreiben, die mein Weihnachten mit den Browns sein wird.«

Esme zwinkerte Adam zu. »Ich glaube, dir wurde die Erlaubnis erteilt zu sprechen. An deiner Stelle würde ich die Gelegenheit ergreifen, solange du noch kannst.«

Adam, der sich gerade von den mit Räucherlachs gefüllten Blinis nahm, lachte. »Bei mir wird es das übliche Familienfest daheim in Thame sein, zu dem auch mein Bruder kommen wird.«

»Versteht ihr euch?«

»Ja.«

»Ist er verheiratet?«

»Nein, er hat eine noch schlechtere Erfolgsbilanz bei Frauen als ich.«

»Na, na«, sagte Esme. »Das hier ist ein Weihnachtsessen, keine Mitleidsparty, also werden wir solches Gerede gar nicht dulden, Adam. Ich kann dir voraussagen, dass sich im neuen Jahr vieles für dich zum Besseren verändern wird.«

Floriana lachte schallend. »Siehst du, Adam, wir hatten recht, sie ist eine Hexe!«

»Wenn ich mich recht entsinne, warst du es, die zu dieser Schlussfolgerung kam«, entgegnete er stirnrunzelnd.

»Oh, wie ungalant von dir!«

»Mein liebes Mädchen«, sagte Esme belustigt, »was in Herrgotts Namen hat euch auf die Idee gebracht, ich könnte übernatürliche Kräfte haben?«

»Deine raffinierte Art, uns Informationen zu entlocken, während du kaum je etwas von dir selbst preisgibst.«

»Du lieber Himmel, ich hatte ja keine Ahnung, dass ich der Gegenstand solch wundervoller Spekulationen war! Ich fühle mich geschmeichelt. Aber ich kann euch versichern, dass ich nichts weiter als eine harmlose alte Dame bin, die zu viele Fragen stellt. Möchte jemand ein Würstchen im Speckmantel?«

»Siehst du!«, rief Floriana. »So machst du es – du lenkst uns andauernd mit eigenen Fragen ab!«

»Dann werde ich ab sofort damit aufhören und jede Frage, die ihr mir stellt, beantworten. Wer möchte der Erste sein?«

Adam sah Floriana an und gab ihr mit einer beredten Handbewegung zu verstehen, dass sie beginnen solle.

»Also gut.« Floriana blickte zu dem Gemälde über dem Kamin hinüber. »Bist du das, Esme?«

»Ja, das bin ich.«

»Und?«

»Und was?«

»Erzähl uns mehr darüber! Wann wurde es gemalt? Wie alt warst du, und wer war der Maler? War es dein Vater?«

Kapitel 13

Das Gemälde kennzeichnete einen Wendepunkt in Esmes Leben. Und für ihren Vater auch.

Fünf Monate vor Esmes achtzehntem Geburtstag starb ihre Mutter ganz unerwartet an einem Herzinfarkt. Die meisten Leute hatten gedacht, sie würde ewig leben, und wenn auch nur, um ihre Mitmenschen zu ärgern und zu drangsalieren.

Violet Silcox, geborene Bradbury, war keine glückliche Frau gewesen. Als einzige Tochter eines Ingenieurs aus Nottinghamshire, der sein Geld mit Bergbaumaschinen verdient hatte, war sie in dem Glauben aufgezogen worden, sie wäre eine große Schönheit, der die Welt zu Füßen lag. In Wahrheit war sie jedoch nichts dergleichen, und trotz der ehrgeizigen Pläne, die ihre Eltern für sie hatten, in eine Familie von größerem Reichtum und höherem Rang als ihre eigene einzuheiraten, gelang es ihr nicht, unter den heiratsfähigen jungen Männern auch nur das kleinste Interesse zu erwecken. Aber dann kam William Silcox, ein sanfter, ruhiger Mann, der als Patentanwalt für ihren Vater arbeitete und den ihre beiden Eltern vertrauenswürdig und sympathisch fanden. Vier Jahre jünger als Violet, hatte er nicht die geringste Chance, als sie mit zweiunddreißig beschloss, dass er der Mann war, den sie heiraten würde. Möglicherweise war es die Schande der Ehelosigkeit, die sie erwartete, was sie zu dieser Entscheidung veranlasste. William brachte zwar weder den Reichtum noch die gesellschaftliche Stellung mit, die ihre Eltern sich für Violet erträumt hatten, aber immerhin sahen sie einen vorzeigbaren und gut erzogenen Mann, der ihnen als noch formbarer Schwiegersohn keinen Ärger bereiten würde und der zumindest

Violet glücklich machen und sie selbst mit Enkelkindern versorgen könnte.

Aber William konnte Violet nicht glücklich machen. Niemand konnte das. Schon gar nicht Esme, die zwei Jahre, nachdem ihre Eltern geheiratet und Hillside bezogen hatten – ein strenges viktorianisches Haus etwa drei Meilen entfernt von Abbey Vale, wo Violet aufgewachsen war –, geboren wurde.

Da Violet wusste, wie sehr es ihren Vater freuen würde, hatte sie sich einen Jungen gewünscht und war auch so überzeugt gewesen, einen Sohn zu bekommen, dass sie es nicht hatte glauben wollen, als sie hörte, dass sie die Mutter eines gesunden kleinen Mädchens war. »Aber das kann nicht sein!«, hatte sie die Hebamme und den Arzt hysterisch angeschrien, in dieser hochfahrenden Manier, die ihr von klein auf anerzogen worden war und mit der sie jeden behandelte, den sie als nicht gleichgestellt betrachtete. Violet hatte kein Gespür dafür, wie lächerlich sie sich benahm, und es kümmerte sie wenig, dass die Köchin und Dienstmagd unten jedes ihrer Worte hören konnten und es schon bald im Dorf herumerzählen würden. Die zweifelhaften Gerüchte darüber kamen Esme zu Ohren, als sie alt genug war, um zu verstehen, was die Leute über die Vorgänge auf Hillside sagten, und sie erfuhr, welch geringes Ansehen ihre Mutter im Ort genoss.

Als 1939 der Krieg ausbrach, war Esme acht und alt genug, um die Auswirkungen zu verstehen: dass ihr Vater möglicherweise in den Krieg ziehen musste und vielleicht nie zurückkehren würde. Aber ihr Vater wurde für untauglich befunden – einer Hinterlassenschaft aus seiner Kindheit wegen, die er teilweise in einem Sanatorium verbracht hatte, wo er gegen TB behandelt worden war.

Die meisten Frauen wären erleichtert gewesen zu erfahren, dass ihre Ehemänner sich nicht in Gefahr begeben mussten, aber nicht so Violet. Sie wollte mit einem Helden verheiratet sein oder, besser noch, mit einem toten, wie sie tatsächlich einmal bei einem ihrer Wutausbrüche zu William gesagt hatte. Das war an einem Tag gewesen, als er spät von der Arbeit heimkam – Bradbury Mining Tools produzierte jetzt Maschinen für die Kriegsanstrengungen, und in den Werkstätten wurde rund um die Uhr gearbeitet. »Was tust du da so Wichtiges?«, hatte Violet ihn angeschrien. »Du bist doch bloß ein Anwalt!«

So wie die Mutterschaft sich als bittere Enttäuschung für Violet erwiesen hatte, war auch die Ehe nicht das, was sie sich darunter vorgestellt hatte. Vielleicht hatte sie an etwas gedacht, das mehr der Ehe ihrer Eltern ähnelte. Ihr Vater, den sie über alles liebte, war ein großer, mächtiger Mann, der sich als charismatischer Herr des Hauses Geltung verschaffte und seine Frau und Tochter verhätschelte und ihnen jeden Wunsch erfüllte. Aber die guten Eigenschaften, die Violet einst an ihrem Verlobten bewundert hatte – Freundlichkeit, Sanftheit und eine große künstlerische Begabung – betrachtete sie heute an ihrem Ehemann als Anzeichen von beschämender Schwäche.

Noch mehr Scham kam hinzu, als Violets vergöttertem Vater gegen Ende des Krieges vorgeworfen wurde, davon profitiert zu haben. Die Beschuldigungen wurden nicht offen vorgebracht, jedenfalls zu Anfang nicht, aber als William in der Firma kündigte und sich anfangs weigerte, den Grund dafür zu nennen, gewannen Gerüchte und Klatsch sehr schnell an Boden, und binnen Kurzem wurde die Familie in der Öffentlichkeit gemieden. Violet machte allein ihren Mann dafür verantwortlich, dass die Leute sich gegen sie wandten. William rechtfertigte seine Handlungsweise damit, dass er einfach nicht weiter für ihren Vater arbeiten konnte, da er doch wusste, was in der Firma vorging.

»Also macht jemand einen kleinen Fehler, und du kannst ihm nicht verzeihen?«, ereiferte sich Violet.

»Ich muss mit meinem Gewissen leben können«, sagte er.

Von klein auf war Esme sehr geübt darin geworden, die Gespräche ihrer Eltern zu belauschen, obwohl es eigentlich gar keine besondere Geschicklichkeit erforderte, da die hochfahrende, im Zorn erhobene Stimme ihrer Mutter ohnehin im ganzen Haus zu hören war.

Als der Krieg beendet war, war in praktisch jeder Hinsicht auch die Ehe zu Ende. Esmes Vater wollte die Scheidung, aber seiner Tochter zuliebe konnte er sich nicht dazu überwinden, die Sache durchzuziehen. Außerdem hatte Violet ihn gewarnt, dass sie nie und nimmer etwas bejahen würde, das noch mehr Schande über die Familie bringen würde. Sie drohte William auch, ihm nie wieder zu erlauben, Esme zu sehen, falls er versuchen sollte, die Scheidung durchzusetzen. Eine Ehe, die nur auf dem Papier bestand, schien Violet immer noch lieber zu sein als gar keine.

Angesichts der Ausweglosigkeit der Situation verbrachte Esmes Vater mehr und mehr Zeit in der Firma, für die er inzwischen arbeitete, sodass Esme ihn eigentlich nur an den Wochenenden sah. Aber diese gemeinsame Zeit war überaus kostbar für sie beide. Sie standen einander ebenso nahe, wie sie Violet gegenüber Distanz bewahrten, die allerdings auch nie mehr als ein flüchtiges Interesse an Esmes Wohlergehen zeigte. Und das bisschen Interesse, das sie bewies, äußerte sich hauptsächlich in Kritik und Strafe. Der einzige Mensch, der Violet kümmerte, war sie selbst, und sie begann – im wahrsten Sinne dieses Wortes – ihre Ichbezogenheit zu nähren und erschreckend schnell zuzunehmen, indem sie Berge von Essen in sich hineinschlang, insbesondere Süßes.

Als Violets Mutter einem Schlaganfall erlag und ihr Vater sechs Monate später durch einen Schusswaffen-Unfall starb – den manche als Selbstmord bezeichneten, der Wolke von Gerüchten wegen, die ihn überschattete –, schloss Violet sich einem neuen Kreis von Freunden an und wurde geradezu besessen von der Geisterwelt. Sie hielt regelmäßig spiritistische Sitzungen auf Hillside ab und versuchte verzweifelt, Kontakt zu ihrem toten Vater und ihrer Mutter aufzunehmen. Ihr Geisteszustand verschlechterte sich auf besorgniserregende Weise, und ihre Stimmungsschwankungen intensivierten sich.

Eines Abends, als Esmes Vater von der Arbeit nach Hause kam, musste er feststellen, dass jedes einzelne von seinen Gemälden, die er in seinem Studio im Garten aufbewahrte, zerschnitten und zerfetzt worden war. Aber er sagte kein Wort dazu. Was, wie Esme wusste, ihre Mutter so sehr aufbrachte, dass sie ihn auch noch grausam verhöhnte. »Du bist nicht Manns genug, um zu reagieren oder dich mir gegenüber zu behaupten!«, schrie sie außer sich vor Wut.

Sie hatte ihn schon oft als drittklassigen Amateur bezeichnet, als talent- und einfallslos, und diese boshafte Zerstörung seiner Bilder war ein Höhepunkt dieser wachsenden Verachtung, in die sich auch Eifersucht mischte. Statt zu bereuen, was sie getan hatte, sagte sie ihm, sein Stil sei so unerträglich gefühlsselig, dass jeder Betrachter seiner Bilder nur Gänsehaut davon bekäme und sie ihm im Grunde bloß einen Gefallen getan hätte, die Welt von solch Übelkeit erregendem Schwachsinn zu befreien. Sein einziger Kommentar war die Frage, was für eine Art von Mutter imstande sei, Gemälde zu zerstören, die die eigene Tochter darstellten?

Eine Mutter, die nicht mehr alle Tassen im Schrank hatte, wäre die Antwort gewesen, aber niemand in Violets Haushalt war beherzt genug, ihr das zu sagen.

Esmes Vater begann erst wieder mehrere Monate nach Violets plötzlichem Tod zu malen. Sein erstes Gemälde war das Porträt, das er Esme zu ihrem achtzehnten Geburtstag schenkte. Und nachdem er es ihr gezeigt hatte, sagte er, er würde gerne mit ihr reden.

Er bat sie, mit ihm in den Garten zu gehen, und als sie Arm in Arm über die Pfade schritten, begann er: »Wir haben noch nie über Geld gesprochen, aber wie du weißt, und trotz aller Ratschläge, die deiner Mutter gegeben wurden, hat sie sich nie dazu bequemt, ein Testament zu machen. Und da keins existiert, geht alles an mich. Und damit meine ich, es geht an *uns*. Doch ich bin sicher, dass du schon von selbst darauf gekommen warst.«

Nicht sicher, worauf er hinauswollte, nickte Esme nur.

»Deshalb schlage ich vor, nachdem die rechtliche Seite nun geklärt ist, dass wir dieses grässliche Haus und alles damit Verbundene verlassen und irgendwo hinziehen, wo es uns gefällt und wo wir noch einmal ganz von vorn anfangen und glücklich sein können.«

Esme hatte gelächelt. »Das klingt wundervoll. Aber warum habe ich das Gefühl, dass das nicht alles ist, was du mir sagen möchtest?«

Er hatte ihr Lächeln erwidert, und sie hatte gedacht, wie gut es tat, ihn wieder öfter lächeln zu sehen, seit sie von der Tyrannei ihrer Mutter befreit waren. »Das ist sehr scharfsinnig von dir«, meinte er, »doch ich hätte auch nicht weniger erwarten dürfen. Was würdest du davon halten, dein Studium in Oxford noch ein wenig aufzuschieben und mit mir zu einem Abenteuer aufzubrechen?«

Seit langer Zeit war es Esmes Traum gewesen, einen Studienplatz in Oxford zu erlangen, um Englisch zu studieren, aber da sie ihrem Vater blind vertraute, sagte sie: »Was für eine Art von Abenteuer?«

Kapitel 14

»Nein! Du kannst jetzt nicht aufhören, Esme, du musst uns erzählen, wie es weiterging. Was war das Abenteuer?«

Ein bisschen erstaunt über sich selbst, dass sie so sehr ins Detail gegangen war, griff Esme nach ihrem vergessenen Glühwein, der inzwischen kalt geworden war. »Ach, meine Liebe, ihr werdet meinen alten Geschichten doch gewiss nicht länger zuhören wollen.«

»Aber ja! Natürlich!«, widersprach Floriana entschieden. »Das wollen wir doch, Adam, oder?«

Er nickte zustimmend. »Aber nur, wenn du uns mehr erzählen willst, Esme. Vielleicht sollten wir dir eine Chance geben, zuerst etwas zu essen. Im Gegensatz zu uns hast du ja kaum etwas angerührt.«

»Gute Idee.« Floriana griff schnell nach einem Teller Blinis mit Räucherlachs, die sie Esme anbot. »Selbst ein guter Erzähler braucht etwas im Magen.«

Esme lachte. »Na schön«, gab sie nach, »aber während ich esse, musst du mir berichten, warum du jetzt doch Weihnachten bei deiner Schwester feierst, obwohl du doch hofftest, dieser Verpflichtung aus dem Weg gehen zu können.«

Floriana holte Luft und ließ sie in einem langen, tiefen Seufzer wieder entweichen. »Wie üblich ist es meine eigene Schuld, weil ich früher hätte handeln und Ann rechtzeitig hätte absagen sollen. Aber nach einem Tipp von meiner Schwester riefen meine Eltern an, um zu fragen, bei wem ich Weihnachten verbringen würde. Ich konnte sie noch nie belügen, nicht überzeugend jedenfalls, und so warf ich schließlich doch das Handtuch und erklärte mich bereit, zu Ann zu fahren. Ich darf gar nicht daran denken; es wird einfach schrecklich werden. Ohne Mum und Dad im Haus, um Ann zu bremsen, wird sie mich unaufhörlich herumkommandieren und daran erinnern, dass es höchste Zeit für mich ist, erwachsen zu werden und mir eine richtigen Job zu suchen. Und nicht nur das, denn Ann wird auch versuchen, mich mit dem Bruder ihres Mannes zu verkuppeln, der ganz nett ist, wenn man auf stockkonservative Typen steht. Für mich jedoch könnte er verkehrter nicht sein.«

Nicht ohne Mitgefühl für Floriana sagte Esme: »Und warum denkt deine Schwester, Reiseführerin in Oxford zu sein sei keine vernünftige Beschäftigung?«

»Ihrer Ansicht nach habe ich meine Ausbildung verschwendet und vertue sie mit etwas, das mir nicht genügend abverlangt und auch keine echten Aufstiegsmöglichkeiten bietet.«

»Und was macht sie beruflich, was ihr das Recht gibt, sich dir so überlegen zu fühlen?«, warf Adam ein.

»Sie arbeitet in der Personalabteilung einer großen Versicherungsgesellschaft, und natürlich führt sie auch einen perfekten Haushalt und zieht zwei Kinder groß. Alles läuft wie am Schnürchen in Anns Welt. Ich spreche von einer Frau, die ihre Geschirrtücher bügelt!«

»Was? Bügelst du deine Geschirrtücher etwa nicht?«, erwiderte Adam mit unbewegter Miene, während er Esme die Platte mit den Blätterteigpasteten reichte. »Ich dachte, jeder täte das.«

Floriana lachte und nahm sich auch einen Vol-au-vent, nachdem Esme sich bedient hatte. »Dort, wo du herkommst, vielleicht.«

»Könnte es nicht sein, dass deine Schwester schlicht und einfach neidisch ist?«, gab Esme zu bedenken. »Im Vergleich zu ihrem muss ihr dein Leben herrlich unbelastet und spontan erscheinen.«

Floriana lachte wieder auf. »Neidisch auf mich? Ann würde nie und nimmer mein Leben führen wollen. Nein, nein, sie kritisiert mich einfach liebend gerne; wahrscheinlich gehört das einfach dazu, wenn man die ältere Schwester ist.«

»Wie schade! Aber da Übertreibung das Vorrecht der Jugend ist, bin ich geneigt, nicht alles, was du sagst, für bare Münze zu nehmen. Weil ich mir beim besten Willen nicht vorstellen kann, dass deine Familie nicht stolz auf dich ist.«

»Oh, Mum und Dad finden meine Arbeit okay«, sagte Floriana. »Doch ich bin sicher, dass sie ebenso wie Ann gedacht hatten, ich würde beruflich mehr erreichen. Das ist das Problem mit Oxford; es schraubt die Erwartungen in absurde Höhen hoch. In Anns Augen sollte ich zumindest haben, was sie hat: einen Ehemann, zwei Kinder, ein großes Einfamilienhaus mit vier Schlafzimmern und zwei Autos in der Einfahrt, bla, bla, bla.«

»Und ist das für dich etwas, das du eines Tages selbst gern hättest?«

»Also wirklich, Esme, schau mich doch mal an! Sehe ich so aus, als wünschte ich mir diese Art von Lebensstil? Ich bin zufrieden mit meinem Leben, so wie es ist, vielen Dank auch. Okay, ein bisschen mehr Geld in der Tasche wäre gut, aber ich kann mich nicht beklagen, solange ich einen Job habe, den ich liebe, und mein eigenes Zuhause. Für das ich mich übrigens bei meiner Großmutter bedanken muss; das Geld, das sie mir hinterließ, reichte für die Anzahlung. Ohne dieses Geschenk von ihr hätte ich mir nie etwas Eigenes leisten können. Ann bekam genau die gleiche Summe und hat sie angelegt, um die Schule ihrer Kinder und ihre zukünftigen Studiengebühren zu bezahlen. Also wieder andere Prioritäten, wie ihr seht«, fügte sie mit einem Schulterzucken hinzu.

Esme wollte gerade eine weitere Frage stellen, als Adams Mobiltelefon klingelte.

»Entschuldigung«, sagte er und griff in seine Hosentasche. Esme hatte noch nie selbst ein Handy benutzt, aber genug gesehen, um zu wissen, dass ein solches Gerät sofortige Aufmerksamkeit verlangte, wenn es klingelte oder summte, ganz gleich, in welcher Situation.

»Bitte geh doch dran!«, sagte sie, denn sie hatte bemerkt, wie drastisch Adams Gesichtsausdruck sich verändert hatte, als er einen Blick auf den kleinen Bildschirm geworfen hatte.

»Ich gehe kurz in die Diele, wenn ich darf«, sagte er, als das Telefon nicht aufhörte zu klingeln.

Nachdem er die Tür hinter sich zugezogen hatte, beugte Floriana sich vor. »Ich wette, dass es Jesse ist«, flüsterte sie verschwörerisch.

»Hatte er gehofft, dass sie sich meldet?«, entgegnete Esme genauso leise.

»Er hat ihren Anruf erwartet, seit er ihr eine Weihnachtskarte geschickt hat. Und er hat ihr auch ein Geschenk gekauft.«

Da Esme wusste, wie verschlossen Adam war, fragte sie erstaunt: »Woher weißt du das?«

»Er hat es mir erzählt. Er wollte meine Meinung hören, ob er das Richtige getan hatte oder nicht.«

»Hoffentlich hält sie ihn nicht nur hin! Ich fände es schrecklich, ihn unnötig leiden zu sehen.«

»Ich auch. Aber wie meine Mutter sagen würde, die ein Fan von Happy Ends ist: Die Trennungszeit hat bei Prinz William und Kate gut funktioniert. Was meine Theorie bekräftigt, dass es nicht immer schlecht ist, die Dinge langsam angehen zu lassen«, fügte sie lächelnd hinzu.

Esme wischte sich die Blätterteigkrümel von den Fingern und tupfte sich den Mund mit der Serviette ab, bevor sie wissen wollte: »Heißt das, dass du Sebs Karte noch immer nicht beantwortet hast?«

»Sagen wir einfach, ich arbeite noch daran. Aber erzähl mir doch, was *du* Weihnachten vorhast? Wirst du das Fest mit irgendjemandem verbringen?«

»Ich werde hier wie immer einen sehr ruhigen Tag mit Eurydike haben«, antwortete Esme, der keineswegs entgangen war, wie geschickt Floriana sie von dem Thema Seb und seiner Karte abgelenkt hatte. »Du meine Güte!«, rief sie plötzlich. »Ich habe gerade erst bemerkt, dass diese schlaue Katze Adam hinausgefolgt sein muss. Sie muss ihn sehr ins Herz geschlossen haben, um so anhänglich zu sein.«

In dem Moment öffnete sich die Tür, und Adam, dicht gefolgt von Eurydike, kam zurück. »Entschuldigt bitte!«, sagte er und strahlte regelrecht, als hätte er großartige Nachrichten erhalten.

»War das Jesse?«, fragte Floriana, als er wieder seinen Platz am Tisch einnahm.

»Ja«, erwiderte mit einem überraschten Blick. »Wie konntest du das wissen?«

»Oh, das war nur geraten. Was wollte sie?«

»Sie möchte sich morgen Abend mit mir treffen, um Weihnachtsgeschenke auszutauschen. Ich weiß nicht, was mich mehr überrascht – dass sie mir etwas gekauft hat oder dass sie bereit ist, sich mit mir zu treffen.«

Esme wollte ihn warnen, nicht allzu viel in diese Sache hineinzuinterpretieren, vor allem deshalb, weil Menschen sich zu Weihnachten oft sehr heuchlerisch verhielten und taten, was von ihnen erwartet wurde, statt das, was ihnen ihr Herz riet. Aber sie behielt ihre Gedanken für sich und sagte: »Ich werde uns jetzt Tee aufbrühen, ja?«

Es war dunkel und schneite heftig, als Floriana und Adam Trinity House verließen und sich auf den Weg nach Church Close machten. Vorbeifahrende Wagen hatten den Schnee rechts und links der Straße aufgetürmt, doch bisher war noch niemand über den Gehsteig gegangen, und der noch unberührte, blütenweiße Schnee darauf funkelte im Licht der Straßenlaternen.

»Hier«, sagte Adam und reichte Floriana seinen Arm, um sie zu stützen, als sie zum zweiten Mal beinahe gefallen wäre. »Wir wollen doch nicht riskieren, dass du dir den Kopf anschlägst, nachdem alles so gut verheilt ist.«

»Danke«, meinte sie und kicherte, als sie sich erleichtert bei ihm einhakte.

»Was gibt es da zu lachen?«

»Du wirst deinem Namen voll und ganz gerecht, Mr. Strong.«

»Ich könnte auch zu Mr. Boshaft werden und dich umstoßen und dir jede Menge Schnee in den Kragen stopfen.«

»Ja, aber das würdest du nicht tun, weil du dazu viel zu nett bist.«

»Darauf würde ich nicht wetten. Vergiss nicht, dass ich Projektentwickler und Bauherr bin, was bedeutet, dass ich durch und durch rücksichtslos bin und nur aus Eigeninteresse handle.«

»Nein, du bist ganz und gar nicht rücksichtslos, im Gegenteil. Du bist einer der rücksichtsvollsten Menschen, die ich kenne.«

Adam stöhnte. »Ein gutes Essen und ein paar Gläser Glühwein, und schon wirst du ganz rührselig.«

»Bringe ich dich in Verlegenheit?«

»Sehr sogar.«

»Na, Gott sei Dank, ich dachte schon, ich hätte diese Fähigkeit ganz verloren.« Es amüsierte Floriana immer wieder, dass Adam so leicht auf den Arm zu nehmen war. Er war ernster, als ihm guttat; er musste lernen, sich auch mal zu entspannen.

Der trockene Pulverschnee knirschte unter ihren Füßen, als sie schweigend weitergingen. Ein Auto fuhr im Schneckentempo vorbei, und als seine roten Rücklichter in der Ferne bereits verblassten, sagte Floriana: »Wenn ich Weihnachten nicht zu meiner Schwester führe, würde ich Esme einladen, zu mir zu kommen. Ich finde es nicht richtig, dass sie das Fest allein verbringen muss.«

»Woher weißt du, dass sie keine Gesellschaft haben wird?«

»Ich habe sie gefragt, als du draußen telefoniertest. Sie sagte, sie würde sich einen ruhigen Tag mit Eurydike machen.«

»Hm … da muss ich dir zustimmen, das erscheint mir auch nicht richtig.«

»Es ist offensichtlich, dass sie nicht gerade viele soziale Kontakte hat, aber ich hatte gedacht, sie hätte wenigstens eine Verwandte oder eine alte Freundin, mit der sie den Tag verbringen kann.« Floriana machte eine Pause. »Wann kommst du aus Thame zurück?«

»Wahrscheinlich am zweiten Weihnachtstag gegen Abend. Wieso?«

Floriana war eine Idee gekommen. »Warum veranstalten wir nicht etwas für Esme, wenn wir beide wieder in Oxford sind? Wir könnten sie zum Lunch oder auch zum Dinner einladen. Ich bin zwar nicht die beste Köchin, aber ich würde mich bemühen. Ich könnte sogar versuchen, einen Truthahn auf den Tisch zu bringen. Ich habe noch nie einen zubereitet, doch wie schwierig kann das schon sein? Es ist ja bloß so was wie ein größeres Huhn, nicht wahr?« Von plötzlicher Begeisterung für die Idee ergriffen, fuhr sie fort: »Ich wollte mir die Mühe sparen, aber so hätte ich einen Grund, einen Weihnachtsbaum und ein bisschen Christbaumschmuck zu kaufen. Was denkst du?«

»Du hast dich doch schon entschieden, und ich mache gern mit. Ich würde übrigens die Vermutung wagen, dass du auch ganz scharf auf die nächste Folge der Geschichte *Was Esme als Nächstes tat* bist.«

Floriana lachte. »Und hätte dein Handy nicht geklingelt, hätte ich sie zu dem Thema zurückgebracht, und dann wüssten wir jetzt schon, was sie als Nächstes tat.«

Sie bogen in die Church Close ein, und da sie eine Sackgasse ohne Durchgangsverkehr war und bisher nicht ein einziger Bewohner seinen Wagen bewegt hatte, bot sich ihren Augen ein zauberhaftes Winter-Wunderland dar. Vielleicht hatte Adam recht, und sie war ein wenig rührselig vom Glühwein und dem guten Essen, aber der Anblick erfüllte Floriana mit einem wohligen Gefühl kindlicher Begeisterung und Freude.

»Du kannst gern noch mit hereinkommen, um dich aufzuwärmen und etwas Heißes zu trinken, bevor du fährst«, sagte sie, als sie Adams Auto von der Schneehaube befreiten.

»Danke, aber so schnell, wie der Schnee fällt, wird der Wagen wieder vollkommen bedeckt sein, wenn ich noch mit hereinkomme.«

Er hatte recht; es schneite so stark, dass sie beide schon zwei Schneemännern zu ähneln begannen. Doch als sie Adam über die Motorhaube seines Wagens hinweg beobachtete, war sie verblüfft, wie unglaublich ernst er wirkte, während er sehr methodisch die Windschutzscheibe vom Schnee frei räumte.

Tu es nicht!, warnte die vernünftige Erwachsene in ihr.

Aber das Kind in ihr hörte nicht zu – es war zu sehr damit beschäftigt, eine Handvoll Schnee aufzuheben und zu zielen.

Adam duckte sich, doch er war nicht schnell genug, und der Schneeball erwischte ihn an der Schulter. »Wofür war das denn?«, fragte er.

»Für nichts Bestimmtes. Nur so zum Spaß. Du weißt doch noch, was Spaß ist, Adam, oder?«

Er starrte sie an, und einen schrecklichen Moment lang dachte sie, sie wäre zu weit gegangen. Aber dann begann er, Schnee vom Dach zu sammeln und ihn zu einem Ball zu formen. »Du beschuldigst mich doch wohl nicht, langweilig zu sein?«

»Oh doch, genau das tue ich!« Sie ließ sich hinter dem Wagen auf die Knie fallen, sodass das Geschoss über sie hinwegflog und nur ein kleiner Schneeschauer auf sie niederging. »Und du bist auch noch ein schlechter Schütze!«, rief sie ihm lachend zu.

»Ach ja? Das werden wir ja sehen!«

Was lärmende Schneeballschlachten anging, gehörte diese zu den besten. Floriana traf Adam mit ihrem zweiten Ball direkt ins Gesicht, aber Sekundenbruchteile später gelang Adam ein ebenso guter Treffer. Ihr Geschrei und Gelächter schallten durch die stille Straße, und als ein Hund in der Nähe mit lautem Bellen einstimmte, beschlossen sie, dass sie die Ruhe der Nachbarschaft genug gestört hatten, und riefen einen Waffenstillstand aus.

Während Floriana den Schnee aus ihrem Haar schüttelte und sich japsend vor Erheiterung an den Wagen lehnte und ihre eisig kalten Hände rieb, stand Adam neben ihr und klopfte den Schnee von Mantel und Hose. »Danke« sagte er schwer atmend und mit glänzenden Augen.

»Wofür?«

»Dass du mich dazu gebracht hast, mich wie ein Kind zu benehmen. Es ist lange her, dass ich etwas so Albernes, aber Lustiges getan habe.«

Floriana lächelte ihn an. »Es ist auch bei mir eine Weile her, seit ich einen Gegner für eine gute Schneeballschlacht hatte. Ich bin ganz entschieden aus der Übung.« Im Geiste konnte sie die vielen Kämpfe um Leben und Tod sehen, die Seb und sie früher miteinander ausgetragen hatten.

»Mannomann!«, murmelte Adam. »Wenn das stimmt, würde ich es hassen, dich in Form zu sehen. Aber geh jetzt besser ins Warme«, fügte er hinzu, »und ich fahre dann mal los.«

Floriana trat von seinem Wagen zurück. »Fahr vorsichtig, ja?«, bat sie, nachdem er eingestiegen war.

»Na klar.«

»Hey«, sagte sie, als sie plötzlich an Jesses Anruf dachte. »Viel Glück für morgen Abend! Ich hoffe, es läuft gut. Aber erwarte nicht zu viel davon. Schwimm einfach mit dem Strom!«

Er nickte. »Nachricht empfangen, laut und deutlich. Ich setze Jesse nicht unter Druck.«

»Oder dich selbst.«

Adam schloss die Tür, und sie beobachtete, wie er die Scheibenwischer und die Heizung anschaltete. Dann ließ er das Fenster noch einmal herunter. »Ich rufe dich an wegen deiner Idee für Esme. Und dann können wir einen Tag dafür ausmachen, ja?«

»Sehr gut, ja.«

Floriana sah ihm nach, als er langsam die Straße hinunterfuhr, und nachdem sie ins Haus gegangen war und ihre nassen Sachen in der Diele abgelegt hatte, tappte sie auf Strümpfen zu ihrem Wohnzimmer weiter. Beim Anblick ihres schönen neuen Teppichbodens und der Verwandlung, die er in dem Raum bewirkte, wünschte sie, sie hätte daran gedacht, sich noch einmal bei Adam für seine Hilfe zu bedanken.

Für sie bestand kein Zweifel, dass er einer der Guten war. Was auch immer Jesses Problem mit ihm sein mochte, es wäre besser, wenn sie sich mit ihm zusammenraufen würde, denn Männer wie Adam waren Mangelware.

Kapitel 15

Eine arktische Kälte hatte das ganze Land im Griff, was von Zeitungen etwas überspitzt als »vierundzwanzigstündiger Schneefall« bezeichnet wurde.

Adams Besorgnis des Wetters wegen bezog sich in erster Linie darauf, dass es Jesse davon abhalten könnte, sich wie verabredet mit ihm zu treffen. Trotzdem hatte er sein selbstsüchtiges Bedürfnis, sie zu sehen, hintangestellt und ihr eine SMS geschickt, um ihr die Möglichkeit zu geben, ihr Treffen zu verschieben, bis sich das Wetter besserte. Aber sie hatte geantwortet, dieser Abend sei die einzige Lücke in ihrem Terminplan, der ansonsten zum Platzen voll sei bis Heiligabend, wenn sie ihren Weihnachtsurlaub antreten würde.

Während Adam auf sie wartete, wusste er nicht, ob er sich ermutigt fühlen sollte, weil sie seinetwegen sogar dem Wetter trotzte, oder entmutigt, weil sie diesen Abend als ihren einzigen noch freien Termin bezeichnet hatte, als wäre *er* nur ein weiterer Pflichttermin, der in ihren hektischen Zeitplan eingefügt werden musste.

Natürlich hatte er zu viel in diese Verabredung hineininterpretiert, aber es war auch schwer, dieser Versuchung zu widerstehen. Er spürte, dass alles davon abhing, wie gut es lief – oder, besser gesagt, wie gut er bei ihr abschnitt. Als wäre er ein Häftling, über dessen Bewährung entschieden werden sollte.

Floriana hatte ihm nachmittags eine SMS geschickt, um ihm Glück zu wünschen und sich für den Teppich zu bedanken – auf dem sie sich, wie sie scherzhaft hinzugefügt hatte, erst noch herumwälzen musste, um sich mit ihm vertraut zu machen.

Er hatte schon halb erwartet, dass sie zu den Leuten gehörte, die ihre Textnachrichten mit Abkürzungen wie *wmd* und lG und den allgegenwärtigen Smileys oder Emoticons übersäten, aber zu seiner Freude hatte er sich geirrt. Er war der Meinung, dass solche Dinge nur etwas für Teenager waren und jeder, der über zwanzig war, kein Recht hatte, sich einer so saloppen Umgangssprache zu bedienen oder SMS mit Abkürzungen zu verschicken – seiner Lesestörung wegen fand er Letzteres ganz besonders lästig. Es war eines der Dinge, die er am meisten hasste, doch es gab ja auch wirklich nichts Schlimmeres als jemanden in seinem Alter, der sich wie ein Schulkind aufführte.

Irgendwo im Hinterkopf hegte er die kleine, aber wachsende Sorge, dass er auf dem besten Weg war, sich zu einem griesgrämigen alten Mann zu entwickeln. Was hatte Floriana gestern noch zu ihm gesagt? »Du weißt doch noch, was Spaß ist, Adam, oder?« Und dann hatte er zugeben müssen, dass er vergessen hatte, wie lustig eine Schneeballschlacht sein konnte. Dabei hatten sein Bruder und er früher regelrechte Marathonkämpfe im Schnee ausgefochten. So wettbewerbsbewusst, wie sie damals gewesen waren, pflegten sie nicht eher aufzuhören, bis sie entweder den vorhandenen Schnee verbraucht hatten oder einer von ihnen verletzt worden war.

Adam überlegte, wann Giles das letzte Mal einen Schneeball geworfen haben mochte. Plötzlich fühlte er sich versucht, seinen Bruder anzurufen und ihn danach zu fragen. Aber das wäre ja verrückt. Außerdem blieb ihm keine Zeit dazu, da Jesse jeden Moment erscheinen würde. Sie hatte sich schon zehn Minuten verspätet, doch das war verständlich, so gefährlich, wie die Straßen nach dem gestrigen Schnee und dem frisch gefallenen von heute Morgen waren. Die wahre Gefahr war jedoch, dass die Temperatur nicht gestiegen war, sodass der alte Schnee unter dem neuen nun vereist und tückisch war. In der Nacht war die

Temperatur bis auf zehn Grad minus gefallen, was sie zu der bisher kältesten dieses Winters machte.

Bevor Adam an diesem Morgen zur Arbeit gefahren war, hatte er den Bürgersteig vor seinem Haus in Summertown frei geräumt, und als er vor einer Stunde zurückgekehrt war, hatten seine Nachbarn es ihm nachgetan, wodurch das Pflaster jetzt einer Piste ähnelte, die Fans von Buckelpistenfahren mit Vergnügen in Angriff nehmen würden.

Unwillkürlich dachte er an die Latimer Street. Hoffentlich war Esme heute nicht hinausgegangen! Wenn er Zeit gehabt hätte, wäre er hinübergefahren, um zu sehen, ob bei ihr alles in Ordnung war. Er hätte auch anrufen können, aber er vermutete, dann nur ein »Alles bestens, mach dir um mich keine Sorgen!« zur Antwort zu erhalten. Und vielleicht war es ein Irrtum, davon auszugehen, dass seine Hilfe ihr willkommen wäre. Es war gut möglich, dass sie sie als Einmischung betrachten würde – immerhin war Esme auch sehr gut allein zurechtgekommen, bevor sie einander begegnet waren. Er erinnerte sich noch gut, wie entschieden seine Großeltern auf ihrer Unabhängigkeit bestanden hatten, bis zum Schluss, als sie einer nach dem anderen verstorben waren – aber sie waren in ihrem eigenen Heim gestorben und mit dem Empfinden, die Dinge auf ihre Art zu tun. Deshalb könnte Adam verstehen, dass Esme gereizt auf übertriebene Fürsorge reagieren würde. Niemandem gefiel das Gefühl, alt und gebrechlich zu sein.

Ein einziger Blick auf Jesse, und Adam wusste, dass dieser Abend einer der schwierigsten seines Lebens werden würde.

Nachdem er so viel Zeit und Mühe darauf verwandt hatte, seine Gefühle unter Kontrolle zu halten und sich keine Hoffnungen zu machen, war es ein Schock für ihn zu sehen, wie leicht ihr bloßer Anblick ihm die Sinnlosigkeit dieser Bemühungen aufzeigte. Mit einem Mal spürte er die durch ihre Abwesenheit in ihm hervorgerufene Trostlosigkeit wie einen schmerzlichen Schlag.

»Du siehst gut aus«, war alles, was er sagen konnte, als er ihren Mantel aufhängte und das smaragdgrüne Top, die hautengen Jeans und schwarzen Lederstiefeletten sah, die er nicht kannte und mit deren hohen Absätzen sie fast so groß war wie er selbst. Alles an ihr sah todschick und funkelnagelneu aus. Und beunruhigend verändert. Sie hatte sogar ein anderes Parfum aufgelegt.

»Du hast dir die Haare schneiden lassen«, sagte er, bemüht, sich seine Enttäuschung nicht anmerken zu lassen.

»Ja«, erwiderte sie und berührte ein wenig unsicher ihr etwas mehr als kinnlanges Haar. »Ich fand, dass es an der Zeit war, etwas zu riskieren und mich für eine drastische Veränderung zu entscheiden.«

Und das ist dir gelungen, dachte Adam. Er hatte ihr langes, glattes Haar immer geliebt; es war eines der ersten Dinge, die ihm an ihr aufgefallen waren, als sie sich bei einer Hochzeit kennengelernt hatten. Adam war ein Studienfreund des Bräutigams gewesen, Jesse eine Cousine der Braut. Man hatte sie sehr geschickt zusammengebracht, indem sie bei dem Empfang nach der Trauung nebeneinander am Tisch platziert worden waren. Und tatsächlich entspann sich von Anfang an ein unbefangener Dialog zwischen ihnen, und jeder von ihnen hatte eine spontane Hingezogenheit zu dem jeweils anderen empfunden.

Als er Jesse jetzt ansah, bedauerte er nicht nur den Verlust ihres seidigen, taillenlangen schwarzen Haares, sondern auch, dass ihnen ganz offensichtlich die Fähigkeit abhanden gekommen war, unbeschwert miteinander umzugehen und sich locker zu unterhalten. Wie hatte es so weit kommen können? Zu dieser schrecklichen Befangenheit?

»Bitte«, sagte er und gab ihr mit einer Geste zu verstehen, ihm durch das Haus zu folgen, als beträte sie es zum ersten Mal. »Ich habe gerade eine Flasche Wein geöffnet.«

»Da ich noch fahren muss, hätte ich bitte lieber etwas Alkoholfreies.«

»Klar, natürlich.« *Verdammt!* Er war ein paar Tage nicht einkaufen gewesen und daher ziemlich sicher, nichts Entsprechendes im Haus zu haben. »Ich, ähm … ich werde sehen, was ich finde.«

Ein schneller Blick in die Küchenschränke bestätigte seinen Verdacht, dass er außer Leitungswasser nichts Alkoholfreies anzubieten hatte. »Wie wäre es mit Kaffee?«, schlug er vor.

»Koffeinfreier?«

Verflixt, das wurde ja schlimmer und schlimmer! »Tee?«, bot er ihr in seiner Verzweiflung an.

Sie lächelte und förderte etwas zutage, das wie eine dicke, rechteckige Brieftasche aussah – aus ihrer Handtasche, die nicht die von Mulberry war, die er ihr zu ihrem Geburtstag geschenkt hatte. War diese Tasche auch schon in die Vergangenheit verbannt worden? Als Jesse den Reißverschluss des Ledertäschchens öffnete, klappte es auf wie eine Ziehharmonika, und jedes Fach enthielt einen anderen Teebeutel. Auch das war neu an ihr, dass sie ihre eigenen Tees mit sich herumtrug. Sie reichte ihm ein Beutelchen, das Hagebuttentee enthielt.

Verunsichert brachte er Wasser zum Kochen, goss es über den Teebeutel und reichte ihr den Becher und einen Löffel. Während sie sich mit ihrem Tee befasste, schenkte er sich ein großes Glas Wein ein – aus rein medizinischen Gründen, wie er sich sagte. Der Alkohol sollte ihm helfen, sich zu entspannen, um wie ein normaler Mensch mit Jesse reden zu können.

Nachdem sie den Teebeutel in dem Mülleimer unter der Spüle entsorgt hatte, ging Jesse zur anderen Seite der Frühstücksbar und setzte sich auf einen der Hocker. Für Adam war es die eindeutige Botschaft, dass sie nicht die Grenze zur Sitzecke überschreiten und es sich dort auf der Ledercouch bequem machen würde. Ihre Entscheidung für den Barhocker stellte klar, dass dieser Besuch so unpersönlich wie nur möglich bleiben sollte.

Im Gegenzug dazu lehnte Adam sich an die Arbeitsfläche und erhob sein Glas. »Frohe Weihnachten!«, sagte er und schaffte es beim besten Willen nicht, seiner Stimme auch nur den Anflug einer festlich-fröhlichen Note zu verleihen.

»Frohe Weihnachten!«, murmelte sie. »Hast du deiner Familie das mit uns schon erzählt?«

Er schüttelte den Kopf. Mit Ausnahme von Floriana und Esme hatte er niemandem etwas gesagt. Bei ihnen hielt er es für ungefährlich, weil sie nicht zu seinem engsten Freundeskreis gehörten. »Noch nicht«, antwortete er. »Weil es etwas ist, das ich ihnen nicht am Telefon erzählen wollte.« Genau genommen war es sogar so, dass er mit niemandem darüber sprechen wollte, der sie als Paar gekannt hatte. Weil das Mitgefühl, das ihm entgegenschlagen würde, ihn schreckte. Oder, was noch schlimmer war, die Banalitäten wie *Andere Mütter haben auch schöne Töchter* und dergleichen, die er jede Menge seiner Freunde schon im Geiste sagen hörte. Aber sehr wahrscheinlich würde sich die Neuigkeit ohnehin sehr schnell herumsprechen.

»Soll das heißen, dass dein Vater und Joyce mich immer noch zu Weihnachten erwarten?«, fragte Jesse. Als er nickte, sagte sie: »Ach, Adam, das ist nicht fair ihnen gegenüber! Und auch mir gegenüber nicht.«

»Wahrscheinlich hast du recht«, meinte er, obwohl er nicht sicher war, warum es ihr gegenüber nicht fair war. Während er einen viel zu großen Schluck Wein trank und sah, wie vorsichtig sie an ihrem Tee nippte, wurde ihm klar, warum er bisher nicht daran gedacht hatte, seiner Familie von seiner Beziehungspause mit Jesse zu erzählen. Denn das war das Gute an seiner Familie: Sie stellten nur selten Fragen emotionaler Natur oder tauschten sich über derlei Dinge aus. Fragen dieser Art wurden zugunsten von Vermutungen und Annahmen beiseitegeschoben. Und genau das war der Grund, warum alle annahmen, dass Jesse Adam begleiten würde, wie es Anfang Dezember vereinbart worden war.

»Wenn du ihnen die Situation erklärt hast«, sagte Jesse, »wirst du ihnen dann bitte meine besten Wünsche übermitteln?«

»Natürlich. Und du bitte auch deinen Eltern.«

In dem langen Schweigen, das darauf folgte, griff er nach dem ersten Gedanken, der ihm in den Sinn kam. »Ich hole dein Geschenk.«

Es war fast eine Erleichterung, die bedrückende Atmosphäre der Küche zu verlassen und nach oben zu entkommen, wo er das Geschenk eingepackt auf ihrem Bett zurückgelassen hatte.

Auf *seinem* Bett.

Nein, auf *unserem* Bett, berichtigte er sich. Es war immer noch ihr gemeinsames Bett, bis ihm auch das letzte bisschen Optimismus genommen werden würde.

Er hoffte nur, dass Jesse nicht dachte, er habe zu viel Geld ausgegeben, und sein Geschenk als extravaganten Versuch, sie zurückzukaufen, deuten würde. Nach stundenlanger Online-Suche hatte er die Auswahl auf einen emaillierten Armreif von Hermès oder ein Paar Gucci-Lederhandschuhe begrenzt. Am Ende hatte er sich für den Armreif und eine Flasche ihres Lieblingsparfums von Prada entschieden, die er beide zusammen als ein Geschenk verpackt hatte, um nicht zu prahlerisch oder verschwenderisch zu wirken. Er hatte sie immer damit aufgezogen, dass sie ein ungesundes Interesse an allem hatte, was ein Designerlabel trug, und sie hatte entgegnet, was Laster angehe, sei dies ihr einziges und harmlos noch dazu. Ihre Kreditkartenabrechnungen hatten jedoch etwas ganz anderes gesagt, und zu Beginn ihrer Beziehung war Adam regelrecht bestürzt gewesen über die Entdeckung, wie hoch Jesse sich verschuldet hatte. Was ihn jedoch noch mehr überrascht hatte, war, wie unbefangen sie über die Höhe ihrer Ausgaben und Schulden sprach.

»Na und? Ich gehe mal davon aus, dass du bei deiner Bank weit höher verschuldet bist, als ich bei Visa und American Express«, hatte sie mit einem Schulterzucken erwidert.

»Aber das ist etwas anderes«, hatte er widersprochen. »Bei mir ist es ein Geschäftskredit, den ich perfekt im Griff habe.«

»Wer sagt, dass ich meinen nicht im Griff habe?«, hatte sie lächelnd zurückgegeben.

Sie hatte jedoch gar nichts im Griff, und sechs Monate später hatte er ihr geholfen, den größten Teil ihrer Schulden abzuzahlen, und eine Tabellenkalkulation für sie erstellt, damit sie lernte, besser mit ihrem Geld auszukommen.

Wieder unten, holte er tief Luft, bevor er die Küche betrat, und legte das hübsch eingepackte Geschenk auf die Frühstücksbar. »Nicht vor Weihnachten öffnen«, sagte er leichthin.

Vor ihr lag ein viel kleineres Päckchen. »Das Gleiche gilt für dich«, meinte sie, als sie es ihm zuschob. Zumindest sind es keine Socken, dachte er, weil die Form des Päckchens eher eine CD vermuten ließ.

Und dann erst bemerkte er, dass ihr Becher leer war. Sie konnte doch nicht alles ausgetrunken haben, während er oben war? Der Hagebuttentee war noch heiß gewesen. Und so lange war er doch nicht weg gewesen. Ein Funke von Erbitterung flackerte tief in ihm auf. Sie hatte den Tee wahrscheinlich in den Ausguss geschüttet, um ihren Besuch nicht länger als nötig ausdehnen zu müssen. War es so unangenehm, hier bei ihm zu sein?

Vielleicht ja, denn im Augenblick war nicht einmal er selbst gern mit sich zusammen. Dieses Ich war nicht sein wahres Ich.

Er war angespannt, nervös und ständig auf der Suche nach einem Gesprächsthema, und jedes Wort, das er von sich gab, fühlte sich verkehrt und erzwungen an.

»Du musst ja sehr durstig gewesen sein«, bemerkte er mit einem vielsagenden Blick auf ihren leeren Becher.

Sie vermied es, ihn anzusehen. »Das war ich, ja.«

»Möchtest du noch einen Tee?« Jetzt war er einfach grausam – wofür er auch gleich erhielt, was er verdiente.

Sie glitt von dem Hocker und trug den Becher zur Spüle. »Nein, danke«, sagte sie und blickte auf die Uhr. »Ich sollte jetzt wirklich gehen.«

Adam sank das Herz. »Nein, lauf nicht so schnell wieder davon! Lass uns etwas essen! Ich dachte, vielleicht könnte ich etwas kommen lassen. Wir können aber auch ausgehen.«

»Tut mir leid«, erwiderte sie und machte ein Gesicht, als stimmte das sogar. »Ich kann nicht bleiben, ich bin noch mit Freunden in der Stadt verabredet.«

»Mit *Freunden*?«, wiederholte er und bereute es sofort.

»Mit meinen Kolleginnen Jackie und Amanda«, sagte sie mit einem Hauch von Trotz. »Wir wollen zusammen zu Abend essen. Ich habe kein Date, falls es das ist, was du glaubst.«

Wenn du so weitermachst, wird sie bald eins haben, dachte er unglücklich. »Entschuldige. Tut mir leid, dass ich …« Er warf die Hände hoch und wandte sich ab. »Entschuldigung für alles. Ich scheine völlig unfähig zu sein, mit dieser Situation klarzukommen. Langsam bekomme ich das Gefühl, dass ich immer nur das Falsche tue und sage.«

Sie kam auf ihn zu. »Du warst es, der eine Beziehungspause wollte«, bemerkte sie leise.

Weil er es plötzlich mit der Angst zu tun bekam, dass sie gleich hier und jetzt mit ihm Schluss machen könnte, zwang er sich zu einem Lächeln. »Ich werde mich schon noch daran gewöhnen«, sagte er. »Und ich bin froh, dass du gekommen bist. Es war schön, dich zu sehen, und wenn auch nur für ein Weilchen.«

Jesse erwiderte sein Lächeln, aber mit einer Traurigkeit, die er unerträglich fand. Dann nahm sie ihre Tasche und ihr Geschenk und ging um ihn herum zur Diele.

Er folgte ihr, half ihr in ihren Mantel und trat zurück, nicht sicher, ob ein Abschiedskuss auf die Wange gegen die Regeln verstoßen würde, nach denen sie spielte. »Also dann«, meinte er betont munter und klang wie ein besorgter Vater, der mit einer Teenagertochter sprach, die abends ausging. »Viel Spaß in der Stadt! Und grüß Jackie und Amanda von mir!«

Als könnte sie seine erzwungene Heiterkeit nicht mehr ertragen, beugte Jesse sich zu ihm vor und küsste ihn auf die Wange. »Auf Wiedersehen, Adam«, sagte sie. »Pass auf dich auf!«

Ihre Nähe, die Sanftheit ihrer Stimme, der betörende neue Duft, den sie trug, und das vertraute Blau ihrer Augen … dies alles war zu viel für ihn, und so überbrückte er die kleine Entfernung zwischen ihnen und küsste sie auf den Mund.

Für den Bruchteil einer Sekunde glaubte er, das Richtige zu tun. Die weiche Wärme ihrer Lippen unter seinen überzeugte ihn, dass dies alles war, was er hätte tun müssen, seit sie gekommen war – sie nur zu küssen –, und sie käme zu ihm zurück, und das Leben würde wieder so sein, wie es einmal gewesen war.

Aber es war vorbei, bevor es begonnen hatte, denn kaum reagierten ihre Lippen auf die seinen – und er war sich sicher, dass es so war –, schob sie ihn auch schon zurück. »Nein, bitte nicht, Adam!«, sagte sie. »Das ist nicht die Lösung. Es würde höchstens alles nur noch komplizierter machen.«

»Nein, das würde es nicht«, widersprach er und griff wieder nach ihr. »Es würde alles vereinfachen.«

Sie sah ihn mit einem Ausdruck an, in dem er nichts als Entsetzen und Verachtung sehen konnte.

Sein Gesicht brannte vor Scham. Rasch trat er zurück und sah zu, wie sie die Haustür öffnete. »Ich hätte nicht kommen sollen«, murmelte sie. »Es war ein Fehler.«

Später, als er die Flasche Wein geleert hatte und schon bei der zweiten war, wurde ihm klar, dass er es sich mit Jesse verscherzt hatte. Jedes Mal, wenn er daran dachte, was er gesagt hatte – dass sie zu küssen alles vereinfachen würde –, hätte er sich am liebsten die Zunge herausgerissen. Was sollte er mit dem Ding, wenn sie ihm rein gar nichts nützte, wenn sie ohnehin nur Mist ausspie?

Noch nie war er in der Geschichte der Dummheiten, die einem unterlaufen konnten, so erbärmlich tief gesunken. Und nie wieder würde er sich von der Erinnerung an diese erniedrigende Äußerung befreien können.

Oh ja, da hatte er sich wirklich nicht mit Ruhm bekleckert!, erkannte er, während er auf dem Sofa lag und die Welt mit der Fernbedienung steuerte.

Kapitel 16

Der Weihnachtsabend kam, und noch nie war Floriana die Fahrt nach Kent so umständlich und endlos lang erschienen. Jedes Mal, wenn der überfüllte Zug an einem Bahnhof gehalten hatte, war sie stark versucht gewesen, ihre Sachen zu nehmen und auszusteigen. Aber der Gedanke, es Mum und Dad, geschweige denn Ann erklären zu müssen, hatte die Versuchung in Schach gehalten.

Bevor sie den Zug in Oxford genommen hatte, hatte Floriana noch bei Esme vorbeigeschaut, um ihr ein frohes Weihnachtsfest zu wünschen, und im Gegenzug ein paar aufmunternde Worte von der alten Dame bekommen, die ihr nahelegte, die nächsten Tage positiver anzugehen und die Möglichkeit in Betracht zu ziehen, dass ihre Schwester sie vielleicht dabeihaben wollte, um das Gewicht der Familie ihres Ehemannes auszugleichen. »Es könnte doch sein«, hatte Esme gesagt, »dass Ann sich ihnen zahlenmäßig unterlegen fühlt und dich als Unterstützung bei sich haben will.« Es war ein netter Gedanke, doch seit ihrer Ankunft hatte Floriana bisher noch nichts gesehen, das darauf hinwies.

Sie hatte noch einen anderen Grund gehabt, bei Esme vorbeizuschauen; schließlich musste sie der alten Dame noch die Einladung überbringen, mit Adam und ihr zum Lunch zu gehen, sobald sie wieder in Oxford waren. Sie hatte Esme auch gefragt, ob Adam etwas von Jesse erzählt hatte, aber die alte Dame wusste über diese Angelegenheit noch weniger als Floriana.

Sie hatte Adam am Tag, nachdem er Jesse gesehen hatte, eine Textnachricht geschickt, doch abgesehen von seiner Zustimmung zu dem vorgeschlagenen Datum für das Essen mit Esme hatte er nur geantwortet, dass es mit Jesse nicht gut gelaufen sei. Er hatte sich nicht näher darüber ausgelassen, und Floriana war zu beschäftigt gewesen mit ihrer Arbeit und Last-Minute-Weihnachtseinkäufen, um ihn anzurufen.

Und jetzt war sie hier, am Weihnachtsabend im Hause Brown, knapp zwei Meilen entfernt von Stanhurst, wo sie und ihre Schwester aufgewachsen waren und immer Weihnachten gefeiert hatten. Zum ersten Mal, seit ihre Eltern ihre Reise angetreten hatten, vermisste Floriana die beiden wirklich schmerzlich: Ohne sie fühlte es sich nicht wie Weihnachten an.

Während sie jetzt an der Spüle stand und Kartoffeln für das morgige Mittagessen schälte, ließ Anns Schwiegermutter sich schier endlos über den miserablen Zustand der Straßen aus. Wo blieben die Streuwagen?, wollte Gillian Brown wissen. Und warum hatten sich die Nachbarn nicht zusammengetan, um selbst die Fahr- und Gehwege in ihrem Viertel frei zu räumen? Es war draußen glitschig wie auf einer Eisbahn. Eine wahre Todesfalle.

»Paul und ich haben unser Bestes getan, um unseren Teil der Straße zu räumen«, erwiderte Ann, während sie den Kühlschrank öffnete, der fast so groß war wie Florianas Küche. »Aber nicht alle Nachbarn scheinen in dieser Hinsicht einer Meinung zu sein.«

»Ja, Gemeinschaftssinn ist auch nicht mehr das, was er einmal war«, erklärte Gillian ungehalten. »Ihr jungen Leute versteht es einfach nicht, euch aufzuraffen und anzustrengen wie unsere Generation.« Obwohl sie nicht viel älter war als Mum und Dad, hatte diese Frau eine irritierende Redeweise, die den Eindruck entstehen ließ, dass sie eine Kriegsveteranin war, die mit ihren bloßen Händen Überlebende der Überraschungsangriffe des Zweiten Weltkriegs ausgegraben hatte. In Wirklichkeit war der einzige Krieg, den sie je erlebt hatte, eine Konfrontation innerhalb ihres örtlichen Gesangsvereins gewesen, als eine neu hinzugekommene Frau versucht hatte, Gillian als erste Sopranistin auszubooten. Aber Gillian hatte den Spieß umgedreht und die Neue und den Chorleiter ausgebootet, als herauskam, dass die beiden ihre Partner betrogen und eine Affäre miteinander hatten. Gillian wurde es nie müde, die Geschichte des erfolgreich besiegten Pärchens zu erzählen.

Als Floriana den Berg Kartoffeln zur Hälfte geschält hatte, sah sie ihre Schwester mit dem wichtigsten Gast zum morgigen Mittagessen kämpfen – einem Truthahn, so groß, als wäre er einer Slapstick-Komödie entsprungen. Gerade hievte Ann ihn recht unsanft aus dem Kühlschrank auf das Backofenblech, um es dann mit einem dumpfen Aufschlag auf der Arbeitsfläche abzusetzen. Er sah groß genug aus, um die ganze arbeitsscheue Nachbarschaft zu beköstigen, ganz zu schweigen vom Familienclan der Browns. Doch wieso waren eigentlich nur die Frauen in der Küche? Weshalb halfen nicht einige der Männer, all diese verdammten Kartoffeln zu schälen? Warum durften *sie* zusammen mit den Kindern und deren Spielkonsolen im Wohnzimmer abhängen? Was für ein Beispiel gaben sie damit ihrer Nichte und ihrem Neffen? Sollten die beiden etwa lernen, dass Kochen ausschließlich Frauensache war?

Mit seinen sieben Jahren war Thomas schon bemerkenswert gut darin, seiner fünfjährigen Schwester Clare vorzuschreiben, was sie zu tun und zu lassen hatte. Erst vorhin, als Floriana ihnen auf dem Sofa etwas vorgelesen hatte, hatte Thomas sie unterbrochen und seiner Schwester befohlen, ihm seine Hausschuhe aus seinem Schlafzimmer zu holen. Clare hatte schon gehorsam von Florianas Schoß rutschen wollen, doch ihre Tante hatte sie aufgehalten. »Hol sie dir selbst, Thomas, du Faulpelz!«, hatte sie gesagt und den Jungen mit dem Ellbogen angestoßen.

»Aber sie tut gern was für mich«, hatte er voller Erstaunen über ihre Einmischung gesagt.

»Ja, und ich gebe faulen Neffen, die ihre kleinen Schwestern herumkommandieren, gern ein paar hinter die Ohren.«

Das Ganze erinnerte sie sehr an ihre eigene Kindheit und daran, dass auch Ann sie andauernd herumkommandiert hatte.

Eine weitere Kartoffel war geschält, und hinter ihr legte Gillian wieder los: »Ann, ist es nicht Zeit, die Kinder ins Bett zu bringen?«

»Vielleicht würdest du mir das ja gern abnehmen?«, schlug Ann vor, deren rechter Arm fast bis zum Ellbogen im Truthahn steckte.

»Ich dachte, ich fülle die Strümpfe der Kinder.«

»Das habe ich schon erledigt«, sagte Ann, die jetzt mit einem grässlich schmatzenden Geräusch den Arm aus dem Vogel zurückzog und ihnen, nach Art einer Hebamme fast, eine große Tüte Innereien präsentierte.

Floriana witterte sogleich ihre Chance, dem Kartoffelschälen zu entkommen. »Ich bringe die beiden gern ins Bett, wenn es dir recht ist.«

»Nein«, entschied Ann, »die Kartoffeln sind wichtiger. Du hast noch nicht sehr viele geschält, oder?«

»Hey, ich beeile mich, so gut ich kann«, konterte Floriana. »Jetzt verstehe ich, warum du so versessen darauf warst, mich hier zu haben«, murmelte sie. »Du brauchtest eine Sklavin.«

»Was hast du gesagt?«, fragte ihre Schwester.

»Nichts.«

Eine halbe Stunde später und noch immer verstimmt über Anns Behauptung, die Strümpfe der Kinder seien bereits gefüllt, ging Gillian – fest entschlossen, den laufenden Machtkampf zu gewinnen – nach oben, um die kleinen Geschenke zu holen, die ihrer Meinung nach auch in die Strümpfe gehörten.

Thomas und Clare waren noch weit davon entfernt, zu Bett zu gehen – noch immer kam jede Menge schrilles Gekreische aus dem Wohnzimmer –, aber die Kartoffeln waren jetzt endlich fertig geschält, und Floriana wollte gerade um einen Wodka Tonic zur Belohnung bitten, als ihre Schwester eine große Tüte Rosenkohl auf das Abtropfbrett legte.

»Das ist doch nicht dein Ernst«, protestierte Floriana, als Ann zum Kühlschrank zurückging, um eine ebenso große Tüte Karotten und eine etwas kleinere mit Pastinaken zu holen.

»Sehe ich so aus, als trüge ich meine Narrenkappe?«

»Ich wusste gar nicht, dass du eine hast«, versetzte Floriana, ohne sich darum zu scheren, wie aufsässig sie klang.

»Na los, stöhne ruhig, so viel du willst, wenn es dir hilft, die Arbeit schneller zu bewältigen!«

»So ist es nie bei Mum und Dad«, murrte Floriana und dachte, dass sie ihren Vorschlag, Esme zu einem Truthahnessen einzuladen, noch einmal überdenken musste, wenn die Zubereitung dieses Vogels so viel Arbeit machte. Aber andererseits werden wir ja nur zu dritt sein, überlegte sie.

»Das liegt daran, dass Mum alle Zeit der Welt hat, die Vorbereitungen zu erledigen, bevor wir kommen«, sagte Ann. »Während ich berufstätig bin«, fügte sie selbstgerecht hinzu.

»Mum war auch immer berufstätig.«

»Ihre derzeitige karitative Betätigung an zwei Nachmittagen in der Woche lässt sich ja wohl kaum mit meiner Arbeitszeit vergleichen.«

Floriana wollte gerade entgegnen, dass ihre Mutter noch viel mehr arbeitete, als diese beiden Schichten im Krebsforschungszentrum abzuleisten, als eine Stimme an der Küchentür sagte: »Kann ich helfen?«

Ah, da war er, *der* Mann – Robert Brown, Anns Vorstellung von einem Traummann für Floriana, und er war völlig unpassend gekleidet mit seiner blau und grün karierten Hose. Oder war das streng genommen ein Schottenmuster? *Streng ge-*

nommen zeugte diese Hose von einem extrem schlechten Geschmack. Kein erwachsener Mann, der auch nur einen Funken Verstand besaß, sollte sich je in so etwas blicken lassen. Aus irgendeinem Grund glaubte Robert jedoch anscheinend, diese Hose sei genau das Richtige, um die Geburt Jesu zu feiern. Und als wäre die Schottenhose noch nicht grauenvoll genug, trug er auch noch ein gelb und blau gestreiftes Rugby-Shirt dazu. Er schwor regelmäßig, nicht farbenblind zu sein, aber Floriana, die selbst nicht abgeneigt war, einige ziemlich ausgefallene Klamotten und Farbkombinationen zu tragen, hatte da so ihre Zweifel.

»Nein, nein, hier gibt es nichts für dich zu tun, es ist alles unter Kontrolle«, flötete Ann, die augenblicklich wieder in den perfekten Fünfzigerjahre-Hausfrauen-Modus zurückfiel und ihre Schürze glatt strich.

Was?, hätte Floriana ihre Schwester am liebsten angeschrien und umklammerte das Küchenmesser in ihrer Hand noch fester. *Nichts zu tun? Bist du verrückt? Hier ist es wie im Keller der verfluchten* Downton Abbey*!*

»Ich könnte dir bei dem Rosenkohl helfen«, erbot sich Robert mit einem freundlichen Lächeln.

»Gute Idee«, sagte Floriana schnell, bevor ihre Schwester dazu kam, ein Veto einzulegen.

Beim Putzen des Gemüses stellte er sich ebenso geschickt an wie beim Herausfinden der Einzelheiten von Florianas Unfall. Robert hatte das Thema schon während der kurzen Fahrt vom Bahnhof angesprochen – er war es gewesen, der sie abgeholt hatte –, doch nun hatte sie das Gefühl, als legte er erst richtig los. Robert nahm sie regelrecht ins Kreuzverhör und fragte sie sogar nach der Art der Spurensicherung aus. Es klang alles viel zu melodramatisch für einen solch unbedeutenden Unfall, zumal sie ihn selbst verschuldet hatte. Dieses kleine Detail hatte sie jedoch mit keinem Wort erwähnt. Wenn sie zugäbe, abgelenkt gewesen zu sein, würde das nur dazu führen, dass sie ihrer Schwester von Seb und seiner bevorstehenden Heirat erzählen müsste. Und es war in jeder Hinsicht besser, dass sein Name unerwähnt blieb.

»Ich habe keine Ahnung von Spurensicherung«, beantwortete sie Roberts letzte Frage. »Ich war aber auch nicht besonders aufmerksam, als ich dort auf der Straße lag.«

»Und was ist mit den beiden Zeugen, die du erwähntest?«

»Was soll mit ihnen sein?«

»Sie haben doch sicher zuverlässige Aussagen gemacht über alles, was sie mitbekommen haben? Wurden sie seither noch einmal befragt? Vielleicht ist ihnen ja noch etwas anderes eingefallen.«

»Sie haben damals alles zu Protokoll gegeben, was sie wussten«, antwortete Floriana müde. »Und danach haben wir das Thema nie wieder besprochen.«

Sie kam sich vor wie bei einem Verhör, als Robert endlos weiterfragte.

»Hast du Fotos von deinen Verletzungen gemacht?«, wollte er wissen, nachdem er zu dem Schluss gekommen war, dass die Polizei wahrscheinlich wichtige Beweisstücke übersehen hatte, wie etwa Autolackspuren an Florianas Kleidung oder auf der Straße, die zur Ergreifung des Täters hätten führen können.

»Mein iPhone herauszuholen und ein paar Schnappschüsse von meinen Verletzungen zu machen, war wirklich das Allerletzte, woran ich dachte«, erwiderte sie. »Aber beim nächsten Mal werde ich deinen wertvollen Tipp ganz sicher nicht vergessen.« Sie erschrak ein wenig darüber, wie abfällig sie klang. Das hatte Robert nicht verdient; er versuchte bloß auf seine Art, sich hilfsbereit zu zeigen. Es war nur nicht leicht, sich von einem Mann beraten zu lassen, der wie Rupert Bär gekleidet war. Je eher er seine Traumfrau findet, desto besser, dachte Floriana.

Mit etwas Glück würde sie seinen Geschmack in Bezug auf Kleidung verbessern können.

Sie griffen gleichzeitig nach einem Rosenkohl, und blickten beide auf, als ihre Hände sich in der Tüte streiften. Der arme Robert war regelrecht zusammengezuckt und hatte einen puterroten Kopf bekommen. Er hätte nicht erschrockener sein können, wenn sie ihn mit einem Elektroschocker malträtiert hätte.

»Sag mal, Floriana«, hörte sie in ihrer Fantasie jemanden zu ihr sagen, »wann habt ihr zwei eigentlich gemerkt, dass ihr euch liebt?«

Und dann das Stichwort für die Ha-Ha-Lacheinlage: »Oh, es war Liebe auf den ersten Rosenkohl.«

Kapitel 17

Ein heller, klarer Morgen begrüßte Adam am ersten Weihnachtstag, als er in aller Frühe erwachte, und in einem Anfall eiserner Selbstbeherrschung fasste er den Entschluss, auch eine neue Klarheit in seine Gemütslage und Denkweise zu bringen.

Eigentlich hätte er einen gewaltigen Kater haben müssen, nachdem er mit seinem Bruder bis spät in die Nacht hinein gebechert hatte, doch erstaunlicherweise war dem gar nicht so. Als er mit einem Handtuch um die Hüften aus der Dusche kam, trat er an das Fenster seines einstigen Kinderzimmers und blickte auf den verschneiten Garten hinab. Seit seinem sechsten Lebensjahr war dieses Haus sein Elternhaus gewesen, und wie gut er sich noch heute an den Tag erinnern konnte, an dem sie hier eingezogen waren! Aufgeregt und voll ehrfürchtigem Staunen über die Schönheit und Größe des Gartens und Obstgartens waren er und Giles dort herumgerannt, begeistert über die vielen möglichen Verstecke und Orte, die sich wunderbar zum Bau von Höhlen und Schlupfwinkeln eigneten, und über die vielen Bäume, auf die sie klettern konnten. Von denen man allerdings auch herunterfallen konnte – was sie in der Folge natürlich auch mit schöner Regelmäßigkeit und völlig unbekümmert unter Beweis stellten. Ihr Glück war, dass sie beide stets geschmeidig wie eine Katze auf dem Boden aufkamen, ohne sich irgendetwas zu brechen.

Bis Adam sieben Jahre alt war und einen höheren Baum bestieg als je zuvor. In einem Moment großspurigen Prahlens seinem Bruder gegenüber rutschte er aus und sauste mit beängstigender Geschwindigkeit zum Boden hinunter. Ein Oberschenkelbruch verurteilte ihn zu einem einmonatigen Klinikaufenthalt im Streckverband. Es war zweifellos die unglücklichste Phase seiner Kindheit gewesen und hatte eine schon fast pathologische Abneigung gegen Krankenhäuser in Adam hervorgerufen.

Heutzutage war es beinahe ein Muss, sich über eine verpfuschte Kindheit zu beklagen, doch Adam hatte an seiner absolut nichts zu bemängeln, denn abgesehen von seinem eigenen Ungeschick, von diesem Baum zu fallen, war sie nahezu perfekt gewesen. Seine Eltern hatten nie irgendwelche Anzeichen erkennen lassen, nicht glücklich miteinander zu sein, und auch Adam und Giles hatte es nie an Liebe oder Ermutigung gefehlt.

Der Tod ihrer Mutter vor zwölf Jahren war ein schwerer, ebenso unfassbarer wie unerwarteter Schlag für sie gewesen. Denn ihre Mum war stets kerngesund gewesen, bis ihr quasi von einem Moment zum anderen nach einer Reihe von lähmenden Migräneanfällen ein inoperabler Hirntumor diagnostiziert wurde. Sechs Wochen nach der Diagnose war sie tot – buchstäblich vor den Augen ihrer Familie dahingeschwunden, als das Leben nach und nach aus ihr entwich, während sie in ihrem Krankenhausbett lag und nach kurzen und seltenen Momenten des Bewusstseins immer wieder in ihren medikamenteninduzierten Schlaf wegdämmerte.

Zwei Jahre später heiratete Adams und Giles' Vater wieder. Joyce, eine alte Freundin der Familie, die schon mit Mum zur Schule gegangen war und vor etwa fünf Jahren selbst den Ehemann verloren hatte, war eine ideale Partnerin, und so war niemand besonders überrascht über die Ankündigung, dass ihr Vater sie heiraten würde. Da Joyce keine eigenen Kinder haben konnte, hatte sie ihren Mutterinstinkt schon früher stets auf Adam und seinen Bruder konzentriert und sich bemüht, ihnen eine amüsante und liebevolle »Tante« zu sein. Und heute war sie nun ihre Stiefmutter, und eine sehr gute noch dazu.

Es war Joyce gewesen, die Adam als Erste nach Jesse gefragt hatte, als er am Vortag allein in seinem Elternhaus erschienen war.

Es war unbestreitbar falsch von ihm, seine Eltern nicht schon vorher darüber informiert zu haben, dass er allein kommen würde, doch er hatte es einfach nicht über sich gebracht, es ihnen am Telefon zu sagen. Er konnte ja nicht mal mehr an Jesse denken nach dem beschämenden Fiasko, in dem der Montagabend geendet war. Der Ausdruck, der auf ihrem Gesicht erschienen war, nachdem er sie geküsst hatte, war noch immer tief und schmerzlich in seinem Gedächtnis eingebrannt.

So feige es auch sein mochte, war es ihm doch sehr viel einfacher und offenkundiger erschienen, allein zu Hause aufzutauchen. Sowohl Joyce als auch sein Vater hatten später, als sie alles wussten, die pragmatische Auffassung vertreten, dass ein Stück erst dann zu Ende war, wenn der letzte Vorhang fiel, und ihm geraten durchzuhalten, bis Jesse mit sich selbst im Reinen war.

Die Reaktion seines Bruders hingegen war, ihm ein großes Glas Whisky einzuschenken und zu sagen: »Na komm schon, Adam, sei ein Mann!«

Beim Abendessen wurde das Thema geschickt vermieden. Erst später, viel später, als Adam und sein Bruder allein waren, wollte Giles Genaueres hören, und von da an konnte man zusehen, wie Dads Alkoholvorräte zur Neige gingen.

»Ich weiß, dass du keinen Rat von mir willst«, meinte Giles, »das wolltest du noch nie, genauso wenig wie ich von dir, aber meiner Meinung nach bleibt dir nur noch eine Möglichkeit.«

»Ich höre.«

»Vergiss Jesse, und mach dich zu neuen Ufern auf!«

Adam prostete seinem Bruder zu. »Ist das der beste Rat, den du zu bieten hast? Du, der brillante Cambridge-Mann mit einem

Abschluss in Philosophie, Politologie und Wirtschaftswissenschaften? Du bist echt unbezahlbar, Mann.«

»Okay, ich könnte dir auch alle möglichen philosophischen Begründungen geben, um deine Enttäuschung zu verringern, aber tief im Innersten weißt du genauso gut wie ich, dass es keine realistischere Option gibt.«

Und das werde ich wohl akzeptieren müssen, dachte Adam, als er am Weihnachtsmorgen fertig angezogen war und Bewegung im Rest des Hauses hörte. Es gab keine andere Möglichkeit. Natürlich könnte er sich auch an die Abmachung halten, die er mit Jesse getroffen machte, und das Ende ihrer sogenannten »Beziehungspause« abwarten, aber wie sinnvoll wäre das?

Nicht besonders, dachte Adam, weil er sich beim besten Willen nicht vorstellen konnte, dass Jesse ihn je wieder so wie früher ansehen würde. Da musste er nur an die blanke Verachtung denken, die in ihrem Gesicht erschienen war, nachdem er sie geküsst hatte. Diese demütigende Reaktion würde immer zwischen ihnen stehen. Wäre es daher nicht wirklich besser, den Dingen vorzugreifen und selbst mit Jesse Schluss zu machen?

»*Sei ein Mann!*«, hatte Giles gesagt. Und womöglich waren das die klügsten Worte, die sein Bruder je von sich gegeben hatte.

Es war lange her, seit Esme Geschenke erhalten hatte, die es auszupacken galt. Das Letzte, eine CD von Monteverdi Vespers, hatte sie von Margaret bekommen. Geschenke waren etwas Komisches; man konnte ganz gut ohne sie auskommen, aber wenn man dann ein völlig unerwartetes erhielt, war es umso kostbarer und erfreulicher.

Deshalb hatte sie sich große Zurückhaltung mit dem Auspacken von Florianas und Adams Geschenken auferlegt und abgewartet, bis sie ihren Lunch beendet hatte. Zur Feier des Tages gab es heute Brathähnchen mit Salbei- und Zwiebelfüllung, dazu gebackene Kartoffeln und Erbsen mit einer fertig gekauften Bratensauce und einem Klacks Preiselbeermarmelade. Für den kleinen Plumpudding von Buddy Joe's war kein Platz mehr in ihrem Magen nach diesem üppigen Essen. Deswegen hatte sie beschlossen, ihn für später aufzuheben.

Als sie nun aber bei einem Glas Portwein im Wohnzimmer saß, in der angenehmen Wärme des Gasfeuers im Kamin, dessen leises Zischen die Begleitmusik zu der CD mit Weihnachtsliedern des Church Colleges war, die Esme aufgelegt hatte, und Eurydike zufrieden schlafend vor ihren Füßen lag, war die Zeit endlich gekommen.

Esme trank ein Schlückchen Portwein und griff dann nach dem ersten der beiden hübsch verpackten Geschenke. Es war von Adam und ließ von der Form her die Vermutung zu, dass es ein Buch enthielt. Nachdem Esme das rotgoldene Geschenkpapier entfernt hatte, nickte sie anerkennend. »Was für ein wohlüberlegtes Geschenk von unserem neuen besten Freund!«, sagte sie zu Eurydike und zeigte ihr, was es war: das *Große Kreuzworträtselbuch* der *Times*.

Nachdem Esme das Papier sehr sorgfältig glatt gestrichen und gefaltet hatte, legte sie es auf den Tisch, um es später in einer Schublade mit allem möglichen Krimskrams zu verwahren, der sich vielleicht noch einmal als nützlich erweisen könnte. Nach einem weiteren Schlückchen Portwein griff sie dann nach Florianas Päckchen.

»Was glaubst du, was das sein könnte?«, fragte sie die Katze, während sie das unförmige, seltsam weiche Päckchen neugierig betastete. »Keine Anhaltspunkte, hm. Und ich weiß auch schon, was du denkst, Eurydike: Herrgott noch mal, du dumme alte Frau, nun mach das Ding schon endlich auf!«

Aber so lächerlich es vielleicht auch war, Esme wollte den Moment so lange wie nur möglich auskosten, denn war das Päckchen erst einmal geöffnet, war der Spaß vorbei. Schon als Kind war sie so gewesen und hatte die Vorfreude und Spannung des Geschenkeauspackens hinausgezögert, solange es ging, besonders wenn es etwas von ihrem Vater war. Und ganz gleich, wie erfreut sie auch über das Präsent gewesen war, es folgte immer ein Gefühl der Enttäuschung, wenn es dann nichts anderes mehr zu öffnen gab. Es war eine natürliche Form von Habgier, die ihre Mutter nur allzu schnell im Keim erstickt hatte, indem sie aufwendige Geschenke verbot und sogar die Anzahl der Geschenke stark begrenzte. Es hatte Zeiten gegeben, in denen Esme befürchtet hatte, dass ihre Mutter Weihnachten und Geburtstage ganz abschaffen würde, was zur Folge gehabt hatte, dass sie aus Furcht davor das Auspacken von Geschenken sogar noch länger hinausgezögert hatte.

Sie bezweifelte nicht, dass es Leute gab, die behaupten würden, ihr Vater sei ein schwacher, lebensuntüchtiger Mann gewesen. Und er hatte ja auch wirklich nicht die herrische Natur gehabt, die Esmes Mutter von ihrem eigenen Dad mitbekommen hatte. Aber die Stärke von Esmes Vater lag eben nicht in der Fähigkeit, sich seiner Frau gegenüber durchzusetzen, sondern vielmehr – seiner Tochter zuliebe – in seinem Durchhaltevermögen, das ihn befähigte, eine Ehe mit einer Frau zu erdulden, die ihn in aller Öffentlichkeit verhöhnte und ihm ihre Verachtung zeigte. Eine Frau, die ihn nie vergessen ließ, dass sie es war, die das Geld besaß, und die die Macht, die es ihr über ihn verlieh, mit einer rachsüchtigen Inbrunst einsetzte, die über alle Maßen grausam war und einen geringeren Mann in die Flucht geschlagen hätte, egal, wie sehr er sein einziges Kind auch liebte.

Esme wandte ihre Aufmerksamkeit wieder dem noch ungeöffneten Päckchen auf ihrem Schoß zu. Behutsam zog sie an der Schleife des roten Seidenbandes, mit dem Floriana das Päckchen zusammengebunden hatte, und mit der gleichen Sorgfalt wie bei

Adams entfernte sie auch hier das Geschenkpapier und dann noch eine Lage Luftpolsterfolie. Sie lächelte erfreut, als sie sah, was Floriana ihr geschenkt hatte – eine Teetasse mit Untersetzer aus feinstem Porzellan in chinesischem Stil, hübsch mit Blumen, Schmetterlingen und einem Eisvogel verziert. An dem Griff der Tasse war ein mit gezackten Rändern versehenes Kärtchen befestigt, das so klein beschrieben war, dass Esme ihre Lesebrille aufsetzen musste.

Frohe Weihnachten, Esme – der Weihnachtsmann hat übrigens verfügt, dass diese Tasse und Untertasse mitgebracht werden müssen, wenn du mich das nächste Mal besuchst.

In der Tasse saß eine kleine graue, engmaschig gestrickte Maus mit einem Stückchen Bindfaden als Schwanz. Auch bei ihr lag ein mit der Zackenschere zurechtgeschnittenes Kärtchen:

Frohe Weihnachten, Eurydike!

Auf der Rückseite des Kärtchens stand:

Selbst gestrickt von Floriana.

Esme war zutiefst gerührt, dass zwei Menschen, die sie erst seit Kurzem kannte, sich solche Mühe ihretwegen gegeben hatten. Ihre Kehle wurde ganz eng vor Ergriffenheit, und Esme musste sich eingestehen, dass die Liebenswürdigkeit ihrer Freunde ihr nur noch deutlicher vor Augen führte, auf welch heimtückische Weise die Einsamkeit des Alters sich an sie herangeschlichen hatte und was für ein öder Zustand sie doch war.

Sie hob die Maus hoch, um sie Eurydike zu zeigen, und merkte erst jetzt, dass in dem Spielzeug ein kleines Glöckchen steckte.

»Sieh mal, das ist für dich. Von Floriana«, sagte sie. »Und von jetzt an wirst du aufhören, sie zu ignorieren, hörst du?« Sie schwenkte das Tierchen vor Eurydike, und beim Bimmeln des Glöckchens richtete die Katze sich auf ihre Hinterbeine auf, um sich den Gegenstand genauer anzusehen. Die Maus am Schwanz haltend ließ Esme sie vor Eurydike hin- und herbaumeln, bis die Katze mit einer Pfote nach ihr schlug. Kaum ließ Esme das Spielzeug fallen, stürzte Eurydike sich darauf, nahm die Maus zwischen die Zähne und trug sie zu dem Teppich vor dem Kamin hinüber, wo sie sie mit den Pfoten betätschelte und hin- und herrollte, als untersuchte sie sie sehr genau.

»Kaum zu glauben«, sagte Esme, als sie die hübsche Teetasse ins Licht hielt und bewunderte, »was für wunderbare, großzügige neue Freunde wir gewonnen haben.«

Jetzt blieb ihr nur noch eins zu öffnen: die Karte, die Floriana ihr gestern noch vorbeigebracht hatte. Esme hätte sie auch gleich öffnen können, doch sie hatte sie sich für heute aufheben wollen, um sich noch etwas anderes Erfreuliches zu gönnen. Da sie annahm, dass es eine Weihnachtskarte war, machte sie große Augen, als sie das Kuvert öffnete und sah, dass sich eine Einladung darin befand. In Florianas Handschrift, wie Esme gleich erkannte, und in einem Stil, der klar, flüssig und genauso ausdrucksvoll und lebendig wie das Mädchen selbst war.

Miss Esme Silcox,
Sie sind herzlich eingeladen,
am 28. Dezember, zwischen 12.30 und 13.00 Uhr
in 10 a Church Close
mit Adam und Floriana zu Mittag zu essen.
Um baldige Antwort wird gebeten.

Auf der Rückseite der Karte stand Florianas Telefonnummer. Während Esme ihre Brille abnahm und sich ein weiteres Schlückchen Portwein gönnte, fragte sie sich, wann sie das letzte Mal einen Weihnachtstag so sehr genossen hatte wie den heutigen.

Als sie nach einer Weile von einer angenehmen Benommenheit ergriffen wurde, stellte sie ihr inzwischen leeres Portweinglas auf den Tisch und schloss die Augen.

Kapitel 18

Es war die letzte Maiwoche, in der Esme und ihr Vater den Zug von Venedig nach Mailand nahmen, wo sie dann jedoch nur eine Nacht verbrachten.

Im Nachkriegsitalien grassierten schockierende Geschichten darüber, was das Land während des Krieges durchgemacht hatte, und obwohl es eigentlich absurd war, waren weder Esme noch ihr Vater interessiert daran, in einer Stadt zu bleiben, wo gerade mal fünf Jahre zuvor auf der Piazza Loreto die Leichen Mussolinis und seiner Geliebten auf makabre Art und Weise mit Klavierdraht aufgehängt, angespuckt und als Zielscheiben benutzt worden waren.

Deshalb begnügten Esme und ihr Vater sich mit einer kurzen Besichtigung der *Piazza Duomo* und Umgebung, bevor sie sich zu dem überfüllten Bahnhof begaben und mithilfe eines Gepäckträgers einen Zug nach Como bestiegen. Dort angekommen, lösten sie gleich am Hafen ihre Fahrscheine und nahmen ihre Plätze auf dem Dampfer ein. Signora Bassani hatte ihnen angeboten, sie in Como abholen zu lassen, doch Esmes Vater hatte ihr ein Telegramm geschickt, dass sie ihre Reise lieber selbst organisieren würden.

Inzwischen waren sie schon über sieben Wochen unterwegs und hatten die Länge ihres Aufenthalts an jedem Ort stets von der Größe ihres Interesses und der Wetterlage abhängig gemacht. Begonnen hatten sie ihre Rundreise in Pisa, gefolgt von Siena, der Amalfiküste, Rom, Florenz und Venedig, und obwohl jeder Tag ihnen viele neue Erfahrungen beschert hatte, die es zu genießen galt, freute Esme sich schon auf die kommenden

Monate am Comer See, wo sie den Rest des Sommers verbringen wollten. Es würde eine willkommene Zeit der Entspannung sein nach all den Wochen schier endloser Besichtigungen von Sehenswürdigkeiten.

Nachdem sie die Geister ihrer Kindheit in Nottingham weit hinter sich zurückgelassen hatte, war dies das Abenteuer, zu dem ihr Vater sie immer hatte mitnehmen wollen, und ihre ganz eigene Version einer großen Reise. Manche mochten sie für herzlos halten, weil beide so glücklich waren, obwohl ihre Mutter und Ehefrau erst vor einem Jahr verstorben war, aber für Esme war es so, dass sie nun endlich frei waren, und sie für ihren Teil hatte vor, das Beste aus dieser wundervollen Gelegenheit zu machen. Gelegentlich ertappte sie sich bei der Frage, was ihre Mutter wohl davon halten würde, dass sie Italien bereisten wie zwei sorglose Zigeuner. Doch das war immer nur ein flüchtiger Gedanke, der sich schnell wieder verlor in dem mitreißenden Trubel der Ereignisse wie die vielen Sehenswürdigkeiten, die zu besichtigen waren, die Züge, die genommen werden mussten, und die Menschen, denen man unterwegs begegnete.

Denn wohin sie auch gingen, überall lernten sie neue und interessante Leute kennen. In Siena hatte sich ein reizendes belgisches Paar mit ungewöhnlich gut erzogenen Kindern mit ihnen angefreundet, und in Rom war es eine verwitwete Engländerin gewesen, Elizabeth St. John, die ganz wie eine sehr exzentrische Aristokratin anmutete, bis sie ihnen verriet, dass sie nichts dergleichen war.

»Nicht einmal ein Mitglied des niederen Adels«, hatte sie ihnen eines Nachmittags bei einem Kartenspiel zugeflüstert, als heftige Regenfälle ihren geplanten Ausflug nach Tivoli und in die Gärten der Villa d'Este zunichtegemacht hatten. Es sei alles nur Theater, sagte sie, eine Masche, um den Besitzer des kleinen Hotels, in dem sie wohnten, zu beeindrucken und für sich einzunehmen. »Und es kommt geradezu erschreckend gut an«, gestand sie. »Wenn ich durchblicken lasse, das ich ›*jemand*‹ bin und inkognito reise, aber keinen Wirbel um mich wünsche, bekomme ich garantiert immer den besten Service. Auch die amerikanischen Touristen sind meistens ganz vernarrt in mich. Im Austausch gegen einen Gin Fizz erzähle ich ihnen faszinierende Geschichten über meine Begegnung mit Edward und Wallis Simpson, und das lieben sie!«

»Und kannten Sie die beiden denn tatsächlich?«, hatte Esme in beschämender Naivität gefragt.

»Aber natürlich nicht!«

Esme war richtig traurig gewesen, sich von dieser Frau verabschieden zu müssen, als ihr Vater und sie nach Florenz weiterreisten. Aber nicht so traurig, argwöhnte sie, wie Elizabeth St. John es war, William abreisen zu sehen. »Da bin ich gerade noch mal davongekommen, glaube ich«, hatte ihr Vater später gesagt, als er sich von Elizabeths Verabschiedung erholt hatte – einer Umarmung, bei der sie ihn so fest an ihren üppigen Busen gedrückt hatte, dass er kaum noch Luft bekommen hatte. Nur Minuten vor ihrer Abreise, während ihr Vater mit dem Gepäck und dem Überprüfen der Zugfahrscheine beschäftigt war, hatte Elizabeth Esme noch schnell zwei Ratschläge gegeben:

»Erstens«, hatte sie ihr zugeraunt, »musst du mutig sein und dich in so viele neue Erfahrungen wie möglich hineinstürzen, solange du hier in Italien bist. Und zweitens – und das ist der beste Rat, den ich dir geben kann – musst du dich verlieben! Du darfst nicht eher heimkehren, bis du zumindest eine große Leidenschaft erfahren hast!«

In Florenz waren sie in einem charmanten Hotel direkt an der Piazza Santa Maria Novella abgestiegen. *La Residenza Santa Maria* hätte nicht günstiger liegen können, um die wichtigsten und interessantesten Sehenswürdigkeiten aufzusuchen – die Galerie der Uffizien, den Glockenturm von Giotto, die faszinierende Brücke Ponte Vecchio und natürlich die Kathedrale Santa Maria del Fiore und die Kirche Santa Maria.

Bald schon verfielen sie in die angenehme Routine, die Vormittage mit gemeinsamen Besichtigungen zu verbringen, während ihr Vater nach dem Mittagessen die Nachmittage dazu nutzte, die Stadt von ihren vielen schönen Aussichtspunkten aus zu zeichnen oder zu malen. In dieser Zeit widmete sich Esme ihrem Italienischstudium, und wenn sie irgendwann genug von Verben und Grammatik hatte, brach sie zu einem Spaziergang auf.

Fasziniert von allem, was sie sah – was auch nicht überraschend war, da sie gerade E. M. Forsters Roman *Zimmer mit Aussicht* las –, hielt sie sich bereitwillig an Elizabeths Rat, sie müsse sich verlieben, und begann, sich in der Rolle der Lucy Honeychurch zu sehen.

Und selbst wenn ich mich nicht verliebe, räumte sie im Stillen ein, würde ich mich doch zumindest gern umwerben lassen.

Wie wunderbar es wäre, hier zum ersten Mal geküsst zu werden!, dachte sie eines Nachmittags mit prickelnder Erregung, als sie am *Duomo* innehielt, um ein gut aussehendes junges Paar zu beobachten, das Arm in Arm vorbeispazierte. Beide sahen todschick aus – das Mädchen in einem marineblauen Kleid mit weißem Gürtel und der junge Mann in grauer Hose, einem weißen Hemd mit bis zu den Ellbogen hochgekrempelten Ärmeln und einem lässig über die Schulter geworfenen Jackett.

Aber es gab keine Romanze für sie an jenem Tag, nur ein interessantes Gespräch mit Professor Banes, einem pensionierten amerikanischen Geschichtsprofessor, der wie ihr Vater und sie in der *Residenza Santa Maria* wohnte. Sie hatte diesen untersetzten Mann mit dem rosigen Gesicht, der an einem Tisch auf der anderen Seite des Speisesaales saß, schon an ihrem ersten Abend im Hotel gesehen.

Als er sie nun die Türen zum Baptisterium bewundern sah, tippte er sich an den Hut und kam zu ihr herüber, um sie zu begrüßen und sich nach ihrem Vater zu erkundigen. »Und da Sie allein sind, gestatten Sie mir, Ihr Fremdenführer für den Rest des Tages zu sein«, sagte er und betupfte sich sein glänzendes rosiges Gesicht mit einem ordentlich gefalteten Taschentuch. »Und beginnen wir doch gleich! Was wissen Sie über diese großartigen Kameraden?«, fragte er und zeigte mit einem mit silbernem Griff versehenen Spazierstock auf die Türen.

Esme erzählte ihm, was sie aus ihrem Reiseführer wusste: dass diese Türen von Ghiberti und Pisano waren und während des Krieges zur sicheren Aufbewahrung entfernt und im Jahre 1946 wieder angebracht worden waren.

»Ja, genau, das ist völlig richtig«, erwiderte der Professor. »Aber diese nach Osten gerichteten Türen hier sind von Ghiberti. Michelangelo sagte, sie seien es wert, die Tore zum Paradies zu sein.« Dann erzählte der Professor noch mehr Wissenswertes: Als man es für sicher erachtet hatte, die Türen nach Florenz zurückzubringen, um sie aufpolieren zu lassen, hatte man festgestellt, dass sie nicht aus Bronze, sondern aus Gold bestanden. »Stellen Sie sich die Überraschung vor!«, sagte er lächelnd und reichte Esme seinen Arm. »Sollen wir uns ins *Paradies* hineinwagen und es noch eingehender untersuchen?«

Professor Banes machte Esme und ihren Vater mit dem großen Kreis seiner Kollegen in Florenz bekannt, die er scherzhaft als Relikte der britischen Kolonie bezeichnete, die wie Ghibertis Tore nach dem Krieg in diese großartige Stadt zurückgekehrt waren und heute ihre glanzvollen Zeiten des Lebens vor dem Krieg nachahmten. Und tatsächlich sprachen sie über Florenz mit einer kritischen und besitzergreifenden Zuneigung, als wäre die Stadt ein eigenwilliges Kind, das ihre feste Hand benötigte.

»Wissen Sie«, sagte ein blasierter Mann, der die beklagenswerte Angewohnheit hatte, jedes Gespräch zu dominieren und auf eine Art und Weise mit seiner Pfeife vor Esmes Gesicht herumzufuchteln, die ihr nicht behagte, »das ist das Problem mit Italien und besonders mit Florenz. Schönheit und Geschichte sind von diesen verdammten Kommunisten beschlagnahmt worden – sie wissen einen Honigtopf zu erkennen, wenn sie einen sehen, und haben keine Skrupel, wohlhabende Ausländer wie uns zu schädigen.«

Obwohl Esme keineswegs auf Seiten der Kommunisten stand, konnte sie jedoch die Grundlage ihrer Ideologie verstehen. Vor allem aber konnte sie diesen bornierten Mann nicht ausstehen, der sich erlaubte, in einem solch belehrenden Ton zu ihr zu sprechen. Und da sie es nicht über sich brachte, sein Geschwätz kritiklos hinzunehmen, sagte sie: »Aber ist es nicht eher so, dass der zurückgehende Tourismus in Städten wie Florenz das Ansteigen der Arbeitslosenzahlen verursachte und dadurch dem Kommunismus seinen Reiz verlieh?«

Der Mann hatte den Kopf zurückgeworfen und ein unerträglich herablassendes Lachen von sich gegeben, das den ganzen Salon erfüllt hatte, in dem sie sich zu einem Aperitif vor dem Dinner versammelt hatten. »Silcox, alter Junge, wie ich sehe, haben Sie eine Marxistin zur Tochter! Sie sollten besser auf sie aufpassen.«

Ihr Vater unterbrach sein Gespräch mit einem Antiquar aus Kensington und sagte ruhig: »Ich stimme voll und ganz mit Esme überein. Wie sollen wir die Denkweise eines Italieners auch je wirklich verstehen, wenn ihm in einem Moment befohlen wurde, gegen die Amerikaner und die Briten zu kämpfen, und er im nächsten dann plötzlich an ihrer Seite kämpft?«

»Ganz richtig«, warf Professor Banes ein. »Ist es ein Wunder, dass die Lage so chaotisch ist, wenn innerhalb von zehn Jahren politischer Wirren von den Italienern erwartet wurde, zuerst einen Diktator zu respektieren, dann einen König und schließlich eine Republik?«

Eine Frau mit extrem gelangweiltem Gesichtsausdruck schaltete sich in die Debatte ein. »Ach, machen wir uns doch nichts vor«, sagte sie mit einer unwirschen Geste ihrer sehr gepflegten Hand, »die Italiener sind nun mal geborene Anarchisten. Und würde mir jemand bitte noch einen *Caffè Americano* zubereiten, bevor ich verdurste?«

Und schließlich wurde es Zeit, die *Residenza Santa Maria*, die schönen Sonnenuntergänge über dem Arno und dem Ponte Vecchio, die Giotto-Fresken, die Brunnen, die Berge von Fiesole und Professor Banes' eklektischen Freundeskreis hinter sich zu lassen und nach Venedig weiterzureisen, wo sie auf eine ebenso kosmopolitische Gesellschaft stießen.

Esme tat ihren ersten Blick auf diese schöne Stadt, als ihr Vater und sie den Bahnhof Venezia Santa Lucia verließen und direkt vor ihnen der Canal Grande lag. Während der Zugfahrt von Florenz hatte sie in ihrem Baedeker nachgelesen, was sie zu erwarten hatten, doch diese Vorbereitung war umsonst gewesen. Wie betäubt vor Staunen stand sie vor dem Canal Grande, während ihr Vater die Anlegestelle der Boote suchte. Dann fuhren sie, in beinahe andächtige Betrachtungen versunken, durch den regen Verkehr von *vaporetti* und Gondeln mit einem Motorboot zu ihrem Hotel.

Als besonderes Vergnügen hatte ihr Vater das *Hotel Danieli* für die ersten vier Tage ihres Aufenthalts gebucht. Da es gleich neben dem Dogenpalast und der Seufzerbrücke lag, hatte Esme von ihrem Zimmer aus einen herrlichen Ausblick auf die Lagune und die Insel San Giorgio; zu ihrer Rechten lagen der Canal Grande und die Santa Maria della Salute in ihrer ganzen Pracht. Es war eine wirklich faszinierende Aussicht, die sie hatte.

Hier wirst du dich bestimmt verlieben, dachte sie sehnsüchtig.

Am nächsten Morgen erwachte sie schon früh von dem Glockengeläut überall in der Stadt, und begierig, den neuen Tag zu begrüßen, lief sie zum Fenster und öffnete es weit, um die berauschende Atmosphäre in sich aufzunehmen. Da sie sich jedoch keinen Anblick, kein Geräusch und keinen Geruch entgehen lassen wollte, zog sie sich hastig an und schlich sich dann leise, um ihren Vater im Nebenraum nicht zu stören, aus dem Hotel, um die Stadt auf eigene Faust zu erkunden. Sie war jedoch erst bis zur Piazza San Marco gegangen, als sie wieder innehielt und wie in Trance, verloren im Zauber des großartigen, bis auf die Tauben noch leeren Platzes und der nicht weniger prachtvollen Basilika, hinter ihr mit großen Augen dastand.

Vor ein paar Monaten erst neunzehn geworden, hielt sie sich zwar schon für recht erwachsen, aber das Kind in ihr – das Kind, das sein Leben lang unter der Fuchtel seiner Mutter gestanden hatte – wollte frei sein, seinen Impulsen nachgeben und zwischen den Tauben herumlaufen können. Und da es noch vor sechs Uhr morgens und niemand in der Nähe war, beschloss sie, sich diesen Wunsch zu erfüllen. Und so rannte sie lachend und mit seitlich ausgestreckten Armen auf die Vögel zu, und zu ihrer kindlichen Zufriedenheit erhoben sich alle gleichzeitig mit lautem Flügelschlagen in die Luft und schwangen sich in einem Anfall von Panik in den noch wie perlmuttfarben getönten Himmel auf.

Laut lachend und mit geschlossenen Augen wirbelte Esme wie ein Derwisch im Kreis herum. Dann öffnete sie die Augen wieder, drehte sich um und begann, den Weg zurückzulaufen, auf dem sie hergekommen war – nur um mit dem bestaussehenden Mann zusammenzustoßen, der ihr je begegnet war.

»*Buongiorno*«, sagte er und lächelte sie an.

Heiß errötend vor Verlegenheit und dazu noch außerstande, ein einziges vernünftiges Wort herauszubringen, konnte sie ihn nur beschämt und hilflos anstarren. So viel zu der weltgewandten jungen Frau, für die sie sich gehalten hatte, seit sie nach Italien gekommen waren!

»Sie sind Engländerin?«, fragte er, aber es war mehr eine Feststellung als eine Frage.

Sie nickte, und endlich fand sie auch die Sprache wieder und das Selbstvertrauen, Italienisch zu sprechen. *»Sì, Signore«*, antwortete sie, *»sono Inglese.«*

Sein Lächeln vertiefte sich und brachte strahlend weiße Zähne in einem sonnengebräunten Gesicht zum Vorschein – einem Gesicht, das von solch exquisiter Schönheit wie das einer Renaissance-Statue war. *»Brava! Parla Italiano?«*, sagte er.

»Un po'«, gelang es ihr zu antworten, während sie dachte, dass seine Augen blau wie das Adriatische Meer waren und dass er nicht viel älter sein konnte als sie.

Vielleicht erriet er, dass er ihr italienisches Vokabular erschöpft hatte, denn jetzt sprach er wieder Englisch. »Erschrecken Sie gern die Tauben? Ist das ein Spiel für Sie?«

Esme schüttelte den Kopf. »Ich habe so etwas noch nie getan, ich wollte nur plötzlich einmal richtig albern sein.«

»Gut! Manchmal tut es gut, ein bisschen albern zu sein, denke ich. Viel zu viele Leute sind zu ernst. Und die Tauben sind sowieso zu frisch und müssen hin und wieder aufgescheucht werden.«

»Frech«, berichtigte sie ihn und bereute es sogleich. »Entschuldigen Sie«, sagte sie, »das war unhöflich von mir.«

»Nein, nein. Um eine Sprache richtig zu erlernen, ist es wichtig, korrigiert zu werden. Und mir liegt sehr daran, ein gutes Englisch zu sprechen. Sind Sie allein in Venedig?«

»Nein, ich bin mit meinem Vater hier.«

»Für wie lange?«

»Zwei Wochen, dann fahren wir zum Comer See weiter.«

»*Bello.* Wissen Sie schon, wo Sie dort wohnen werden?«

Wieder schüttelte sie den Kopf und sah, dass die Tauben zur Piazza zurückgekehrt waren und sie und diesen charmanten jungen Mann mit seinen ach so blauen Augen und dem pechschwarzen Haar vollkommen umringt hatten. »Wir haben noch kein Hotel gebucht«, sagte sie. »Wir leben sozusagen in den Tag hinein.«

Sie erzählte ihm, dass diese Italienreise unter anderem auch eine gute Gelegenheit für ihren Vater war, sich seiner Malerei zu widmen. »Obwohl er sich nie als etwas anderes als Hobbymaler bezeichnen würde«, fügte sie hinzu. »Doch ich bin der Meinung – auch wenn ich ein bisschen voreingenommen sein mag –, dass er wirklich viel Talent besitzt.«

»Darf ich dann vielleicht einen Vorschlag machen?«

»Bitte.«

»Ich habe eine Tante, die ein bescheidenes Hotel am Ufer des Sees führt. Es ist keines dieser sehr luxuriösen Häuser, aber bequem und ruhig. Auch die Aussicht ist sehr schön und wäre perfekt für Ihren Vater. Und natürlich auch für Sie«, fügte er mit einem Lächeln hinzu, das Esmes Herz schneller schlagen ließ und ihr weiche Knie bescherte.

Genau in dem Moment streckte er ihr seine Hand hin und stellte sich als Marco Bassani vor – um dann hinzuzufügen, dass er in seinem ersten Jahr an einem Priesterseminar studiere, da er in den Dienst der Kirche treten wolle.

Woraufhin Esme fast das Herz stehen blieb.

Überall am See entlang hielt der Dampfer an, um Passagiere aus- und einsteigen zu lassen. Am Bug des Bootes stand Esme neben ihrem Vater und beobachtete mit zunehmender Begeisterung die vorbeiziehende Landschaft. Malerische Dörfer schmiegten sich an die niedrigeren Hänge der Berge, kleine Ferienhäuser und palastähnliche Villen säumten das Uferland, und üppige Gärten mit Azaleen und Oleander, die in voller Blüte standen, blendeten das Auge mit Blumen in Zinnoberrot und hellem Gelb, Rosa und Weiß, die sich alle lebhaft von den dunkelgrünen Zypressen abhoben, die groß und stolz wie Wachposten dastanden.

Es war mindestens genauso schön, wie Marco gesagt hatte. Und hier war er aufgewachsen, bei seiner Tante, der Signora Giulia Bassani, die ihn, als er noch ein kleiner Junge gewesen war, nach dem Tod seiner Eltern adoptiert hatte. Es war schwer vorstellbar, dass er es ertragen konnte, diesen herrlichen Ort zu verlassen, um ein Studium zu beginnen und auch noch ausgerechnet Priester zu werden.

Esme versuchte, sich nicht allzu sehr mit dem Gedanken zu beschäftigen, doch ein weniger lobenswerter Teil von ihr betrachtete es als pure Verschwendung, dass Marco sein Leben in den Dienst der Kirche stellen würde. Da ihr Vater und sie während ihres Aufenthalts in Venedig, den sie um eine Woche verlängert hatten, jedoch besser mit Marco bekannt geworden waren, hatte sie die Aufrichtigkeit seines Glaubens und seiner Überzeugung, dass der Weg, den er eingeschlagen hatte, der richtige war, zu schätzen begonnen. »Im Leben«, sagte er, »sind wir alle dazu berufen, etwas Besonderes zu tun, und wenn wir tief im Herzen wissen, was es ist, müssen wir diesem Ruf folgen, denn dann wird es keine Pflicht, sondern ein Vergnügen sein.«

Esme hatte seine Gesellschaft weitaus interessanter und angenehmer gefunden als die der Diplomaten, Industriellen und sogenannten Intellektuellen, deren Bekanntschaft sie ansonsten in Venedig gemacht hatten. Eine eigennützige Clique, derer sie sehr schnell überdrüssig geworden war. Marco war dagegen wie ein frischer Wind gewesen.

Ihr Vater stupste sie leicht an und zeigte auf eine blassgelbe

Villa mit dunkelgrünen Fensterläden. »Der Wegbeschreibung nach ist dies das *Hotel Margherita*«, sagte er. »Die nächste Haltestelle ist unsere.«

Als das Boot langsamer wurde und näher ans Ufer heranfuhr, beschattete Esme die Augen vor der Sonne und betrachtete die gediegene Villa und das dazugehörige, sanft zum Ufer abfallende Gelände. Auf einer Landzunge gelegen und von nichts als Wasser umgeben, war es fast so, als stünde die Villa Margherita auf ihrer ganz privaten Insel.

Das ist also unser Zuhause für den Rest des Sommers, dachte Esme glücklich.

Es war das Klingeln des Telefons, was Esme weckte. Sie war in einem so lebhaften Traum gefangen gewesen, dass sie einen Moment brauchte, um sich zu orientieren, sich wieder auf die Gegenwart einzustellen und die machtvolle Verbindung zur Vergangenheit aufzugeben, der sie sich im Schlaf so vollkommen überlassen hatte.

Aber bis sie es im Halbdunkel in die Diele schaffte und im Gehen das Licht anschaltete, war das Klingeln schon wieder verstummt.

»Wer könnte das sein?«, sagte sie zu Eurydike, die ihr hinterhergelaufen war. »Uns ruft doch nie jemand an Weihnachten an.«

Sie war schon wieder auf dem Weg in die Küche, um den Wasserkessel aufzusetzen und sich eine Kanne Tee aufzubrühen, als das Telefon von Neuem klingelte.

»Hallo?«, meldete sie sich zurückhaltend, weil sie annahm, dass es ein Fremder war, der sich verwählt hatte.

»Bist du das, Esme?«

»Ja«, erwiderte sie, noch immer vorsichtig, da sie die Stimme am anderen Ende der Leitung nicht gleich erkannte und ihren leicht verwirrten Zustand auf ihren eigenwilligen Kopf schob, der noch immer in Italien war.

»Ich bin's, Floriana. Ich wollte dir nur frohe Weihnachten wünschen.«

Bei den Worten des Mädchens wurde Esmes Kehle wieder so eng vor Rührung wie vorher schon, als sie ihre Geschenke ausgepackt hatte und von der Fürsorglichkeit ihrer beiden jungen Freunde so bewegt gewesen war.

»Esme? Bist du noch da?«

»Ja«, antwortete sie mit belegter Stimme.

»Ist alles in Ordnung mit dir?«

»Mir geht's gut«, sagte sie, bemüht, sich zusammenzureißen. »Ich bin nur ein bisschen benommen, weil ich fest geschlafen hatte.«

»Oh, das tut mir aber leid, dass ich dich geweckt habe!«

»Du brauchst dich nicht zu entschuldigen, mein liebes Kind; es ist wunderbar, von dir zu hören. Ich bin ganz gerührt, dass du an mich gedacht hast, und vielen Dank auch für die schönen Geschenke für Eurydike und mich! Du hast uns sehr verwöhnt. Verlebst du ein schönes Weihnachtsfest?«

Ein lang gezogenes, übertriebenes Stöhnen drang an Esmes Ohr. »Ich werde es dir erzählen, wenn ich wieder zurück bin. Apropos zurück: Hast du am achtundzwanzigsten Dezember Zeit, zum Lunch zu kommen?«

»Keine zehn Pferde könnten mich davon abhalten.«

»Ausgezeichnet!«

Später, als Esme bei einer Tasse Tee und Weihnachtsgebäck saß und die letzten Überbleibsel aus der Vergangenheit aus ihrem Bewusstsein gestrichen hatte, richtete sie ihre Gedanken auf die Gegenwart und besonders auf ihre neuen Freunde Floriana und Adam.

Sie wusste, dass sie voreilige Schlüsse zog, aber so verschieden die beiden vom Temperament her auch waren, schien die Chemie zwischen ihnen doch zu stimmen. Man merkte es an der Ungezwungenheit ihres Umgangs miteinander, der in krassem Widerspruch zu der kurzen Zeit stand, die sie einander kannten.

Esme hatte noch nie die Ehestifterin gespielt, doch bei diesen beiden jungen Leuten war sie stark versucht, es ausnahmsweise einmal zu versuchen. Allerdings würde sie sehr vorsichtig vorgehen müssen, da Adam höchstwahrscheinlich noch einen weiten Weg vor sich hatte, bevor er über Jesse hinweg sein würde, und wer wusste schon, wie Floriana zu diesem Sebastian stand?

Kapitel 19

Ein kalter grauer Himmel lag seit Neujahr über Oxford, und heute war die Stadt auch noch von einem so dichten, eisig kalten Nebel eingehüllt, dass man sich wie abgeschnitten vom Rest der Welt vorkam.

Der Januar war für Floriana der ruhigste Monat des Jahres – bei dieser Kälte war es ja auch nicht verwunderlich, dass die Leute keine Lust hatten, Ausflüge zu unternehmen. Da dies jedoch die Jahreszeit war, in der sie mit Buchungen für den Beginn der Saison um die Osterzeit geradezu überflutet wurden, half Floriana stattdessen im Büro. Aber an diesem Morgen hatte ein robustes russisches Ehepaar – Mrs. und Mr. Zhukow aus Moskau – eine private dreistündige Stadtführung gebucht. Mit dicken Wollmänteln und Pelzmützen bekleidet hatten sie sich kein einziges Mal über den bitterkalten Wind beklagt, der Floriana jegliches Gefühl aus Händen und Füßen trieb und ihr Gesicht peitschte, bis ihr die Augen tränten … während es für ihre russischen Gäste vielleicht nur so etwas wie ein milder Frühlingstag war.

Dreaming Spires Tours hatte nur eine russischsprachige Fremdenführerin – Martina, die bedauerlicherweise krankgeschrieben war –, doch da die Zhukows über mehr als ausreichende Englischkenntnisse verfügten, hatte Floriana keine Verständigungsschwierigkeiten mit ihnen gehabt. Das einzige Problem, das sie mit ihren russischen Touristen gehabt hatte, war, Mr. Zhukow, einem untersetzten Mann, der unaufhörlich nickte, während er ihren Worten lauschte, klarzumachen, dass keine der Universitäten Oxfords zu verkaufen war. Er bedachte sie mit einem harten Blick, als sie das Gleiche noch einmal vor der Christ Church wiederholte. Zuvor hatte er ihre Erklärung bezüglich Christopher Wrens Tom Tower und dessen sieben Tonnen schwerer Glocke, die als *Great Tom* bezeichnet wurde, bereits auf halbem Wege unterbrochen. »Nicht wahr«, hatte er mit einem energischen Kopfschütteln erklärt. »Für richtigen Preis man kann alles kaufen.«

Das andere Problem, mit dem sie sich herumgeschlagen hatte, war das fortwährende Klingeln von Mr. Zhukows Handy. Auch jetzt hatte er das Gerät wieder am Ohr und sprach geräuschvoll auf Russisch hinein. Dabei nickte er praktisch unablässig, seine Miene aber blieb völlig undurchdringlich. Und während er sein Gespräch fortsetzte und Floriana sich in der eisig kalten Luft höflich mit seiner Frau zu unterhalten versuchte, führte sie die Zhukows langsam zur High Street zurück, wo sie die Tour begonnen hatten und der Chauffeur der beiden wartete, um sie nach London zurückzufahren. Nicht zum ersten Mal kam Floriana der Gedanke, dass dieser Oxfordbesuch im Grunde eine Einkaufstour gewesen war, von der das Paar zutiefst enttäuscht zurückkehren würde. Für einen Moment ließ sie ihrer Fantasie freien Lauf und stellte sich vor, wie Mr. Zhukow sich heute Abend mit einer ganzen Clique anderer Oligarchen und jeder Menge Wodka in einer piekfeinen Bar in Mayfair tröstete und seinen nächsten Schritt plante: Cambridge.

Esme lachte oft über Florianas *blühende Fantasie*, wie sie es nannte.

»So nennst du das?«, hatte Adam auf seine drollige Art gefragt. »Nicht bloß einfach *spinnen*?« Er hatte die Bemerkung an dem Wochenende gemacht, an dem er Floriana und Esme zu einer Besichtigung seines neuen Hauses eingeladen hatte. Seit er es besaß, hatte er Bauarbeiter dagehabt, um herausreißen zu lassen, was eine Reihe Vorbesitzer als vermeintliche Verbesserungen vorgenommen hatten. Er wolle das Haus in seinen ursprünglichen viktorianischen Zustand zurückversetzen lassen, hatte er erklärt.

»Samt Zimmermädchen und Kammerdienern?«, hatte Floriana gescherzt. »Könnte ich die grantige Haushälterin werden? Ich kann richtig streng sein, wenn ich will.«

»Ich hatte dich eigentlich für die arme Irre auf dem Dachboden vorgesehen«, hatte er mit spöttisch hochgezogener Augenbraue erwidert.

»Vorsicht, Mister!«, hatte sie lachend versetzt. »Beim nächsten Schnee werde ich Rache nehmen.«

Da das Haus noch keine Heizung hatte, waren sie nicht lange geblieben, sondern hatten sich schnell in die Wärme von Trinity House zurückgezogen, wo Esme sie mit Tee und Kuchen bewirtet hatte. Nach einigen diskreten Fragen Esmes hatte Adam zugegeben, dass er die einmonatige Beziehungspause mit Jesse abgebrochen und die ganze Sache selbst beendet hatte. »Und jetzt will ich nichts mehr von dem Thema hören«, schloss er mit warnend erhobener Hand. »Und schon gar keine hohlen Phrasen, bitte.«

»Wie du willst«, sagte Esme ruhig und wechselte einen raschen Blick mit Floriana.

Es war das erste Mal seit Florianas Einladung zum Mittagessen, dass sie es wieder einmal geschafft hatten, sich zu treffen. Zu ihrer eigenen Überraschung war das Kochen ohne Katastrophen abgelaufen, und ihr erster Versuch, einen Truthahn auf den Tisch zu bringen, war als echter Triumph bezeichnet worden. Und Adam, der es immer wieder schaffte, Wunder zu vollbringen, hatte nicht nur den Wein zum Essen mitgebracht, sondern auch den Tisch und die Stühle – etwas, das Floriana vollkommen übersehen hatte in ihrem Bestreben, ihr Menü zu einem Erfolg zu machen. Er hatte ihr die Möbel überlassen wollen, doch Floriana hatte dankend abgelehnt. Wie sie ihm erklärte, war dazu einfach nicht genügend Platz in ihrem kleinen Haus.

Als sie nun auf der High Street vor ihrem Büro standen, wollte Floriana gerade wie immer an diesem Punkt einer Führung zu einigen Dankes- und Abschiedsworten ansetzen, als Mr. Zhukow plötzlich erschreckend nahe auf sie zutrat und ihr etwas Kleines und Hartes in die behandschuhte Hand drückte. Einen verrückten Moment lang dachte sie, es handelte sich um eine Waffe.

»Für Sie, Miss Day«, sagte er schroff. »Sie brauchen besseren Mantel zum Warmhalten und richtige Pelzmütze, dieses dumme Strickding auf Ihrem Kopf ist nur gut für englische Teekanne.«

Erst als die Zhukows im Fond ihres schwarzen Mercedes verschwunden waren und sie ihnen nachgewinkt hatte, sah sie sich an, was sie in der Hand hielt. Sie traute ihren Augen nicht, als sie erkannte, dass es eine Rolle Bargeld war, und allem Anschein nach eine ansehnliche Summe. Verblüfft über das großzügige Trinkgeld, steckte sie es schnell in ihre Manteltasche, während sie sich von der Straße abwandte und die Tür zu Dreaming Spires Tours aufstieß.

Und dort erwartete sie die zweite Überraschung dieses Tages.

»Als ich keine Antwort von dir bekam, wusste ich, dass es nur einen Weg gab – ich musste selbst nach Oxford kommen und mich persönlich darum kümmern.«

»Und was ist es, worum du dich persönlich kümmern musst?«, fragte Floriana, um Zeit zu schinden. Sie war schrecklich nervös, kaum in der Lage, klar zu denken, und musste sich sogar noch bemühen stillzusitzen, nachdem sich alle gegen sie verbündet und sie gedrängt hatten, mit Seb zu *Quod's* zum Lunch zu gehen.

Wie konnte er ihr das antun? Wie konnte er aus heiterem Himmel einfach so hier auftauchen?

Ihr gegenüber saß der Grund ihrer Nervosität und schaute ihr in die Augen. Es war über zwei Jahre her, seit sie Seb zuletzt gesehen hatte, und er wirkte verändert. Verschwunden war das für ihn so typische strubbelige Haar, mit dem er immer ein bisschen unordentlich ausgesehen hatte; jetzt war es sehr kurz geschnitten, was ihn merkwürdig verletzlich wirken ließ. Aber unter dem Anstrich von Selbstvertrauen und Arroganz hatte Seb ja eigentlich schon immer etwas Verletzliches gehabt.

»Ich möchte sicher sein, dass du bei meiner Hochzeit dabei sein wirst«, sagte er.

Sie lachte ein bisschen angespannt. »Und um das zu klären, hast du den ganzen Weg von London auf dich genommen?«

»Oxford liegt ja nicht gerade am Ende der Welt.«

»Aber du hast dir den Tag freigenommen, um herzukommen, und alles auf gut Glück, dass du mich hier antreffen würdest. Ich hätte auch ganz woanders sein können.«

Er zuckte mit den Schultern. »Ganz so war es nicht. Ich hatte gestern in deinem Büro angerufen, um sicherzugehen, dass du heute arbeiten würdest, und dann brauchte ich nur noch abzuwarten.«

»Keiner meiner Kollegen würde so private Informationen herausgeben!«, gab sie empört zurück. Aber dann fiel ihr ein, dass Damian Webb am Vortag im Büro gearbeitet hatte. Und ihm brauchte man nur mit dem richtigen Spruch zu kommen, und wahrscheinlich würde er dann sogar ihre Bankdaten herausgeben, wenn er sie hätte!

»Ich habe mich als möglichen Kunden ausgegeben und behauptet, du wärst mir empfohlen worden«, sagte Seb und grinste auf einmal. »Du wirst dich doch wohl noch erinnern, wie überzeugend ich sein kann.« Aber dann wich das Grinsen wieder einer ernsten Miene, an der Floriana erkannte, dass der etwas verlegene Austausch von höflichen Fragen und Antworten beendet war und Seb nun zum Kern der Sache kommen würde. »Findest du nicht, dass diese Dummheit lange genug gedauert hat?«, bemerkte er nüchtern.

Von einem Anflug von Verärgerung ergriffen, setzte Floriana sich gerade hin – zweimal in weniger als einer halben Stunde war das Wort *dumm* in Bezug auf sie verwendet worden: zuerst von Mr. Zhukow und nun von Seb. »So nennst du das also?«, fragte sie, während ihr eine Fülle von Emotionen und Erinnerungen durch den Kopf schossen … wütende Wortwechsel … gegenseitige Beschuldigungen … erklärte Liebe … zurückgewiesene Liebe … die vollkommene Demütigung … eine Freundschaft, die verloren war.

Ohne ihre Frage zu beantworten, sagte Seb: »Warum hast du meine Karte nicht beantwortet? Und frag jetzt bitte nicht: ›Welche Karte?‹ Das wäre nicht nur eine Beleidigung meiner Intelligenz, sondern auch der deinen.«

Sie schluckte und sah sich nach der Bedienung um. Wie lange konnte es dauern, eine Tasse mit Kaffee zu füllen und ein Bier zu zapfen? Seb hatte um der alten Zeiten willen Tequila vorgeschlagen, aber Floriana hatte abgelehnt – auf gar keinen Fall würde sie Alkohol trinken, solange sie im Vollbesitz ihrer geistigen Fähigkeiten sein musste, um diese Tortur zu überstehen. »Ich hatte noch keine Zeit, sie zu beantworten«, erwiderte sie freundlich. »So kurz vor Weihnachten war ich nun mal sehr beschäftigt.«

Traurig schüttelte er den Kopf. »Du bist eine schlechte Lügnerin, Florrie.«

»Nenn mich nicht Florrie!«, fuhr sie ihn an.

Sie hätte ihn ebenso gut schlagen können, so gequält war der Ausdruck, der auf seinem Gesicht erschien. Ein lastendes Schweigen breitete sich zwischen ihnen aus.

»Tut mir leid«, meinte er schließlich. »Vieles tut mir leid. Aber hauptsächlich, was uns beiden passiert ist. Ich glaubte immer, wir wären unbesiegbar und dass nichts je zwischen uns stehen könnte. Und das glaube ich nach wie vor.« Von irgendetwas abgelenkt, blickte er sich um. »Ah, da kommen sie ja endlich, die Getränke, die du so ungeduldig erwartest. Du hoffst wohl, sie würden dir eine Ablenkung bieten.«

Floriana knirschte mit den Zähnen.

»Knirsch nicht mit den Zähnen!«, sagte er nüchtern, als die Bedienung sich wieder zurückgezogen hatte, »sonst dreht sich noch der Wind, und dann fallen sie dir alle aus. Oder etwas genauso Grässliches wird dir passieren.«

»Dir wird gleich etwas Grässliches passieren, wenn du nicht den Mund hältst«, erwiderte sie und griff nach ihrer Tasse, um einen Schluck zu trinken. Zu ihrem Ärger war der Kaffee nicht so heiß, wie sie ihn gerne hätte.

Sebs Mundwinkel verzogen sich zu einem vorsichtigen Lächeln. »Das ist schon besser. Das ist die Florrie – entschuldige, die Floriana, die ich kenne und liebe. Komm schon, lass uns all diesen … diesen Unsinn vergessen und wieder Freunde sein!«

Typisch Seb, dachte sie, das herzzerreißendste Erlebnis in meinem Leben als bloßen »Unsinn« abzutun.

»Ich würde dich sogar darum anbetteln, wenn es sein muss«, sagte er, als sie nichts erwiderte.

In seiner Stimme lag plötzlich eine Zärtlichkeit, die ihr das Herz verkrampfte und die Widerstandskraft schwächte, die sie sich so hart erarbeitet hatte. »Bist du sicher, dass du eine alte Freundin wie mich in deinem Leben brauchst?«, fragte sie.

»Was du wirklich wissen willst, ist, ob Imogen etwas dagegen hätte, dass wir wieder Freunde werden, nicht?«

»Und? Hätte sie etwas dagegen?«

»Sie weiß, dass du meine älteste Freundin bist und ich dich in diesen letzten beiden Jahren sehr vermisst habe. Sie hat sehr klar zum Ausdruck gebracht, dass alles Vorangegangene der Vergangenheit angehört und dass sie …«

»Dass sie was?«, fragte Floriana schnell, als sie sein Zögern bemerkte. Schließlich kannte sie ihn gut genug, um zu wissen, dass er niemals grundlos zögerte.

»Dass sie dir verziehen hat.«

Nun musste sie wirklich ihre ganze Willenskraft aufbieten, um sich ein *Das ist aber verdammt großzügig von ihr!* zu verkneifen und stattdessen ihre Tasse so zu halten, dass sie buchstäblich dahinter verborgen war, um dann mit einem großen Schluck den Rest ihres lauwarmen Kaffees zu trinken.

Als sie die Tasse abstellte, bemerkte sie, dass Sebs nachdenkliche dunkle Augen auf sie gerichtet waren. Oh, wie gut sie sich an sie erinnerte, an die erstaunliche Eindringlichkeit dieser dunklen Augen mit den kleinen bernsteinfarbenen Sprenkeln, die sie immer so fasziniert hatten und die seine Iris regelrecht zum Glitzern bringen konnten!Als sie noch ein leichtgläubiges Schulmädchen gewesen war, hatte er ihr eingeredet, diese Sprenkel seien durch das Anstarren der Sonne entstanden, als er noch ein Baby gewesen war.

Als Teenager und insoweit, wie enge Freunde wirklich völlig objektiv sein können, hatte sie Seb stets als gut aussehend betrachtet, doch wäre sie dazu aufgefordert worden, ihn zu beschreiben, hätte sie passen müssen, weil seine ihr so vertrauten Gesichtszüge so gut wie unsichtbar für sie gewesen waren, genauso wie es die Gesichter ihrer Schwester oder ihrer Eltern waren. Aber ihm jetzt hier am Tisch gegenüberzusitzen, ihn aufs Neue zu sehen und seine markanten, wohlproportionierten Gesichtszüge zu bemerken, die Glätte seiner Haut, die ihn immer jung erscheinen ließ, und wieder seinen festen Blick auf sich zu spüren, der ihr stets das Gefühl gab, er könnte ihre Gedanken lesen, weckte starke und schmerzliche Erinnerungen an den Moment, in dem sie erkannt hatte, dass aus ihren freundschaftlichen Gefühlen für ihn Liebe geworden war. Diese Erkenntnis hatte sie so jäh und mit solcher Heftigkeit getroffen, dass sie ihre Welt aus den Angeln gehoben hatte. Und dann war der Tag gekommen, an dem sie es einfach nicht mehr ausgehalten und gar nicht anders gekonnt hatte, als Seb zu sagen, dass sie ihn liebte. Doch das hatte eine Katastrophe ausgelöst und war der allergrößte Fehler ihres Lebens gewesen.

Und nun, entgegen allen Erwartungen, saß sie nahe genug bei ihm, um sich über den Tisch zu beugen und ihn zu küssen, wie sie es beim letzten Mal, als sie miteinander gesprochen hatten, hatte tun wollen. Nur war es da zu keinem Kuss gekommen, sondern zu einem fürchterlichen Streit und Sebs niederschmetterndem Vorschlag, dass es vermutlich besser wäre, wenn sie sich nie wiedersähen.

Die Erinnerung an jenen Tag schnürte Floriana die Kehle zu vor Traurigkeit, ließ sie so eng werden vor Kummer, dass sie am liebsten aufgesprungen und weggelaufen wäre. Sie glaubte nicht, je den Schmerz zu vergessen, von Seb aus der Welt verbannt zu werden, die sie einmal geteilt hatten, und alles nur, weil sie ihm die Wahrheit gesagt hatte. Aber es war eine Wahrheit, die er nicht hatte hören und schon gar nicht hatte glauben wollen.

»Und du?«, fragte er jetzt, während er mit unbewegter Miene ihren Blick erwiderte. »Hast du mir verziehen, dass ich mich in Imogen verliebt hatte?«

Eine Antwort blieb Floriana erspart, weil das Essen serviert wurde – Kürbisravioli für sie und Steak mit Pommes frites für Seb. Die Unterbrechung ihres Gesprächs gab ihr Gelegenheit, das Thema zu wechseln, als die Bedienung sie wieder allein gelassen hatte.

»Wo wirst du denn nun heiraten?«, erkundigte sie sich mit aufgesetzter Fröhlichkeit.

Natürlich war Seb nicht entgangen, dass sie seiner Frage ausgewichen war, und er wusste auch, was das bedeutete. Doch entweder beschloss er, später noch einmal darauf zurückzukommen oder die Frage einfach zu vergessen, denn er antwortete: »Am Comer See.«

Ihr erster Gedanke war: Oh, was für ein Zufall! Am Sonntag, als Adam und sie bei Esme zum Tee gewesen waren, hatte sie ihnen von der Reise nach Italien erzählt, die sie als junges Mädchen mit ihrem Vater unternommen hatte, und unter anderem auch den Comer See erwähnt, an dem sie den Sommer verbracht hatten. Doch wie immer, wenn Esme ihnen etwas Persönliches anvertraute, hatte sie die Geschichte ausgerechnet an ihrem spannendsten Punkt abgebrochen.

Florianas zweite Reaktion auf Sebs Bemerkung war jedoch immense Erleichterung. Denn jetzt hatte sie ihre unumstößliche Ausrede dafür, sich nicht der Qual unterziehen zu müssen, Seb Imogen heiraten zu sehen. Da sie sich diese Reise auf gar keinen Fall erlauben konnte, war sie aus dem Schneider. Ein dreifaches Hoch darauf, dass sie nur eine kleine, unbedeutende Fremdenführerin war, die ständig knapp bei Kasse war! Augenblicklich besserte sich ihre Laune. »Nobel geht die Welt zugrunde«, spöttelte sie. »Ich hätte auch nicht weniger erwarten dürfen.« Was sie wirklich meinte, war, dass sie von Imogen nicht weniger erwarten durfte. Die Gesellschaftsschicht und betuchte Familie, aus der das Mädchen kam, ließen Floriana selbst beinahe wie Abschaum dastehen.

»So nobel nun auch wieder nicht«, sagte Seb. »Die Hochzeitsfeier wird keine große Sache werden. Nur dreihundert enge Freunde und Familienangehörige.«

»Dreihundert!«

Seb lächelte. »Das war ein Scherz. Es werden etwa sechzig oder siebzig Gäste sein.«

»Das ist immer noch genug.«

»Du wirst doch kommen, nicht?«

»Seb, jemand so Gewöhnlichen wie mich willst du dort bestimmt nicht haben. Ich würde mich nur fürchterlich betrinken und dich blamieren.«

Er runzelte die Stirn. »Seit wann bist du gewöhnlich?«

Seit du dich mit Imogen und ihrer superreichen Familie eingelassen hast, dachte sie. »Tja, wir bewegen uns heutzutage nun mal in verschiedenen Welten, nicht?«, sagte sie. »Da bist du, die Führungskraft mit Wohnsitz im vornehmen Belsize Park, und ich, die unter primitivsten Bedingungen in Oxford lebt.«

»Das ja wohl kaum«, sagte er scharf.

»Du weißt schon, was ich meine.«

Sie beobachtete ihn, als er nachdenklich an einem Stückchen Fleisch kaute und dann nach seinem Bier griff.»Es geht hier aber nicht ums Geld, oder?«, fragte er, als er das Glas wieder absetzte.

»Das, mein Freund, beweist nur, dass du keine Ahnung hast; es geht immer nur ums Geld. So ist das eben, wenn man nicht viel davon hat. Diese Pommes frites sehen lecker aus.«

Er schob den Salz- und Pfefferstreuer aus dem Weg, damit sie an seinen Teller herankam. »Greif zu!«, meinte er.

Das ließ sie sich nicht zweimal sagen und bot ihm dafür von ihren Ravioli an.

Er spießte eine mit der Gabel auf. »Hm … nicht schlecht.«

Und wie durch ein Wunder, als hätten sie irgendwie das schwierige Terrain und den gefährlichen Abgrund der letzten beiden Jahre überwunden und befänden sich nun auf sichererem Boden, ließen sie sich jetzt auf ein richtiges Gespräch ein, um sich gegenseitig auf den neuesten Stand zu bringen. Floriana erzählte Seb, dass ihre Eltern das Geschäft verkauft hatten und sich auf einer Kreuzfahrt um die Welt befanden. »Sie sind seit November unterwegs und müssten nächste Woche heimkehren.«

»Und wie hast du während ihrer Abwesenheit Weihnachten verbracht?«

Während Floriana sich an ein Weihnachtsfest erinnerte, das er und seine Mutter bei ihnen verbracht hatten und bei dem seine Mum so beschämend viel getrunken hatte, dass man sie im Gästezimmer ins Bett hatte bringen müssen, bevor die anderen unten ihre Geschenke öffneten, erzählte sie Seb von ihrem Weihnachten bei Ann. Als sie so sehr in die Schilderung dieses »Weihnachtsfestes in der Hölle« vertieft war, dass sie sich mit einer Hand durchs Haar fuhr, bemerkte Seb die Narbe, die noch immer ziemlich stark gerötet war.

»Wo hast du die denn her?«, fragte er stirnrunzelnd. »Sie sieht so aus, als müsste sie ganz schön wehgetan haben.«

Und so kam die Geschichte ihres Unfalles heraus. »Ich gebe dir uneingeschränkt die Schuld daran«, erklärte Floriana. »Wenn du mir nicht diese verflixte Einladung geschickt hättest, wäre ich nicht angefahren worden.«

»Das Gute an dieser *verflixten* Einladung ist, dass wir, wenn ich sie dir nicht geschickt hätte, jetzt nicht hier zusammen essen würden. Gott, es ist verdammt gut, dich zu sehen! Ich habe dich vermisst.«

Als sie nichts erwiderte, meinte er: »Das war dein Stichwort, um zu sagen, dass du mich auch vermisst hast. Denn das hast du doch wohl, oder?«

Floriana nickte nur, weil sie ihrer Stimme nicht ganz traute.

Ein verlegenes Schweigen entstand, als beide sich vorübergehend aufs Essen konzentrierten.

»Würdest du mir etwas versprechen?«, bat Seb dann.

»Das kommt darauf an.«

»Bitte sag nicht, dass du nicht zu meiner Hochzeit kommst, weil du es dir nicht leisten kannst!«

Sie legte ihr Messer und ihre Gabel hin. »Da liegst du völlig richtig, Seb. Denn ich habe das Geld tatsächlich nicht. Fast mein gesamter Verdienst geht für meine Hypothek drauf. Auslandsreisen sind also ein Luxus, den ich mir nicht leisten kann.«

Als hätte er überhaupt nicht begriffen, was sie ihm gerade erklärt hatte, fragte er: »Dann hast du dir also was Eigenes gekauft?«

Floriana erzählte ihm, dass ihre verstorbene Großmutter ihr genügend Geld für eine Anzahlung hinterlassen hatte. »Und so beschloss ich, vernünftig damit umzugehen und es in eine Immobilie zu investieren. Deshalb lebe ich jetzt in North Oxford.«

»Gut gemacht.«

»Hey, ich bin nicht auf ein Schulterklopfen aus.«

Er verdrehte die Augen. »Dann halt den Mund, und hör dir meinen Vorschlag an!«

Als er zu sprechen aufhörte, schüttelte sie den Kopf. »Nein. Das kommt überhaupt nicht infrage.«

»Herrgott noch mal! Ich wusste, dass du dich querstellen und das sagen würdest.«

»Dann hättest du deinen Atem nicht damit verschwenden sollen, es mir vorzuschlagen.«

Mit grimmig zusammengezogenen Brauen beugte er sich so weit über den Tisch, dass sie die bernsteinfarbenen Sprenkel in seinen Augen sehen konnte. »Hör mal, Imogen muss nichts davon erfahren, falls es das ist, was dir Sorgen macht.«

Sie wich verblüfft vor ihm zurück. »Oh, das ist ja echt gut, Seb, deine Ehe mit einem Geheimnis zu beginnen! Und dann auch noch mit einem, das mich betrifft – oh Mann, das ist eine wirklich *geniale* Idee!«

»Okay, okay, ich kann es Imogen auch erzählen, wenn du dich

dann besser fühlst. Aber ich stehe in deiner Schuld, Florrie. Ich habe nicht vergessen, wie gut du und deine Eltern immer zu mir wart. Und vergiss *du* nicht, wie ich hier in Oxford war, die meiste Zeit kaum zu ertragen. Du hast mich damals vor mir selbst gerettet.«

Kapitel 20

Adam tat nichts lieber, als in seinen Wagen zu steigen und in der Stadt herumzufahren. Für ihn war es der beste Weg, im Auge zu behalten, was auf dem Immobilienmarkt vor sich ging. *Die Ohren aufsperren und auf dem Laufenden bleiben*, nannte er es gern.

Nach dem Mittagessen und zu Tode gelangweilt vom Papierkram, dem Fluch seines Lebens, wie er ihn bezeichnete, hatte er sich verkrümelt und Denise gesagt, er sei in ein paar Stunden wieder da. Denise war seit fast zehn Jahren seine persönliche Assistentin bei Strong Property Solutions und an seine Arbeitsweise gewöhnt. Sie wusste, wie sehr er es hasste, ans Büro gefesselt zu sein. Er war lieber unterwegs und nahm Anrufe auf seinem Mobiltelefon entgegen, als am Schreibtisch festzusitzen. Außerdem kam seine Abwesenheit beiden sehr gelegen, da auch Denise es vorzog, in Ruhe ihrer Arbeit nachzugehen. Adam konnte sicher sein, dass sie während seiner Abwesenheit für einen reibungslosen Ablauf sorgte. So manches Mal hatten die Leute sogar angenommen, dass sie der Chef war, was Adam jedoch noch nie gestört hatte.

Sein erstes Ziel war Headington gewesen, wo ein Mieter ein Problem mit der Zentralheizung gemeldet hatte. Adams Wartungstechniker waren jedoch alle beschäftigt, und für ihn war es keine große Sache, selbst hinzufahren und nach dem Rechten zu sehen. Das Problem hatte sich als geringfügiger Schaden an einem Entlüftungsventil herausgestellt, den er mühelos selbst in Ordnung gebracht hatte.

Und jetzt fuhr er ohne ein bestimmtes Ziel gemächlich auf den schmalen Straßen Osneys umher. Bei einer solchen Fahrt hatte Adam sein erstes Haus gefunden. Es war ein nasser grauer Tag gewesen, und Adam war ein besonders schäbiges Reiheneckhaus aufgefallen, an dem die Dachrinnen stellenweise schon herunterhingen, eines der oberen Fenster zugenagelt und der Anstrich anscheinend das Einzige war, was die Fensterrahmen noch zusammenhielt. Da Adam nichts zu verlieren hatte, hatte er an die Tür geklopft und dem älteren Besitzer erklärt, er sei interessiert daran, ein Haus wie dieses zu erwerben. Wie das Glück es wollte, hatte der Mann schon über einen Verkauf nachgedacht, und in den nächsten Tagen einigten sie sich über den Preis und schlossen einen Vertrag ab. Da keine Maklergebühren anfielen, konnte Adam einen guten und fairen Preis anbieten, mit dem beide Parteien zufrieden waren. Sechs Monate später, nachdem das Haus mit neuen Elektro- und Wasserleitungen versehen und gründlich renoviert worden war, konnte Adam es für das Doppelte des Kaufpreises weiterverkaufen.

Diese Immobilie bedeutete Adam immer noch sehr viel, da mit ihr alles für ihn begonnen hatte. Seitdem hatte er Dutzende von Häusern erworben und sehr, sehr viel dabei gelernt, einschließlich einer Reihe bodenständiger praktischer Fertigkeiten und grundlegender Verhaltensregeln, was Investitionen in Immobilien anbelangte, die sich auf zwei einfache goldene Regeln reduzieren ließen:

Das Geld verdienst du nicht beim Verkauf, sondern beim Kauf.

Und 2. Kaufe in Eile, und du wirst es bereuen in Weile.

Und obwohl er es auch heute noch faszinierend fand, ein geeignetes Haus zu finden und umzugestalten, hatte ihm nie wieder etwas so viel Freude gemacht wie jener erste Kauf.

Bis jetzt.

Das Haus auf der Latimer Street war auch mehr für ihn geworden als eine weitere Immobilie zum Renovieren und Weiterverkaufen oder Vermieten. Ohne es zu wollen, hatte er sich geradezu in dieses Haus verliebt. Infolgedessen – und da er beschlossen hatte, in diesem Jahr gewissermaßen noch mal von vorne zu beginnen –, dachte er darüber nach, sein Haus in Summertown zu vermieten und in die Latimer Street umzuziehen. Normalerweise basierte jede geschäftliche Entscheidung, die er traf, auf objektiver Einschätzung, aber in diesem Fall war es ein rein emotionaler Entschluss, den er da fasste. Sehr wahrscheinlich war ihm dieses Haus ans Herz gewachsen, weil er es mit zwei neuen Freunden in Zusammenhang brachte, deren Gesellschaft er sehr schätzte. Schon viele Male, seit er Esme und Floriana begegnet war, hatten sie ihn von seinen Grübeleien über Jesse abgelenkt, und dafür war er ihnen ausgesprochen dankbar.

Er bog in die East Street ein und hielt vor dem allerersten Haus, das er erworben hatte, von dem man einen wunderbaren Ausblick auf die Themse hatte. Während er das gut gepflegte Haus mit dem eleganten blassgelben Putz, der weißen Eingangstür und den weißen Fensterläden betrachtete, dachte er daran, wie er während der Renovierungszeit in dem hinteren Schlafzimmer auf einer Matratze auf dem Boden geschlafen hatte.

Bei der Erinnerung an die Befriedigung, die ihm diese Erfahrung bereitet hatte, kam ihm plötzlich die Idee, das Gleiche auf der Latimer Street zu tun. Der Gedanke hatte sofort etwas sehr Reizvolles für ihn, und da wusste er, dass er sich im Grunde schon entschieden hatte: Ein Umzug würde ihm den Neuanfang erleichtern, den er so nötig hatte.

Am Neujahrstag hatte er den Rat seines Bruders befolgt und mit Jesse Schluss gemacht. Die Erleichterung in ihrer Stimme, als er sie anrief, um ihr zu sagen, er sähe keinen Sinn darin, die Dinge noch länger hinauszuschieben, hatte ihm alles verraten, was er wissen musste: dass sie niemals vorgehabt hatte, zu ihm zurückzukommen. Es war alles andere als der Ausgang, den er sich noch vor Weihnachten erhofft hatte, doch inzwischen war ihm klar geworden, dass Schock, Enttäuschung und auch ein schwerer Schlag gegen seinen Stolz ihn blind gemacht hatten für das Offensichtliche – dass ihre Beziehung ganz und gar gescheitert war.

Und jetzt reichte es ihm. Es war an der Zeit, sein Leben zu verändern. In mehr als einer Hinsicht. Sein Haus in Summertown war zu sehr mit Erinnerungen an Jesse behaftet, und die Latimer Street würde ihm nicht nur einen neuen Anfang bieten, sondern vor allem würde sie auch etwas Greifbares sein, in das er seine Energie, die körperliche als auch kreative, investieren konnte. Er würde sich Zeit nehmen, um das Haus zu renovieren, und in dieses Projekt sehr viel Liebe stecken.

Eine Hupe jaulte, und als er den Fahrer hinter sich bemerkte, fuhr er los und kehrte zu seinem Büro in Summertown zurück. Da er jedoch außerstande war, der symbolischen Geste zu widerstehen, machte er schnell noch einen Umweg zur Latimer Street, um einen Moment vor seinem neuen Zuhause anzuhalten.

Ja, dachte er, als er zu dem hübschen viktorianischen Haus mit den Erkerfenstern aufblickte, hier wird es sich gut leben lassen. Unwillkürlich glitt sein Blick zu Trinity House weiter, wo er Esme am Fenster stehen und zu ihm hinüberblicken sah. Einem spontanen Entschluss folgend stellte er den Motor ab. Da sie nun bald Nachbarn sein würden, sollte Esme auch die Erste sein, die von seinem Entschluss erfuhr.

Eine Stunde später, als das nachmittägliche Licht bereits verblasste, kehrte Adam ins Büro zurück und fragte Denise, ob es irgendetwas Dringendes für ihn zu tun gebe.

»Es wird dich vielleicht überraschen, Adam, aber die Welt hat sich auch ohne dich weitergedreht«, antwortete sie. Nachdem sie eine Akte in der obersten Schublade des Aktenschranks neben dem Schreibtisch verstaut hatte, musterte sie Adam prüfend. »Übrigens siehst du ganz schön zufrieden mit dir aus; was hast du heute angestellt?«

»Ach, du weißt doch, wie es ist«, erwiderte er mit einem Schulterzucken. »Dies und das.«

»Jetzt machst du mir Angst, weil du geradezu übermütig auf mich wirkst.«

Mit einer unbestimmten Geste zeigte er auf ihren überfüllten Schreibtisch. »Hast du nichts zu tun, Denise?«

»Jede Menge«, sagte sie. »Aber du machst mir Sorgen. So fröhlich habe ich dich seit Ewigkeiten nicht mehr gesehen.«

»Seit Jesse mich verlassen hat, meinst du?«

Er sah, wie überrascht sie wirkte, was allerdings kein Wunder war. Obwohl sie sich schon so lange kannten, hatte er Denise ausdrücklich gebeten, ihn nicht auf Jesse anzusprechen. Er hatte schon immer den Verdacht gehegt, dass Denise sie nicht mochte und daher jeder Rat von ihr ohnehin sehr voreingenommen und unsachlich sein würde. Über sein Privatleben sprach er eh im Büro nur selten, aber kurz vor Weihnachten hatte er Denise von der Beziehungspause erzählt, als sie danach gefragt hatte, wie sie die Feiertage verbringen würden.

»Ja« sagte sie jetzt, »das ist genau das, was ich dachte. Seid ihr zwei wieder zusammen?«

»Nein. Und wir werden es auch nicht mehr sein. Hast du die Roper-Akte? Ich muss mit dem Bauamt sprechen.«

Sie bedachte ihn mit einem Blick, der ihm nur allzu gut bekannt war. Er bedeutete: Okay, ich warte erst mal ab, doch das Thema ist noch nicht vom Tisch.

Da er seiner guten Laune wegen gesprächiger als sonst war, fügte er hinzu: »Ich habe beschlossen umzuziehen.« Und dann erzählte er Denise, was ihn zu diesem Entschluss bewogen hatte.

Kapitel 21

Es war schon dunkel, als Floriana mit dem Fahrrad heimfuhr, und zu allem Unglück hatte es auch noch zu regnen angefangen. Wäre sie dummerweise nicht im Büro geblieben, um mit Tony über die Idee zu sprechen, den *Inspektor-Morse*-und-*Lewis*-Touren auch noch die *Endeavour*-Tour hinzufügen, die aus der gleichnamigen Detektivserie entlehnt war, hätte sie es noch trockenen Fußes heimgeschafft.

Mit dem vorbeirauschenden Verkehr und dem Regen, der ihr wie eisige Nadelstiche ins Gesicht schlug, während sie wütend in die Pedale trat und an St. Giles vorbeifuhr und links das *Eagle and Child* passierte, wo C. S. Lewis und Tolkien sich einst häufig getroffen hatten, war ihr bewusst, dass sie ihre fünf Sinne beisammenhalten musste – als sie das letzte Mal mit Seb Kontakt gehabt hatte, war sie kurz darauf im Krankenhaus gelandet.

Zu behaupten, er hätte sie mit seinem unerwarteten Erscheinen überfahren, war eine gewaltige Untertreibung, denn es hatte unendlich viele Emotionen in ihr aufgewühlt. Und jetzt versuchte sie sich verzweifelt einzureden, sie sei froh, dass Seb sie auf so raffinierte Weise aufgespürt hatte, und glücklich, weil er nur ihretwegen nach Oxford gekommen war, und um ihre Freundschaft wiederaufleben zu lassen.

Aber sie war nicht froh und glücklich. Wie könnte sie es auch sein, wenn einige von Sebs Worten ihr wie in einer Endlosschleife im Kopf herumfuhren?

Imogen hat dir verziehen. Imogen hat dir verziehen. Imogen hat dir verziehen.

Ohne diese Worte bei ihrem gemeinsamen Lunch könnte Floriana sich vielleicht erlauben, froh zu sein – im Grunde *müsste* sie sich für Seb freuen, dass er die Frau heiraten würde, die er liebte. Und es müsste sie auch glücklich machen, dass er sie, Floriana, wieder in seinem Leben haben wollte. So funktionierten Freundschaften nun einmal: Man mochte jemanden und wünschte ihm alles Glück der Welt. Hatte sie nicht immer gesagt, Sebs Glück sei ihr genauso wichtig wie ihr eigenes? Und selbst wenn sie sich dazu zwingen musste, völlig objektiv zu sein und zu akzeptieren, dass Seb nie etwas anderes als eine Freundin in ihr sehen würde, warum konnte sie sich nicht für ihn freuen? Warum wurde sie nur von Traurigkeit überfallen, wenn sie versuchte, einem Gefühl der Freude für ihn Raum zu geben, und von der unerträglichen Gewissheit, dass er einen schlimmen Fehler machte, wenn er Imogen heiratete?

Natürlich wäre es ein Leichtes, sich ihre Reaktion mit bloßer Eifersucht zu erklären, aber vor Imogen hatten all die Mädchen, die durch die Schwingtüren von Sebs Liebesleben in Oxford gekommen und gegangen waren, Floriana nie gestört, ebenso wenig wie die, die später nach dem Examen, als Seb nach London gezogen war, sich an seiner Seite abgewechselt hatten. Sein Frauenverschleiß war schon zu einem immer wiederkehrenden Witz zwischen ihnen geworden, so wie auch Seb sie wegen der Versager, mit denen sie sich damals abgegeben hatte, aufgezogen hatte.

Einige ihrer Freunde waren klug genug gewesen, sich damit abzufinden, dass sie einem Vergleich mit Seb nicht standhalten würden. Der letzte, ein Dozent der Sprachschule an der Banbury Road, hatte noch vor Floriana selbst gemerkt, dass sie in Seb verliebt war. Ihm war jedoch weder Verbitterung noch Groll anzumerken gewesen, als er sie darauf angesprochen hatte. »Es ist nicht fair dir selbst oder deinen Freunden gegenüber, weiter so zu tun, als liebtest du ihn nicht«, hatte Jules gesagt. Zuerst hatte sie protestiert und behauptet, er irre sich oder sei vielleicht eifersüchtig auf Sebs und ihre enge Freundschaft. »In unserer Beziehung gibt es nur einen, der sich irrt«, hatte er erwidert, »und das bin nicht ich, Floriana.« Dann hatte er ihr alles Gute gewünscht, und das Nächste, was sie von ihm hörte, war, dass er mit einer seiner früheren Schülerinnen, einer hübschen Spanierin, zusammen war.

Aus heutiger Sicht hielt Floriana es für sehr wahrscheinlich, dass Jules damals wirklich eifersüchtig auf Seb gewesen war, weil das nur naheliegend war. Schließlich waren ja auch einige der wenigen Mädchen, mit denen Seb es mal einen ganzen Monat ausgehalten hatte, nicht gerade begeistert von Florianas Präsenz in seinem Leben gewesen.

Aber bei Imogen hatte sie sofort gewusst, dass irgendetwas anders an ihr war, und nicht nur, weil sie umwerfend gut aussah und aus einer völlig anderen Welt als Seb und sie selbst kam. Nein, es war sein Verhalten gewesen, was in Floriana den Verdacht geweckt hatte, dass seine Beziehung zu diesem Mädchen Bestand haben könnte. Er hatte Imogen nach Oxford mitgebracht, um den Tag mit Floriana zu verbringen, und von dem Moment an, als er ihr seine neueste Freundin vorgestellt hatte, hatte Floriana eine seltsame Mischung aus Stolz und Nervosität in ihm gespürt. Erst später wurde ihr klar, dass er ihre Zustimmung angestrebt hatte, etwas, was er noch nie zuvor gebraucht hatte.

Kurz danach trennte sie sich von Jules, und die wahre Tiefe ihrer Gefühle für Seb kristallisierte sich heraus, worauf Floriana sich dann endlich eingestand, dass sie ihn liebte. Diese neu gewonnene Erkenntnis machte sie jedoch gar nicht glücklich, denn das Einzige, was sie für sich voraussehen konnte, war Qual. Nichts als endlose Qual. Qual, weil sie von jetzt an so tun musste, als hätte sich nichts zwischen ihnen geändert, und Qual, weil sie für immer nur die gute alte Floriana sein würde, Sebs älteste und engste Freundin, bei der er stets sicher sein konnte, dass er mit ihr etwas zu lachen haben würde.

In den nächsten Wochen und Monaten wartete sie darauf, dass ihre Gefühle sich änderten und wieder so wie früher wurden, doch alles Warten war vergebens. Sie wartete auch darauf, dass Seb von Imogen genug bekam, aber auch diese Hoffnung erfüllte sich nicht. Er konnte nicht aufhören, von ihr zu reden, wenn er mit Floriana telefonierte oder sie sich trafen, was mit der Zeit jedoch immer seltener vorkam. Es ging nur noch um Seb und Imogen; sie waren zu einem richtig »häuslichen« Paar geworden, in dessen Welt es keinen Platz mehr gab für eine alte Freundin.

Und während Floriana den hässlichsten Gefühlen der Eifersucht auf Imogen erlag, gelangte sie immer mehr zu der Überzeugung, dass diese Frau nicht die richtige für Seb war. Sie war zu anspruchsvoll. Zu frivol. Zu ichbezogen. Einfach eindeutig die Falsche für ihn. Außerdem war es nur allzu offensichtlich, dass sie Floriana hasste.

Was sich wieder einmal zeigte, als alle drei sich zu einem sonntäglichen Lunch in Richmond trafen und Imogen in einem heiteren, scherzhaften Ton und mit erhobenen Augenbrauen bemerkte, wie froh Seb doch sein könne, eine Freundin wie Floriana zu haben. »Denn du bist ja wie ein reizendes kleines Schoßhündchen, so wie du immer für ihn da bist, nicht?« Seb hatte die Bemerkung nicht gehört, denn er hatte gerade an der Bar das Essen bestellt.

Floriana war so verblüfft gewesen über die Gehässigkeit dieser Worte, dass ihr keine passende Antwort eingefallen war. Und es verschlug ihr auch die Sprache, als Imogen sich bei Seb unterhakte, als er von der Bar zurückkam, und lächelnd sagte:

»Du meine Güte, ich weiß nicht, wie die arme Floriana uns

erträgt, da wir doch schon wie ein langweiliges altes Ehepaar sind, nicht?«

Aber dann griff anscheinend das Schicksal selbst ein und bot Floriana die perfekte Möglichkeit, Seb zu überzeugen, dass Imogen keineswegs so war, wie er sie sah. Der Versuch schlug jedoch schrecklich fehl, und am Ende wurde Floriana als Lügnerin – und dazu noch einiges andere – bezeichnet.

Doch all das lag lange zurück, und so zwang sie sich jetzt, mit ihren Gedanken in die Gegenwart zurückzukehren.

Nach ihrem Lunch bei *Quod's* hatte Seb sie gebeten, sich den Rest des Nachmittages freizunehmen, da sie noch so viel aufzuholen hätten, wie er sagte. Doch sie hatte mit der Begründung abgelehnt, dass ihr Chef sie im Büro benötige. Sebs Enttäuschung war nur allzu offensichtlich gewesen.

»Wenn du mich vorgewarnt hättest, dass du kommst, hätte ich meine Schicht mit jemandem tauschen können«, hatte sie erklärt, als die Bedienung ihnen ihre Rechnung brachte.

»Wenn ich dich vorgewarnt hätte, wärst du vielleicht nicht bereit gewesen, mich zu treffen, und dieses Risiko wollte ich nicht eingehen. Und da du darüber gejammert hast, so arm zu sein, steck dein Geld weg, denn die Rechnung übernehme ich!«

Sie hatte versucht, danach zu greifen, um ihren Anteil zu bezahlen, aber Seb war zu schnell für sie. »Ich war schon immer reaktionsschneller als du«, sagte er lachend. »Erinnerst du dich noch an diese albernen Schnipp-Schnapp-Spiele, die wir spielten? Ich weiß noch gut, wie du mir einmal so genüsslich auf die Hand geschlagen hast, dass ich den Schmerz noch immer spüren kann, wenn ich mich konzentriere.«

»Dann wirst du es wohl verdient haben«, entgegnete sie leichthin. »Und wenn es nicht dafür war, dass du mich bei dem Spiel so oft geschlagen hast, dann für irgendein anderes Vergehen.«

Als die Rechnung beglichen war, hatte Seb seine Brieftasche

eingesteckt und Floriana in den Mantel geholfen. Es war nicht mehr als eine freundliche und fürsorgliche Geste, die Floriana jedoch als viel zu intim empfand und sie fast vor ihm zurückschrecken ließ. Er musste ihre Nervosität bemerkt und beschlossen haben, ihr entschieden entgegenzutreten, indem er sie plötzlich ganz fest in die Arme schloss, als sie draußen in der Kälte standen.

»Sei doch bitte nicht so befangen in meiner Gegenwart, Florrie!«, sagte er.

Hilflos und starr vor Schreck stand sie da, hin- und hergerissen zwischen dem Wunsch, sich noch fester an ihn zu schmiegen, und dem Bedürfnis, sich loszureißen und über die Straße in die Sicherheit ihrer Agentur zu flüchten. Doch dann hatte sie entschlossen das Kinn gereckt, die Augen zusammengekniffen und die letzten ihrer nachlassenden Kräfte mobilisiert, um zu beweisen, dass sie keineswegs in Sebs Gegenwart befangen war.

Er dagegen legte den Kopf zurück, um sie anzusehen, und heftete so fest seinen Blick auf ihren, dass sie das Gefühl hatte, sich nirgendwo mehr verstecken zu können. Dann holte er tief Luft und sagte: »Was auch immer für Meinungsverschiedenheiten wir einmal hatten, lass uns vergessen, dass es sie je gegeben hat! Lass uns einander versprechen, nie wieder etwas zwischen uns kommen zu lassen! Du bist für mich das, was einer Familie am nächsten kommt, und alles, was ich habe.«

Seine Abschiedsworte waren eine dringende Bitte an sie gewesen, ihm das Versprechen zu geben, sein Angebot anzunehmen und zu seiner Hochzeit zu kommen.

Während sie im Geiste die Finger kreuzte, hatte sie ihm mit leiser Stimme die Zusicherung gegeben, die er von ihr hören wollte. Doch sie hatte keine Ahnung, wie sie sich an das Abkommen halten sollte. Um das zu tun, würde sie einen Weg finden müssen, über den Schmerz hinwegzukommen, den er ihr mit seiner Blindheit ihren Gefühlen gegenüber zugefügt hatte, aber auch über ihren bitteren Groll auf die Frau, die sein Ein und Alles war. Es war schon wieder etwas, das aufgeschoben werden musste; eine weitere Brücke, die es zu überqueren hieß, wenn der Moment gekommen war.

Als sie in die North Parade einbog, ließ sie den Verkehrslärm hinter sich zurück und hielt kurz bei Buddy Joe's, um Pasta und Pesto fürs Abendessen zu kaufen. Dann radelte sie zur Latimer Street weiter, wo sie erneut stoppte, um bei Esme hereinzuschauen.

Sehr zu ihrer Enttäuschung hatte Floriana gestern durch eine E-Mail erfahren, dass ihre Freundin Sara nicht nach Oxford zurückkehren würde, da ihr in Buenos Aires eine Stelle als Grafikdesignerin angeboten worden war. Schon bei einer vorangegangenen E-Mail hatte Floriana den Eindruck gewonnen, dass ihre Freundin sich in Argentinien sehr wohlfühlte, sodass es eigentlich kein solcher Schock hätte sein dürfen zu hören, dass sie dortbleiben würde. Aber Floriana war geschockt gewesen, und obendrein hatte sie sich nach dieser Nachricht ganz ungewöhnlich einsam und verlassen gefühlt.

Da sie nun also sonst niemanden mehr hatte, dem sie sich anvertrauen konnte, hatte sie sich vorgenommen, gleich nach Dienstschluss ihre neue Freundin Esme zu besuchen, um sich die Ereignisse des heutigen Nachmittages von der Seele zu reden. In Florianas Augen war Esme eine ausgezeichnete Ansprechpartnerin, da sie Seb nicht kannte und ihre Meinung daher völlig objektiv sein würde.

Aber im Grunde war sie wieder einmal unaufrichtig und machte sich selbst nur etwas vor. Eigentlich wollte sie gar keine objektive Meinung hören, sondern jemanden, der ihr beipflichtete und so dafür sorgte, dass sie sich besser fühlte. Zu Hause erwartete sie nur ein trister Abend voller Grübeleien, der damit enden würde, dass sie sich in ein tröstliches Mäntelchen scheinheiligen Märtyrertums hüllte, was ihr überhaupt nichts nützen würde, wie sie aus Erfahrung wusste. Esme dagegen würde sie auf andere Gedanken bringen und sie enorm ermuntern.

Die alte Dame begrüßte sie mit der ihr eigenen Wärme, die immer ein wenig von freudiger Erwartung geprägt zu sein schien, als hätte sie schon damit gerechnet, dass Floriana jeden Moment auf ihrer Türschwelle erscheinen würde.

»Adam war vorhin hier«, bemerkte sie, bevor Floriana auch nur den Mantel abgelegt hatte. »Er kam auf einen Sprung vorbei, um mir die wunderbare Neuigkeit zu überbringen, dass er das Haus nebenan nicht vermieten, sondern selbst dort einziehen wird.«

»Hat er gesagt, was ihn zu dieser Sinnesänderung veranlasst hat?«, fragte Floriana, der die Lebhaftigkeit auffiel, mit der Esme die Nachricht übermittelte und die ihr nur noch deutlicher vor Augen führte, wie furchtbar deprimiert sie selbst war. Esme war verständlicherweise hocherfreut, Adam zum Nachbarn zu bekommen, und wie Floriana selbst erlebt hatte, war es ausgesprochen praktisch, einen Mann wie ihn um sich zu haben.

»Nein, aber ich denke, das ist offensichtlich, nicht?«, sagte Esme. »Er will einen neuen Anfang machen.«

»Gibt es so etwas überhaupt?«

Esmes Gesichtsausdruck veränderte sich sogleich, und mit ein wenig schräg gelegtem Kopf sah sie sie mit ihren wachen graublauen Augen prüfend an. Floriana musste bei ihrem Anblick unwillkürlich an einen kleinen neugierigen Vogel denken. »Hm … Ich glaube, du solltest dich mit mir ans Feuer setzen und mir sagen, warum du so ungewöhnlich pessimistisch klingst.«

»Tja«, meinte Esme, nachdem Floriana ihr alles erzählt hatte. »Entweder gehst du zu Sebs Hochzeit, oder du lässt es. Das ist eine Entscheidung, an der sich nichts geändert hat, seit du im Dezember seine Einladung erhalten hast. *Was* sich jedoch geändert hat, ist, dass du jetzt sicher sein kannst, dass Seb die Karte nicht nur aus Höflichkeit geschickt hat. Aber ich nehme an, dass du das tief in deinem Innern wahrscheinlich schon gewusst hast.«

Floriana, die es sich in dem großen Lehnstuhl bequem gemacht und ihre bestrumpften Füße unter sich gezogen hatte, um Eurydike nicht zu stören, nickte. Die Katze spielte auf dem Teppich vor ihr mit der kleinen Maus, die Floriana ihr gebastelt hatte. »Aber vergiss nicht, dass der Ort, an dem die Hochzeit stattfindet, eine wichtige Rolle bei meiner Entscheidung spielt!«, gab sie zu bedenken. »Ich kann es mir nicht leisten, zum Comer See zu reisen, und ich denke nicht mal im Traum daran, mir den Flug von Seb bezahlen zu lassen, wie er es mir angeboten hat.«

»Das verstehe ich, weil es dich in eine unangenehme Lage bringen würde. Aber bist du denn kein bisschen neugierig? Es ist dort nämlich sehr schön, weißt du.«

Florianas Augenbrauen zogen sich für einen Moment zusammen, doch dann glättete ihre Stirn sich wieder. »Ich würde lieber etwas über deine Zeit dort unten hören. Komm schon, Esme, ich möchte alles wissen! Hast du dich da verliebt? Hast du in Italien die große Leidenschaft erfahren?«

Esme lächelte über Florianas geschickten Themenwechsel und ihr unverhohlenes Interesse an ihrer Vergangenheit. Für Esme war es zu einem amüsanten Spiel geworden, die jüngere Frau mit kleinen Etappen ihres Lebens zu verlocken, die sie dann oft unterbrach, indem sie auf ein Gemälde zeigte und erklärte, wie und wo ihr Vater es gemalt hatte – *das war ich in Siena … und das war auf dem Ponte Vecchio in Florenz … und oh, dieses entstand in Ve-*

nedig an dem Tag, an dem wir Maria Callas bei einem Aperitif im Hotel Gritti Palace *sahen.* Es blieben noch viele andere Gemälde zu erklären, doch das eine, über das Floriana gar nichts wusste und das sie am meisten faszinieren würde, hing oben in Esmes Schlafzimmer.

»Na schön«, gab Esme nach, weil sie das Gefühl hatte, dass Floriana jetzt etwas gebrauchen konnte, das sie von diesem elenden Seb ablenkte, der aus heiterem Himmel in Oxford erschienen war, um sie noch mehr zu quälen. Dieser junge Mann, der offenbar auf zwei Hochzeiten tanzen wollte und es gewohnt war, alles gleichzeitig zu haben. »Ich werde uns beiden einen Gin Tonic mixen und dir dann von meinem Sommer am See erzählen. Wie hört sich das an?«

Kapitel 22

Esme war ganz und gar verzaubert von der Ruhe und Abgeschiedenheit des *Hotels Margherita.*

Nach dem Getümmel all jener belebten Städte war es himmlisch, hier in dieser wundervollen Oase der Stille zu sein und sich an dem Gesang der Vögel in den Magnolienbäumen zu erfreuen. Es war später Vormittag, und bis auf das gelegentliche Erscheinen eines Finken in den Zweigen des Baumes hinter ihr saß sie ganz allein in dem sonnengesprenkelten Schatten der weinberankten Terrasse.

Gleich unterhalb der von Rosen überwachsenen Terrassenbrüstung standen Lavendelbüsche, die in der Hitze einen herrlich frischen, würzigen Duft verströmten. Dahinter befanden sich ein Springbrunnen und eine weitläufige, gepflegte Rasenfläche, die in einem leichten Gefälle zu einer leuchtenden Farbenpracht zinnoberroten Oleanders und zwei stattlichen Zypressen hinunterführte, die bis in den porzellanblauen Sommerhimmel hinaufzureichen schienen. Durch eine schmiedeeiserne Pforte zwischen den Zypressen und über Natursteinstufen gelangte man zum Wasser und einem Bootshaus mit Landungssteg hinunter. Nicht weit entfernt vom Ufer und ausschließlich den Hotelgästen vorbehalten, lag ein Floß zum Sonnenbaden, zu dem man mühelos hinausschwimmen konnte.

Rechts von Esme, auf der anderen Seite der Hainbuchenhecke, war Alberto, der Gärtner, der die traditionellen *zoccoli* oder Holzschuhe an den Füßen trug, mit dem Beschneiden der niedrigen Buchsbaumhecke beschäftigt, die ein Arrangement von Beeten formte und einen Kräutergarten umgab. Hinter diesem

Parterre lag ein von Obstbäumen umstandener Gemüsegarten, der ebenfalls von Alberto und seinem Enkel gepflegt wurde. Jeden Morgen kam Elena, die Köchin, mit zwei Körben – einer für Kräuter und einer für Gemüse – aus dem Haus und pflückte und erntete, was sie zum Mittagessen brauchte. Das Gleiche wiederholte sich am Nachmittag, wenn Elena sich die Zutaten für das Abendessen der Gäste holte, die lieber hier als in einer der nahen Tavernen aßen.

Inzwischen war es Mitte Juni geworden, und seit fast drei Wochen schon wohnten Esme und ihr Vater im *Hotel Margherita*, diesem verträumten Paradies, in dem die Tage nahezu unbemerkt in Wochen übergegangen waren. Diesmal waren Esme und William nicht von einer Sehenswürdigkeit zur anderen geeilt, sondern hatten auf ihre Reisehandbücher verzichtet und waren Lucy Honeychurchs Beispiel aus *Zimmer mit Aussicht* gefolgt: Statt sich weiter Wissen anzueignen, hatte Esme begonnen, glücklich zu sein.

Wie Marco Bassani es ihnen schon vorausgesagt hatte, waren die malerische Landschaft und das gute Licht wirklich eine Inspiration für Esmes Vater; er war im Himmel! Noch nie zuvor hatte Esme ihn so entspannt und so befreit, ja frei gesehen. Er war ein ganz anderer Mensch geworden; ein Mann, der sein künstlerisches Talent nicht mehr vor einer Ehefrau verbergen musste, die ihn mit ihren ständigen Herabsetzungen und Demütigungen in seiner Entwicklung sehr gehemmt hatte.

Vor ein paar Tagen beim Mittagessen hatten die Kelly-Webbs, ein amerikanisches Ehepaar aus Baltimore, das auf Hochzeitsreise war, William gebeten, ihnen eines seiner Gemälde, das den See darstellte, zu verkaufen, um es zur Erinnerung an ihre glückliche Zeit hier mit nach Hause zu nehmen. Wie nicht anders zu erwarten, war William vor jeder Art von finanzieller Transaktion zurückgescheut, doch Esme hatte ihn ermutigt, das Geld zu nehmen, nicht, weil sie es brauchten, sondern um ihn davon zu überzeugen, dass er ein wahrer Künstler war, der seine Werke für Geld verkaufen konnte, weil sie es wert waren und bewundert und geschätzt wurden.

Die Begeisterung der Kelly-Webbs sprach sich schnell herum in dem kleinen Hotel, und bald waren auch andere Gäste wegen eines Gemäldes, das sie mit in die Heimat nehmen wollten, an William herangetreten.

Nach dem Frühstück an diesem Morgen und bewaffnet mit seiner Tasche mit Farben, Pinseln und einem Block mit Aquarellpapier sowie mit dem von Elena eigens für ihn vorbereiteten Picknick, hatte William sich aufgemacht, den See in einer hölzernen kleinen Segeljolle zu erkunden. Albertos Enkel Cesare, ein erst zwölfjähriger Junge, hatte ihm am Vortag beigebracht, das Boot zu fahren, und als die Hitze im Laufe des Tages zunahm, fragte Esme sich besorgt, ob ihr Vater auch nicht vergessen hatte, seinen Strohhut mitzunehmen. Und sie hoffte, dass er verstanden hatte, was Cesare ihm erklärt hatte, da der Junge genau wie Alberto und Elena einen breiten, unartikulierten einheimischen Dialekt sprach.

Als Esme gerade dachte, sie müsse irgendwie die Energie zu einem Spaziergang aufbringen, hörte sie Schritte, die sich näherten.

Es war Signora Giulia Bassani.

Diese gut aussehende Frau mit den dunklen Augen und den schweren Lidern war immer tadellos gekleidet und hatte eine stolze, stets sehr aufrechte Haltung. Ihre Art war oft von einer Schroffheit, die Esme anfangs befangen gemacht hatte, aber dann war sie schon bald zu der Erkenntnis gekommen, dass die scheinbare Unfreundlichkeit der Frau nur eine Traurigkeit kaschierte, die sie tief in sich verschlossen hielt.

Marco hatte Esme und ihrem Vater anvertraut, dass seine

Tante während des Krieges verwitwet war, nur Monate, bevor Italien sich den Alliierten gegen Deutschland angeschlossen hatte. Die Strapazen, das Familienunternehmen in solch schweren Zeiten über Wasser zu halten, war zu viel gewesen für Alessio Bassani, und so erlitt er einen Herzinfarkt. Er erholte sich gerade davon, als ein Feuer ihre Fabrik in Como bis auf die Grundmauern zerstörte und damit alles verloren war. Einen Monat später starb Alessio.

Über Jahrhunderte hinweg hatte die Familie Bassani an der Spitze der Seidenmanufaktur in Como gestanden. Alessio Bassani und sein Bruder Romano – Marcos Vater –, hatten das Unternehmen von ihrem Vater übernommen, aber als Marco acht Jahre alt war, starben seine Eltern bei einem Autounfall, woraufhin er von seiner Tante und seinem Onkel aufgezogen wurde, die ebenfalls einen Sohn hatten, der nur ein paar Jahre älter war als er. Alessio Bassani führte das Geschäft allein weiter, ohne seinen Bruder an seiner Seite, der Gerüchten zufolge der Klügere der beiden gewesen war, und nach und nach begannen ihm die Dinge zu entgleiten. Und dann brach auch noch der Krieg aus.

Die intimeren Details über die Familie Bassani hatte Esme nicht von Marco, sondern von einem englischen Ehepaar aus dem Hotel erfahren. Gerald und Josephine Montford waren schon lange vor dem Krieg immer wieder zum Comer See gekommen – und seit seiner Eröffnung vor vier Jahren waren sie Stammgäste des *Hotels Margherita* –, sodass sie, wie sie gern bemerkten, praktisch schon zum Inventar gehörten, ja eigentlich sogar schon zur Familie, wenn man ihnen Glauben schenken durfte. »Sie würden nicht glauben, was für Veränderungen wir hier am See gesehen haben!«, war ein immer wiederkehrender Spruch von ihnen. Als Neulinge im Hotel waren Esme und ihr Vater schon bei der Ankunft von den beiden herausgepickt worden, nicht nur, um ihnen als unfreiwilliges Publikum zu dienen, sondern auch, um genauestens unter die Montford'sche Lupe genommen zu werden. Gerald und Josephine Montford hatten feststellen wollen, ob sie es wert waren, Umgang mit ihnen zu pflegen.

Als Esme jetzt Signora Giulia Bassani ansah, hatte sie das Gefühl, als wüsste sie eigentlich schon zu viel über diese bedauernswerte Frau, deren Lebensumstände sich durch den Krieg und den Tod ihres Ehemanns so drastisch verändert hatten. Aus dem Wohnsitz der Familie ein Hotel zu machen, um finanziell zurechtzukommen, musste sie einen hohen Preis gekostet haben, was ihre Selbstachtung und ihren Stolz anging. Von der Dame des Hauses zu einem »dienstbaren Geist« degradiert, musste sie nun Fremden zur Verfügung stehen, die in Zimmern schliefen, die einst Generationen der Familie Bassani bewohnt hatten.

»*Buongiorno*, Signorina Esme. Wollten Sie heute nichts mit Ihrem Vater unternehmen?« Signora Bassanis Englisch war ausgezeichnet und ihre Ausdrucksweise von einem hohen Maß an Höflichkeit geprägt.

Esme lächelte. »Nein, ich dachte, ich mache mir hier einen ruhigen Tag allein und lese«, erwiderte sie und zeigte auf das Buch vor ihr: *Verzauberter April.*

»Sie lesen viel«, bemerkte Signora Bassani. »Wann immer ich Sie sehe, haben Sie ein Buch in Ihren Händen. Sie müssen sich bei uns ja sehr langweilen, befürchte ich.«

»Du liebe Güte, nein!«, rief Esme. »Wie könnte ich mich hier langweilen?«

»Sie sind sehr viel jünger als die anderen Gäste und haben niemanden Ihres eigenen Alters, mit dem Sie reden können.«

Die Leute gelangten stets sehr schnell zu diesem Schluss, doch Esme war so gewöhnt an ihre eigene Gesellschaft und die ihres Vaters, dass sie tatsächlich keine Menschen um sich brauchte, die so alt waren wie sie. »Bitte machen Sie sich keine Sorgen um mich«, sagte sie, »ich könnte hier nicht zufriedener sein.«

Später, als Esme sich nach ihrem Spaziergang auf der Terrasse zum Lunch hinsetzte, kam Signora Bassani jedoch erneut zu ihr, und diesmal war sie nicht allein.

»*Signorina*, darf ich Ihnen meinen Sohn Angelo vorstellen? Er ist über das Wochenende aus Mailand heimgekommen, und falls es Ihnen recht ist, dachte ich, er könnte Ihnen vielleicht beim Lunch Gesellschaft leisten. Vielleicht könnten Sie ihm ja auch helfen, sein Englisch zu verbessern. Wie viele junge Männer seines Alters ist er faul und lernt nicht so gut, wie er es sollte.«

Während Esme zustimmend nickte, musterte sie den außergewöhnlich gut aussehenden jungen Mann an Signora Bassanis Seite, der sich ebenso stolz und aufrecht hielt wie seine Mutter. Sein glatt zurückgekämmtes schwarzes Haar war dicht und glänzend, und mit seinen intelligenten dunklen Augen, der breiten Stirn und aristokratischen Nase strahlte er etwas unaufdringlich Anspruchsvolles aus.

Und Esme bemerkte auch, dass er in dem Bruchteil einer Sekunde, den sie brauchte, um ihn zu taxieren, sie ebenfalls betrachtet hatte.

Dann hielt er ihr die Hand hin und sagte mit einem überraschend warmen Lächeln: »Bitte hören Sie nicht auf meine *mamma*. Ich bin der perfekte Student, das Problem ist nur, dass ich noch nicht den perfekten Lehrer habe.«

Als sie sich die Hände reichten, konnte Esme nicht umhin zu registrieren, dass Angelo trotz einiger äußerlicher Ähnlichkeiten mit seinem Cousin Marco eine ganz andere Art von Mann war.

Das bestätigte sich schon während des Essens.

Selbstbewusst und von unermüdlicher Energie erfüllt, unterhielt Angelo Esme mit Geschichten über seine Arbeit in Mailand als frischgebackener *avvocato*, unterbrach sich hin und wieder, um sich zu erkundigen, ob die Zubereitung ihres *pesce persico* – ein einheimischer Fisch aus dem Comer See – ihrem Geschmack entspreche, oder um ihr Wasser nachzuschenken. Er war ein sehr lebhafter Tischnachbar, der nicht nur sie, sondern auch die Gäste um sie herum unterhielt, einschließlich der Kelly-Webbs, die von einem Ausflug nach Tremezzo zurück waren, und eines kanadischen Paares, das am vergangenen Abend aus Turin gekommen war. Mit wild gestikulierenden Händen und vor Belustigung blitzenden Augen gab er eine höchst amüsante Vorstellung von Elena, wie sie Alberto ausschimpfte, weil er den Boden des heiligen Tempels ihrer Küche beschmutzt hatte.

Angelo war der geborene Imitator und ein charismatischer Erzähler, selbst in einer Sprache, die nicht die seine war, was Esme ziemlich außergewöhnlich fand für jemanden, der nur vier Jahre älter war als sie. Aber vermutlich hatte er nach dem Tod seines Vaters schnell erwachsen werden und ein reifes, weltgewandteres Verhalten annehmen müssen.

»Ich glaube, es ist Marco, dem wir dafür danken müssen, dass er Sie und Ihren Vater überredet hat, bei uns zu wohnen«, sagte er, während er sich eine Zigarette anzündete und die Schale mit herrlich reifen Kirschen beiseiteschob, die Maria, ihre junge Bedienung, ihnen gebracht hatte. Die anderen Gäste hatten ihre Tische mittlerweile verlassen, sodass nur noch sie beide auf der Terrasse waren. »Mein Cousin ist das gute und fromme Mitglied unserer Familie. Wohingegen ich bedauerlicherweise das … wie sagt man noch?« Er zuckte mit den breiten Schultern. »… das schwarze Schiff bin.«

»Das schwarze *Schaf*«, berichtigte Esme ihn lächelnd, um nicht allzu pedantisch zu erscheinen.

Er schlug mit der Hand auf die Tischplatte und lachte. »Ah ja, das ist natürlich ein großer Unterschied, ob man ein Schiff ist oder Schaf! Was für eine schwierige Sprache die Ihrige doch ist!«

Esme, die sich kaum vorzustellen wagte, warum er sich als schwarzes Schaf der Familie bezeichnete, beobachtete die lange dünne Rauchfahne, die er in die Luft aufsteigen ließ. »Ich glaube, Sie sind zu bescheiden«, sagte sie. »Sie sprechen ein ausgezeichnetes Englisch, sehr zu Ungunsten meines Italienischlernens.«

Er runzelte die Stirn und zog eine seiner schön geschwungenen Augenbrauen hoch. »U-Ungunsten? Was bedeutet das?«

»Dass ich Ihnen gegenüber sehr im Nachteil bin.«

Angesichts seiner immer noch verwirrten Miene erklärte sie: »Was ich meinte, ist, dass ich Ihre Sprache nicht werde lernen können, wenn Sie solch fließendes Englisch mit mir sprechen.«

Daraufhin verzog sich sein Gesicht zu einem Ausdruck, den sie nur als *wölfisches* Grinsen beschreiben konnte. Und das eines hungrigen Wolfes noch dazu! »Sie möchten Italienisch lernen?«, fragte er.

»*Sì*«, erwiderte sie, plötzlich seltsam scheu.

»*Perfetto! Allora*, wenn Sie nicht zu beschäftigt sind, wird Ihre erste Unterrichtsstunde heute Nachmittag stattfinden. Wir werden einen schönen langen Spaziergang unternehmen, und ich werde Ihr *professore* sein. Aber meiner *mamma* gegenüber werden wir so tun, als lehrten Sie mich Englisch, *sì*?«

»*Va bene*«, erwiderte sie mit einem verschwörerischen Nicken und dachte, dass sie möglicherweise sehr viel mehr als nur eine Sprache von diesem charmanten, charismatischen Mann würde lernen können.

Kapitel 23

Am darauffolgenden Tag, kurz nachdem Angelo mit seiner Mutter vom Gottesdienst zurückgekommen war, lud er Esme ein, ihn auf einer Dampferfahrt nach Bellagio zu begleiten, wo er geschäftlich zu tun habe. Sobald das erledigt sei, versprach er, werde er mit ihr zum Hotel *Grand Bretagne* fahren, das ihr sicherlich gefallen würde.

Esme und ihr Vater hatten sich eigentlich schon darauf gefreut, Bellagio gemeinsam zu besuchen, und sie konnte ihm ansehen, wie enttäuscht er war, als Angelo den Ausflug vorschlug. Und auch eine leise Skepsis war in seinem Gesichtsausdruck zu sehen. Nachdem Signora Bassani ihm jedoch wiederholt versichert hatte, dass Angelo gut auf Esme aufpassen würde, war er dann doch damit einverstanden, sie fahren zu lassen.

»Ich glaube, dein Vater ist nicht gerade erfreut darüber, dass du den Tag mit mir verbringst«, bemerkte Angelo, als der Dampfer sich mit lautem Knirschen und Maschinengerassel vom Kai entfernte, gefolgt von einem jähen Stoß, bei dem Angelo schnell eine Hand ausstreckte, um zu verhindern, dass Esme nach vorne fiel.

»Er will mich nur beschützen«, erwiderte sie und war sich durchaus bewusst, dass Angelo keine Anstalten machte, seine Hand zurückzuziehen, obwohl die Gefahr zu fallen vorbei war. »Schließlich ist er mein Vater, und es ist seine Aufgabe, auf mich aufzupassen.«

Daraufhin wandte Angelo sich ihr zu und schenkte ihr ein weiteres seiner wölfischen Grinsen. »Meine *mamma* tut auch ihre Pflicht und sagt, ich müsse mich wie ein perfekter englischer Gentleman benehmen. Was meinst du? Wäre ein weiterer englischer Gentleman nicht langweilig für dich? Möchtest du nicht lieber etwas anderes? Vielleicht könnte ich die Rolle eines *innamorato* – eines Verliebten – für dich spielen? Das würde doch sicher viel mehr Spaß machen, meinst du nicht?«

Esme zwang sich, nicht zu erröten. »Mehr Spaß für dich oder für mich?«, fragte sie.

Er warf den Kopf zurück und lachte schallend. Doch nach dem, was Esme in den vierundzwanzig Stunden ihrer Bekanntschaft von ihm gesehen hatte, schien er stets alles im Übermaß zu tun. Er redete, lachte und rauchte unaufhörlich – sie hatte noch nie jemanden gekannt, der so viel rauchte wie Angelo. Er konnte aber auch – als würde ein Schalter in ihm umgelegt – von einem Moment zum anderen schon fast verdrießlich wirken. Hauptsächlich beschäftigte er sich jedoch damit, mit ihr zu flirten; ein Zeitvertreib, vermutete sie, der für ihn so natürlich wie das Atmen war.

»Ich glaube, dass es uns beiden Spaß machen würde«, murmelte er und legte seine Hand mit einer Entschiedenheit um ihre Taille, die Esme als ungehörig, aber auch als herrlich aufregend empfand.

Als Einführung ins Erwachsenenleben war es für Esme ungemein verlockend, sich die Vorstellung zu erlauben, dass sie sich in diesen selbstbewussten, charismatischen Mann verlieben könnte. Würde eine solche Erfahrung ihre Zeit in Italien nicht geradezu vollkommen machen, ganz so, wie Elizabeth St. John es ihr geraten hatte? Als sie hier mit ihm am Bug des Bootes stand, der Wind ihr das Haar zerzauste und die Sonne ihre Wangen küsste, wollte ihr jedenfalls kein einziger Grund einfallen, warum sie die Aufmerksamkeit dieses interessanten Mannes nicht genießen sollte.

Wie als Antwort auf ihre Gedanken verstärkte er den Druck

seiner Hand um ihre Taille und zog sie sanft noch dichter an sich heran. Mit der anderen Hand zeigte er auf einen atemberaubend schönen Palazzo in der Ferne, der mit zwei ebenso spektakulären *campanili* versehen war. »Zunächst einmal muss ich mich darauf konzentrieren, dein ganz privater Reiseführer zu sein«, sagte er. »Das da drüben ist die Villa del Balbianello. Ursprünglich war sie ein Franziskanerkloster, das für den Kardinal Angelo Maria Durine erbaut wurde.«

Als das Boot sich dem Ufer näherte und sie um die bewaldete Landzunge herumfuhren, auf der die Villa stand, betrachtete Esme staunend die wundervollen, terrassenförmig angelegten Gärten und die eindrucksvolle Loggia. »Wunderschön«, murmelte sie.

»Es gibt hier so einiges, was wunderschön ist«, sagte er und wandte den Blick von der Aussicht ab, um ihn vielsagend auf Esme zu richten.

Jetzt errötete sie doch, und als sie die volle Kraft seiner beeindruckenden Männlichkeit wahrnahm, war ihr, als hätte sie plötzlich Hunderte von Schmetterlingen im Bauch. Doch so fremd ihr das Gefühl auch war, war es alles andere als unangenehm.

Ihr Vater bezeichnete sie oft als schön, aber sie selbst hatte sich nie dafür gehalten. Sie neigte mehr dazu zu glauben, was ihre Mutter stets von ihr gesagt hatte – sie sei zu klein und zu dünn, ihr fehlten die weiblichen Rundungen, die Männer reizvoll fanden, und ihr taillenlanges blondes Haar sei viel zu fein und widerspenstig. Was ihr Gesicht anging, so entsprach auch das Esmes Meinung nach keiner der gängigen Vorstellungen dessen, was als klassisch schön betrachtet wurde.

»Schönheit liegt im Auge des Betrachters«, erinnerte ihr Vater sie immer wieder, wenn sie für ihn Modell saß, »und was andere in dir sehen, ist etwas ganz anderes als dein eigenes Bild von dir.«

Nachdem der Dampfer kurz an dem Dörfchen Lenno haltgemacht hatte, fuhr er nach Tremezzo und Cadenabbia weiter, und wieder einmal übernahm Angelo die Rolle des Fremdenführers. Er zeigte ihr das *Grand Hotel Tremezzo*, in dem Greta Garbo gewohnt hatte, und die Villa Carlotta, die für ihren farbenfrohen Garten voller Azaleen und Rhododendren bekannt war. Hier waren Esme und ihr Vater allerdings bereits gewesen; es war einer der wenigen Ausflüge, die sie bisher unternommen hatten. »Und dort drüben«, fuhr Angelo fort, »ist die Kirche für euch englische Protestanten. Vielleicht gehst du nächsten Sonntag ja mit deinem Vater hin.« Mit einem durchtriebenen Lächeln fügte er noch hinzu: »Womöglich hast du bis dahin ja etwas Schlimmes getan und benötigst Vergebung.«

Esme ließ die Bemerkung auf sich beruhen, während sie in einer, wie sie hoffte, weltgewandten und unergründlichen Art und Weise weiterhin die Aussicht bewunderte.

Von Cadenabbia aus hielt das Boot auf die Mitte des Sees zu, an dessen gegenüberliegendem Ufer in einem bläulichen Dunstschimmer Bellagio, ihr Zielort, lag.

Sich selbst überlassen, als Angelo zu seiner Besprechung ging, orientierte Esme sich schnell, indem sie sich das *Hotel du Lac* am Ufer merkte, wo sie Angelo später treffen sollte, und machte sich auf, Bellagio zu erkunden.

Verglichen mit der Beschaulichkeit des *Hotels Margherita*, war Bellagio schon fast ein Schock für Esme, die den ganzen Ort als überlauten und beengend empfand. Zum Teil lag das daran, dass Bellagio sehr idyllisch war und Touristen von überall am See anzog. Der Ort war kleiner, als Esme gedacht hatte, und erinnerte sie mit seinem Labyrinth aus dunklen, schmalen Kopfsteinpflastergassen an Venedig, nur dass die Straßen hier alle steil anstiegen und abfielen.

Am oberen Ende eines dieser schmalen Sträßchen fand Esme sich auf einer kleinen Piazza wieder, wo sich ihrem Reiseführer nach zu ihrer Linken die romanische Kirche San Giacomo befand. Ein flüchtiger Blick in das kühle Innere ergab jedoch nichts sonderlich Interessantes, und so beschloss sie, zum Wasser zurückzukehren und sich dort ein Terrassencafé für einen kühlen Drink zu suchen.

Sie war jedoch noch gar nicht weit gekommen, als sie einige Meter vor sich eine vertraute Gestalt entdeckte. Da Angelo aber zu weit entfernt war, um ihn zu rufen, beeilte sie sich, ihn einzuholen, wurde jedoch durch ein älteres Paar behindert, das Mühe hatte, die steilen Stufen zu bewältigen, und verlor ihn aus den Augen. Als sie dann nach links abbog, sah sie ihn erneut in einer schmalen Gasse.

Jetzt war er allerdings nicht mehr allein, sondern mit vier anderen Männern zusammen. Zugegebenermaßen kannte sie ihn kaum, doch da sie wusste, woher er kam, erstaunte es sie, dass er sich mit dieser Art von Männern abgab, die ihr viel zu grob und ungeschliffen, ja sogar reichlich zwielichtig erschienen. Einer von ihnen öffnete eine Segeltuch-Reisetasche und überreichte dem Mann zu seiner Rechten ein Bündel Papiere, das dieser durchzublättern begann. Esme brauchte ein paar Sekunden, bis sie merkte, dass das Bündel aus Geldscheinen bestand und der Mann sie nicht durchblätterte, sondern zählte.

Einem Impuls folgend, den sie nicht infrage stellte, zog Esme sich rasch in den Eingang eines Geschäftes zurück, von wo aus sie beobachtete, wie Angelo das Geld nahm und es in die lederne Aktenmappe steckte, die er schon auf dem Boot dabeigehabt hatte. Esme hatte angenommen, dass diese Mappe wichtige Papiere für seinen Geschäftstermin enthielt, doch sie hätte nie gedacht, dass dieser Termin ein Treffen mit so zweifelhaften Gestalten sein würde, bei denen es sich womöglich gar um

Gangster handelte. Dann kam ihr ein noch erschreckenderer Gedanke; vielleicht waren diese Typen ja sogar Mitglieder der *Cosa Nostra* – der Mafia?

In Florenz und Rom war viel über die Vorgänge in Sizilien geredet worden, über den blühenden Schwarzmarkt, die Schutzgelderpressung und die Morde. Aber so etwas kam doch hier bestimmt nicht vor, nicht in dieser reizenden, idyllischen kleinen Stadt. Und falls es doch so war, was um Himmels willen hatte Angelo dann damit zu tun?

Nein, sie musste etwas falsch verstanden haben; ihre Fantasie ging mit ihr durch, und sie zog voreilige und vielleicht völlig falsche Schlüsse.

Später, im Garten des Hotels *Grand Bretagne*, wo Angelo mit einem Lächeln und dem Händedruck von einer Reihe von Leuten begrüßt wurde, die ihn mit Namen kannten, wurden sie zu einem Tisch mit Ausblick auf den See geführt.

Eine Party war in vollem Gange, und in der Hitze der Nachmittagssonne und dem angenehmen Duft nach frisch gemähtem Gras tanzten Paare aller Altersgruppen auf dem Rasen. Die Männer trugen Anzughosen und Hemden mit gelockerter Krawatte und aufgerollten Ärmeln, die Frauen elegante, farbenfrohe Sommerkleider, die entweder modisch tailliert oder auf die fülligeren Figuren der älteren Damen zugeschnitten waren. Sie tanzten zu der Musik einer kleinen Band mit zwei Sängern und einem Akkordeonspieler.

Das Lied, das sie gerade spielten, kam Esme bekannt vor, und während sie die rhythmische Tanzweise der Paare beobachtete, fiel ihr wieder ein, wo sie es schon einmal gehört hatte. Es war in einer Trattoria in Rom gewesen, wo sie mit ihrem Vater gesessen hatte, und als im Radio dieses Lied erklang, hatten alle anderen Gäste mitgesungen. Dann waren Gläser mit Grappa serviert worden, und ihr Kellner hatte ihnen erklärt, dass es ein beliebtes neapolitanisches Lied war, das von dem berühmten Trio Lescano gesungen wurde.

Jetzt saßen sie der Band zugewandt, und während Angelo im Rhythmus der Musik vor sich hin nickte, zündete er sich eine Zigarette an und schenkte seiner Begleiterin ein Lächeln. Esme, die das Unbehagen abzuschütteln versuchte, das sie plagte, seit sie ihn mit diesen zwielichtigen Männern gesehen hatte, erwiderte das Lächeln in dem deutlichen Bewusstsein, dass Angelo gar nicht mehr der heitere, redselige Mann war, mit dem sie erst vor ein paar Stunden nach Bellagio gekommen war, sondern jetzt in einer viel düstereren und nachdenklicheren Stimmung war.

Als sie den Blick wieder auf die tanzenden Paare richtete, fragte sie sich, ob er sie zum Tanzen auffordern würde. Halb hoffte sie es, besonders, falls er sie dann so fest umschlungen hielt, wie es diese Paare taten, aber die andere Hälfte von ihr – die Esme, die durch ihre Mutter ein kaum weniger behütetes Leben als eine Nonne geführt hatte – erschrak bei dem Gedanken. Bisher hatte sie nur im Tanzkurs in der Schule getanzt, wo ihre Partnerinnen andere Mädchen gewesen waren.

»Kennen Sie das Lied?«, fragte Angelo, während er wieder einmal eine lange Rauchfahne in die Luft blies.

Esme nickte.

»Und gefällt es Ihnen?«

»Sehr«, sagte sie. Und aus dem plötzlichen Entschluss heraus, sich ein für alle Mal von der unreifen Esme ihrer Kindheit loszusagen, machte sie den kühnen Vorschlag: »Sollen wir nicht auch ein bisschen tanzen?«

Zu ihrer Überraschung und Beschämung betrachtete er sie mit einer so düsteren Miene, als hätte sie ihn gar nicht mehr enttäuschen können. Langsam schlug er die Beine übereinander und schnippte geistesabwesend Zigarettenasche auf den Boden. Gleichzeitig gab er dem Kellner ein Zeichen und sagte zu ihr: »Lieber nicht.« Dann wandte er sich an den Hotelangestellten, der mittlerweile bei ihnen stand, und bestellte zwei Martini.

Als sie wieder allein waren und Esme ernüchtert und fast den Tränen nahe war vor Scham, bemerkte sie pikiert: »Vielleicht hätte ich ja lieber selbst entschieden, was ich trinke. Ich bin kein Kind mehr.«

Angelo biss die Zähne zusammen und drückte mit übertriebener Heftigkeit seine Zigarette aus, obwohl er sie gerade erst angezündet hatte. »*Scusi*, dass ich für einen Moment meine Manieren vergaß. Natürlich hätte ich fragen sollen, was Sie möchten, da Sie ja schließlich eine dieser emanzipierten, weltgewandten jungen Frauen sind.« Sein Ton hätte nicht sarkastischer oder schneidender sein können.

Zu verletzt, um zu antworten, beobachtete Esme, wie er seine Zigarettenpackung befingerte und sie perfekt ausgerichtet neben das silberne Feuerzeug legte, das seine Initialen trug. Eine Ewigkeit schien zu vergehen, bevor er den Blick wieder erhob und schon ein wenig ungezwungener als vorher sagte: »Es tut mir leid, aber ich glaube, es war nicht der Martini, der Sie verärgert hat, nicht? Ist es, weil ich nicht mit Ihnen tanzen wollte?« Dabei legte er eine Hand an ihr Handgelenk und streichelte es mit einem Finger. »Ist es das, *tesoro?*«

So viel dazu, die Fesseln ihres kindischen Ichs zu sprengen! Jetzt fühlte Esme sich nur noch unreifer und etwa so mondän und weltgewandt wie eine nasse Socke.

Als sie auch diesmal nichts erwiderte, sah er ihr mit vielsagendem Blick tief in die Augen und beugte sich vor, um ganz sanft seine Lippen auf die ihren zu legen, um den Druck dann langsam zu erhöhen, etwa so, wie er es vorher auf dem Boot mit seiner Hand um ihre Taille getan hatte.

Dein erster Kuss, dachte Esme, als ihr Mund sich an die Wärme des seinen schmiegte und sie den bitteren Geschmack von Tabak in seinem Atem spürte. Behalte diesen Moment in Erinnerung!, sagte sie sich. Erinnere dich an den Geruch seines Eau de Cologne, das Gefühl seines rauen Kinns an deinem und an die Festigkeit seiner Lippen! Vergiss nichts von alldem!

Die Augen geschlossen vor Verzückung und Erstaunen, verpasste sie fast den Moment, als Angelo sich von ihr löste. Viel zu sehr war ihr Verstand damit beschäftigt gewesen, den Moment einzufangen. Die Band, die ein neues Stück mit einem völlig anderen Tempo begann und damit einen begeisterten Applaus im Garten auslöste, brachte Esme schlagartig wieder zur Besinnung.

Was für eine komische Wende dieser Tag nimmt, dachte sie, als sie versuchte, sich darüber klar zu werden, was sie davon hielt, dass Angelo sie geküsst hatte. Aber ihr blieb keine Zeit für eine Einschätzung ihrer Reaktion, da nun ihre Getränke serviert wurden und Angelo sein Glas erhob, sobald der Kellner wieder gegangen war.

»*A te*, Esme«, sagte er. »Mögest du immer so *carina* sein und niemals diesen Sommer hier am See vergessen!«

»Das werde ich bestimmt nicht«, versprach sie und stieß mit ihm an, da sie sich schon beinahe wieder gefangen hatte. Sie trank einen belebenden Schluck von dem Martini und genoss seinen erfrischenden, angenehm trockenen Geschmack und die in ihrer Kehle entstehende Wärme. »Er ist genauso gut wie die, die ich in Venedig hatte«, bemerkte sie, um Angelo zu zeigen, dass sie keineswegs so naiv und unerfahren war, wie er zu glauben schien. »Wie war deine Besprechung?«, fragte sie dann wie nebenbei.

»*Bene*«, erwiderte er leichthin und griff schon wieder nach seinem Zigarettenpäckchen, um damit herumzuspielen.

»Keine Probleme?«

Er schüttelte den Kopf und trank einen weiteren Schluck Martini. »*Tutto a posto.* Alles in Ordnung.«

Während die Musik weiterspielte und die Leute immer natürlicher und ungezwungener tanzten, erinnerte Esme sich an Angelos Aktenmappe, und als sie sie an seinem Stuhl lehnen sah, verstand sie plötzlich, warum er nicht mit ihr tanzen wollte. Er konnte die Mappe ja auch unmöglich allein lassen, wo doch so viel Geld darin steckte, nicht?

Bei dieser Erkenntnis wurde ihr sofort wieder leichter ums Herz, und während sie sich dafür tadelte, das Schlimmste angenommen zu haben, nämlich dass er sie absichtlich und eiskalt vor den Kopf gestoßen hatte, sagte sie: »Vielleicht könnten wir ja ein andermal tanzen gehen?«

Daraufhin lächelte er breit. »*Sì*, das würde ich sehr gern tun. Es ist nur so, dass ich heute nicht in der Stimmung dazu bin.«

»Das macht nichts«, erwiderte sie leichthin. »Das verstehe ich schon.« Und ohne es zu wollen, glitt ihr Blick zum Boden, wo die Aktenmappe lag. Angelos Reaktion darauf war, sie noch weiter unter den Tisch zu schieben, bis sie überhaupt nicht mehr zu sehen war.

Kapitel 24

In der darauffolgenden Woche ließ Angelo sich im Hotel nicht sehen, aber dennoch spukte er Esme ständig im Kopf herum.

Ihr Vater schien das zu vermuten, und als sie sich zusammen auf der Terrasse entspannten, blickte er von dem Buch auf, das er las, und wiederholte die Frage, die er ihr am Abend zuvor bereits gestellt hatte. Eine Frage, von der Esme eigentlich gehofft hatte, sie zu seiner Zufriedenheit beantwortet zu haben, aber wie es schien, war ihr das doch nicht ganz gelungen.

»Bist du dir auch wirklich sicher, dass du dich nicht langweilst? Du warst sehr still, seit Angelo am Montag nach Mailand zurückgefahren ist. Ich könnte mir vorstellen, dass es viel unterhaltsamer für dich war, ihn um dich herum zu haben. Er ist ein … ein sehr attraktiver junger Mann.«

Esme, die Alberto beim Beschneiden der Rosen am anderen Ende der Terrasse beobachtete und sich nur allzu genau bewusst war, wie vorsichtig ihr Vater seine Worte gewählt hatte, sagte: »Ich bin wunschlos glücklich, du brauchst dich wirklich nicht um mich zu sorgen.«

»Das tue ich aber, Esme, denn dein Glück ist von größter Wichtigkeit für mich.«

»Wie für mich das deine«, gab sie zurück und wandte den Blick von Alberto ab, um ihren Vater anzusehen. »Was sollen wir heute unternehmen?«, fragte sie in dem Bestreben, das Thema zu wechseln.

Er leerte die Tasse mit dem starken schwarzen Kaffee, für den er eine große Vorliebe entwickelt hatte, seit sie in Italien waren. »Was würdest du denn gern unternehmen?«

»Möchtest du malen? Du musst noch das Porträt der Kelly-Webbs beenden.« Das frisch verheiratete Paar war so begeistert gewesen von dem Bild des Sees, das William ihnen verkauft hatte, dass sie ihn förmlich angefleht hatten, ein weiteres zu malen, diesmal von ihnen beiden mit dem *Hotel Margherita* im Hintergrund. »Es wird ein Andenken für unsere Enkel sein«, hatten sie gescherzt.

»Meine Frage war, was *du* unternehmen möchtest«, sagte ihr Vater. »Was die Kelly-Webbs angeht, besteht keine Eile, da sie ihren Aufenthalt um eine Woche verlängert haben. Was ich heute gern tun würde, ist, dich zu malen.«

»Schon wieder?«

William lächelte, was die Fältchen in seinen Augenwinkeln vertiefte, die vom Zukneifen der Augen kamen, wenn er in der Sonne malte. »Du veränderst dich von Tag zu Tag, und ich möchte diese neueste Veränderung an dir festhalten.«

Ohne zu fragen, was für Veränderungen er an ihr bemerkt hatte, antwortete sie: »Dann würde ich sagen, da wir morgen nach Varenna fahren wollen, solltest du mich heute malen, weil alle anderen den ganzen Tag unterwegs sein werden und wir praktisch alles für uns allein haben werden.« Sogar Giulia Bassani, Angelos Mutter, hatte an diesem Morgen in aller Frühe das Haus verlassen, was sie noch nie getan hatte in all der Zeit, die Esme und ihr Vater hier gewesen waren.

Nachdem Esme ihr Kleid gegen ein hübscheres getauscht hatte, ließ sie sich im Schatten des dicht belaubten Kastanienbaumes nieder, den ihr Vater als idealen Hintergrund für das Gemälde ausgewählt hatte. Während sie es sich dort bequem machte, beobachtete sie mit liebevollem Blick, wie er seine Staffelei aufstellte und sehr methodisch seine Pinsel und Farben auf dem Klapptisch zu seiner Rechten zurechtlegte.

Die Hände sittsam in den Schoß gelegt, saß Esme da und dachte darüber nach, wie glücklich sie sich schätzen konnte, mit ihrem Vater hier an diesem wundervollen Ort zu sein. War es wirklich so furchtbar falsch von ihr, froh zu sein, dass ihre Mutter nicht mehr lebte? Es war kein Gedanke, den sie je laut äußern würde, aber eines wusste sie mit absoluter Sicherheit: Wenn ihre Mutter noch leben würde, wären sie nicht hier an diesem zauberhaften Ort. Und auch ihr Vater und sie wären sich nicht so nahe gekommen oder wären so intuitiv im Einklang miteinander, wie sie es heute waren.

Sie schloss die Augen und ließ ihre Gedanken zu Angelo abschweifen. Beim Abendessen gestern hatte Giulia Bassani gesagt, er habe angerufen, um ihr mitzuteilen, dass er das Wochenende nicht am See verbringen würde, wie er es ursprünglich vorgehabt hatte. Esme hatte versucht, sich ihre Enttäuschung nicht anmerken zu lassen, und sich später im Bett mit dem Gedanken getröstet, dass Angelo höchstwahrscheinlich in der nächsten Woche kommen würde. Und dann hatte sie ihrer Fantasie freien Lauf gelassen und sich allerlei romantische Möglichkeiten und Szenarien für seinen nächsten Besuch ausgedacht.

»Ich hatte eigentlich gehofft, dich wach malen zu können, Esme.«

Sie riss die Augen auf. »Entschuldige«, murmelte sie, »ich war in Gedanken meilenweit entfernt.«

Ihr Vater zog eine Augenbraue hoch. »Ich kann mir gar nicht vorstellen, wo.«

Minuten verstrichen, in denen Esme die Anweisungen ihres Vaters befolgte und den Kopf neigte, sodass das durch das Blätterdach des Baumes sickernde Licht auf genau die richtige Stelle fiel. Es machte ihr nie etwas aus, für ihren Vater zu posieren, weil sie die stille gemeinsame Zeit, die sie dadurch gewannen, immer sehr genoss. Und es verschaffte ihr auch die Gelegenheit, sich schamlos Tagträumen von Angelo hinzugeben. Allerdings hatte sie gemischte Gefühle in Bezug auf ihn, die beeinflusst waren von ihrem Ausflug nach Bellagio und der mitangesehenen Szene zwischen ihm und jenen zwielichtigen Männern in der Gasse. Sie hatte es niemandem gegenüber erwähnt, denn was gab es auch schon zu sagen, abgesehen davon, dass sie eine geheimnisvolle Geldübergabe beobachtet hatte? Und was ging es sie an, was Angelo so trieb?

»Du hast den Kopf bewegt«, sagte ihr Vater, als er eine Zeit lang schweigend gemalt hatte. »Mehr nach rechts, bitte! So ist es besser. Du denkst an Angelo, nicht?«

»Ich dachte an den Ausflug nach Bellagio mit ihm«, erwiderte sie halbwegs ehrlich. »Wir beide müssen unbedingt einmal zusammen hinfahren«, fügte sie hinzu. »Dir würde es dort gefallen.«

»Das würde es bestimmt.« Er machte eine Pause und löste den Blick von der Leinwand, wischte den Pinsel an einem Lappen ab und sah Esme dann ganz offen an. »Würdest du mir etwas versprechen?«

»Ich werde es versuchen. Worum geht es?«

»Ich weiß, dass Angelo dich sehr beeindruckt hat, aber bitte lass dich nicht zu sehr von ihm verändern!«

»*Falls* ich mich verändere, Vater«, entgegnete sie mit sehr sorgfältig gewählten Worten, »dann liegt es daran, dass ich erwachsen werde.«

»Das ist mir bewusst und auch in Ordnung – solange du es nur nicht zu schnell tust.«

»Womit du eigentlich sagen willst, dass ich bei Angelo vorsichtig sein soll?«

Er zog die Augenbrauen zusammen und schürzte die Lippen, als er eine Tube Farbe aus seinem Kasten auswählte. »Ja, ich glaube, das solltest du.«

»Du magst ihn nicht besonders, nicht?«

»Sagen wir einfach nur, ich müsste ihn viel besser kennen, bevor ich ihm voll und ganz vertrauen könnte, besonders bei etwas so Kostbarem wie meiner Tochter.«

Esme wollte schon fragen, warum ihr Vater so dachte, als sie von einer Gestalt abgelenkt wurde, die auf der Terrasse erschien. Eine weibliche Gestalt, die ihr irgendwie bekannt vorkam. Aber da irrte sie sich doch gewiss? Obwohl ihr Vater protestierte, drehte Esme sich um und sah, dass sie sich keineswegs geirrt hatte. »Es ist Elizabeth St. Jones!«, rief sie. »Sieh nur, Vater, sie steht dort drüben auf der Terrasse!«

»Großer Gott, das ist sie, ja!«

»Oh, wie aufregend, meine Liebe! Ich erinnerte mich zwar, dass Sie gesagt hatten, sie wollten zum Comer See, aber ich hatte keine Ahnung, wo Sie absteigen würden. Doch das Schicksal hat uns wieder zusammengeführt. Wie wundervoll!«

»Ja, ich freue mich auch, Sie wiederzusehen, Mrs. St. John«, sagte Esme und meinte es auch so. Ihre lebenslustige Freundin aus Rom hatte immer etwas wunderbar Erfrischendes und Einnehmendes gehabt. Und dennoch – und weil sie befürchtete, dass Elizabeths Stimme bis zur anderen Seite des Sees zu hören war – war sie froh, dass keine anderen Gäste da waren, die gestört werden konnten. Bis auf Elena in der Küche, Maria, die Bedienung, die einen Tisch für drei zum Lunch gedeckt hatte, und Alberto und seinen Enkel Cesare, die Elizabeths Gepäck hinaufgetragen hatten, war das Hotel noch immer leer.

Mrs. St. John ergriff Esmes Hand und meinte: »Ich habe dir schon einmal gesagt, dass du mich duzen sollst. Ich will keine Förmlichkeiten zwischen uns. Und wohin ist dein Vater verschwunden? So ein angenehmer Mensch! Und er sieht so blendend aus; der See tut ihm anscheinend gut. Wie braun er ist!«

Esme lächelte im Stillen, als sie sich vorstellte, wie ihr Vater sich in den kommenden Tagen Elizabeths Aufmerksamkeit erwehren würde, und antwortete: »Er bringt nur seine Malsachen weg und kommt jeden Augenblick zum Lunch zurück. Wie lange werden Sie … wirst du bleiben?«

»Du lieber Himmel! Ich bin gerade erst angekommen, und schon versuchst du, mich wieder loszuwerden!«

Esme lachte. »Aber ganz und gar nicht! Es wird wunderbar sein, dich hier bei uns zu haben.«

»Das höre ich schon lieber. Doch jetzt erzähl mir was! Wie war Florenz, wie hat euch Venedig gefallen? Und was ist mit den anderen Gästen hier? Bitte sag mir, dass sie unterhaltsamer sind als diese Spießer in Rom! Du meine Güte, auf eine weitere Schar von dieser Art kann man gut verzichten! Und hast du dich schon in einen schönen Adonis verliebt? Ich hoffe sehr, dass es so ist.«

Als Esme ihren Vater durch die offenen Terrassentüren hinter ihnen kommen sah, sagte sie schnell: »Es gibt jemanden, aber von ihm erzähle ich dir später.«

Elizabeth ergriff schon wieder Esmes Hand, diesmal jedoch drückte sie sie an ihre gut gepolsterte Brust und wisperte: »Wie aufregend, meine Liebe! Ich kann es kaum erwarten, etwas über ihn zu hören!«

Elizabeth St. John war nicht der einzige überraschende Ankömmling an jenem Tag.

Schon zum Abendessen umgezogen und mit ihrem Vater auf dem Weg nach unten, wo Elizabeth sich zu ihnen gesellen würde, hörte Esme Stimmen, von denen eine Giulia Bassanis war. Sie sprach Italienisch und so schnell, dass Esme Mühe hatte, sie zu verstehen. Aber als sie die letzte Treppe hinunterging, die in die mit Fliesen ausgelegte Halle führte, machte ihr Herz einen kleinen Satz.

Gott, wie verändert er aussah im Vergleich zum letzten Mal, als sie ihn gesehen hatte! Er hatte eine geradezu schockierende Verwandlung durchgemacht. Mit seinen gebeugten Schultern, dem blassen, eingefallenen Gesicht und den dunklen Schatten unter den Augen sah er erschreckend unwohl aus. Ein Taschentuch an seinen Mund gedrückt, hustete er, und als wäre die Anstrengung zu viel für ihn, sackte er in sich zusammen und ließ sich in den nächsten Sessel fallen. Giulia Bassani war sofort an seiner Seite. Hin und her gerissen zwischen dem Wunsch zu erfahren, was mit ihm war, und dem Gefühl zu stören, wusste Esme nicht, wie sie sich verhalten sollte. Aber dann hob er den Kopf und entdeckte sie.

Und wieder machte ihr Herz einen Satz, als ihr Blick mit dem von Marco Bassani zusammentraf.

Kapitel 25

Es war noch früh am Nachmittag, und der Arzt aus Menaggio, ein guter Freund der Familie Bassani, war gekommen und wieder gegangen.

Es war schon sein dritter Besuch, um nach Marco zu sehen, seit er vier Tage zuvor mit seiner Tante aus Venedig gekommen war. Die Diagnose war chronische Bronchitis, und der Arzt hatte angeordnet, dass der Patient in einem gut gelüfteten Zimmer das Bett zu hüten hatte und regelmäßige Dampfinhalationen, Breiumschläge auf die Brust und dreimal täglich Husten lindernde Medizin erhielt. Eine leichte Kost war ihm verschrieben worden, und erst wenn Dottore Romano es erlaubte, würde Marco nach draußen ins Freie gehen dürfen.

Die »leichte Kost« war Elena ein Gräuel, weil die Köchin der Meinung war, dass Ärzte keine Ahnung hatten und Marco herzhafte Gerichte aus Bohnen, Polenta und Pasta brauchte, um wieder zu Kräften zu kommen. Sie hatte Tränen in den Augen gehabt, sich immer wieder bekreuzigt und »*Grazie al cielo!*«, gerufen, als sie Esme am Vortag im Kräutergarten erzählt hatte, dass sie Marco kannte, seit er ein kleiner Junge gewesen war, und sie ihn einmal fast an Keuchhusten hatte sterben sehen. Seitdem litt er unter einer schwachen Lunge. Deswegen bezweifelte Elena stark, dass es eine kluge Entscheidung gewesen war, den See zu verlassen, wo die Luft doch so viel besser war als in Rom, wo Marco im ersten Jahr das Priesterseminar besuchte. Und was seine seelsorgerische Tätigkeit im Waisenhaus in Venedig anging, wo, wie jeder wusste, die Luft voller Schmutz und Bakterien war, war dies nun wirklich der letzte Ort auf Erden, an dem er sich aufhalten sollte! Um seine Besserung voranzutreiben, ging Elena jetzt zweimal täglich in die Kirche, um zu beten und Kerzen für ihn anzuzünden.

Eine Stunde nach Dottore Romanos Besuch ballten sich schmutzig graue Wolken am schwülen blauen Himmel zusammen, und dann fielen auch schon die ersten dicken Regentropfen herab. Alberto hatte sie beim Frühstück schon gewarnt, dass der See heute nicht *allegro* sein würde. Seine Vorhersage war, ein kühler Wind von Colico am nördlichen Teil des Sees würde einen Wetterwechsel mit sich bringen. Aus irgendeinem Grund schrieb Alberto diesem Ort die Schuld an vielen Dingen zu.

Innerhalb kürzester Zeit, nachdem es zu regnen begonnen hatte, wurde fernes Donnergrollen laut, und der Himmel öffnete seine Schleusen, woraufhin die Gäste schleunigst Schutz im Inneren des Hauses suchten. Durch die vom Regen gepeitschten Fenster des Salons zeigte der See sich aufgewühlter, als Esme ihn je zuvor gesehen hatte. Das Wasser war sogar mit weißen Schaumkronen bedeckt, die an dahinjagende weiße Pferde erinnerten, und die Berge waren vollkommen verborgen hinter den vom Himmel herabkommenden Wassermassen.

Ohne Albertos Rat beim Frühstück zu beherzigen, hatten Esmes Vater, Elizabeth und die Kelly-Webbs den Dampfer nach Bellagio genommen, und Esme konnte nur noch hoffen, dass sie keine allzu schlechte Rückfahrt haben würden. Eigentlich hatte sie vorgehabt, sie zu begleiten, aber dann war sie am Morgen mit Kopfschmerzen erwacht – ein weiteres Vorzeichen des Unwetters, dachte sie jetzt.

Allein in dem eleganten Salon mit den reich verzierten Gesimsen unter der Decke, dem venezianischen Glaslüster, den verblichenen Teppichen und großen Ölgemälden von vorangegangenen Generationen der Familie Bassani, überlegte Esme, was sie unternehmen könnte. Zum ersten Mal während ihres Aufenthalts im *Hotel Margherita* wusste sie nicht, wie sie sich beschäftigen sollte.

Als sie das eilige Klicken hoher Absätze auf dem Marmorboden hörte, drehte sie sich um und sah, dass Giulia Bassani hereingekommen war. Es mussten sehr beunruhigende Tage für sie sein. Sobald sie durch einen Anruf aus dem Waisenhaus von der Erkrankung ihres Neffen erfahren hatte, hatte sie mit jemandem dort vereinbart, dass er Marco in den nächsten Zug nach Mailand setzte, wo sie ihn dann abgeholt hatte, um ihn heimzubringen.

»Wie geht es Marco?«, fragte Esme.

Seine Tante schüttelte den Kopf. »Nicht besser, fürchte ich. Dottore Romano sagt, dass es lange dauern wird, bevor er wieder genug bei Kräften ist, um sein Studium wiederaufnehmen zu können. Und er glaubt auch, dass das Klima hier am See für Marco besser ist. Im Sommer kann Venedig ja so heiß sein, und die stehende, modrige Luft ist besonders ungesund für jemanden, der eine so schwache Lunge hat wie er.«

Zumindest das ist etwas, worin Elena und der Doktor der gleichen Meinung sind, dachte Esme. »Ich verstehe nichts von Krankenpflege, aber vielleicht kann ich trotzdem irgendwie behilflich sein?«

Giulia lächelte müde. »Danke, das ist sehr aufmerksam von Ihnen, doch eigentlich gibt es nichts, was Sie …« Sie brach mitten im Satz ab, und dann, als hätte sie es sich anders überlegt, sagte sie: »Womöglich könnten Sie ja doch helfen. Aber vielleicht würden Sie es als unpassend empfinden, zumal Ihr Vater nicht im Haus ist.«

»Was immer es ist, mein Vater würde sicher nichts dagegen haben. Im Gegenteil. Er würde wollen, dass ich mich nützlich mache, wo ich kann. Was soll ich also tun, Signora?«

»Würden Sie Marco heute Nachmittag Gesellschaft leisten? Er beklagt sich über Langeweile, doch ich bin leider zu beschäftigt, um mich zu ihm zu setzen, und jemand anders gibt es nicht. Vielleicht könnten Sie ihm ja etwas vorlesen?«

»Aber natürlich! Sehr gern sogar«, sagte Esme, froh, eine sinnvolle Beschäftigung zu haben.

Im Sessel neben Marcos Bett sitzend las Esme ihm etwas vor, wie seine Tante vorschlagen hatte. Nur war sie leider ein bisschen unsicher und nervös dabei.

Als ihr Vater und sie in Venedig ein wenig Zeit mit Marco verbracht hatten, war es ihr gelungen, ihre ursprünglichen Gefühle für ihn zu unterdrücken und ihn nur noch wie einen Freund zu sehen. Aber ihre Reaktion am Abend seiner Ankunft hier – in diesem Bruchteil einer Sekunde, als ihre Blicke sich begegnet waren – hatte ihr vor Augen geführt, dass nichts von dem, was sie sich eingeredet hatte, wahr war. Zu ihrer großen Bestürzung hatte sie sich eingestehen müssen, dass sie tief im Innersten Gefühle für Marco hegte, die voll und ganz im Widerspruch zu jenen standen, die sie ihm in Anbetracht des Lebens, das er für sich gewählt hatte, entgegenbringen dürfte.

»Du hast eine schöne klare Stimme«, murmelte er.

Sie blickte von dem Buch auf, aus dem sie ihm vorlas – *Zimmer mit Aussicht*.

»Ich glaube, du fühlst dich so schlecht, dass du einen Papagei, der dir etwas vorplappert, als genauso angenehm empfinden würdest.«

Ein schwaches Lächeln huschte über seine gequälten Züge. »Das glaube ich nicht.«

Sie las weiter, und als sie innehielt, um umzublättern, sagte er: »Meinst du, wir könnten Lucy Honeychurch und Miss Bartlett jetzt für eine Weile ruhen lassen?«

»Natürlich.« Enttäuscht, dass sie ihn so schnell und gründlich gelangweilt hatte, schloss Esme das Buch. »Tut mir leid. War das zu langweilig für dich?«

»Nein, nein, ich bin es, dem es leidtut, dich gekränkt zu haben.«

»Überhaupt nicht. Ich könnte versuchen, dir etwas auf Italienisch vorzulesen, wenn du willst.«

»Ich würde mich lieber mit dir unterhalten, wenn …« Was immer er sagen wollte, blieb ihm in der Kehle stecken, als er plötzlich husten musste. Das Rasseln in seiner Brust war nicht zu überhören, als ihn ein neuerlicher Hustenanfall erschütterte, der nicht mehr aufzuhören schien. Schweißperlen bildeten sich auf seinem geröteten Gesicht, und ein Zittern durchlief seinen Körper, während er nach Atem rang.

Esme sprang erschrocken auf, als könnte ihm das allein schon irgendwie helfen. Einen so schwer kranken Menschen hatte sie noch nie gesehen, und von der panischen Angst erfasst, dass er vielleicht sogar direkt vor ihren Augen sterben würde, rief sie: »Ich werde deine Tante holen!«

Aber er verzog das Gesicht und schüttelte den Kopf, bevor er auf einen Stapel frisch gewaschener Taschentücher auf dem Nachttisch zeigte. Sie reichte ihm schnell eins, wobei sie fast das Wasserglas daneben umstieß. Gott, was für eine miserable Krankenschwester sie abgab!

Er drückte das Tuch an seinen Mund und hustete noch ein paar Mal heftig, um dann, als hätte er sich vollkommen verausgabt, erschöpft und mit gerötetem, schweißglänzendem Gesicht in die Kissen zurückzusinken. Als sich seine Hand entkrampfte und das Taschentuch losließ, sah Esme mit Entsetzen, dass es voller Blut war.

Jetzt lag er völlig reglos da, während Esme hilflos vor ihm stand und das Einzige anstarrte, was sich an ihm bewegte – seine

Augen, die rastlos unter den geschlossenen Lidern zuckten. Als sie merkte, dass sie den Atem anhielt, ließ sie ihn langsam entweichen und setzte sich wieder hin.

Da sie es nicht wagte, sich zu bewegen, um ihn nicht zu stören, saß sie einige Minuten völlig reglos da und lauschte dem im Takt ihres eigenen Herzschlags gegen das Fenster trommelnden Regen und dem lauten Donnergrollen über ihnen. Die ganze Zeit über beobachtete sie Marco jedoch aufmerksam und ganz besonders sein Gesicht, das auf den ersten Blick eine gewisse Ähnlichkeit mit Angelos aufwies, in Wirklichkeit jedoch völlig anders war. Es war etwa so, als vergliche man ein Gemälde von Caravaggio mit einem Meisterwerk von Raffael.

Wenn Esme einen Vergleich zwischen den beiden Cousins zog, konnte sie sehen, dass Angelos Attraktivität in der unverhohlenen und launenhaften Arroganz seines unberechenbaren Wesens lag. Sie hatte sich Elizabeth anvertraut und ihr alles über Angelo und seinen Kuss erzählt. Elizabeth hatte ihn sofort zu der Art von Mann erklärt, dem sie viele Male in ihrem Leben begegnet war. »Ich garantiere dir, dass er sich nur allzu gut der Wirkung bewusst ist, die er auf ein hübsches junges Mädchen wie dich hat. Mein Rat wäre, seine Schmeicheleien zu genießen und, falls du dich in ihn verlieben musst, es in dem Bewusstsein zu tun, dass es nur etwas Vorübergehendes und völlig Einseitiges sein wird. So ist es immer, wenn der Mann in sein eigenes Spiegelbild verliebt ist. Und lass es dir von mir gesagt sein«, hatte sie mit einem beredten Lachen hinzugefügt, »die meisten italienischen Männer sind das!«

Esme konnte sich das bei Angelo sehr gut vorstellen, aber Marco war doch sicher anders?

Während sie das mühsame Heben und Senken seiner Brust im Schlaf beobachtete, wünschte sie, sie besäße das zeichnerische und malerische Talent ihres Vaters. Zu gern hätte sie festgehalten, wie friedlich Marco aussah. Aber was war das denn für eine Idee, einen so schwer kranken Mann zu zeichnen?

Behutsam, um kein Geräusch zu verursachen, das ihn wecken könnte, beugte Esme sich vor und nahm ihm mit spitzen Fingern das blutbefleckte Taschentuch aus der jetzt entspannten Hand. Sie ließ es in einen Papierkorb unter dem Bett fallen, in dem sie noch mehr benutzte Taschentücher sehen konnte.

Leise huschte sie aus dem Zimmer und ging ins nächste Bad, um sich vorsichtshalber die Hände zu waschen. Als sie zurückkehrte, schlief Marco noch immer tief und fest, und sie setzte sich wieder auf ihren Platz an seiner Seite. Dann beugte sie sich vor, nah genug, um buchstäblich seine langen Wimpern zählen zu können. Was für ein sanftmütiges Gesicht er hatte! Im Schlaf sah er fast schon wie ein Engel aus.

Wieder einmal dachte sie an ihre erste Begegnung mit ihm zurück und erinnerte sich, wie peinlich es ihr gewesen war, bei ihrem kindischen Verhalten ertappt zu werden. Und sie erinnerte sich auch an ihre erste Reaktion auf ihn, daran, wie ungeheuer attraktiv sie ihn gefunden hatte mit seinen schönen blauen Augen. Wie enttäuscht sie gewesen war, als sie von ihm erfahren hatte, dass er sich für den Priesterberuf entschieden hatte!

Mit einem wehmütigen Seufzer fragte sie sich, wie es sein konnte, dass er *nicht* den Wunsch verspürte, sich irgendwann zu verlieben, zu heiraten und eine Familie zu gründen.

Des anhaltenden Regens wegen wurde das Abendessen im Speisesaal serviert, und ihrer allabendlichen Gewohnheit folgend setzte Elizabeth sich zu Esme und ihrem Vater und den Kelly-Webbs.

»Und was sagt Alberto, unser Haus-Meteorologe, für morgen voraus?«, fragte Elizabeth Maria, als das junge Mädchen ihnen eine Suppe mit Schinken und weißen Bohnen brachte.

Auf Marias verwirrten Blick hin fügte Esme hinzu: »*Il tempo per domani, bello o brutto?*«

Als Antwort zog das Mädchen ein Gesicht und zeigte auf das nasse Fenster. »Regen. Mehr Regen.«

»Ach Gott, das ist nicht das, was ich hören wollte!«, sagte Elizabeth, als Maria in die Küche zurückeilte – da alle Gäste beschlossen hatten, heute Abend im Hotel zu essen, waren sie und Elena schwer beschäftigt. »Ich hatte eigentlich gehofft, du würdest mich morgen zur Villa Carlotta begleiten, William. Ich kann es kaum erwarten, die Skulptur *Amore e Psiche* zu sehen, die, wie ich hörte, wunderschön sein soll – und ausgesprochen sinnlich.«

»Das ist sie«, stimmte Helene Kelly-Webb zu. »Auch wenn es natürlich nicht Canovas Original ist, denn das befindet sich im Louvre.«

»Ich glaube, Liebling, du wirst feststellen, dass es die Hermitage in St. Petersburg ist«, berichtigte ihr Ehemann sie sanft und mit einem Ausdruck großer Zärtlichkeit in den Augen. Er war so ein sanftmütiger und liebevoller Ehemann!

»Ja, natürlich ist sie dort«, sagte Helene und wedelte mit der Hand. »Was für eine dumme Gans ich bin! Das zeigt nur wieder mal, dass mein Verstand nur soundso viel aufnehmen kann.«

»Das gilt für uns alle«, warf Esmes Vater diplomatisch ein.

»Gott, ich bin die größte Gans von allen!«, rief Elizabeth mit einem schallenden Gelächter aus, das ihren Busen zum Wackeln brachte und die anderen Speisenden zu ihrem Tisch herüberblicken ließ. Ohne sich ihrer Blicke bewusst zu sein oder vielleicht auch völlig unbeirrt von ihnen, sagte sie: »Also, was schlägst du für morgen vor, um uns zu amüsieren, William?«

Esme unterdrückte ein Kichern, hielt den Kopf gesenkt und widmete sich ihrer Suppe.

»Was findest du so amüsant an diesen weißen Bohnen?«, fragte ihr Vater.

»Nichts«, antwortete sie, den Blick auf ihren Löffel gerichtet. Sie wusste, dass sie laut herauslachen würde, wenn sie ihren Vater ansähe, was äußerst unhöflich wäre, und um nichts auf der Welt wollte sie Elizabeth kränken. Aber es war wirklich schrecklich komisch, wie beharrlich diese Frau sich an ihren Vater hängte.

»Und was ist mit dir, Esme?«, erkundigte sich Elizabeth. »Wirst du dich morgen wieder um den armen Neffen der *signora* kümmern?«

Jetzt sah Esme ihren Vater an. Als er und die anderen aus Bellagio zurückgekommen waren, bis auf die Haut durchnässt, und dringend ein heißes Bad benötigt hatten, war er erstaunlich beunruhigt gewesen über die Neuigkeit, dass sie den größten Teil des Nachmittags ganz allein mit Marco in seinem Schlafzimmer verbracht hatte. »Ich muss mich über Giulias Sinn für Anstand wundern«, hatte er gesagt.

Zu Giulias und ihrer eigenen Verteidigung hatte Esme entgegnet: »Sie machte sich Gedanken, ob du damit einverstanden wärst, und ich versicherte ihr, du würdest es vorziehen, dass ich mich nützlich machte, statt faul herumzusitzen.«

»Es geht nicht darum, was Marco tun könnte«, hatte er erwidert. »Ihm vertraue ich – es ist, was die anderen dazu sagen werden, was mich weitaus mehr beunruhigt.«

»Wir leben im Jahre 1950, nicht um 1900!«, hatte Esme scharf erwidert, aber dann ein wenig ruhiger hinzugefügt: »Und was gehen uns schon diese Leute an? Wenn wir hier abreisen, werden wir sie nie wiedersehen. Ich dachte, wir hätten all diese langweiligen, altmodischen Konventionen in England zurückgelassen.«

»Was meinst du, Vater?«, fragte sie jetzt. »Wirst du es mir erlauben?«

William schob den leeren Suppenteller beiseite und griff nach seinem Weinglas, um einen Schluck zu trinken. »Und was ist, wenn du krank wirst, weil du so viel Zeit mit Marco verbringst?«

»Ich bin kerngesund und bezweifle, dass ich mir irgendetwas von ihm einfangen könnte.«

»Ach, lass sie doch, William!«, drängte Elizabeth. »Wer weiß, vielleicht erweckt es ja eine Berufung in ihr, sich zur Krankenschwester ausbilden zu lassen.«

»Oder Medizin zu studieren«, warf Esme ein, froh, jemanden auf ihrer Seite zu haben.

»Wir werden sehen«, sagte ihr Vater.

Von der anderen Seite des Tischs zwinkerte Elizabeth Esme zu – die sich gut vorstellen konnte, was die Ältere dachte: mit der Tochter aus dem Weg würde William sich ganz allein ihr widmen können.

Kapitel 26

Fast drei Wochen nach Marcos Ankunft saß er zum ersten Mal im Garten und genoss die warme Julisonne auf seinem blassen Gesicht. Gesellschaft leisteten ihm Esme und ihr Vater, aber auch Elizabeth und Angelo, der gestern am späten Abend aus Mailand heimgekommen war.

Oben auf der Terrasse hinter ihnen räumte Maria die Mittagstische ab und wurde von Elena scharf zurechtgewiesen, als sie einen Teller zerbrach. Esme hatte schon bemerkt, dass das junge Mädchen neuerdings sehr oft von der Köchin gescholten wurde und Marias hübsches Gesicht zunehmend mürrischer geworden war. Doch wann immer Angelo in der Nähe war, verschwand dieser Ausdruck, und Marias Stimmung hellte sich auf; auch das war Esme aufgefallen.

Während Elena langsam mit einem Tablett voller Getränke die Terrassenstufen herunterkam, brummelte sie unablässig vor sich hin, wie dumm Maria doch sei und dass man ihr nicht einmal die einfachste Arbeit anvertrauen könne. Sobald sie jedoch das Tablett auf den Tisch gestellt hatte, begann sie, ihren üblichen Wirbel um Marco zu machen. War ihm warm genug? Oder zu warm? Hatte er auch genug gegessen? War er sicher, dass er sich nicht überanstrengte? Als sie mit ihm fertig war, wandte sie sich Esme zu.

Zur allgemeinen Belustigung bestand Elena darauf, dass es nicht nur *Dio* zu verdanken war, dass Marco sich so gut erholt hatte, sondern auch Esme. Des Weiteren behauptete sie, Esme sei von den Engeln hergeschickt worden, um ihn zu pflegen. Es spielte keine Rolle, wie oft Esme ihr erklärte, sie habe nichts anderes getan, als Marco vorgelesen oder Brettspiele mit ihm gespielt, nachdem er ein wenig Kraft wiedererlangt hatte. Elena weigerte sich schlicht zu glauben, dass Esme nicht von Gott mit der Gabe des Heilens gesegnet worden war.

»Wenn diese Frau weiter so dein Loblied singt, wirst du zu einer Heiligen erhoben werden, und man wird dir zu Ehren eine Kapelle hier erbauen«, scherzte Elizabeth, als Elena gegangen war. »Oder wenn schon keine echte Kapelle, dann doch zumindest eine dieser kleinen Gedenkstätten, in denen die Leute Kerzen anzünden und Blumen hinterlassen.«

Angelo schüttelte den Kopf und blies eine lange Rauchfahne in die Luft. »Das würde Elena nicht genügen. Sie wird nicht eher ruhen, bis sie Esme zum Vatikan geschleppt hat, um sie vom Papst persönlich heiligsprechen zu lassen.«

»Ach, hört auf damit!«, sagte Esme errötend, die es hasste, im Mittelpunkt der Aufmerksamkeit zu stehen.

»Ich glaube, du musst deine Medizin des Lobes einnehmen und sie schlucken wie der brave Patient, der zu sein du mich immer ermahntest«, warf Marco neben ihr ein.

»Bitte fang du nicht auch noch an!«, bat sie.

Ihr Vater lachte. »Marco, ich fürchte, du tätest besser daran, dir deine Worte zu sparen, da Esme heute offenbar wild entschlossen ist, total unhöflich zu sein. Sieh nur, wie störrisch sie das Kinn vorschiebt! Das bedeutet, dass sie jetzt auf niemanden mehr hören wird.«

»Da bin ich anderer Meinung«, sagte Angelo. »Das ist nicht das Kinn einer störrischen Person, sondern einer Heiligen!«

»Herrgott noch mal!«, rief Esme. »Würdet ihr jetzt endlich damit aufhören und mich in Ruhe lassen?«

»Aber du amüsierst uns doch so wunderbar«, meinte Angelo augenzwinkernd.

»Ach ja? Dann gehe ich jetzt schwimmen.«

Daraufhin erhob sich Angelo und sagte: »Wenn das so ist, ist mir auch nach Schwimmen.«

Sie schwammen zu dem Floß hinaus, und nachdem Angelo ihr hinaufgeholfen hatte, streckten sie sich in der heißen Sonne aus und lauschten dem sanft gegen das Holz plätschernden Wasser unter ihnen. Seitdem Esme regelmäßig zweimal täglich baden ging, schwamm sie nicht nur wie ein Fisch, sondern ihre sonst so blasse Haut hatte auch eine schöne goldene Tönung angenommen, die sie immer wieder überraschte, wenn sie in den Spiegel blickte. Hallo, mein neues Ich!, dachte sie dann stets mit einem frohen Lächeln.

Aber wie immer, wenn sie mit Angelo allein war, trat jetzt wieder ihr altes Ich zutage, und sie kam sich furchtbar linkisch und überfordert vor.

In Marcos Gesellschaft war das anders; seine Nähe hatte nichts Bedrohliches oder Einschüchterndes für sie, und je mehr Zeit sie während seiner Genesung mit ihm verbracht und seinen Erzählungen über seine Kindheit und seinen Plänen für die Zukunft gelauscht hatte, desto sicherer hatte sie sich in seiner Gegenwart gefühlt. Bei ihm konnte sie sich entspannen und ganz sie selbst sein.

Bei Angelo dagegen verspürte sie immer das Bedürfnis, ihm etwas zu beweisen, was oft sogar so weit ging, dass sie versuchte, etwas darzustellen, was sie gar nicht war. Bei seinem Besuch am Wochenende zuvor hatte er darauf bestanden, sie zu einer Spazierfahrt in seinem neuen Wagen, einem Fiat Topolino, mitzunehmen. Es war jedoch nicht die romantische Tour um den See gewesen, die sie erwartet hatte. Stattdessen fuhr er mit ihr nach Dongo, um ihr zu zeigen, wo der als deutscher Soldat verkleidete Mussolini mit seiner Geliebten Clara Petacci gefangen genommen worden war. Er erzählte ihr auch von den Tonnen verschollenen Goldes und wichtigen Geheimdokumenten, die nach Überzeugung der Einheimischen noch irgendwo auf dem Grund des Sees lagen. Das Gold, auf das er sich bezog, waren von Dorfbewohnern – die zu arm waren, um etwas anderes zu geben – zur Unterstützung der Kriegsanstrengungen gespendete Eheringe, die von Soldaten auf der Durchfahrt durch die Dörfer eingesammelt worden waren.

»Euer Winston Churchill kam letztes Jahr hierher, um nach diesen Dokumenten zu suchen«, erzählte Angelo. »Es war eine inoffizielle Reise; den Leuten sagte man, er sei hier, um zu malen wie dein Vater, aber alle hier kennen die Wahrheit, dass er und die britische Regierung die Briefe finden wollten, die mit *Il Duce* ausgetauscht worden waren.«

Esme hatte keine Ahnung, ob das wahr war, doch betrübt von dem Gedanken an all diese armen Männer und Frauen, die ihre kostbaren Eheringe abgetreten hatten, fragte sie Angelo, ob er glaube, dass dieses Gold jemals gefunden werden würde.

»Wer weiß?«, erwiderte er mit einem gleichgültigen Schulterzucken. »Vielleicht ist es ja längst gefunden und gestohlen worden.« Dann fuhr er denselben Weg zurück, den sie gekommen waren, und machte noch einmal Halt in Mezzegra, um ihr die Stelle zu zeigen, wo Mussolini und seine Geliebte erschossen worden waren.

Es war ein makabrer Ausflug, den er mit ihr unternahm, und Esme fragte sich, ob es ein weiterer seiner Tests sein mochte, denen er sie so gerne unterzog. Und genauso war ihr auch die Tatsache erschienen, dass er sie im Wagen küsste, bevor sie zum Hotel zurückkehrten. Sie hatte es ihm erlaubt, doch als seine Hände ihren Körper zu erkunden begannen, hatte sie sie nach kurzem Zögern weggeschoben. Neugierde und ein kleines aufregendes Prickeln hatten sie sich nämlich fragen lassen, wie es sein könnte. Er hatte es kommentarlos hingenommen, nur gelächelt und sich eine Zigarette angezündet, bevor er weitergefahren war. Sein ganzes Verhalten hatte den deutlichen Eindruck bei ihr hinterlassen, dass sein Tun nicht mehr als eine bedeutungslose Übung für ihn war. Was Esme wiederum für den Rest des Tages mit kindischer Verdrossenheit erfüllt hatte, obwohl sie alles andere als stolz darauf gewesen war.

Bei Marco passierte ihr das nie. Mit ihm zusammen zu sein war unendlich viel einfacher; bei ihm brauchte sie sich nie darum zu sorgen, dass er etwas Unpassendes tun oder sagen könnte. Aber es gab auf jeden Fall Momente, besonders, als sich sein Gesundheitszustand besserte und ihre Gespräche angeregter wurden, in denen sie vergaß, dass er ein angehender Priester war, und ihn so sah, wie sie jeden anderen Mann sehen würde. Sie hatte ihm das einmal gestanden, und er hatte gelacht und erwidert, so sei es ihm sehr viel lieber. Er wolle nicht den Rest seines Lebens als Sonderling betrachtet werden, meinte er; das sei nicht das, was es mit seiner Berufung auf sich habe.

Sie bewunderte ihn dafür, dass er mit so absoluter Sicherheit wusste, was er für den Rest seines Lebens tun wollte, und hatte ihm auch gesagt, sie wünschte, in diesen Dingen genauso klar zu sehen wie er.

»Das kommt schon noch«, versicherte er ihr. »Besser, du wartest ab, als dich in irgendetwas hineinzustürzen, was das Falsche für dich ist. Ich wusste auch erst wirklich, was ich werden wollte, nachdem ich mein Studium beendet hatte.«

»Du bist sehr still heute, *amore*«, riss Angelos Stimme Esme nun aus ihren Gedanken.

»Ich bin oft still«, erwiderte sie in der Hoffnung, mehr geheimnisvoll als nur langweilig zu klingen.

»Ja, doch heute wirkst du viel zu ernst.« Er strich mit einem Finger über ihren Handrücken. »Bringe ich dich nicht mehr zum Lachen?«

»Du hast nichts gesagt, um mich zum Lachen zu bringen.«

Er streichelte wieder ihren Arm und ließ seine Finger langsam von ihrer Schulter bis zu ihren Fingerspitzen hinuntergleiten. Sie schloss ganz fest die Augen und spürte, wie ein unwillkürliches Erschauern sie durchlief. Ein Erschauern, das von Angelo nicht unbemerkt bleiben würde. Das Floß unter ihr schaukelte ein wenig, als er seine Haltung veränderte, und dann fühlte sie seine warmen Lippen auf ihrer Schulter, die hungrig über ihre Haut glitten und den gleichen Weg nahmen wie gerade eben seine Hand. Und als hätte ihr Körper einen eigenen Willen, drehte sie sich um und blickte zu Angelos Gesicht über ihr auf.

»Ich bin geduldig genug mit dir gewesen«, sagte er mit rauer Stimme und einem Glitzern in den dunklen Augen. »Und jetzt werde ich dich küssen, wie ich weiß, dass du geküsst werden willst.« Mit unerwarteter Heftigkeit presste er dann plötzlich seinen Mund auf ihren und küsste sie, tief und feurig, eine Ewigkeit lang, so schien es, während seine Zunge immer tiefer in ihren Mund eindrang und Esme ihn sogar noch weiter öffnen musste.

Sie schlang die Arme um seinen breiten, muskulösen Rücken und ließ ihre Hände zu seinem Nacken hinaufgleiten. Angelos Reaktion war, sie noch leidenschaftlicher zu küssen und sie mit seinem Körper auf das Floß zu drücken. Dann ergriff er einen ihrer Schenkel, strich mit der Hand über die Innenseite und spreizte ihre Beine.

Aber sie verspürte nichts. Sie wollte es – warum hätte sie sich sonst wohl umgedreht? –, doch das Einzige, dessen sie sich bewusst war, waren die Abläufe von Angelos Berührungen. Es war fast so, als machte sie eine außerkörperliche Erfahrung, als *beobachtete* sie lediglich, was sie taten. Was stimmte nicht mit ihr? Warum war sie so passiv, warum konnte sie alldem nichts abgewinnen? War sie frigide; war es das? Sie hatte Mädchen in der Schule über das Problem reden hören, das manche Frauen hatten, und ihre Scherze und ihr Lachen hatten darauf schließen lassen, dass es nichts war, was man sich gern eingestand.

Plötzlich zog sich Angelo von ihr zurück. Für einen schrecklichen Moment blieb er so unbewegt und starrte sie so voller Verachtung an, dass sie den Atem anhielt aus Angst vor dem, was er jetzt vielleicht tun oder sagen würde.

»Langweile ich dich?«

»Nein!«

»Was ist es dann? Warum liegst du nur so da, als schliefst du?«

Sie brachte kein Wort über die Lippen.

»Du hast noch viel zu lernen, Esme«, sagte er, wandte sich von ihr ab und setzte sich dann auf den Rand des Floßes, als schickte er sich an hinabzuspringen. »Du solltest nicht mit Männern spielen, wie du es tust – sie zuerst heißmachen, um ihnen dann von einer Minute zur anderen eine kalte Dusche zu verpassen.«

»Ich habe nicht mit dir gespielt«, murmelte sie, gekränkt von seinen Worten. »Es tut mir leid … ich dachte, ich wollte es … Ich meine, ich habe es versucht, aber …« Hilflos unterbrach sie sich. »Es tut mir leid«, wiederholte sie.

»Begehren ist nichts, was man im Kopf entscheidet«, fauchte er. »Es ist eine der natürlichsten und spontansten Empfindungen, die ein Mann und eine Frau verspüren können.«

Esme setzte sich auf und versuchte, ihn zu beschwichtigen. »Du hast recht«, sagte sie. »Ich muss noch sehr viel lernen.«

Angelo presste die Lippen zusammen, und ein Muskel zuckte an seinem Kinn, als er den Blick auf irgendeinen weit entfernten Punkt auf dem See richtete. »Aber nicht bei mir«, sagte er schließlich.

»Vielleicht nicht«, murmelte sie, als sie plötzlich erkannte, dass sie gerade etwas ungeheuer Wichtiges gelernt hatte: Jemanden wie Angelo könnte sie niemals lieben. »Ich bin doch bestimmt nicht mehr als eine Abwechslung für dich gewesen«, sagte sie leichthin. Denn er würde jetzt doch sicher nicht behaupten, sie habe ihm mit ihrer Zurückweisung das Herz gebrochen? Es war ja wohl höchstens seine Eitelkeit, die ein klein wenig verletzt worden war?

Er wandte den Kopf, und angesichts des Flackerns in seinen Augen fragte sie sich jetzt doch, ob sie nicht zu leichtfertig gewesen war und unterschätzt hatte, was er vielleicht empfand.

»Vielleicht bist du ja nicht mehr an mir interessiert«, sagte er gedehnt, »weil du dich nun für jemand anders interessierst? Für Marco beispielsweise?«

Also das war es! Er war eifersüchtig auf ihre Freundschaft zu seinem Cousin. Wie kleinlich von ihm! Aber jetzt war Schluss mit seinen Beschuldigungen, sie würde sich nicht noch mehr davon anhören! Verärgert sprang sie auf. »Wenn du jetzt mit solchem Unsinn anfängst, schwimme ich zurück.«

Schnell wie der Blitz war auch er auf den Beinen, was das Floß unter ihnen stark ins Schaukeln brachte, und mit einer Bewegung, die sie völlig überrumpelte, nahm er ihr Kinn zwischen Daumen und Zeigefinger und zwang sie, zu ihm aufzublicken. »Sieh mich an und schwöre, dass es nicht mein frommer Cousin Marco ist, der dich jetzt mehr interessiert! Und belüg mich nicht, ich habe gesehen, wie du in seiner Nähe bist.«

Von heftiger Empörung überkommen, funkelte sie Angelo wütend an und stieß seine Hände weg. »Du arroganter Schnösel! Wag es ja nicht, mich je wieder anzufassen oder so mit mir zu reden!« Und damit schob sie sich an ihm vorbei, sprang ins Wasser und schwamm zum Ufer zurück, angetrieben von Wut, Empörung und der schrecklichen und beschämenden Gewissheit, dass Angelo recht hatte.

Um alles noch schlimmer zu machen, stand Marco oben an den Stufen, die zum Steg hinunterführten, als sie ihn erreichte, und blickte stirnrunzelnd zu ihr herab.

»Alles in Ordnung, Esme?«, fragte er, und die Sorge um sie stand ihm dabei nur allzu deutlich ins Gesicht geschrieben.

»Nein!«, rief sie mit tränenerstickter Stimme, griff nach dem Handtuch, das sie auf den Stufen liegen gelassen hatte, und rannte an ihm vorbei, worauf sie fast mit Alberto zusammengestoßen wäre, der eine Schubkarre über den Rasen schob. »Gar nichts ist in Ordnung!«

Eine halbe Stunde später klopfte jemand an ihre Zimmertür. In einem Kleid, das sie gegen den Badeanzug getauscht hatte, und mit einem Handtuch um den Kopf lag sie auf dem Bett und ignorierte das Klopfen an der Tür. Wer auch immer gekommen sein mochte, um sie zu stören – in dem Zustand bitterer Scham, in dem sie sich befand, konnte sie jetzt mit niemandem reden.

Ein zweites Klopfen ertönte.

Und ein drittes.

»Esme, ich bin's, Marco. Sag mir, was los ist! Fühlst du dich nicht wohl?«

Sie unterdrückte einen erschrockenen Aufschrei. Nicht Marco! Jeder andere, nur nicht er! »Bitte geh!«, sagte sie.

»Nein, *cara*, nicht eher, bis ich weiß, was mit dir ist.«

»Gar nichts ist mit mir.«

»Dann komm zur Tür und beweise es mir!«

Widerstrebend stand sie auf und öffnete ihm.

Mit einem besorgten Stirnrunzeln in seinem gut aussehenden Gesicht musterte Marco sie prüfend. »Du hast geweint, *poverina*. Warum?«

Esme presste die Lippen zusammen und schüttelte den Kopf.

»Darf ich reinkommen, damit wir in Ruhe miteinander reden können?«

Sie zögerte. Jetzt auch noch mit ihm allein zu sein, nach allem, was Angelo gesagt hatte … nein, das durfte sie nicht.

»Bitte«, beharrte er. »Ich mache mir solche Sorgen um dich.«

Wider besseres Wissen ließ sie ihn dann doch herein.

Als die Tür geschlossen war, ging Marco zu dem Fenster, von dem aus man den Garten und den See sehen konnte, und drehte sich dann wieder zu ihr um. »Ich glaube, du hast wegen irgendetwas geweint, was mein Cousin gesagt hat. Oder vielleicht auch getan hat. Willst du mir nicht erzählen, was es war? Hat er dir wehgetan? Ich habe euch zwei auf dem Floß gesehen«, fügte er mit abgewandtem Blick hinzu. »Und ich sah dich in den See springen. Du wirktest sehr wütend.«

Esme schluckte, und ihre Scham nahm zu – wie viel mochte Marco beobachtet haben? Oh, wie hatte sie Angelo nur erlauben können, sie so zu küssen, obwohl sie die ganze Zeit über nicht einmal einen Bruchteil dessen verspürt hatte, was sie für den lieben, sanftmütigen Marco empfand? Warum hatte sie einen Mann ermutigt, der ihr Unbehagen zu genießen schien, besonders, wenn er selbst der Anlass dafür war? Was für ein kindisches und verlogenes Spiel sie getrieben hatte! »Ich kann es dir nicht erzählen«, murmelte sie. »Dazu schäme ich mich zu sehr.«

Marco entfernte sich vom Fenster und kam zu ihr. »Ich hatte recht, Angelo hat dir etwas angetan!«

»Nein! Ich war das. Es war meine Schuld.«

»Esme, du bist in vielen Dingen sehr, sehr klug, aber du bist auch noch jung, und ich kenne meinen Cousin, der sehr überzeugend sein kann und einen gewissen Ruf in diesen Dingen hat. Wenn er dich dazu gebracht hat, etwas zu tun, was du bereust, ist es nicht deine Schuld.«

Erschrocken über das, was Marco sich womöglich vorstellte, versicherte sie schnell: »Es ist nicht so schlimm, wie du denkst. Es ist nur so, dass er mir etwas vorwarf, und obwohl ich es ihm gegenüber heftig abgestritten habe, weiß ich, dass es stimmt.«

»Mein Cousin hat nicht das Recht, dir irgendetwas vorzuwerfen.«

»Vielleicht ja doch, wenn es die Wahrheit ist.«

Marco trat näher und legte seine Hände auf ihre Schultern. »Ich denke, du bist wie immer viel zu großzügig. Aber ich hasse den Gedanken, dass du so aufgelöst und mitgenommen bist. Gibt es nicht irgendetwas, was ich tun kann, um dich aufzuheitern?«

»Nein, danke, nichts. Gar nichts.«

Er seufzte und ließ sichtlich enttäuscht den Kopf hängen. »Na gut, dann werde ich mich jetzt ein bisschen ausruhen«, sagte er und legte eine Hand an seine Stirn, um das Haar zurückzustreichen, das ihm in die Augen gefallen war. »Ich bin müde, aber vielleicht möchtest du später vor dem Abendessen einen Spaziergang mit mir unternehmen?«

Am Ende verschlief Marco und erschien erst ziemlich spät zum Essen. Da Esmes Vater und Elizabeth sich inzwischen jedoch mit einem Paar aus Bath zu einer Partie Bridge verabredet hatten, konnte Esme sich ungestört mit Marco auf die Terrasse setzen.

Sie war noch immer zutiefst beschämt über ihr Getändel mit Angelo, doch ihre allergrößte Sorge war, ihre Gefühle für Marco wieder in die richtige Proportion zu bringen. Ja, sie hatte sich in ihn verliebt – zumindest sich selbst konnte sie das jetzt endlich eingestehen –, aber da niemals etwas daraus entstehen würde oder konnte, wollte sie seine Gesellschaft genießen, wie sie es immer getan hatte, bevor Angelo alles so schmutzig hatte erscheinen lassen.

Zu ihrer großen Erleichterung war an diesem Abend keine Spur von Angelo zu sehen. Wie Marco ihr gerade erklärt hatte, traf er sich mit einem Mandanten in Como.

»Er hat viele Mandanten hier am See, nicht?«, sagte Esme.

»Ja«, erwiderte Marco nur.

»Was für eine Art von Mandanten?«

»Die üblichen.«

»Sind es Angehörige der Mafia?«

Marco sah sie erschrocken an. »Wie kommst du denn darauf?«

»Als wir vor ein paar Wochen in Bellagio waren, sah ich, wie ihm ein Päckchen übergeben wurde, das nach einer Menge Geld aussah. Die Männer, von denen er es bekam, wirkten nicht sehr nett.«

Marco beugte sich mit ernster Miene vor. »Du darfst mit niemandem darüber reden, hörst du? Du hast es doch wohl hoffentlich noch nicht weitererzählt, oder?«

»Nein. Also ist es die Mafia?«

Er schüttelte den Kopf. »Die Männer werden *spalloni* gewesen sein. Du hast vielleicht schon von ihnen gehört. Sie sind Schmuggler.«

Esme hatte das eine oder andere über den hier betriebenen Schmuggel aufgeschnappt und hin und wieder sogar ein Patrouillenboot der *Guardia Finanza* auf dem See gesehen. »Ist Angelo darin verwickelt?«

Marco nickte. »Wie viele andere auch. Es ist hier eine Lebensweise.«

»Aber es ist kriminell. Angelo könnte dafür ins Gefängnis kommen, nicht?«

Marco legte warnend einen Finger an die Lippen, damit sie leiser sprach. »Was ist kriminell, Esme?«, fragte er ruhig. »Ist es nicht viel krimineller, dass es so viel Armut in unserem Land gibt, dass Männer und Frauen gezwungen sind, solche Wege zu beschreiten, um zu überleben? Das wahre Verbrechen ist, dass gewöhnliche Menschen sich gefallen lassen müssen, wie miserabel unser geliebtes Land regiert wird. Es ist die Bürokratie, die der größte Verbrecher ist, nicht die hungrigen Menschen, die nur nach Möglichkeiten suchen, ihre Familien zu ernähren. Hast du noch nie darüber nachgedacht, wie ungerecht es ist, dass Albertos Enkel Cesare mit elf Jahren die Schule verlassen musste, um mitzuhelfen, Geld für die Familie zu verdienen? Geschieht das auch in England? Nein! Aber hier wird zu vielen Kindern in einem viel zu jungen Alter eine Ausbildung verweigert. Das ist falsch!«

Sie hatte Marco noch nie so reden hören, so aufgebracht und leidenschaftlich. »Hier scheint es aber nicht viel Armut zu geben, oder jedenfalls ist mir keine aufgefallen«, wandte Esme ein.

»Ich könnte dich zu Orten mitnehmen, die nur einen kurzen Spaziergang von hier entfernt sind. Dort würdest du all die Beweise sehen, die du brauchst, um dich von der Existenz der Armut zu überzeugen. Hier im *Hotel Margherita* wird viel getan, um die Gäste vor dem Anblick dieser Armut zu bewahren. Für uns ist es wichtig, dass die Urlauber zufrieden sind, damit sie auch weiterhin zum See kommen und uns ihren Wohlstand mitbringen.«

Während Esme seine Worte überdachte, befielen sie Schuldgefühle wegen des privilegierten Lebens, das sie führte. »Was tut Angelo eigentlich genau?«, fragte sie Marco.

»Er ist als Mittelsmann tätig, wie ihr es nennen würdet. Er hilft bei den finanziellen Transaktionen und sorgt dafür, dass das Geld dort landet, wo es hingehört.«

»Weiß seine Mutter davon?«

»Ich denke schon.«

»Aber niemand spricht darüber?«

Marco nickte. »Und jetzt bist du schockiert, wie ich sehe. Aber bitte verurteile diejenigen nicht, die solche Dinge tun, solange du dich nicht in der Lage dieser Menschen befunden hast und den Schwierigkeiten begegnet bist, mit denen sie tagtäglich zu kämpfen haben.«

»Ich würde nicht einmal im Traum daran denken, irgendjemanden zu verurteilen.«

»Entschuldige bitte«, sagte Marco schnell. »Ich kann dir am Gesicht ansehen, dass ich dich beleidigt habe. Verzeih mir bitte!«

»Da gibt's nichts zu verzeihen«, antwortete sie. »Aber warum tut Angelo das, obwohl er doch einen guten Posten als Anwalt in Mailand hat? Warum riskiert er so viel?«

»Es ist das Abenteuer, was er sucht. Die Aufregung. Er will ein Teil von etwas Größerem sein, als er selbst es ist. Er hat eine rebellische Ader, und dies ist seine Art und Weise, ihr gerecht zu werden. Er hasst es, den ganzen Tag in seinem Büro zu sitzen; er wäre lieber ein richtiger *spallone*, der sich oben in den Bergen versteckt und sein Leben riskiert, indem er die schweren Rucksäcke voller Whisky und Zigaretten auf seinem Rücken schleppt.«

»Ist es gefährlich, was sie tun?«

Marco nickte. »Sehr gefährlich. Und vergiss nicht, dass du mit niemandem darüber sprechen darfst! Versprichst du mir das?«

»Hoch und heilig, Marco.«

Während Esme zum tiefschwarzen Himmel aufblickte, an dem die Sterne wie Diamanten funkelten, dachte sie, wie viel sie in diesem Sommer lernte. Aber vor allem dachte sie, was für ein friedvolles, beschauliches Gefühl es war, mit Marco hier zu sitzen.

Wenn es doch nur für immer und ewig so sein könnte!

Kapitel 27

Es hatte eigentlich eine Überraschung werden sollen, aber als Marco am Vortag nachmittags in der Küche gewesen war, um sich ein Glas Wasser zu holen, hatte Elena die Katze aus dem Sack gelassen. Wie er Esme später anvertraut hatte, hatte die Köchin ihn gebeten, niemandem, besonders seiner Tante nicht, zu verraten, dass er von der Party wusste, die sie an diesem Abend für ihn geben würden.

Und nun, nach dem bisher heißesten Tag des Sommers, als alle sich nach dem Abendessen auf der Terrasse versammelt hatten – Freunde, Familienangehörige und Hotelgäste waren eingeladen worden –, hatte Elena die Ehre, Marco die Geburtstagstorte zu überreichen. Nachdem sie sie vorsichtig auf den Tisch gestellt hatte, küsste Marco sie und dankte ihr dafür, dass sie ihm eine so gute *nonna* war. Dass er sie seine »Großmutter« nannte, machte sie überglücklich, und während sie sich die Tränen aus den Augenwinkeln wischte und ihre Schürze glatt strich, himmelte sie ihn förmlich an und tätschelte ihm die Wange. Dann wandte Marco sich an seine Tante Giulia und bedankte sich bei ihr für die Veranstaltung der Party.

»E un piacere«, sagte sie, und ihre Gesichtszüge waren ganz weich vor Zuneigung zu ihm, als sie ihn auf beide Wangen küsste.

Während Elena den Kuchen anschnitt, um ihn an die Gäste zu verteilen, beugte Elizabeth sich zu Esme vor. »Ich schwöre dir, wenn ich dreißig Jahre jünger wäre, würde ich mein Möglichstes tun, um diesen hinreißenden jungen Mann zu überreden, nicht Geistlicher zu werden.« Sie lachte leise. »Ja, ich weiß, was du denkst. Allein der bloße Gedanke daran würde ihn doppelt so schnell zum nächsten Kloster rennen lassen!«

Esme lächelte. »Ich dachte nichts dergleichen.«

»Und was ging dir dann durch dein hübsches Köpfchen, wenn ich fragen darf? Dass es eine furchtbare Verschwendung ist, wenn ein so attraktiver Mann wie er Priester wird?«

»Ich denke, dass es gut und edel ist, was er tut«, entgegnete Esme entschieden und hoffte, dass Elizabeth gerade dieses spezielle Thema nicht weiter verfolgen würde. Es war nicht das erste Mal, dass die Frau versuchte, sie in ein Gespräch über Marco zu verwickeln, aber Esme hatte noch immer einen Weg gefunden, sie davon abzubringen, für gewöhnlich, indem sie Angelo erwähnte, den Elizabeth für ausgezeichnete Gesellschaft hielt, jedoch auch für ein verwöhntes Muttersöhnchen, dem man als Kind öfter mal den Po hätte versohlen sollen. In diesem Moment kam die gewünschte Ablenkung in Form von Maria, die Teller mit Geburtstagskuchen herumreichte. Esme dankte dem Mädchen, erhielt zur Antwort aber nicht einmal ein Nicken, was wieder einmal den zunehmenden Eindruck bei ihr hinterließ, dass Maria sie nicht mochte. Wenn sie raten müsste, würde sie sagen, dass es etwas mit Angelo zu tun hatte.

Als Maria zu Elena zurückgegangen war, um noch mehr Kuchen zu holen, fragte Elizabeth: »Glaubst du, dass dein Vater je wieder heiraten wird?«

So erleichtert Esme auch über den Themenwechsel war, war sie dennoch recht bestürzt über die Frage. »Ich denke mal, das kann nur er beantworten«, sagte sie. »Doch da er erst seit kurzer Zeit verwitwet ist, bezweifle ich, dass er auch nur einen Gedanken daran verschwendet hat.«

»Es war keine glückliche Ehe, nicht?«, fuhr Elizabeth beharrlich fort. »Nicht nach dem Wenigen zu urteilen, was er mir erzählt hat.«

»Nein«, räumte Esme vorsichtig ein. Seit sie am Comer See waren, dachte sie nur selten an das Leben, das ihr Vater und sie hinter sich zurückgelassen hatten. Sie waren Ende Mai hier eingetroffen, und jetzt war es August, und der Gedanke, dieses idyllische Paradies zu verlassen – selbst wenn es nur Fassade war, wie Marco ihr geschildert hatte – und nach England zurückzukehren, stimmte sie traurig. Aber sie würden es tun müssen, das wusste sie, genau wie die Kelly-Webbs, die vor einiger Zeit auch nur sehr widerstrebend nach Baltimore heimgekehrt waren.

»Ah, William!«, rief Elizabeth. »Da bist du ja! Wir sprachen gerade von dir, nicht wahr, Esme?«

»Hoffentlich nur Gutes!«, erwiderte ihr Vater mit einem charmanten Lächeln. Er sah heute ungewöhnlich elegant aus in seinem cremefarbenen, perfekt gebügelten Leinenanzug und der neuen seidenen Schalkrawatte, die er im offenen Kragen seines weißen Hemdes trug.

»Leider nicht«, sagte Elizabeth. »Wir sprachen geradezu sträflich unhöflich von dir.«

Er lachte. »Na ja, dann verdiene ich das wohl auch.«

»Wo warst du?«, wollte Esme wissen. »Du hast verpasst, wie Elena Marco den Geburtstagskuchen überreichte.«

»Ich war drinnen und habe kurz mit Angelo geredet.«

»Ist er hier? Ich dachte, er käme erst morgen heim.«

»Er ist vor ein paar Minuten angekommen.«

»Worüber habt ihr denn gesprochen?«

»Ach, über nichts Besonderes.«

An der übertriebenen Gleichmut seiner Stimme konnte Esme jedoch leicht erkennen, dass ihr Vater log. Aber warum? Was könnte er Angelo schon zu sagen haben, was er ihr nicht erzählen konnte? Außer, es hätte etwas mit ihr zu tun?

Zwei Wochen waren vergangen, seit Esme Angelo zuletzt gesehen hatte, doch diese unschöne und demütigende Szene auf dem

Floß stand ihr immer noch so frisch im Gedächtnis, als wäre es erst gestern gewesen. Sie wünschte, sie wäre an jenem Tag nicht mit ihm schwimmen gegangen, hätte ihm nie die Chance gegeben, mit ihr allein zu sein. Und sie wünschte auch, sie hätte anders auf seine Beschuldigungen reagiert. Aber so, wie es war, konnte ihr Ärger ihn eigentlich nur überzeugt haben, dass er recht hatte. Und nun graute ihr davor, ihn wiederzusehen, für den Fall, dass er beschließen sollte, es könnte amüsant sein, sie noch ein bisschen mehr zu ärgern. Doch würde er wirklich derart kleinlich sein? Er war ein erwachsener Mann, der von einem naiven jungen Mädchen abgewiesen worden war; sie konnte sich nicht vorstellen, dass er auch nur einen einzigen weiteren Gedanken daran verschwendet hatte.

»*Signora* und *Signorina*, wie ist der Kuchen? Schmeckt er Ihnen?«

Es war Marco, und bei seinem Anblick dachte Esme, dass er nie besser ausgesehen hatte als in seiner gut geschnittenen grauen Hose und einem Hemd, das perfekt das Blau seiner Augen wiedergab. Er sah jetzt wieder ebenso blendend aus wie bei ihrer ersten Begegnung in Venedig, wenn nicht sogar noch besser. Er strahlte heute eine Kraft und Energie aus, die sich unübersehbar in seinen blauen Augen widerspiegelten.

»Er ist *buonissimo*«, antwortete Elizabeth für sie beide. »Herzlichen Glückwunsch zum Geburtstag, Marco! Mögen alle Ihre Geburtstage so fröhlich sein!«

Lächelnd reichte er Esmes Vater einen Teller Kuchen. »Für Sie, *Signor* Silcox. Mir fiel auf, dass Sie noch keinen bekommen hatten.«

William nahm den Teller und wünschte ihm alles Gute zum Geburtstag.

»Wie ich hörte, wird es noch Musik und Tanz geben«, bemerkte Elizabeth.

Marco nickte. »*Sì*, das ist wahr. Ich hoffe, das Vergnügen zu haben, mit Ihnen tanzen zu dürfen, *Signora.*«

»Selbstverständlich dürfen Sie mit mir tanzen, junger Mann, und das Vergnügen wird ganz meinerseits sein. Ich werde den Rest meines Lebens von der Erinnerung daran zehren!«

Er lachte und wandte sich an Esme. »Und du, wirst du auch an meinem Geburtstag mit mir tanzen?«

»Natürlich wird sie das«, sagte Elizabeth an Esmes Stelle.

Aber es war nicht Marco, der sich Esme als Erster näherte, als die Musik und der Tanz begannen, sondern Angelo.

»Wie hübsch du heute Abend aussiehst«, bemerkte er, nachdem er ihr nicht einmal Gelegenheit gegeben hatte, seine Aufforderung abzulehnen. Während er sie unnötig fest mit einer Hand an der Taille hielt und ihre Rechte ebenso entschlossen in seiner Linken, wirbelte er sie unerbittlich über die Terrasse, die man mittlerweile von Tischen und Stühlen befreit hatte. Bei der Erinnerung daran, wie sehr sie im Hotel *Grand Bretagne* mit ihm hatte tanzen wollen, war es die reinste Ironie, dass sie jetzt, da er sie im Tanz herumwirbelte, von ganzem Herzen wünschte, nicht mit ihm zu tanzen. »Sei vorsichtig mit deinen Wünschen« – wie wahr dieses Sprichwort doch war!

»Sprichst du nicht mit mir, Esme?«, fragte er, als sie sein Kompliment nicht einmal einer Antwort würdigte.

»Ich konzentriere mich auf die Musik«, sagte sie.

»Nein, nein, so geht das nicht. Du musst dich entspannen und dich von mir führen lassen. Nur so lernst du. Indem du dem Manne folgst.«

Da sie den Verdacht hatte, dass er nicht nur über das Tanzen sprach, entgegnete sie: »Du irrst dich, falls du glaubst, ich wollte von dir lernen.«

Er lachte und drückte sie an sich. »Wie traurig du sein wirst, wenn Marco, dein *innamorato*, nächste Woche den See verlässt. Das ist der Grund, weshalb meine Mutter heute Abend eine so schöne Party für ihn gibt. Es ist sehr lieb von ihr, das zu tun, nicht wahr?«

Das waren Neuigkeiten für Esme, aber so bekümmernd sie auch waren, gab sie sich doch alle Mühe, einen ruhigen Tonfall zu bewahren. »Marco ist nicht mein *innamorato*, und ich würde es vorziehen, wenn du nicht so von ihm sprechen würdest.«

»Von mir aus kannst du dir ruhig etwas vormachen, Esme, aber versuch bitte nicht, auch mich zu täuschen! Nicht, da ich doch weiß, dass Marco dich genauso sehr begehrt wie du ihn.« Er zwinkerte ihr zu. »Verbotene Liebe ist die süßeste aller Früchte, nicht?«

Kreidebleich und außer sich vor Hass auf ihn, versuchte Esme, sich loszureißen. Doch Angelo verstärkte den Griff nur noch und presste sie an seinen Körper, der heiß und verschwitzt war von der schwülen Hitze dieser Nacht. »Nein«, erwiderte er lachend, »der Tanz ist noch nicht zu Ende. Und warum willst du vor mir wegrennen wie ein dummes Schulmädchen, obwohl ich doch nur die Wahrheit sage? Fürchtest du so sehr die Wahrheit?«

»Du tust mir weh! Lass mich bitte los!«

Er lockerte den Griff, aber nicht genug, um ihm entkommen zu können. »Komm schon«, meinte er, »genieße die Musik! Warst du es nicht, die mit mir tanzen wollte, als wir zusammen in Bellagio waren? Oh, wie gut ich mich noch an deine enttäuschte Miene erinnere, als ich Nein sagte! Und jetzt machst du ein Gesicht, als tanztest du lieber mit einer Schlange. Bin ich dir so unsympathisch geworden?«

»Jetzt gerade ja«, stieß sie zwischen zusammengepressten Zähnen hervor.

»Und nur, weil ich dir gesagt habe, dass Marco das Gleiche für dich empfindet wie du für ihn? Warum ist das so schlimm? Und wieso macht dich das nicht glücklich?«

»Weil du ein grausames Spiel treibst, und nur, weil du auf dem Floß nicht deinen Willen bekommen hast. Du bist nichts als ein arroganter und selbstverliebter schlechter Verlierer.«

Verächtlich lachend warf er den Kopf zurück und wirbelte sie im Kreis herum, bis ihr schwindlig wurde und die Lichter auf der Terrasse vor ihren Augen verschwammen. Als er endlich anhielt, sie in seinen Armen auffing und die Terrasse aufgehört hatte, sich zu drehen, sah Esme, dass Maria sie beobachtete. Und Esme war sich völlig sicher, dass sie noch nie in ihrem Leben einen solchen Hass im Gesicht eines Menschen gesehen hatte wie den, den sie im Augenblick in Marias sah.

»Ich bin also der schlechte Verlierer?«, sagte Angelo und riss sie so fest an seine Brust, dass ihr sein heißer Atem ins Gesicht schlug. »Während du, meine kleine Esme, eine schändliche Lügnerin bist, weil du deine Liebe zu meinem Cousin nicht zugeben willst, sondern stattdessen mich mit deinen Küssen heißgemacht hast. Nicht ich trieb ein grausames Spiel; das warst du selbst, Esme! Marco konntest du nicht haben, und deswegen hast du mit mir geflirtet. Aber ich war nur ein schlechter Ersatz für das, was du wirklich wolltest. Ist das nicht das Gefühlloseste, was du je gehört hast?«

»Das ist nicht wahr!«, rief sie. »Ich habe nicht mit dir geflirtet. Du hast mich geküsst und …«

»Und was?«, unterbrach er sie. »Was hast du getan? Du hast den Kuss erwidert. Das kannst du nicht bestreiten.«

»Ich war neugierig. War das so furchtbar falsch?«

»Das ist es allerdings, wenn du dir dabei vorgestellt hast, dass es mein Cousin war, den du küsstest!«

»Bitte«, sagte sie, während sie sich besorgt umsah – sie konnte ihren Vater mit Elizabeth tanzen sehen, und er blickte ebenso zu ihr herüber wie auch Marco, der mit Elena tanzte, die entzückt den Kopf zurückgelegt hatte und über ihr ganzes faltiges Gesicht strahlte – »sprich leiser, sonst hören dich die anderen!«

Aus aufgewühlten dunklen Augen warf er ihr einen Blick zu, der sie vor Schreck erstarren und erkennen ließ, dass dieser Mann von Natur aus etwas Hemmungsloses und Gefährliches an sich hatte. Es war genau so, wie Marco gesagt hatte: Angelo hatte eine rebellische Ader, die ihn dazu trieb, mit voller Absicht die Gefahr zu suchen, ganz gleich, in welcher Form.

»Glaubst du, es kümmert mich, ob sie mich hören?«, fauchte er. »Wäre es nicht für alle besser zu wissen, dass Marco nicht der Heilige ist, für den ihn alle halten? Mein ganzes Leben war es stets der wundervolle Marco, von dem ich hören musste. Jeder liebt ihn. Alle denken, er sei perfekt. Aber er ist es nicht!«

»Also darum geht es letztendlich? Du bist eifersüchtig auf deinen Cousin und willst ihm wehtun. Ist es das?«

»Eifersüchtig? Ich? Was hat er, worauf ich eifersüchtig sein könnte? Es ist nur Gerechtigkeit, was ich will, mehr nicht. Dass die Leute nicht denken, ich sei der Schlechte in der Familie und er der Gute. Hat er mich bei dir etwa nicht schlechtgemacht?«

»Du könntest gar nicht mehr danebenliegen. Und falls du glaubst, er würde so etwas tun, dann kennst du ihn nicht.«

»Aber ja, na klar, du hast ihn fünf Minuten gekannt und glaubst, ihn besser zu kennen als ich!«

Entsetzt über die Verbitterung, die sie bei diesem Mann wahrnahm, und schockiert darüber, wie völlig falsch sie ihn beurteilt hatte, sagte sie: »Mein Vater hatte recht, was dich angeht. Er warnte mich, vorsichtig bei dir zu sein, und er hat sich nicht geirrt.«

»Ja, dein Vater schätzt mich nicht, das weißt du so gut wie ich. Er sprach mich an, als ich heute Abend ankam, und gab mir sehr deutlich zu verstehen, dass ich dich in Ruhe lassen solle.«

»Und trotzdem hast du mich belästigt.«

Angelo lächelte spöttisch, und zu ihrer großen Erleichterung brach im selben Moment die Musik ab, und er gab sie frei. Sie konnte gar nicht schnell genug von ihm wegkommen, und ohne wirklich darüber nachzudenken, wohin sie ging, ließ sie die fröhliche Gesellschaft auf der Terrasse hinter sich zurück und schlüpfte unbemerkt von den anderen in den stillen dunklen Garten.

Dort lief sie über den Rasen, durch das schmiedeeiserne Tor und die kleine Treppe zum See hinunter, wo sie sich auf die letzte Stufe und hinter einen großen Terrakotta-Kübel setzte, der sie hoffentlich davor bewahren würde, entdeckt zu werden.

Das Gesicht zwischen den Händen, saß sie dort und lauschte der Musik, die jetzt wieder auf der Terrasse spielte, während sie auf die tintenschwarze Wasseroberfläche und die funkelnden, weit entfernten Lichter von Lezzeno starrte. Die silberne Mondsichel über ihr schimmerte so hell, dass sie wie frisch poliert aussah. Kein Lüftchen regte sich, und Insekten summten und schwirrten in der süßlich duftenden, warmen Luft herum. Irgendwo in gar nicht weiter Ferne schlug leise eine Kirchenglocke an.

Esme seufzte. Was für ein Schlamassel – und das Schlimmste daran war, dass sie ihn selbst verursacht hatte. Angelo hatte recht; sie *hatte* ihn benutzt. Scharfsichtig wie er war, hatte er schon vor ihr gewusst, was sie tat. Oh, was für ein Kind sie war! Nichts als ein naives, dummes Ding! Tränen des Selbstmitleids stiegen ihr in die Augen und liefen ihr über die Wangen.

»Esme? Bist du dort unten?«

Sie erschrak beim Klang von Marcos Stimme in der Dunkelheit und versuchte, sich noch mehr hinter dem Kübel zu verstecken.

»Esme?«

Mit angehaltenem Atem wartete sie und hoffte, dass er zu der Party zurückkehren würde.

Doch ihre Hoffnung erfüllte sich nicht. Mit wild klopfendem Herzen lauschte sie seinen Schritten auf den Stufen. Und dann war er da und blickte stirnrunzelnd zu ihr herab. »Warum versteckst du dich hier?«

Als sie nichts erwidern konnte, weil ihre Kehle wie zugeschnürt von Tränen war, setzte er sich neben sie. »Warum weinst du?«, fragte er. »Was macht dich so traurig, *cara*?«

Esme schüttelte den Kopf. »Nichts«, war alles, was sie sagen konnte.

Marco zog ein Taschentuch aus seiner Hosentasche, doch anstatt es ihr zu geben, drückte er den gefalteten weißen Stoff an ihre Wangen. »So, das ist schon besser. Und jetzt erzähl mir, was los ist!«

»Ich kann es dir nicht erzählen«, murmelte sie.

»Das sagtest du auch, nachdem Angelo dich auf dem Floß geärgert hatte. Und jetzt sagst du es schon wieder, nachdem du mit ihm getanzt hast.«

Sie schüttelte den Kopf. »Es hat nichts mit ihm zu tun, nur mit mir selbst. Ich war sehr dumm, Marco.«

»Dann erklär mir, inwiefern du dumm warst, und dann werde ich entscheiden, ob es sich lohnt, darüber Tränen zu vergießen.«

»Du möchtest, dass ich bei dir beichte, als wärst du schon ein Priester?«

Er nahm ihre Hand in seine. »Nein, *mia cara*, ich möchte, dass du mit mir redest wie mit einem Freund. Wir sind doch Freunde, oder?«

Sie schluckte. »Ja«, murmelte sie und brach erneut in Tränen aus.

Sanft betupfte er ihre Augen mit seinem Taschentuch. »Ich

muss ein sehr schlechter Freund sein, wenn ich dich so zum Weinen bringe, denke ich.«

»Bitte sei nicht so nett zu mir; ich kann das nicht ertragen! Nicht, nachdem ich mich so schlecht benommen habe.«

»Wer sagt, dass du dich schlecht benommen hast? Mein Cousin?«

»Nein, ich. Ich weiß, dass es so ist. Ich dachte, ich sei so clever und erwachsen, obgleich ich in Wirklichkeit noch hoffnungslos naiv bin.«

»Wir alle sind naiv, und wir alle machen Fehler. Ich habe selbst mehr als genug gemacht. Zum Beispiel könnte es ein Fehler für mich sein, hier neben dir zu sitzen.«

Sie blickte zu ihm auf. »Warum?«

»Weil ich dich, seit ich dir in Venedig begegnet bin, schon immer habe küssen wollen.«

Esme schluckte. »Ist das wahr?«

»Ja. Nie werde ich den Anblick von dir vergessen, als du in deinem roten Rock so glücklich auf dem Markusplatz herumgewirbelt bist. Ich dachte, nur ein Mensch, der wirklich glücklich ist, könnte Freude auf so einfache und offene Art ausdrücken.«

Sie lächelte bei der Erinnerung daran.

»Seit damals habe ich jeden Tag an dich gedacht und mich gefragt, wie es wohl wäre, dich zu küssen.«

»Aber das kannst du nicht, oder?«

»Ich könnte schon.«

»Aber du darfst es nicht.«

»Ein einziger Kuss wäre nicht allzu schlimm. Immerhin habe ich Geburtstag.«

»Doch dann wäre ich schuld daran, wenn du in die Hölle kämst oder … oder noch viel Schlimmeres. Wenn du exkommuniziert würdest, noch bevor du … kommuniziert wärst …«

Sie suchte verzweifelt nach den richtigen Worten, was ihr jedoch jämmerlich misslang.

Marco lächelte und nahm wieder ihre Hand in seine. »Ein Kuss bedeutet nicht, dass ich in alle Ewigkeit verdammt sein werde. Und da ich noch weit davon entfernt bin, meine Gelübde abzulegen, gehe ich das Risiko nur allzu gern ein. Ein Kuss, und dann musst du mit mir zurückgehen und mit mir tanzen. Wirst du das tun, Esme?«

Sie betrachtete sein Gesicht, das ihrem so nahe war, die Makellosigkeit seiner olivfarbenen Haut, das dunkle Blau seiner Augen und seinen eindringlichen Blick, der sie gefangen hielt und zu sich hinzog wie ein Licht in einem dunklen Raum. Trotz der bezwingenden Intensität seines Blickes lag jedoch nichts darin, wovor sie Angst haben müsste, und das wiederum bewies ihr, dass er sie zu nichts zwingen würde, was sie nicht wollte. Es war ganz und gar ihre eigene Entscheidung.

Kapitel 28

Es war ein liebevoller, sanfter Kuss, schöner als alles, was sie je erlebt hatte. Nichts Beängstigendes überkam sie, keine Furcht, dass sie irgendetwas falsch machte oder dass mit ihr gespielt wurde, wie sie es empfunden hatte, als Angelo sie geküsst hatte.

Bei Marco hörte die Welt zu existieren auf; es gab nur noch sie beide und die seidig warme Weichheit seiner Lippen an den ihren. Esme hätte eine Ewigkeit dort sitzen und ihn küssen können, und es wäre immer noch nicht genug gewesen. Nichts, absolut nichts würde sich je mit diesem himmlischen Moment vergleichen lassen.

»Alles Gute zum Geburtstag«, murmelte sie, als sie sich schließlich voneinander lösten und sie ihn ein bisschen benommen und außer Atem ansah.

»Dies ist ein Geburtstag, den ich nie vergessen werde«, sagte er feierlich. »Ich werde diesen Kuss für immer in Erinnerung bewahren.«

Die Endgültigkeit und absolute Entschiedenheit, die in seiner Stimme mitschwangen, ließen Esmes Herz einen Schlag lang aussetzen. »Ich auch«, gab sie leise zu.

»Nächste Woche reise ich nach Venedig ab«, sagte er tonlos und starrte auf den dunklen See hinaus.

»Bist du sicher, dass es dir schon gut genug geht, um zurückzukehren?«

Er wandte sich ihr halb zu. »Ja, es geht mir mehr als gut. Ganz gleich, was Elena auch sagen mag«, fügte er lächelnd hinzu.

»Du wirst mir fehlen, wenn du fort bist«, bekannte Esme. »Es wird hier nicht dasselbe sein ohne dich.«

»Du wirst mir auch fehlen.«

»Glaubst du, du könntest vielleicht noch einmal für ein paar Tage herkommen, bevor mein Vater und ich nach England zurückkehren?«

»Das wird vielleicht nicht möglich sein, aber wenn es irgend geht, ja, dann komme ich. Darauf kannst du dich verlassen.«

Für ein paar Minuten saßen sie Hand in Hand in einträchtigem Schweigen da, blickten auf den See hinaus und beobachteten die blinkenden Lichter eines vorbeituckernden kleinen Bootes.

»Würdest du etwas für mich tun?«, fragte Esme, als das Boot vorbeigefahren war und sie nur noch das Geräusch der kleinen, praktisch unmittelbar vor ihnen ans Ufer plätschernden Wellen hörten. »Würdest du dich bitte von meinem Vater malen lassen? Ich möchte etwas ganz Besonderes zur Erinnerung an dich haben.«

Marco drückte ihre Hand. »Und was werde ich zur Erinnerung an dich haben?«

»Unter den gegebenen Umständen wäre es vielleicht besser, wenn du mich vergisst.«

»Wie schnell du vergessen hast, was ich vor ein paar Minuten sagte – dass ich diesen Moment für immer in Erinnerung behalten werde!«

»Wenn das wahr ist, brauchst du nichts, was dich an mich erinnert«, entgegnete sie leichthin.

»Aber ich hätte gern etwas. Ein kleines Andenken, das ich mein Leben lang behalten werde.«

Esme lächelte, als ihr plötzlich ein Gedanke kam. »Ich weiß genau das Richtige.«

»Und was ist das?«

»Das wird eine Überraschung für dich sein, aber ich verspreche dir, dass es dich stets an mich erinnern wird.«

»Dann wird es etwas sein, das ich immer gut hegen und pflegen werde.«

Da die Stimmung zwischen ihnen nun ein wenig entspannter war, sagte er: »*Allora*, wir müssen jetzt zu den anderen zurückgehen, weil sie uns sonst vermissen werden. Und du wirst mit mir tanzen, ja?«

»Bist du sicher, dass du nicht lieber mit Elizabeth tanzen möchtest?«

Er lachte. »Dieses Vergnügen steht mir noch bevor.«

Sie waren erst ein paar Stufen hinaufgestiegen, als Esme das unverkennbare und vertraute Klicken eines Feuerzeugs wahrnahm, gefolgt von dem nicht weniger vertrauten Geruch von Zigarettenrauch. Ihr schlug das Herz bis zum Hals, als sie lautlos eine Gestalt hinter einer der hohen Zypressen hervortreten und im Dunkeln die Spitze einer Zigarette rötlich glühen sah. Es war Angelo, dessen nur durch die Zigarettenglut beleuchtetes Gesicht eine eigenartige Mischung aus Boshaftigkeit und grimmiger Genugtuung aufwies. Ohne etwas zu sagen, drehte er sich auf dem Absatz um und ging wieder hinauf zum Garten.

Entweder war Marco ein hervorragender Schauspieler, oder es kümmerte ihn tatsächlich nicht, was sein Cousin dachte, aber er sagte jedenfalls kein Wort. Esme dagegen schlug sich den Rest der Nacht mit der besorgten Frage herum, wie viel Angelo von ihrer Unterhaltung mitbekommen hatte – und mit der noch viel wichtigeren, wie viel er gesehen haben mochte.

Kapitel 29

Gequält von ihren aufgewühlten Gedanken und dem ruhelosen und verschwitzten Körper, der keine kühle Stelle fand, tat Esme in jener Nacht kaum ein Auge zu, und als das erste Tageslicht den Horizont erhellte, schob sie das zerwühlte Bettzeug zurück und stand auf, um sich ans Fenster zu setzen. In der Hoffnung auf eine kühle Brise hatte sie in der Nacht zuvor das Fenster und die Läden offen gelassen, aber nicht der kleinste Lufthauch war hereingeweht, während sie sich ruhelos im Bett herumgewälzt hatte. Und schon jetzt konnte sie spüren, dass ihnen ein weiterer unerträglich heißer Tag bevorstand.

Die Ellbogen auf das Fensterbrett gestützt, lehnte sie sich aus dem Fenster und starrte wehmütig auf den See und die dahinterliegenden Berge hinaus, die in einen schimmernden, rötlich gelben Dunst gehüllt waren. Es war ein zauberhafter Anblick. Kein Wunder, dass ihr Vater sehr oft um diese frühe Zeit aufstand, um das erste Licht des Tages auf der Leinwand festzuhalten.

Am gestrigen Abend hatte sie keine Gelegenheit gehabt, ihn zu fragen, aber beim Frühstück wollte sie ihn bitten, Marco vor seiner Abreise in der nächsten Woche noch zu malen. Sie bezweifelte nicht, dass ihr Vater den Grund für ihre Bitte erraten und es vielleicht sogar für unklug halten würde, mit einem solch schmerzlichen Andenken nach England zurückzukehren, doch sie *musste* das Bild haben, nichts war ihr in diesem Augenblick wichtiger.

Während ihres Aufenthaltes in Italien hatte sie sehr viele Fotos mit der *Brownie* Boxkamera gemacht, die ihr Vater ihr geschenkt hatte, und darunter waren auch einige von Marco, besonders eins oder zwei, die sie noch in Venedig aufgenommen hatte, aber ein Gemälde von ihm würde noch viel, viel besser sein. Sie wusste, dass ihr Vater mehr als ein bloßes zweidimensionales Bild hervorzubringen vermochte und dass er Marcos wahres Wesen – seine sanfte, freundliche Natur, die letztlich das war, worin sie sich verliebt hatte – auf der Leinwand festhalten würde.

Ihr Kopf mahnte sie, dass es falsch gewesen war, Marco zu küssen, doch ihr Herz war anderer Meinung. Dieses Dilemma war es, das sie wach gehalten hatte. Ihr Verstand sagte ihr, dass es weniger um Richtig oder Falsch ging, als vielmehr um Realität und Ehrlichkeit, und angesichts von Marcos eigener Offenheit hatte auch sie nichts anderes mehr gewollt, als völlig aufrichtig zu ihm zu sein.

Die Kelly-Webbs hatten sich von Esmes Vater porträtieren lassen, weil sie, wie sie sagten, ein Bild haben wollten, das sie eines Tages ihren Enkelkindern zeigen konnten. »Um ihnen zu beweisen, dass auch wir mal jung und schön waren!«, hatten sie gescherzt. Esme konnte dieses Gefühl jetzt sehr gut nachvollziehen. Sie hatte keine Vorstellung davon, wie es sein würde, alt zu sein, aber wenn dieser Tag kam, wollte sie zurückblicken und sich Marco Bassani so in Erinnerung rufen können, wie er heute war. Sie wollte, dass er – und dieser Sommer – für immer so erhalten blieben, dass die Zeit ihnen nichts anhaben konnte.

Stimmen und das Knirschen von Kies unter schweren Schritten veranlassten sie, sich noch weiter aus dem Fenster zu beugen. Es war Angelo, der sich von seiner Mutter verabschiedete, um nach Mailand zurückzukehren. Große Erleichterung erfasste Esme, und da jetzt keine Gefahr mehr bestand, ihm zu begegnen, beschloss sie, zu einem frühmorgendlichen Bad zum See hinunterzugehen.

Später, als sie geduscht und ein leichtes Sommerkleid angezogen hatte, machte sie sich auf die Suche nach ihrem Vater, den sie an einem Frühstückstisch auf der Terrasse antraf, die inzwischen frei von allen Überresten der gestrigen Party war. Esme begrüßte ihren Vater ein wenig nervös, überzeugt, von allen beobachtet zu werden. Wer konnte schon wissen, ob Marco und sie gestern nicht gesehen worden waren und es sich vielleicht bereits herumgesprochen hatte, dass sie sich geküsst hatten?

»Keine Elizabeth?«, fragte sie, um einen heiteren Ton bemüht, während sie gegen ihr schlechtes Gewissen ankämpfte.

»Noch nicht. Sie wird sich heute Morgen ausschlafen wollen, vermute ich. Da sie gestern Nacht recht … fröhlich war, hat sie heute Morgen möglicherweise Kopfweh. Und wie fühlst du dich?«

Esme entfaltete ihre Serviette. »Ich habe fast die ganze Nacht kein Auge zugetan.«

»Ja«, sagte er leise, »so etwas hatte ich mir schon gedacht. Tee? Oder möchtest du lieber Kaffee? Ich habe noch nichts zu essen bestellt, weil ich auf dich warten wollte.«

»Tee ist gut. Nein, nein, bemüh dich nicht.« Sie griff über den Tisch, um ihrem Vater die Kanne abzunehmen, und schenkte sich dann selbst Tee ein.

Als Maria bei ihnen erschien und Esme ihr hämisches Grinsen sah, drehte sich ihr vor Furcht beinahe der Magen um. Hatte Angelo dem Mädchen etwas erzählt? Oder hatte auch Maria gestern Nacht im Dunkeln gelauert und zugesehen, wie sie Marco geküsst hatte?

Sie bestellten ihr Frühstück, und sobald sie allein waren, fragte Esme ihren Vater, wieso er schon vermutet hatte, dass sie nicht hatte schlafen können.

»Ich könnte jetzt lügen und behaupten, ich hätte angenommen, dass zu viel Aufregung dich wach gehalten hat«, antwortete er. »Aber da ich lieber ehrlich bin, kann ich nur sagen, dass ich dich noch nie strahlender und schöner gesehen hatte als gestern Abend, als du mit Marco tanztest. Und ich bezweifle, dass ich der Einzige war, der das bemerkte.«

»Oje. Und dann wird jetzt wohl jeder denken, ich übte einen schlechten Einfluss auf ihn aus. Denkst *du* das auch?«

»Aber Esme, wie kommst du denn auf so etwas?«

»Weil wir gestern Abend nicht nur miteinander getanzt haben, Vater. Wir ... wir haben uns auch geküsst.« Sie hatte nicht vorgehabt, ihm das zu gestehen, doch nun, da es heraus war, war sie froh darüber. Es tat gut, ihre Zweifel in Worte zu fassen, statt sie nur in ihrem Kopf herumschwirren zu lassen.

Sie beobachtete, wie ihr Vater seine Schlussfolgerungen zog und dann seine Tasse absetzte. »Ich kann nicht sagen, dass ich sehr überrascht darüber bin«, meinte er schließlich ruhig.

»War mein Benehmen denn so offensichtlich?«

Er runzelte die Stirn. »Warum sprichst du nur von dir, Esme? Spielte Marco denn etwa keine Rolle bei alldem?«

»Du klingst verärgert.«

»Ja, weil es mich ärgert, dass du dich ganz allein für die Situation verantwortlich fühlst, in der ihr beide euch befindet. Ihr seid zwei junge Menschen und fühltet euch vom ersten Tag eurer Begegnung an zueinander hingezogen.«

»Dann hast du es also schon die ganze Zeit gewusst?«

Er lächelte. »Ich müsste schon bar aller Vernunft und jeglichen Gefühls sein, um es nicht erraten zu haben.«

»Wolltest du deshalb nicht, dass ich mit ihm allein war, als er krank im Bett lag?«

»Ja, weil ich mir Gedanken über die Schicklichkeit eures Alleinseins machte und Sorgen darüber, was vielleicht dabei geschehen würde und wie es sich auf dich auswirken und welche Konsequenzen es haben könnte.«

»Die Konsequenzen sind, dass ich jetzt furchtbar unglücklich bin«, sagte Esme düster.

William bedeckte ihre Hand mit seiner. »Bitte nicht, Esme! Das werde ich nicht erlauben. Ich möchte, dass du deine Erlebnisse hier in liebevoller Erinnerung behältst. Sie werden zwar unweigerlich ein Ende finden, aber die Erinnerung daran wird so lange anhalten, wie du es willst.«

»Das klingt, als hättest du dir sehr viele Gedanken darüber gemacht.«

»Ich mache mir Gedanken über alles, was mit dir zusammenhängt, Esme. Deswegen habe ich auch gestern Abend ein ernstes Wort mit Angelo gesprochen und ihm gesagt, er solle dich in Ruhe lassen. Das hätte ich gleich zu Anfang tun sollen, aber ich wollte nicht zu tyrannisch wirken, und einige Lektionen im Leben muss man nun mal auf die harte Tour lernen, fürchte ich.«

Voller Liebe für ihren Vater sprang sie auf und umarmte ihn. »Ich verdiene dich nicht«, sagte sie. »Du bist viel zu gut für mich.«

Er erwiderte die Umarmung. »Unsinn. Ich will nur, dass du glücklich bist, mein Kind.«

Als sie sich wieder gesetzt hatte und Maria mit den gekochten Eiern und dem Toast erschienen war, fragte Esme ihren Vater, ob er ihr den Gefallen tun würde, Marco zu malen, um ein Porträt von ihm mit heimnehmen zu können.

»Das wollte ich selbst schon vorschlagen«, antwortete er.

»Du bist unglaublich, weißt du das?«, bemerkte Esme, während sie mit einem Teelöffel ihr Ei aufklopfte. »Es ist wirklich kaum zu glauben, wie gut du mich verstehst, Vater.«

»Unglaublich? Ganz und gar nicht. Ich versuche nur, dich für die unschönen Jahre deiner Kindheit zu entschädigen, so gut es geht.«

»Das brauchst du nicht. Schließlich waren sie nicht deine Schuld. Außerdem waren sie nicht nur schlecht.«

»Trotzdem hätte ich mich besser gegen deine Mutter behaupten müssen. Das ist es, was ich am meisten bedaure, Esme.«

»Noch eine auf die harte Tour erlernte Lektion des Lebens«, stellte sie fest.

Einige Minuten hüllten beide sich in Schweigen, dann tauchte Esme eine Ecke ihres gebutterten Toasts in das Gelbe ihres Eis und sagte, um die Stimmung zwischen ihnen aufzulockern: »Und was ist denn nun mit dir und Elizabeth? Was gedenkst du, ihretwegen zu unternehmen?«

Ihr Vater lachte. »Gute Frage.«

»Sie ist sehr angetan von dir.«

»Willst du damit sagen, dass du sie gern als Stiefmutter hättest?«

»Sie würde jedenfalls Heiterkeit und Freude in dein Leben bringen, wenn ich auf dem College bin.«

»Und mich obendrein noch in den Wahnsinn treiben!«

»Ach, so schlimm ist sie gar nicht. Sie hat ein gutes Herz.«

»Sie ist auf eine sehr charmante und exzentrische Art und Weise völlig meschugge, doch ich habe die Absicht, als alleinstehender und relativ unversehrter Mann nach England heimzukehren. Aber reden wir von deinem Bild von Marco«, wechselte er geschickt das Thema, »sag mir, wie du es gern hättest: in Öl oder als Aquarell, und hast du schon eine Idee, wo ich ihn malen soll?«

»In Öl«, antwortete sie entschieden. »Und ich möchte, dass du ihn auf den Stufen zum See hinunter malst.«

Leider mussten sie schon sehr bald einsehen, dass die Stufen fast den ganzen Tag in der prallen Sonne lagen und Marco unmöglich so lange in der versengenden Hitze sitzen konnte. Nach einiger Überlegung wurde er dann im Schatten einer der mächtigen Zedern platziert, in einem weiß gestrichenen Korbsessel und scheinbar in ein Buch vertieft. Denn natürlich las er keineswegs, sondern plauderte mit Esme, die rechts neben ihm in einem anderen Sessel saß.

William brauchte drei Tage, um das Bild fertigzustellen, aber in keinem Stadium seiner Entwicklung ließ er es irgendjemanden sehen, und wenn Elizabeth oder einer der anderen Hotelgäste auch nur in der Nähe erschienen, um einen Blick darauf zu werfen, bedeckte er es sofort mit einem großen Tuch.

Die Ehre, als Erste das fertige Porträt zu Gesicht zu bekommen, wurde Elena zuteil, die zu ihrer aller Überraschung bei seinem Anblick in Tränen ausbrach. Die Schürze vor die Augen gedrückt, floh sie zurück in ihre Küche. Sekunden später kam Giulia aus dem Haus, um zu sehen, was ihre Köchin so zum Weinen gebracht haben könnte, und ihre eigene Reaktion auf das Bild war zwar weniger dramatisch, aber immer noch sehr sehenswert. Giulia Bassani war sichtlich gerührt von dem Porträt.

»William«, murmelte sie, »die Ähnlichkeit ist schier unglaublich; du hast Marco perfekt wiedergegeben. *Bravo!* Und obwohl du es unmöglich wissen konntest, hast du irgendwie auch die Ähnlichkeit mit seinem Vater zum Ausdruck gebracht.«

Esme, die das Bild unbedingt sehen wollte, hüpfte vor Ungeduld auf ihren Fußballen auf und ab. »Lass mich sehen, lass mich sehen!«, rief sie aufgeregt. »Es ist nicht fair, dass du es allen vor mir zeigst!«

Lachend forderte ihr Vater Esme und Marco auf, sich das Porträt gemeinsam anzuschauen.

»Meine Tante hat recht«, sagte Marco langsam. »Ich sehe tatsächlich wie mein Vater aus. Oder zumindest so, wie ich ihn in Erinnerung habe.«

Dann drehte er sich zu William um, um ihm die Hand zu

schütteln. »Vielen Dank, *signore*. Falls Sie des Bildes jemals müde werden sollten, würde ich ihm mit Freuden ein gutes Zuhause geben.«

Weder Esme noch ihr Vater sagten etwas dazu, da beiden klar war, dass das nie geschehen würde.

Am nächsten Morgen erwachte Esme sehr zu ihrem Kummer mit solch grauenhaften Kopfschmerzen und Übelkeit, dass der geplante Ausflug mit ihrem Vater, Elizabeth und einigen anderen Gästen über den See nach Lezzeno damit für sie gestorben war. Alberto hatte ihnen mit offensichtlich großem Spaß und sehr anschaulich erzählt, dass Lezzeno einst eine Hochburg der Hexerei und unzähliger grausiger Vorgänge gewesen war. Bei einer anderen seiner Erzählungen handelte es sich um eine tragische Liebesgeschichte.

»*Troppo sole ieri*« – zu viel Sonne gestern – war Elenas Diagnose, als Esme es nicht einmal schaffte, zum Frühstück hinunterzugehen. Die Köchin kam dann auch prompt persönlich hinauf und brachte ihr ein Tablett mit Tee und einem frisch gebackenen Brötchen mit Marmelade, das Esme unbedingt probieren sollte, wie sie meinte.

Den Tee konnte Esme gerade noch trinken, aber dann schlief sie auch schon wieder ein. Als sie erwachte, war es sehr still im Hotel. Die Uhr auf ihrem Nachttisch zeigte halb eins an, und voller Gewissensbisse, so lange geschlafen zu haben, setzte sie sich vorsichtig auf, um zu sehen, wie sie sich fühlte. Zu ihrer Erleichterung war ihr nicht mehr übel, und der hämmernde Schmerz in ihrem Kopf war auf wundersame Weise ebenfalls verschwunden.

Als sie ein leises Klopfen an der Tür hörte, nahm sie an, dass es Elena oder Maria waren, die kamen, um das Tablett zu holen. »*Sì*«, antwortete sie.

Aber es war keine der beiden Frauen, sondern Marco mit einem weiteren Tablett. »Wie fühlst du dich?«, fragte er, als er hereinkam, die Tür hinter sich zufallen ließ und es geflissentlich vermied, den Blick direkt aufs Bett zu richten. »Gut genug für ein Glas kühle Limonade? Oder vielleicht möchtest du lieber Tee? Ich habe dir beides mitgebracht.«

Esme richtete schnell das zerwühlte Bettzeug, während er das Tablett auf der kleinen gepolsterten Bank am Fußende des Bettes abstellte. »Danke, mir geht es schon viel besser. Aber es ist ganz seltsam still im Haus, nicht wahr?«

»Heute sind alle ausgeflogen«, scherzte er. »Sogar meine Tante, die zur Bank in Como musste. Nur wir beide und Maria und Elena sind hier. Es war Elena, die mir sagte, ich solle dir etwas zu trinken bringen. Dies ist übrigens nicht die Limonade, die sie normalerweise zubereitet, sondern ihre ganz spezielle nach dem Rezept ihrer eigenen Mutter. Da ich jedoch deine Vorliebe für Tee kenne, habe ich dir auch davon eine Kanne mitgebracht, damit du die Wahl hast.«

»Nun, dann werde ich zuerst eine Tasse Tee trinken und mich langsam zu Elenas spezieller Limonade hocharbeiten.«

Er schenkte ihr eine Tasse ein und brachte sie ihr. »Möchtest du, dass ich jetzt wieder gehe?«, fragte er, trat einen Schritt vom Bett zurück und blieb dann mit hinter dem Rücken verschränkten Händen stehen.

Esmes Vernunft sagte ihr, dass es besser wäre, wenn er ginge, aber die Chance, mit ihm allein zu sein, war einfach zu verlockend, um sie sich entgehen zu lassen. »Vielleicht könntest du ja für ein Weilchen bleiben«, erwiderte sie und hoffte, damit die warnende Stimme in ihrem Kopf zu beschwichtigen.

Marco zog sich einen Stuhl heran und setzte sich. Das tat er so schnell, dass Esme sich fragte, ob er befürchtete, sie könnte es sich anders überlegen. »Möchtest du, dass ich dir etwas vorlese?«, sagte er. »Um mich für deine Hilfsbereitschaft während meiner Krankheit zu revanchieren?«

»Nein, sprich lieber mit mir! Sag mir … sag mir, wie ich damit zurechtkommen soll, dich nie wiederzusehen.«

»Du wirst sehr gut ohne mich zurechtkommen, Esme«, erwiderte er ernst. »Du wirst nach England heimkehren und dich oft verlieben, und irgendwann wirst du dem Mann begegnen, der genau der Richtige für dich sein wird. Und du wirst Kinder haben; ein reizendes kleines blondes Mädchen und einen spitzbübischen dunkelhaarigen Jungen. Sie werden beide blaue Augen haben wie du.«

»Wie kannst du dir so sicher sein?«

»Weil ich dafür beten werde, dass es so geschehen möge. Denn das ist die Zukunft, die ich mir für dich wünsche, Esme: als glückliche Mutter und Ehefrau in England. Eines Tages wirst du an den See zurückkehren und deinen Mann und deine Kinder mitbringen, damit sie sehen, wo du einmal eine Zeit lang gelebt hast, und du wirst ihnen erzählen, dass du einen guten Freund hier hattest, der dich sehr geliebt hat. Und wer weiß – vielleicht begegnen wir uns ja irgendwann einmal wieder.«

Die Tasse, die Marco ihr gegeben hatte, klapperte auf dem Tellerchen darunter, weil Esme so heftig zu zittern begann, dass sie sie auf den Nachttisch stellen musste. »Ich glaube nicht, dass ich noch mehr von dieser Zukunft hören will«, sagte sie und blinzelte, um die heißen Tränen hinter ihren Lidern zu verdrängen. »Ich weiß, dass wir uns erst ein paar Monate kennen, doch ich werde nie wieder das Gleiche für einen Mann empfinden, was ich für dich empfinde.«

»Weine nicht!«, bat er und griff nach ihrer Hand. »Ich will mit dem Wissen von hier fortgehen, dass ich dich nicht traurig gemacht habe. Das musst du mir versprechen.«

»Das kann ich nicht! Oh, warum musst du auch ausgerechnet

Priester werden?«, stieß sie mit zitternder Stimme hervor. »Du könntest alles werden, was du willst!«

»Das weiß ich, aber Gott zu dienen ist das, was ich gewählt habe und was mich erwählt hat. Glaub mir, *mia cara*, es gibt keine Liebe ohne Opfer. Wenn wir uns entschließen, jemanden zu lieben, wird es uns immer etwas kosten. Vergiss das nicht. Und vergiss auch nicht, dass wahre Liebe für immer anhält; meine Liebe zu dir wird stets in deinem Herzen sein.«

»Aber dich nie wiederzusehen ist ein viel zu großes Opfer«, klagte sie. »Würde Gott nicht zulassen, dass du deine Meinung änderst?«, beharrte sie.

»Natürlich würde er das.«

»Doch Priester zu werden ist das, was du willst, mehr als alles andere auf der Welt, nicht wahr?«

»Seit ich die Entscheidung traf, habe ich kein einziges Mal daran gezweifelt, oder jedenfalls nicht …« Er zögerte und wandte den Blick von ihrem Gesicht ab. »Bis ich dir begegnet bin.« Nun lächelte er, und seine blauen Augen waren ganz weich und voller Zärtlichkeit. »Aber ich bin froh, dass mir eine solche Versuchung zuteilwurde; das wird mich zu einem besseren Priester machen.«

Esme starrte ihn ungläubig an. »Aber es muss doch schon vor mir Mädchen gegeben haben, die du mochtest und … und die dich in *Versuchung* führten?«

Er schüttelte den Kopf. »Es hat niemanden wie dich gegeben, Esme. Du bist einzigartig. Unvergleichlich. Vergiss das bitte nie!«

Seine Worte waren zu viel für sie, und sie brach in Tränen aus; plötzlich kam es ihr so vor, als ginge die Welt für sie unter. Marco nahm sie in die Arme und hielt sie fest umfangen, während sie an seiner Schulter weinte und schluchzte, immer heftiger und untröstlicher, und ein Schauder nach dem anderen sie durchlief. Marco versuchte, sie zu beruhigen, indem er ihr tröstend über den Rücken strich, zunächst mit ruhigen, festen Bewegungen seiner warmen Hand, die sich dann aber immer mehr verlangsamten und zu einem zärtlichen, wohltuenden Streicheln wurden.

»Bitte weine nicht!«, murmelte er mit seinen Lippen an ihrem Nacken. »Dich so in Erinnerung zu behalten ist mehr, als ich ertragen kann. Du hast ja keine Ahnung, wie schmerzlich es für mich ist zu wissen, dass ich dir so furchtbar wehtue.«

Esme rang nach Atem und kämpfte um Beherrschung, und nach und nach versiegten ihre Tränen, und auch das Zittern hörte auf.

»So ist es besser«, sagte Marco, der seine Hände noch immer langsam auf ihrem Rücken und ihren Schultern kreisen ließ.

Als Esme sicher war, dass sie nicht wieder in Tränen zerfließen würde, nahm sie den Kopf von seiner Schulter und setzte sich gerader hin. Sie wollte sich eben für ihre Unbeherrschtheit und ihr verweintes Gesicht entschuldigen, als er eine ihrer Hände an seine Lippen zog und ihre Fingerspitzen küsste. »Du hast solch ein großes Herz, *cara*, und das ist es, was dich so mitfühlend anderen gegenüber macht. Verlier das nie! Und wenn auch nur, weil ich befürchte, dass du es brauchen wirst, um mir zu verzeihen, wie furchtbar weh ich dir getan habe. *Ti amo tanto, cara mia.*«

»Ich liebe dich auch«, sagte Esme leise.

Dann glitten seine Finger streichelnd über ihr Gesicht, und sie schloss verzückt die Augen. Eine beinahe unerträgliche Spannung baute sich unter seiner unendlich sanften Berührung in ihr auf. Sie zitterte vor Glück und etwas anderem, das sie nicht benennen konnte, und war wie berauscht vor Liebe zu ihm. Als sie die Augen wieder öffnete und in sein sensibles Gesicht blickte, sah sie einen Ausdruck grenzenloser Zärtlichkeit darin. Doch dann veränderte sich sein Gesichtsausdruck, und sie entdeckte eine neue, völlig andere Empfindung, die in seinen Augen aufflackerte – ein Gefühl, das sehr viel tiefer ging als bloße Zuneigung und Zärtlichkeit. Und im selben Moment schien ein Funke zwischen ihnen überzuspringen, und er nahm ihre Lippen in Besitz und küsste sie so tief und leidenschaftlich, wie sie es sich schon immer ersehnt hatte.

Und so erwiderte sie den Kuss mit schmerzlichem und brennendem Verlangen und spürte die Anspannung, die ihn beherrschte, während seine Hände streichelnd und erforschend über ihren Körper glitten. Von Kopf bis Fuß von einer ihr gänzlich unbekannten Hitze durchflutet, zog Esme Marco noch näher an sich heran und ließ sich mit ihm in die Kissen zurücksinken. Sein Atem wurde schneller, und durch den dünnen Stoff seines Hemdes hindurch konnte sie das aufgeregte Pochen seines Herzens spüren. Sie erschauerte, überwältigt von den immer stärker werdenden Empfindungen, die er in ihr weckte, als er mit zitternden Händen ihr Nachthemd aufknöpfte. Mit erwartungsvollem Blick verfolgte sie, wie er sein Hemd abstreifte und es auf den Boden fallen ließ, und als sie dann mit ihren Fingern über seine glatte Brust strich, sah er sie beinahe schüchtern an. »*Ti amo*«, wiederholte er leise und legte sich zu ihr aufs Bett.

Kapitel 30

»Seb hat mich zu seiner Hochzeit eingeladen«, entfuhr es Floriana, bevor sie es verhindern konnte.

Es war das Letzte, was sie hatte sagen wollen, und während sie sich eine große Hand wie aus einem Zeichentrickfilm vorstellte, die ihr den Mund zuhielt, warf ihre Schwester ihr einen ihrer typischen Blicke zu, der besagte: *Himmelherrgottsakra! Warum muss sich eigentlich immer alles nur um dich drehen?*

Hier hatte Ann ausnahmsweise einmal recht: Dies war weder der richtige Moment noch der geeignete Ort, um über Seb zu reden. Hier und heute ging es nur darum, ihre Eltern nach dreimonatiger Abwesenheit daheim willkommen zu heißen und Dad Gelegenheit zu geben, allen stolz die DVD zu präsentieren, die er aus ihren Ferienaufnahmen zusammengestellt hatte. Während Mum sich nach dem Allround-Service auf dem Schiff zunächst einmal wieder auf ein normales Leben mit all der Haushaltsarbeit hatte umstellen müssen, war Dad im Gästezimmer mit der Bearbeitung der gewaltigen Menge des auf der Kreuzfahrt aufgenommenen Videomaterials beschäftigt gewesen.

Doch kaum war Floriana eingetroffen und hatte Mütze und Mantel abgelegt, hatte ihre Mutter sich auch schon auf sie gestürzt und erschrocken auf die Narbe an ihrem Kopf gezeigt und wissen wollen, wie es dazu gekommen war. Nachdem Floriana es ihr so kurz wie möglich erklärt hatte, war ihre Mutter sogar noch entsetzter gewesen.

»Aber warum hast du uns nicht gesagt, dass du einen Unfall hattest?«, hatte sie empört gefragt, während sie Floriana ins

Wohnzimmer zog, wo es hell genug war, um sich die Verletzung genau ansehen zu können. Wahrscheinlich war sie sogar versucht gewesen zu sagen, es sei noch nicht zu spät für ein wenig Arnika. Arnika und eine gute Tasse Tee waren Mums zwei Allheilmittel gegen alles Schlechte, das einem das Leben antun konnte.

»Es war ja wohl kaum ein Unfall«, hatte Floriana entgegnet und jeden Augenkontakt mit ihrer Schwester vermieden, die sie vermutlich schon mit Blicken zu töten versuchte, weil sie ihre Eltern aufregte.

Mum hatte jedoch nicht lockergelassen, bis sie ein volles Geständnis aus Floriana herausgekitzelt und so natürlich auch die Neuigkeiten über Seb erfahren hatte.

»Er heiratet also?«, sagte Dad in die durch Mums plötzliches, beredtes Schweigen entstandene Stille hinein. Seit sie sich damals zerstritten hatten, hatte Floriana darauf bestanden – ein bisschen zu dramatisch, wie sie jetzt einsah –, dass Sebs Name in ihrer Gegenwart nie wieder erwähnt werden durfte, und diesen Wunsch hatten ihre Eltern auch immer respektiert. Was sie untereinander sagten oder dachten, war eine andere Sache. Floriana wusste allerdings, dass ihre Mutter Seb eine Geburtstagskarte geschickt hatte, auf die sie jedoch nie eine Antwort erhalten hatte.

»Das ist ja mal was ganz Neues«, fuhr Dad betreten fort und erweckte dabei den Anschein eines Mannes, dem eine heiße Kartoffel zugeworfen worden war, die er von einer Hand in die andere wechselte, in der Hoffnung, sie an jemand anders loszuwerden. »Ich habe ihn eigentlich nie für jemanden gehalten, der mal heiraten würde.«

»Wer heiratet?«, fragte Clare, die Thomas bei seinem Nintendo-Spiel zusah, das sie über seine Schulter beobachten durfte, solange sie nicht den Daumen in den Mund steckte und das ihm so verhasste saugende Geräusch erzeugte. »Darf ich eine der Brautjungfern sein?«, fragte die Kleine.

»Nein, darfst du nicht«, fauchte Ann. »Der Bräutigam ist nur ein dummer alter Freund von Tante Floriana.«

Geknickt über den barschen Tonfall ihrer Mutter, vergaß Clare prompt die Regel ihres Bruders und schob sich den Daumen in den Mund, um so fest daran zu saugen, dass sie mit dieser Aktion einen verstopften Ausguss hätte reinigen können.

»Bah!«, sagte Thomas und stieß ihr den Ellbogen in die Rippen. »Das ist ja so was von ekelhaft!«

»Nimm den Daumen aus dem Mund!«, fuhr Ann das kleine Mädchen an. »Wie oft muss ich dir noch sagen, dass du kein Baby mehr bist!«

Daumenlutschen war seit Neujahr bei den Browns verboten, aber Clares Vorliebe dafür schien nicht nachzulassen. Ihr Gesicht verzog sich auf beunruhigende Weise, und ohne den Daumen aus dem Mund zu nehmen, greinte sie, sie sei kein Baby mehr.

»Bist du doch!«, höhnte Thomas. »Du bist das ekligste Baby auf diesem Planeten.«

Clares weinerliches Gesicht löste sich buchstäblich auf, und sie begann, zu heulen und gleichzeitig Thomas' Kopf mit den Fäusten zu bearbeiten, um zu beweisen, dass sie viel stärker als ein Baby war.

»M*uu*-um!«, brüllte Thomas, während er seiner Schwester einen jetzt schon viel härteren Stoß mit dem Ellbogen versetzte. »Mach, dass sie aufhört!«

Als die Lautstärke von Clares Geschrei der eines Feueralarms glich, gab ihr Bruder ihr einen Stoß, der sie von den Füßen riss und rückwärts gegen den Couchtisch warf, von dem die Schälchen mit Knabbereien hinunterrutschten, die Mum für Dads Vorführung seiner Blockbuster-DVD bereitgestellt hatte.

»Verflucht noch mal, ihr zwei, könnt ihr euch nicht einmal zwei Sekunden anständig benehmen? Ich versuche, eine E-Mail abzuschicken.«

»Paul«, fauchte Ann ihren Mann an, »was fällt dir ein, in Gegenwart der Kinder so zu fluchen! Außerdem dachte ich, wir hätten heute mal einen BlackBerry-freien Tag?«

»Es ist was Wichtiges.«

»Ist es das nicht immer?«

»Nun beruhigt euch mal alle!«, sagte Mum mit einer Gelassenheit, die in krassem Gegensatz zu der Schnelligkeit stand, mit der sie sich hingekniet hatte, um die Mischung aus Popcorn, Oliven und Chips aufzusammeln, bevor sie in den Teppich hineingetreten wurden. Ein Sondereinsatzkommando hätte nicht schneller reagieren können.

»Siehst du, was du angerichtet hast?«, zischte Ann.

»Ich? Was habe ich damit zu tun?«, fragte Floriana ungläubig. Aber sie hätte sich die Frage sparen können. Natürlich war es ihre Schuld. In Anns Augen war es immer ihre Schuld.

Ihre Schwester funkelte sie böse an. »Wenn du nicht von Sebs Hochzeit angefangen hättest, wäre das hier nicht passiert. Und steh nicht nur herum, sondern geh und hole einen Lappen! Oder, besser noch, eine Rolle Küchenpapier, eine Schaufel und einen Handfeger!«

Als die Aufregung sich gelegt hatte und der Teppich gerettet war, floh Floriana unter dem Vorwand, helfen zu wollen, zu ihrem Vater in die Küche, wo beide sich einen kräftigenden Schluck von Dads hausgemachtem Zwetschgenlikör genehmigten, während sie darauf warteten, dass das Teewasser zu kochen begann.

»Die Nachricht von Sebs bevorstehender Heirat kam bestimmt sehr überraschend für dich, nicht?«, bemerkte er über das Geräusch des Wasserkessels hinweg, der wummerte und dröhnte wie ein Jumbojet kurz vor dem Abheben.

Floriana nickte.

»Wirst du hingehen?«

»Keine Ahnung. Er kam vor ein paar Wochen nach Oxford, um mich zu überreden.«

»Dann liegt ihm offenbar viel daran, dass du dabei bist.«

Da sie nicht wusste, was sie darauf erwidern sollte, zuckte sie nur mit den Schultern.

Ihr Vater schenkte ihnen einen weiteren Schnaps ein und sagte: »Komm, trink schnell aus, bevor deine Mutter uns entdeckt und mir aufs Dach steigt! Ich bin jetzt auf Diät und darf mir nur ein Glas Alkohol am Tag erlauben.« Er klopfte sich auf den Bauch. »Auf der Kreuzfahrt habe ich fast sechs Kilo zugenommen.«

Floriana verzog das Gesicht. »Unsinn. Ich finde, du siehst gut aus. Besser vielleicht sogar noch. Du warst vorher dünn wie ein Windhund.«

Er lächelte. »Wäre es so schlimm für dich, zu Sebs Hochzeit zu gehen? Ich weiß nicht, was zwischen euch vorgefallen ist, aber meinst du nicht, es wäre eine gute Gelegenheit, sein Friedensangebot zu akzeptieren? Ihr habt euch früher so nahegestanden, da wäre es doch schade, eine Freundschaft zu verlieren, die euch beiden einmal so wichtig war.«

Sie schüttelte den Kopf und bedauerte im Stillen ihren Vater, der Seb immer sehr gemocht hatte; er hatte sogar ein bisschen Vaterstelle an ihm vertreten. »Die Hochzeit ist am Comer See«, sagte sie, »was so gut wie bedeutet, dass ich ohnehin nicht hinfahren kann.«

»Warum?«

»Das liebe Geld, Dad.«

Inzwischen kochte das Wasser, und er schaltete es ab und goss es in eine Kanne mit Earl Grey, Mums Lieblingstee. Dann füllte er den Kessel wieder, um Kaffee für Paul und entkoffeinierten Tee für Ann aufzubrühen. »Wir könnten dir aushelfen, das weißt du.«

»Damit Ann mir mal wieder vorwirft, nicht auf eigenen Beinen stehen zu können?«

»Sie braucht ja nichts davon zu wissen.«

Floriana leerte ihr Glas Likör. »Jetzt klingst du schon auf geradezu beunruhigende Weise wie Seb«, sagte sie und erzählte ihrem Vater von Sebastians haarsträubender Idee, ihr die Reise zu bezahlen.

»Du meine Güte, das ist ja wirklich *unmöglich* von ihm! Was für ein Schweinehund, dir so etwas vorzuschlagen!«

»Mach dich nicht lustig, Dad, du weißt schon, was ich meine. Ich kann keine Almosen von ihm annehmen.«

»Das ist es ja wohl kaum. Eher eine freundliche Geste. Und wie ich vorhin schon sagte, muss es ihm sehr viel bedeuten, dich dabeizuhaben. Du bist seine älteste Freundin. Und wer weiß schon, ob er heutzutage überhaupt noch Freunde hat, die ihm auch nur halb so viel bedeuten.«

Das hörte Floriana nicht zum ersten Mal. Esme hatte so ziemlich das Gleiche gesagt, und erst kürzlich, als sie mit Adam zu Abend gegessen hatte, hatte er die gleiche Bemerkung gemacht.

»Bist du sicher, dass du das Geld nicht nur als Ausrede benutzt?«, fragte ihr Vater, während er im Küchenschrank nach Anns entkoffeinierten Teebeuteln suchte. »Es gibt heute schon erstaunlich billige Flüge.«

»Es ist ein Problem, aber kein unüberwindliches«, räumte sie ein. Beim Dinner mit Adam war er mit seinem Handy online gegangen und hatte ihr gezeigt, was ein solcher Flug sie kosten würde. Sie hatte dem entgegengehalten, dass all diese billigen Flüge sicher ausgebucht sein würden, bis sie sich entschieden hatte.

»Ein Grund mehr, schon jetzt zu buchen«, hatte Adam beharrt.

»Dann ist es also nicht nur das Geld«, sagte ihr Vater. »Und was ich jetzt tue, hast du nicht gesehen«, fügte er schnell hinzu, als er es aufgab, im Schrank herumzukramen, und einen Beutel mit *schrecklich ungesundem* koffeinhaltigem Tee in Anns Becher hängte. »Was ist es, was dich *wirklich* von der Reise abhält?«

»Besteht die Chance, dass die Getränke noch vor Ostern ins Wohnzimmer kommen?«, fragte Ann, die an der Tür erschienen war.

»Schon unterwegs, schon unterwegs«, sagte Dad und verstellte ihr schnell die Sicht auf ihren Becher und den Teebeutel. Wenn man ihr glauben durfte, würde der Tee sie die ganze Nacht wach halten. Was Florianas Ansicht nach nur eine gerechte Strafe dafür wäre, wie Ann vorhin mit ihr gesprochen hatte. Ihre Schwester war neuerdings wirklich fürchterlich verbiestert; aber was war ihr Problem? Abgesehen vom Offensichtlichen – zwei sich zankende Kinder und ein Ehemann, der immer mehr zu einem langweiligen Griesgram mittleren Alters wurde. Ihre Mutter, die immer schnell bereit war, jedermann in Schutz zu nehmen, behauptete, Paul arbeite zu viel, »der arme Mann« klebe ja buchstäblich an seinem Mobiltelefon, um das eine oder andere dringende Problem in seinem Büro zu lösen. Floriana dagegen war insgeheim der Meinung, dass Paul sich ganz bewusst derart auf Trab hielt, um dem ständigen Bombardement von Anns Vorwürfen und Vorschriften zu entkommen.

Während sie sich die DVD von Mums und Dads Reise ansahen, dachte Floriana an Esmes Traumreise nach Italien vor so vielen Jahren.

Zwei Wochen waren schon vergangen seit dem Abend, als Floriana so fasziniert der Geschichte ihrer älteren Freundin gelauscht hatte. Wie öde und langweilig ihre eigene Lebensgeschichte daneben klingen würde!

»Guckt mal!«, quiekte Clare, die auf Florianas Schoß saß, und zog ihren nassen Daumen aus dem Mund, um auf den Bildschirm zu zeigen, auf dem jetzt ein Swimmingpool, eine Reihe von Liegestühlen und ein Whirlpool erschienen waren. »Da sitzt Oma in einem Sprudelbad!«

»So ist es«, sagte Floriana. »Hey, du machst dich gut im Whirlpool, Mum! Und ist das ein Glas Champagner in deiner Hand?«

»Oh ja, natürlich ist es das. Und bevor ihr fragt, mein Gesicht ist von der Sonne gerötet und nicht von dem, was ich da trinke.«

Floriana lachte. »Gott bewahre, Mum! Wir würden nicht einmal im Traum so etwas denken! Und wer ist dieser Hüne von Mann dort neben dir?«

»Jim Romano, ein Bezirksstaatsanwalt aus Chicago. Wir haben oft mit ihm und seiner Frau zu Abend gegessen. Sie nannte ihn Big Jim.«

»Das glaube ich gern«, sagte Floriana lachend.

»Warum badet er mit dir, Oma?«, fragte Clare.

»Psst!«, zischte Ann vom Sofa, wo neben ihr Paul verstohlen an seinem BlackBerry herumhantierte.

»Ich werde es dir später sagen«, flüsterte Floriana ihrer Nichte ins Ohr, während Big Jim auf dem Bildschirm ein breites Grinsen für die Kamera aufsetzte.

Ihre Gedanken schweiften wieder zu Esmes Italienaufenthalt ab. Zu Florianas Enttäuschung hatte die alte Dame mal wieder ihre Erzählung mit einer Entschuldigung an einem wichtigen Punkt abgebrochen und gesagt, sie sei zu müde, um weiterzuerzählen. Kurz danach hatte Floriana sich rücksichtsvoll verabschiedet und am Tag darauf die alte Dame angerufen, um sich zu erkundigen, wie es ihr ging. »Gut, meine Liebe«, hatte Esme geantwortet. »Ich leide nur an einem Übermaß an Nostalgie.«

So gespannt Floriana auch auf die Fortsetzung von Esmes Geschichte war, hatte sie doch ihr Glück nicht überstrapazieren wollen, obwohl sie sich der Spekulation schuldig gemacht und alles mit Adam besprochen hatte. Beide waren zu dem Schluss gekommen, dass Marco wirklich Esmes große Liebe gewesen sein musste und sie deshalb nie verheiratet gewesen war.

Als Floriana nun ihre Mutter für die Kamera posieren sah – jetzt in Abendkleid und wieder mit einem Glas Champagner in der Hand – und den liebevollen und amüsanten Kommentaren ihres Vaters lauschte, musste sie an die Liebesgeschichte ihrer Eltern denken. Sie hatten sich als Teenager in der Schule kennengelernt und waren eine Zeit lang miteinander gegangen, bevor sie sich getrennt hatten. Ein paar Jahre später war Dad dann wieder – wie er es immer schilderte –, »in Mums Gravitationsfeld gezogen worden«, und das war es gewesen. Seitdem gab es niemand anderen auf der Welt für ihn: Mum war die große Liebe seines Lebens.

Floriana kam nicht umhin, wieder an Seb zu denken. War er ihre einzig wahre Liebe? Es hatte zwar nie eine Liebesbeziehung zwischen ihnen gegeben, aber für sie stand fest, dass sie noch nie für einen anderen Mann so empfunden hatte wie für ihn. Und würde sie es jemals tun? Gab es irgendwo dort draußen eine zweite Chance für sie, einen zweiten Seb?

Oder war es ihr bestimmt, so allein wie Esme alt zu werden? Aber wäre das so schlimm? Als sie die drohenden Blicke auffing, die Ann Paul zuwarf, als er ihr auch weiterhin die Stirn bot und sich mit seinem BlackBerry befasste, dachte Floriana, dass ein Leben als Single eigentlich gar keine so schlechte Aussicht war.

Steve hatte Adam versichert, es würde lustig werden. Was die Frage aufwarf, was zum Teufel in Steves Welt heutzutage als lustig durchging? Wurzelkanalbehandlungen?

Vor nicht allzu langer Zeit hätte Steve niemals einen Ort wie diesen in Betracht gezogen, um einen Drink zu nehmen, aber ob er nun eine verfrühte Midlife-Crisis hatte oder nicht, heute war er ein stolzes Mitglied von Oxfords neuester Lounge Bar auf der George Street, einem Klub, der die sogenannte Elite der Stadt als Gäste zu gewinnen versuchte. Und sich auch noch ausgerechnet »fairer Einlasskriterien« rühmte, um sicherzustellen, dass Gleichgesinnte hier ungestört mit einer kleinen Gruppe anderer Auserwählter zusammentreffen konnten. Was für ein Witz, dachte Adam, als er die Versammlung aus Anzugträgern, bestiefelter Alphamännchen und interessierter Frauen sah, die viel zu bemüht wirkten mit ihren falschen Wimpern und hochhackigen Schuhen.

»Gut«, hatte Steve gesagt, als Adam ihm am Telefon von Jesse erzählte. »Dann hörst du jetzt auf, dich bei Adele-CDs in Selbstmitleid zu ergehen, und wirst dich da draußen mal wieder richtig amüsieren!«

Dass er sich amüsierte, war das Letzte, was Adam von sich behaupten konnte, als er mit den beiden Mädchen zu plaudern versuchte, die sich gleich nach ihrer Ankunft an sie gehängt hatten. »Na, siehst du, da haben wir schon zwei«, hatte Steve augenzwinkernd zu ihm gesagt. »Und sie sehen auch noch aus wie Kim Kardashian, also mach jetzt keinen Fehler. Schnapp dir die Plätze dort drüben, während ich die Drinks hole! Heute kannst du dir eine der beiden aussuchen. Aber nur dieses erste Mal.«

Drinks zu besorgen war eine beachtliche Leistung. Die Bar lag stellenweise hinter einer bis zu fünf Meter breiten Wand aus Gästen, und Steve stand schon seit einer Ewigkeit dort an und überließ es Adam, sich mit den beiden Mädchen zu unterhalten. Dem Wenigen, was er bisher von ihnen gehört hatte, entnahm er, dass sie eigentlich nur abwarteten, bis etwas Besseres daherkam. Offenbar trat irgendein Soap-Star derzeit in einem Stück im Playhouse auf, der, wie es hieß, diesen Klub häufig besuchte. Vielleicht hofften sie, ihn aufreißen zu können.

Über den Lärm der Musik hinweg, der die Grundfeste des Gebäudes zu erschüttern drohte, sagte eines der Mädchen etwas zu Adam. Er legte die Hand ans Ohr, um ihr zu signalisieren, dass sie ihre Worte wiederholen solle. Er fing die Worte *Der Bachelor* auf … Hatte er das letzten Samstag nicht im Fernsehen gesehen? Mit einem Gesichtsausdruck, der wie eine eingefrorene Grimasse vorgetäuschten Interesses war, sagte er und kam sich dabei wie ein schwerhöriger, leicht benebelter Onkel vor, der bei Laune gehalten wurde: »Nein, tut mir leid, das muss ich verpasst haben.« Zumindest wusste er, welches Programm sie meinten – er hatte zufällig einmal abends einen Teil einer Episode gesehen, als er darauf gewartet hatte, dass Jesse ihr Styling beendete. An jenem Abend waren sie zusammen ausgegangen. Diese beiden Mädchen erschienen ihm wie die idealen Kandidatinnen für diese Sendung.

Nachdem dieses Gesprächsthema erschöpft war, versuchten sie es mit einem anderen. Mit schriller Stimme, um über den Lärm hinweg gehört zu werden, fragte die, von der er glaubte, dass sie Shelly hieß, ob er irgendetwas über den heutigen DJ wisse. Ob er gut sei? Sie hatten gehört, sein Ding sei R&B. Adam stöhnte innerlich – der alternde, schwerhörige Onkel war jetzt zu dem verwirrten Großvater geworden, der in der Tasche seiner Strickjacke ein Werthers Original suchte.

Da ihm die Ohren dröhnten von dem Lärm und die Grenze seiner Langeweile ernsthaft überschritten war, griff Adam zu einem verzweifelten Trick: Er zückte sein Handy und tat so, als hätte es geklingelt. »Entschuldigung«, sagte er und schwenkte das Telefon vor den beiden Mädchen und vor Steve, der jedoch endlich einen jungen Mann hinter der Bar auf sich aufmerksam gemacht hatte und sich in Zeichensprache mit ihm verständigte.

Dann schnappte Adam sich seinen Mantel, eilte im Zickzackkurs die Treppe hinauf, um ankommenden Gästen auszuweichen, und trat erleichtert auf die Straße hinaus. Draußen auf dem Gehsteig umging er die dicht beieinanderstehenden Raucher und den bulligen Typen mit dem schlecht sitzenden Anzug und einer Hörmuschel im FBI-Stil, der an dem lächerlichen roten Teppich Wache stand – schließlich war es seine Aufgabe, dafür zu sorgen, dass die »fairen Einlasskriterien« des Klubs nicht gefährdet wurden.

Endlich weg von dem Lärm! Adam atmete tief die kühle Nachtluft ein. Was zum Teufel tat er hier? Das war nicht seine Szene. War es nie gewesen. Selbst in seinen Zwanzigern war er schon zu alt für diese Art Lokal gewesen. Ein Auto mit einer dieser Pseudorennwagen-Auspuffanlagen und dröhnender Techno-Musik, die aus vier geöffneten Fenstern plärrte, fuhr langsam an ihm vorbei. Es war der letzte Sargnagel für diesen Abend, und ohne einen Blick zurück ging Adam schnellen Schrittes die Straße hinunter und dachte, dass es bloß einen einzigen Anruf von einem ewig nicht mehr gesehenen Freund erfordert hatte, und *bam!* hatte er sich auf einen absolut katastrophalen Abend eingelassen. Herrgott noch mal! War er wirklich so verzweifelt bemüht gewesen, sein gesellschaftliches Leben wieder anzukurbeln?

Er dachte an den Abend vor einer Woche zurück, als Floriana und er zum Abendessen zum *Trout* in Wolvercote gefahren waren. Es war zwar durch die Fernserien *Inspektor Morse* und *Lewis* zu einer Art Touristenfalle geworden, aber immer noch ein sicherer Tipp in einer aberwitzigen und verrückten Welt voller elitärem Kokolores. Lächelnd erinnerte er sich, wie Floriana und er einen Moment lang sehr beeindruckt und fasziniert gewesen waren, als sie Thom Yorke und seine Familie dort beim Essen hatten sitzen sehen. Sie waren wie jede andere ganz gewöhnliche Familie gewesen, die einen ruhigen Abend in einem Restaurant verbrachte und von niemandem belästigt wurde. Auf der Heimfahrt später hatte Floriana plötzlich zu singen begonnen und eine erstaunlich gute Interpretation von *I'm a Creep* vorgebracht. Von ihrem Enthusiasmus angesteckt, hatte Adam mit eingestimmt, und im Anschluss daran hatten sie *Karma Police* geträllert, wenn auch nicht ganz text- und tonsicher.

Bei dem Gedanken an Floriana schickte er ihr aus einem Impuls heraus eine SMS, die sie mit Sicherheit beantworten würde, wenn sie konnte. Und vor allem würde sie etwas schreiben, das ihn aufheitern würde, weil sie das normalerweise immer tat.

Hoffentlich hast du einen besseren Samstagabend als ich!, schrieb er.

Zehn Sekunden später klingelte sein Telefon. »Ich überbiete deinen miesen Samstag, Mr. Strong, mit einem streitsüchtigen Neffen, einer weinerlichen Nichte und einer Schwester, die den USA einen harten Wettkampf beim Weltpolizeispielen bieten kann.«

»Du überbietest mich nicht einmal ansatzweise, Miss Day«, sagte er, erfreut, von ihr zu hören. »Ich hatte mich in einen Klub verschleppen lassen, wo ich mit zwei Mädchen reden musste, die nicht mal wüssten, wo die USA auf einer Karte liegen.«

»Aber sind sie hübsch?«

»Nein.«

»Nicht mal ein kleines bisschen?«

»Du hörst mir wohl nicht zu, was? Ich bräuchte dringend eine Schutzimpfung, bevor ich mich mit dieser Dummheit anstecke, also sag mir um Gottes willen etwas Intelligentes, um mich zu retten! Nenn mir einen deiner erstaunlich unbekannten Fakten.«

Eine kurze Pause entstand, dann sagte Floriana: »Wusstest du, dass Mozart sich als Haustier einen Star hielt, der die Musik nachahmte, die er auf dem Piano spielte?«

»Tatsächlich?«

»Oh, ja! Mozart hatte den Vogel drei Jahre lang, und als er starb, schrieb er ein Gedicht für ihn und gab ihm zu Ehren ein verschwenderisches Trauermahl.«

»Wie bemerkenswert!«

»Noch bemerkenswerter war, dass der Vogel etwas tat, was niemand je verstehen konnte. Obwohl er perfekt alle Noten nachahmen konnte, die Mozart spielte, gab es ein Musikstück, das eine Note enthielt, die G hätte sein müssen, von dem Vogel aber immer als Gis gesungen wurde.«

»Na, das war aber ein beeindruckender Star! Fast so beeindruckend wie du.«

»Oh, danke. Fühlst du dich jetzt besser?«

»Sehr viel besser.«

»Wenn das so ist, dann geh in diesen Klub zurück, Mr. Strong! Du hast noch eine Leistung zu vollbringen.«

»Was für eine Leistung?«

»Den beiden heißen Fegern zu imponieren und sie ganz und gar aus dem Konzept zu bringen. Geh hin und zeig ihnen, was du auf der Tanzfläche draufhast!«

»Kommt nicht infrage. Ich habe genug und fahre nach Hause.«

»Feigling!«

»Und auch dir eine gute Nacht!«

Zufrieden vor sich hin lächelnd, ging er weiter und beeilte sich, die St. Giles zu erreichen, wo er seinen Wagen stehen gelassen hatte.

Er schloss ihn gerade auf, als er sich an Steve erinnerte, und schickte ihm schnell eine Textnachricht:

Sorry, musste mich mit einem dringenden Problem befassen. Wir telefonieren morgen.

Dann fuhr er nach Summertown und summte dabei fröhlich vor sich hin.

Erst beim Betreten des Hauses merkte er, was er gesummt hatte – die Ouvertüre der *Hochzeit des Figaro*. Ob Mozarts Star das pfeifen konnte?, fragte er sich. Und würden Floriana und die schier unglaubliche Datenbank in ihrem Kopf je aufhören, ihn zu überraschen?

Kapitel 31

Es war ein schöner Märzmorgen mit einem klaren, betörend blauen Himmel, und von ihrem Bett aus konnte Esme die gelben Narzissen unten im Garten sehen, die den wahren Frühlingsanfang ankündigten und Nieswurz und Schneeglöckchen ablösten, die bereits eine Vorahnung dessen vermittelt hatten, was noch kommen würde.

Auf die strengen Anweisungen ihres Arztes hin – Anweisungen, die ans Drakonische grenzten – war sie vorläufig ans Bett gefesselt und fühlte sich hundeelend, aber der Anblick dieser schlichten gelben Blumen heiterte sie auf. Sie liebte Narzissen; sie waren so tapfere, starke Blumen, die ihr mit ihren perfekt geformten Trompeten ein optimistisches Ständchen brachten nach den langen, dunklen Wintermonaten. Diese in so vielem eigentlich bescheidene Blume symbolisierte Freundschaft, was etwas war, was Esme erst wieder zu schätzen gelernt hatte, seit Adam und Floriana in ihr Leben getreten waren. Sie war zwar nicht ungesellig gewesen, bevor sie ihnen begegnet war, doch es war einfach so, dass ihre früheren Freundschaften dahingeschwunden waren, als ihre Freundinnen eine nach der anderen gestorben waren. Sie kannte Adam und Floriana gerade mal drei Monate, hatte sie aber schon ausgesprochen lieb gewonnen und würde es hassen, ihre Gesellschaft je wieder zu verlieren.

Eurydike, die bei Esme auf dem Bett lag, kratzte sich mit den Pfoten die Tagesdecke zurecht, um es sich bequem zu machen. Vor der Katze lag die Spielzeugmaus, die Floriana für sie gestrickt hatte. Eurydike hing so sehr an ihr, dass sie sie oft im Maul durchs Haus trug, als wäre sie ihr Junges. »Du versteckst dich hier bei mir, nicht?«, sagte Esme mit einer Stimme, die kaum mehr als ein raues Flüstern war. »Du hast Angst, mit Krysta allein zu sein.«

Die Katze, die jetzt endlich mit ihrem Platz zufrieden war, blinzelte Esme an. Dann aber zuckte sie zusammen, als sie das Geräusch des Staubsaugers vernahm, der draußen auf dem Flur angeschaltet wurde – und bekanntermaßen gegen alles stieß, was ihm in den Weg geriet: Sockelleisten, Tische, Stuhlbeine und kleine Katzen, falls sie den Fehler machten, Krystas gefährlichen Weg zu kreuzen.

Esme schloss die Augen, legte sich müde zurück und ließ sich dankbar in die weichen Kissen sinken. Sie hasste es, so eingesperrt zu sein, aber die Angst vor ihrer sich verschlechternden Gesundheit und einer Einweisung ins Krankenhaus, mit der ihr Arzt ihr schon gedroht hatte, genügten, um sie dazu zu bewegen, die Anordnungen des Arztes zu befolgen. Schließlich musste sie sich von einer schrecklich lästigen Infektion im Brustbereich erholen, die sich sehr zu ihrer Bestürzung zu einer Lungenentzündung entwickelt hatte. Ruhe, Wärme, viel Flüssigkeit und regelmäßiges nahrhaftes Essen waren die Anweisungen, die sie erhalten hatte. Und Gott segne Adam und Floriana, die beide ausgezeichnete Arbeit leisteten, indem sie nicht nur ein wachsames Auge auf sie hatten, sondern auch versuchten, sie zu unterhalten und aufzuheitern! Wie sollte sie ihnen ihre Güte und ihren Einsatz je vergelten?

Adam wohnte jetzt schon nebenan – obwohl »kampieren« wohl der bessere Ausdruck war, um seine primitive Lebensweise im Chaos der noch andauernden Renovierungsarbeiten zu beschreiben. Doch so beschäftigt er auch war, hatte er trotzdem noch Zeit gefunden, ein Fernsehgerät und eine Mini-Stereoanlage mit Radio und CD-Player in Esmes Schlafzimmer zu installieren. Beides Gegenstände, von denen er behauptete, sie übrig zu haben und nicht mehr brauchen zu können. Das Fernsehgerät war für sie die größte Offenbarung, nicht nur, weil sie es immer als furchtbar dekadent betrachtet hatte, eines im Schlafzimmer zu haben, sondern auch, weil sie sich seit Jahren nicht mehr damit aufgehalten hatte, sich ein Fernsehgerät anzuschaffen.

»Aber ich habe gar keins angemeldet«, hatte sie zu Adam gesagt.

»Keine Bange«, hatte er sie beruhigt. »Um den Papierkram kümmere ich mich schon.«

Nachdem sie darauf bestanden hatte, Adam das Geld dafür zu geben, hoffte sie, dass er ihn erledigt hatte, da sie ansonsten womöglich nicht ins Krankenhaus, sondern ins Gefängnis käme!

Es war sehr nett von ihm gewesen, sie mit etwas zu versorgen, um ihre Langeweile in Schach zu halten, und sobald sie wieder die Energie gehabt hatte, lange genug wach zu bleiben, hatte sie begonnen, sich tagsüber eine Reihe von Programmen anzusehen, die bei ihr den Eindruck hinterließen, dass die Welt dort draußen geradezu besessen war vom Kauf und Verkauf von Immobilien und Antiquitäten und dass andere, die sich nicht dafür interessierten, nur noch kochten.

Das Dröhnen des Staubsaugers irgendwo hinter der Schlafzimmertür verstummte, und Esme hörte jemanden sprechen. Als sie die Augen öffnete, erkannte sie Florianas Stimme. Irgendeine Art von Diskussion schien draußen stattzufinden, und dann eilten leichte Schritte die Treppe herauf. Auf das Klopfen an der Tür hin sagte Esme mit schwacher Stimme:

»Wenn du es bist, Floriana, komm herein!«

»Und was soll ich tun, wenn ich es nicht bin?«, fragte die junge Frau beim Eintreten.

»Das würden wir dann schon sehen«, meinte Esme lächelnd, während Eurydike zum Bettrand hinübertappte, um Hallo zu sagen. Sie ignorierte Floriana nicht mehr so wie früher, aber ihr Favorit und ganz besonderer Liebling war noch immer Adam.

»Wie geht es dir heute?«, fragte Floriana, während sie aus ihrem Mantel schlüpfte, um ihn über die Rückenlehne eines Stuhls zu hängen. »Fühlst du dich schon etwas besser?«

»Ein bisschen.«

»Siehst du, nach und nach wird's besser.« Sie setzte sich, und Eurydike sprang auf ihren Schoß. »Ich habe dir Hühnersuppe bei Buddy Joe's gekauft«, sagte sie zu Esme. »Ich werde sie dir aufwärmen, wenn es Zeit zum Mittagessen ist. Oh, und Buddy und Joe lassen dich grüßen und möchten wissen, ob es irgendetwas gibt, was sie dir hinüberbringen können.«

»Ach Gott, ihr seid alle so lieb zu mir, und ich habe Gewissensbisse, weil ich euch allen so viel Arbeit mache! Müsstest du nicht bei der Arbeit sein?«

»Ich bin auf dem Weg dorthin; Tony hat heute eine Gruppe von Kindern für mich.«

»Machst du mit ihnen die *Harry-Potter*-Tour?«

»Nicht wirklich. Die heutige Tour ist für sozial benachteiligte Kinder und soll ihnen eine Kostprobe von etwas Inspirierendem, um nicht zu sagen Erstrebenswertem geben. Zuerst besichtigen wir das Brasenose-College, dann werfen wir einen Blick ins Ashmolean Museum und beschließen unsere Tour mit der Abendandacht in der Christ Church.«

»Dort war ich schon ewig nicht mehr«, sagte Esme wehmütig. »Früher ging ich sehr gern zur Abendandacht in der Christ Church; sie war meiner Meinung nach immer die beste.«

»Wenn du wieder gesund bist, können wir zusammen hingehen, wenn du möchtest. Oder, besser noch, wir spannen Adam ein und lassen uns von ihm in seinem schicken neuen Mercedes hinfahren.«

Esme, die sich nicht einmal vorstellen konnte, die Treppe

hinunterzugehen, geschweige denn die halbe Stadt zur Christ Church zu durchqueren, sagte: »Er hat mir nicht erzählt, dass er sich ein neues Auto gekauft hat.«

Floriana lächelte und verdrehte die Augen. »Du weißt doch, wie er ist. Man muss ihm immer alles aus der Nase ziehen.«

Und du bist genau die richtige Person dazu, dachte Esme mit einem schwachen Lächeln.

»Kommt der Doktor heute?«, wollte Floriana wissen, die Eurydike streichelte und sie zum Schnurren brachte.

»Ich fürchte ja. Er hat die kältesten Hände, die ich je bei einem Menschen erlebt habe.«

Floriana lachte und bückte sich nach ihrer auf dem Boden stehenden Tasche. »Ich habe dir noch etwas anderes mitgebracht. Es ist kein Geschenk im eigentlichen Sinne, aber etwas, von dem Adam und ich dachten, es würde dir nützlich sein und vielleicht sogar Freude machen.«

»Das hättet ihr nicht tun sollen! Ihr habt mich schon genug verwöhnt.«

»Freu dich nicht zu früh, es ist nur ein Mobiltelefon. Ein altes Prepaid-Handy, das bei mir zu Hause rumlag. Ich habe es für dich aufgeladen. Wenn du dich gut genug fühlst, kann ich dir einen Schnellkurs geben und dir zeigen, wie man es benutzt.«

Esme starrte das Handy skeptisch an. »Ich habe doch schon ein Telefon«, wandte sie ein und zeigte auf den Apparat, der auf dem Nachttisch stand.

»Stimmt. Doch dieses Mobiltelefon gibt dir die Möglichkeit, Adam oder mir eine Textnachricht zu schicken, wenn wir einen Anruf von dir mal nicht beantworten können.«

»Aber ich kann doch eine Nachricht auf euren Telefonen hinterlassen.«

»Ja, aber mit diesem Handy hier können wir dir eine SMS schicken, wie man diese Textnachrichten nennt.«

»Würdet ihr das denn wollen?«

Floriana lachte. »Warum probierst du es nicht aus? Die meisten Leute denken anfangs, dass sie von einem Mobiltelefon keinen Nutzen haben werden, aber dann entdecken sie sehr schnell die Vorteile und den Spaß daran. Hier, lass mich dir zeigen, wie man einen Text verschickt! Was meinst du, sollen wir Adam eine SMS schicken?«

»Ich will ihn nicht stören«, meinte Esme besorgt.

»Glaub mir, er wird sich freuen, von dir zu hören. Und sobald das erledigt ist, wärme ich dir die Suppe auf.«

Zu Esmes großer Überraschung schaffte sie es nicht nur, Florianas geduldige Anweisungen zu befolgen, sondern ein paar Sekunden später trällerte sogar das Telefon in ihrer Hand, und auf dem Display war zu lesen:

Sie haben eine neue Nachricht.

»Sieh mal!«, sagte sie aufgeregt und setzte ihre Lesebrille wieder auf. »Ist das von Adam?«

»Berühre das Symbol für NACHRICHT und schau nach! Das ist alles. Was steht dort?«

»Hi, Esme, ich sehe, dass Floriana dich zu dem Handy überredet hat. Gut gemacht!« Mit schon fast absurder Begeisterung fragte sie: »Und wie antworte ich ihm?«

»Siehst du, eine einzige SMS, und schon hast du angebissen, Esme!«

Florianas Anweisungen folgend gab Esme gewissenhaft eine Nachricht ein – *Erwarte Doktor Tod und seine kalten Hände* – und tippte dann auf SENDEN.

Ein lautes Klopfen an der Tür ließ beide zusammenfahren.

Es war Krysta, wie immer ernst und ohne auch nur das kleinste Lächeln. »Ich fertig. Ich jetzt gehe.«

»Danke, Krysta«, sagte Esme. »Wir sehen uns dann nächste Woche.«

Als die Eingangstür unten krachend zufiel, meinte Floriana: »Findest du sie nicht auch ein bisschen gruselig?«

»Sie ist ein bisschen schroff, aber eine gute Haushaltshilfe. Oh, was ist das denn?« Esme hielt das trällernde Mobiltelefon hoch, damit Floriana nachschaute.

»Sieht wie eine neue Nachricht von Adam aus.«

Wie zuvor tippte Esme auf das Symbol für NACHRICHT. »Es ist mehr als eine Nachricht, glaube ich.«

Floriana setzte Eurydike auf den Boden und beugte sich vor, um das Display besser sehen zu können. »Er hat dir ein Foto geschickt. Tipp es an, um es in einem größeren Format zu sehen.«

»Oh, wie raffiniert! Schau nur, es ist ein Bild von ihm an einem Schreibtisch. Wahrscheinlich hat er es in seinem Büro gemacht.«

»Was schreibt er?«

»Willkommen im technologischen Zeitalter. Der nächste Schritt ist das Internet!«, las Esme vor. »Aber ich kann euch versprechen«, sagte sie mit einem müden Kopfschütteln, »dass das ganz sicher nicht geschehen wird.«

»Darauf würde ich mich nicht verlassen«, entgegnete Floriana lächelnd. »Und während du Adam jetzt selbst eine Antwort schreibst, werde ich dir dein Mittagessen zubereiten. Muss Eurydike gefüttert werden?«

»Nein, um sie hat Adam sich heute Morgen als Erstes gekümmert, bevor er zur Arbeit fuhr.«

»Was für ein schlaues kleines Ding du bist!«, sagte Floriana zu der Katze. »Du hast unseren Adam schon vollkommen um die Pfote gewickelt, was?«

Unten in der Küche goss sie die Suppe in einen Topf, suchte den Orangensaft und das Vollkornbrot, das sie gestern gekauft hatte, butterte eine Scheibe und richtete alles hübsch auf einem Tablett für Esme an.

Die alte Dame war jetzt schon seit fast vierzehn Tagen krank, doch heute war Floriana überzeugt, eine deutliche Besserung an ihr wahrzunehmen. Esme hatte sogar schon wieder ein bisschen Farbe im Gesicht.

Es war Adam gewesen, der als Erster bemerkt hatte, wie schlecht es Esme ging. Als er eines Morgens zu ihr hinübergegangen war, hatte ihm niemand geöffnet, und als er es am selben Abend nach der Arbeit erneut versucht und nicht einmal Licht im Haus gesehen hatte, hatte er Esme angerufen. Und erst als sie den Anruf über das Telefon neben ihrem Bett annahm, ließ sie durchblicken, dass sie sich nicht besonders gut fühlte – was sich als gewaltige Untertreibung herausstellte.

Darauf war »Operation Esme« in Gang gesetzt worden, und Floriana und Adam hatten beim Ärztezentrum auf der Woodstock Road angerufen und um einen Hausbesuch gebeten. Zunächst stand es auf Messers Schneide, ob Esme in ein Krankenhaus eingeliefert werden musste, aber dann hatte der Arzt zu ihrer großen Erleichterung gesagt, sie könne zu Hause bleiben, wenn auch natürlich nur unter der Bedingung, dass sie gut gepflegt werden würde.

Als Floriana jetzt das Tablett hinauftrug, dachte sie an das erste Mal, als sie vor zwei Wochen Esmes Schlafzimmer betreten hatte. Nachdem sie sich von dem Schreck erholt hatte, ihre Freundin so schwach und krank zu sehen, waren ihr die Gemälde an den Wänden aufgefallen, eines von ihnen ganz besonders, das dem Bett gegenüberhing und einen jungen Mann darstellte, der mit einem Buch auf dem Schoß in einem weißen Korbsessel im Schatten eines Baumes saß. Es konnte kein anderer als Marco Bassani sein! Das hatte Floriana gleich gewusst.

Bei ihren täglichen Besuchen bei Esme versuchte sie, das Bild nicht allzu unverhohlen anzustarren. Oder zumindest nicht, wenn Esme wach war. Ein paar Mal, als die alte Dame eingeschlafen war, hatte Floriana die Gelegenheit ergriffen und das Gemälde ausgiebig betrachtet. Wie gern hätte sie gewusst, wie es vor all diesen Jahren am See mit Esme und Marco weitergegangen war! Da Esme jedoch kein weiteres Wort zu dem Thema verloren hatte, dachte Floriana nicht einmal daran, es zu erwähnen, und schon gar nicht, solange die alte Dame noch so geschwächt und krank war.

Aber wann immer sie das Porträt zu Gesicht bekam, ging ihr dieselbe Frage durch den Kopf: Wo mögen Sie jetzt sein, Signor Marco Bassani?

Sie war oben auf der Treppe, als sie ihr Mobiltelefon klingeln hörte, das in ihrer Tasche in Esmes Schlafzimmer war, und beschleunigte ihre Schritte, um den Anruf anzunehmen.

So, wie Esme dalag, den Kopf zur Seite gelegt und die Augen geschlossen, sah es ganz so aus, als wäre sie eingeschlafen. Floriana stellte das Tablett auf der Kommode ab und hob ihre Tasche auf, in der immer noch ihr Handy klingelte.

»Hallo«, sagte sie vorsichtig, weil sie die Nummer auf dem Display nicht erkannte.

»Bist du es, Floriana? Hier ist Seb. Ist dies ein guter Zeitpunkt, um mit mir zu reden?«

Kein Zeitpunkt ist gut, um mit dir zu reden, Seb, dachte sie mit einem Anflug von Gereiztheit. »Nicht wirklich«, antwortete sie und drehte sich zu Esme um, die inzwischen vermutlich schon erwacht war. Aber die alte Dame hatte sich nicht gerührt.

Plötzlich besorgt, weil ihre Freundin beunruhigend still aussah, rief Floriana: »Esme?«

»Was hast du gesagt?«

»Entschuldige, ich habe nicht mit dir gesprochen, Seb. Hör

mal, im Moment geht es gerade gar nicht. Kann ich dich später zurückrufen?«

»Sag mir, wann es günstiger ist, dann rufe ich dich an.«

»Nein, es ist besser, wenn ich mich melde.«

Eine Pause entstand. »Aber wirst du es tun?«

»Ja«, versicherte sie schnell.

Ohne ein weiteres Wort beendete sie das Gespräch und trat ans Bett.

»Esme?«, fragte sie besorgt.

Der Moment erinnerte sie zu sehr an jenen schrecklichen Tag, als sie übers Wochenende zu Hause gewesen war und ihre Mutter sie gebeten hatte, Oma Betsy eine Tasse Tee zu bringen, die bei ihnen lebte, seit sie einen Schlaganfall erlitten hatte. Als Floriana dann aber in das Schlafzimmer ihrer Großmutter gegangen war, hatte sie sie nicht mehr wecken können, weil sie tot gewesen war.

Floriana versuchte, die in ihr aufsteigende Panik zu unterdrücken, und beugte sich über Esmes Bett.

»Zeit zum Mittagessen«, sagte sie und empfand ihre eigene Stimme als entnervend laut in dem stillen Raum. Bitte lass sie nicht tot sein!, flehte sie welche überirdische Macht auch immer an, die ihr möglicherweise zuhörte.

Kapitel 32

Als sie hörte, dass jemand ihren Namen rief, erwachte Esme jäh. Da sie aus einem sehr tiefen Schlaf gerissen worden war, war sie für einen Moment zu desorientiert, um zu realisieren, wo sie sich befand, und die Person zu erkennen, die sie mit einer so besorgten Miene ansah.

»Tut mir leid«, murmelte sie dann, während sie sich noch halb benommen aufsetzte, sich die Augen rieb und ihre Gedanken zu sammeln versuchte. »Ich muss eingeschlafen sein.«

»So ist es.« Floriana wirkte jetzt nicht mehr besorgt, sondern überaus erleichtert. »Ich habe dir dein Mittagessen mitgebracht.«

»Mittagessen? Ist es wirklich schon so spät? War Krysta hier?«

»Sie *war* hier und ist schon wieder fort«, antwortete Floriana.

»Tatsächlich?« Verwirrt wandte Esme den Kopf, um einen Blick auf die Uhr auf dem Nachttisch zu werfen, wurde dann aber von dem Anblick eines ihr unbekannten Gegenstandes auf der Bettdecke abgelenkt. Sie nahm ihn in die Hand, und langsam stellte sich die Erinnerung wieder ein – Floriana hatte ihr ein Mobiltelefon geschenkt! Dann erinnerte sie sich auch an ihre vorherige Unterhaltung und an Krystas Besuch, und mit ihrem jetzt wieder klaren Verstand kam sie sich plötzlich schrecklich dumm vor. »Oh Gott, du hast bestimmt gedacht, ich hätte mich in eine vertrottelte alte Frau verwandelt, die sich nicht mal mehr daran erinnern kann, welchen Wochentag wir haben!«

»Nichts könnte mir ferner liegen«, erwiderte Floriana, die vorsichtig das Tablett auf Esmes Schoß stellte. »Es ist doch nichts Schlimmes daran einzuschlafen, wenn man krank ist. Vielleicht hätte ich dich weiterschlafen lassen sollen.«

»Um Himmels willen, nein! Schon gar nicht, nachdem du dir die Mühe gemacht hast, mir etwas zu essen zu richten. Außerdem kann ich schlafen, wenn du wieder weg bist. Hm … diese Suppe riecht ja köstlich. Vielen, vielen Dank, dass du all das für mich tust!«

»Es macht mir keine Umstände«, sagte Floriana und ließ sich wieder auf ihrem Stuhl nieder. »Vergiss nicht, deine Antibiotika zu nehmen! Ich glaube, sie sind unter den Teller gerollt.«

Nachdem sie die von »Doktor Tod« verschriebenen Tabletten gefunden hatte, schluckte Esme sie mit etwas Orangensaft und schloss dabei für einen Moment die Augen. Sofort verspürte sie wieder die Anziehungskraft des Traumes, in dem sie so versunken gewesen war. Sie war mit ihrem Vater in der Christ Church zur Abendandacht gewesen, und sie hatten gerade den Teil erreicht, der sie stets so tief bewegte: den Lobgesang Marias. Esme öffnete die Augen, und während sie ihre Suppe umrührte, dachte sie darüber nach, dass die Vergangenheit, seit sie ans Bett gefesselt war, sich immer wieder in ihren Kopf einschlich und sie wie ein sanftes Echo an alles erinnerte, was sie verloren hatte.

Krank zu sein hatte sie gefühlsselig gemacht, was normalerweise so gar nicht zu ihrem Charakter passte. Aber hin und wieder hatte man sie glauben gemacht, dass die Waagschalen des Lebens alles nach Gewinn und Verlust bemaßen. Früher hatte sie nie so gedacht, sondern war immer der pragmatischen Überzeugung gewesen, dass man mit nichts auf diese Welt kam und schließlich auf die gleiche Weise, nämlich mit nichts, auch wieder ging.

Als sie von ihrer Suppe aufblickte, begegnete sie Marcos Blick, der von dem Gemälde an der gegenüberliegenden Wand zu ihr herüberblickte, das in all den Jahren sowohl ein Trost als auch eine Qual für sie gewesen war.

»Lass deine Suppe nicht kalt werden!«, mahnte Floriana.

Esme lächelte ihre junge Freundin an, liebevoll, aber insgeheim auch belustigt. Wie eifrig bemüht das liebe Kind war, das Porträt nicht anzustarren! »Es überrascht mich, dass jemand, der so neugierig ist wie du, mich noch nie nach diesem Bild gefragt hat.«

Obwohl Esme nicht gesagt hatte, welches Bild sie meinte, glitt Florianas Blick sofort zu dem richtigen. »Ich habe nur taktvoll abgewartet, ob du mir von selbst etwas darüber erzählen würdest. Ist es das Porträt, das dein Vater von Marco gemalt hat?«

»Ja.«

»Er war ein sehr attraktiver Mann, nicht wahr?«

Mit einem rasselnd klingenden Lachen sagte Esme: »Oh ja, das war er!«

»Hast du Fotos von ihm?«

»Leider nicht. Vor ein paar Jahren leckte das Dach, und all die Kartons mit Dingen, die ich dort oben aufbewahrte, waren ruiniert.«

»Oh, wie schade! Dann ist dieses Bild das Einzige, was dir von ihm geblieben ist?«

»Das und meine Erinnerungen«, antwortete Esme. »Aber jetzt – und um dir zu beweisen, dass ich noch voll da bin und du keine Angst zu haben brauchst, ich würde langsam senil – möchte ich dich daran erinnern, dass du heute Nachmittag einer Gruppe von Kindern Bildung und Anregung vermitteln sollst.«

Floriana blickte auf die Uhr. »Ich habe noch zehn Minuten, bevor ich gehen muss. Gerade genug Zeit, um dir eine Tasse Tee aufzubrühen und mehr Wasser zu holen. Auf dem Heimweg heute Nachmittag komme ich dann wieder vorbei.«

»Hast du deinen Schlüssel?«

»Ja, du musst mir also nicht öffnen.«

»Du bist ein Engel, meine Liebe. Das bist du wirklich. Wenn

es mir besser geht, werde ich mir etwas überlegen, um mich für deine Liebenswürdigkeit zu revanchieren. Und natürlich auch für Adams.«

Floriana trat kräftig in die Pedale, denn sie war spät dran. Sie passierte gerade das Keble College, das sie wegen seiner Verbindung mit Seb daran erinnerte, dass sie versprochen hatte, ihn zurückzurufen. Aber dazu hatte sie jetzt keine Zeit, das konnte sie auch später erledigen. Bestimmt hatte er sich nur gemeldet, um aufs Neue zu versuchen, sie zu überreden, an seiner Hochzeit teilzunehmen. Schon letzte Woche hatte er angerufen und gesagt, er werde kein Nein als Antwort gelten lassen. »Du hast doch nicht etwa Angst zu kommen?«, hatte er sie gefragt. Und so beschämend nahe er der Wahrheit damit auch kam, hatte er doch nur auf seine drollige Art versucht, sie dazu zu bringen, sich der Herausforderung zu stellen und zu behaupten, sie fürchte sich vor gar nichts.

»Natürlich habe ich Angst«, hatte sie den Scherz erwidert. »Mir graut es davor, dich mit einem Zylinder ausstaffiert zu sehen, mit dem du wie ein Obertrottel aussehen wirst.«

»Du hast mich schon in weitaus schlimmeren Zuständen gesehen«, hatte er entgegnet.

Und wie wahr das war!

Es wäre leicht zu sagen, dass während ihres und seines letzten Studienjahres für ihn alles schiefgelaufen war, besonders in den Wochen vor den Abschlussprüfungen, aber eigentlich hatte er seine Probleme schon seit Jahren mit sich herumgeschleppt. Es war nur so, dass der Druck im Vorfeld der Prüfungen die Sache auf die Spitze trieb.

Ihrer zaudernden Natur getreu war Floriana geradezu überragend gut darin, die Arbeit bis zur letzten Minute aufzuschieben, doch sie war eine blutige Anfängerin, verglichen mit Seb, dessen sorglose Einstellung gegenüber der Teilnahme an Vorlesungen und der Abgabe von Arbeiten dem Spiel mit dem Feuer eine völlig neue Dimension verlieh.

»Kein Ding«, pflegte er zu sagen. »Ich kann diese Abhandlung im Schlaf aus dem Ärmel schütteln.« Es wurde zu einem Sport für ihn herauszufinden, wie weit er die Dozenten treiben konnte. Oder vielleicht war es auch mehr ein Sport für ihn zu sehen, wie weit er sich selbst treiben konnte. Aber dann merkte Floriana, dass es kein Spiel mehr für ihn war und dass das, was er sich abverlangte, ihn gefährlich nahe an seine Grenzen brachte.

Damals gab es viel Gerede über sogenannte »weiche Drogen« wie Modafinil und Ritalin, die Studenten nahmen, um eine stressige Phase wie die Prüfungszeit durchzustehen. Es gab auch mkat oder Millikatal, was anscheinend lächerlich einfach im Internet zu beschaffen war und von vielen als völlig ungefährlich betrachtet wurde. Sie behaupteten, es sei nicht annähernd so stark wie Kokain und Ecstasy. Seb nahm damals Speed, um sich so lange wach zu halten, wie es nötig war, um eine elfstündige Arbeit abzuschließen. Es sei nichts Schlimmes daran, beteuerte er, als Floriana in seinem Zimmer versehentlich eine Kaffeetasse umstieß und beim Saubermachen ein kleines Tütchen Pillen fand. »Was ist das?«, hatte sie gefragt.

»Ein Antihistaminikum«, erwiderte er, als er ihr scheinbar völlig unbefangen das Plastiktütchen abnahm und in seine Tasche gleiten ließ.

Ein langes, angespanntes Schweigen folgte, das erst Floriana wieder brach. »Wogegen bist du denn allergisch, Seb? Und sag mir die Wahrheit!«

»Schau mich nicht so an! Ich bin bloß nicht auf der Höhe, das ist alles. Wenn ich etwas zum Schlafen bräuchte, würdest du das lockerer sehen, aber was ich tue, ist nichts anderes als das Gegenteil.«

Wütend hatte sie ihn einen Idioten geschimpft. »Ich dachte wirklich, du wärst klüger, Seb.«

»Hey, wir können nicht alle wie du sein, so völlig mühelos genial! Einige von uns müssen sich die Seele aus dem Leib ackern. Und wenn ich es mir genau überlege, musst du die einzige Studentin hier in Oxford sein, die nichts nimmt, um sich die Schufterei ein bisschen zu erleichtern.«

»Oh ja, klar, natürlich, und weil jeder es einschmeißt, ist es okay. Was nimmst du sonst noch, Seb?«

»Das geht dich gar nichts an!«

»Oh, doch! Du bist mein bester Freund, und deshalb geht es mich sehr wohl was an, was du so treibst.«

»Geh mir nicht auf den Wecker, ja?«, fuhr er sie an, was er noch nie zuvor getan hatte. »Du klingst wie eine schlechte Imitation meiner nutzlosen, nur Sauerstoff verschwendenden Mutter!«

Von allen Beleidigungen, die er ihr an den Kopf hätte werfen können, und vor allem, da sie wusste, wie sehr er seine Mutter verachtete, war der Vergleich mit ihr zu viel für Floriana, und deshalb ging sie nur wortlos hinaus und zog leise die Tür hinter sich zu. Das fehlte gerade noch, dass er ihr obendrein später vorwarf, genau wie seine Mutter in einem Wutanfall hinausgestürmt zu sein und die Tür hinter sich zugeknallt zu haben, als sie in der Diskussion den Kürzeren zog. Was natürlich völliger Blödsinn war, weil es gar keine Diskussion über dieses Thema geben konnte. Bei gewissen Dingen im Leben ließ Floriana nicht mit sich reden. Und dazu gehörten auch Drogen. Was dieses Thema anging, gab es nur Schwarz oder Weiß für sie.

Sie sah Seb erst eine Woche später wieder, als er ihr am Pförtnerhäuschen ihres Colleges auflauerte. Die Sonne war noch nicht aufgegangen, aber Floriana befand sich schon auf dem Weg zu der alljährlichen Maifeier auf der Magdalen Bridge.

»Du hattest doch wohl nicht vor, ohne mich zu gehen?«, sagte er und stieß sich von der Wand ab, an der er gelehnt hatte. Vor ihrem Streit hatten sie vorgehabt, wie in den beiden Jahren zuvor zusammen den ersten Mai zu feiern. Diesmal hatte Floriana jedoch ausdrücklich zugestimmt, mit einer Gruppe vom St. Anne's dort hinzugehen.

Ohne ein weiteres Wort mit ihr zu wechseln, hakte Seb sich bei ihr unter, und zusammen traten sie aus dem Tor auf die Woodstock Road hinaus. Auf demselben Weg, auf dem er gekommen war, nahmen sie eine Abkürzung durch die St. Giles' Church, überquerten die Banbury Road und gingen gerade hinter der Kapelle des Keble Colleges vorbei, als er wieder sprach. »Es tut mir leid. Bitte sei mir nicht mehr böse! Du bist alles, was ich habe.«

»Mir tut es auch leid. Ich hätte dir keine Vorhaltungen machen sollen. Es ist nur so, dass Drogen mir Angst machen. Das ist nun mal meine Grundeinstellung. Du weißt ja, wie kleinstädtisch ich bin.«

»Ja, und deswegen hatte ich dir auch nichts davon gesagt. Aber es ist wirklich keine große Sache, Florrie, ich brauche einfach nur etwas, um durchzuhalten. Und ich nehme das Zeug auch nur, wenn es nicht anders geht. Ich bin nicht so wie du, ich habe nicht dein Pflichtbewusstsein. Oder deinen Verstand. Wenn ich ein fast schon fotografisches Gedächtnis wie du hätte, bräuchte ich diese zusätzliche Hilfe nicht.«

»Ich habe dir schon einmal gesagt, dass ein gutes Gedächtnis nur bedeutet, dass ich mir leicht einprägen kann, was ich gelesen habe. Und das ist keine Zauberei.«

»Ja, aber spiel es nicht herunter, denn im Moment würde ich mich nur allzu gern mit dieser Fähigkeit begnügen.«

Sie gingen schweigend weiter. Etwas weiter vor ihnen gab eine muntere Schar von Feiernden schon eine lautstarke Interpretation von *Bohemian Rhapsody* zum Besten, die allerdings mehr *Wayne's World* entliehen zu sein schien als Queen. Nach einer Weile sagte Floriana: »Wirst du mir etwas versprechen, Seb?«

»Wenn es in meiner Macht steht, gern.«

»Du wirst die Sache nicht aus dem Ruder laufen lassen, ja? Was immer es auch ist, was du nimmst, versprich mir, dass du es nur für den Moment und nicht auf Dauer einwerfen wirst.«

»Natürlich nicht. Aber komm schon, lass uns nicht mehr darüber reden! Ich habe die Nase voll von Prüfungen, Hausarbeiten und Abhandlungen. Ich würde alles tun, um morgen aufzuwachen und festzustellen, dass das alles vorbei ist.«

Wieder gingen sie schweigend weiter, und als sie die Magdalen Bridge erreichten, hellte sich der leicht violett getönte Himmel auf, und ein Gefühl der Erwartung verbreitete sich unter den Feiernden, von denen die meisten vermutlich die ganze Nacht auf gewesen waren und sich auf einem der vielen, überall stattfindenden Maibällen vergnügt hatten. Im Jahr zuvor hatten Floriana und Seb die Bälle zum ersten Mai in ihren jeweiligen Colleges boykottiert und sich dafür entschieden, ihr eigenes Ding zu machen. Sie hatten sich die ganze Nacht lang Horrorfilme aus den Sechzigern und Siebzigern angesehen.

Die Sonne war inzwischen aufgegangen und warf einen rosigen Schimmer auf den großartigen Magdalen Tower, und als die Glocken läuteten und die Chorknaben den *Hymnus Eucharisticus* zu singen begannen, spürte Floriana, wie sie von einer Welle intensiver Empfindungen durchflutet wurde. Sie wusste, dass es nicht »in« war, dergleichen zuzugeben, doch sie liebte alles an Oxfords Pomp und festlichem Gepränge. Die Stadt war durchdrungen von zeremonieller Tradition, und insgeheim genoss Floriana es, ein Teil davon zu sein – besonders die Vorstellung, dass sie auf ihre eigene bescheidene Weise dem Sand der Zeit ihren eigenen unbedeutenden Fußabdruck hinzufügte.

Als sich nun fast alle entfernten und den Morris-Tänzern zum Radcliff Square hinunter folgten, zogen Seb und Floriana zu einem stillen Fleckchen auf der Brücke um. Die Ellbogen auf das steinerne Geländer gestützt, beugte er sich weit darüber, als hätte er in dem Wasser unter ihnen etwas entdeckt. Tatsächlich beugte er sich sogar so weit vor, dass Floriana näher trat und instinktiv eine Hand nach ihm ausstreckte.

»Ich frage mich, was wohl geschehen würde, wenn ich hinunterspränge«, sagte er düster.

Genervt von seinem Ton, legte sie schnell eine Hand auf seinen Arm. »Du würdest entweder sterben oder dir den Hals brechen«, antwortete sie gereizt. »Du bist nicht Superman«, fügte sie dann in etwas leichterem Ton hinzu.

»Ich meine es ernst.«

»Ich auch.« Im Laufe der Jahre waren hier schon zu viele Studenten zu Schaden gekommen, die sich entweder stockbetrunken oder weil sie sich für unverwundbar hielten, in das flache Wasser des Cherwell gestürzt hatten. Die Liste ihrer Namen stellte eine abschreckende Lektüre dar.

Als hätte sie nichts gesagt, fuhr Seb fort: »Und wenn ich hinunterspränge und mir den Hals bräche, was würde das schon ausmachen? Wen würde das schon kümmern?«

»Mich würde es kümmern«, erwiderte Floriana grimmig und gab jeden Versuch auf, die Stimmung auflockern zu wollen. Stattdessen zog sie Seb sehr unsanft an seinem Arm zurück. »Mich würde es mehr treffen, als sich mit bloßen Worten sagen ließe.«

»Dann wärst du die Einzige«, brummte er.

Sie wusste, was er meinte – dass er keine nennenswerte Familie mehr hatte, da ihm heutzutage weder seine Mutter noch sein Vater mehr als ein sehr oberflächliches Interesse entgegenbrachten. Die »Schuldkomplex-Moneten«, wie Seb die monatlichen

Überweisungen seines Vaters auf sein Bankkonto bezeichnete, waren der einzige Kontakt, den er noch zu ihm hatte. Jahrelang hatte es nicht einmal das gegeben, doch ob seine finanzielle Lage sich nun gebessert oder sein Gewissen sich gerührt hatte – der Mann griff jedenfalls endlich einmal seinem Sohn unter die Arme, wie es sich gehörte.

Was Sebs Mutter anging, so meldete sie sich nur bei ihm, um sich entweder tränenreich darüber zu beklagen, wie allein sie sei und dass sich niemand um sie kümmere, oder um begeistert zu verkünden, dass sie endlich ihre große Liebe gefunden habe – ein ewiges Hin und Her von Ichbezogenheit, das Seb ebenfalls sehr stark belastete. Auch wenn er es nicht zugab.

»Meinen Eltern würde es etwas ausmachen, wenn dir etwas zustieße«, sagte Floriana. »Sogar meine unerträgliche Schwester würde es kümmern. Gott, kannst du dir vorstellen, dass sie dich im Krankenhaus besuchen würde und du keine Möglichkeit hättest, ihr zu entkommen? *Das* ist etwas, was ich als schlimmer als den Tod bezeichnen würde!«

»Manchmal«, sagte Seb, schon wieder so, als befände er sich in seiner eigenen Welt und hörte sie gar nicht, »wünschte ich, das Ganze wäre vorbei.«

»Was? Oxford?«

»Nein. Alles. Ich wünschte, alles wäre vorbei.«

Und dann drehte er sich um und sah sie an. Sah sie *wirklich* an, und was sie in seinen Augen las, ließ ihr das Blut gefrieren. Eine schreckliche Leere war in ihnen; die goldenen Sprenkel waren kaum noch sichtbar, so stark erweitert, wie seine Pupillen waren. Eine eisige Furcht breitete sich in Florianas Magen aus. Das hier war keine Schauspielerei, um Aufmerksamkeit zu erlangen, das hier war real. Aller Wahrscheinlichkeit nach litt Seb unter Depressionen. Oxford bewirkte das bei manchen Leuten. Es war der Druck. Einige Studenten waren sogar suizidgefährdet. Kummer und Furcht wallten in Floriana auf. Wie hatte er das vor ihr verbergen können? Und warum hatte sie nicht gemerkt, wie er sich fühlte? Oder war es die Wirkung der Tabletten, die er einwarf? Nahm er mehr als nur irgendetwas, das ihn wach halten und ihm so beim Einhalten eines Abgabetermins behilflich sein sollte?

Sie wollte gerade etwas sagen, als er gegen das Mauerwerk der Brücke trat. »Lass uns gehen!«, rief er, als langweilte er sich plötzlich. »Ich könnte morden für ein Frühstück und eine sehr, sehr große Bloody Mary.«

Als sie kurz darauf bei dem besonderen Frühstück saßen, das traditionsgemäß am ersten Mai serviert wurde – Eier, Speck, in Butter geröstetes Brot, Baked Beans und zwei große Gläser Bloody Mary –, blickte Seb sich in dem Café nach den anderen Studenten um und schüttelte in unverhohlenem Widerwillen den Kopf. »Ich passe nicht hierher«, brummte er. »Ich bin nicht wie diese Leute. Ich bin ein Außenseiter.«

»So fühlen sich die meisten von uns«, entgegnete Floriana, die wusste, dass er die Studenten meinte, die aus völlig anderen Kreisen als den ihren kamen und schon von Geburt an zur sogenannten »besseren Gesellschaft« gehört hatten.

»Nein, das stimmt nicht. Es ist nicht das, was *du* empfindest, oder? Nicht wirklich. *Du* passt hierher.«

»Und du auch«, versetzte Floriana, die sich fühlte, als wäre ihr etwas Schlimmes vorgeworfen worden. »Du hast sehr viele Freunde hier. Mehr als ich. Du bist ständig unterwegs und tust weiß Gott was. Und bring mich nicht dazu, von deinem schnelllebigen Liebesleben anzufangen!«

Er blähte die Wangen auf und atmete tief aus. »Das ist alles bloß ein großer Schwindel. Ich tue nur, was nötig ist, um Schritt zu halten und den Anschein zu erwecken, als gehörte ich dazu. Was ich am meisten hasse, ist, zu wissen, wie sehr ich mich um

Anpassung bemühe, und dass ich das nur tue, weil ich nichts Originelles anzubieten habe. Du dagegen, Florrie, bist etwas Einmaliges und gehst deinen eigenen Weg, weil du genügend Selbstvertrauen besitzt, um dich nicht darum zu scheren, was andere denken. Ich aber bin mehr wie deine Schwester, Ann-ohne-E, und brauche das Gefühl dazuzugehören.«

»Seb«, protestierte sie in ungläubigem Staunen, »wie kannst du so etwas sagen? Du hast nie auch nur angedeutet, dass du so empfindest. Woher kommt das?«

Viel zu heftig bearbeitete er den Dotter seines Spiegeleis mit einer Kante Brot. »Vielleicht war ich früher besser darin, mir etwas vorzumachen. Aber heute muss ich der Tatsache ins Auge sehen, im Grunde völlig pathetisch zu sein.«

»Du hast nicht mal ansatzweise etwas Pathetisches an dir«, erwiderte Floriana beunruhigt. »Und das hattest du auch noch nie. Für mich bist du viel origineller als ich selbst. Ich habe immer zu dir aufgeschaut und war stets sehr stolz darauf, deine beste Freundin zu sein.«

Er verzog das Gesicht. »Dann solltest du das besser lassen. Glaub mir, du solltest es wirklich besser lassen.«

Sie kaute an einem Stückchen Frühstücksspeck und merkte plötzlich, dass sie es nur mit einem großen Schluck Bloody Mary herunterbekommen konnte. Die Entdeckung, wie unglücklich ihr bester Freund war, hatte ihr den Appetit geraubt. »Ich dachte immer, wir verstünden uns so gut, weil wir uns so ähnlich sind«, sagte sie.

Er schüttelte den Kopf. »In manchen Dingen, ja, aber ein großer, entscheidender Unterschied zwischen uns ist jetzt, dass du traurig sein wirst, diesen Ort zu verlassen, und ich nicht. Ich kann es kaum erwarten, von hier wegzukommen.«

Seb hatte recht; sie würde den Tag hassen, an dem sie Abschied nehmen musste. Sie hatte schon über Möglichkeiten nachgedacht, wie sie in Oxford bleiben könnte, doch bisher war ihr nichts eingefallen. Wie es so typisch für sie war, schob sie auch ihre Zukunft auf die lange Bank. Sie war eben keine große Planerin, sondern wartete eher darauf, dass ihr alles in den Schoß fiel. Bedeutete das, dass sie die Dinge auch schleifen ließ? Hatte sie ihre Freundschaft mit Seb schleifen lassen und deshalb übersehen, wie deprimiert er war?

Während sie ihn über den Tisch hinweg betrachtete, dachte sie: Wann hat sich alles geändert, Seb? Wann ist deine Welt so schwarz geworden? Wann habe ich versäumt, diese Veränderung zu bemerken? Früher haben wir uns immer alles erzählt, aber jetzt kommt es mir so vor, als würde ich dich gar nicht richtig kennen.

Nur sagte sie nichts von alldem. Weil sie nicht die Chance dazu bekam. Nachdem Seb seine Bloody Mary hinuntergestürzt und eine weitere bestellt hatte, verlangte er, dass Floriana ihn aufheiterte, indem sie sich dazu bereit erklärte, ihn auf einer Rucksacktour über die griechischen Inseln zu begleiten. Es war etwas, was sie früher schon besprochen hatten, doch irgendwie waren sie nie dazu gekommen, diese Pläne in die Tat umzusetzen.

Froh zu sehen, dass sich seine Stimmung augenblicklich hob, spielte Floriana mit und beschloss, ihn jetzt nicht weiter zu bedrängen. Sie konnten das Gespräch auch ein andermal fortsetzen. Warum ihn jetzt noch mehr entmutigen?

Erst später erkannte sie, wie feige es von ihr gewesen war, ihn nicht dazu zu bringen, sich ihr ganz und gar zu öffnen. Es war ein weiteres Beispiel für ihre Tendenz, die Dinge aufzuschieben.

Wenn sie heute zurückblickte, war es fast ein Wunder, dass Seb die Abschlussprüfungen geschafft hatte und dass diese letzte, schwierige Zeit in Oxford nicht sogar mit seinem Freitod geendet hatte.

Die Gesichter erhellt vom sanften Lampenlicht, saß die Gruppe der Schulkinder still und wie verzaubert im Chorgestühl der Christ Church Kathedrale. Sie hatten die Tour auf dem Radcliffe Square begonnen, wo sie noch ausgelassen und draufgängerisch gewesen waren. Einige von ihnen hatten sich auch gleichgültig, ja gelangweilt gegeben. Aber Floriana hatte das alles schon erlebt und war daher wie immer zuversichtlich, dass sie die Kinder herumkriegen und doch noch begeistern konnte. Das Highlight der Tour war stets das Christ Church College. Ganz nach der Methode Professor McGonagalls aus *Harry Potter* hatte Floriana ihnen die Kreuzgänge und Innenhöfe gezeigt, die eine wichtige Rolle in den *Harry-Potter*-Filmen spielten, und natürlich auch die Stelle, wo der Professor Harry zum ersten Mal begrüßt hatte, als er mit den anderen Schulanfängern die Schule Hogwarts betrat. Danach war sie mit ihren jungen Gästen in den Großen Speisesaal gegangen, der im Filmstudio nachgebildet worden war.

Später, als sie die ehrfürchtigen Mienen der Kinder betrachtete, die dem Chor lauschten, dachte Floriana an Esme und ihre eigene grenzenlose Erleichterung, die sie empfunden hatte, als die alte Dame sich bewegt hatte. Ihre Freude darüber war so groß gewesen, dass sie Esme in die Arme hatte nehmen wollen, doch dann hätte sie ihr erklären müssen, warum. Und zuzugeben, dass sie befürchtet hatte, sie sei tot, wäre nicht gerade feinfühlig gewesen.

Nachdem die Kinder mit ihren Lehrern in den Bus gestiegen waren und Floriana ihnen nachgewinkt hatte, ging sie zum Büro zurück, um ein wenig Papierkram für Tony zu erledigen, bevor sie sich schließlich auf den Heimweg machte.

Während sie sich mit ihrem Rad einen Weg durch den Verkehr bahnte, fiel ihr wieder einmal ein, dass sie Seb anrufen musste. Da sie noch lange nicht daheim sein würde, weil sie vorher Esme besuchen und mit ihr zu Abend essen wollte, hielt sie an der Parks Road, schloss ihr Fahrrad am Zaun an und betrat den Park.

Kein Aufschieben und Zaudern mehr!, sagte sie sich, als sie den Weg zu dem Parkbereich hinüberging, in dem Seb und sie so oft zu Mittag gegessen und die Enten mit Brotkrumen gefüttert hatten.

Die traurigen Erinnerungen an Sebs letztes Trimester hier hatte sie dazu veranlasst, einen wichtigen Entschluss zu fassen. Schon zweimal hatte sie ihn fast verloren, und nun erhielt sie eine weitere Chance, ihn wieder in ihrem Leben zu haben. Es war zwischen ihnen vielleicht nicht so, wie sie es gern hätte, aber ihn zumindest wieder als guten Freund zu haben, würde immer noch besser sein, als ganz auf ihn verzichten zu müssen.

Sie hatte sich einmal geschworen, ihn nie im Stich zu lassen und immer für ihn da zu sein, und dieses Versprechen würde sie jetzt erfüllen. Irgendwie würde sie das Geld auftreiben, um zum Comer See zu fliegen, und dort würde sie zusehen, wie Seb die Frau heiratete, die er liebte, und sich für ihn freuen. Denn was war die Alternative?

Auf der Bank, auf der sie so oft zusammen gesessen hatten, nahm Floriana ihr Mobiltelefon zur Hand. Tu es jetzt!, ermahnte sie sich streng. Schieb es nicht mehr auf! Sag ihm, dass du ihm zuliebe zu der Hochzeit kommen wirst!

Kapitel 33

»Was du brauchst, ist … das korrekte Wort dafür ist eine ›Begleitung‹, glaube ich. Das würde es doch sicher weniger zu einer Tortur für dich machen, nicht?«

Eine Woche war vergangen, seit Floriana Esme und Adam erzählt hatte, sie habe nun doch beschlossen, an Sebs Hochzeit teilzunehmen. In dieser Zeit war ihr nicht ein Mal in den Sinn gekommen, jemanden mitzunehmen. Und wer sollte das auch sein?

Auf ihr unverbindliches Schulterzucken hin erhob Esme die Stimme über das schrille Heulen des Föhns hinweg. »Und du weißt doch wohl, wer die perfekte Begleitung für dich wäre?«

Floriana schaltete den Föhn ab und betrachtete Esme im Spiegel der Frisierkommode. »Wer?«

»Na, Adam natürlich! Er wäre der ideale Begleiter. Nicht nur, weil du dann eine starke Schulter zum Anlehnen hättest, falls es heikel werden sollte, sondern auch, weil er stets ein glänzender Gesellschafter ist. Warum fragst du ihn nicht?«

Floriana lachte. »Sind dir die Antibiotika zu Kopf gestiegen?«

»Na, na, na!« Esme hob tadelnd einen Zeigefinger. »Warum sagst du das? Es ist doch ein sehr vernünftiger Vorschlag, oder etwa nicht?«

»Sehr vernünftig, falls Adam verrückt genug ist, den weiten Weg auf sich zu nehmen, um ein Wochenende in Italien zu verbringen – mit einem Haufen Menschen, denen er noch nie begegnet ist. Ganz zu schweigen davon, dass er auch noch so tun müsste, als wäre er mein Partner.«

»Wer hat etwas davon gesagt, dass er sich als dein Partner ausgeben müsste? Kann er nicht sein, was er ist: dein Freund?«

Froh, dass Adam unten in der Küche war und keine Gefahr bestand, dass er etwas mitbekam, sagte Floriana: »Aber die Leute würden ihn für meinen Partner halten. Das wäre ihm unangenehm, und das wiederum wäre mir ganz schrecklich peinlich.«

»Was für ein Unsinn! Es würde ihn mit Stolz erfüllen, mit dir dort zu erscheinen. Und überdies könntet ihr die Sache als Urlaub betrachten, als einen Mini-Urlaub sozusagen. Gott weiß, dass ihr beide ein bisschen Spaß in eurem Leben gebrauchen könntet! Es ist immer nur Arbeit, Arbeit, Arbeit bei euch beiden, ohne je mal anzuhalten. Ihr solltet einmal ein bisschen leben.« Die alte Dame unterbrach sich kurz, um ein Paar Perlenohrringe anzulegen. »Warum fragst du ihn nicht einfach, Liebes? Ich bin sicher, dass du viel mehr Spaß hättest mit ihm an deiner Seite. Und er wäre eine große moralische Unterstützung für dich.«

Draußen auf dem Flur, nicht weit von der halb geöffneten Tür, wartete Adam auf Florianas nächste Worte. Doch alles, was er hörte, war nun wieder das Geräusch des Haartrockners.

Um die beiden Frauen nicht mit Sorge zu erfüllen, wie viel er mitbekommen hatte, beschloss er, ihnen noch nicht zu sagen, dass das Abendessen schon bald fertig sein würde. Das konnte auch noch ein paar Minuten warten. Mit Eurydike an seiner Seite ging er die Treppe leise wieder hinunter und in die Küche.

Nachdem er das Huhn aus dem Ofen genommen hatte, bedeckte er es mit Folie, um es ruhen zu lassen, und stellte einen Topf mit Wasser auf. Als es kochte, fügte er gefrorene Erbsen hinzu, verringerte die Hitze, bis das Wasser nur noch siedete, und ging wieder hinauf, um anzukündigen, dass das Essen in zehn Minuten auf dem Tisch stehen würde.

In den Wochen, in denen Esme bettlägerig gewesen war, hatte

er Gefallen an der Routine gefunden, in die Floriana und er verfallen waren. Eigentlich hatten sie die Arbeit und Besuche bei Esme unter sich aufteilen wollen, aber dann war es unweigerlich dazu gekommen, dass sie viele gemeinsame Abende in Trinity House verbracht hatten, sofern ihre beruflichen Verpflichtungen es erlaubt hatten. Nach dem Essen, und wenn Esme sich in der Lage dazu fühlte, spielten sie meistens Karten oder holten das Scrabble-Brett heraus. Selbstverständlich war Scrabble nicht Adams Spiel, er schrieb andauernd Wörter falsch, da er aber das »perfekte Pokerface« hatte, wie Floriana es gern nannte, befand er sich beim Kartenspielen auf sichererem Boden. Es war an einem dieser Abende, als er sich beim Mischen der Karten für eine Partie Rommee plötzlich daran erinnerte, dass dies die Woche war, in der Jesse und er eigentlich auf Santa Lucia hätten Urlaub machen sollen. Die Reise war natürlich längst storniert worden, und so überraschend es auch für ihn war, konnte er jetzt doch ehrlich sagen, dass er in letzter Zeit kaum noch an Jesse dachte. Was würde sie wohl von der bizarren neuen Art meiner Freizeitgestaltung halten?, fragte er sich ein wenig spöttisch.

Es war eine dumme Redewendung, aber er hatte tatsächlich das Unmögliche zustande gebracht: Er hatte Jesse hinter sich gelassen und sein Leben fortgesetzt. Der Umzug in die Latimer Street war ihm dabei so hilfreich gewesen, wie er es sich erhofft hatte. Er war glücklich in seinen neuen vier Wänden, obwohl im Haus noch ein einziges Chaos herrschte und es auch für einige Monate noch so bleiben würde. Da er so viel Zeit mit Esme und Floriana in Trinity House verbrachte, waren die Renovierungen ins Stocken geraten, aber das machte ihm nichts aus. Er hatte es ja nicht eilig.

Oben stand Esmes Schlafzimmertür noch halb offen wie zuvor, aber der Föhn war nicht mehr zu hören. Adam klopfte lautstark an den Türrahmen. »Meine Damen«, sagte er mit gebieterischer Stimme, »Ihre Anwesenheit im Speisezimmer wäre jetzt erwünscht.«

Esmes Antwort war ein leises Lachen, gefolgt von den Worten: »Was für einen wundervollen Butler du doch abgibst, Adam! Aber was immer du auch vorhast, komm um Himmels willen nicht herein, denn die *Damen* sind nur sehr dürftig bekleidet!«

»Es würde mir nicht im Traum einfallen, das zu tun«, erwiderte er steif, um dann lächelnd hinzuzufügen: »Wird Ihre Ladyschaft auf der Treppe Hilfe benötigen?«

»Ich denke, das schaffen wir schon«, beschied ihn jetzt Florianas Stimme, der ein leises Rascheln folgte.

Adam ging wieder hinunter und vergewisserte sich, dass es im Esszimmer warm genug war. Eurydikes Anblick nach zu urteilen, die ausgestreckt auf dem Teppich vor dem Kaminofen lag, war es das. Am Morgen hatte Dr. Pardoe – oder »Doktor Tod«, wie Esme ihn noch immer nannte –, seine Patientin für geheilt und auf dem Weg der vollständigen Genesung erklärt, und zur Feier des Tages hatte Floriana Esme angeboten, ihr zu helfen, sich für das Dinner »fein zu machen« und sie zu frisieren.

In der Küche servierte Adam das Essen auf angewärmten Platten, und bis er es ins Esszimmer befördert hatte, waren Floriana und Esme schon am oberen Treppenabsatz angelangt. Er erwartete sie am Fuß der Treppe und beobachtete den stetigen Fortschritt der alten Dame. Esme mochte sich zwar gut erholt haben, aber so, wie sie sich mit einer Hand am Geländer und mit der anderen an Floriana festhielt, sah sie definitiv nicht mehr so rüstig aus wie vor der Krankheit. Und dennoch war nicht zu übersehen, wie viel Mühe sich die beiden Frauen mit dem Ankleiden gegeben hatten. Sie beschämten ihn in seiner Jeans und dem alten Pullover geradezu!

Aber so elegant Esme auch war in ihrem dunkelgrauen Wollkleid, zu dem sie ein fliederfarbenes Seidentuch um die Schultern trug, war es doch vor allem Floriana, die Adams Blicke auf sich zog. Ohne die schwarzen Leggings, das schlabberige Top und den schwarz und violett gestreiften kurzen Rock, die sie vorher getragen hatte, war sie jetzt fast nicht mehr wiederzuerkennen. Sie sah … Adam kam ins Stocken. Es gab ein Wort, das ihm sofort in den Sinn gekommen war, aber er zögerte, es zu gebrauchen. Und trotzdem kam er nicht daran vorbei, weil Floriana einfach *heiß* aussah.

Als sie die letzte Stufe erreichten, verneigte Adam sich vor Esme. »Es ist angerichtet – und darf ich mir die Bemerkung erlauben, wie großartig Ihre Ladyschaft heute Abend aussieht?«

»Das darfst du, Adam, aber so erfreut ich über das Kompliment auch bin, wissen wir doch beide, dass Floriana mich vollkommen in den Schatten stellt. Findest du nicht auch, dass sie einfach atemberaubend aussieht?«

Das ist genau der richtige Ausdruck, dachte Adam, während er versuchte, nicht das großzügige Dekolleté des silbergrauen Seidenkleides anzustarren, das jede einzelne von Florianas wohlgeformten Rundungen betonte und nur gerade eben ihre Knie bedeckte. Daran gewöhnt, sie unter ihren vielschichtigen Outfits mit Leggings oder dicken Wollstrümpfen verborgen zu sehen, verschlug es ihm schier die Sprache, nun ihre fantastische Figur zu entdecken. Und ihre Beine … Sie hatte einfach fabelhafte Beine. Wer hätte das gedacht?

Bevor er eine passende Antwort finden konnte, sagte Floriana: »Ihre Ladyschaft bestand darauf, dass ich zu diesem besonderen Anlass meine eigenen Sachen ablegen und mir etwas Hübsches aus ihrem Kleiderschrank aussuchen sollte.« Dann lachte sie auf diese erfrischend natürliche Art, die so typisch für sie war. »Ich war überzeugt, dass mir nichts passen würde, aber dann habe ich es doch geschafft, mich in dieses hautenge kleine Ding zu zwängen.«

»Ich sagte dir doch, dass ich damals größer und nicht so dünn wie heute war«, warf Esme ein. »Ich bin im Alter geschrumpft.«

Noch immer lachend hob Floriana einen wohlproportionierten Fuß in einer Riemchensandalette mit zehn Zentimeter hohem Absatz an. »Und wie findest du diese Schätzchen, Adam? Das sind echte 1960er-Abendschuhe. Sind sie nicht umwerfend?«

Adam schluckte. Vergiss die Schuhe, *du* siehst umwerfend aus!, hätte er jetzt gern gesagt, aber irgendetwas hielt ihn davon ab. Es war diese Frage, die er oben gehört hatte. Nicht zu wissen, was Florianas Antwort darauf gewesen war, machte ihn unsicher. Wie sah sie ihn? Sie hatte gesagt, es wäre schrecklich peinlich, wenn man ihn für ihren Partner hielte. Meinte sie damit, peinlich für ihn oder für sie?

»Ich finde, dass ich ein echter Glückspilz bin, mit zwei so bezaubernden, eleganten Damen zu Abend essen zu dürfen«, erwiderte er diplomatisch, ohne Florianas Frage zu den Schuhen zu beantworten. »Aber«, sagte er und schlüpfte wieder in die Rolle, die er angenommen hatte, »als einfacher Koch und Diener heute Abend würde ich vorschlagen, dass die Damen sich ins Esszimmer begeben, bevor die Speisen kalt werden.«

Floriana und Esme lachten entzückt und gingen voran. Adam, der ihnen folgte, sah erst jetzt, dass das Kleid, das Florianas Körper an all den richtigen Stellen wie eine zweite Haut umhüllte, auch am Rücken sehr tief ausgeschnitten war und ihr langer, schlanker Nacken und ihre schmalen Schultern durch ihr aufgestecktes Haar hervorragend zur Geltung kamen. Er wusste, wie erschreckend oberflächlich seine Betrachtungen waren, doch Floriana in diesem Kleid zu sehen, ließ sie für ihn in einem völlig anderen Licht erscheinen. Und er wäre jede Wette eingegangen, dass es anderen Männern ganz genauso ginge.

Esme hatte sich wunderbar unterhalten, aber jetzt war ihre Energie erschöpft. So gern sie den Abend mit ihren reizenden jungen Freunden fortgesetzt hätte, wusste sie doch, dass es Zeit wurde, zu Bett zu gehen.

Doch zuvor musste sie noch etwas Wichtiges erledigen. Sie hatte eine Ankündigung zu machen, die Floriana und Adam mehr als überraschen würde. Sie hoffte nur, dass sie zustimmen würden, nicht nur ihr, sondern vor allem auch sich selbst zuliebe. Denn wenn es je zwei Menschen gegeben hatte, die geradezu perfekt zueinander passten, dann diese beiden. Oh, Esme wünschte nur, sie würden das von allein erkennen! Da das jedoch offenbar nicht der Fall war, wollte sie den Glauben, sie könnten nur Freunde sein, im Keim ersticken, bevor er sich zu sehr in ihnen verwurzeln konnte. Müsste Floriana das nicht eigentlich schon bei Seb gelernt haben?

Als sie vorhin beim Ankleiden versucht hatte, ihrer jungen Freundin klarzumachen, was für einen großartigen Begleiter Adam abgäbe – und noch sehr viel mehr als das, wenn es nach ihr ginge –, hatte Floriana ihr erzählt, dass Adam ihr vor einiger Zeit ein Foto von Jesse gezeigt hatte, das, wie sie behauptete, auf unmissverständliche Weise bewies, dass eine Freundin Adams Supermodel-Attribute haben musste. »Deshalb verstehen wir uns ja auch so gut«, hatte sie dann gesagt. »Bei uns gibt es keine Unklarheiten, in meiner Gegenwart kann er sich entspannen. Also hör auf, uns miteinander verkuppeln zu wollen!«, hatte sie freundlich lachend hinzugefügt. »Uns geht es gut, so wie es ist, als *Freunde.*«

Aber Esme war nicht entgangen, wie Adam Floriana angesehen hatte, als sie auf der Treppe erschienen waren. Seine Reaktion hatte ihr alles verraten, was sie wissen musste, und bestätigt, dass es richtig gewesen war, sich einzumischen und Floriana zu überreden, etwas so sensationell Besonderes zu tragen, dass es

Adam wie Schuppen von den Augen fiel. Und dass gerade er, der sich doch sonst nie in die Karten blicken ließ, so vollkommen überwältigt von Florianas Anblick gewesen war, dass er es nicht geschafft hatte, seine Gefühle zu verbergen, amüsierte Esme sehr. Die Frage war nur, ob auch Floriana seine Reaktion bemerkt hatte? Vielleicht nicht einmal das, da sie sich ihrer eigenen Attraktivität anscheinend ja überhaupt nicht bewusst war.

Seit langer Zeit schon hatte Esme die hübsche junge Frau in etwas vorteilhafterer Kleidung sehen wollen – in etwas, das ihr schmeichelte, statt all ihre positiven Attribute zu verbergen. Esmes Kleiderschränke waren voller alter Sachen, von denen sie sich einfach nicht trennen konnte, weil sie wie alte Freunde für sie waren. Daher hatte es sich geradezu angeboten, Floriana aufzufordern, die Schränke zu durchstöbern, um sich einmal so richtig »schick zu machen«. Das liebe Mädchen hatte sich wie ein Kind in einem Süßwarengeschäft aufgeführt! Bei jedem Kleid, das sie herausgenommen hatte, hatte sie freudig ausgerufen: »So schöne Sachen habe ich noch nie gesehen! Wow, das hier ist das reinste Vintage-Kleider-Paradies!«

Geschickt hatte Esme sie nach und nach zu einem Kleid geführt, das eine spektakuläre Verwandlung herbeiführen würde, wie sie wusste. Und sie hatte recht behalten. Nun musste sie Floriana nur noch dazu bringen, ihre Einstellung zu ändern und sich selbst mit anderen Augen zu sehen.

Jetzt saß Esme mit der schnurrenden Eurydike auf dem Schoß da und sah ihren beiden jungen Freunden beim Abräumen des Tisches zu. Wie nicht anders zu erwarten, hatten sie darauf bestanden, dass sie die Hände in den Schoß legte. Wie gut sie zu ihr waren, wie überaus großzügig mit ihrer Zeit und Freundschaft! Sie könnten fast die Kinder sein, die ich nie gehabt habe, dachte Esme in einem Anfall von Bedauern. Oder, genauer gesagt, die Enkelkinder, die ich nie gehabt habe.

Als die beiden aus der Küche zurückkamen, bereitete Esme sich auf ihre große Ankündigung vor. Die Idee war ihr gekommen, als sie vorhin auf ihre Genesung angestoßen hatten – bis dahin war sie nichts als ein vages Gemurmel in ihrem Hinterkopf gewesen. Doch plötzlich war er da, der endgültige Plan, und er würde nichts weiter als eine unumwundene Anfrage erfordern. Esme hatte keine Ahnung, wie Floriana und Adam darauf reagieren würden; es war viel verlangt von ihnen, und Esme wusste, dass sie es dabei bewenden lassen musste, falls sie ihren Vorschlag ablehnten. Aber sie wollte unbedingt, dass sie bejahten, denn ohne ihre Hilfe würde sie es einfach nicht zustande bringen.

Marcos Porträt war schuld daran, dass ihr die Idee überhaupt gekommen war. So viele Stunden täglich sein Gesicht vor sich zu haben, und noch dazu Floriana mit ihrer Neugierde, die ihr mehr und mehr Geschichten aus der Vergangenheit entlockte, vermittelte Esme das Gefühl, als wären es die an das Ufer des Comer Sees plätschernden Wellen selbst, die ihr zuflüsterten und zuwinkten zurückzukommen. *Ritorn … Ritorn … Komm zurück … Komm zurück …*

Würde es ihr gelingen? Würden ihre lieben Freunde ihr helfen, ihre jüngste Idee zu verwirklichen?

Kapitel 34

An Sebs heftig auf und ab wippendem Knie konnte Floriana erkennen, wie nervös er war. Die Anspannung, die von ihm ausging, stand in auffallendem Gegensatz zu der stillen Schönheit ihrer Umgebung.

Es war ein herrlicher Sommertag im Juni, und sie saßen auf ihrer alten Bank im Park, derselben Bank, auf der sie ihn vor zwei Monaten angerufen hatte, um ihm mitzuteilen, sie habe beschlossen, all ihre Ersparnisse für die Teilnahme an seiner Hochzeit zu verpulvern, und er solle besser dankbar sein! Auf ihre respektlosen Scherze hatte er in gleicher Weise reagiert. »Na klar, das bin ich, Florrie, solange ich dich finanziell nicht ruiniere …« Der Austausch bedeutete, dass alles wieder wie früher zwischen ihnen war und sie sich jetzt beide entspannen konnten. Oder anders ausgedrückt: Seine Einladung zur Hochzeit war seine Art gewesen, sich zu entschuldigen für das, was zwischen ihnen vorgefallen war, und mit der Annahme der Einladung erklärte Floriana ohne Worte, dass es auch ihr leidtat. Später hatte er ihr eine SMS geschickt, um ihr mitzuteilen, dass sie ihm den Tag gerettet hatte. Ihre Antwort darauf war:

Dann muss es ja ein fürchterlicher Tag gewesen sein.

Weit schlimmer noch!, hatte er zurückgeschrieben.

So verlockend es auch gewesen war, Seb aufzufordern, sich bei ihr auszusprechen, hatte eine warnende innere Stimme ihr jedoch geraten, davon abzusehen. Wenn er einen schlechten Tag gehabt hatte, war es Imogens Aufgabe, ihm zuzuhören und ihn zu trösten.

Heute hatte Floriana mit einer Gruppe von Kunstfreunden aus Chipping Norton eine präraffaelitische Tour gemacht. Es war eine ihrer Lieblingstouren, zu der auch die Besichtigung der Gemäldesammlung im Ashmolean Museum gehörte, des Buntglases im Harris Manchester College, der Wandgemälde im Oxford Union und der Tapisserien in Rhodes House und Exeter College und die natürlich auch einen Besuch in der Keble College Chapel einschloss, um Holman Hunts *Das Licht der Welt* zu sehen. Sie hatte vor dem Keble College gestanden und auf ein paar Nachzügler ihrer Gruppe gewartet, die den Vorhof fotografierten, als Floriana das Vibrieren des Handys in ihrer Tasche gespürt hatte.

Zu ihrer Überraschung war es Seb gewesen, an den sie ohnehin gerade eben gedacht hatte. Aber wie hätte sie auch das Keble College betreten können, ohne an ihn zu denken? »Du würdest nie erraten, wo ich bin«, hatte sie leise gesagt und sich ein paar Schritte von den Mitgliedern ihrer Gruppe entfernt, die sich untereinander austauschten.

»Hm … lass mich raten! Ich würde darauf tippen, dass du etwa fünf Meter vor dem Eingang meiner alten College-Kapelle stehst.«

»Wie zum …« Floriana brach ab und sah sich um. Drüben beim Haupteingang trat plötzlich eine vertraute Gestalt hinter einer Gruppe hünenhafter Ruderer hervor und winkte ihr zu.

»Überraschung!«, sagte die Stimme an ihrem Ohr. »*Siehe*«, fuhr er dann in theatralischem Tonfall fort, »*ich stehe vor der Tür und klopfe: Wenn jemand meine Stimme hört und die Tür öffnet, werde ich zu ihm kommen und mit ihm speisen und er mit mir*. Wie war ich?«

»Sehr wortgetreu. Ich bin allerdings überrascht, weil du diese

Art der Malerei doch früher hasstest und sie und die ganze präraffaelitische Bewegung als nichts weiter als schludrigen Quark abqualifiziertest.«

»Während du immer eine Vorliebe für derlei Dinge hattest.«

»Du meinst, dass ich aufgeschlossen war. Aber was tust du eigentlich hier?«

»Wenn du später freihast, erzähle ich es dir.«

Als sie sah, dass die Nachzügler die Gruppe eingeholt hatten, sagte sie: »Ich denke, gegen halb sechs werde ich hier fertig sein.«

»Dann treffen wir uns doch im Park! An der gewohnten Stelle. Ich werde Brot für die Enten mitbringen.«

Und nun, da Floriana den wohlgenährten, gierigen Enten um sie herum Brotstückchen zuwarf, dachte sie über Sebs Erklärung für sein Hiersein nach. Imogen war über das Wochenende nach Paris geflogen, um ihren Junggesellinnen-Abschied zu feiern, und hatte Seb sich selbst überlassen. Deshalb sei er aus einem Impuls heraus nach Oxford gekommen, behauptete er; in der Hoffnung, Floriana sehen zu können. Ebenso spontan habe er beschlossen, sein altes College aufzusuchen, um ein paar Gespenster der Vergangenheit zu begraben, und dort habe er sie dann gesehen. »Einen glücklichen Zufall« nannte er es.

Die Pragmatikerin in Floriana dachte, dass ein simpler Anruf genügt hätte, um sicherzugehen, dass sie in Oxford war und Zeit hatte, ihn zu sehen. Aber wie es so typisch für Seb war, konnte er nie etwas auf die einfachste Art tun. Bei ihm geschah immer alles im letzten Moment und blieb dem Zufall überlassen.

Nachdem drei keuchende Jogger an ihnen vorbeigelaufen waren, sagte er: »So, und jetzt erzähl mir etwas über diesen Mann, den du zu meiner Hochzeit mitbringen wirst! Wer ist er? Wahrscheinlich einer dieser Intellektuellen mit sehr viel Köpfchen, aber ohne jeden Sinn für modischen Chic, was ihnen, wie sie glauben, Persönlichkeit verleiht.«

Floriana warf den Enten, von denen eine an ihrem Schuh herumpickte, eine weitere Handvoll Brot zu. »Weißt du was? Ich werde einfach schweigend hier sitzen bleiben und dich an diesem beleidigenden Ton, den du am Leib hast, feilen lassen.«

Seb lachte. »Ich habe also recht, was? Da hab ich wohl den Nagel auf den Kopf getroffen. Aber es war ja auch naheliegend, dass du dir einen solchen Partner suchen würdest, denn schließlich«, fügte er mit einer weit ausholenden Handbewegung hinzu, »ist das hier ja deine Welt.«

Floriana wich geistesgegenwärtig seinem Arm aus, der sie fast am Kinn getroffen hätte, und sagte: »Er ist nicht mein Partner, sondern nur ein guter Freund.«

»Aha! Du distanzierst dich also schon von ihm. Schäm dich, Florrie! Steh zu deinem Mann!«

»Seb.«

»Ja?«

»Halt die Klappe, oder ich hetze dir diese Killer-Enten auf den Hals!«

»Totgepickt zu werden klingt weitaus lustiger, als durch endloses Herumnörgeln zur Strecke gebracht zu werden.«

»Ich habe nicht an dir herumgenörgelt!«, versetzte sie entrüstet.

»Dich meinte ich auch nicht.«

»Und wen …« Floriana unterdrückte die Frage schnell, weil sie spürte, dass sie ungewollt eine Gefahrenzone betreten hatte.

Sein Knie, das vorübergehend zur Ruhe gekommen war, begann wieder zu wippen, bis die ganze Bank vibrierte. »Na los«, forderte er sie auf, »nun frag schon, was du fragen wolltest!«

Oh, nein, auf dieses Spielchen würde sie sich nicht einlassen. Nachdem sie das letzte Brot an die Enten verfüttert hatte, stand sie auf. »Lass uns gehen!«

»Wohin?«, wollte er wissen und erhob sich ebenfalls. »Zu dir?«

»Wenn du versprichst, dich zu benehmen.«

»Ich werde mir sogar die Schuhe an der Tür ausziehen«, versprach er. »Ich bin sehr gut erzogen. Zumindest bei meiner häuslichen Erziehung hat Imogen hervorragende Arbeit geleistet. Ich klappe heute sogar den Toilettensitz herunter.«

Einen Herzschlag zu lange hielt er Blickkontakt mit ihr, und Floriana, die eine weitere Falle spürte, fragte schnell: »Wo, sagtest du, steht dein Wagen?«

»Hübsch«, bemerkte er, als er in Florianas Wohnzimmer stand und sich umsah. »Es passt zu dir.«

»Ist das eine beschönigende Umschreibung für ›billig‹ und ›unkonventionell‹?«

»Sonst wäre es nicht dein Stil. Aber ohne Scherz: Es ist wirklich hübsch, und es gefällt mir. Es wirkt behaglich, wie ein richtiges Zuhause.«

»Danke schön. Möchtest du etwas trinken?«

»Was kannst du mir denn anbieten?«

»Nicht sehr viel, fürchte ich.« Sie trat durch den Durchgang in die Küche. »Ich hatte keinen Besuch erwartet.«

»Nicht einmal deinen *Freund?*«

Ohne Seb und seine Betonung des Wortes »Freund« zu beachten, warf sie einen Blick in ihren Kühlschrank. »Ich habe zwei Flaschen Bier und etwas Weißwein.« Der Wein war ein Geschenk von Adam gewesen, zum Dank dafür, dass sie ihm geholfen hatte, die Wildnis zu beseitigen, die seinen Garten vereinnahmt hatte. Selbst Esme hatte mitgeholfen, indem sie von ihrem Sessel aus die Anweisungen erteilt hatte, was ausgegraben werden musste und was sich zu behalten lohnte.

Seb, der Floriana in die Küche gefolgt war, inspizierte den Inhalt ihres Kühlschranks. »Oh, du hast ja sogar eine Flasche Cloudy Bay! Davon nehme ich gern ein Glas. Dein Weingeschmack hat sich offensichtlich sehr verbessert. War es dein *Freund*, der dich in die Welt guter Weine eingeführt hat? Ist er einer dieser elitären North Oxforder Weinkenner?«

Verärgert und verletzt warf sie Seb einen kühlen Blick zu. »Adam ist nichts dergleichen.«

»Halleluja! Endlich haben wir einen Namen für den geheimnisvollen Mann!«

»Dir ist doch wohl hoffentlich bewusst, dass du dich mit deinem Sarkasmus und den ständigen bissigen Bemerkungen zu einem nervtötenden Langweiler entwickelt hast? Was ist los mit dir?«

Er besaß immerhin den Anstand, eine betretene Miene aufzusetzen. »Tut mir leid. Wie wäre es, wenn du den Wein einschenkst, während ich ins Bad gehe und ich dann *dich* entscheiden lasse, was mit mir los ist?«

Während sie Sebs Schritten die Treppe hinauf lauschte, fragte sie sich, wie er wohl auf die Neuigkeiten reagieren würde, dass es bei ihrer Reise an den Comer See nicht mehr nur um ihn und seine Hochzeit ging. Es war etwas sehr viel Größeres und höchstwahrscheinlich auch sehr viel Interessanteres daraus geworden.

Als Esme sie und Adam gebeten hatte, sie zum Comer See zu begleiten, hatten Floriana die Worte gefehlt, was nicht allzu oft vorkam. »Das Vernünftigste wird sein«, hatte die alte Dame erklärt, »die Reise zeitlich mit Sebs Hochzeit zusammenfallen zu lassen. Und ich werde selbstverständlich alle Kosten übernehmen – was nicht verhandelbar ist.«

Auch Adam war sprachlos gewesen vor Erstaunen.

»Es ist gut zu wissen, dass ich selbst in meinem Alter noch Menschen überraschen kann«, hatte Esme lächelnd gesagt. »Ich weiß, dass es wie ein hirnverbrannter Einfall klingt, aber bitte glaubt mir, dass ich nicht den Verstand verloren habe, als ich krank war, sondern es wirklich gar nicht ernster meinen könnte!«

Mehrere Tage intensiver Diskussion waren darauf gefolgt, hauptsächlich zwischen Floriana und Adam, die sich beide eine ganze Liste von Gründen einfallen ließen, warum die Idee zu verrückt sei, um auch nur eine Minute lang in Betracht gezogen zu werden. Es war die Verantwortung, die ihnen Angst machte. Was, wenn Esme krank werden oder dies alles zu viel für sie werden würde? Floriana hatte es sogar mit ihren Eltern besprochen, die jedoch meinten, es hörte sich wie eine wunderbare Sache an, und sie solle es als eine Chance betrachten. Als ein Abenteuer.

Mittlerweile konnte Floriana schon nicht mehr aufhören, an die unwiderstehlich romantische Aussicht zu denken, Esmes Aufenthalt am Comer See nach so vielen Jahren noch einmal nachzuvollziehen. »Es ist ihr Schwanengesang«, sagte sie zu Adam, nachdem sie mit Tony im Büro geklärt hatte, dass sie sich die Zeit dazu freinehmen konnte. »Wie könnten wir es da übers Herz bringen, ihr diese Bitte abzuschlagen? Und überleg doch nur mal, was wäre, wenn wir Marco aufspüren würden?«

»Ja, was?«, fragte Adam alles andere als enthusiastisch.

»Ach, sei doch nicht so! Es könnte ein Riesenspaß werden. Und rein egoistisch gedacht, würde es mich auf jeden Fall von dieser blöden Hochzeit ablenken.«

Trotz der Zweifel, die Adam auch weiterhin vorbrachte, gab er schließlich nach. »Ich tue es wider besseres Wissen«, sagte er, »und nur aufgrund der Tatsache, dass ihr einen Chauffeur benötigt, weil ihr beide keinen Führerschein habt. Und vor allem braucht ihr einen verantwortungsbewussten Erwachsenen bei euch!«

»Und niemand ist besser geeignet für diese Aufgabe als du«, hatte Floriana ihn geneckt.

Esme war hocherfreut gewesen, als Floriana bei ihr hereingeschaut hatte, um ihr die Neuigkeiten mitzuteilen, und hatte in die Hände geklatscht wie ein aufgeregtes Kind. »Oh, wie wundervoll! Und jetzt, meine Liebe, brauchst du dir auch keine Sorgen mehr zu machen, allein zu dieser Hochzeit gehen zu müssen, jetzt kannst du Adam mitnehmen.«

»Es wird dich vielleicht überraschen, doch ich war gar nicht so besorgt darüber, ohne Begleitung hinzugehen.«

»Nun, ich aber schon; ich hasste die Vorstellung, dass du dort ganz allein sein würdest. So ist es viel, viel besser, nun hast du einen charmanten, gut aussehenden Mann an deiner Seite, den du stolz vorzeigen kannst.«

Lachend hatte Floriana Esme gewarnt, sich nicht von Adam dabei erwischen zu lassen, dass sie über ihn sprach, als wäre er jemand von einem Escortservice. »Lass ihn so was hören, und er wird die ganze Reise absagen!«

Erst einige Tage nach dieser Unterhaltung gestand sich Floriana ein, dass Esme recht hatte und es viel besser sein würde, Adam bei sich zu haben, wenn sie schon gezwungen war, Seb und Imogen heiraten zu sehen. Und so nahm sie ihren ganzen Mut zusammen und fragte Adam, ob er sie vielleicht gern zu der Hochzeit begleiten würde.

Zu ihrer Überraschung stimmte er zu. »Klar, warum nicht?«, meinte er. »Solange ich dich nicht in Verlegenheit bringe, komme ich gern mit.«

Es war eine solch seltsame Bemerkung für ihn gewesen, dass Floriana sich immer noch darüber wunderte. Wie kam er darauf, dass er sie in Verlegenheit bringen könnte? Wäre es umgekehrt, dann könnte sie es verstehen.

Nachdem Seb aus dem Bad zurückgekommen war und sich erneut dafür entschuldigt hatte, sich wie ein Idiot benommen zu haben, und als Floriana sich dann angehört hatte, was er zu sagen hatte, schüttelte sie den Kopf.

»Herrgott noch mal, Seb, was du hast, ist ein klassischer Fall von Bammel vor der Hochzeit, aber das ist vollkommen normal. Alle Paare machen so etwas durch.«

»Ich hoffe, du hast recht, denn langsam fange ich an zu glauben, dass ich einen furchtbaren Fehler gemacht habe. Imogen ist … sie hat sich verändert.«

»Natürlich hat sie sich verändert! Sie muss schließlich eine Hochzeit organisieren, was sie verständlicherweise zu ›Brautzilla‹ macht.«

»Das verstehe ich ja, aber was ist mit mir? Warum werde ich in keine der Vorbereitungen mit einbezogen? Ich scherze nicht, Florrie, es ist fast so, als existierte ich nicht. Ihre Eltern und sie reden über nichts anderes als die Hochzeit. Wenn es nicht die Sorge um den Fotografen oder die Blumen ist, dann sind es die Gedecke oder Kriegserklärungen an die Italiener, falls sie an dem Tag kein gutes Wetter liefern sollten. Und dann die Kosten! Die Summe, die ihre Eltern dafür hinlegen, ist geradezu obszön.« Er rieb sich das unrasierte Kinn. »Und es ist nicht nur die Hochzeit, die sie völlig an sich gerissen haben, sondern zudem auch noch … unsere Beziehung. Sie machen ununterbrochen Pläne für uns. Ferien, Weihnachten, ja sogar welches Auto wir kaufen sollten, wollen sie entscheiden. Und natürlich ist alles, was sie vorschlagen, unerträglich extravagant und teuer. Wenn ich Imogen darauf hinweise, dass wir uns nicht leisten können, was immer ihr Vater gerade mal wieder für uns ausgesucht hat, sagt sie nur, ich solle mich beruhigen und es ihre Eltern für uns kaufen lassen.«

Überrascht, Seb auf diese Weise über Geld sprechen zu hören, sagte Floriana: »Aber ich dachte, du verdientest richtig gutes Geld?« Drei Jahre zuvor hatte Seb einen Bombenjob bei einer angesehenen Werbeagentur an Land gezogen und war in wenigen Wochen zu *Everybody's Darling* geworden, nachdem er eine Anzeigenkampagne für eine Mobiltelefongesellschaft entwickelt hatte, die sich wie ein Virus auf YouTube verbreitet hatte. Ihr Erfolg hatte sein Einkommen und seinen Ruf als Kreativer in astronomische Höhen schnellen lassen.

Er tat ihren Einwand mit einer gereizten Handbewegung ab. »Ja, das stimmt, doch ich lebe gern im Rahmen meiner finanziellen Möglichkeiten. Niemand ist gefeit vor einem finanziellen Niedergang. Und darauf steuern wir zu, wenn Imogen ihren Willen bekommt, weil ich es kategorisch ablehne, mich von ihren Eltern mit ihrem Geld vereinnahmen zu lassen.«

Floriana, die in diesem Punkt ganz seiner Meinung war, nickte. »Gut, aber wenn wir das Thema Geld einmal beiseitelassen, wärst du nicht der erste Bräutigam, der sich vor der Hochzeit wie bloßes Zubehör vorkommt; das gehört einfach dazu. Du würdest dir selbst einen Riesengefallen tun, wenn du Imogen und deine zukünftigen Schwiegereltern einfach gewähren ließest. Außerdem ist es verständlich, dass ihre Eltern dies alles für ihre einzige Tochter tun wollen; sie werden ihr einen perfekten Hochzeitstag bereiten wollen.«

Seb runzelte die Stirn und atmete tief aus. »Was macht dich zu so einer Expertin?«

»Erinnerst du dich nicht mehr an Anns Hochzeit? Die Zeit davor hätte fast eine Katastrophe herbeigeführt.«

Plötzlich lächelte er – zum ersten Mal, seit sie sich im Park getroffen hatten. »Gott, ja, die Hochzeit deiner Schwester! Was für ein Tag! Ich war deine Begleitung, nicht?«

»Ja, und du hast dich fürchterlich betrunken. Sehr zur Empörung meiner Schwester versuchtest du dann später, bei ihrem ersten Tanz mit Paul eine Entschuldigung vorzubringen.«

»So betrunken kann ich gar nicht gewesen sein, da ich mich noch sehr deutlich an ihren Gesichtsausdruck erinnere. Ich dachte, sie würde auf mich losgehen und mich verprügeln.«

»Das hätte sie auch getan, wenn sie nicht Angst gehabt hätte, es könnte ihr Make-up verderben. Was wieder nur beweist, dass jede Braut zu einem Monster wird. Akzeptier doch einfach, dass Imogen bis zu dem großen Tag an emotionaler Instabilität leiden und furchtbar launisch sein wird! Du hast noch genau vier Wochen zu überstehen, und dann wird euer Leben wieder so glücklich sein wie vorher.«

Sebs Lächeln erstarb. »Das Problem ist, dass ich mich an keine Zeit erinnern kann, in der es glücklich war«, sagte er düster. »Wir lachten zwar viel, da bin ich mir sicher, doch ich kann mich beim besten Willen nicht erinnern, wann oder warum.«

Die warnende innere Stimme von vorhin, diesmal begleitet von einem lauten Hupen, riet Floriana zu äußerster Vorsicht. »Seb«, erwiderte sie behutsam, »hast du in London keine Freunde, mit denen du über diese Dinge reden kannst?«

Er schüttelte den Kopf. »Nur gemeinsame Freunde. Ich bräuchte bloß ein einziges negatives Wort zu einem von ihnen zu sagen, und es würde in null Komma nichts bei Imogen anlangen.«

»Was ist mit deinem Trauzeugen? Er ist doch bestimmt jemand, der dir nahesteht und dem du dich anvertrauen kannst?«

Seb leerte sein Glas, stellte es auf die Sofalehne und betrachtete es, als wollte er Floriana darauf hinweisen, ihm nachzuschenken.

Eingedenk der Tatsache, dass er noch nach London zurückfahren musste, ignorierte sie jedoch beharrlich seinen Blick. »Nun?«, fragte sie stattdessen.

»Das wird jetzt äußerst seltsam klingen, aber ich durfte nicht mal meinen Trauzeugen selbst aussuchen. Imogen bestand darauf, dass ihr Bruder das übernehmen sollte. Vor etwa anderthalb Jahren hatte er einen Unfall und verlor beide Beine, aber seitdem hat er gelernt, mit Prothesen zu gehen. Imogen dachte, es würde großartig sein, ihm die Ehre zu erweisen, mein Trauzeuge zu sein, und damit« – er zuckte mit den Schultern –, »war die Sache abgemacht.«

Seb hatte recht, es klang tatsächlich seltsam, dass er seinen eigenen Trauzeugen nicht selbst hatte bestimmen können, doch Floriana behielt diesen Gedanken für sich. »Ich kann verstehen, dass Imogen das gern sähe, aber du hättest ihn auch als Zeremonienmeister vorschlagen können, um dir dann den Trauzeugen auszusuchen, den du wirklich willst. Hast du das nicht versucht?«

»Oh, ja! Aber sie hat sich quergestellt. Ich meine, bis zu einem gewissen Grad verstehe ich ja ihr Argument, dass es sehr unkonventionell wäre, die Person zu nehmen, die ich wollte, doch wen kümmert das schon?«

»Und wer ist diese Person, die so unkonventionell wäre?«

Er begann wieder, mit dem Knie zu wippen. »Du.«

Floriana verschluckte sich an ihrem Wein. »Soll das ein Scherz sein?«, fragte sie, als sie sich endlich gefangen hatte.

»Nein. Und warum auch nicht, da du doch so lange meine beste Freundin warst und mich besser kennst als jeder andere.«

»Weil jedem klar sein dürfte, dass das Imogen zum Ausflippen bringen würde. Kein Wunder, dass sie einen Anfall emotionaler Instabilität hatte!«

»Ich sehe keinen Grund dafür.«

Hast du jenen schrecklichen Tag vergessen, an dem ich dir gestand, dass ich dich liebte?, wollte Floriana entgegnen, aber sie konnte sich nicht dazu überwinden, es laut auszusprechen. Stattdessen sagte sie nur: »Stell dich nicht so dumm an, Seb!«

»Ich weiß, was du denkst«, brummte er.

»Wenn du es wirklich wüsstest, müsste ich dir nicht erst sagen, was für ein Idiot du bist.«

»Aber das ist doch alles Vergangenheit«, entgegnete er mit einer unverschämt trivialisierenden Handbewegung. Dann beugte er sich so ruckartig in seinem Sessel vor, dass er nicht einmal bemerkte, wie er mit dem Ellbogen sein leeres Glas von der Armlehne fegte. »Das war doch nur so in der Hitze des Gefechts dahingesagt. Außerdem empfindest du doch nicht mehr so für mich, oder?«

»Du hast dein Glas umgestoßen«, murmelte Floriana, weil sie nicht wusste, was sie erwidern sollte. Konnte Seb wirklich glauben, dass die beiden Jahre des Schweigens zwischen ihnen nichts weiter als das Ergebnis einer hitzigen Auseinandersetzung waren, einer bedeutungslosen Kabbelei, als die er es hinstellte? Oder versuchte er, sich einfach nur einzureden, dass sie dort weitermachen konnten, wo sie aufgehört hatten, und nichts passiert war?

Er bückte sich nach seinem Glas und griff dann nach der Flasche auf dem Tisch. »Es ist auch mein großer Tag, nicht nur Imogens. Ich verstehe nicht, warum sie meine Wünsche nicht respektieren kann. Oder zumindest diesen einen wichtigen.«

»Du jammerst wie ein verwöhntes Kind«, sagte Floriana sanft. »Genügt es dir nicht zu wissen, dass ich dort sein werde, um dir die Zunge herauszustrecken, wenn du als glücklich verheirateter Mann den Traualtar verlässt?«

Als er, statt zu antworten, sein Weinglas erneut füllte und es an die Lippen hob und trank, dachte sie wieder daran, dass er noch nach London zurückfahren musste. »Wie wäre es mit etwas zu essen?«

»Und woran denkst du?«

»Ich könnte uns etwas kochen, oder wir holen uns etwas. An der North Parade gibt es ein fabelhaftes bangladeschisches Restaurant.«

Da lächelte er. »Nachdem ich den tristen Inhalt deines Kühlschranks gesehen habe, sollten wir uns lieber etwas holen.«

Sie machten sich auf den Weg zu dem nicht weit entfernten Restaurant. Es war ein schöner Sommerabend, die Luft erfüllt von dem süßlichen Duft nach frisch gemähtem Gras, und das abendliche Vogelgezwitscher ging mit dem eintönigen Surren eines nicht sehr leistungsstarken Rasenmähers einher.

Sie bogen auf die Latimer Street ein, und als sie auf gleicher Höhe mit Trinity House waren, warf Floriana wie immer einen Blick auf Esmes Wohnzimmerfenster, um zu sehen, ob sie dort war. Aber sie war es nicht; wahrscheinlich war sie in der Küche und richtete sich ihr Abendessen.

Vor Adams Haus stand einer der Container, die regelmäßig gebracht und abgeholt wurden, doch der Platz, wo er seinen silbernen Mercedes parkte, war leer. Adam verbrachte den heutigen Tag bei seiner Familie, um mit ihnen den siebzigsten Geburtstag seiner Stiefmutter zu feiern.

»Na komm schon«, sagte Seb, während er sich wie in alten Zeiten bei ihr unterhakte, »erlöse mich von meiner Neugierde und erzähl mir alles über den Mann, den du zu meiner Hochzeit mitbringst! Bisher warst du irritierend ausweichend, was mich zu der Annahme veranlasst, dass du entweder etwas zu verbergen hast oder mich mit voller Absicht auf die Folter spannst. Was ist es?«

»Weder noch. Sein Name ist Adam, und hier lebt er, in dem Haus gleich hinter uns.«

Seb warf einen Blick zurück. »Ah, dann ist er also ein Nachbar! Wie ungeheuer praktisch!«

»Ja, und wie ungeheuer eifersüchtig du noch immer klingst!«, versetzte sie. »Fast so, als wolltest du eigentlich gar nicht, dass ich jemanden mitbringe.«

»Wahrscheinlich hast du sogar recht. Ich teile dich nicht gern; das habe ich noch nie getan.«

»Ach, ja?«

»Du brauchst gar nicht so überrascht zu tun. Es liegt in der menschlichen Natur, seinen besten Freund für sich allein haben zu wollen.«

»Du warst nie eifersüchtig hier in Oxford.«

»Sagt wer?«

»Aber du kannst es nicht gewesen sein. Oder zumindest hast du nie erkennen lassen, dass du eifersüchtig warst.«

»Ich …« Ein Klingeln in Sebs Jackentasche ließ ihn verstummen.

»Es ist Imogen«, sagte er und löste seinen Arm von Florianas, als er auf das Display seines Handys schaute. »Ich sollte besser mit ihr reden. Stört es dich?«

»Natürlich nicht.« Floriana ging voraus, damit er ungestört telefonieren konnte.

»Hi, Imo«, sagte er munter – zu munter, Florianas Meinung nach –, »wie geht es dir? Hast du eine schöne Zeit?«

Da Floriana nicht noch mehr hören wollte, beschleunigte sie ihre Schritte, während Seb seine verlangsamte, wahrscheinlich, um seiner Zukünftigen seine volle Aufmerksamkeit zu widmen.

Sobald das Gespräch beendet war, beeilte er sich und holte Floriana noch vor dem Restaurant ein. Und plötzlich kam ihr ein Gedanke. »Weiß Imogen, dass du hier in Oxford bist?«, fragte sie.

Sein Gesichtsausdruck war beredt genug. »Nein, das habe ich ihr nicht gesagt.«

»Und warum nicht, wenn ich fragen darf?«

»Ich will ihr nicht noch mehr Anlass zur Sorge geben.«

»Und deshalb hast du sie belogen?«

»Nur durch Auslassung.«

Floriana schüttelte den Kopf und stieß die Restauranttür auf. »Das scheint mir keine gute Art und Weise zu sein, eine Beziehung zu führen, Seb.«

»Verdirb es nicht!« Er legte eine Hand auf ihren Arm. »Ich bin sehr gern hier bei dir. Es gibt mir eine Perspektive.«

Was für eine Perspektive?, fragte sich Floriana, während sich ihr der Magen vor Furcht zusammenkrampfte, was Imogen wohl sagen oder tun würde, falls sie je von seinem Besuch bei ihr erfuhr.

Kapitel 35

So weit, so gut. Noch dreißig Minuten, und sie müssten die Villa Sofia erreicht haben.

Überrascht und erleichtert, wie problemlos die Reise verlaufen war, konzentrierte Adam sich auf die schmale, kurvenreiche Straße, die sich parallel zum See hinzog. Im Fond ihres Mietwagens saß Esme, die Hände auf dem Schoß gefaltet, und betrachtete nachdenklich die an ihrem Fenster vorbeiziehende Landschaft. Vorne neben ihm saß Floriana, die ebenfalls den Blick auf die stille Oberfläche des Sees neben ihnen gerichtet hielt. Ihre freudige Erregung während des Fluges nach Mailand hatte sich gelegt, beide Frauen waren praktisch im selben Augenblick verstummt und hingen nun wahrscheinlich ihren ganz eigenen Gedanken über den Anlass ihres Hierseins nach.

Als Esme ihn und Floriana um Hilfe gebeten hatte, um hierherzukommen, hatte er spontan ablehnen wollen. Höflich natürlich. Er hatte die Idee für nichts weiter als eine vorübergehende Laune gehalten, die die alte Dame schon bald als netten kleinen Flirt mit einem Tagtraum abtun würde. Und da er wusste, wie kompromisslos unabhängig und stolz Floriana in Bezug auf Geld sein konnte, war er auch überzeugt gewesen, dass ihre begrenzten finanziellen Möglichkeiten mit dazu beitragen würden, Esmes Plänen Einhalt zu gebieten. Doch statt Esmes Angebot, die Reise zu finanzieren, empört zurückzuweisen, hatte Floriana eine komplette Kehrtwendung gemacht und Esme voll und ganz unterstützt bei ihrem Wunsch, eine Reise in die Vergangenheit zu unternehmen. Und ihn hatte sie bekniet, seinen gesunden Menschenverstand ausnahmsweise einmal außen vor zu lassen.

»Ach, komm, Adam!«, hatte sie gesagt. »Du bist doch der geborene Organisator, du hast zugestimmt zu helfen, und niemand kann Dinge so gut zustande bringen wie du! Sag, dass du uns begleiten wirst. Bitte, bitte!«

Er hätte damit rechnen müssen, dass das Florianas Reaktion sein würde, nachdem er sie schon so oft von totaler Verzögerungstaktik zu rückhaltloser Impulsivität hatte umschwenken sehen. Sie mochte unter »Aufschieberitis« leiden, aber wenn sie sich einmal etwas in den Kopf gesetzt hatte, war sie einer der entschlossensten Menschen, die er kannte. Noch gefährlicher war, wie ansteckend ihre Impulsivität war, und bevor Adam wusste, wie ihm geschah, wurde auch er von ihrem Enthusiasmus angesteckt und freute sich auf eine Woche Ferien in der Sonne.

Ein Großteil von Florianas Begeisterung beruhte auf der hoffnungslos idealistischen Idee, dass sie irgendwie Esmes großer Liebe begegnen und die beiden sechzig Jahre später wieder vereint sein würden.

»Aber mal angenommen, wir könnten tatsächlich dafür sorgen, dass das geschieht«, hatte Floriana widersprochen, als Adam seine diesbezüglichen Zweifel geäußert hatte. »Ach, komm schon«, drängte sie, »ich kenne deinen analytischen Verstand, Adam, aber selbst ein so unromantischer Mann wie du muss doch wohl sehen können, wie wundervoll es für Esme und Marco wäre, sich nach all dieser Zeit wiederzusehen!«

Unromantischer Mann? Dass Floriana ihn so sah, hatte wehgetan.

Wieder warf er einen Blick in den Rückspiegel zu Esme. Sie saß noch genauso da wie vorher, unbewegt und die Hände im Schoß gefaltet wie ein artiges Kind, das auf den Beginn der Party wartet.

Er hatte Esmes Charakter völlig falsch eingeschätzt, als sie sich das erste Mal begegnet waren, und musste sich jetzt eingestehen, dass er sich erneut getäuscht hatte, als er die Entschlossenheit der alten Dame, etwas durchzuziehen, unterschätzt hatte. Mit unbeugsamem, eisernem Willen bestand sie darauf, auch wirklich alle Kosten dieser Reise zu übernehmen. »Ich will kein Wort von euch beiden über Geld hören«, hatte sie gesagt. »Im Austausch für eure Hilfe werdet ihr beide meine Gäste sein. Nein, Adam, das ist mein letztes Wort!«

Die erste wichtige Entscheidung, die sie getroffen hatten, war die bezüglich ihrer Unterkunft. Eine schnelle Suche im Internet ergab, dass das *Hotel Margherita* nicht mehr existierte, was Adam in der Annahme, der Familie Bassani bestimmt nicht zu begegnen, noch verstärkte. Sie überlegten gerade, welches andere Hotel sie nehmen sollten, als Adam, wie das Glück es so wollte, mit der Nachricht erschien, dass sein Bruder Freunde hatte, die ein Haus am Comer See besaßen und es ihnen für den einwöchigen Aufenthalt zu einem Freundschaftspreis überlassen würden.

»Mr. Organisator hat wieder zugeschlagen!«, hatte Floriana lachend gesagt. »Gibt es irgendetwas, was du nicht über Beziehungen regeln kannst?«

»Sei still, Kind!«, hatte Esme mit einem strengen Blick zu ihr gesagt. »Wir sind sehr froh und dankbar, Adam, dass du so viele hilfreiche Leute kennst.«

Dann buchten sie die Flüge, und in aller Eile musste ein neuer Pass für Esme beantragt werden, da ihr letzter schon seit über zehn Jahren abgelaufen war. Die Reiseversicherung für Esme, auf der Adam bestand, erwies sich ihres Alters und ihrer erst kürzlich überstandenen Krankheit wegen als ein wenig problematisch, aber am Ende konnten sie sie doch abschließen.

Als Nächstes mussten sie jemanden finden, der sich während ihrer Abwesenheit um Eurydike kümmerte. Buddy und Joe sprangen jedoch sofort ein und versprachen, zweimal täglich zu Trinity House hinüberzugehen, um die Katze zu füttern, ihr frisches Wasser hinzustellen und ihr ein wenig Gesellschaft zu leisten.

Nachdem also sämtliche Vorbereitungen getroffen und der Kleinkram erledigt war, hatte Adam die beiden Frauen der offenbar ungeheuer wichtigen Aufgabe überlassen, ihre Garderobe für die Reise zusammenzustellen. Insgeheim hoffte er auf das Wiederauftauchen des silbergrauen Seidenkleides, das Floriana an dem Abend von Esmes Ankündigung, zum Comer See reisen zu wollen, getragen hatte.

Er steckte in einer Zwickmühle seit jenem Abend, war hin und her gerissen zwischen seinen sich stetig, manchmal sogar alarmierend schnell verändernden Gefühlen für Floriana und dem Versuch, dem Reiz zu widerstehen, den sie auf ihn ausübte. Er sagte sich, dass es nach der Trennung von Jesse noch zu früh war, um eine neue Beziehung in Betracht zu ziehen, und seinen Gefühlen noch nicht zu trauen war.

Außerdem war da die kleine, aber beunruhigende Tatsache, dass er absolut keine Ahnung hatte, wie Floriana reagieren würde, falls er auch nur andeutete, dass sie mehr sein könnten als nur Freunde. Soweit er sagen konnte, betrachtete sie ihn nicht gerade als potenziellen Kandidaten für eine Partnerschaft. Als *unromantisch* hatte sie ihn sogar beschrieben … und von seinem analytischen Verstand geredet. Beides waren Attribute, die ihn in seinem Glauben bestärkten, dass sie ihn zwar als guten Freund sehr mochte, ihn ansonsten jedoch für zu langweilig hielt.

Die Möglichkeit, dass man ihn für einen Langweiler halten könnte, hatte er noch nie bedacht, und das beunruhigte ihn. Was ihn jedoch noch mehr beunruhigte, war, dass er ungewollt etwas tun könnte, was seine Freundschaft zu Floriana gefährden würde. Es wäre schrecklich, sie zu verlieren, besonders, nachdem sie eine so wichtige Rolle dabei gespielt hatte, sein neu entdecktes Glück nach seiner Trennung von Jesse zu festigen.

Seit der »Nacht des Seidenkleides«, wie er sie heute bei sich nannte, bemerkte er alle möglichen Kleinigkeiten an Floriana, die er vorher nie gesehen hatte, wie etwa die vielsagende Art, wie ihre Mundwinkel sich verzogen, wenn sie drauf und dran war, ihn wegen irgendetwas aufzuziehen. Oder wie ihre Augen sich ein wenig weiteten, bevor sie lachte. Sie hatte ein wunderbares Lachen, sehr natürlich und ungezwungen, das eine ansteckende Wirkung auf ihn hatte. Und es gefiel ihm auch, wie sie Esme behandelte, respektvoll und nie herablassend. Hätte Jesse sich so schnell mit einer alten Dame angefreundet und ihre sehr begrenzte Urlaubszeit geopfert, um ihre neue Freundin nach Italien zu begleiten?

Falsch! Er durfte Floriana nicht mit Jesse vergleichen. Sie ließen sich nicht vergleichen, weil sie gar nicht unterschiedlicher hätten sein können. Vielleicht war es unter anderem das, was Florianas Reiz für ihn ausmachte – dass sie auf eine etwas schrullige Art und Weise sehr individuell war und keinem anderem Trend als ihrem eigenen folgte.

Aber abgesehen von allem anderen blieb auch noch das kolossale Problem zu bedenken, wie Floriana heute zu Seb stand. Denn wenn Adam eins wusste, dann war es, dass er auf keinen Fall die zweite Geige spielen würde neben einem Mann, den sie vielleicht noch liebte. Natürlich könnte er sich auch irren, und ihre Gefühle für Seb waren vielleicht schon längst vergangen – da sie jedoch nur selten ausführlich über ihn sprach, konnte Adam sich des wahren Sachverhalts nicht sicher sein.

Ihm war allerdings sehr wohl bewusst, dass all seine gründlichen Überlegungen Florianas Meinung von ihm nur bestätigten: dass er viel zu analytisch und ungefähr so impulsiv wie ein erschöpftes Faultier war.

Seiner tatkräftigen Natur entsprechend, hatte er schon während des Fluges die Landkarte studiert und erkannte jetzt die Namen der Dörfer, die sie bisher durchquert hatten, wie Cernobbio, Moltrasio, Laglio, Brienno und Argegno. Und natürlich entdeckte er auch gleich ein Hinweisschild auf Colonno, was bedeutete, dass sie dem Navi nach jetzt nur noch fünfzehn Minuten von der Villa Sofia entfernt waren. Gezwungen, das Tempo wegen eines vor ihm fahrenden Wagens mit Campinganhänger zu verringern, blickte er wieder in den Rückspiegel. »Kommt dir hier irgendetwas bekannt vor, Esme?«, fragte er.

Sie erwiderte sein Lächeln. »In gewisser Weise, ja. Aber es ist alles viel dichter bebaut, als ich es in Erinnerung habe.«

»Das ist unvermeidlich, denke ich, doch die Neubauten hier sehen gar nicht schlecht aus.«

Floriana brach ihr bisheriges Schweigen und lachte. »Warte nur ab, Esme, gegen Ende der Woche wird Adam ein Grundstücksgeschäft aufgespürt haben!«

»Das war mir nicht mal in den Sinn gekommen«, sagte er in gespielter Unschuld. Denn natürlich hatte er daran gedacht. Getreu dem Motto »Anschauen schadet nichts« hatte er in den letzten paar Wochen sogar ziemlich viel Zeit mit der Durchsicht der im Internet angebotenen Immobilien am Comer See verbracht.

»Oh, das erkenne ich!«, rief Esme plötzlich aus und beugte sich so weit aus dem Fenster, dass der Wind in ihre Haare fuhr. »Das ist die Isola Comacina. Mein Vater und ich sind einmal mit einem Boot zum Mittagessen dorthin gefahren. Es war ein wundervolles Restaurant, das noch nicht lange geöffnet war, und der Besitzer war ein bemerkenswert lebhafter Mann.«

Auch das war etwas, worüber Adam im Internet gelesen hatte. »Es ist auch heute noch weitgehend dasselbe«, sagte er. »Selbst die Speisekarte wurde seit der Eröffnung nie geändert; sie ist eins der Dinge, auf die die Besitzer großen Wort legen.«

»Vielleicht könnten wir ja einmal hinfahren?«, schlug Floriana eifrig vor. »Falls es nicht zu teuer ist«, fügte sie dann schnell hinzu.

Diese letzte Bemerkung wurde mit einem missbilligenden »Tz,tz« vom Rücksitz des Wagens beantwortet.

Noch immer hinter dem Wohnanhänger, der eine holländische Nummer hatte, verlangsamte Adam wieder die Geschwindigkeit beim Anblick eines deutschen Reisebusses, der ihnen auf der Gegenspur des hier besonders schmalen Straßenabschnitts entgegenkam. Es schien nicht genug Platz vorhanden zu sein, und obwohl Adam so weit rechts heranfuhr, wie er konnte, kam der Bus dem Wagen so nahe, dass Adam instinktiv den Atem einzog, als könnte er so mehr Platz für den Bus schaffen. Als sie weiterfuhren, wurde die Straße breiter, und nach einer weiteren Kurve stieß Esme einen entzückten Schrei aus.

»Da ist es! Da ist das *Hotel Margherita!* Dort unten auf der Landzunge!«

Aber sie erhielten leider nur einen flüchtigen Blick darauf, da die Straße vor einer beeindruckenden Toreinfahrt und einem diskreten Schild mit der Aufschrift *Villa Margherita* eine scharfe Biegung machte. Es bestätigte ihnen, was sie im Internet gelesen hatten, nämlich dass das Hotel in den Siebziegerjahren des vergangenen Jahrhunderts geschlossen hatte und die Villa heute wieder ein Privathaus war wie früher, bevor die Familie Bassani in finanzielle Schwierigkeiten geraten war.

Auf dem letzten Stück der Fahrt war es Florianas Aufgabe, die Wegbeschreibung vorzulesen, die ihnen gegeben worden war – man hatte ihnen geraten, auf dieser letzten Etappe die Anweisungen des Navis zu ignorieren, da sie wenig hilfreich seien und im Nichts verliefen. Nachdem sie an einer Kreuzung abgebogen waren, an der sich ein kleiner Supermarkt und eine Bar befanden, fuhren sie jetzt steil bergan und hielten nach einer leicht zu übersehenden Abzweigung nach rechts Ausschau.

»Da!«, rief Floriana aufgeregt und zeigte auf eine schmale Öffnung in einer buschigen Hecke, die mit einem kleinen Zementpfosten markiert war.

Die gepflasterte Straße führte sie zu einem offenen Tor und einem staubigen Weg voller Schlaglöcher, der am Rande eines Olivenhains verlief.

Und endlich, im gleißend hellen Sonnenschein und eingebettet zwischen einem Grüppchen anderer Natursteinhäuser, tauchte vor ihnen die Villa Sofia auf. Das dreistöckige Haus mit der in dunklem Rosa getünchten Fassade trug ein flaches Terrakotta-Dach mit zwei mächtigen Kaminen. In den oberen Etagen hatte allem Anschein nach jedes Zimmer einen eigenen Balkon mit dekorativen schmiedeeisernen Geländern. Das Parterre war teilweise unter einer großen Pergola verborgen, die von einer starken Weinrebe überwachsen war. Vor dem Haus befand sich ein rechteckiger Pool mit an einem Ende hübsch gruppierten Sonnenliegen.

Als Floriana zu dem schläfrig aussehenden Haus mit den geschlossenen pfauenblauen Fensterläden aufblickte, wurde sie von einer prickelnden Vorfreude erfasst und stieß schnell die Wagentür auf, um in die nachmittägliche Hitze hinauszutreten. Von dem Geräusch der lautstark zirpenden Zikaden begrüßt, dachte sie, dass alles an dem Haus perfekt aussah, besser sogar noch als auf den Fotos, die der Eigentümer Adam geschickt hatte.

Hocherfreut öffnete sie die hintere Tür des Wagens und half Esme beim Aussteigen. »Was meinst du?«, fragte sie. »Wird das genügen?«

»Ich denke, es wird mehr als nur genügen«, antwortete Esme, während sie zu ihrem Zuhause für die nächste Woche aufblickte. »Du hast dich selbst übertroffen, Adam. Bravo!«

»Hoffen wir, dass das Innere dem Äußeren entspricht«, sagte er. »Brauchst du Hilfe auf den Stufen?«

»Nein, nein, das schaffe ich schon, danke.«

Voller Eifer, ihr neues »Zuhause« zu erkunden, ließen sie ihr Gepäck zunächst einmal im Wagen und machten sich auf die Suche nach dem Schlüssel, der unter einem Topf mit scharlachroten Geranien liegen müsste, wie ihnen gesagt worden war. Sie fanden ihn auch leicht genug, wurden dann aber abgelenkt von ihrem Vorhaben, zur Tür zu eilen, als sie merkten, dass sie von ihrer erhöhten Lage aus einen fantastischen Ausblick auf den See hatten. So weit das Auge blicken konnte, lag er friedlich wie eine schlafende Katze im grellen Sonnenschein, und dahinter ragten üppig grüne Berge majestätisch aus dem Wasser auf.

»Es könnte nicht schöner sein«, murmelte Esme mit einem sehnsüchtigen Blick. »Es ist noch genauso zauberhaft hier, wie ich es in Erinnerung habe. Vielen, vielen Dank euch beiden, dass ihr mir das ermöglicht habt!«

Floriana legte einen Arm um Esme, deren Stimme ein wenig heiser vor Bewegung war. Sie wollte gerade selbst etwas sagen, als eine stämmige ältere Frau um das Haus herumkam. Sie trug ein geblümtes Kleid, hatte wunderbar üppiges schwarzes Haar – das in ihrem Alter nur gefärbt sein konnte – und begrüßte sie mit einem sehr freundlichen und warmen Lächeln.

»Buongiorno! Buongiorno!«, rief sie fröhlich, während sie ihnen eine große Plastikschüssel mit Eiern und Tomaten hinhielt. *»Sì, sì«*, beharrte sie, als Floriana nicht ganz sicher war, ob sie die Schüssel annehmen sollte.

Diese Frau musste Renata sein, die Nachbarin, die, wie man ihnen gesagt hatte, stets zur Hand sein würde, um bei allen Problemen zu helfen, denen sie begegnen mochten. Schon sehr bald wurde offensichtlich, wie gern Renata redete und dass sie auch keine Hemmungen hatte, es zu tun. Das Problem war nur, dass ihr Redeschwall bis auf ein paar eingestreute englische Worte ausschließlich aus italienischen bestand. Die zusätzlichen Handzeichen halfen jedoch ein wenig, und da Floriana einige Zeit dem Büffeln von *Italienisch lernen in dreißig Tagen* gewidmet hatte, wagte sie die Vermutung, dass Renatas Bruder – Domenico – morgen kommen würde, um nach dem Pool zu sehen und den Garten zu bewässern. Aber dann verblüffte Esme alle, indem sie in fließendem Italienisch antwortete, was ihr ein besonders breites Lächeln von Renata und die Worte einbrachte: »*Piacere, signora. Piacere.*«

»Warum hast du uns das verschwiegen?«, fragte Floriana vorwurfsvoll, als Renata wieder gegangen war. »Du hast nie gesagt, dass du so gut Italienisch sprichst.«

»Ach, nur ein paar Brocken«, erwiderte Esme leichthin. »Aber komisch, wie schnell es doch zurückkommt, nicht?«

»Das klang für mich nach weit mehr als ein paar Brocken«, sagte Adam.

»Was hast du uns sonst noch verschwiegen?«, schmunzelte Floriana.

Statt zu antworten, schlug Esme vor, das Gepäck zu holen.

Kapitel 36

Esme erwachte früh, offensichtlich jedoch nicht so früh wie Adam.

Als sie aus ihrem offenen Schlafzimmerfenster schaute, sah sie ihn barfuß am Rand des Pools entlangspazieren und mit seinem Handy telefonieren. In Shorts, einem T-Shirt und Sonnenbrille war er gekleidet wie ein Mann im Urlaub, aber sein Telefongespräch besagte etwas anderes. Esme wusste, dass er seiner geschäftlichen Verpflichtungen wegen stets erreichbar sein musste, doch eigentlich wünschte sie, er würde sich ein bisschen Zeit zum Entspannen nehmen. Beim Dinner am vergangenen Abend in einem nahen Restaurant und im Fokus von Florianas intensiver Befragung hatte er zugegeben, dass er in den vergangenen Jahren noch nie Urlaub gemacht hatte, ohne in ständigem Kontakt mit seinem Büro zu bleiben. Esme fragte sich manchmal, wie er wohl ohne sein Mobiltelefon und seinen Laptop zurechtkäme, aber natürlich dachte sie nicht einmal im Traum daran, etwas Diesbezügliches zu sagen. Dazu war sie viel zu dankbar, dass er hier war und ihr gemeinsam mit Floriana diese Reise ermöglicht hatte.

In all den Jahren, seit sie und ihr Vater im *Hotel Margherita* gewohnt hatten, hatte Esme nie den Wunsch verspürt, zum Comer See zurückzukehren. Ein anderer Mensch als sie hätte es vielleicht getan, und wenn auch nur, um die Vergangenheit zu begraben. Aber Esmes Haltung war immer die gewesen, dass die Vergangenheit vergangen war und nichts damit gewonnen wäre, ihre Orte noch einmal aufzusuchen, um alte Wunden wieder aufzureißen, die man besser unangetastet ließ.

Aber nun war sie hier. Und auf ihren eigenen Wunsch hin. Was also auch immer dabei herauskommen würde, hatte sie nur sich selbst zuzuschreiben.

Obwohl sie ihr ganzes Erwachsenenleben mit Marcos Porträt an der Wand gegenüber ihrem Bett geschlafen hatte, gab es Tage, an denen sie es seiner Vertrautheit wegen kaum bemerkte; es war halt einfach da, ein Teil ihres Lebens. Abgesehen von den vielen Emotionen, die das Bild über die Jahre ausgelöst hatte, war es doch nie ein Grund für sie gewesen, noch einmal nach Italien zurückzukehren. Aber dann war Floriana mit ihrer Einladung zu der Hochzeit am Comer See gekommen, und nach und nach war die Vergangenheit wieder erwacht und hatte Esme einen Anstoß gegeben. Zuerst nur ganz leicht, dann stärker, bis sie es nicht mehr hatte ignorieren können. *Kehr zurück, bevor es zu spät ist!*, hatte sie gleichzeitig die sanfte Stimme ihres Vaters in ihrem Kopf gehört.

Ihr Vater hatte während seines Lebens viel zu viel bedauert und war auch so gestorben, und in den letzten paar Tagen vor ihrer Abreise, als Esme doch noch Bedenken hinsichtlich der Klugheit dieser Reise kamen, hatte sie sich in Erinnerung gerufen, dass sie nicht wie ihr Vater sterben wollte, mit Worten bitterer Reue auf den Lippen. Sie musste es tun. Jetzt oder nie.

Floriana, das liebe Kind, war voller hoffnungslos optimistischer Erwartungen bezüglich dieser Reise, während Esme voll und ganz damit zufrieden war, zurückzukehren und ein Weilchen an dem Ort zu bleiben, der ihr so viel Freude, aber auch so viel Kummer bereitet hatte. Die Chance, Marco wiederzusehen, war äußerst gering, und selbst wenn er zufälligerweise noch irgendeine Verbindung zu dem See hatte und es möglich wäre, ihn aufzuspüren, würde er Esme dann überhaupt sehen wollen? Oder sich auch nur an sie erinnern?

Viel wahrscheinlicher war, dass er nicht mehr lebte. So wie alle anderen.

Doch er war nicht tot, dessen war Esme sich irgendwie ganz sicher. Sie hätte es gespürt, wenn er diese Welt verlassen hätte. Aber falls er noch lebte, konnte sie ihn sich nicht als alten Mann vorstellen, seine männlich schönen Züge welk vom Alter, die betörend blauen Augen verblasst, die Haut schlaff und mit Tränensäcken, die Gelenke knackend und vom Rheumatismus heimgesucht.

Sie wandte sich vom Fenster und von Adam ab, der noch immer am Pool stand und in sein Mobiltelefon sprach, um das Zimmer zu betrachten, das Floriana gestern für sie ausgesucht hatte, als die beiden jungen Leute das Gepäck hinaufgebracht hatten. Es war das größte der Schlafzimmer, das auch über ein eigenes Bad verfügte. Die Einrichtung war schlicht und bestand aus einem großen Doppelbett, einer Frisierkommode, einem Kleiderschrank und einem bequemen Sessel neben dem Fenster und dem Balkon. Esme konnte sich vorstellen, dass es sie sehr glücklich machen würde, einfach nur hier zu sitzen und ihren Erinnerungen nachzuhängen.

Als sie geduscht und erfrischt aus dem Badezimmer kam, blickte sie wieder aus dem Fenster und sah Floriana die Stufen zum Haus hinaufkommen. Sie war beladen mit zwei offenbar sehr schweren, großen Einkaufstüten – wahrscheinlich war sie in dem kleinen Supermarkt am Fuß der Anhöhe gewesen.

»Guten Morgen!«, rief Floriana fröhlich, als Esme in die Küche kam. Sie war schon eifrig damit beschäftigt, Obst zu schneiden, und Adam löffelte Kaffee in eine dieser komplizierten Kaffeemaschinen, die direkt auf die Herdplatte gestellt wurden. »Das Frühstück ist gleich fertig. Es gibt Croissants, Brot, Pfirsiche, Birnen und Aprikosen. Wie hast du geschlafen, Esme?«

»Ungewöhnlich gut, danke. Ihr zwei seid ja schon sehr emsig so früh am Morgen. Wann seid ihr aufgestanden? Wahrscheinlich schon bei Tagesanbruch, oder?«

»Kurz nach sechs«, sagte Adam. »Was würdest du gern trinken? Tee, Kaffee oder Mangosaft?«

»Mango! Wie exotisch!«

»Tut mir leid, das war ein Irrtum«, sagte Floriana und verzog das Gesicht. »Ich dachte, es wäre Orangensaft.«

»Nun, zunächst mal hätte ich gern eine Tasse Tee, bitte. Aber ich kann ihn selbst aufgießen.«

»Kommt nicht infrage! Adam, bring Esme hinaus, und mach es ihr auf der Terrasse bequem!«

»Du hast die junge Dame gehört«, meinte Adam mit hochgezogenen Augenbrauen. »Tu besser, was sie sagt, denn sie ist heute Morgen sehr bestimmt! Außerdem hat sie ein gefährliches scharfes Messer in der Hand.«

Esme ließ sich von Adam hinausführen, wo auf der Terrasse im Schatten der weinberankten Pergola ein Frühstückstisch gedeckt war. »Ich möchte nicht undankbar erscheinen, aber ich hoffe doch, dass ihr mich nicht die ganze Zeit hier gängeln werdet«, sagte sie, als Adam und Floriana das Frühstück herausgebracht und sich zu ihr gesetzt hatten. »Ich werde mich nicht von vorne bis hinten bedienen lassen.«

»Damit wollen wir uns nur bei dir dafür bedanken, dass wir mit dir hier sein dürfen«, erklärte Floriana. »Oh, und übrigens habe ich eine SMS von Joe bekommen, der schreibt, du sollst dir keine Sorgen um Eurydike machen; es geht ihr bestens. Er war gestern Abend bei ihr und wird heute Morgen wieder nach ihr sehen.«

»Ich habe immer noch ein schlechtes Gewissen, weil ich die Arme allein gelassen habe«, sagte Esme stirnrunzelnd. Ihre geliebte Katze zurückzulassen war sehr schmerzlich gewesen, doch es hatte wirklich keine andere Möglichkeit gegeben. Deshalb zwang sie sich, ihre Gewissensbisse zu verdrängen, und nahm sich einige Pfirsichscheiben von der hübsch angerichteten Obstplatte, die Floriana vorbereitet hatte. »Und was unternehmen wir heute?«, fragte sie schon etwas fröhlicher gestimmt. »Was habt ihr euch vorgenommen?«

»Wir dachten, wir lassen es heute Morgen ruhig angehen«, meinte Adam, »damit wir alle ein bisschen verschnaufen können.«

»Und ich nehme an, mit ›wir alle‹ meint ihr mich?«, entgegnete Esme.

»Keineswegs«, widersprach Floriana. »Ein entspannender Morgen am Pool wäre mir sehr recht. Wir dachten, gegen Mittag könnten wir dann irgendwo etwas essen und später der Villa Margherita einen Besuch abstatten. Was meinst du, bist du bereit, es zu versuchen?«

Es war eine sehr gewagte Annahme, dass sie einfach so aus heiterem Himmel auftauchen und den derzeitigen Besitzer überreden könnten, ihnen der alten Zeiten wegen eine Besichtigung des Hauses zu erlauben. Aber wie Adam und Floriana beide meinten, als sie es besprochen hatten: Was hatten sie schon zu verlieren? Und wäre es nicht verrückt, die lange Reise hierher zu unternehmen und es nicht einmal zu versuchen?

Später an jenem Morgen, eingelullt von der Wärme des Tages und dem endlosen Surren der Zikaden in den nahen Bäumen, lehnte Esme sich auf ihrer Liege im Schatten der Pergola zurück und lauschte mit geschlossenen Augen den Stimmen ihrer beiden jungen Freunde. Florianas war hell und lebhaft, Adams leise und angenehm gemäßigt.

Sie waren im Pool und lagen auf zwei Luftmatratzen, die Floriana in einer großen Holztruhe am anderen Ende der Terrasse gefunden hatte, zusammen mit einem Strandball und einer riesigen aufblasbaren Swingballstange. Sie hatte auch den passenden Ball dafür und einige Schläger aufgetan und sich gleich darangemacht, die ganze Sache aufzubauen, um Adam dann zu einem Spiel herauszufordern. Esme hatte ihn zögern sehen – er las schon wieder irgendwas auf seinem Laptop. Untersteh dich abzulehnen!, hatte sie gedacht. Lass diesen verflixten Computer mal ein paar Minuten in Ruhe, und entspann dich! Zu ihrer Erleichterung hatte er jedoch sein T-Shirt ausgezogen und nach einem der Schläger gegriffen. »Das war als Kind mein Lieblingsspiel«, sagte er. »Ich war der regionale Champion.«

»Ha! Und ich war die Landesmeisterin«, erwiderte Floriana lachend.

Sie spielten mit einem Wetteifer, der eine Menge Lärm erzeugte, und jeder behauptete am Ende, der Sieger in dem Spiel zu sein. Es erfreute Esme das Herz, beide so fröhlich und ausgelassen zu sehen.

Als sie sich nun im Pool abkühlten und ihre Stimmen allmählich in der Hintergrundmusik der Zikaden untergingen, fühlte Esme sich schläfrig und ein bisschen benommen vom berauschend süßen Duft der Rosen. Sie hing ihren Gedanken nach, die abzuschweifen begannen wie zum Himmel aufsteigende Luftballons. Dann schwebte auch sie davon. Aber sie stieg nicht langsam zum Himmel hinauf, sondern befand sich plötzlich auf einem Boot, einem kleinen Dingi mit einem einzigen Segel, das in der sanften Brise flatterte. Und dann war Marco da. Er stand auf der anderen Seite des Sees und winkte ihr zu. Esme versuchte, auf ihn zuzuhalten, doch die leichte Brise frischte auf, zerrte an dem Segel und trieb das Boot von der Küste weg. Marco rief sie, aber so sehr Esme sich auch bemühte, sie konnte das Boot nicht auf ihn zusteuern. Der Wind trieb sie immer weiter ab, bis sie sich mitten auf dem See befand und Marco nicht mehr zu sehen war. Erschrocken stand sie auf, und sofort geriet das Boot unter ihr ins Schwanken, kippte um, und sie konnte spüren, wie sie fiel, fiel, fiel, tiefer und tiefer in das kalte, dunkle Wasser hinunter. Und dann sah sie es, auf dem Grund des Sees, verfangen in einem Knäuel aus glitschigem Laichkraut – ein kleines, milchig weißes Baby, dessen blasse Ärmchen sich nach ihr ausstreckten.

Mit einem jähen Ruck schreckte sie aus dem Schlaf hoch, und das Herz schlug ihr bis zum Hals. Blinzelnd in dem grellen Sonnenlicht, drehte sie sich um und sah die Umrisse eines hinter ihr stehenden Mannes. Zu ihrem Entsetzen hielt er etwas in den Händen, das wie ein Wickelkind aussah. Unwillkürlich stieß sie einen entsetzten Schrei aus, und ihr Herz schlug sogar noch schneller.

»*Mi perdoni*«, sagte der Mann. »Ich bin Domenico und gekommen, um nach dem Pool zu sehen und die Blumen zu tränken.«

Noch immer mit wild pochendem Herzen und trockenem Mund erhob sich Esme von ihrem Sessel, ein bisschen betreten jetzt, da sie erkannte, dass dieser Mann Renatas Bruder war und in den Händen kein Baby, sondern ein in Zeitungspapier eingewickeltes Bündel hielt.

»Oh, verzeihen Sie bitte!«, sagte sie, noch zu verwirrt, um Italienisch zu sprechen. »Ich hatte fest geschlafen.«

Am anderen Ende des Schwimmbeckens zog sich Adam aus dem Wasser. »Es ist Domenico«, rief sie ihm zu, »er ist gekommen, um nach dem Pool zu sehen.«

»Ah ja«, sagte Adam und griff nach einem Handtuch, bevor er herüberkam. Floriana stieg auch schon aus dem Wasser.

»Wenn jetzt nicht gut, ich komme später«, meinte der Mann mit einem sympathischen Lächeln. Er schien um die siebzig Jahre alt zu sein, war braun gebrannt und drahtig und hatte dichtes graues Haar, eine markante Römernase und kohlrabenschwarze Augen.

»Nein, nein, bleiben Sie, und tun Sie, was Sie zu tun haben!«, sagte Esme, die noch immer durcheinander war von ihrem Traum, aber langsam ihre Haltung wiederfand. »Möchten Sie etwas trinken?«, fragte sie, als sie sich ihrer Manieren erinnerte.

Er schüttelte den Kopf. »Nein, vielen Dank, *signora*. Doch ich bringe das hier. Aus meinem Garten, alles selbst gezogen«, sagte er und reichte ihr das Bündel.

Erstaunt über dessen Gewicht, legte Esme es auf den Tisch und öffnete es. »*Che bello!*«, rief sie entzückt. »Und wie freundlich von Ihnen!«

»Was ist es?«, fragte Floriana, die herüberkam.

»Alle möglichen Köstlichkeiten«, antwortete Esme. »Zucchini, Radieschen, rote Bete, Salat und noch mehr Tomaten.« Sie wandte sich Domenico zu. »*Grazie mille*«, sagte sie. »*Lei è molto gentile.*«

Der Mann erwiderte ihr Lächeln breit und ließ eine Reihe erstaunlich weißer und ebenmäßiger Zähne sehen. »*Fa niente, signora*«, versicherte er, »*è un piacere.*«

»Nun, ich würde sagen, du hast gerade einen Bewunderer gewonnen«, flüsterte Floriana, als Domenico um das Haus herum verschwunden war, wo sich Schlauch und Wasserhahn befanden. »Und einen gut aussehenden Poolboy noch dazu.«

»Na, na, na«, erwiderte Esme tadelnd. »Benimm dich, junge Frau, und zwing mich nicht, dich an die Kandare zu nehmen!«

Floriana lachte und ging, um sich auf eine Sonnenliege neben Adams fallen zu lassen, der wieder einmal mit seinem Laptop beschäftigt war.

»Und vergiss nicht, dir den Rücken und die Schultern einzucremen«, rief Esme ihr nach. »Du wirst schon rosa.« Und falls Adam sich nicht anbietet, dir dabei behilflich zu sein, werde ich sehr böse auf ihn sein, dachte sie, bevor sie Domenicos großzügige Gemüselieferung ins Haus trug.

Während Adam eine E-Mail von Denise aus dem Büro beantwortete, verfolgte er aus dem Augenwinkel Florianas Bemühungen, ihren Rücken einzucremen. Na los, sagte er sich, biete ihr deine Hilfe an, das ist schließlich das Natürlichste der Welt! Was ist dein Problem, Mann? Ist es plötzlich so eine große Sache, sie anzufassen?

Absurderweise wurde alles, was mit Floriana zu tun hatte, mehr und mehr zu einer großen Sache. Mit ihr zu schwimmen wie eben, sie ins Wasser springen und an der anderen Seite des Pools wieder auftauchen zu sehen, ihr langes Haar auf ihrem Rücken glänzend wie ein Otterfell – all das war ebenso schön wie auch qualvoll mitanzusehen gewesen. Wie leicht es wäre, sich zu vergessen und etwas zu tun, das er später bereuen würde!

Immer häufiger musste er sich ermahnen, den Vergleich nicht anzustellen, aber er konnte einfach nicht anders. Es war nicht nur, dass Floriana in einem Bikini genauso gut aussah wie Jesse – eigentlich sogar noch besser, da sie einen kurvigeren Körper hatte –, sondern man hatte auch viel mehr Spaß mit ihr. Jesse hatte Strandurlaube geliebt, vor allem jedoch waren es die Sonnenliegen, die sie liebte. Schwimmen reizte sie nicht; sie hasste es, ihr Gesicht und ihre Haare nass zu machen. Floriana dagegen war im Wasser natürlich und unbefangen.

In dem fast schon peinlichen Bewusstsein, dass sie noch immer vergeblich versuchte, die Mitte ihres Rückens mit der Sonnencreme zu erreichen, zwang er sich zu sagen: »Du wirst dir noch die Schulter ausrenken, wenn du so weitermachst. Wie wär's, wenn ich das für dich übernehme?«

»Ach, es geht schon«, antwortete sie. »Du willst dir doch nicht die Hände fettig machen, wenn du zu arbeiten versuchst.«

Er zögerte. War das ihre höfliche Art zu sagen: Fass mich an, und du bist tot?

Nein, das war nur Paranoia. »Das macht mir nichts. Aber Esme hat recht, deine Haut ist wirklich schon gerötet.«

»Ehrlich?« Sie verrenkte sich fast den Hals, um einen Blick über ihre Schulter zu werfen.

Adam setzte seinen Laptop ab und streckte die Hand nach der Tube Sonnencreme aus.

Doch kaum berührte er Floriana, als sie auch schon einen alarmierend tiefen Seufzer ausstieß. »Was für ein wunderschöner Ort hier, nicht?«, fragte sie. »Vielleicht werde ich nie wieder von hier wegwollen. Ich kann gut verstehen, dass Esme sich am Comer See verliebt hat. Wie romantisch es für sie gewesen sein muss, besonders, wenn man bedenkt, wie jung sie damals war!«

»So romantisch auch wieder nicht«, sagte Adam, während seine Hände langsam über Florianas von der Sonne erhitzte Haut glitten – blasse Haut, die bestimmt nicht oft der Sonne ausgesetzt war, dachte er. »Schließlich haben sie sich getrennt, bevor sie einander richtig kennenlernen konnten.«

»Das bedeutet aber nicht, dass die kurze Zeit, in der sie zusammen waren, nicht romantisch war.«

»Dann definiere mal ›romantisch‹!«

Sie lachte. »Das ist, wie mich zu bitten, ›Intelligenz‹ zu definieren, was streng genommen gar nicht möglich ist, weil es keinen wissenschaftlich erprobten, unumstößlich sicheren Test dafür gibt.«

»Okay, was ist dann deiner Meinung nach romantischer: ein glückliches oder ein tragisches Ende einer Liebe?«

»Hm … gute Frage. Aber falls du denkst, ich würde jetzt Romeo und Julia als das ultimative romantische Paar anführen, hast du falsch gedacht. Ich war schon immer der Meinung, dass sie geradezu lächerlich schlecht zusammenpassten.«

»Heb dein Haar ein bisschen höher«, bat er, weil er auf diese letzten Bemerkung nicht näher eingehen wollte. Sie tat wie verlangt, und es kostete ihn seine ganze Willenskraft, ihren Nacken nicht zu küssen. Nur ein einziger kleiner Kuss. Dann vielleicht einen auf ihre rechte Schulter, einen weiteren auf ihre linke und …

»Oh, sieh mal!«, sagte sie und riss ihn nicht nur jäh aus seinen Gedanken, sondern machte ihm auch bewusst, dass seine Hände aufgehört hatten, sich zu bewegen, und er sich gefährlich nahe zu ihr vorgebeugt hatte. »Esme unterhält sich mit Domenico. Was für eine Heimlichtuerin, nie auch nur ein Wort darüber zu verlieren, dass sie so gut Italienisch spricht! Da gibt es noch so einiges, was sie uns noch nicht erzählt hat. Zum Beispiel wissen wir nicht einmal mit Sicherheit, ob Marco und sie miteinander geschlafen haben.«

»Ich glaube, wir können davon ausgehen, dass es so war«, sagte Adam. »Worüber wir gar nichts wissen, ist, was danach geschehen ist. Wir nehmen nur an, dass Marco fortging, um Priester zu werden, während Esme und ihr Vater nach England zurückkehrten und nach Oxford zogen.«

»Was hätte denn anderes geschehen sein können?«

»Das«, meinte Adam, »ist die große Frage. So, und du bist jetzt fertig.«

Er drückte Floriana die Tube Sonnencreme in die Hand und ging, um sich im Pool abzukühlen. Und das nicht etwa, weil ihm in der Sonne zu heiß geworden war.

Kapitel 37

Floriana machte sich Sorgen, dass die Hitze für Esme zu viel sein könnte. Es sah ihr gar nicht ähnlich, so still und verschlossen zu sein. Obwohl das natürlich verständlich wäre, falls nervöse Erwartung der Grund für ihre Nachdenklichkeit war.

Am See entlang fuhren sie zum *Hotel Margherita* – oder der Villa Margherita, wie sie sich heute nannte. Aus dem Fond des Wagens beobachtete Floriana Esme aufmerksam und wunderte sich über die ungewohnte Stille und Angespanntheit, mit der sie unablässig aus dem Fenster schaute. Während des Mittagessens, zu dem sie dann doch nicht ausgegangen waren, weil sie dank Domenico und seiner Schwester Renata einen vollen Kühlschrank hatten, war Esmes einziger Beitrag zur Unterhaltung die Bemerkung gewesen, dass sie mit Domenico über die Familie Bassani gesprochen hatte. Anscheinend sagte ihm der Name nichts, doch er war ja auch erst vor zwanzig Jahren an den Comer See gezogen, nachdem seine Frau gestorben war. Er hatte versprochen, sich umzuhören, und Floriana hoffte sehr, dass er einen Anhaltspunkt finden würde. Es wäre so schön zu wissen, was aus Esmes erster Liebe geworden war!

So beschäftigt mit dem Glück ihrer älteren Freundin, hatte Floriana so gut wie gar nicht an ihr eigenes gedacht, seit sie gestern Nachmittag hier eingetroffen waren. Eigentlich müsste der Gedanke an Sebs und Imogens bevorstehende Hochzeit am Samstag sie mit Schrecken erfüllen, aber komischerweise war es nicht so. Was wohl hauptsächlich dem Wissen zuzuschreiben war, dass Adam an ihrer Seite sein würde. Ihn bei sich zu haben war praktisch die Garantie dafür, dass sie den Tag mit unversehrter Würde überstehen würde. Es würde kein verzweifeltes inneres Aufbegehren geben – *Ich hätte es sein müssen!* –, sie würde nicht zu viel trinken und sich nicht blamieren. Und es würde keine Tränen geben. Absolut keine Tränen. Sie würde ein Inbegriff der Nüchternheit und Selbstbeherrschung sein. Ein leuchtendes Beispiel für nobles, großmütiges Wohlwollen. Na ja, das zumindest war der Plan.

Während sie die vorüberziehende Landschaft und die kleinen Dörfer am See bewunderte, musste sie sich eingestehen, dass sie es kaum erwarten konnte, Adam als ihren Begleiter vorzuführen – Imogen würde mit Sicherheit nicht damit rechnen, dass sie mit einem derart attraktiven Mann erscheinen würde, der zudem noch so offensichtlich in einer ganz anderen Liga als Floriana spielte. Wahrscheinlich würde sie denken, dass ein Hobbit mit stark behaarten Füßen mehr Florianas Niveau entspräche! Ein leises Auflachen entrang sich ihr bei dem Gedanken.

»Was amüsiert dich so?«, fragte Adam, während er ihr im Rückspiegel einen Blick zuwarf.

»Frag nicht! Es hat etwas mit Hobbits und haarigen Füßen zu tun.«

»Natürlich hat es das«, sagte er lächelnd. »Hängt es nicht immer damit zusammen?«

Kurze Zeit später bog er von der Hauptstraße ab und hielt vor den geschlossenen schmiedeeisernen Toren ihres Ziels. Nachdem er sein Fenster herabgelassen hatte, beugte Adam sich hinaus, um auf einen Knopf an der Gegensprechanlage zu drücken, als plötzlich ein Auto auf der anderen Seite des Tores erschien. Die Flügel schwangen langsam auf, der andere Wagen fuhr vorbei, und der Fahrer warf ihnen durch sein herabgelassenes Fenster einen neugierigen Blick zu.

Sie hatten vorher abgesprochen, dass Floriana diejenige sein würde, die reden und versuchen sollte, auf diese Weise Zutritt zu der Villa zu erlangen. Adams Ansicht nach würde gerade sie mit ihrem übersprudelnden Enthusiasmus und ihrer lebhaften Fantasie ihre Sache wie kein anderer vertreten können. Und deshalb stieg sie nun aus dem Wagen und fragte den Mann, ohne Zeit mit ihrem begrenzten italienischen Wortschatz zu verlieren, ob er Englisch spreche.

»Selbstverständlich«, erwiderte er ein wenig arrogant. »Was kann ich für Sie tun?« Und tatsächlich beherrschte er die ihm fremde Sprache beeindruckend fehler- und akzentfrei.

Davon ausgehend, dass er der Besitzer sein könnte, setzte Floriana zu der Erklärung für ihren Besuch an und deutete im passenden Moment auf Esme, die auf ihr Stichwort hin dem Fremden eines ihrer charmantesten und majestätischsten Lächeln zuteilwerden ließ. Danach schloss Floriana mit einer Bitte, in die sie, so hoffte sie zumindest, genügend Herz und Eifer legte, um selbst den hartherzigsten Menschen dazu zu bringen, sie in seinem Zuhause herumzuführen.

»Ich verstehe«, meinte er, als sie ihr Ansinnen vorgebracht hatte, »aber ich muss Ihnen leider sagen, dass der Besitzer nicht zu Hause ist.«

Floriana sank das Herz. All diese Mühe, und er war nicht einmal der Eigentümer!

»Aber«, fuhr der Mann mit einem sich langsam entfaltenden Lächeln fort, »es gibt dennoch eine Möglichkeit für Sie, die Villa zu besichtigen. Sie steht nämlich zum Verkauf, und ich bin der Makler, der sich darum kümmern wird. Wenn Sie also sagen würden, Sie wären interessiert an einem Kauf, könnte ich Sie persönlich durch die Villa führen.«

Floriana hätte ihn küssen können! Sie wandte sich entzückt zu Esme und Adam um. »Oh ja, wir sind sehr interessiert daran, die Villa zu kaufen, nicht?« Wieder an den Mann gewandt, fragte sie: »Wäre es möglich, sie jetzt gleich zu sehen?«

Er schaute auf die Uhr. »Ich war auf dem Rückweg zum Büro in Menaggio und eigentlich nur hier, um die Post zu holen, aber …«

»Wir könnten auch ein andermal kommen, wenn es Ihnen angenehmer wäre«, rief Esme aus dem Wagen. »Wäre es morgen besser?«

Den Blick noch immer auf die Uhr gerichtet, als hätte er Mühe zu erkennen, wie spät es war, nickte er schließlich und traf eine Entscheidung. »Nein, nein, jetzt passt es mir, ich kann mich später um den Anruf kümmern, den ich tätigen muss. Fahren Sie mir doch einfach hinterher!«

Als beide Wagen vor der Villa parkten, stellte sich der Makler – ein großer, breitschultriger Mann mit lockigem schwarzem Haar und einem tadellos gestutzten Bart – als Giovanni Zazzaroni vor und führte sie um das Haus herum zum Haupteingang, von dem aus man einen wunderbaren Ausblick auf den See hatte. Als Esme auf dem kiesbestreuten Weg stand und zu dem sanft abfallenden Rasen hinunterblickte, kam es ihr so vor, als hätte sie einen Schritt zurück in die Vergangenheit getan. Wenig hatte sich verändert. So schien es jedenfalls.

Hinter ihr sprach Adam mit dem Makler über Immobilienpreise und fragte ihn, wie stabil der Markt in diesem Teil Italiens sei. Neben ihr nahm Floriana still den Ausblick in sich auf. »Ist es so, wie du es in Erinnerung hast?«, fragte sie dann Esme.

»Es ist genau wie früher. Mir ist, als müsste ich jede Minute an einer schattigen Stelle meinen Vater mit seiner Staffelei entdecken und als säßen dort drüben hinter diesem steinernen Springbrunnen die Kelly-Webbs und hielten Händchen. Und dann käme Elizabeth die Terrasse hinuntergeeilt, um mir ein bisschen Klatsch zu erzählen. Wenn ich genau hinhöre, kann ich Elena im Gemüsegarten mit dem armen Alberto schimpfen hören, weil er wieder irgendetwas furchtbar Schlimmes angestellt hat.«

»Und was ist mit Angelo und Marco? Sind sie auch hier?«, wollte Floriana leise wissen.

Esme schluckte, und ihr Blick glitt über den Rasen zu den von zwei mächtigen Zypressen flankierten Steinstufen hinunter. »Ja«, sagte sie, ohne jedoch weiter darauf einzugehen.

Adam kam zu ihnen herüber. »Giovanni Zazzaroni schließt das Haus für uns auf.«

Floriana drehte sich zu dem Makler um, der einen großen Schlüsselbund aus seiner ledernen Schultertasche nahm.

»Halte ihn am Reden, damit ich Fotos machen kann!«, flüsterte Floriana Adam zu.

»Oh, ich glaube, das sollten wir lieber lassen«, sagte Esme nervös. »Es erscheint mir doch zu unhöflich. Lasst uns nicht vergessen, dass dies hier das Haus eines anderen Menschen ist!«

»Ich verspreche dir, dass ich diskret sein werde«, erwiderte Floriana, »und die Fotos sind ja auch nicht für die Öffentlichkeit bestimmt, sondern nur für dich.«

Im Inneren des Hauses war es deutlich kühler, und als sich der Gang mit den polierten Dielenböden und Gemälden in schweren Goldrahmen vor Esme erstreckte, bildete sich eine Gänsehaut auf ihren nackten Armen. Die von der Eingangshalle abgehenden Türen waren alle geschlossen, was die allgemeine Düsternis noch unterstrich. Vor ihr lag die breite Treppe, und sie erinnerte sich wieder, wie sie dort oben gestanden und Marcos Rückkehr aus Venedig mit seiner Tante Giulia mitangesehen hatte.

Sie wandte sich an ihren Führer. »Wer ist der derzeitige Besitzer? Dürfen Sie uns das verraten?«

»Zwei Schwestern aus Mailand. Ihre Freundin«, sagte er und deutete auf Floriana, »sagte vorhin, dass das Haus 1950, als Sie hier waren und es noch ein Hotel war, einer Signora Bassani gehörte. Ich habe diesen Namen gehört, doch ich weiß nicht mehr über die Bassanis, als dass das letzte verbliebene Mitglied der Familie es Ende der Fünfzigerjahre verkaufte und dass es in den Siebzigerjahren erneut veräußert wurde, an einen Signor Farella in Mailand. Nach seinem Tod erbten seine beiden Schwestern die Villa, und da sie jetzt selbst zu alt sind, um sie zu nutzen, möchten sie sie verkaufen. Einige der wertvolleren Möbelstücke und Gemälde haben sie bereits veräußert.«

»Wie viel wollen die Damen für das Haus?«, erkundigte Floriana sich und lachte dann ein bisschen. »Ich frage nur aus Neugierde.«

Der Makler erwiderte ihr Lächeln, und Esme entging nicht, wie er Floriana mit dem angeborenen Instinkt des Italieners mit einem einzigen Blick seiner dunklen Augen von Kopf bis Fuß taxierte. »Es ist für zehn Millionen Euro auf dem Markt«, sagte er. »Aber«, fügte er in einem etwas schelmischen Ton hinzu, »ein Angebot würde in Betracht gezogen werden.«

Floriana pfiff durch die Zähne. »Ich werde daran denken.«

»Und nun erlauben Sie mir, die Türen zu öffnen, damit Sie sich richtig umsehen können!« Er ging voran in einen Raum, den Esme als Salon in Erinnerung hatte, und öffnete die Fensterläden. Seine Stimme schallte durch den großen, nur noch halb möblierten Raum, als er bemerkte: »Verzeihen Sie mir, wenn ich die Läden nicht in allen Zimmern öffne, aber das würde zu lange dauern. Ich habe in einer Stunde einen anderen Termin.«

»Das ist in Ordnung«, sagte Esme. »Ich bin Ihnen sehr, sehr dankbar, dass Sie mir Gelegenheit gegeben haben, mich umzusehen.«

Als sein Mobiltelefon klingelte, entschuldigte er sich und zog sich in den Eingangsbereich zurück, um den Anruf anzunehmen. In seiner Abwesenheit öffnete Adam die restlichen Fenster und Fensterläden. Mit den Staubpartikeln, die in dem Sonnenlicht tanzten, das jetzt ins Zimmer fiel, hatte Esme wieder das intensive Empfinden, in der Zeit zurückgereist zu sein. So sehr, dass sich ihr die Nackenhaare sträubten.

»Es ist schon komisch«, meinte sie mit einem Frösteln, als sie zu dem schwarzen Marmorkamin hinüberging. »Die Möbel und anderen Einrichtungsgegenstände sind gar nicht so anders, als ich sie in Erinnerung habe, obwohl sich doch einiges geändert haben müsste.«

Adam, der die kunstvoll verzierte Decke und vergoldeten Friese an der Wand darunter betrachtete, bemerkte: »Vielleicht hat ja der vorherige Besitzer … wie war doch noch sein Name?«

»Signor Farella«, warf Floriana ein, die hinter der offenen Tür stand und mit ihrem Mobiltelefon ein Foto machte.

»Vielleicht wollte Signor Farella das ursprüngliche Aussehen bewahren«, fuhr Adam fort. »Für wie alt hältst du das Haus, Esme?«

»Ich glaube, es wurde um 1830 erbaut.«

»Die *signora* hat recht«, sagte Giovanni Zazzaroni, der gerade in das Zimmer zurückkam.

Hinter ihm steckte Floriana, die das Quietschen seiner Gummisohlen auf dem Marmor schon gehört hatte, schnell ihr Handy ein.

»Dürfen wir bitte auch das Speisezimmer sehen?«, bat Esme nach einem warnenden Blick zu Floriana.

»Natürlich.«

»Wenn es hilft, schließen Floriana und ich die Fensterläden hier und kommen nach«, schlug Adam vor. Der Makler nickte dankend, und Esme ging mit ihm voran, überzeugt, dass Floriana die Gelegenheit nutzen würde, um noch mehr Fotos zu machen.

Das Speisezimmer war noch genauso prachtvoll, wie Esme es

in Erinnerung hatte. Der wunderbare Trompe-l'œil-Effekt einer gewölbten Decke war perfekt erhalten worden – Esme hatte sich schon Sorgen gemacht, er könne von irgendeinem grässlich modernistischen Kulturbanausen übermalt worden sein. Doch das Gegenteil war der Fall: Die Decke schien sehr sorgsam restauriert worden zu sein; der Anstrich war in tadellosem Zustand, wie es schien.

»Sehr schön und elegant, nicht wahr?«, bemerkte der Makler, nachdem er das letzte Fenster geöffnet hatte und auch dieses Zimmer von Sonnenlicht durchflutet war.

»Das ist es, ja«, murmelte Esme. »Ich bin froh, dass alles so gut erhalten worden ist.«

»Sagen Sie«, begann er plötzlich, »kannten Sie die Familie Bassani gut?«

»Ich …« Sie hielt inne und fragte sich, wie viel sie diesem Fremden erzählen sollte. »Es war Giulia Bassanis Neffe, Marco Bassani, den ich am besten kannte. Aber wir verloren den Kontakt, als … als er weiter für das Priesteramt studierte. Ich muss gestehen, dass ich zu gern wüsste, was aus ihm geworden ist.«

»Möchten Sie, dass ich versuche, jemanden zu finden, der etwas wissen könnte? Wenn Sie mir einige andere Namen der Leute gäben, die damals hier arbeiteten, könnte es sehr gut sein, dass sie und ihre Nachkommen Einheimische sind und Ihnen mit einigen Antworten weiterhelfen können.«

»Ich möchte Ihnen keine Arbeit machen.«

»Es wäre mir ein Vergnügen«, sagte er. »Ich löse gern Rätsel und Probleme.«

Esme ließ den Blick über die blauen Wände und den Marmorboden gleiten. »Glauben Sie, dass es ein Problem sein wird, dieses Haus zu verkaufen? Es ist sehr teuer.«

Er lächelte. »Ich habe schon mehrere Interessenten. Es ist eine außergewöhnlich gute Lage.«

»Ich hoffe, Sie verkaufen es an die richtige Person, an jemanden, der es lieben und pflegen wird.«

»Das kann ich nicht garantieren, fürchte ich.«

»Wow!«, rief Floriana aus, als Adam und sie in das Zimmer kamen. »Das ist ja fabelhaft! Signor Zazzaroni, ich glaube, ich werde Ihnen vielleicht doch ein Angebot unterbreiten.«

»Bitte«, sagte er, während sein Blick wieder über sie glitt, »nennen Sie mich doch Giovanni!« Dann schaute er verstohlen auf die Uhr.

Esme, die den Wink verstand, erklärte: »Es gibt nur noch einen Raum, den ich gern sehen würde, und wenn ich dann einen letzten Blick in den Garten werfen dürfte, machen wir uns wieder auf den Weg.«

Oben, und während die anderen zum Treppenflur zurückkehrten, um einen Kristalllüster zu bewundern – der, wie Giovanni erklärte, eine besonders gute Kopie eines traditionellen Rezzonico-Lüsters aus dem achtzehnten Jahrhundert war, mit handgeschliffenen Murano-Blumen und Ornamenten in weißem und durchsichtigem Glas –, blieb Esme allein in dem Zimmer, in dem sie einst geschlafen hatte.

Da das beigefarbene und sonnengelbe Dekor sowie die antiken Möbel sie nicht interessierten, warf sie ihnen und dem Himmelbett mit seinen Spitzen und Rüschen nur einen flüchtigen Blick aus feucht gewordenen Augen zu. Es war die von herzzerreißender Intensität durchdrungene Vergangenheit, die viel spürbarer für sie war als die Einrichtungsgegenstände, und ganz plötzlich brach sich die Erinnerung an etwas tief in ihr Vergrabenes Bahn, und sie wurde überwältigt von dem qualvollen Schmerz und der Sehnsucht nach dem, was sie verloren hatte.

Ihr Kind.

Das Kind, das sie nie in den Armen gehalten hatte.

Das Kind, für das sie niemals hatte sorgen können.

Das Kind, das Marco und sie in diesem Zimmer hier gezeugt hatten und dessen Leben, das so abrupt geendet hatte, nie eine Chance gehabt hatte zu erblühen.

Sie schloss die Augen vor der Erinnerung. Seit langer, langer Zeit hatte sie den Schmerz um das, was sie einst so zum Greifen nah gehabt hatte, nicht mehr so intensiv verspürt. Aber dieser schreckliche Traum an diesem Morgen hatte sie sehr stark mitgenommen und erschüttert. Früher hatte sie ständig von ihrem armen toten Baby geträumt, doch als die Zeit verging, wurde sie weniger häufig von dem Traum gequält, bis er sie fast überhaupt nicht mehr verfolgte.

Sie hatte gelernt, mit ihrem Verlust zu leben – einem doppelten Verlust, zuerst Marco und dann das Baby –, und sich geschworen, sich niemals von Bedauern und der Leere ihres Herzens vernichten zu lassen. Größtenteils war es ihr auch gelungen, sich nicht von ihrem grenzenlosen Kummer überwältigen zu lassen, und sie hatte gelernt zu akzeptieren, dass ihre Romanze keine echten Fundamente in der Wirklichkeit gehabt hatte und nur für so kurze Zeit existiert hatte, dass sie eigentlich kaum mehr als ein Traum gewesen war. Immer wieder hatte sie sich eingeredet, dass sich ihre Liebe, wenn die Realität sich eingeschlichen hätte, vielleicht auch nicht zu etwas Dauerhaftem entwickelt hätte …

Aber das Kind war real gewesen. Das Kind hätte etwas Dauerhaftes sein und immer noch bei ihr sein müssen.

Eine leichte Berührung an ihrem Arm ließ sie zusammenzucken.

Es war Floriana. »Entschuldige, Esme«, bat sie leise. »Ich wollte dich nicht erschrecken. Ist alles in Ordnung mit dir?«

Esme schluckte und blinzelte heftig, als Tränen ihr den Blick verschleierten und über ihre Wangen zu rinnen drohten. »Verzeih einer dummen alten Frau, die …« Ihre Kehle war so eng, dass sie die Worte nicht herausbrachte. Sie versuchte es erneut. »Die sich von ihren Gefühlen überwältigen lässt.«

Floriana drückte zärtlich ihren Arm. »Oh, Esme, an dir ist überhaupt nichts Dummes!«

Neue Tränen stiegen ihr in die Augen, und wieder schluckte sie ein paar Mal heftig. Sie durfte nicht weinen. Nicht jetzt. Nicht nach all der Zeit. Esme öffnete die Handtasche und nahm ein Taschentuch heraus. »Wir sollten jetzt gehen«, sagte sie, nachdem sie sich die Nase geputzt und sich zusammengenommen hatte. »Wir haben genug von Signor Zazzaronis Zeit beansprucht.«

Mit besorgter Miene bemerkte Floriana: »Wolltest du dir nicht noch den Garten ansehen?«

Esme schüttelte den Kopf. »Ich glaube nicht, dass wir Signor Zazzaroni Gelegenheit geben sollten, dich noch mehr mit seinen Blicken zu verschlingen, meine Liebe. Dieser freche Kerl hat dich genug angestarrt. Gib ihm eine weitere Chance, dich mit den Augen auszuziehen, und ich wäre nicht überrascht, wenn Adams Faust auf Signor Zazzaronis Nase landen würde.«

Floriana lachte. »Wirklich? Mir ist gar nicht aufgefallen, dass er mich so angesehen hat.«

Esme schüttelte über die Naivität ihrer Freundin den Kopf. »Das ist dein Problem, junge Frau, dass du keine Ahnung hast, wie andere dich betrachten.« Dann hakte sie sich bei Floriana unter und ging mit ihr zum Fenster, um einen letzten Blick auf den Garten zu werfen. In der Ferne bahnte sich ein *traghetto* den Weg über den See. Als es auf der anderen Seite der Landzunge verschwand, drehte Esme sich zu Floriana um.

»Und nun werde ich dir einen wichtigen Ratschlag geben, ob du willst oder nicht«, sagte sie. »Lass dein Leben keins voller Reue und Bedauern sein! Was auch immer für Chancen sich dir bieten, ergreife sie mit beiden Händen! Und wenn du auch nichts anderes aus dieser Woche lernst, dann doch hoffentlich, dass du bei Adam nicht den gleichen Fehler machen solltest wie bei diesem Seb.«

Erschrocken und bestürzt zugleich öffnete Floriana den Mund, um etwas zu erwidern, doch Esme, die fest entschlossen war, dem Mädchen ein für alle Mal die Augen zu öffnen, ließ sie nicht zu Worte kommen. »Ich möchte, dass du einmal gut darüber nachdenkst, warum Adam hier bei uns ist. Du bist doch gewiss nicht so naiv zu glauben, er sei nur meinetwegen hier.«

Kapitel 38

An jenem Abend sagte Esme, sie sei müde, und ging schon früh zu Bett. Sie *war* müde, sehr müde, aber schlafen konnte sie dennoch nicht, weil sie zu unruhig war – genau wie die alte Villa, in der sie wohnten, deren hölzernes Gebälk sich nach der Gluthitze des Tages jetzt knarrend und knackend in der kühlen Dunkelheit zu entspannen schien.

So sehr Esme sich auch bemühte, sie konnte keine Ruhe finden. Die Gedanken wirbelten ihr durch den Kopf, der noch erfüllt war von den Erinnerungen, die sie Adam und Floriana beim Abendessen anvertraut hatte. Adam hatte in einem sehr schönen Restaurant in Brienno, das direkt am See lag, einen Tisch reserviert, aber eigentlich wäre es besser gewesen, wenn die beiden jungen Leute allein gefahren wären, um die romantische Atmosphäre zu genießen. Esme hatte angeboten daheimzubleiben, doch davon hatten sie nichts hören wollen.

Und so kannten sie nun die ganze Geschichte und wussten, dass Esme damals schwanger gewesen war, als sie das *Hotel Margherita* und den See verlassen hatte. Zu dem Zeitpunkt hatte sie noch nichts davon geahnt. Als später daheim in Nottingham ein Arzt ihren Verdacht bestätigte, vertraute sie sich einzig ihrem Vater an. Geheimhaltung war für sie eine Frage des Überlebens gewesen, ein Weg, den Schock und die Trauer zu überstehen.

Es ärgerte Esme immer wieder, wenn sie hörte, wie die konservative, bornierte englische Mittelschicht empört die Stimme erhob und die vielen bedauernswerten jungen Mädchen verurteilte, die das Pech gehabt hatten, ungewollt schwanger zu werden. Stets wurden die armen Mädchen als unbedarft und leichtsinnig hingestellt. Nun, auch sie war leichtsinnig gewesen. Und Marco. Dabei wären gerade sie als die Art von jungen Leuten eingestuft worden, die es besser hätten wissen müssen. Und dennoch waren sie dumm und leichtsinnig gewesen, und nicht nur einmal, sondern mehrmals hatten sie jeden vernünftigen Gedanken über Bord geworfen, um ihre Liebe zueinander zum Ausdruck zu bringen. Ein Mal hätte vielleicht noch damit gerechtfertigt werden können, dass sie sich in der Hitze des Moments verloren hatten, doch nach jenem ersten Mal war Marco spät in der Nacht, als alle schliefen, zu ihrem Zimmer zurückgekehrt. Und auch in der Nacht darauf war er gekommen. Und dann hatte er den See verlassen, um nach Venedig zurückzukehren, und Esme hatte ihn nie mehr wiedergesehen.

Ende August reisten ihr Vater und sie nach England zurück, und im Laufe der Zeit regte sich der Verdacht in ihr, dass sie schwanger war. In der dumpfen, klaustrophobisch düsteren Atmosphäre Hillsides und mitten in der Planung ihres Umzugs nach Oxford, wo Esme ihren Studienplatz am St. Hilda's einnehmen sollte, um Englisch zu studieren, gestand sie ihrem Vater, dass sie ein Kind von Marco erwartete. William war erbittert und bestürzt, gab aber nicht nur Marco die Schuld daran, sondern auch sich selbst, weil er nicht besser auf Esme aufgepasst hatte. Er bereute es zutiefst, ihr so viel Freiheit gelassen zu haben, und dachte, er hätte nicht so egoistisch sein sollen, so viel Zeit mit Malen zu verbringen statt mit ihr. »Es ist einzig meine Schuld«, versicherte sie ihm. Aber seine Wut und Schuldgefühle blieben, und er war fest entschlossen, an Giulia Bassani zu schreiben, um sie über die Situation zu informieren und ihr in aller Deutlichkeit zu verstehen zu geben, dass es die Pflicht und Schuldigkeit ihres Neffen sei, das Richtige zu tun.

Esme flehte ihren Vater an, davon abzusehen, und argumentierte, dass Marcos Leben sich auf einem ganz besonderen Kurs befand und sie nicht die Absicht hatte, ihn zu zwingen, etwas aufzugeben, für das er sich berufen fühlte. »Aber was ist mit deinem Leben?«, beschwor ihr Vater sie. »Seinetwegen ist deine Zukunft ruiniert.«

»Verändert, aber nicht ruiniert«, berichtigte sie ihn und wiederholte ihre Entscheidung, das Baby zu behalten und auf ihren Studienplatz im St. Hilda's zu verzichten.

Schließlich gab ihr Vater nach, und dem geplanten Umzug, der nun bis zum nächsten Jahr verschoben wurde, kam nun eine noch wesentlichere Bedeutung zu. Sie würden den Umzug nach Oxford auf einen Zeitpunkt unmittelbar nach der Geburt des Kindes verlegen und in der neuen Umgebung noch einmal von vorn anfangen. In der Zwischenzeit – und mit der Hilfe ihres Vaters – durfte Esme den Kopf nicht hängen lassen und würde allen boshaften Gerüchten, die in dem Dorf, in dem sie lebten, die Runde machen würden, mutig entgegentreten müssen.

Im Dezember jenes Jahres erhielten sie eine Weihnachtskarte von Elizabeth aus London, in der sie schrieb, sie plane für das Frühjahr einen weiteren Aufenthalt im *Hotel Margherita*. Vorher jedoch würde sie ihnen liebend gern einen Besuch abstatten, und ob der Februar ein passender Zeitpunkt sei? Doch so gern sie Elizabeth auch hatten, konnten sie ihrem Besuch unmöglich zustimmen, denn sie würde beim ersten Blick auf Esme zwei und zwei zusammenzählen können. Da sie eine hoffnungslose Klatschbase war, war nicht vorherzusagen, was sie im Frühjahr, wenn sie wieder am See war, alles herumerzählen würde. Und so wiesen sie sie mit der Behauptung zurück, dass sie anlässlich des bevorstehenden Umzugs sozusagen im Chaos versanken und daher unmöglich Besuch empfangen konnten. Aus welchen Gründen auch immer, und vielleicht sogar zum Glück, hörten sie nie wieder von Elizabeth.

Vier Wochen vor dem errechneten Geburtstermin wurde Esme als Notfall ins Krankenhaus eingeliefert und einem Kaiserschnitt unterzogen. Als sie aus der Narkose erwachte, erhielt sie die Nachricht, die sie nie wirklich überwinden würde: dass wegen eines Nabelschnurvorfalls ihr Baby – ein Mädchen – eine Totgeburt gewesen war. Grausam wie das Leben war, bekam sie ihre Tochter nie zu sehen, nicht einmal für einen Augenblick. Sie erfuhr nicht einmal, was mit dem Leichnam geschehen war. Vierundzwanzig Stunden später und im Anschluss an eine massive Blutung musste sie sich einer weiteren Operation unterziehen, und als sie wieder zu sich kam, erhielt sie noch mehr niederschmetternde Nachrichten: Sie würde nie ein eigenes Kind haben können.

Während Esme noch immer um ihre kleine Tochter trauerte, die sie im Stillen Grace nannte, verließen ihr Vater und sie Hillside und zogen an einem warmen Sommertag nach Norham Gardens in North Oxford. Entschlossen fügten sie sich in ihr neues Leben ein. Wohl wissend, dass das beste Mittel, sich von ihrem Verlust zu erholen, Beschäftigung war, stürzte Esme sich mit Feuereifer in die Aufgabe, ihr neues Haus zu einem richtigen Heim zu machen, wie es Hillside nie gewesen war.

Mit dem Geld, das seine Frau ihm hinterlassen hatte, hätte Esmes Vater das Leben eines vornehmen Müßiggängers führen können, doch als sich ihm die Gelegenheit bot, sich einer Anwaltskanzlei in St. Aldate's anzuschließen, ergriff er sie. Das Malen gab er allerdings nicht auf, sondern verwandelte einen Teil des obersten Stockwerks ihres neuen Hauses in ein Atelier. Er begann sogar, seine Gemälde auszustellen, aber es widersprach seiner Natur, sich mit seinen Werken in Szene zu setzen, und er strebte auch nicht danach, die Bilder zu verkaufen, wie er es hätte tun können.

Im Jahr darauf, als das Sekretärinnen-Kolleg in St. Giles eröffnete, schrieb Esme sich dort ein, und zwölf Monate später begann sie, im Wadham College in der Quästur zu arbeiten.

Mit der Zeit bereicherte sich ihr Leben durch neue Freunde und neue Möglichkeiten. Es gab auch junge Männer in Esmes Leben, Männer, mit denen sie ganz gern mal ins Theater oder auch zum Essen ging, aber sie konnte sich nicht dazu überwinden, ihnen näherzukommen, weil sie inzwischen Angst vor Intimität hatte.

In ihren späten Zwanzigern lernte sie Charles Penstow kennen, einen amerikanischen Wirtschaftsprofessor, der ein Sabbatjahr an der Universität verbrachte. Zwölf Jahre älter als sie und von ihrem kleinen Freundeskreis als guter Fang erachtet, überraschte er sie eines Abends beim Dinner mit der Frage, ob sie seine Frau werden und mit ihm nach Boston zurückkehren wolle.

»Aber wir kennen uns doch kaum«, hatte sie erstaunt gesagt.

»Ich weiß alles, was ich wissen muss«, hatte er erwidert und mit dem Zeigefinger auf den Tisch getippt. »Du bist eine überaus vernünftige und unprätentiöse Frau, mit der es nie Theater gibt. Außerdem kannst du das Kreuzworträtsel der *Times* schneller lösen als irgendjemand sonst, den ich kenne, und du hast untadelige Manieren und verstehst dich gut zu kleiden.«

Er bestand darauf, dass sie ihm ihre Antwort nicht sofort gab; sie solle sich seinen Antrag in aller Ruhe überlegen, während er auf einer Vortragsreise und Promotion-Tour in Australien war, um einen dicken Wälzer vorzustellen, den er erst kürzlich herausgebracht hatte. Ziemlich verwirrt dachte sie über seinen ungewöhnlichen Heiratsantrag nach, als das Schicksal erneut zuschlug und ihr Vater einen schweren Schlaganfall erlitt. Bis Charles wieder in Oxford war und aufgrund der medizinischen Beratung, die sie erhalten hatte, war Esme zu dem einzigen Schluss gekommen, der für sie infrage kam: Ihr Vater würde für den Rest seines Lebens Pflege brauchen, und es war ihre Sache, dafür zu sorgen, dass er sie erhielt. Charles nahm ihre Zurückweisung mit einem Gleichmut hin, der bewies, dass er weit davon entfernt war, untröstlich zu sein. Was Esme allerdings auch nicht war. Schließlich hatte er sie indirekt kritisiert, als er sie als »vernünftig« und »unprätentiös« beschrieben hatte. Dies waren wohl kaum die romantischen Bezeichnungen, die eine Frau von ihrem zukünftigen Ehemann hören wollte. Auf jeden Fall waren sie nicht mit den liebevollen Koseworten und zärtlichen Komplimenten zu vergleichen, die sie von Marco gehört hatte.

Ihr Vater verbrachte den Rest seines Lebens im Rollstuhl, und um das Ganze nur noch schlimmer zu machen, begannen auch seine Augen nachzulassen. Oft wünschte er, er wäre tot, um nicht länger eine Belastung zu sein. »Ich habe uns beide zu Gefangenen gemacht«, murmelte er oft mit seinem arg verzerrten Mund.

Esme pflegte ihn bis zu seinem Tod liebevoll. Zu dieser Zeit war sie schon Anfang vierzig, und der Gedanke an eine Heirat war für sie nicht mehr von Interesse; dazu war sie viel zu festgefahren in ihren Gewohnheiten. Und so fand sie sich mit ihrem Leben als Junggesellin ab, ja begrüßte es sogar, und studierte, um den Abschluss zu erlangen, den sie schon vor mehr als zwanzig Jahren hatte machen wollen. Nach Abschluss ihres Studiums begann sie als Bibliothekarin in der wunderbaren Bibliothek des Queen's Colleges. Fünf Jahre später bot sich ihr die Chance, im Bodleian zu arbeiten, und sie zögerte nicht, sie zu ergreifen. Etwa um die Zeit, als es nicht mehr allzu weit bis zu ihrer Pensionierung war, beschloss sie, das Haus in Norham Gardens zu verkaufen und etwas Kleineres und Überschaubareres zu erwerben. Nicht lange danach zog sie ins Trinity House auf der Latimer Street.

Im Großen und Ganzen würde Esme sagen, dass sie ein verhältnismäßig leichtes und privilegiertes Leben geführt hatte.

Finanzielle Sorgen hatte sie nie gekannt, ihr Berufsleben war interessant und befriedigend gewesen, sie hatte einen guten Vater gehabt, der sie geliebt hatte, und hatte, wenn auch nur kurz, die Liebe in ihrer schönsten Form kennengelernt. Sie hatte also kein Recht, sich in diesem jämmerlichen Selbstmitleid zu ergehen, dem sie nun erlegen war!, sagte sie sich in dieser Nacht ein ums andere Mal. Viele Frauen hatten ein Kind verloren. Und viele würden auch niemals Mutter werden können.

Morgen, um ihrer beiden lieben Freunde willen, musste sie sich zusammennehmen und das Beste aus ihrem Aufenthalt hier machen. Sie würde keine Tränen mehr vergießen. Aber selbst während sie im Stillen diesen Vorsatz fasste, tat ihr das Herz weh, und sie weinte innerlich um das kleine Mädchen, das sie niemals hatte kennenlernen dürfen. Und um den Mann, der es mit ihr hervorgebracht hatte.

Es war fast Mitternacht, und Floriana und Adam saßen im Garten auf der hölzernen, frei hängenden Sitzbank und schaukelten langsam hin und her. Es war eine schöne Nacht, noch immer überraschend warm und unnatürlich still. In einiger Entfernung unter ihnen schimmerte der See im silbrigen Licht des Mondes, und auf der anderen Seite der Wasserfläche funkelten Bündel von Lichtern wie Sterne in der Dunkelheit.

Sie hatten eine Flasche Wein geöffnet und waren in nachdenklicher Stimmung, als sie sich mit gedämpften Stimmen über Esme unterhielten.

»Ich muss immer wieder daran denken, wie todunglücklich sie gewesen sein muss bei all dem Leid, das sie in so jungen Jahren schon erfahren hat«, sagte Floriana traurig. »Oder wie anders ihr Leben hätte verlaufen können.«

»Ja, aber so ist das Leben nun mal«, erwiderte Adam, der aufmerksam ihr zum Himmel gewandtes Gesicht betrachtete. »Es ist bloß eine Reihe von *Was-wäre-wenn*-Momenten. Was wäre, wenn Esme Marco nie begegnet wäre? Oder wenn er kein angehender Priester gewesen wäre? Oder wenn das Baby gelebt hätte?«

Floriana senkte den Blick und nippte mit nachdenklichem Gesichtsausdruck an ihrem Wein. »Was war dein größter *Was-wäre-wenn*-Moment?«, fragte sie.

Er dachte über die Frage nach, zog es dann aber offenbar vor, eine Antwort zu vermeiden, indem er den Spieß umdrehte. »Ich bin mir nicht ganz sicher. Und wie ist es bei dir? Was war deiner?«

Sie zog die nackten Füße unter sich. »Ich weiß nicht, was der größte oder bedeutendste *Was-wäre-wenn*-Moment war, doch natürlich muss ich mich fragen, was wäre, wenn ich Sebs Einladung zu seiner Hochzeit nie erhalten hätte? Wenn nicht, wäre ich nicht von diesem Auto angefahren worden, und du und Esme wärt mir nicht zu Hilfe gekommen. Das wiederum hätte bedeutet, dass ich jetzt nicht mit euch hier wäre.«

»Es gibt definitiv bessere Möglichkeiten, Menschen kennenzulernen«, sagte er mit einem Lächeln. »Aber ich bin auch froh, dass sich diese Ereignisse so zugetragen haben. Mein Leben ist viel lustiger geworden, seit ich euch beide kenne.« *Besonders dich,* wollte er hinzufügen, doch wieder konnte er sich nicht dazu überwinden, die Worte laut auszusprechen.

»Meins auch«, bekannte sie leise und wandte sich Adam halb zu, um ihn anzusehen.

Nervös erwiderte er ihren Blick und starrte in das Gesicht, das er schon fast so gut wie sein eigenes kannte. Im Moment waren ihre haselnussbraunen Augen wie schimmernde dunkle Seen und weckten in ihm das gleiche Verlangen, das er verspürt hatte, als er am Morgen ihre Schultern mit der Sonnenschutzcreme eingerieben hatte. Vor Aufregung wurde sein Mund plötzlich ganz trocken, als er sich fragte, wie die Abfolge der Ereignisse sein würde, wenn er jetzt den Mut aufbrächte, eine Hand an ihre Wange zu legen und Floriana ganz sachte auf den Mund zu küssen. Würde es je einen besseren Moment geben – einen romantischeren – als diesen, um ihr seine Gefühle zu verdeutlichen und ihr zu sagen, dass er sehr viel mehr wollte, als nur ihr guter Freund zu sein?

Aber das konnte er nicht. Das Risiko war viel zu groß. Wenn sie ihn zurückwies, wäre ihre Freundschaft so gut wie zerstört, egal, wie sehr sie sich auch bemühen würden, etwas anderes vorzutäuschen. Und deshalb hob er, feige wie er war, nur sein Glas und prostete ihr zu. »Auf die *Was-wäre-wenn*-Momente!«, sagte er.

Kapitel 39

Floriana, die vor den beiden anderen erwacht und auf den Beinen war, huschte so leise wie möglich die Treppe hinunter, brühte sich in der Küche eine Tasse Tee auf und ging hinaus.

Die milde Morgenluft war von einem verführerischen Duft erfüllt, den die üppigen, samtartigen roten Rosen vor der Terrasse verströmten. Ihre langen Ranken waren so mit dicken, intensiv duftenden Blüten beladen, dass sie sich unter ihrem Gewicht schon leicht bogen. Floriana trat barfuß von der Terrasse auf den halb verdorrten Rasen, beugte sich über einen Lavendelstrauch und fuhr mit den Fingern durch die Blüten. Tief atmete sie ihren angenehmen Duft ein und nahm sich vor, nach ihrer Heimkehr endlich einmal in ihrem eigenen kleinen Garten Hand anzulegen. Es würde himmlisch sein, ihn mit solch wundervoll duftenden Pflanzen zu bestücken.

Aber an ihr Zuhause wollte sie jetzt eigentlich gar nicht denken. Nein, sie wollte sich nur weiter in diesem zauberhaften Paradies verlieren, wo sich alles so ganz anders anfühlte – um nicht zu sagen, verwirrend anders.

Und das dank Esme und ihrer vorwurfsvollen Bemerkung, dass Floriana im Grunde keine Ahnung habe, was direkt unter ihrer Nase vorging, und dass Adam nicht nur Esmes wegen hier sei. Aber was wollte ihre alte Freundin ihr damit sagen? Was für Schlüsse soll ich daraus ziehen?, fragte Floriana sich. Außer, dass Esmes Bemerkungen ihre Verwirrung höchstens noch gesteigert hatten.

Es war nichts als reine Mutmaßung, dass Adam einem draufgängerischen Italiener eins auf die Nase hatte geben wollen, weil er Floriana »mit seinen Blicken ausgezogen hatte«. Aber das wiederum warf die Frage auf, wieso sie selbst nicht einmal bemerkt hatte, dass Giovanni Zazzaroni sie so angesehen hatte. Und wenn ihr *das* entgangen war, was dann sonst noch? Besonders in Bezug auf Adam?

Seit jenem ungewöhnlichen Gespräch mit Esme in deren einstigem Schlafzimmer in der Villa Margherita – und bei jeder Gelegenheit, bei der sie es unbeobachtet tun zu können glaubte – hatte Floriana sich immer wieder dabei ertappt, dass sie Adam forschend musterte und nach einem Anzeichen suchte, das ihr Esmes Vermutung bestätigen würde. Aber so sehr sie sich auch bemühte, sie konnte nichts in Adams Verhalten entdecken, das bewiese, dass er mehr als eine gute Freundin in ihr sah.

Doch dann hatte es am vergangenen Abend, als sie auf der Schaukel gesessen hatten, einen Moment gegeben, in dem sie plötzlich ernsthaft geglaubt hatte, er werde sie gleich küssen. Doch der Augenblick war ungenutzt verstrichen. Und nicht lange danach war sie zu Bett gegangen und hatte sich gefragt, ob dies vielleicht ein *Was-wäre-wenn*-Moment zwischen ihnen gewesen war. Und ob Esme ihn nicht sogar als verpasste Gelegenheit einstufen würde?

Oder war es nur dieser magische Ort, der seine Besucher in seinen betörenden Bann zog und ihnen Gedanken in den Kopf setzte, die dort eigentlich nichts zu suchen hatten?

Ach, Esme, dachte Floriana mit einem tief empfundenen Seufzer, wie konfus du mich gemacht hast!

Keine vierundzwanzig Stunden zuvor war ihr der Gedanke, dass Adam sie küssen könnte, nicht einmal in den Sinn gekommen, und jetzt konnte sie einfach nicht mehr aufhören, daran zu denken!

Aber warum sollte er sich für sie interessieren? Sie waren so verschieden wie Tag und Nacht. Außerdem hatte sie ein Foto von

Jesse mit ihrer umwerfenden Modelfigur und ihrem glänzenden langen Haar gesehen und wusste, dass sie nicht den Hauch einer Chance hatte, so etwas zu überbieten. Es war schade, dass Esme das Foto nicht gesehen hatte, denn dann wäre sie bestimmt nicht mehr so erpicht darauf, das Feuer einer Romanze zwischen ihnen zu entfachen, sondern würde es als aussichtslose Sache abschreiben. Denn eins stand fest in diesem Leben: Gut aussehende Männer wie Adam suchten gleichermaßen attraktive Frauen und gaben sich nicht mit weniger zufrieden.

Floriana ging zum Pool hinüber, setzte sich an den Rand und ließ die Füße ins kühle Wasser baumeln. Während sie ihren Tee trank, konnte sie nicht widerstehen, die lauschige kleine Szene mit Adam auf der Schaukel in Gedanken noch einmal Revue passieren zu lassen. Doch wie sie es auch drehte und wendete, sie wurde das Gefühl einfach nicht mehr los, dass Adam tatsächlich nahe daran gewesen war, sie zu küssen. Warum hatte er es also nicht getan?

Noch wichtiger war jedoch die Frage, ob sie den Kuss erwidert hätte. Ja, das hätte sie, und zwar aus zwei Gründen: erstens aus Neugierde – denn machen wir uns doch nichts vor: Wer hätte schon etwas dagegen, von einem so attraktiven Mann geküsst zu werden? Und zweitens, weil niemand besser wusste als sie selbst, wie furchtbar demütigend es war, zurückgewiesen zu werden. Wenn Adam danach Reue oder Verlegenheit hätte erkennen lassen, dann hätte sie es mit einem Lachen abgetan, als passierte es ihr ständig, aus Versehen geküsst zu werden.

Wie schade, dass Seb nicht auch so reagiert hat!, dachte sie traurig. Wenn er nicht ganz so entsetzt gewesen wäre, als sie den Fehler gemacht hatte, ihn zu küssen, hätte ihre Freundschaft vielleicht nicht so sehr gelitten.

Nicht weit entfernt schlug eine Kirchturmuhr und verriet Floriana, dass es sieben Uhr morgens war. Selbst die Glocken hörten sich hier anders an als in Oxford; sie hatten einen weicheren, nicht so aufdringlichen Klang.

Mit zurückgelegtem Kopf und vor der grellen Sonne geschlossenen Augen dachte sie an Oxford und eine junge, todunglückliche Esme, die dorthin umgezogen war, um ein neues Leben zu beginnen. Als Floriana sich vorzustellen versuchte, wie viel Kraft ihre Freundin gebraucht haben musste, um ihren Kummer hinter sich zu lassen, wurde ihr klar, dass das, was sie selbst mit Seb durchgemacht hatte, nichts war im Vergleich zu dem, was ihre ältere Freundin erlitten und ertragen hatte.

Und bei diesem Gedanken öffnete sie die Augen und setzte sich auf, weil sie mit einem Mal sehr klar erkannte, dass es für sie an der Zeit war, Seb für immer loszulassen. *Er* war die Vergangenheit, und *sie* musste jetzt in die Zukunft blicken.

Nach dem Frühstück und nachdem Adam Denise im Büro angerufen hatte, kündigte er seine Absicht an, die Villa Belmonte ausfindig zu machen, wo Mussolini und seine Geliebte erschossen worden waren. Soweit er hatte herausfinden können, lag die Hinrichtungsstätte in Giulino di Mezzegra, was praktisch direkt vor ihrer Haustür war.

Esme verzog das Gesicht, als er sie fragte, ob sie ihn begleiten wolle. »Ich verzichte auf so gruselige Ausflüge, falls es dir nichts ausmacht«, sagte sie.

Er blickte zu Floriana hinüber, die im Pool schwamm. »Wahrscheinlich ist es auch nicht dein Ding, also fühl dich bitte nicht verpflichtet mitzukommen!«

Esme legte das Buch hin, das sie las, und betrachtete ihn über den Rand ihrer Lesebrille hinweg. »Adam, Adam«, sagte sie tadelnd. »Du könntest der armen Floriana gar nicht weniger das Gefühl geben, sie mitnehmen zu wollen.«

Adam, der fand, dass Esme heute Morgen schon wieder viel

mehr sie selbst war, runzelte die Stirn. »So war das nicht gemeint. Ich wollte damit nur sagen, dass ich es verstehen würde, wenn keiner von euch Lust hätte, mich dorthin zu begleiten. Du hast schon recht, Esme, es ist ein bisschen gruselig, sich die Stätte anzusehen, an der zwei Menschen hingerichtet wurden. Es ist nicht jedermanns Sache.«

»Ich hätte nichts dagegen mitzufahren«, antwortete Floriana, die gerade zum Rand des Pools hinüberschwamm. »Aber wenn es dir lieber wäre, Esme, dass ich bei dir bleibe, bin ich …«

»Ich brauche keinen Babysitter, falls es das ist, was du meinst«, unterbrach die alte Dame sie. »Ich bleibe gern allein hier und spare mir die Energie für heute Nachmittag auf, wenn wir zur Villa Balbionello fahren. Also geht schon, ihr zwei! Na los, *husch, husch*!«

Die Sonne stand schon hoch am Himmel und brannte heiß auf sie herab, als sie sich zu Fuß und mit einer grob gezeichneten Karte auf den Weg machten, die Adam in einer vom Besitzer der Villa bereitgestellten Broschüre über die Region gefunden hatte.

Wegen des leichten Sonnenbrandes auf ihren Schultern trug Floriana ein langärmeliges weißes T-Shirt mit Shorts und Flipflops. Ihr Kopf war bedeckt von einem Sonnenhut mit breiter, weicher Krempe, den Esme ihr geliehen hatte. »Du sollst doch nicht auch noch einen Hitzschlag bekommen«, hatte sie gesagt. Das Dumme an dem Hut war, dass er Florianas Gesicht vor Adam verbarg oder, genauer gesagt, ihren Ausdruck, den er stets zu deuten suchte. Und neuerdings sogar noch mehr als früher.

»Fühlt es sich nicht komisch an, selbst ein Tourist zu sein und einmal nicht das Sagen zu haben?«

Er war selbst erschrocken darüber, wie dumm die Frage klang. Als wären sie sich gerade erst begegnet und als versuchte er,

Small Talk zu halten! Aber das war es, wozu er verurteilt war. Er war so sehr damit beschäftigt, sich in Florianas Gegenwart vorzusehen, dass er unsicher und gehemmt geworden und offenbar nicht mehr fähig war, irgendetwas Vernünftiges von sich zu geben. Besonders nach dem gestrigen Abend. In gewisser Weise wünschte er, er hätte einfach die Gelegenheit ergriffen und Floriana geküsst. Zumindest wüsste er dann jetzt, woran er war. So aber benahm er sich wie ein Trottel, während die Situation seiner Kontrolle immer mehr entglitt … und sich wahrscheinlich noch verschlimmern würde, wenn er nicht etwas dagegen unternahm. Er konnte nicht so weitermachen. Das war lächerlich. Schließlich war es ja nicht so, als wäre er in diesen Dingen unerfahren; er hatte schon vor Jesse jede Menge Freundinnen gehabt. Aber keine wie Floriana, ermahnte er sich. Sie war eine Klasse für sich. Er konnte aufrichtig behaupten, dass er noch nie jemanden wie sie gekannt und noch niemals jemanden dermaßen bewundert hatte. Es gab Momente, in denen er gern sagen würde: Red weiter und gib mir wenigstens ein Mal das Gefühl, auch nur halb so klug zu sein wie du!

»Du hast mir überhaupt nicht zugehört, oder?«

Verdammt! Was war los mit ihm? Konnte er jetzt nicht einmal mehr ein simples Gespräch aufrechterhalten? »Tut mir leid«, entschuldigte er sich, »was hast du gesagt?«

»Ich sagte, dass es für mich kein Problem ist, von der Arbeit abzuschalten. Im Gegensatz zu dir. Wetten, dass es genau das war, woran du gerade dachtest?«

Er murmelte etwas, das sich wie ein zustimmendes Gebrumm anhörte.

»Wie viele Telefongespräche hast du heute Morgen denn schon geführt?«

»Ein paar.«

»Und wie viele E-Mails hast du verschickt?«

Die gleichen Fragen hatte Denise ihm gestellt, als er sie vorhin angerufen hatte, um sicherzugehen, dass sie mit dem Elektriker über die fehlerhaften Leitungen in dem Haus auf der Walton Street gesprochen hatte. »Das mag jetzt vielleicht ein Schock für dich sein, Adam«, hatte sie gesagt, »aber ich komme hier sehr gut ohne dich zurecht. Und nun genieß deine Ferien, und lass mich in Frieden!«

Als Adam die nächste Abbiegung nach rechts nahm, wie es die Karte nahelegte, erklärte er: »Ich bin kein Workaholic oder Kontrollfreak, falls es das ist, worauf du hinauswillst. Es liegt einfach nur in meiner Natur, die Dinge in die Hand zu nehmen.«

»Ich weiß«, antwortete sie. Dann hob sie den breiten Rand ihres Hutes an und spähte darunter hervor. »Doch du weißt ja, was hier mit Kontrollfreaks und Diktatoren geschieht, oder?«, erwiderte sie mit einem Lächeln auf den Lippen und richtete eine imaginäre Waffe auf ihre Schläfe. *»Bumm!«*

Adam lachte und begann, sich endlich zu entspannen. »Genau genommen ist meine Assistentin Denise viel despotischer als ich. Aber danke für die Warnung, ich werde auf der Hut sein.«

Als Esme Adams und Florianas Stimmen hörte, wäre sie am liebsten aufgesprungen, um ihnen entgegenzulaufen.

In den letzten Stunden hatte sie hier gesessen und geduldig auf ihre Rückkehr gewartet, obwohl sie förmlich darauf brannte, ihnen ihre Neuigkeiten zu erzählen. Domenico war kurz nach dem Aufbruch der jungen Leute zu ihr herübergekommen und hatte den Namen und die Adresse von jemandem mitgebracht, der möglicherweise etwas über den Verbleib der Familie Bassani berichten konnte.

Kapitel 40

Nachdem sie ihren Nachmittagsausflug zur Villa Balbianello gestrichen hatten, waren sie jetzt nach Bellagio unterwegs.

In Tremezzo bestiegen sie den überfüllten *traghetto*, und Adam, der beschützend eine Hand auf Esmes Ellbogen gelegt hatte, bahnte ihnen einen Weg durch die dicht an dicht stehenden Touristen, um zum Bug der Fähre zu gelangen. Es gab keine freien Sitzplätze, aber ein Australier war zum Glück so freundlich, Esme seinen anzubieten, und er begann auch gleich ein Gespräch mit Adam, während seine Frau mit Esme plauderte.

Floriana, die höchstens einen Meter entfernt von Adam stand, schnappte das eine oder andere Wort seiner Unterhaltung mit dem Australier auf – deren Hauptgegenstand Kricket zu sein schien. Adam mochte Kricket? Das war ihr neu. Andererseits jedoch schien es ja so manches Neue zu geben, was sie in dieser Woche über ihn erfuhr.

Teilweise hinter zwei Mädchen mit großen Rucksäcken verborgen, beobachtete sie Adam weiter. Nachdem Esme gestern Nachmittag für reichlich Aufregung gesorgt hatte, betrachtete Floriana ihn nach wie vor mit neuen Augen und kam immer wieder zu dem entnervend gleichen Schluss: Sie konnte ihn einfach nicht mehr so wie früher ansehen. Seine Attraktivität, die durch ihre zunehmende Vertrautheit zu etwas Selbstverständlichem geworden war, traf sie jetzt oft völlig unvorbereitet und zwang sie, sich gerader hinzusetzen und genauer hinzusehen. Im Moment hob er sich von praktisch jedem anderen Mann auf der Fähre ab, weil er nicht wie ein Tourist gekleidet war, mit hässlichen Sandalen, schlecht sitzenden, ausgebeulten Shorts und einem T-Shirt, das Aufschluss über irgendeinen früheren Ferienort gab. Nein, ganz im Gegensatz zu diesen Leuten trug er schmale Jeans, Segelschuhe und ein schickes, blau-weiß kariertes Hemd mit aufgerollten Ärmeln, dessen Knitterfalten vom Koffer gerade noch zu sehen waren. Glatt rasiert, das hellbraune Haar vom Wind zerzaust und mit seiner Ray-Ban-Fliegersonnenbrille auf der Nase sah er ausgesprochen cool aus.

Nicht zum ersten Mal fragte sich Floriana, ob seine Exfreundin es nicht bereute, ihre Beziehung beendet zu haben. Nach dem, was Adam erzählt hatte, war sie einfach nicht mehr scharf auf ihn gewesen. So etwas kam vor. Es war auch Floriana bei einigen ihrer früheren Freunde so gegangen. Im Nachhinein betrachtet, war es so gewesen, weil sie sich immer nur vorgemacht hatte, sie sei genauso gern mit diesen jungen Männern zusammen wie mit Seb – bis sie dann irgendwann eingesehen hat, dass dem nicht so war, und die Anziehung, die sie ursprünglich verspürt hatte, im Nu verflogen war.

Noch immer hinter den Mädchen – die Deutsche waren, wie sie inzwischen gemerkt hatte – und ihren Rucksäcken verborgen, beobachtete Floriana Adam heimlich weiter. Unwillkürlich dachte sie an ihre erste Begegnung in jener kalten Dezembernacht und die fürsorgliche Art, mit der er sich um sie gekümmert hatte, während sie auf den Krankenwagen gewartet hatten. Sie hatte nie vergessen, welch großes Gefühl der Beruhigung und Sicherheit er ihr gegeben hatte. Und seitdem hatte sie herausgefunden, dass es genau das war, was sie immer empfand, wenn sie bei Adam war.

Es war das Gegenteil von dem, was Seb in ihr bewirkt hatte. Bei ihm hatte sie stets das Gefühl gehabt, sich gefährlich nahe am Rande eines unbekannten Abgrundes zu befinden. Es war oft sehr anstrengend gewesen, gestand sie sich jetzt ein; fast so, als trüge und ertrüge sie ihn und die schwere Last von was auch immer, die ihm gerade zu schaffen machte. Wahrscheinlich war sie irgendwann so daran gewöhnt gewesen, dass es ihr zur zweiten Natur geworden war. Selbst neulich noch war sie diejenige gewesen, bei der er Hilfe gesucht hatte, als er sich wegen seiner bevorstehenden Hochzeit Sorgen gemacht hatte.

Aber das war es eben, was man tat, wenn man jemanden gern hatte: Man trug seine Last mit ihm und teilte seine Sorgen. Doch hatte Seb je ihre Lasten mitgetragen? Diese Frage hatte Floriana sich bisher noch nie gestellt, und die Antwort führte ihr vor Augen, wie einseitig ihre Freundschaft gewesen war. Vielleicht war es einigen Beziehungen ja vorherbestimmt, so einseitig zu sein. Aber würde man sich in einer ausgeglichenen Beziehung nicht sicherer und zufriedener fühlen? Und wäre es bei Adam so?

Nein! In diese Richtung durfte sie nicht denken.

Kurz entschlossen schob sie sich an den beiden deutschen Mädchen vorbei und schaffte es, einen freien Platz an der Reling zu ergattern. Während sie sich auf das Geländer stützte und auf den See hinausblickte, dachte Floriana an ihren morgendlichen Spaziergang zu der Stelle, wo Mussolini und seine Geliebte hingerichtet worden waren. Es war sicher nicht die Art von Ausflug, der romantische Erklärungen förderte, aber auch wenn man dies außen vor ließ, war Adam genau so wie immer gewesen. Diese Tatsache hatte in Floriana nur noch mehr Zweifel an Esmes Behauptungen geweckt.

Nein. Das stimmte nicht ganz. Adam war stiller gewesen als sonst. Nachdenklicher. Einmal sogar ein bisschen geistesabwesend. War das ein Zeichen? Oder griff sie schon nach jedem Strohhalm, um zu sehen, was Esme zu sehen glaubte?

Des Windes wegen, der an ihren Haaren zerrte, schob Floriana ihre Sonnenbrille auf den Kopf, hielt ihr Gesicht in die Sonne und schloss die Augen. Es gab eigentlich nur eine Frage, die bei alldem zählte, und es war die entscheidendste und offensichtlichste von allen: Was empfand *sie* eigentlich für Adam? Fühlte sie sich körperlich zu ihm hingezogen? Kaum hatte sie den Gedanken zu Ende gedacht, drängte sich ein Bild von ihnen beiden vor ihr geistiges Auge – und zu ihrer Überraschung war *sie* es, die auf diesem Bild die Initiative ergriff und Adam küsste! Aber dann, genauso plötzlich, sah sie, dass es nicht Adam war, den sie küsste, sondern Seb. Erschrocken riss sie die Augen auf. War das ein Omen – ihr Unterbewusstsein, das ihr sagte, sie solle nicht riskieren, es sich mit Adam zu verscherzen?

»Nicht schlecht, die Aussicht, was?«

»Ganz und gar nicht«, gab sie verunsichert zu, als der Gegenstand ihrer Überlegungen plötzlich neben ihr erschien. Schnell setzte sie ihre Sonnenbrille wieder auf die Nase und verbarg sich hinter ihr, aus Furcht, dass ihr Gesicht verraten könnte, was ihr gerade durch den Kopf gegangen war. Adam stützte die Ellbogen auf das Geländer neben ihr, und sein braun gebrannter Arm berührte ihren sehr viel blasseren.

»Wo ist dein neuer australischer Freund?«, fragte sie.

»Wieder bei seiner Frau und schon vollkommen bezaubert von unserer Esme. Ich müsste mich schon sehr wundern und wäre sogar enttäuscht, wenn sie sie bei der Ankunft in Bellagio noch nicht zu einem Besuch in Perth eingeladen hätten.«

Floriana lächelte. »Esme ist nicht die Einzige, die ihren Charme spielen lassen kann.«

»Soll heißen?«

»Soll heißen, dass du selbst gar nicht so übel bist. Du kannst mit Menschen umgehen.«

»Das hört sich ja fast so an, als wolltest du mich als glattzüngig bezeichnen.«

Da nun das Gleichgewicht zwischen ihnen wiederhergestellt war, boxte sie ihn spielerisch gegen den Arm. »Wohl eher als zu empfindlich!«

»Bei dir kann ich einfach nicht gewinnen, was?«

»Da hast du verdammt recht! Finde dich damit ab, dass ich perfekt bin!«

Er lachte. »Glaub mir, das habe ich schon vor langer Zeit getan.«

Die Fähre näherte sich ihrem Bestimmungsort, und als Floriana zu der sich in der Ferne abzeichnenden Silhouette der hübschen Stadt Bellagio hinüberblickte, sagte sie: »Ich hoffe, dass die Begegnung mit dieser Frau heute Nachmittag Esme nicht so aufregt wie das Wiedersehen mit der Villa Margherita gestern. Ich frage mich langsam, ob es nicht ein Fehler war, sie hierherzubringen. Und ich fühle mich verantwortlich.«

»Wofür?«

»Für ihr Glück. Wenn ich die Einladung zu Sebs Hochzeit nie erhalten hätte, wären die Erinnerungen vielleicht nicht so stark in Esme wachgerufen worden, und sie wäre in Oxford geblieben und säße jetzt entspannt daheim bei Eurydike.«

»Womit wir wieder bei den *Was-wäre-wenn*-Momenten wären, nicht? Aber ich glaube wirklich nicht, dass sie diese Reise bereuen wird, und vielleicht ist es unsere Sache, dafür zu sorgen, dass das nicht geschieht.«

Floriana lächelte gerührt, als sie zusah, wie er mit seinem Handy ein Foto von ihrem Zielort machte. »Hat dir schon mal jemand gesagt, dass du einer der wirklich Guten bist?«

»Natürlich. Ich höre das sehr oft. Eigentlich sogar die ganze Zeit.«

»Ha!«, erwiderte sie lachend. »Dann nehme ich die Aussage zurück, weil du nichts als ein laut trompetender *Blagueur* bist!«

»Na toll, ein *Blagueur* also«, sagte er und imitierte das Geräusch einer Trompete. »Darf ich das als unser Wort des Tages nehmen?« Er drehte sein Mobiltelefon um und hielt das Display auf Armeslänge von ihnen ab. »Was hält Miss Perfekt davon, mit Monsieur *Blagueur* für ein Foto zu posieren?«

Sie lächelte. »Kein Problem, solange es mich von meiner besten Seite zeigt.«

Die Köpfe dicht beieinander, nahmen sie eine Reihe von Posen ein, und dann zog Floriana ihr eigenes Handy hervor und machte selbst ein paar Aufnahmen.

Von ihrem Platz neben der Frau aus Perth beobachtete Esme ihre beiden jungen Freunde liebevoll. Es wird immer besser, dachte sie zufrieden, als sie ihre ausgelassenen Possen sah und Florianas unbefangenes Lachen hörte, auch als Adam ganz ungezwungen den Arm um sie legte, während sie für die Kamera posierten.

Bei dem Anblick stellte Esmes Kopf sehr schnell eine Verbindung zu dem Tag her, an dem sie mit Angelo auf der Fähre gewesen war und er den Arm um sie gelegt hatte. Ihr Gedächtnis überschwemmte sie mit solch starken Erinnerungen, dass ihre Brust ganz eng wurde vor Schmerz und der Kopf ihr schwirrte von Einzelheiten, die sie inzwischen längst vergessen haben müsste.

Wie unaufrichtig Angelo ihr gegenüber gewesen war und wie lächerlich naiv sie selbst in ihrem Bestreben, sich ihm als abgeklärt und lebenserfahren darzustellen! Wie leicht er ihren Anschein von Weltgewandtheit und ihr dringendes Bedürfnis, als Frau ernst genommen zu werden, durchschaut haben musste!

Ihr Blick glitt von Adam und Floriana zum Seeufer hinüber und blieb an einem großen Gebäude haften, das teilweise von Baugerüsten und Bauplanen verdeckt war. Es dauerte einen Moment, bevor ihr bewusst wurde, dass dieses Gebäude das Hotel *Grand Bretagne* war. Adam hatte ihr im Internet Fotos des Hotels gezeigt, das zunehmend verfallen war. Einem Bericht zufolge waren alle Versuche, es wiederaufleben zu lassen, vergeblich gewesen. Wie traurig, dass so ein schönes, nobles Haus seiner Würde und Glanzzeiten beraubt worden war!

Inmitten des Gewühls von Menschen, die es alle eilig hatten, von Bord zu gehen, war Esme dankbar für Adams stützende Hand. Als sie die Anlegestelle hinter sich gelassen hatten, blickte Esme die Hauptstraße hinauf und hinunter. An ihrem fernen Ende standen das *Hotel Metropole* und das *Hotel Suisse*, und vor ihr lagen die überdachte Promenade und das *Hotel du Lac* mit seinen hübsch mit roten Geranien verzierten Balkonen, während sich zu ihrer Linken das *Hotel Florence* befand. Es erschien ihr alles viel farbenfroher, als sie es in Erinnerung hatte, viel fröhlicher und betriebsamer, aber das lag vermutlich daran, dass heutzutage sehr viel mehr Touristen da waren.

Dank Domenico war alles geregelt, und sie würden vor der Anlegestelle abgeholt werden, wo sie nach einer *ragazza* – einem jungen Mädchen – in einem silbernen Fiat Ausschau halten sollten. Und tatsächlich stand dort ein Auto, das der Beschreibung entsprach, und eine attraktive junge Frau mit Sonnenbrille wartete daneben. Als sie sie entdeckte, kam sie zu ihnen herüber. Sie war etwa in Florianas Alter und hatte langes schwarzes, zu einem Pferdeschwanz frisiertes Haar. »Signora Silcox?«, sagte sie zu Esme.

»Sì«, antwortete Esme, *»sono io.«*

Mit einem Lächeln freudiger Erleichterung schüttelte das Mädchen allen dreien die Hand und stellte sich als Maddalena vor. »Bitte kommen Sie«, bat sie und geleitete sie zu ihrem Wagen, »meine Großmutter kann es kaum erwarten, Sie zu sehen.«

In einem Höllentempo fuhr sie aus der Innenstadt von Bellagio heraus, weg von dem See und den geschäftigen, von Touristen bevölkerten Straßen. Immer höher fuhr sie auf der schmalen

Gebirgsstraße bergan und nahm die Haarnadelkurven in einem solchen Tempo, dass die Reifen ihres kleinen Wagens quietschten, bevor sie dann ganz unvermittelt scharf nach rechts abbog. Nun fuhr sie etwas langsamer, bevor sie erneut abbog und vor einem zweistöckigen Haus mit einem kreisrunden Beet voller wundervoller roter Rosen hielt.

Nachdem alle ausgestiegen waren, ging Maddalena zur Eingangstür voran, trat ein und rief nach ihrer Großmutter. »*Nonna!*« Esme hörte eine undeutliche Antwort, als sie der jungen Frau durch einen nicht allzu langen Korridor folgten. Im Inneren des Hauses war es dunkel, still und angenehm kühl, verglichen mit der Affenhitze draußen.

Sie kamen in ein Zimmer, das mit zu vielen sperrigen Möbeln eingerichtet war und zudem noch einen großen, steinernen Kamin mit rußgeschwärztem Mauerwerk enthielt. Obwohl der Raum alles andere als klein war, wirkte er düster und bedrückend, weil das Sonnenlicht von schweren Stores an den Fenstern draußen gehalten wurde. Zwei offene Glastüren führten in den Garten, aber kein Lüftchen bewegte die schweren, blickdichten Vorhänge davor. Gerahmte Fotografien an den Wänden gaben Aufschluss über die Entwicklung einer wachsenden Familie. Über dem Kamin befand sich ein Kruzifix, von dem Rosenkranzperlen herabhingen.

Am anderen Ende des Raumes stand ein Esszimmertisch mit sechs Stühlen und einer reich verzierten Glasvitrine. Links davon befand sich ein Bogengang, in dem mit langsamen, schwerfälligen Bewegungen eine füllige Frau mit kurzem, eisgrauem Haar und Brille erschien.

Esme starrte sie an, und nicht weniger neugierig erwiderte die Frau den Blick.

War das wirklich Maria? Konnte diese Frau tatsächlich die junge, temperamentvolle Bedienung aus dem *Hotel Margherita* sein? Das Mädchen mit den blitzenden Augen, der glatten, olivfarbenen Haut, das eifersüchtig gewesen war, als Esme mit Angelo getanzt hatte?

»Sie erkennen mich nicht, oder?«, sagte die Frau und hob ihr schlaffes Kinn ein wenig an. »Aber ich bin Maria.«

»Sie würden mich wohl auch nicht wiedererkennen, nehme ich an«, erwiderte Esme und war überrascht, wie unsicher ihre Stimme in dieser beklemmenden Atmosphäre klang.

»Das ist wahr«, bestätigte Maria. »Aber ich erinnere mich an Ihren Namen und weiß noch, wie Sie damals vor all diesen Jahren aussahen.« Sie bedeutete ihnen, Platz zu nehmen, und schickte Maddalena in die Küche, um Getränke zu holen.

Dann, als hätte sie Adam und Floriana gerade erst bemerkt, musterte Maria sie mit einem langen, scharfen Blick. »Ihre Enkelkinder?«

Esme erklärte ihr, dass sie Freunde waren und am Samstag an einer Hochzeitsfeier teilnehmen würden. Die Hochzeit als Grund für ihr Hiersein in den Vordergrund zu rücken, erschien Esme sehr viel besser, als zuzugeben, dass eine sentimentale alte Frau eine Reise in die eigene Vergangenheit hatte unternehmen wollen.

»Sie sprechen sehr gut Englisch«, bemerkte Esme anerkennend, nachdem Maria gesagt hatte, der See sei heutzutage ein sehr beliebter Ort für Hochzeitsfeiern, was der einheimischen Wirtschaft sehr zugutekomme.

Maria schüttelte den Kopf bei Esmes Kompliment. »Nein, nein, es ist nur so, dass ich im Laufe der Jahre einiges aufgeschnappt habe.«

Maddalena, die mit einem Tablett mit Eistee zurückkam, sagte: »Wie üblich ist meine Großmutter zu bescheiden. Sie spricht wirklich sehr gut Englisch und hat mir bei meinen Hausaufgaben geholfen, als ich noch zur Schule ging. Meinen Cousins auch. Sie hat uns allen geholfen. Wir finden alle, sie hätte Lehrerin werden sollen.«

Esme, deren Blick über die Fotografien an den Wänden glitt, bemerkte: »Sie haben eine große Familie, wie ich sehe.«

Mit unübersehbarem Stolz antwortete Maria: »Ich habe zwei Söhne und eine Tochter, sieben Enkelkinder und einen Urenkel. Und Sie?«

»Ich war nie verheiratet.«

»Dann ist Ihnen der Kummer erspart geblieben, einen Ehemann zu verlieren«, entgegnete Maria nüchtern. »Mein Vittorio ist vor fünf Jahren verstorben. Wir hatten ein gutes Leben miteinander. Er war …« Sie zögerte und schien nach dem richtigen Wort zu suchen. »Er war Elektriker«, sagte sie schließlich. »Und er hatte sein eigenes Geschäft«, erklärte sie sogar noch stolzer als zuvor. »Ich erinnere mich an Ihren Vater; er war immer sehr höflich und liebte das Malen, nicht?«

Erfreut, dass Maria sich so gut an ihren Vater erinnerte – und nachdem Maddalena sich entschuldigt und versprochen hatte, sie später zu der Fähre zurückzufahren –, sagte Esme: »Ich weiß nicht, wie viel Domenico Ihnen erzählt hat, aber mich würde interessieren, was aus der Familie Bassani geworden ist. Ich weiß, dass das *Hotel Margherita* vor vielen Jahren verkauft wurde, doch wissen Sie vielleicht, was aus Giulia, Angelo und Marco geworden ist?«

Marias Gesichtsausdruck verhärtete sich, und irgendetwas flackerte in ihren müden Augen hinter den Brillengläsern auf. »Die Bassanis zogen nichts als Unglück an«, sagte sie, und ihre Hände mit den arg geschwollenen Fingerknöcheln verkrampften sich in ihrem Schoß. »Und ihr Pech übertrug sich auf jeden, der mit ihnen in Berührung kam.«

Kapitel 41

In der bedrückenden Stille des Zimmers nahm Maria langsam einen tiefen Schluck aus ihrem Glas. Und dann noch einen. Das zermürbende Schweigen schien kein Ende nehmen zu wollen und war so intensiv, dass Esme buchstäblich ihren eigenen Pulsschlag hören konnte, während sie darauf wartete, dass Maria weitersprach.

»Das Pech lag ihnen im Blut«, fuhr sie schließlich fort. »Die Familie war verflucht. Zuerst waren es Marcos Eltern, die bei einem Autounfall starben, und dann brachte Giulias Ehemann sich um.«

»Ich dachte, er sei an einem Herzanfall gestorben?«, sagte Esme. »Weil sich die Anstrengung und der Druck, das Familienunternehmen während des Krieges aufrechtzuerhalten, als zu groß für ihn erwiesen.«

»Das war, was die Familie die Leute glauben machen wollte. Aber insgeheim wussten wir alle, dass er das Feuer gelegt hatte, das die Fabrik der Bassanis zerstörte. Er hatte es getan, um die Versicherungssumme zu kassieren, und als er befürchten musste, dass es herauskommen würde, erhängte er sich. Er war ein Feigling. Genau wie sein Sohn Angelo.« Die Verbitterung in Marias Stimme war nur allzu offenkundig, und aus dem Augenwinkel sah Esme, wie Adam und Floriana einen Blick austauschten.

»Angelo war nicht nur ein Feigling«, fuhr Maria fort. »Er war …« Sie zögerte und beugte sich vor, um ihr Glas auf den Tisch zu stellen. »Auf Italienisch nennen wir es *furbo*. Ich glaube, auf Englisch bedeutet das ›gewieft‹. Er konnte die Leute dazu bringen zu tun, was immer er auch von ihnen wollte. Ich denke, Sie wissen vermutlich, was ich damit meine.«

Sie sah Esme vielsagend an, und in gegenseitigem Verständnis schwiegen sie für einen Moment.

»Ja«, sagte Esme dann. »Ich kannte Angelo nicht lange, doch in dieser kurzen Zeit gelangte ich zu der Erkenntnis, dass er genau wusste, wie er seinen Charme einsetzen musste, um zu bekommen, was er wollte. Ich war sehr naiv in Bezug auf ihn.«

»Ich auch«, stimmte Maria ihr mit einem leichten Schulterzucken zu. »Alle Frauen waren es. Ich weiß noch, wie eifersüchtig ich auf Sie war. Sie waren so schön mit Ihrem blonden Haar, den blauen Augen und Ihrer feinen englischen, zurückhaltenden Art. Sie waren wie eine richtige kleine Porzellanpuppe. Ich hoffe nur, dass Sie Angelo nicht gegeben haben, was er wollte«, schloss sie mit einem weiteren beredten Blick.

Esme schüttelte den Kopf. »Nein, zum Glück habe ich das nicht getan.«

»Gut, weil Sie sich sonst nämlich an einen Mann vergeudet hätten, der das kalte Herz eines Mörders hatte.«

»Eines Mörders? Aber das doch sicher nicht?«

»Oh doch, das ist die Wahrheit, sage ich Ihnen!«, rief Maria sehr entschieden und klatschte mit der Hand auf ihre Stuhllehne. »Glauben Sie mir, Angelo war kein Engel, sondern ein Teufel! Er war es, der den Tod meines ältesten Bruders verschuldete. Federicos Tod brach meinen Eltern das Herz. Und mir das meine. Meine Familie hat sich nie wieder von dieser Tragödie erholt.«

»Das tut mir leid«, erwiderte Esme sanft, weil sie spürte, dass Maria diesen Bruder, wann immer er auch gestorben sein mochte, noch immer schmerzlich vermisste. »Was hat Angelo getan?«

Eine schwache, sehr willkommene Brise wehte durch die offenen Glastüren herein und brachte Bewegung in die schweren Vorhänge und die stehende Luft im Zimmer.

»Sie wussten von den *spalloni* am See, nicht wahr?«, fragte Maria. »Und dem *contrabando*?«

»Von den Schmugglern? Ja. Man sagte mir, es sei für viele eine Lebensweise, eine Möglichkeit zu überleben. Ich weiß, dass auch Angelo daran beteiligt war.«

Maria lachte kurz und bitter auf. »Er spielte den Beteiligten, aber er war nichts als *un mammone* – ein verwöhntes Muttersöhnchen, das Abenteuer suchte. Sein eigenes Leben langweilte ihn, und deshalb wollte er wie ein *spallone* leben. Weil er es für etwas Heldenhaftes hielt. Was es ja auch war für diejenigen, deren Leben davon abhing. Doch ihm genügte es nicht, ein Mitglied der Organisation in Lecco und Milano zu sein, die bei der Finanzierung half. Denn das war seine Rolle, verstehen Sie; das war es, wozu er geeignet war – weil er mit seiner eleganten Erscheinung und seinem Familiennamen über jeden Verdacht erhaben war. Aber er wollte mehr. Was ihn reizte, war die Spannung, die Aufregung, sich vor der Grenzpolizei in den Bergen zu verstecken und sie zu überlisten und zu schlagen. Für ihn war es nur ein Spiel, ein Abenteuer. Meine Brüder, die die Gefahren kannten und fortwährend ihr Leben riskierten, wollten ihn nicht dabeihaben, doch er schaffte es, sie umzustimmen. Für sie war er ein Narr, ein Schaumschläger und Schwätzer.«

Sie hielt inne, um einen Schluck Tee zu trinken, und Esme ergriff die Gelegenheit, um zu dem Sofa hinüberzuschauen, wo Adam und Floriana saßen. Beide quittierten ihren Blick mit einem ermutigenden kleinen Nicken.

»Er brüstete sich damit, genauso stark zu sein wie meine Brüder«, fuhr Maria fort, »aber das war er nicht. Wie könnte er das auch, wo er doch jeden Tag in seinem sicheren Büro in Milano hinter dem Schreibtisch saß? Er kannte nicht die harte körperliche Arbeit, an die meine Brüder als Bauarbeiter gewöhnt waren.«

»Und was geschah?«

»Was geschah, ist in meinem Herzen eingemeißelt«, sagte Maria. »Die Geschichte wurde viele, viele Male in unserer Familie erzählt. Für uns waren Matteo und Federico wahre Helden. Und für mich persönlich war Federico der Bruder, den ich als Kind am meisten liebte, ja geradezu vergötterte.« Sie beugte sich vor, um mit zitternder Hand ihr inzwischen leeres Glas auf den Tisch zu stellen. Den Blick auf Esme geheftet, räusperte sie sich und lehnte sich steif wieder zurück.

»Widerwillig stimmten meine Brüder zu, Angelo in einer dieser Nächte mitzunehmen, nachdem er versprochen hatte, genau das zu tun, was sie ihm sagten. Die Grenze zur Schweiz zu überqueren war kein Problem, aber der Rückweg mit der schweren *bricolla* auf dem Rücken ist eine echte Bewährungsprobe für einen Mann. Nach all seiner Sprücheklopferei konnte Angelo seinen Sack *bionde*, wie man die Zigaretten nannte, nicht tragen. Er war zu langsam, und Federico und Matteo mussten immer wieder auf ihn warten. Da er jedoch ein eitler Mensch war und in seinem Stolz gekränkt, wurde er wütend und beschuldigte sie, seine *bricolla* mit Absicht schwerer beladen zu haben als die ihren. Er war ein Kind. Ein respektloses Kind, das es gewohnt war, seinen Willen durchzusetzen. Da sie ihn jedoch vorgewarnt hatten, dass es sehr anstrengend sein würde und die Säcke bis zu dreißig Kilo wogen, befahlen sie ihm schließlich aufzuhören, sich wie ein verwöhnter Junge zu benehmen und ein Mann zu sein. Es sei höchste Zeit, dass er erwachsen würde, sagten sie.«

Esme konnte sich sehr gut vorstellen, wie wütend das Angelo gemacht haben musste.

»Natürlich waren auch andere Männer dabei«, fuhr Maria

fort. »Federico und Matteo waren nicht allein, sondern Teil einer Gruppe, die zusammenarbeiten musste. Aber Angelo war kein Mann, der sich in eine Gruppe einfügen oder teilen konnte. Er wollte den ganzen Ruhm für sich allein. Binnen Kurzem hatte er Federico und Matteo mit seiner ständigen Jammerei so sehr aufgehalten, dass sie die anderen Männer aus den Augen verloren hatten und ganz allein im Dunkeln waren. Wieder beklagte Angelo sich, dass seine *bricolla* schwerer sein müsse als die der anderen, und deshalb tauschte Federico seinen Rucksack mit ihm, um zu beweisen, dass dem nicht so war. Natürlich ließ diese Erkenntnis Angelo noch dümmer dastehen. Mittlerweile war auch Matteo zornig, weil er sich der Gefahr bewusst war, in der sie schwebten, und bestand auf einem zügigeren Tempo, um die anderen einzuholen. Aber genau in diesem Moment hörten sie Geräusche, und plötzlich blitzten Taschenlampen auf dem Pfad hinter ihnen auf. Es war die Schweizer Grenzpolizei. Federico schrie Matteo und Angelo zu zu rennen, doch die Polizei begann, auf sie zu schießen, und Matteo sah, wie Angelo Federico aus dem Weg stieß, um zu entkommen. Wie immer dachte er nur an sich.«

Maria machte eine Pause, um tief Luft zu holen, und ihr Blick glitt von Esme zu den gerahmten Schwarz-Weiß-Fotografien an der Wand zu ihrer Linken. Sie waren zu weit entfernt für Esme, um die Menschen darauf zu unterscheiden, aber sie nahm an, dass Marias Brüder darunter waren.

»Dank Angelo«, sagte Maria bitter, als sie sich Esme wieder zuwandte, »bekam Federico eine Kugel in den Kopf, die ihn augenblicklich tötete, und Matteo wurde festgenommen und verbrachte ein Jahr im Gefängnis, und alles nur, weil sie sich bereit erklärt hatten, Angelo einmal mitzunehmen. Diese Entscheidung hat Matteo sein Leben lang bereut. Wenn Sie ihn heute danach fragen würden, bekämen Sie die gleiche Antwort wie von mir, Wort für Wort, und dann würde er auf den Namen Angelo Bassani spucken.« Mit einem müden Kopfschütteln nahm sie ihre Brille ab und rieb sich die Augen. »Dem armen Matteo wurde nicht einmal erlaubt, an der Beerdigung seines eigenen Bruders teilzunehmen. Es war furchtbar. Eine Schande.«

Aus Respekt vor Maria und um nicht gefühllos zu erscheinen, zählte Esme in Gedanken bis zwanzig, bevor sie sagte: »Und was geschah mit Angelo? Wurde er gefasst?«

Maria setzte die Brille wieder auf. »Er entkam. Aber der Gerechtigkeit entging er doch nicht ganz, denn ein Jahr später wurde seine Leiche im See gefunden.«

»Ein Unfall?«

»Möglich. Oder vielleicht auch ein Akt göttlicher Gerechtigkeit. Wer weiß? Er hatte viele Feinde. In Mailand schuldete er vielen Leuten Geld. Er spielte, und es gab Gerüchte über Spielschulden.«

»Wann geschah dies alles?«

»Es war im August 1955, als man seine halb verweste Leiche fand. Ich weiß das noch so genau, weil ich zu der Zeit heiratete. Ich war damals einundzwanzig.«

Also fünf Jahre nach Vaters und meiner Abreise aus Italien, dachte Esme. »Wie hat seine Mutter die Nachricht aufgenommen?«

»Sie bedeutete das Ende für sie. Signora Bassani wurde über Nacht zu einer alten Frau und starb an …« Maria schwenkte die Hand, wie um die richtigen Worte heraufzubeschwören. »Es war etwas in ihrem Gehirn. Eine Art Klumpen, der dort wuchs. Es war nicht leicht, Mitgefühl für diese Frau zu empfinden, sie war zu stolz und liebte ihren Sohn zu sehr. Es war eine Liebe, die sie blind machte; sie konnte das Schlechte in ihm nicht sehen.«

»Ich bin mir nicht so sicher, dass das stimmt«, wandte Esme behutsam ein. »Angelo war eifersüchtig auf seinen Cousin und schien zu glauben, seine Mutter hielte mehr von Marco als von ihm.«

»Das war typisch Angelo. Er war auf jeden eifersüchtig, von dem er glaubte, er könnte beliebter sein als er.«

Esme dachte an Angelos unschöne Reaktion, als er vermutet hatte, dass Marco und sie einander näherkamen. »Es war sehr freundlich von Ihnen, mir das alles zu erzählen«, sagte sie zu Maria, »besonders, da es sicher viele schmerzliche Erinnerungen zurückgebracht hat, doch wissen Sie zufällig auch etwas über Marco? Wissen Sie, was aus ihm geworden ist? Ist er Priester geworden, wie es sein Wunsch war?«

Marias Gesichtsausdruck veränderte sich sogleich, und sie bedachte Esme mit einem schon fast unangenehm beredten Blick. »Ich dachte mir schon, dass Sie sich nach ihm erkundigen würden. Denn das war doch wohl der eigentliche Grund für Ihren Besuch bei mir?«

Marias Direktheit und das Wissen, dass ihr kaum etwas entgangen war vor all diesen Jahren, ließ Esme wie ein Schulmädchen erröten.

»Ja«, erwiderte sie genauso offen.

Kapitel 42

In dem darauf folgenden Schweigen ließ das Klingeln ihres Handys Floriana erschrocken zusammenfahren.

»Tut mir leid«, sagte sie schnell und fischte in ihrer Tasche nach dem unaufhörlich klingelnden Gerät. Als sie es nicht finden konnte und um in diesem bedeutsamen Moment nicht noch mehr zu stören, ging sie in den Garten, um zu sehen, wer sie ausgerechnet jetzt anrief. Dem Anrufer zuliebe konnte sie nur hoffen, dass es nicht einer dieser Telemarketing-Leute war!

War es nicht. Es war noch schlimmer. Viel schlimmer.

»Floriana? Ich bin's, Imogen.«

»Oh, hi, Imogen«, sagte sie und versuchte, einen Ton zu treffen, der angenehm überrascht klang und nicht nach der totalen, mit Blaulichtern und Martinshorn einhergehenden Panik, die sie überfallen hatte. Warum rief Imogen sie an? Das hatte sie noch nie getan. *NIE!* Was konnte sie von ihr wollen?

»Ich hoffe, es stört dich nicht, dass ich anrufe«, fügte Imogen hinzu. »Ich habe deine Nummer von Seb.«

»Aber nein, überhaupt nicht.« Floriana erstickte fast an ihrer erzwungenen Fröhlichkeit. »Und wie geht es der zukünftigen Braut?«

»Ach, du weißt schon, ich bin völlig überlastet und fieberhaft bemüht, noch tausend Dinge zu organisieren. Mittlerweile sind wir aber zumindest schon am See, wir sind gestern angekommen.«

Bei dem Gedanken, dass Imogen schon ganz in ihrer Nähe war, erwachte ein sehr ungutes und mulmiges Gefühl in Florianas Magen. Was natürlich völlig absurd war, da sie schließlich die ganze Zeit gewusst hatte, dass Imogen und Seb ein paar Tage vor dem großen Tag am Samstag ankommen würden. Doch seit sie sich mit Esme und Adam in der Villa Sofia aufhielt, war Sebs Hochzeit praktischerweise in den Hintergrund ihres unaufgeräumten Kopfes gerückt, um sich hinter all den anderen Dingen zu verbergen, mit denen sie sich lieber nicht befassen wollte. Aber jetzt stand die verflixte Hochzeit plötzlich wieder ganz oben auf ihrer »Was ich lieber nicht tun möchte«-Liste, die auch den Punkt *Möglichst nicht mit Imogen telefonieren* enthielt.

»Das Hotel ist allererste Sahne«, fuhr Imogen unbekümmert fort. »Mummy und ich werden den Rest des Nachmittags im Spa verbringen, damit Seb mit Daddy und Jules ein bisschen unter Männern sein kann.«

»Jules?«

»Mein Bruder.«

Ach ja, der Trauzeuge, den sie Seb aufs Auge gedrückt hatten. »Wie schön!«, sagte Floriana. Du bist also »völlig überlastet«, ha, ha!, dachte sie unfreundlich und verzog das Gesicht über die Worte »Mummy« und »Daddy«. Und wer beschrieb heute noch etwas als »allererste Sahne«, ohne ironisch sein zu wollen? »Das klingt, als hättest du alles gut unter Kontrolle.«

»Das sagt Seb auch immer. Er meint, ich machte mir zu viele Sorgen, und es würde schon alles klappen, ohne dass ich es mit dem Holzhammer zu erzwingen versuche. Die Bemerkung ist mal wieder typisch Seb, nicht? Er hat überhaupt keine Vorstellung davon, um was es geht.«

Misch dich da nicht ein!, ermahnte sich Floriana. »Männer!«, gab sie deshalb im gleichen unbekümmerten Ton wie Imogens zurück.

»Wie auch immer«, sagte sie, und ihre Stimme schien plötzlich einen Gang höherzuschalten. »Nach dem, was Seb mir erzählt hat, bist du mit Freunden hier, aber wenn du dich für eine

Stunde oder so loseisen könntest, wäre es doch nett, wenn wir zwei Mädels heute Abend einen Drink zusammen nähmen, oder?«

»Ähm …«

»Komm ins Hotel, dann treffen wir uns um halb sieben an der Bar! Du brauchst dich nicht fein zu machen. – Ja, Mummy, ich komme ja schon! Reg dich nicht auf, das Spa kann warten, bis wir da sind! – Entschuldige, Floriana, aber wie gesagt, habe ich noch tausend Dinge zu erledigen. Bis später dann!«

»Warte mal! Wo wohnst du? In welchem Hotel?«

»Im *Grand Hotel Tremezzo*. Du kannst es nicht verpassen; es ist das prachtvolle Gebäude mit dem großen Pool auf der anderen Straßenseite. Bis nachher also!«

Eine perfekt manikürte, ihr zuwinkende Hand vor ihrem inneren Auge, beendete Floriana das Gespräch und blieb wie gelähmt stehen. Sie stand unter Schock, ganz ohne Zweifel, denn trotz der auf sie herabbrennenden Sonne fröstelte sie plötzlich. Das war keine Einladung, die sie da gerade erhalten hatte, sondern ein königlicher Befehl. Prinzessin Imogen hatte sie an den königlichen Hof zitiert. Aber warum? *Wäre doch nett, wenn wir zwei Mädels einen Drink zusammen nähmen.* Was sollte das? Wann hatte Imogen sich jemals mit ihr treffen wollen?

Der schwere Vorhang an der Glastür hinter ihr bewegte sich, und Adam trat auf die Terrasse hinaus. »Alles in Ordnung?«

»Ich erzähle es dir später«, sagte Floriana schnell. »Wie läuft es da drinnen? Weiß Maria irgendetwas über Marco?«

»Ja und nein. Sie weiß vieles, was Jahre zurückliegt, aber seit etwa einem Jahrzehnt oder so hat sie überhaupt nichts mehr von ihm gehört.«

»Ist er Priester geworden?«

»Ja.«

»Sag jetzt bloß nicht, dass er heute ein hochrangiger Mitspieler im Vatikan ist und mit dem Papst an einem Tisch sitzt!« Noch ganz durcheinander von Imogens Anruf, hatte sie kein Problem damit, ihren Ärger ungerechterweise an diesem Marco auszulassen. Da ging er scheinheilig seinen frommen Geschäften nach, während die arme Esme in all diesen Jahren still und heimlich den Verlust ihres Kindes betrauert hatte. *Seines* Kindes. Ha, was seine geliebte Kirche wohl dazu sagen würde!

Adam kniff die Augen gegen die grelle Sonne zusammen. »Das Letzte, was Maria von ihm hörte, war, dass er irgendwo in der Nähe von Turin als Gemeindepfarrer arbeitete.«

»Hm … na ja«, murmelte Floriana mit einem Anflug von schlechtem Gewissen und versuchte, sich zusammenzunehmen. »Vielleicht ist es unter den gegebenen Umständen ja sogar das Beste, eine Sackgasse erreicht zu haben. Besonders, wenn man bedenkt, dass Pech und Unglück nur einen Atemzug entfernt sind, wo auch immer die Familie Bassani ist.«

Adam steckte die Hände in die Hosentaschen und stieß mit der Spitze seines Schuhs gegen ein Unkraut, das zwischen den Bodenplatten hervorspross. »Ich finde es schade, wo wir schon so weit gekommen waren mit der Geschichte«, sagte er und blickte auf. »Du willst mir doch wohl nicht erzählen wollen, du glaubtest einer alten Frau, die behauptet, die Familie sei verflucht!«

Floriana zuckte mit den Schultern. »Durch die Verbindung mit ihnen hat Esme ihr Baby verloren und die Möglichkeit, jemals wieder eins zu haben. Ich würde nicht wollen, dass ihr noch mehr Schlimmes durch diese Leute widerfährt.«

»Aber das hätte bei jeder Schwangerschaft passieren können und bei jedem Mann als Kindsvater. Daran war nichts Mysteriöses. Es war ein echter medizinischer Notfall. Medizinische Fakten, Miss Day«, fügte er mit einem kleinen Lächeln hinzu, »kein abergläubischer Humbug.«

Als ihr klar wurde, dass er ihre schlechte Laune bemerkt hatte und sich Mühe gab, sie aufzuheitern, versuchte sie, Scarlett O'Hara zu imitieren: »Aber Mr. Strong, ich habe das deutliche Gefühl, als wollten Sie mich in meine Schranken weisen!«

Er lachte und hob in gespielter Kapitulation die Hände. »Sehe ich verrückt genug aus, um das zu versuchen?«

Dankbar, dass er sie zum Lächeln brachte und von Imogen ablenkte, hakte sie sich bei ihm unter. »Wenn du jetzt Rhett Butler wärst, hättest du eine diebische Freude daran, mir meinen sogenannten Humbug unter die Nase zu reiben. Komm, lass uns wieder reingehen und sehen, ob Maria sich an irgendetwas Nützliches über Don Marco erinnert!«

Ja, dachte sie, ich brauche jede Ablenkung, die ich kriegen kann, um mir nicht den Kopf darüber zu zerbrechen, warum Imogen sich mit mir treffen will.

Nach dem zu urteilen, was Floriana vom *Grand Hotel Tremezzo* sehen konnte, machte es seinem Namen alle Ehre; es war in der Tat ein echtes *Grandhotel.*

Wohin sie auch blickte, überall sah sie Fünf-Sterne-Grandeur und Opulenz, von der stilvollen Außenansicht, von der man einen spektakulären Ausblick auf den See und Bellagio in der Ferne hatte, über den glänzenden goldenen, innen mit Spiegeln verkleideten Lift, der sich aus dem Eingangsbereich im Parterre erhob, bis hin zu dem weitläufigen Foyer, das mit roten und goldenen Teppichen ausgelegt war und über genügend Sofas und Sessel verfügte, um ein Möbellager für einen Wochenendverkauf auszurüsten. Auf der Webseite, die Adam ihr gezeigt hatte, wurde das Hotel als authentischer Jugendstil-Palast bezeichnet, in dem schon seit Beginn seiner Geschichte die gesellschaftliche Elite ein und aus gegangen war – was es zu dem absolut perfekten Hotel für Imogen und ihre Familie machte.

Okay, das reicht! Schluss mit dem Gestichel! Benimm dich!, ermahnte sich Floriana, die sich viel zu nachlässig gekleidet fand in ihrem Zigeunerrock und dem Westentop. Sie waren erst so kurz vor ihrer Verabredung mit Imogen aus Bellagio zurückgekommen, dass ihr keine Zeit geblieben war, um zu duschen, ihr Haar zu waschen und sich umzuziehen. Und so kam es, dass sie jetzt erhitzt und verschwitzt hier stand und sich schlampig und ungepflegt fühlte.

Da sie keine Ahnung hatte, wo sich die Bar befand, fragte sie einen vorbeieilenden Angestellten in einem schicken, cremefarbenen Jackett. Sie wusste, dass Hotels wie dieses für hochnäsiges Personal bekannt waren, und nachdem sie erklärt hatte, sie sei mit einem Hotelgast an der Bar zu einem Drink verabredet, erwartete sie schon halb, zum Hintereingang geführt zu werden, wo sich die Mülltonnen befanden. Deshalb war sie ungemein erleichtert, als der Kellner ihr mit einem freundlichen Lächeln anbot, sie persönlich zur Bar zu begleiten.

Aber dort war nichts von Imogen zu sehen; die ganze Bar war leer. »Vielleicht würden Sie gern auf die Terrasse hinausgehen?«, schlug der freundliche Kellner in tadellosem Englisch vor.

»Danke«, sagte sie und folgte ihm wieder.

Offensichtlich traf sich hier die elegante Welt und wartete bei Aperitifs und Häppchen auf den perfekten Sonnenuntergang, doch auch auf der Terrasse war nichts von Imogen zu sehen. Nachdem Floriana sich gründlich nach ihr umgeschaut hatte, wurde sie von dem glücklicherweise freundlichen Hotelangestellten zu einem Tisch geführt. Dort bestellte sie sich ein Glas Prosecco. Mochte der liebe Himmel wissen, was er kosten würde, aber darüber würde sie sich später Gedanken machen. Im Moment brauchte sie zunächst einmal einen Drink.

Während sie inmitten so vieler elegant gekleideter Gäste, die alle Paare zu sein schienen, wartete, hätte sie sich gar nicht deplatzierter fühlen können. Während sie ihren Stuhl verrückte, um auf den See hinausblicken zu können, wünschte sie, Adam und Esme wären bei ihr.

Sie hatten ihr beide zugestimmt, dass es in der Tat ein wenig seltsam war, dass Imogen sich allein mit ihr treffen wollte – warum eigentlich nicht gemeinsam mit Seb? »Vielleicht erkennt sie ja jetzt, wie wichtig ihm eure Freundschaft ist, und möchte reinen Tisch zwischen euch beiden machen, von Frau zu Frau und ungestört«, hatte Esme gemeint, als sie mit der Fähre von Bellagio zurückgekommen waren.

»Möglich wäre es«, hatte Floriana eingeräumt, obwohl sie da so ihre Zweifel hatte. Aber Esme war ja auch nicht über die ganze Geschichte im Bilde. Die kannte niemand außer Floriana, Seb und Imogen.

Der wahre Grund für ihr mulmiges Gefühl war jedoch der zunehmende Verdacht, dass Imogen inzwischen erfahren hatte, dass Seb nach Oxford gekommen war, während sie in Paris ihren Junggesellinnenabschied gefeiert hatte, und jetzt wissen wollte, was genau der Anlass dafür gewesen war. Die meisten Bräute würden das vor ihrer Hochzeit wissen wollen. Floriana hatte sich sehr unwohl gefühlt, weil Seb nicht ehrlich zu Imogen gewesen war, denn ihr seinen Besuch in Oxford zu verschweigen rückte alles in ein zweifelhaftes Licht.

Zu allem Übel war Seb auch noch über Nacht bei Floriana geblieben. Das hatte sie niemandem erzählt, nicht einmal Adam oder Esme, weil sie nicht von ihnen auf das nur allzu Offensichtliche hingewiesen werden wollte: dass sie mit dem Feuer gespielt hatte, als sie Seb in ihrer Wohnung hatte übernachten lassen.

Und jetzt befürchtete sie, dass Imogen möglicherweise Wind davon bekommen hatte und den Nachmittag im Spa damit verbracht hatte, ihre Fingernägel für einen vorhochzeitlichen Showdown schärfen zu lassen. Außerdem hatte Floriana wirklich keine Ahnung, wie sie sich verhalten sollte; aus dem einfachen Grund, dass sie nicht wusste, wie viel Imogen wusste. Falls sie überhaupt etwas wusste. Aber wenn ja, was könnte Seb ihr dann erzählt haben? Von dieser Sorge erfüllt, hatte sie versucht, ihn anzurufen, als sie mit Adam und Esme in Bellagio auf die Fähre zurück gewartet hatten, doch sie hatte ihn nicht erreichen können. Schließlich hatte sie eine Nachricht auf seiner Mailbox hinterlassen – eine sehr sorgfältig formulierte für den Fall, dass Imogen sie hörte –, aber auch die hatte er bisher nicht beantwortet. Im Nachhinein wäre es das Vernünftigste gewesen, Imogen anzurufen und das Treffen abzusagen.

Ihr Prosecco wurde serviert, und Floriana stürzte sich buchstäblich darauf, bevor der Kellner die Tellerchen mit Oliven und Nüssen und die Papierservietten auf dem Tisch anrichten konnte.

Nach zwei kräftigen Schlucken des prickelnden Getränks warf sie einen Blick auf ihre Uhr.

Imogen hatte sich schon um zwanzig Minuten verspätet.

Für einen Moment kam Floriana der verlockende Gedanke, in einem Zug ihr Glas zu leeren und das Weite zu suchen, um später zu behaupten, Imogen sei ja nicht erschienen.

Aber dieses Glück war ihr nicht vergönnt, denn während sie noch darüber nachdachte, kam Imogen auch schon auf sie zu.

Wenn irgend möglich, sah sie sogar noch hinreißender aus als beim letzten Mal, als Floriana sie gesehen hatte. Sie war einfach perfekt, von ihrem naturblonden Haar bis zu den Spitzen ihrer lackierten Zehennägel. Und das, obwohl sie relativ schlicht gekleidet war: Sandaletten mit schwindelerregend hohen Absätzen, weiße Jeans und ein pfirsichfarbenes, an einer Seite schulterfreies Top – eines dieser asymmetrischen Dinger, bei denen Floriana immer, wenn sie eines sah, den Drang verspürte, es zurechtzurücken wie ein schief hängendes Bild. Den Blicken der anderen Gäste nach zu urteilen, war Imogen eine so strahlende Erscheinung, dass eigentlich nur noch das Diamantkrönchen in ihrem Haar fehlte, damit die Leute sich vor ihr verbeugten und den Boden unter ihren Füßen küssten. Gott, wenn sie so umwerfend aussah, um mit einer *Frau* einen Drink zu nehmen, wie würde sie dann erst an ihrem Hochzeitstag auftreten?

»Floriana!«, rief sie, während sie sich zwischen den Tischen und gaffenden Gästen hindurchschlängelte. »Wie schön, dich zu sehen! Nein, steh nicht auf! Bleib sitzen!«, sagte sie und verstärkte Florianas Unbehagen noch, als sie sich vorbeugte und rechts und links von ihren Wangen zwei Küsse in die Luft hauchte. »Wie gut du aussiehst!«, sprudelte sie hervor und überschwemmte Floriana förmlich mit dem Duft ihres Parfums. »Du glühst ja richtig. Du hast wohl ein bisschen zu viel Sonne abbekommen, was?«

Nein, mein Gesicht brennt vor Angst und Schuldbewusstsein, dachte Floriana. »Du siehst auch sehr gut aus«, gelang es ihr zu sagen, als Imogen die Show endlich zu Ende brachte und ihren Magermodel-Po in dem Sessel Floriana gegenüber parkte. »Du wirkst gar nicht gestresst so kurz vor deinem großen Tag. Was ist dein Geheimnis?« Was für eine unglückliche Wortwahl!, dachte sie und errötete noch heftiger, während sie gleichzeitig den großen funkelnden Diamanten an Imogens Finger bemerkte.

»Drei Stunden in einem großartigen Spa ist meine Geheimwaffe zum Stressabbau«, schwärmte Imogen. »Abgesehen davon bin ich fest entschlossen, mich nicht verrückt zu machen. Und ich werde auch vor den Flitterwochen nicht in die Sonne gehen. Ich will doch auf den Hochzeitsfotos keine Trägerspuren an den Schultern haben! Du dagegen siehst wirklich eine Spur zu rosig aus. Was für eine Sonnencreme benutzt du? Vielleicht solltest du dich für eine mit einem höheren Sonnenschutzfaktor entscheiden.«

Bevor Floriana antworten konnte, erschien der freundliche Kellner am Tisch. »*Signora?*«, sagte er zu Imogen. »Was darf ich Ihnen zu trinken bringen?«

Von jetzt an werde ich wohl so gut wie unsichtbar für ihn sein, dachte Floriana resigniert.

»Falls das Prosecco ist, was meine Freundin trinkt«, antwortete Imogen mit großen Augen und der Art von hinreißendem Lächeln, das einen Mann dazu bewegen könnte, sich das Herz herauszureißen und es ihr auf einer Silberplatte zu servieren, »dann werde ich das Gleiche nehmen.«

Er nickte und zog sich wieder zurück, worauf Floriana ihm am liebsten hinterhergelaufen wäre. Oh, wie sie wünschte, sie säße statt mit Imogen mit Esme und Adam bei einem entspannenden Drink irgendwo!

In einer Freiluftbar am See tippte Esme leicht mit ihrem Glas Prosecco an Adams Wasserglas – als ihr »Chauffeur« hob er sich den Wein für später auf, wenn sie zum *Grand Hotel Tremezzo* zurückkehren würden, um Floriana abzuholen und dann irgendwo etwas zu essen.

»*Salute*«, meinte Esme. »Und entschuldige bitte, dass du mich am Hals hast, Adam. Wie ich schon sagte, nachdem wir Floriana abgesetzt hatten, ist es eine Schande, dass du dich mit der Gesellschaft einer alten Frau begnügen musst, statt dich mit einem attraktiven jungen Mädchen zu vergnügen.«

Adam lehnte sich zurück und streckte die langen Beine aus. »Falls es dich beruhigt: Ich bin sicher, ich werde mich mit der alten Dame blendend amüsieren. Was meinst du?« Er warf ihr einen seiner wunderbar ironischen Blicke zu und schob ihr das Tellerchen mit Chips zu, das mit ihren Getränken serviert worden war.

Lächelnd nahm sie sich etwas von der Knabberei. Froh, dass

die drückende Hitze des Tages einer erträglicheren Wärme gewichen war, sah sie einem in Richtung Bellagio fahrenden *traghetto* nach. Unter der tief stehenden Abendsonne war die malerische Stadt in ein rosarotes Licht getaucht.

Esme dachte an Maria, die seit ihrer Heirat auf dieser anderen Seite des Sees lebte. Es war eine seltsame Begegnung zwischen ihnen gewesen. Maria hatte sich weder feindselig noch besonders freundlich ihnen gegenüber gezeigt, aber sie hatte ihnen geholfen, und dafür war Esme ihr unendlich dankbar.

Die Umstände von Angelos Tod überraschten sie nicht. Alles in allem war er der Inbegriff des Mannes gewesen, der gefährlich nahe am Wind segeln musste, um sich lebendig zu fühlen, die Art von Mann, der entweder durch List und Tücke überlebte oder ein alles andere als ehrenhaftes Ende fand. Moral und Menschlichkeit waren nur äußerst schwach bei ihm ausgeprägt gewesen, schien es. Das genaue Gegenteil von seinem Cousin Marco.

Als erriete er Esmes Gedanken, sagte Adam: »Hast du schon entschieden, was wir als Nächstes in Bezug auf Marco unternehmen?«

Auf der Rückfahrt von Bellagio war Esmes ursprüngliche Reaktion gewesen, sich damit abzufinden, dass sie so weit gekommen waren, wie es ging. Genügte es nicht zu wissen, dass Marco seine Pläne, Priester zu werden, verwirklicht hatte? Sie war schließlich nicht hierhergekommen, um ihn zu treffen; das wäre eine völlig unnachvollziehbare Erwartung gewesen. Nein, es war ihr darum gegangen, eine Reise in die Vergangenheit zu unternehmen, um dieselben Wege zu beschreiten, die sie schon vor all den Jahren beschritten hatte, und Dinge wiederzusehen, die sie schon einmal gesehen hatte, um so vielleicht eine neue Sichtweise der Vergangenheit zu erlangen.

»Ehrlich gesagt, denke ich, dass wir getan haben, was wir

konnten«, antwortete sie auf Adams Frage, »und ich bin ganz zufrieden mit dem, was wir erfahren haben. Allerdings glaube ich nicht, dass Floriana das gern hören wird. Ich weiß, dass dem lieben Kind ein hoffnungslos romantisches Bild von einem ergreifenden Wiedersehen zwischen Marco und mir vorschwebt, aber ich persönlich habe nie gedacht, dass das geschehen würde.«

»Nein, nein«, sagte Adam, während er sich vorbeugte, um sich ein paar Chips zu nehmen, »auch Floriana glaubt jetzt nicht mehr daran. Nach dem, was wir heute gehört haben, besonders über das Unglück, das die Familie Bassani angeblich allen bringt, die mit ihnen in Berührung kommen, ist sie sehr darauf bedacht, dass du nicht noch einmal verletzt wirst.«

Gerührt von Florianas Sorge, so unberechtigt sie auch war, schüttelte Esme den Kopf. »Als könnte das in meinem Alter noch passieren!«

»Macht das Alter einen wirklich immun gegen emotionalen Schmerz?«, fragte Adam.

»Unempfindlicher vielleicht. Man wird härter durch Erfahrung.«

Als er das zu überdenken schien und sich halb abwandte, um auf den See hinauszublicken, beschloss Esme, mutig zu sein. Wer wusste schon, wann sie wieder einmal Gelegenheit bekommen würde, mit ihm allein zu sein? »Adam«, sagte sie, »darf ich dir eine etwas persönliche Frage stellen?«

Er wandte sich ihr zu. Auch jetzt noch wirkte er umgänglich wie eh und je, doch sie kannte ihn gut genug, um ein gewisses Misstrauen in seinem Blick zu sehen. »Das käme darauf an, wie persönlich«, meinte er, bevor er nach einer Papierserviette griff und sich sehr langsam und sorgfältig die Hände abwischte.

Esme stärkte sich mit einem Schluck Prosecco, bevor sie ins sprichwörtliche kalte Wasser sprang. »Wie stehst du eigentlich zu Floriana?«

Seine Augen verengten sich ein wenig. »Sie ist einer der nettesten Menschen, den ich kenne.«

»Ach, komm, das kannst du besser, Adam!«

»Mir war nicht bewusst, dass es eine richtige und eine falsche Antwort gab. Was ist die Antwort, die du dir erhoffst?«

Sie fixierte ihn mit einem harten Blick. »Ich glaube, du weißt ganz genau, was ich wissen will.«

Adam lachte. »Was für eine herrlich kompromisslose Frau du bist, Esme!«

»Das mag ja sein, aber wirst du meine Frage nun beantworten oder nicht?«

Mit unbewegter Miene schaute er sie an. »Also gut«, sagte er dann mit einem tief empfundenen Seufzer. »Ich kann schon sehen, dass Nachgeben der Weg des geringsten Widerstandes ist, und daher werde ich dir sagen, was du wissen willst, und damit ist das Thema dann abgeschlossen, ja? Keine Verhöre mehr, okay?«

»Das kann ich dir nicht versprechen!«

Er legte den Kopf zurück und lachte wieder. Ein Paar an einem Tisch in der Nähe blickte zu ihnen herüber, worauf Adam seinen Stuhl näher an Esmes heranschob. »Na schön. Ich werde dir sagen, was du wissen willst, und dann kannst du mich von deiner immensen Weisheit profitieren lassen.«

Kapitel 43

Die Zeit verstrich, und Floriana wusste noch immer nicht, warum sie eigentlich hier war.

Seit fast einer Stunde hatte sie sich Imogens Gejammer über die leidige Angelegenheit anhören müssen, eine Hochzeit im Ausland allein via Telefon, Internet und eine Hochzeitsplanerin zu organisieren. Dazu kam ihr Geplapper über die Gäste, die aus allen Teilen der Welt einflogen und von denen viele Schul- und Universitätsfreunde waren, die Seb noch nie gesehen hatten. Anscheinend brannten sie alle darauf, ihn in Augenschein zu nehmen. Worauf er sich bestimmt schon wahnsinnig freut, dachte Floriana spöttisch. Und die ganze Zeit über wartete sie darauf, dass Imogen ihren blendenden Charme einstellte, ihr wahres Gesicht zeigte und zur Sache kam – sprich, sich über den Tisch beugte und ihre Stimme zu einem Zischen senkte, um sie mit einer ganzen Litanei giftiger Anschuldigungen zu attackieren.

Oder war Sebs Braut vielleicht einfach nur aufrichtig herzlich? War es möglich, dass sie sich geändert hatte? Oder war Floriana vor Eifersucht blind gewesen und hatte bisher nur ein verzerrtes Bild von Imogen gesehen? Denn wenn Floriana es recht bedachte – was gab es schon so furchtbar Unsympathisches an dieser Frau?

Hm … vielleicht, dass sie zu schön war?

Oder zu frivol?

Und lass uns nicht vergessen, dass sie viel zu dominant und eine schamlose Lügnerin ist, ermahnte sich Floriana.

Es nützte alles nichts. Floriana konnte einfach nicht so tun, als wäre ihr Gegenüber irgendetwas anderes als die völlig falsche

Frau für Seb. Er brauchte jemanden, der mehr Substanz und Integrität besaß. Jemanden, dem wirklich etwas an ihm lag. Jemanden, der ihn bis in sein sehr konfuses, aufgewühltes Innerstes verstand und ihm Halt zu geben verstand. Doch diese Person war Imogen nicht, dazu war sie viel zu ichbezogen. Das Problem war, dass beide überempfindliche, alles andere als pflegeleichte Menschen waren und ihr Zusammensein nie etwas anderes als ein hochexplosives Desaster sein könnte.

Da sie dieser lächerlichen Farce, »unter Mädels einen Drink zu nehmen«, ein Ende machen wollte, warf Floriana einen vielsagenden Blick auf ihre Uhr.

Imogen war immerhin so anständig, den Hinweis aufzugreifen. »Oh ja, natürlich«, sagte sie. »Ich darf dich nicht aufhalten. Aber da ist noch eins, was ich dich fragen wollte.«

Froh, dass das Ende dieses Gesprächs unter vier Augen in Sicht war und sie Adam und Esme anrufen konnte, um sich abholen zu lassen, meinte Floriana: »Klar, frag nur!«

»Ich möchte wissen, warum Seb die Nacht mit dir verbracht hat, als ich in Paris war.«

Da war es! Floriana war versucht zu fragen: Woher weißt du das?, doch stattdessen presste sie die Lippen zusammen und wartete.

»Du kannst dir ja wohl vorstellen, wie das aus meiner Sicht aussieht?«, fuhr Imogen fort. »Das erste Mal, dass ich ein Wochenende ohne ihn unterwegs bin, und schon fährt er nach Oxford und zu dir. Warum macht er das, frage ich dich?«

»Weil wir Freunde sind«, sagte Floriana und bemühte sich nach Kräften, so ruhig zu klingen wie jemand, der nichts zu verbergen hat. »Wir kennen uns schon ewig, das weißt du doch.«

Bis hierhin hatte Imogen freundlich und gefasst gewirkt, aber jetzt zeigten sich die ersten Risse in dieser Fassade. »Du kannst ihn wohl einfach nicht loslassen, was?«, entgegnete sie erbost.

»So ist das nicht. Ich wusste nicht, dass er kommen würde; er war aus heiterem Himmel plötzlich da. Du weißt doch, wie er ist. Er tut ständig solche Dinge, weil er es hasst, berechenbar zu sein.«

»So mag er früher gewesen sein, aber er hat sich geändert.«

»Hat er das?«

»Ja, das hat er!«, fauchte Imogen. Als sie weitersprach, lag eine stählerne Härte in ihrer Stimme und in ihren Augen. »Doch ich glaube, dass du gar nicht verstehen *willst*, worum es geht.«

»Nein, du bist diejenige, die nichts versteht!«, versetzte Floriana ärgerlich. »Wenn du Seb nicht vertrauen kannst, brauchst du nur dich selbst zu fragen, warum das wohl so ist.«

»Das habe ich mich x-mal gefragt, und immer wieder komme ich zu dem gleichen Punkt zurück: Wie kann ich ihm vertrauen, wenn du andauernd versuchst, ihn wieder in deine Fänge zu bekommen?«

»Ich fürchte, das sagt mehr über deine Unsicherheit aus als über irgendetwas, was ich je getan habe. Und nur zu deiner Information: Seb ist über Nacht bei mir geblieben, weil er zu viel getrunken hatte und nach London zurückzufahren keine Alternative war. Er ist auf meinem Sofa eingeschlafen, und dort hat er auch die Nacht verbracht. Es ist absolut nichts passiert. Wäre es dir lieber, wenn er in diesem Zustand gefahren wäre und sich umgebracht hätte, statt sicher in Oxford zu übernachten?«

»Mir wäre es lieber, wenn er in London geblieben wäre und dich gar nicht erst besucht hätte.«

Was Imogen wohl sagen würde, wenn ich ihr erzählte, was Seb mir an jenem Abend alles anvertraut hat?, überlegte Floriana. Wenn sie erführe, dass er mir sein Herz ausgeschüttet und ich versucht habe, ihm klarzumachen, dass seine Probleme nichts weiter als die ganz normale Nervosität eines Mannes vor der Hochzeit sind? Aber Floriana schwieg. Imogen würde ihr ohnehin nicht glauben, sondern sie nur beschuldigen, zu lügen und einen Keil zwischen sie und Seb treiben zu wollen.

»Was hast du vor, Imogen?«, fragte sie stattdessen. »Seb von allen fernzuhalten, die er kannte, bevor er dir begegnete? Du hast ihn ja nicht mal selbst seinen Trauzeugen aussuchen lassen, sondern musstest ihm deinen Bruder aufzwingen.«

»Was fällt dir ein! Er war überglücklich, Jules zu haben. Jules ist ein guter Freund von ihm. Sie stehen sich sehr nahe.«

»Das freut mich zu hören. Weiß Seb eigentlich von dieser kleinen Plauderei zwischen uns beiden?«

»Nein.«

»Na, das dachte ich mir schon! Hat er dir meine Nummer gegeben, oder hast du sie dir selbst aus seinem Telefon herausgesucht? Ja, klar, du brauchst mir nichts zu erzählen! Was hast du mit ihm gemacht während unseres gemütlichen kleinen Plauderstündchens hier? Ihn in seinem Zimmer eingesperrt, bis du ihm erlaubst, wieder herauszukommen?«

»Sei bitte nicht kindisch, er ist mit Daddy und Jules in Menaggio, um für morgen ein Boot zu mieten.«

»Da stellt sich doch trotzdem die Frage, warum du ihm nichts von unserem Treffen erzählt hast. Weil er dann nämlich merken würde, dass du ihm nicht vertraust, und das macht dir Angst, nicht wahr? Und nur, um meine Neugier zu befriedigen: Woher wusstest du eigentlich, dass er bei mir in Oxford war? Hat er es dir erzählt, oder – und darauf würde ich mein letztes Geld verwetten – ist sein Mobiltelefon dir zufällig in die Hände gefallen, als du aus Paris zurückkamst, und da dachtest du, hey, warum nicht, ich überprüfe schnell mal seine SMS, um zu sehen, was er so getrieben hat, während ich nicht da war?«

Imogen funkelte sie böse an. »Da du immer noch versuchst, ihn mir zu wegzunehmen, würde niemand an meiner Stelle anders handeln. Und die Tatsache, dass er seinen Besuch bei dir nicht erwähnt hat, lässt dich höchstens noch schuldiger erscheinen.«

Da hatte sie allerdings nicht ganz unrecht. »Wahrscheinlich hat er nichts davon erwähnt, weil er wusste, dass du dich darüber aufregen und völlig überreagieren würdest«, gab sie zu bedenken. »Und genau das tust du.«

»Mit gutem Grund!«

Ach, Seb, dachte Floriana traurig, was findest du nur an dieser Frau? Sie ist viel zu unsicher und besitzergreifend für dich. Und warum hast du diese SMS auf deinem Handy nicht gelöscht?

Weil er sie wahrscheinlich für völlig harmlos hielt. Weil er sich bestimmt gar nicht vorstellen konnte, dass seine Freundin boshaft genug war, sie hinter seinem Rücken zu lesen.

»Also worum ging es eigentlich genau bei dieser Einladung heute Abend?«, fragte Floriana. »Willst du mir verbieten, zu der Hochzeit zu kommen, weil du Angst hast, ich könnte einen allerletzten Versuch starten, dir Seb noch vor dem Altar auszuspannen?«

Imogen erhob sich langsam und geschmeidig, wie es ihre Art war. Dann blickte sie verächtlich auf Floriana herab und sagte: »*Dir* würde ich alles zutrauen.«

»Freut mich, dass du eine so gute Meinung von mir hast.«

»Bitte erspar mir deine Scherze! Ich würde alles dafür geben, dich am Samstag von uns fernzuhalten, aber da das Seb verärgern würde, werde ich etwas anderes von dir verlangen.« Sie beugte sich vor, bis ihr Gesicht nur noch Zentimeter von Flori anas entfernt war. »Du kannst zu der Hochzeit kommen, doch du wirst mir versprechen, ihn danach nie wiederzusehen.«

»Warum sollte ich dir ein solches Versprechen geben?«

»Wenn dir Sebs Glück am Herzen liegt, wirst du tun, was ich verlange. Ich will ihn glücklich machen, und das kann ich nicht, wenn du dich ständig in unsere Ehe hineindrängst. Ich will, dass du für immer aus unserem Leben verschwindest. Ich hatte schon einmal versucht, ihm klarzumachen, dass für dich kein Platz in unserer Beziehung ist und er sich für dich oder mich entscheiden muss, und wie du siehst, entschied er sich damals für mich.«

»Du hast ihm die Pistole auf die Brust gesetzt? Ihn erpresst: Floriana oder ich?«

»Es war der einzige Weg, ihn von dir zu befreien.«

Floriana war fassungslos. Aber das erklärte einiges. Jetzt wusste sie, warum Seb ihre Versuche ignoriert hatte, sich zu entschuldigen und sich mit ihm zu versöhnen. »Aber dann verstehe ich nicht, warum du ihm erlaubt hast, mich zu eurer Hochzeit einzuladen.«

»Dummerweise dachte ich, es wäre in Ordnung nach so langer Zeit. Aber ich hatte mich geirrt.«

Mehr, als du dir auch nur vorstellen kannst, dachte Floriana, als sie Imogen davonstolzieren sah.

Kapitel 44

»Dies war ein sehr ereignisreicher Tag, scheint mir, den ich nur allzu gern beenden werde, indem ich schlafen gehe«, sagte Esme.

Adam, der gerade eine Flasche Wein auf der Terrasse öffnete, beobachtete, wie Esme Floriana umarmte und ihr einen Gutenachtkuss gab. »Schlaf gut, meine Süße, und denk nicht mehr über diese grässliche Begegnung mit Imogen nach!«

»Keine Bange!« Floriana drückte Esme an sich. »Es braucht mehr als eine verrückte Braut, um mir den Schlaf zu rauben.«

Dann kam Esme zu Adam und klopfte ihm auf die Schulter. »Gute Nacht! Und nochmals vielen Dank, dass du ein so ausgezeichnetes Restaurant für heute Abend ausgesucht hattest. Es war einfach perfekt.« Nach einem Blick zu Floriana, die zu einem Rosenstrauch hinübergegangen war, setzte Esme mit gedämpfter Stimme schnell hinzu: »Bitte vergiss nicht den Rat, den ich dir gegeben habe, ja?«

Adam zog den Korken aus der Flasche. »Schlaf gut, Esme«, sagte er unverbindlich. »Es wird heute wieder eine warme Nacht sein – bist du sicher, dass ich nicht die Klimaanlage in deinem Zimmer anstellen soll?«

»Nein, nein, danke, es reicht mir, wenn das Fenster offen steht.«

Adam sah der alten Dame nach, als sie in die Villa ging, und hoffte, dass Floriana nichts von ihren Worten mitbekommen hatte. »Was tust du da drüben, Floriana?«, rief er.

»Wonach sieht es denn aus? Ich sammle Rosenblätter.«

Tatsächlich, sie kniete im Gras und sammelte herabgefallene

Blütenblätter, hob ihre schon gefüllten Hände ans Gesicht und atmete tief ein.

»Ein Glas Wein?«, fragte er.

»Ja, bitte«, antwortete sie, während sie zu ihm auf die Terrasse kam und die Arme ausstreckte, um ihn an den Blüten riechen zu lassen.

»Sehr schön.«

»Sehr schön«, wiederholte sie kopfschüttelnd. »Ist das alles, was du dazu zu sagen hast? Adam, das ist das exquisiteste Parfum der Welt! Es gibt nichts Besseres.«

Er widmete sich wieder dem Wein. »Tut mir leid, Floriana, ich bin ein einfacher Mann, der nur einen begrenzten Wortschatz zur Verfügung hat.«

»Wie schade!«, neckte sie ihn.

Nein, dachte er, schade ist, dass ich mich nicht so ausdrücken kann, wie ich es eigentlich gern täte, und zunehmend die Sprache verliere, wenn ich mit dir allein bin. Esme hatte recht. Diese Situation musste geklärt werden. Und zwar möglichst bald. Er war immer noch ganz perplex darüber, dass die alte Dame ihn durchschaut hatte, was seine Gefühle für Floriana anbelangte. Und das, obwohl er sich so sicher gewesen war, dass ihm nach außen hin überhaupt nichts anzumerken war. Aber Esme zufolge hatten ihn gerade seine übertriebenen Bemühungen, seine Hingezogenheit zu Floriana zu verbergen, verraten. Die ersten Anzeichen habe sie schon Wochen zuvor bemerkt, behauptete Esme. Und wenn sie erraten hatte, was in ihm vorging, war es mit Sicherheit auch Floriana nicht entgangen, und deshalb beschäftigte ihn nun die Frage, warum *sie* nichts unternommen hatte. Oder war sie vielleicht nicht interessiert?

Esmes Antwort auf diese Erwägungen war sehr entschieden gewesen. »Es geziemt sich nicht für sie als Frau, den ersten Schritt zu tun, Adam.«

Als er höflich widersprach, das sei heutzutage eine überholte Form der Etikette, tat sie seinen Einwand mit einem ärgerlichen Seufzer ab und entgegnete: »Hör auf, Ausflüchte zu suchen! Unternimm lieber endlich etwas! Es sei denn natürlich«, fügte sie hinzu, »du bist noch nicht wirklich über Jesse hinweg.«

Jetzt war er es, der sehr entschieden reagierte. »Die Gefahr besteht nicht. Aber was ist, wenn Floriana noch in Seb verliebt ist?«

»Glaub mir, das ist sie nicht!«

»Hast du einen unwiderlegbaren Beweis dafür?«, fragte er. »Hat sie dir erzählt, dass sie ihn nicht mehr liebt?«

»Nein. Aber das fühle ich in meinen alten Knochen. Außerdem bist du derjenige, der ihr beweisen muss, dass sie diese Geschichte überwunden hat. Weißt du, vor sehr langer Zeit sagte mir mal jemand, dass die meisten unserer Verletzungen im Leben durch Beziehungen entstehen und dass sie aber auch genauso gut durch sie wieder verheilen können.«

»Ich will unsere Freundschaft nicht aufs Spiel setzen.«

»Ich könnte mir vorstellen, Adam, dass du bei deiner Arbeit ständig irgendetwas riskierst und trotzdem alles zu deiner Zufriedenheit ausgeht. Habe ich recht?«

»Im Großen und Ganzen ja. Aber das sind kalkulierte Risiken, von denen vor allem ich selbst profitiere. In meinem Privatleben dagegen riskiere ich nicht gern etwas, schon gar nicht, wenn es einen so schlimmen Ausgang nehmen könnte.«

»Denk doch einmal andersrum! Was, wenn es gut ausgeht? Auf wunderbare Weise gut! Na, komm schon, Adam, die Zaghaften mit den schwachen Nerven gewinnen keine schönen Frauen!«

Mit diesen Worten im Kopf und inzwischen viel zu angespannt, um sich mit Floriana zusammenzusetzen, sagte er: »Wie wäre es mit einer Runde Schwimmen, um uns ein bisschen abzukühlen?«

»Gute Idee!«, sagte sie und warf ganz unvermittelt ihre Hände in die Luft, um dann entzückt auf ihren Zehenspitzen herumtanzen, als die Rosenblütenblätter wie blassrosa Konfetti auf sie herabregneten.

Adam lachte. »Miss Day, bist du vielleicht ein klein bisschen betrunken? Wenn ja, wäre Schwimmen nämlich keine so gute Idee.«

»Ich bin nüchtern wie ein Richter«, sagte sie und blieb stehen, um ihn mit ihren schönen braunen Augen anzusehen. »Außerdem bist du ja da, um mich zu retten, oder?«

»Und was ist, wenn *ich* gerettet werden muss?«

»Dann bin ich genau die Richtige. Großes Ehrenwort. Und trotz der paar Gläschen Limoncello, die ich nach dem Abendessen hatte, werde ich nicht zulassen, dass dir etwas passiert.«

Zu spät, dachte er, als er sich umziehen ging, denn *du* bist mir bereits passiert.

In der Stille und Dunkelheit der Nacht war die Unterwasserbeleuchtung des Pools so leuchtend weiß, dass Floriana im Wasser wie aus Alabaster geschnitzt aussah. Oh ja, dachte Adam bedauernd, denken kann ich noch in poetischen Begriffen, ich bin nur nicht fähig, sie verbal zum Ausdruck zu bringen.

Mit langsamen, geschmeidigen Zügen, das Kinn gerade noch über der Wasseroberfläche, glitt Floriana geräuschlos durch das Wasser. Als sie sah, dass er sie beobachtete, bemerkte sie: »Du siehst so ernst aus. Woran denkst du, Adam?«

»Ach, an dies und das.«

»Ich hoffe, es stört dich nicht, dass ich es sage, aber du bist fast den ganzen Abend schon so ernst gewesen.«

»Du solltest inzwischen wissen, dass ich nun mal so bin.«

Sie kam zum tiefsten Ende des Pools geschwommen, wo er stand, breitete die Arme aus und trat Wasser, als sie zum dunklen Nachthimmel aufblickte. »Wenn du jemandem sagst, dass sich hunderttausend Millionen Sterne auf der Milchstraße befinden, wird er dir glauben, aber sag ihm, ein Teller sei zu heiß zum Anfassen, und er wird ihn mit Sicherheit berühren.«

»Und was willst du damit sagen?«

Sie drehte sich nur grinsend auf den Rücken und ließ sich von ihm wegtreiben.

Adam schwamm ihr nach. »Was ist der Punkt, Miss Day?«

Mit dem Gesicht nach oben und ihrem wie aufgefächerten Haar im Wasser antwortete sie: »Der Punkt ist, dass Leute immer infrage stellen werden, was sie glauben, anfechten zu können, und dass ich nicht anders bin. Ich bin mir sicher, dass dich irgendetwas beunruhigt.«

»Mich beunruhigt gar nichts«, behauptete er.

»Was war denn dann der Rat, den Esme dir gegeben hat und den du nicht vergessen sollst?«

Er konnte spüren, wie er errötete. »Du hast es also doch gehört!«

»Was? Dachtest du vielleicht, ich wäre plötzlich schwerhörig?«

Nach einem langen Atemzug tauchte Adam unter und schwamm zum tiefen Ende des Pools zurück. Als er wieder auftauchte und sich das Wasser aus den Ohren schüttelte und das Haar zurückstrich, sah er sich nach Floriana um, aber von ihr war nirgendwo etwas zu sehen. Nicht, bis sie unmittelbar hinter ihm auftauchte. Während sie sich mit einer Hand am Beckenrand festhielt, sagte sie mit einer Stimme, die sich wie aus dem Off eines Horrorfilms anhörte:

»Du kannst rennen, Mr. Strong, aber du kannst dich nicht verstecken. Was hat Esme dir geraten?«

Adam fuhr sich langsam mit der Hand über das Gesicht, um Zeit zu schinden. »Also gut«, zwang er sich schließlich zu antworten, »ich werde es dir sagen. Aber Ehrlichkeit verdient die gleiche Art von Ehrlichkeit, okay? Und ich warne dich, denn das hier könnte peinlich werden, was genau das ist, was ich so unbedingt vermeiden wollte.«

Sie nickte, und er dachte, jetzt oder nie, und fuhr schnell fort. »Liebst du Seb noch?«, fragte er. »Das muss ich wissen. Denn sonst … sonst brauche ich gar nicht erst weiterreden.«

Er konnte sehen, dass seine Frage sie überrascht hatte. Aber noch beunruhigender war, dass er einen Anflug von etwas in ihrem Ausdruck sah, das ihn nicht ermutigte. Doch er kämpfte tapfer gegen seine Enttäuschung an. »Gut, dann werde ich das als ein Ja betrachten. Danke, dass du ehrlich zu mir warst. Das weiß ich sehr zu schätzen.«

Sie runzelte die Stirn. »Aber ich habe doch gar nichts gesagt.«

»Schon gut. Das brauchtest du auch nicht.«

»Nein, Adam, du verstehst nicht. Ich …«

»Du brauchst wirklich nichts mehr zu sagen«, unterbrach er sie, weil er seine Verlegenheit nicht noch vergrößern wollte. »Du brauchst dich nicht zu rechtfertigen. Es ist schon gut.«

Er wollte sich gerade vom Rand des Beckens abstoßen, als sie eine Hand nach ihm ausstreckte. »Adam, du hast das falsch verstanden. Ich liebe Seb nicht. Zumindest nicht auf die Art und Weise, die du meintest.«

»Und was für eine Art und Weise meinte ich?«

»Du wolltest wissen, ob ich noch in Seb *verliebt* bin«, erwiderte sie leise. »Das bin ich nicht. Ich habe ihn sehr gern, doch was ich heute für ihn empfinde, ist etwas völlig anderes als früher. Ich glaube, heutzutage tut er mir vor allem leid. Er kommt mir überhaupt nicht glücklich vor.«

»Wann hast du gemerkt, dass deine Gefühle sich geändert haben?«

»Wahrscheinlich begann es, als er im Juni nach Oxford kam,

um mich zu besuchen, während Imogen in Paris ihren Junggesellinnenabschied feierte. Heute Abend habe ich Esme und dir ja erzählt, dass ich mir des Risikos, ihn über Nacht bleiben zu lassen, bewusst war, aber denk doch mal darüber nach! Wenn ich ihn geliebt hätte oder *verliebt* in ihn gewesen wäre, hätte ich mir doch keine Gedanken über die Konsequenzen gemacht und ihn bestimmt nicht auf dem Sofa schlafen lassen, sondern die Gelegenheit ergriffen.«

Adam starrte sie nur an, weil er nicht wusste, was er dazu sagen sollte.

»Ich habe nicht mit ihm geschlafen«, erklärte sie entschieden. »Das ist mir nicht mal in den Sinn gekommen. Und da ich jetzt so ehrlich zu dir war, fände ich es nur fair, wenn du es nun auch zu mir wärst, Adam. Also sag mir, warum du das wissen musstest?«

Er zögerte.

Floriana fuhr fort, ihn mit völlig unbewegter Miene anzustarren.

»Du bist ein schlaues Mädchen«, murmelte er. »Und deshalb wirst du das wohl auch selbst herausfinden können, meinst du nicht?«

»Du schätzt mich völlig falsch ein«, entgegnete sie mit einem kleinen Lächeln und beugte sich ein wenig zu ihm vor, um ihm noch eindringlicher in die Augen zu sehen. »Ich bin gar nicht so schlau. Manche Dinge muss man mir erklären, damit ich sie verstehe.«

Adam glitt im Wasser dicht an sie heran. Sehr dicht. »Jetzt ist nicht der richtige Moment, die ›Hübsch-aber-dumm‹-Karte auszuspielen. Oder dich über mich lustig zu machen.«

»Nicht einmal ein kleines bisschen?«

»Ich könnte mir bessere Verwendungsmöglichkeiten für deine beachtlichen Talente vorstellen.«

»Aber Mr. Strong, flirten Sie etwa mit mir?«

»Das hoffe ich doch, verdammt noch mal! Es mag für dich zwar nicht nach viel aussehen, aber ich rackere mich hier ganz schön ab!«

Floriana lachte. »Und mit großer Wirkung, darf ich vielleicht hinzufügen.«

Er stand jetzt so dicht vor ihr, dass er die Wimpern um ihre glänzenden Augen zählen könnte. »Bitte, Floriana«, sagte er. »Ich bitte dich höflichst, mich aus meinem Elend zu erlösen und mir ein eindeutiges Zeichen zu geben, dass es in Ordnung wäre, dich zu küssen.«

»Was für eine Art von Zeichen wäre denn eindeutig genug für dich?«

»Ich würde mich schon mit einem zufriedengeben, das darauf schließen ließe, dass du mich nicht beißen wirst.«

Sie lachte wieder und hob das Kinn an, bis ihr Mund nur noch ein paar verführerische Zentimeter von seinem entfernt war und er die Wärme ihres Atems an seiner Haut spüren konnte.

»Wie wäre es damit?«, flüsterte sie und strich mit ihren Lippen über seine, zuerst über die Oberlippe, dann über die Unterlippe. Was erotische Momente anging, hätte dieser nicht betörender sein können. »War das eindeutig genug für dich?«, fragte sie und legte den Kopf zurück, um ihn prüfend ansehen zu können.

»Ich bin mir nicht ganz sicher, aber was soll's, ich werde es einfach mal riskieren«, sagte er, und während er mit einer Hand nach dem Beckenrand griff, um sich festzuhalten, legte er die andere um Florianas Nacken und küsste sie.

Zu ruhelos, um Schlaf zu finden, stand Esme auf und trat an das offene Fenster. Als sie zu dem noch immer hell erleuchteten Pool hinunterblickte, sah sie Adam und Floriana und zog sich schnell wieder zurück.

Das war's. Meine Arbeit ist getan, dachte sie froh. Die beiden dort unten hatten nur noch einen kräftigen Schubs in die richtige Richtung gebraucht.

Kapitel 45

Alle schliefen am nächsten Morgen gründlich aus.

Floriana ging schließlich als Erste in die Küche hinunter und fragte sich, als sie sich ein Glas Wasser einschenkte, ob sie die nötige Energie besaß, um ein paar Croissants zum Frühstück zu besorgen.

Aber das war nicht das Einzige, worüber sie nachdachte. Während sie durstig das Wasser trank, trat sie auf die Terrasse und blickte zu dem Pool hinüber, dessen Wasseroberfläche glatt und glitzernd im hellen Sonnenschein lag. Dort küssten sich Adam Strong und Floriana Day, dachte sie mit einem frohen Lächeln und stellte sich ein blaues Schild mit dieser Aufschrift vor, das den historischen Moment für zukünftige Gäste festhielt.

Auf bloßen Füßen ging sie über das trockene Gras zu der Schaukel hinüber, auf der Adam und sie nach ihrem nächtlichen Bad gestern noch lange in der warmen, stillen Luft gesessen hatten. Im Schein der Poolbeleuchtung, den Kopf an Adams Schulter und mit seinem Arm um sie, hatte sie begonnen, sich auf den neuen Stand ihrer Beziehung einzustellen. Komisch, wie ein Kuss nahezu alles verändern konnte! Es würde auf jeden Fall etwas gewöhnungsbedürftig sein …

Es war fast zwei Uhr morgens gewesen, als sie endlich Hand in Hand zur Villa zurückgeschlendert waren, um zu Bett zu gehen. Nachdem Adam sie vor ihrer Schlafzimmertür ein letztes Mal geküsst hatte, hatte er sich umgedreht und war leise die Treppe zu seinem eigenen Zimmer im obersten Stock hinaufgestiegen.

Als sie jetzt mit ihren Zehen in dem trockenen Gras spielte, hoffte Floriana, dass Adam ihr glaubte, dass sie Seb nicht mehr auf die gleiche Weise liebte wie zuvor. Ihre Gefühle für ihn hatten sich tatsächlich sehr verändert. Es war schwer zu erklären, sogar für sie selbst, doch zum ersten Mal seit langer Zeit fühlte sie sich frei – frei und befreit von der selbstverschuldeten Qual, einen Menschen zu lieben, der diese Liebe nicht erwiderte.

Dennoch war ihr Sebastian noch immer ungeheuer wichtig, und falls Adam sich nicht damit abfinden konnte, dass Seb immer eine Rolle in ihrem Leben spielen würde, wäre es besser, den Dingen auf der Stelle ein Ende zu setzen. Oder verlangte sie zu viel von ihm, wenn sie erwartete, dass er diese etwas ungewöhnliche Situation akzeptierte?

Sie seufzte schwer und fragte sich zum tausendsten Mal, was zum Teufel Seb dazu bewogen haben konnte, Imogen einen Heiratsantrag zu machen? Er war nicht dumm; wieso sah er also nicht, dass diese Frau überhaupt nicht zu ihm passte? Und was würde er von dem gestrigen Gespräch zwischen Floriana und seiner Braut halten?

Sie dachte daran, wie unglücklich er gewesen war, als er bei ihr in Oxford übernachtet hatte, und wie massiv sich seine Stimmung mit jedem Glas Wein, das er getrunken hatte, noch verschlechtert hatte. Wann immer sie sich daran erinnerte, wie düster und trübsinnig er gewesen war, konnte sie nicht umhin, an eine frühere Zeit in seinem Leben zurückzudenken, als Depressionen ihn erschreckend nahe an den absoluten Tiefpunkt gebracht hatten.

Es war in ihrem Abschlussjahr an der Uni und einige Tage vor dem Maifeiertag gewesen, als Seb zuerst auf der Magdalen Bridge und dann noch einmal beim Frühstück so furchtbar deprimiert mit ihr gesprochen hatte. Die Sorgen, die Floriana sich an jenem Tag um ihn gemacht hatte, hatte er kurz darauf ein wenig zerstreut, als er ihr voller Überzeugung versichert hatte, es gehe ihm gut und er habe nur einen schlechten Tag gehabt.

Sie erinnerte sich noch gut an die Erleichterung, die sie verspürt hatte, und nur zu gern hatte Floriana seine Behauptungen geglaubt. Gleich danach hatte sie sich in die Vorbereitungen für die Abschlussprüfung gestürzt und auch eine Beziehung mit einem neuen Freund begonnen. Im Nachhinein betrachtet, war Angus – der im zweiten Jahr an der St. Peter's Philosophie, Politik und Wirtschaftswissenschaften studiert hatte – jedoch nichts weiter als eine amüsante Ablenkung von ihrem Arbeitsdruck gewesen.

Am Tag ihrer letzten Prüfung war Angus draußen vor den Prüfungssälen erschienen, um mit den anderen den altehrwürdigen Brauch zu zelebrieren, sie mit rohen Eiern und Mehl zu bewerfen. Kaum hatte er sie geküsst und das erste Ei geworfen, entdeckte sie Seb, der mit verlegener Miene in einiger Entfernung von der lärmenden Gruppe stand, die sich auf der High versammelt hatte. Er hielt eine Flasche Champagner in den Händen und hatte sich einen struppigen Bart wachsen lassen, der ihm gar nicht schlechter hätte stehen können – und der Floriana jäh daran erinnerte, dass es einige Wochen her war, seit sie Seb zuletzt gesehen hatte. Das Letzte, was sie von ihm gehört hatte, war, dass er bis zum Hals in Prüfungsvorbereitungen steckte und nicht gestört werden wollte. »Keine Ablenkungen!«, hatte er gesagt, als sie ihm einmal vorgeschlagen hatte, sich bei Pizza und einem Bier ein wenig zu entspannen. Als sie ihn jedoch jetzt in diesem Zustand sah, so verhärmt und ungepflegt, sorgte sie sich sofort, dass er sich vermutlich nur vor ihr versteckt hatte.

Und so drängte sie sich beunruhigt durch die lärmende Menge, um zu ihm zu gelangen. Als sie ihn erreicht hatte und aus der Nähe sehen konnte, erschrak sie sogar noch mehr über sein Aussehen: Seine Wangen waren eingefallen, und dunkelviolette Schatten lagen unter seinen stumpfen Augen; außerdem hatte er an Gewicht verloren, und sein Haar hätte dringend gewaschen werden müssen. Floriana sagte das Erste, was ihr in den Sinn kam. »Bist du okay?«

»Mir ging's nie besser. Und dir?«

»Ich bin froh, dass ich keine Prüfungen mehr habe.«

»Du Glückliche! Meine Abschlussprüfungen fangen erst in zehn Tagen an.« Sein Blick glitt über ihre Schulter. »Dein Loverboy dort drüben sieht nicht allzu glücklich aus. Nimm es mir nicht übel, aber der scheint so gar nicht dein Typ zu sein. Alles an ihm schreit ja förmlich ›Blödmann‹. Oder, besser gesagt, ›*Upperclass*-Blödmann‹. Wie heißt der Junge?«

»Angus.«

»Und was willst du mit ihm? Ein soziales Experiment durchführen, um hautnah zu erleben, wie die andere Hälfte der Menschheit sich benimmt?«

»Und was ist dein soziales Experiment?«, versetzte Floriana, verärgert über die Kritik. »Herauszufinden, wie viel Chemikalien dein Körper verkraften kann, bevor er ganz verfällt?«

»Sei nicht so, Florrie! Ich bin hier, um mich zu entschuldigen.«

»Wofür?«

»Dass ich ein genauso großer Blödmann wie dein Freund war.«

»Und das soll eine Entschuldigung sein?«

Die Champagnerflasche nun unter dem Arm, die Hände in den Taschen, grinste er sie an. »Du kennst doch das alte Sprichwort, dass man Scheiße nicht in Gold verwandeln kann.«

Darüber musste sie lachen. Ohne einen Gedanken an Angus zu verschwenden, hakte sie sich bei Seb unter und sagte: »Komm, lass uns von hier verschwinden!«

Sie gingen zum Fluss hinunter, wo Seb den Champagner öffnete und sich für seine Abwesenheit in den letzten Wochen entschuldigte. »Ich konnte einfach niemanden sehen«, meinte er und reichte ihr die Flasche.

»Nicht mal mich?«

»Dich vor allem nicht. Du bist neuerdings zu kritisch.«

Sie gab ihm die Flasche zurück und sah, wie er einen großen Schluck daraus nahm. Und noch einen. »Sag mir, was los ist, Seb! Und warum du so schlecht aussiehst. Es ist nicht nur wegen der Abschlussprüfungen, nicht? Was ist passiert?«

»Kritisch *und* scharfsichtig.« Er nahm einen weiteren großen Schluck aus der Champagnerflasche. »Es hat mit meinem Vater zu tun.«

Überrascht sah sie ihn an und wartete auf Einzelheiten. Abgesehen davon, dass er ihm das College finanzierte, hatte Sebs Vater sich fast vollständig von seinem Sohn gelöst. Seb hatte die Situation jedoch schon lange akzeptiert. Jedenfalls hatte Floriana das gedacht. »Was ist mit ihm?«, fragte sie, als Seb sich mal wieder hinter eine Wand des Schweigens zurückzuziehen schien.

»Ich hab getan, was ich mir immer geschworen hatte, nicht zu tun, und mich mit ihm in Verbindung gesetzt. Ich wollte sehen, ob wir uns nicht mal treffen könnten. Um einander besser kennenzulernen und vielleicht sogar irgendeine Art Beziehung zwischen uns herzustellen.«

Noch nie zuvor hatte Seb davon gesprochen, den Mann treffen zu wollen, der ihn und seine Mutter wegen einer anderen Frau verlassen hatte, mit der er eine neue Familie gegründet hatte. »Was hat dich dazu bewogen?« Floriana beobachtete, wie Seb an dem Gras neben ihm zupfte. »Woher kam der Sinneswandel?«

Er zuckte mit den schmalen Schultern. »Das war Mums Werk. Erinnerst du dich an den Typen, von dem ich dir erzählt hatte, den sie im Internet kennengelernt hat und der in Spanien lebt?«

»Ja, ich weiß noch, wie wir gewitzelt haben, dass er sich als Gangster entpuppen könnte, der sich an der *Costa del Crime* verborgen hält.«

»Wer weiß, vielleicht bestätigt sich das ja sogar noch. Jedenfalls ist Mum zu ihm gezogen, und ruck, zuck haben sie geheiratet. Sie hat mir geschrieben, um mir die frohe Botschaft ihrer Heirat vor zwei Wochen mitzuteilen. Und jetzt verkauft sie hier alles, was nicht niet- und nagelfest ist. Sie sagte, wenn ich Wohnungsprobleme nach dem Abschluss hätte, könnte ich entweder zu ihr nach Spanien kommen oder bei meinem Vater mein Glück versuchen.«

Floriana war fassungslos. Im Grunde hätte sie es jedoch nicht sein dürfen, da Sebs Mutter einer der egoistischsten Menschen war, die ihr je begegnet waren und die ihre Mutterrolle ohnehin nie ernst genommen hatte, im Gegenteil. Sie hatte Seb sogar wiederholt gesagt, er sei ohne sie besser dran.

»Glaubst du, dass sie von Bestand sein wird, diese jüngste stürmische Romanze?«, fragte Floriana.

»Wer weiß? Aber wir schweifen ab. Hier geht es nicht um meine Mutter, sondern um meinen Vater.«

»Entschuldige. Also erzähl weiter – wie reagierte er auf deine Bitte, sich mit dir zu treffen?«

»Er sagte so was wie: ›Vermutlich könnten wir eine Lösung dafür finden‹, als ginge es um etwas, das erst noch verhandelt werden muss.«

»Wahrscheinlich war er einfach überrascht«, erwiderte Floriana, um Großzügigkeit bemüht. »Vielleicht war es etwas, was er seit Jahren zu hören erwartet hatte, und plötzlich war es da, und du hast ihn damit überrumpelt.«

»Netter Versuch, Florrie, aber alles, was ich danach von ihm zu hören bekam, waren Ausreden für jedes Datum oder jede Uhrzeit, die ich vorschlug. Entweder hatte er zu viel Arbeit oder war auf Reisen, und wenn es das nicht war, konnte er wegen irgendeines Termins seiner Kinder nicht.«

Florianas Herz verkrampfte sich vor Mitgefühl mit Seb. Wie schmerzlich es für ihn gewesen sein musste, diesen ersten

Schritt zu tun, nur um auf so grausame Ablehnung zu stoßen! Sie konnte sich nicht einmal vorstellen, wie es sich anfühlen musste, von einem Elternteil so rundweg abgelehnt zu werden. Oder eigentlich sogar von beiden.

Im Vergleich dazu waren ihre eigenen Eltern viel liebevoller zu Seb gewesen. Sie hatten ihm immer Geburtstags- und Weihnachtsgeschenke gemacht, und Dad hatte ihm vor der Führerscheinprüfung sogar Fahrunterricht gegeben. Floriana selbst war durch die Prüfung gefallen und hatte es nie wieder versucht, während Seb schon gleich beim ersten Mal bestanden hatte.

»Und? Hast du es am Ende doch geschafft, ihn festzunageln?«, fragte sie.

»Ja, er sagte, er würde nach Oxford kommen und mit mir essen gehen.« Wieder verstummte er, riss einen langen Grashalm aus und tippte sich damit ans Kinn. »Aber er erschien nicht mal. Und er rief auch nicht an oder schickte mir eine SMS, um mir Bescheid zu geben, dass er sich verspätete oder es nicht schaffen würde. Am nächsten Tag schickte ich ihm eine E-Mail, um zu fragen, was zum Teufel er sich dabei gedacht habe, und seine einzige Antwort darauf war, es sei etwas dazwischengekommen.«

»Oh, Seb, das tut mir leid!«

Ärgerlich warf er den Grashalm weg. »Nein! Kein Mitgefühl. Alles, nur das nicht! Mach mich wütend! Mach, was immer du auch willst, aber bemitleide mich nicht!«

»Wage es nicht, mein Mitgefühl jemals mit Mitleid zu verwechseln Seb! Nicht, wenn es mir so wehtut, dich so zu sehen.«

»Wie ›so‹?«, gab er barsch zurück.

»Wie einen Penner«, erwiderte sie ganz unverblümt. »Als hättest du dich aufgegeben.« Sie gab es nur sehr ungern zu, aber mit seinen zerknitterten Klamotten, die rochen, als wären sie lange nicht mehr gewaschen worden, seinem strubbeligen, fettigen Haar und dem zerzausten Bart könnte er leicht für einen von Oxfords vielen Obdachlosen gehalten werden.

»Warum sollte ich mich nicht aufgeben? Alle anderen haben es doch auch getan.«

»Ich nicht!«, widersprach sie heftig. »Und das weißt du verdammt gut!«

»Was du nicht sagst! Ich habe herzlich wenig von dir gesehen, seit du was mit deinem Rugby-Macker angefangen hast.«

Floriana stieß ihn spielerisch mit dem Fuß an, eine Geste, die darüber hinwegtäuschen sollte, wie weh ihr sein Vorwurf tat. Besonders, da er nicht ganz unberechtigt war. »Angus spielt nicht Rugby, er ist Ruderer«, entgegnete sie. »Und außerdem warst du es, der sagte, er wolle nicht gestört werden. Wenn du mich hättest sehen wollen, hättest du ja auch anrufen oder zu mir kommen können.«

»Um dich im Bett mit ihm zu erwischen? Wohl eher nicht.«

»Dann war es also erträglicher, dich in völliger Abgeschiedenheit zu quälen?«

»Du kennst mich und weißt, dass die Rolle der gequälten Seele besser zu mir passt als die der fröhlichen, glücklichen, zufriedenen. Du weißt, wie sehr ich falsche Töne hasse.«

Am nächsten Tag wurde Floriana jedoch klar, dass Seb sie mit einer ganzen Symphonie katastrophal falscher Töne hinters Licht geführt hatte. Das volle Ausmaß dessen, was er vor ihr verborgen hatte, trat zutage, als sie einen Anruf aus dem John Radcliffe Hospital erhielt und erfuhr, dass Seb in aller Frühe an diesem Morgen eingeliefert worden war und nun nach ihr verlangte.

»Glaub kein Wort von dem, was sie dir erzählen!«, sagte er gleich schroff, als sie sich zu ihm ans Bett setzte. »Es war keine Absicht, sondern nur ein kleiner Exzess, der außer Kontrolle geraten ist. Hätte ich vorgehabt, mich umzubringen, dann wäre es mir gelungen. Und sieh mich verdammt noch mal nicht so an, oder ich werde mir noch wünschen, ich hätte es getan!«

»Ich sehe dich so an, weil du mir Angst machst, Seb. Warum musst du immer in allem bis an die Grenze gehen?«

»Du willst, dass ich halbe Sachen mache? Nie im Leben!«

»Ich will, dass es dir gut geht und du glücklich bist. Ist das so furchtbar schlimm?«

»Glück ist etwas Unerreichbares für mich.« Und dann hatte er mit einem herzhaften Gähnen die Augen geschlossen und war eingeschlafen.

Die Krankenhausärzte hatten ihm seine Erklärung auch nicht abgekauft, und nachdem sie seine Krankengeschichte mit dem Oxforder Arzt besprochen hatten, dessen Patient er war, stellte sich heraus, dass Seb in den letzten acht Monaten Antidepressiva genommen hatte.

Am Tag darauf wurde er entlassen, nachdem ein Termin bei einem Psychiater für ihn vereinbart worden war.

Floriana brachte Seb zu dem Haus zurück, das er sich mit zwei chinesischen Physikern teilte – sie waren es, die ihn bewusstlos auf dem Badezimmerboden gefunden hatten. Floriana zog nun bei Seb ein, um ihn Tag und Nacht zu überwachen, und schließlich erinnerte sie ihn sehr sanft daran, dass in zwei Tagen seine Abschlussprüfungen begannen. Doch er lachte sie nur aus und meinte, sie sei verrückter als er selbst, falls sie glaube, sein Abschluss interessiere ihn. Sie flehte ihn an, es sich noch einmal zu überlegen, und wenn auch nur, um ihr eine Freude zu machen. »Ich schwöre, das ist das Einzige, worum ich dich jemals bitten werde«, sagte sie. »Was hast du zu verlieren, wenn du es versuchst? Ich werde tun, was ich kann, um dir bei den Vorbereitungen zu helfen.« Erstaunlicherweise gab er nach, und als die Prüfungen vorbei waren, nahm sie ihn mit nach Hause zu ihren Eltern, wo er zweieinhalb Wochen lang schlief und nur zum Essen aufstand. Als er das Bett schließlich verließ und wieder etwas mehr dem alten Seb ähnelte, dankte er ihr dafür, dass sie ihn nicht aufgegeben hatte. Und Floriana versprach, dass dies nie geschehen und sie immer für ihn da sein würde.

Floriana, die schließlich doch die Energie aufgebracht hatte, zum Supermarkt hinunterzugehen, stieg jetzt mit einer Tüte Croissants und einem Karton Milch wieder die Anhöhe hinauf. Sie fragte sich gerade, ob Seb Imogen wohl je erzählt hatte, wie nahe er daran gewesen war, sein Leben zu beenden, als ihr Telefon vibrierte. Sie fischte es aus der Tasche ihrer Shorts und sah auf dem Display, dass Seb der Anrufer war. »Das ist wirklich komisch«, sagte sie mit einem mehr als nur ein bisschen unheimlichen Gefühl, »aber ich habe gerade eben an dich gedacht.«

»Tatsächlich? War es etwas Gutes oder Schlechtes? Nein, beantworte meine Frage nicht! Hast du heute Nachmittag ein wenig Zeit für mich?«

»Es ist der Tag vor deiner Hochzeit, Seb, deshalb halte ich es nicht für angebracht, dass du …«

»Es ist wirklich wichtig«, unterbrach er sie.

»Weiß Imogen, dass du mich anrufst?«

»Nein.«

»Dann sollten wir uns auch nicht treffen.«

»Florrie, bitte! Gib mir nur eine Stunde! Mehr brauche ich nicht.«

Und Gott stehe ihr bei, aber sie ließ sich wieder einmal erweichen und erklärte sich bereit dazu.

Kapitel 46

Esme war nicht glücklich. Gar nicht glücklich. Ausgerechnet jetzt, da die Dinge sich so gut entwickelten, kreuzte dieser verflixte Seb auf, um Sand ins Getriebe zu streuen! Wie üblich behielt Adam seine Meinung für sich, aber an seiner ernsten, angespannten Miene konnte Esme erkennen, dass ihm so einiges durch den Kopf ging.

Nach dem Mittagessen, als sie von der Terrasse aus zusah, wie Floriana sich zu Fuß aufmachte, um Seb zu treffen, bereute sie, ihr nicht vorgeschlagen zu haben, ihn in die Villa einzuladen. Dort hätte sie ein Auge auf ihn haben können. Aufgrund dessen, was Floriana ihnen erzählt hatte, befürchtete Esme, dass er kalte Füße bekommen hatte und drauf und dran war, die Hochzeit abzusagen. Und an wen könnte er sich besser wenden als an die einzige Person auf dieser Welt, die ihn unterstützen würde, wie sie es immer schon getan hatte? Und wo würde das hinführen? Oh, wie verflixt ärgerlich das alles war! Warum musste die Liebe immer so kompliziert sein?

Um Adam zu beschäftigen, hatte Esme ihn gebeten, sie zur Villa Carlotta zu fahren, doch während sie die Uferstraße entlangfuhren, hätte seine Stimmung nicht gedämpfter sein können. Esme hätte ihm so gern gesagt, dass es keinen Grund zur Sorge gebe, aber sie brachte es nicht über sich, ihm falsche Hoffnungen zu machen. Nicht einmal vierundzwanzig Stunden zuvor war sie noch der festen Überzeugung gewesen, dass Floriana sich diesen Seb endgültig aus dem Kopf geschlagen hatte. Aber heute hatte der Kerl nur mit den Fingern schnippen müssen, und schon war

Floriana zu ihm zurückgelaufen und hatte Esme – und Adam – dadurch wieder vollkommen aus dem Konzept gebracht.

Nachdem Adam sie so nahe wie möglich am Eingang der Villa abgesetzt hatte, fuhr er weiter, um den Wagen irgendwo abzustellen. Während Esme auf seine Rückkehr wartete, trafen zwei große Touristengruppen ein; die eine stieg aus einem deutschen Bus, und die andere, Engländer wie sie, strömten von der nahen Bootsanlegestelle über die Straße auf sie zu. Wie anders es doch zu der Zeit gewesen war, als sie mit ihrem Vater hier Ferien gemacht hatte! Menschenmengen hatte es damals noch keine gegeben, und da höchstens einmal eine Handvoll Touristen die Villa Carlotta und den Garten besichtigt hatten, war ihrem Vater gestattet worden, seine Staffelei aufzustellen und in dem Frieden und der Stille dort zu malen, solange er wollte.

Doch nun, da sie von allen Seiten von der lauten, drängelnden Menge umgeben und der brennend heißen Sonne ausgeliefert war, kam Esme sich plötzlich wie in einer Falle vor. Schweiß rann ihr den Rücken hinunter, ihr Herz begann zu rasen, und Panik ergriff sie. Während sie mühsam nach Atem rang, blickte sie sich verzweifelt um. Sie wollte nur noch von hier fort und sich durch die wachsende Menge der verschwitzten Körper drängen, die sich an sie pressten. Was tat sie hier in dieser schwülen Hitze? Warum saß sie nicht bequem im kühlen Schatten ihres Gartens und sah zu, wie Eurydike sich an die freche Amsel heranschlich? Oh, wie sie die stille Gesellschaft ihrer geliebten kleinen Katze vermisste! Diese ganze Reise war ein schrecklicher Fehler; sie hätte niemals herkommen sollen! Und auch Adam und Floriana hätte sie dies alles nicht zumuten dürfen. Besonders Adam nicht. Was hatte sie sich nur dabei gedacht, sich in sein und Florianas Leben einzumischen? Warum hatte sie die beiden nicht in Ruhe lassen können?

Doch dann sah sie Adam, der sich gelassen und mühelos einen

Weg durch die vielen Leute bahnte, um zu ihr zu gelangen, und sie nahm sich zusammen. Das Letzte, was Adam zu allem Übel jetzt noch fehlte, war eine dumme alte Frau, die die Kontrolle über sich verlor und in Tränen ausbrach.

Floriana beobachtete Seb, der sichtlich angespannt und nervös auf seinem Stuhl herumrutschte, abwechselnd am Armband seiner Uhr oder an der Getränkekarte auf dem Tisch nestelte und ein Gesicht machte, als brächte es ihn um, mit ihr hier zu sitzen. Alle paar Sekunden ließ er den Blick besorgt über die Terrasse gleiten, als hätte er große Angst davor, gesehen zu werden. Aber die kleine Bar am Seeufer lag so weit abseits der Hauptstraße, dass Floriana sich nicht vorstellen konnte, hier von irgendwelchen seiner Hochzeitsgäste entdeckt zu werden. In dem Gästebuch der Villa Sofia hatte sie etwas über diese Bar gelesen, die sich *La Magnolia* nannte, und da sie leicht zu Fuß zu erreichen war, war sie die nächstliegende Wahl für sie gewesen. Auf gar keinen Fall hatte sie Adam bitten wollen, sie zu dem Treffen mit Seb zu fahren, und genauso wenig hatte sie gewollt, dass Sebastian zu ihnen in die Villa kam.

Als ihnen zwei eiskalte Flaschen Peroni-Bier serviert wurden, hoffte Floriana, dass Seb sich nun entspannen und ihr erklären würde, warum er sie so unbedingt hatte sehen wollen. Komischerweise schien seine Unruhe nach dem ersten großen Schluck Bier jedoch noch zuzunehmen.

»Herrgott noch mal, Seb!«, sagte Floriana scharf, als sie es nicht mehr aushielt. »Hör endlich auf, dich andauernd so lächerlich verstohlen umzuschauen!«

Er fuhr sich mit einer Hand über die mit Schweißperlen bedeckte Stirn. »Tut mir leid, ich kann nicht anders.«

»Dann hättest du mich vielleicht nicht anrufen sollen.«

»Doch, das musste ich. Dies war der einzig mögliche Moment,

um dich zu sehen, weil Imogen und ihre Brautjungfern zum Einkaufen nach Menaggio gefahren waren.«

»Aber du hast eine Heidenangst, dass wir zusammen gesehen werden könnten, was mich auch nicht gerade sehr entspannt mit dir zusammensitzen lässt.«

Er trank einen weiteren Schluck Bier.

»Also komm schon und sag, weswegen du mich sehen musstest?« Ihre Frage klang gereizter als beabsichtigt, doch er schien es nicht einmal zu bemerken.

»Da ist etwas, was mir keine Ruhe lässt«, sagte er. »Es ist …« Er unterbrach sich, schluckte und wischte sich wieder mit dem Handrücken über die Stirn.

Floriana musterte ihn prüfend und mit zunehmender Sorge, dass er hier war, um ihr zu sagen, dass er die Hochzeit morgen nicht durchziehen konnte. Aber wenn es so war, was wollte er dann von ihr? Die Bestätigung, dass er sich richtig entschied, wenn er jetzt noch einen Rückzieher machte? Oder sollte sie wieder einmal die Stimme der Vernunft sein, wie so oft schon, und ihm versichern, dass alles gut werden würde und fast alle Männer so kurz vor der Hochzeit kalte Füße bekamen? Wenn es das Erstere war, brauchte sie nur ein paar Worte über ihr gestriges Gespräch mit Imogen zu verlieren, und er hätte den perfekten Vorwand, um die Hochzeit abzusagen. Aber Floriana hatte nicht die Absicht, das zu tun. Seb musste selbst herausfinden, wie Imogen war. So wie er damals schon hätte erkennen müssen, dass es ein Fehler war, sich von ihr erpressen zu lassen und seiner ältesten Freundin den Laufpass zu geben. Die Erkenntnis, dass er fähig gewesen war, einen solchen Entschluss zu fassen, schmerzte immer noch. Hatte sie so wenig gezählt? Oder hatte er Imogen einfach nur so sehr geliebt, dass er zu keiner vernünftigen Überlegung fähig gewesen war? Und wie würde er wohl reagieren, wenn sie ihm jetzt erzählte, dass sie im Bilde war über die Wahl, die er damals getroffen hatte?

»Ich muss etwas wissen«, sagte er leise. »Etwas Wichtiges.« Er erhob den Blick zu ihr und sah ihr in die Augen. »Ich weiß, dass du Imogen nie gemocht hast, und das ist okay, du musst nicht so tun, als stimmte das nicht, aber was ich wissen muss, ist, ob das nur so war, weil … weil du mich liebtest und eifersüchtig auf sie warst.«

Floriana wandte sich ab und gab vor, völlig fasziniert von einer sehr schnittigen und eleganten Jacht zu sein, die jetzt in Sichtweite erschien. Sie bestand ganz aus auf Hochglanz poliertem Holz und schimmerte im Sonnenschein wie Glas. Als diese Jacht vorbeigefahren war, wählte Floriana sehr sorgfältig ihre Worte, als sie antwortete: »Es spielt eigentlich keine Rolle, was ich von Imogen halte, und übrigens auch nicht, was ich früher einmal für dich empfand. Das einzig Wichtige ist, dass du weißt, was *du* für die Frau empfindest, die du morgen heiratest.«

»Und wenn ich jetzt sagen würde, ich wüsste nicht, was ich empfinde, weil es noch etwas Unerledigtes zwischen uns beiden gibt?«

Floriana versteifte sich, und ihre inneren Alarmglocken begannen zu läuten. »Dann würde ich dir die Wahrheit sagen – und die ist, dass es absolut nichts Unerledigtes zwischen uns gibt.«

Sehr langsam und bedächtig schüttelte er den Kopf. »Du irrst dich, Floriana. Zu meiner Schande muss ich gestehen, dass ich das nach all der Zeit erst jetzt begriffen habe.«

Ihre Antwort schnürte ihr die Kehle zu, sodass sie sich zwingen musste, die Worte hervorzubringen. »Seb, lass es! Das darfst du nicht tun. Es ist zu spät.«

»Zu spät wozu?«

»Du darfst jetzt nicht alles kaputtmachen.«

Er griff über den Tisch und legte seine Hand auf ihre. »Liebst du mich noch? Ja oder nein?«

»So einfach ist das nicht.« Sie versuchte, sich aus seinem Griff zu befreien, aber er ließ sie nicht los.

»Das sollte es aber sein. Du brauchst nur zu sagen, dass du mich noch liebst, und ich werde diesem Fiasko ein Ende bereiten und die Sache morgen abblasen. Denn *ich* liebe dich, Florrie. Wahrscheinlich habe ich dich schon immer geliebt und meine Gefühle nur nicht als das erkannt, was sie waren, bis ich dich in Oxford wiedersah.«

Ganz unvermittelt stieg Wut in ihr auf, und sie entzog ihm sehr abrupt die Hand. »*Nein!* Ich werde nicht dulden, dass du mich als Ausrede benutzt, um Imogen nicht heiraten zu müssen!«

»Ich benutze dich doch nicht!«, gab er bestürzt zurück.

»Warum führst du dieses Gespräch dann nicht mit Imogen? Warum sagst du ihr nicht, dass du sie nicht liebst?«

»Weil ich ein Feigling bin«, erwiderte er tonlos. »Das war ich schon immer. Du bist die Mutige von uns beiden. Du warst es, die den Mumm besaß, ehrlich zu sein und mir zu sagen, dass du mich liebtest. Wäre ich ein besserer Mensch gewesen, hätte ich mich damals anders verhalten. Aber das tat ich leider nicht, und das bedaure ich. Mehr, als ich je etwas bedauert habe.«

»Ach, hör auf! Ich will nichts mehr davon hören, Seb.«

»Aber ich muss es wissen! Bitte, ich flehe dich an, Florrie!«

»Nein, Seb, du solltest schon wissen, was in deinem eigenen Kopf vorgeht, bevor du *mich* irgendetwas fragst. Warum zum Teufel hast du diese Unterhaltung bis heute aufgeschoben? Und da wir schon dabei sind, warst du eigentlich je wirklich in Imogen verliebt?«

Er verzog das Gesicht. »Eine Zeit lang ja«, gestand er. »Sie stärkte mein Selbstvertrauen. Mir gefiel der Gedanke, sie glücklich zu machen. Und ich wollte mich anpassen … ein Teil ihrer Familie sein. Ich dachte, ich hätte ein Zuhause gefunden, und dafür war ich bereit, mich zu ändern und mir mehr Mühe zu geben, um Imogens Erwartungen gerecht zu werden. ›Du kannst das‹, sagte ich mir immer wieder.«

»Und was hat sich geändert?«

»*Du* hast die ganze Situation verändert. Es war so unkompliziert, wieder mit dir zusammen zu sein. Bei dir musste ich mich nicht verstellen und konnte wieder ganz ich selbst sein. Bei Imogen … bei ihr habe ich nur so getan, als wäre ich so, wie sie mich haben wollte. Anfangs gefiel mir wohl auch noch die Herausforderung, mich selbst neu zu erfinden und in eine andere Rolle zu schlüpfen. Es fühlte sich gut an, so, als wäre ich den ganzen Mist von vorher losgeworden. Aber nachdem ich dann in Oxford mit dir zu Mittag gegessen hatte, empfand ich all das plötzlich als ungeheuer seicht und verlogen.« Seb beugte sich zu ihr vor. »Nur wenn ich bei dir bin, Florrie, habe ich das Gefühl, real zu sein und nicht bloß eine Marionette, und auch die Welt fühlt sich realer an. Ohne dich ist alles nur eine einzige Heuchelei.«

Es war zu viel für Floriana, um dies alles in sich aufzunehmen. Was um Himmels willen sollte sie auch dazu sagen? Und warum musste er ihr diese Eröffnung ausgerechnet jetzt machen? Warum nicht vor zweieinhalb Jahren? Warum hatte er ihr damals nicht geglaubt, als sie ihm von ihren Beobachtungen erzählt hatte? Aber nein, stattdessen hatte er sie auch noch als Lügnerin bezeichnet, sie der Eifersucht bezichtigt und behauptet, sie wolle ihm diese einmalige Chance, glücklich zu werden, nur ruinieren!

Sie *war* eifersüchtig gewesen, das zumindest stimmte, doch sie hatte ganz gewiss nicht vorgehabt, sein Glück zu zerstören. Aber wie konnte man jemandem sagen, dass seine Freundin ihn betrog, ohne ihn zu verletzen?

Und Imogen hatte Seb betrogen. Floriana hatte sie auf frischer Tat ertappt. Ob es ein einmaliges Vorkommnis gewesen war oder nicht, hatte sie nie erfahren. Und sie wusste es noch immer nicht. Aber sie hoffte, dass es nur dieses eine Mal geschehen war, weil sie den Gedanken hasste, dass Seb derart zum Narren gehalten wurde. Bis heute erstaunte es sie, dass Imogen ihr gegenübertreten konnte, ohne in Verlegenheit zu geraten, da sie doch wusste, dass Floriana die Wahrheit kannte. Es erklärte allerdings, warum Imogen so erpicht darauf gewesen war, sie loszuwerden. Die Versuchung war am gestrigen Abend groß gewesen, sich über den Tisch zu beugen und Imogen ins Ohr zu flüstern, was genau sie alles mitangesehen hatte. Aber Seb und seinem Glück zuliebe hatte sie sich geschworen, dieser Versuchung niemals zu erliegen oder sich überhaupt je wieder über das zu äußern, was sie mit eigenen Augen gesehen hatte.

Es war Ende November vor fast zweieinhalb Jahren gewesen. Sie war zu einer Ausstellung in der Royal Academy nach London gefahren, und als sie danach auf die Straße hinaustrat und ihren Mantel zuknöpfte und ihre Handschuhe anzog, sah sie etwas Ungeheuerliches.

Es war einer dieser eigenartigen Momente, wenn man eine Person erkennt, aber augenblicklich denkt: Nein, nein, Moment, das kann nicht sein! Und auch damals im November hatte Florianas Kopf ihr gesagt, dass es nicht Imogen sein konnte, die sie ein paar Meter entfernt sah. Schließlich war der Mann in dem eleganten Mantel mit dem karierten Schal, mit dem sie so vertraut Arm in Arm über den Gehsteig schlenderte, nicht der Mann, der zu ihr gehörte. Gleichzeitig hatte Floriana sich jedoch erinnert, dass Seb in dieser Woche geschäftlich unterwegs war – also wer zum Teufel war Imogens Begleiter?

Es sei richtig, ihnen zu folgen, hatte sie sich gesagt. Sie hatte einfach sichergehen müssen, dass sie nicht nur Gespenster sah.

Aber in Wirklichkeit und beschämenderweise war es nichts anderes als Schadenfreude, was sie dazu veranlasst hatte, denn hier war der Beweis, den sie brauchte, um Seb vor Augen zu führen, dass es besser wäre, mit Imogen Schluss zu machen.

Und genau in diesem Moment, als Floriana sich vorstellte, dass Imogen ihr nicht mehr im Wege stehen würde, hatte sie sich geschworen, nun auch endlich den Mut aufzubringen, Seb zu sagen, was sie selbst für ihn empfand. Dann, und möge Gott ihr beistehen, würde er begreifen, dass auch er sie liebte, und zusammen würden sie darüber lachen, wie absurd es war, dass sie so lange gebraucht hatten, um zu erkennen, dass jeder von ihnen genau das war, was der andere in all diesen Jahren gesucht hatte.

Mit dieser felsenfesten Sicherheit im Herzen war sie wie in einer Nacht-und-Nebel-Aktion über die Straße und ins Hotel *Ritz* gehuscht, wo der Mann mit dem karierten Schal an der Rezeption gerade seinen Zimmerschlüssel verlangte. Als er ihn hatte, strich er mit den Lippen über Imogens Nacken, worauf sie kicherte und dann einen langen Kuss mit ihm austauschte. Dann gingen sie zu den Aufzügen hinüber.

Hinter einer Säule verborgen, beobachtete Floriana mit grimmiger Zufriedenheit, wie sie zusammen den Lift bestiegen. *Erwischt!*, dachte sie, als die Türen hinter ihnen zuglitten und Imogen und ihr Begleiter aus ihrer Sicht verschwanden. *Imogen Morgan, betrachte dich als Vergangenheit!*

Aber wie sehr sie sich geirrt hatte!

»Florrie, sag etwas! Sag, dass es kein Irrtum von mir ist zu glauben, dass du mich noch liebst?«

Floriana verdrängte die schmerzliche Erinnerung an das, was geschehen war, nachdem sie Seb ihre Beobachtungen geschildert hatte – wie aufgebracht er gewesen war, wie grob er sie weggestoßen hatte, als sie unter Tränen versucht hatte, ihn zu küssen, um ihm ihre Liebe zu beweisen –, und konzentrierte sich wieder auf die Gegenwart. »Warum hast du mir damals nicht geglaubt, als ich dir sagte, dass Imogen dich betrog? Warum hast du ihr diese lächerliche Geschichte abgenommen, sie hätte sich nur mit einem früheren Arbeitskollegen auf einen Drink getroffen?«

Seb runzelte die Stirn. »Weil … weil du eifersüchtig warst, Florrie, und uns auseinanderbringen wolltest.«

»Das war es, was Imogen dich glauben machen wollte, Seb. Aber irgendwann muss doch auch dir klar geworden sein, dass *sie* krankhaft eifersüchtig auf unsere Freundschaft war und mit allen Mitteln versuchte, dich gegen mich aufzubringen? Und das Schlimmste ist, dass du es zugelassen hast. Du hast ja keine Ahnung, wie weh das tat. Ich hatte dir meine Gefühle gestanden, dir gesagt, dass ich dich liebte, und wie hast du reagiert? Dir fiel nichts Besseres ein, als mir alles vorzuwerfen, was Imogen dir so raffiniert in den Kopf gesetzt hatte. Du hast mir damit das Herz gebrochen, Seb.«

»Das tut mir leid. Ich denke, tief im Innersten wusste ich, dass Imogen mich wirklich betrogen hatte, aber ich wollte es nicht glauben. Ich wollte wohl nicht verlieren, was ich hatte, nachdem ich so viel investiert hatte.«

»Dann war es also einfacher, eine Lüge zu leben?«

»Ja.« Er drehte das Bierglas auf dem Tisch vor sich, wieder und wieder, als hätte er nicht vor, je wieder damit aufzuhören. »Du hast meine Frage nicht beantwortet«, sagte er, als er schließlich doch wieder aufblickte. »Liebst du mich noch?«

Floriana sah ihn traurig an. »Du hast zu lange abgewartet, Seb. Und jetzt ist es zu spät.«

Gequält verzog er das Gesicht. »Sag das nicht, Florrie!«

»Aber es ist wahr.«

»Willst du damit sagen, dass Entscheidungen nicht rückgängig gemacht werden können?«

Als sie darauf nichts erwiderte, bat er sie, ihm ihre Hand zu reichen.

Sie überließ sie ihm. »Schau mal«, meinte er und strich mit einem Finger über ihre Handfläche, was sie trotz der schwülen Hitze erschauern ließ, »hier steht, dass es uns bestimmt ist, zusammen zu sein. Kannst du das nicht sehen?«

Kapitel 47

Die letzte Hochzeit, bei der Adam zu Gast gewesen war, hatte eine große Veränderung in seinem Leben bewirkt, denn dort hatte er Jesse kennengelernt. Er mochte gar nicht daran denken, was bei der heutigen Hochzeit passieren könnte.

Als Esme und er gestern Nachmittag von der Villa Carlotta zurückgekehrt waren, war von Floriana nirgendwo etwas zu sehen gewesen. Sie kam erst am frühen Abend wieder, und trotz ihrer Bemühungen, den Blickkontakt zu Esme und ihm zu vermeiden, war nicht zu übersehen, dass sie geweint hatte. Ebenso offensichtlich war, dass sie nicht darüber reden wollte, was zwischen Seb und ihr vorgefallen war.

Eigentlich hatten sie zum Abendessen nach Menaggio fahren wollen, aber Floriana hatte gesagt, sie habe Kopfschmerzen. »Fahrt ohne mich!«, hatte sie sie gebeten. »Ich möchte nichts anderes mehr als eine Dusche und gehe dann ins Bett.« Und sobald Floriana oben in ihrem Zimmer war, hatte auch Esme verkündet, sie sei zu müde, um auszugehen. Adam bot sich an, etwas aus einem nahe gelegenen Restaurant zu holen. Er war kaum wieder zurück, als ein Blitz den Himmel erhellte, gefolgt von einem so lauten und jähen Donnerschlag, dass Esme zusammenfuhr und das Besteck fallen ließ, das sie gerade auf den Tisch auf der Terrasse hatte legen wollen. Ein heftiger Platzregen trieb sie ins Haus, und danach kam das Gewitter erst richtig in Schwung und tobte bis tief in die Nacht hinein. Irgendwann fiel der Strom aus, und nachdem Adam den Sicherungskasten gefunden hatte und die Lichter im Wohnzimmer wieder angegangen waren, drängte Esme ihn, hinaufzugehen und mit Floriana zu reden.

»Nein«, sagte er. »Wenn sie reden wollte, würde sie von sich aus das Gespräch suchen. Ich werde sie nicht mit Fragen löchern.«

»Sei nicht so stur, Adam! Ich weiß, was du denkst. Du hast es gewagt, deinen Gefühlen zu vertrauen, und jetzt bist du dir nicht mehr sicher, woran du bei ihr bist.«

»Bitte, Esme«, fauchte er, »darüber will ich jetzt nicht reden!« Da er nicht sicher war, wie viel sie wusste, erzählte er ihr noch nichts davon, dass er Floriana geküsst hatte.

Und nun, als die Morgensonne von einem strahlend blauen Himmel herunterschien und der See und die Berge so sauber wie frisch geschrubbt aussahen, bereute Adam, Esme gestern Abend so angefahren zu haben. Sie meinte es ja nur gut, das wusste er, aber dies war wirklich etwas, aus dem sie sich heraushalten musste.

Mit dem stets bereitliegenden Netz fuhr er über die Wasseroberfläche des Pools, um die Mitbringsel des Sturmes herauszufischen. Während er methodisch seiner Arbeit nachging, ermahnte er sich wiederholt, keine voreiligen Schlüsse zu ziehen. Vor allem wollte er sich nicht fragen, wo Floriana steckte.

Auf dem Weg ins Erdgeschoss hatte er nämlich ihre halb geöffnete Tür gesehen, und in der Hoffnung, dass sie wach und vielleicht bereit zu reden war, hatte er angeklopft und sie noch weiter aufgestoßen, nur um ihr Bett leer vorzufinden. Sofort schoss ihm der Gedanke durch den Kopf, dass sie in der Nacht hinausgeschlüpft sein musste, um bei Seb zu sein. Adam wusste, was für ein verrückter, irrationaler Gedanke das war, aber trotzdem konnte er gar nicht anders, als sich im Zimmer umzusehen, ob ihre Sachen noch da waren. Sie ist nur zum Supermarkt gegangen, so wie jeden Morgen, sagte er sich ärgerlich.

Nachdem der Pool von Laub und Zweigen befreit war, räumte Adam das Netz weg. Inzwischen war es fast neun Uhr, und noch immer keine Spur von Floriana. Oder von Esme. Komisch, dass die alte Dame so lange schlief! Aber vielleicht hatte das Gewitter in der vergangenen Nacht sie genauso wach gehalten wie ihn selbst. Schon in seinen Schwimmshorts, streifte er das T-Shirt ab und ging zum tiefen Ende des Pools. Mit einem Kopfsprung sprang er hinein, schwamm zwei Längen unter Wasser, tauchte auf, um Luft zu holen, und wiederholte das Ganze. Als Nächstes versuchte er, drei Bahnen unter Wasser zu schaffen. Dann vier. Es war ein ebenso gutes Mittel wie jedes andere, um sich abzureagieren und seinen Ärger loszuwerden. Er wollte doch nur wissen, woran er bei Floriana war. War das etwa zu viel verlangt?

Als er sich alles abverlangt und seine Lunge bis zum Äußersten getrieben hatte, drehte er sich auf den Rücken, schloss die Augen vor dem grellen Sonnenschein und ließ sich treiben. Nach einer Weile spürte er, dass er nicht mehr allein war, und sah Floriana am flachen Ende des Pools auf dem Beckenrand sitzen. Er hatte sie noch nie so ernst gesehen. Oder so bedrückt.

»Hallo«, sagte er vorsichtig. Auf der Sonnenliege hinter ihr stand eine Einkaufstüte aus dem Supermarkt. Na, siehst du!, sagte er sich.

»Das mit gestern Abend tut mir leid«, begann sie leise. »Ich musste einfach ein bisschen allein sein. Bist du mir sehr böse?«

Adam drehte sich um und schwamm zu ihr hinüber. »Sollte ich es sein?«

»Ich weiß es nicht. Ich weiß im Moment überhaupt nichts.«

Er richtete sich im flachen Wasser auf. »Kann ich dir irgendwie helfen?«

Sie streckte die Arme aus. »Eine Umarmung wäre nett.«

»Eine nasse Umarmung?«

Sie nickte.

Wortlos legte er die Arme um sie und drückte ihren sonnengewärmten Körper an sich, und obwohl sie noch vollständig bekleidet war, ließ sie sich zu ihm ins Wasser gleiten. Dann strich sie mit ihren Lippen verführerisch über die seinen, und er küsste sie. Das hätte ihn eigentlich beruhigen müssen, doch komischerweise war es nicht so. Eine so tiefe Traurigkeit ging von ihr aus, dass sie die seine noch verstärkte.

»Wo ist Esme?«, fragte sie, als sie sich aus seinen Armen löste.

»Keine Ahnung. Ich habe sie heute noch nicht gesehen.«

Floriana runzelte die Stirn. »Es ist gar nicht ihre Art, so lange zu schlafen.«

»Das Gleiche dachte ich vor etwa einer halben Stunde auch.«

Beide blickten zu Esmes Schlafzimmer hinauf, dessen Fensterläden nach dem gestrigen Gewitter noch geschlossen waren, doch plötzlich erschien die alte Dame in der offenen Terrassentür.

»Dein Telefon, Adam«, rief sie. »Es hat klingelt, aber jetzt ist es verstummt. Ich fürchte, ich war zu langsam, um es dir rechtzeitig hinauszubringen.«

Adam stieg aus dem Pool und griff nach einem Badetuch. »Kein Problem«, sagte er, während er sich kurz mit dem Handtuch über die Haare fuhr und es sich dann um die Hüften schlang. »Wer immer es auch war, ich rufe ihn zurück.«

Esme reichte ihm das Telefon und sah Floriana an, die nun auch aus dem Pool stieg. »Und wie geht es dir heute Morgen, junge Lady? Hast du gut geschlafen? Sind die Kopfschmerzen weg?«

Floriana zog an ihrem Top, das wie eine zweite Haut an ihrem Oberkörper klebte, und an ihren triefend nassen Shorts. »Mir geht es gut«, sagte sie. »Ich gehe nur schnell hinauf, um mich umzuziehen, und dann kümmere ich mich um unser Frühstück.«

»Nicht nötig«, sagte Esme kurz. »Das erledige ich schon. Und wenn du so weit bist, würde ich später gern ein paar Worte mit dir reden.«

Adam glaubte, sehr genau zu wissen, worüber Esme mit Floriana sprechen wollte. Aber ihm fehlte der Wille einzugreifen. Gewiss würde Esme nichts sagen können, was die Situation noch schlimmer machen würde, als sie ohnehin schon war. Außerdem spürte er, das Esme in ungewohnt kämpferischer Stimmung erwacht war und kein Blatt vor den Mund nehmen würde. Deshalb ging er nach oben, um sich anzuziehen und den verpassten Anruf zu erwidern; wahrscheinlich war es Denise gewesen.

Aber die Nachricht auf seiner Mailbox war von Giovanni Zazzaroni, dem Immobilienmakler, der Adam um Rückruf bat. Das erledigte er auch sogleich, doch da sich niemand meldete, hinterließ er eine Nachricht.

Floriana, deren Kopf genauso schmerzhaft angespannt war wie ihr Magen, fühlte sich an diesem Morgen hundeelend. Sie hatte seit gestern Mittag nichts mehr gegessen und glaubte auch nicht, dass sie etwas von dem Frühstück anrühren konnte, das Esme in der Küche vorbereitete. Oder dass sie die Gardinenpredigt ertragen könnte, die sie allem Anschein nach erwartete. Sie hatte nämlich das äußerst unangenehme Gefühl, dass Esme ihr gestriges Treffen mit Seb sehr missbilligte.

Die ganze Nacht lang hatte sie befürchtet, dass Seb sie entweder anrufen oder ihr eine SMS schicken würde. Oder, schlimmer noch, dass sie eine Mitteilung von einem von Imogens Familienmitgliedern erhalten würde. Aber es hatte sich niemand bei ihr gemeldet, und das konnte nur bedeuten, dass die Hochzeit doch stattfinden würde. Floriana konnte nicht glauben, dass es so war. Wie konnte Seb eine Frau heiraten, die er nicht liebte?

Aber noch ist Zeit, das Ganze abzusagen, dachte sie, während sie ihre nassen Sachen abstreifte und unter die Dusche trat. Zweidreiviertel Stunden, um genau zu sein.

Es hatte früher sehr viele Momente gegeben, in denen sich Floriana um Seb gesorgt hatte, aber noch nie in ihrem Leben war ihre Sorge größer gewesen als jetzt. Gestern Nachmittag hatte er sie quasi angefleht, ihn vor dem zu bewahren, was er im Begriff zu tun war, weil er nicht den Mut besaß, sich selbst zu retten. »Nur ein paar Worte von dir, und ich könnte mich aus der verfahrenen Situation befreien, in die ich mich selbst gebracht habe«, hatte er sie bedrängt.

Sie hatte sich unter Tränen von ihm verabschiedet, wohl wissend, dass sie ihn im Stich ließ. Doch sie war einfach außerstande, ihm diese Bitte zu erfüllen.

»Hör auf, mich zu manipulieren!«, hatte sie ihn angeschrien. »Ich kann das nicht. Ich will das nicht auf dem Gewissen haben!« Und dann hatte sie ihm erst richtig wehgetan. »Ich liebe dich nicht, Seb. Nicht den Mann, zu dem du geworden bist. Wenn du auch nur ein bisschen Achtung vor dir selbst hättest – oder vor mir –, würdest du nicht versuchen, mich zum Sündenbock zu machen. Das werde ich dir nie verzeihen!«

»Sag das nicht! Ich brauche dich, Florrie.«

»Aber ich dich nicht. Ich habe Adam. Er ist jetzt der Mann in meinem Leben, Seb.«

Das hatte gesessen, und sein schmerzerfülltes Gesicht verriet, wie sehr sie ihn verletzt hatte. Doch kaum hatte er sich wieder gefasst, fragte er: »Wirst du mir dann wenigstens versprechen, morgen zu kommen? Wenn ich weiß, dass du da sein wirst, werde ich den Mut aufbringen, die Sache durchzuziehen. Weil du dann zumindest besser von mir denken wirst.«

Seine Logik war unglaublich verdreht. Wie konnte sie besser von ihm denken, wenn er nicht nur sich selbst, sondern auch Imogen und aller Welt etwas vormachte? Und warum wollte er das tun? Aus Rücksicht auf Imogens Gefühle? Um sie vor der Peinlichkeit zu bewahren, am Altar sitzen gelassen zu werden?

»Wenn es dir so wichtig ist, werde ich dort sein«, sagte sie.

»Versprichst du es?«

»Ja, Seb, ich verspreche es. Und jetzt gehe ich.«

Dann hatte sie ihn in der Bar allein gelassen, ohne einen Blick zurückzuwerfen, und Seb hatte sie gehen lassen, ohne ihr zu folgen.

Da sie danach jedoch außerstande gewesen war, gleich zur Villa und zu Esme und Adam zurückzukehren, hatte sie sich zu einem Spaziergang aufgemacht. Wobei »Spaziergang« vielleicht nicht das richtige Wort war. Floriana war fast gerannt, immer weiter, schnell und wütend. Sie war einem Weg gefolgt, der um den See herumführte. Manchmal war er kaum mehr als eine schmale, schattige Gasse mit Kopfsteinpflaster zwischen efeuberankten Steinmauern, die sich so dicht gegenüberstanden, dass Floriana sie fast gleichzeitig berühren konnte. An anderen Stellen entfernte sich der Weg vom See und schlängelte sich den Hang hinauf, bevor er dann wieder zu der geschäftigen Hauptstraße hinunterführte.

Irgendwann, als Gewitterwolken den Himmel verdunkelten und sie Menaggio erreichte, nahm sie dort ein Taxi und ließ sich nach Mezzegra fahren. Ein Blick auf Adams besorgte Miene genügte, um in ihr den Wunsch zu wecken, sich in ihr Zimmer zurückzuziehen. Sie wollte nicht, dass er sie so aufgewühlt sah, denn es würde ihn auf falsche Ideen bringen. Im Nachhinein betrachtet, hatte sie ihm mit ihrem Verhalten jedoch guten Grund gegeben anzunehmen, sie liebte Seb noch immer.

Als sie jetzt aus der Dusche trat, hörte sie ein kurzes Klopfen an der Tür. »Darf ich hereinkommen?«

Beim Klang von Esmes Stimme verkrampfte sich Florianas Magen noch mehr.

Kapitel 48

Die der Hochzeitseinladung beiliegenden Instruktionen besagten, dass die Gäste im Pendelverkehr per Motorboot zur Villa Balbianello gebracht werden würden, und nun sah es ganz so aus, als wären Floriana und Adam unter den letzten Gästen, die vom Pier in Lenno ablegten.

Bei der Umrundung der Landzunge, auf der die beeindruckende Villa stand, in der die Hochzeit stattfinden würde, bot sich ihnen eine fantastische Aussicht, und alle im Boot, einschließlich Adam, griffen nach ihren Kameras und Handys. Die einzige Ausnahme bildete Floriana, die sich nicht dazu überwinden konnte, das Panorama im Bild festzuhalten, weil sie diesen Tag nur schnell hinter sich bringen und ihn dann ganz und gar aus ihrem Gedächtnis streichen wollte.

Nachdem Adam seine Aufnahmen gemacht hatte, steckte er sein Mobiltelefon ein, legte den Arm wieder um Floriana und ergriff ihre Hand. »Wie fühlst du dich?«, fragte er leise.

»Gut, glaube ich.«

»Weißt du was? Es war ein Irrtum, als ich vorhin sagte, du sähst hübsch aus – du bist heute wunderschön.«

Sie lächelte dankbar. »Es ist das Kleid, das wunderschön ist.«

»Da bin ich anderer Meinung. Es ist die Kombination aus *dir* und dem Kleid, und das ist mein letztes Wort zu diesem Thema.«

Das Kleid hatte sie Esme zu verdanken. Wie so vieles andere, erkannte Floriana langsam.

Als die alte Dame vor einer Weile an ihre Tür geklopft hatte, war sie nicht mit der Absicht gekommen, sie über Seb auszufragen, sondern um ihr das graue Seidenkleid zu schenken, das

Floriana schon einmal getragen hatte – und das sehr viel schöner und aparter war als das Kleid, das sie ursprünglich für die Hochzeit mitgebracht hatte.

»Du musst es nicht tragen«, hatte Esme gesagt. »Aber da ich weiß, wie gut es dir steht, dachte ich, du würdest es heute vielleicht gern anziehen. Ich habe es gebügelt und dir diese kleine perlenbestickte Tasche und auch die passenden Schuhe dazu mitgebracht. Meinst du, du schaffst es, den ganzen Tag darin zu gehen?«

Floriana war nicht ganz sicher gewesen, ob sie das Kleid anziehen sollte – sie hatte sich eigentlich nicht so großartig zurechtmachen, sondern so unauffällig wie möglich bleiben wollen –, aber um ihre ältere Freundin nicht zu kränken, hatte sie sich dann doch bereit erklärt, das Seidenkleid zu tragen. Esme hatte darauf bestanden, dass Floriana etwas zum Frühstück aß, und dann half sie ihr beim Ankleiden und frisierte sie, indem sie Florianas Haar zu einem eleganten französischen Zopf flocht.

Zum Schluss legte Esme ihr noch eine doppelte Kette aus feinsten Perlen um. »Na also!«, sagte sie zufrieden. »Du siehst bezaubernd aus.«

Nachdem Floriana eine Gardinenpredigt erwartet hatte, war sie überrascht gewesen, als die alte Dame den vergangenen Nachmittag mit keinem Wort erwähnte. Als sie ihre Neugier schließlich nicht mehr beherrschen konnte und Esme nach dem Grund für ihr Schweigen gefragt hatte, hatte die alte Dame nur erwidert: »Gibt es denn irgendetwas, das du dir von der Seele reden möchtest? Du weißt, dass du immer mit mir sprechen kannst, falls dir irgendetwas zu schaffen macht. Bedrückt dich etwas, mein Kind?«

»Du weißt, dass es so ist«, hatte Floriana geantwortet. »Seb sollte nicht mit dieser Farce weitermachen und diese Karikatur einer Ehe, die es sein wird, eingehen.«

»Das muss er selbst entscheiden.«

»Ja, aber er hat mir gestern gesagt, dass er Imogen nicht liebt.«

»Das mag ja sogar stimmen, doch es ist trotzdem seine Entscheidung, das Richtige zu tun, was immer das auch sein mag. Du musst dich da heraushalten.«

»Ich weiß, aber das Problem ist …«

Und dann hatten sie keine Gelegenheit mehr gehabt, etwas zu sagen, weil Adam angeklopft hatte, um anzukündigen, dass es Zeit zum Aufbruch war.

Das Boot hatte sein Tempo inzwischen gedrosselt, und sie näherten sich einer Anlegestelle, die mit pinkfarbenen und weißen Bändern und Luftballons geschmückt war.

»Weißt du, was mir bei alldem in den Sinn kommt?«, sagte Adam leise.

»Was?«

»Ken und Barbie.«

Floriana lächelte.

»Tut mir leid. Es war unfair von mir, über den großen Tag deines Freundes Witze zu machen.«

»Das muss es nicht. Ich bezweifle, dass Seb an den Vorbereitungen mitgewirkt hat.«

Sie traten beiseite, um den anderen den Vortritt beim Aussteigen zu lassen, bevor sie ihnen dann etwas langsamer durch das schmiedeeiserne Tor und über die Steinstufen zu dem Besitz hinauffolgten.

»Jemand muss heute Morgen sehr viel Arbeit damit gehabt haben, dies alles nach dem gestrigen Sturm zu säubern«, bemerkte Floriana, als sie sich auf einem sanft ansteigenden Pfad befanden, der zu beiden Seiten von gepflegten Rasenflächen gesäumt war. Kein einziges vergessenes Blättchen Laub oder gar ein Zweig waren darauf zu sehen. Majestätische Zedern, Zypressen, Magnolien und ordentlich zurückgeschnittene Platanen boten willkommenen Schatten vor der heißen Sonne, die vom wolkenlos blauen Himmel herunterbrannte.

In der vergangenen Nacht im Bett hatte Floriana dem krachenden Donner gelauscht und gehofft, dass das Gewitter in den nächsten vierundzwanzig Stunden so heftig toben würde, dass die Hochzeit abgesagt werden musste. Aber die Wettergötter hatten sich für Imogen entschieden und ihr das Geschenk eines perfekten Tages gemacht.

Als der Boden flacher wurde und den Palazzo in seiner ganzen Pracht offenbarte, wehten ihnen über die Rasenflächen Musik und das fröhliche Gelächter und Geplauder der Hochzeitsgesellschaft entgegen. Ein Streichquartett spielte Vivaldis *Vier Jahreszeiten*, und im Schatten der zentralen, von kunstvoll miteinander verflochtenen und zurückgeschnittenen Weinranken bedeckten Loggia waren Stühle aufgestellt worden, die alle mit pinkfarbenen und weißen Bändern geschmückt waren. Durch den mittleren Bogen der Loggia gelangte man in ein großes Festzelt, wo wahrscheinlich das Mittagessen serviert werden würde. So aufgewühlt, wie ihr Magen war, hatte Floriana allerdings nicht das Gefühl, dass sie es bis dahin aushalten würde. Sie war ganz krank vor Sorge und hatte große Angst davor, dass Seb etwas furchtbar Dramatisches tun würde – oder, genauer gesagt, etwas katastrophal Zerstörerisches.

Während sie den Blick über die elegant gekleideten Gäste gleiten ließ und, wie zu erwarten war, kein einziges bekanntes Gesicht entdeckte, fragte sich Floriana, wie viele der Gäste Seb wohl kennen mochte. Seine Eltern würden nicht hier sein – er hatte ihr im Januar erzählt, dass er sie nicht einmal über seine Heiratspläne informiert hatte. Er hatte sich so gut wie vollständig von ihnen losgesagt – genau so, wie er sich damals von ihr losgesagt hatte in seinem Bestreben, ein neues Leben zu beginnen.

Als Floriana merkte, dass Adam nicht mehr bei ihr war, drehte sie sich suchend nach ihm um. Dann sah sie ihn nicht weit von ihr entfernt an der Balustrade lehnen, mit dem Rücken zu der Aussicht auf den See, einen Fuß lässig über dem anderen und die Hände hinter dem Rücken verschränkt. Den Kopf ein wenig zur Seite gelegt, machte er den Eindruck, vollkommen entspannt zu sein und so, als fühlte er sich in diesem Ambiente wie zu Hause. Tadellos bekleidet mit einem hellgrauen Anzug und einem weißen Hemd, das seine Sonnenbräune betonte, sah er auffallend attraktiv aus.

Von einem Gefühl tiefer Zuneigung für diesen wunderbaren, einzigartigen Mann erfüllt, erinnerte sie sich daran, wie sie vor zwei Tagen abends zusammen auf der Schaukel gesessen hatten. Und besonders daran, wie gut es sich angefühlt hatte, ihm so nahe zu sein.

»Was dachtest du gerade?«, fragte er, als sie sich neben ihm an die Balustrade lehnte.

»Dass du ein Mann bist, wie man ihn nicht noch einmal findet. Und was dachtest du?«

»Dass du einfach umwerfend aussiehst und ich ein Glückspilz bin, mit dir hier sein zu dürfen. Worauf übrigens keine Antwort nötig ist. Sieh dir stattdessen lieber mal die fabelhafte Aussicht an!«

Sie wandte sich dem See zu und hakte sich bei Adam unter. »Danke«, sagte sie.

»Wofür?«

»Für alles. Aber besonders dafür, dass du es Esme ermöglicht hast, hierher zurückzukehren. Ohne dich wäre es ihr nicht möglich gewesen.«

»Ich habe es nicht ohne Hintergedanken getan; ich wollte Zeit mit dir verbringen.«

Floriana lächelte ihn an. »Und ich bin froh, dass du das wolltest.«

Er hob seine Sonnenbrille an und betrachtete sie mit einem durchdringenden Blick. »Wirklich?«

Bevor sie antworten konnte, endete Vivaldis *Vier Jahreszeiten*, und die jähe Stille wich einem erwartungsvollen Gemurmel: Es wurde Zeit, dass alle ihre Plätze einnahmen, denn gleich würde die Zeremonie beginnen.

Ein Platzanweiser führte sie zu Stühlen in einer der mittleren Reihen, und während Adam ein höfliches Gespräch mit dem Paar zu seiner Linken begann, suchte Floriana, die einen Platz am Gang hatte, die vorderste Sitzreihe nach Seb ab. Doch von ihm war keine Spur zu sehen. Allerdings saß dort eine blonde, elegant gekleidete Frau in einem fliederfarbenen Kostüm und mit einem extravaganten Feder-Haarschmuck – die Mutter der Braut, nahm Floriana an. Als sie den Kopf reckte, um einen besseren Blick zu erhalten, sah sie sie mit einer Frau mit einem iPad in den Händen sprechen. Mit der Hochzeitsplanerin vielleicht? Was diese Feier wohl kostet?, überlegte Floriana. Eine Veranstaltung wie diese konnte nicht billig sein.

Irgendwo ganz in der Nähe klingelte ein Mobiltelefon. Oh, oh, dachte sie, froh, dass es nicht das ihre war und dass dieser erste Verstoß gegen die Etikette nicht ihr angelastet werden konnte.

Dann verspürte sie einen leichten Stups gegen ihren Ellbogen. »Ist das *dein* Handy?«, flüsterte Adam.

Überzeugt, dass es jemand anderem gehören musste, öffnete sie Esmes perlenbesticktes Täschchen auf ihrem Schoß, um zu beweisen, dass nicht sie der Störenfried war. Aber sie hatte sich geirrt. Seb hatte ihr eine SMS geschrieben:

Bist du da?

Damit er Ruhe gab, beschloss sie, mit einem einzigen Wort zu antworten:

Ja.

Und dann schaltete sie ihrer eigenen Gemütsruhe zuliebe das Handy aus.

»Alles in Ordnung?«, fragte Adam, als sie das Gerät wieder in ihre Tasche gleiten ließ.

Sie nickte. Das wird sich zeigen, dachte sie im Stillen jedoch grimmig.

Das Streichquartett hatte wieder zu spielen begonnen, und die einzigen noch freien Plätze waren die ganz vorn. Die Zeremonie hätte vor einer Viertelstunde beginnen müssen, und mit jeder Minute, die verging, nahm Florianas Nervosität zu. Ihre Erfahrung mit Hochzeiten war minimal, und von den wenigen, an denen sie teilgenommen hatte, wusste sie nicht mehr, ob sie pünktlich oder mit leichter Verspätung begonnen hatten. Die Hochzeit, die ihr am deutlichsten in Erinnerung geblieben war, war die ihrer Schwester. Ann hatte darauf bestanden, dass alles so präzise ablief wie auch alles andere in ihrem Leben und dass auch die Brautmesse rechtzeitig anfing. Also war Ann auf die Minute pünktlich mit Floriana als Brautjungfer in der Kirche eingetroffen.

»Vielleicht haben sie auf die Formalitäten verzichtet und sind miteinander durchgebrannt«, flüsterte Adam Floriana zu, als weitere fünf Minuten vergangen waren und die Brautmutter den unmittelbar in ihrer Nähe sitzenden Gästen beruhigende Blicke zuwarf. Keine Sorge, alle Bräute kommen zu spät, schienen diese Blicke zu sagen.

Weitere fünf Minuten später begannen Florianas Schläfen

zu pochen, während ihr zahllose plausible und völlig harmlose Gründe für die Verzögerung durch den Kopf gingen. Aber dann entstand plötzlich Bewegung in der Versammlung, und alle richteten den Blick nach vorn.

Florianas Herz machte einen kleinen Satz, als sie dort Seb erblickte. Hinter ihm ging ein großer, dunkelhaariger Mann, der vermutlich sein Trauzeuge und Imogens Bruder Jules war. Beide näherten sich der Brautmutter – Imogens Bruder langsamer und mit einem ausgeprägten Hinken – und nahmen ihre Plätze ein. Aber erst als Seb sich umdrehte und sein Blick über die erwartungsvollen Gesichter der Gäste glitt, die alle in seine Richtung sahen, wurde Floriana klar, dass er sie in der Menge suchte. In der Zeit, die er brauchte, um sie zu finden, verstärkte ihre Sorge sich noch angesichts seines düsteren Gesichtsausdrucks. Warum tat er das? Warum ließ er sich auf etwas ein, das ihn offenbar so unglücklich machte?

Als sein Blick auf ihr verweilte und dann zu Adam glitt, lächelte er nicht und winkte auch nicht freundlich, im Gegenteil. Seine Miene wurde nur noch grimmiger. Als machte er mich dafür verantwortlich, gegen seinen Willen hier zu sein, ging es Floriana durch den Sinn, als Seb ihr wieder den Rücken zuwandte.

Ich kann das nicht mitansehen, dachte sie. Hinter ihr scherzte jemand, er habe noch nie einen so aufgeregten Bräutigam gesehen. »Er sieht aus, als müsste er sich jeden Moment übergeben«, sagte ein anderer Mann. Adam griff nach ihrer Hand. Floriana versuchte, ihm ein Lächeln zu schenken, das ihr aber jämmerlich misslang.

Die Musiker machten eine kurze Pause, bevor sie mit Bachs *Jesu, meiner Seelen Wonne* begannen. Gleich nach den ersten Tönen entstand vorne erneut Bewegung, als Seb und sein Trauzeuge sich erhoben. Jules warf einen Blick über die Schulter, um nach seiner Schwester Ausschau zu halten; Seb dagegen blieb mit dem Gesicht nach vorne stehen.

Als Erste erschienen zwei Blumenmädchen in hübschen pinkfarbenen Kleidern und mit Körben, aus denen sie auf dem Weg nach vorn ein wenig unbeholfen pinkfarbene Rosenblüten verstreuten. Die etwa vierjährigen Mädchen sahen reizend aus und entlockten den Gästen entzückte *Ohs* und *Ahs*. Hinter den beiden Blumenmädchen kam die Hauptattraktion – die Braut mit ihrem Vater und einer Schar älterer Brautjungfern, die in das gleiche helle Pink gekleidet waren wie die Blumenmädchen.

Es war nicht zu bestreiten, dass Imogen mit ihrem schlanken Körper und dem eisblonden Haar eine schöne Braut abgab, eine exquisite Braut sogar. Das weiße Kleid, das durch seinen schlichten Schnitt äußerst elegant wirkte, hatte vorn einen Ausschnitt im Dirndl-Stil und ein gerüschtes Mieder, das in einen Rock mit einer langen, mit Perlen und funkelnden Kristallen bestickten Schleppe überging. Der Ausschnitt am Rücken war tief und v-förmig und reichte fast bis zur Taille. Imogen sah einfach hinreißend aus: eine strahlende Erscheinung von atemberaubender Schönheit, das musste sich selbst Floriana eingestehen.

Erst nachdem die Braut ihren Platz an Sebs Seite erreicht hatte, ihren Strauß pinkfarbener und weißer Rosen einer der Brautjungfern übergeben und beide ihre Plätze eingenommen hatten, sah Seb seine Braut zum ersten Mal *wirklich* an.

Nun übernahm der Standesbeamte, der die Trauung auf Italienisch vornahm, aber an den nötigen Stellen innehalten würde, wie er ankündigte, damit der anwesende Dolmetscher übersetzen konnte, wie es gesetzlich vorgeschrieben war. Dies geschehe im Interesse der beteiligten Parteien, sagte er, damit sie zu einem späteren Zeitpunkt nicht behaupten könnten, die Ehe sei nicht rechtskräftig, weil sie missverstanden hatten, was sie bejahten und versprachen.

»Die Liebe ist die Kraft, die uns mit Mut Furcht und Unsicherheit entgegentreten lässt«, wandte der Übersetzer sich an Braut und Bräutigam, »und die Herausforderung der Ehe liegt darin, euch eure Integrität und Individualität zu bewahren, wenn ihr eins mit eurem Partner werdet. Das erfordert Engagement und große Ehrlichkeit.«

Oh, Seb, dachte Floriana unglücklich, wo sind *deine* Ehrlichkeit und Redlichkeit in alldem? Dann senkte sie den Kopf und verschloss Augen und Ohren. Sie wollte von alldem nichts mehr hören. Aber was wollte sie eigentlich von ihm? Dass er seiner Integrität zuliebe im allerletzten Moment noch einen Rückzieher machte? Nein, da war es doch wahrscheinlich besser, die Sache zu Ende zu bringen und sich später aus dieser Ehe zu befreien, wenn er Imogen vielleicht nicht mehr ganz so verletzen würde.

Und welche Ironie war es, dass Floriana sich um Imogens Gefühle sorgte?

Ihr Kopf fuhr hoch, als Adam plötzlich ihre Hand drückte, und sie sah ihn fragend an. Mit zusammengezogenen Augenbrauen lenkte er ihre Aufmerksamkeit nach vorne, wo Seb, der sich der Gästeschar zugewandt hatte, jetzt sprach.

»Es tut mir leid«, sagte er gerade, während seine Augen über die Reihen der Anwesenden glitten, »und ich weiß, dass Sie alle sehr weit gereist sind, um an dieser Hochzeit teilzunehmen, aber …«

Imogens Gesicht wurde weiß wie ihr Kleid, und ihre Augen waren groß vor Schreck. Floriana spürte, wie auch aus ihren Wangen die Farbe wich und ihr Herz wie wild zu rasen anfing. Sie umklammerte Adams Hand, als hätte sie Angst zu fallen.

»Aber es ist nun einmal so«, fuhr Seb fort, »dass ich ein Lügner wäre, wenn ich hier stünde und behauptete, Imogen so zu lieben, wie ich es tun sollte.«

Die Braut schnappte nach Luft.

Auch andere Leute sogen scharf den Atem ein.

»Es tut mir leid, Imogen, doch ich kann es einfach nicht.«

»*Nein!*«, schrie sie. »Tu das nicht!«

»Am Ende wirst du mir dafür noch dankbar sein«, sagte er. »Du wirst doch nicht mit einem Mann verheiratet sein wollen, der eine andere liebt?«

Die Luft pulsierte buchstäblich vor Spannung, während der Übersetzer und der Standesbeamte entsetzte, ja schon panische Blicke wechselten. Imogens Eltern waren aufgesprungen, Jules ebenfalls. Die Hochzeitsplanerin sah aus, als wollte sie die Flucht ergreifen; dies musste ihr allergrößter Albtraum sein.

Auch Floriana war versucht zu fliehen. Aber dafür war es schon zu spät. Über das aufgeregte, sensationslüsterne Geraune, das unter den Gästen ausbrach, hörte sie Imogen sagen:

»Es ist wegen dieser verfluchten Floriana, nicht?« Ihre Stimme war zu einem lauten, schrillen Kreischen angestiegen. »Das ist ihr Werk! Wo ist sie? Wo ist dieses verdammte Miststück?«

Sebs schuldbewusste Körpersprache lieferte Imogen sofort die Antwort auf ihre Frage, und zutiefst beschämt und gedemütigt sah Floriana sich zum Mittelpunkt der allgemeinen Aufmerksamkeit werden. Ich habe nichts falsch gemacht!, hätte sie am liebsten laut geschrien.

Doch das hatte sie. Sie hätte sich nie bereit erklären dürfen hierherzukommen.

Kapitel 49

Floriana neben ihm mochte vor Schock auf ihrem Stuhl wie angewurzelt sein, aber ein heftiger Adrenalinstoß ließ Adam jäh in die Höhe fahren. Da Imogen auf Floriana zustürmte, trat er in den Gang, um sich zwischen die rachsüchtige Braut und ihr Opfer zu stellen.

Objektiv betrachtet hatte das arme Mädchen jedes Recht, zornig zu sein und auf Rache zu sinnen, aber er würde auf keinen Fall zulassen, dass sie ihre Wut an Floriana ausließ. Wenn Imogen einen Schuldigen brauchte, sollte sie sich den Idioten von einem Mann anschauen, der sie in diese katastrophale Lage gebracht hatte. Den Mann, der ihr jetzt zusammen mit ihren fassungslosen Eltern und ihrem Bruder hinterhereilte.

»Aus dem Weg!«, zischte die sitzen gelassene Braut Adam zu. »Lassen Sie mich vorbei!«

»Imogen, bitte nicht! Nicht hier!«

Sie fuhr zu dem Mann herum, dessen Frau sie um ein Haar geworden wäre. »Nicht *hier*?«, kreischte sie. Sie zitterte am ganzen Körper. »Wo denn dann? Auf unserer gestrichenen Hochzeitsreise? Oder vielleicht daheim in London in unserem Haus, das du *nie wieder* betreten wirst?« Sie hielt inne, um Luft zu holen, bevor sie Seb wieder anschrie: »Wie kannst du es wagen, mir das anzutun? Und dann auch noch vor all meinen Freunden und meiner Familie! Warum musstest du mich so demütigen? Warum, verdammt noch mal?«

»Liebes, ich hasse es, ihm zustimmen zu müssen« sagte ihre Mutter bittend und mit einem anklagenden Blick zu Seb, »aber bitte nicht vor allen Leuten!«

»Ich will Antworten«, kreischte Imogen, »und ich will sie jetzt! Ich will wissen, wie du …«, sie stieß mit einem Finger durch die Luft nach Seb, »wie du all die Vorbereitungen ertragen konntest, wenn du mich doch nie wirklich geliebt hast.«

»Ich habe dich geliebt. Das musst du mir glauben.«

»Du *Lügner!*« Ihre Stimme zitterte, und sie begann zu schluchzen. »Es ist Floriana, die du immer schon geliebt hast!« Plötzlich versuchte sie erneut, an Adam vorbeizukommen, um die Frau zu erreichen, die sie offenbar für alles verantwortlich machte, aber er stand dort wie ein Fels und verstellte ihr den Weg.

Als sie ihre Pläne solcherart vereitelt sah, zeigte sie mit dem Finger auf Floriana. »Das ist die Person, die du liebst! Da sitzt sie!« Dann wandte sie sich den anderen Gästen zu. »Und das Schlimmste ist, dass sie ihn einfach nicht in Ruhe lassen konnte. Das hier ist ihr Werk!«

Inzwischen auf den Beinen, obwohl sie unter ihr nachzugeben drohten, die Augen groß und dunkel, schüttelte Floriana den Kopf. »Du verstehst das alles falsch. Wir sind immer nur gute Freunde gewesen, Seb und ich. Das ist alles. Er ist wie ein Bruder für mich.«

Imogens Vater trat nun neben sie. »Kind, das reicht. Schluss jetzt. Tu dir das nicht an!« Zu Seb – und über Imogens lautes Aufschluchzen hinweg, mit dem sie sich in die Arme ihrer Mutter warf – sagte er: »Ich weiß nicht, was zum Teufel hier vorgeht, doch du wirst uns einiges erklären müssen. Wir werden später reden. Fürs Erste wäre es besser, wenn du uns allein ließest, denke ich, denn das hier ist ein Familienmoment.«

Vielleicht weil sie spürte, dass es jetzt nicht mehr gefährlich war, kam die Hochzeitsplanerin zu ihnen herüber, ihr iPad hielt sie aber trotzdem noch wie einen Schutzschild vor die Brust gedrückt. »Was meinen Sie, was ich tun soll?« Dabei sah sie sich beklommen in der kleinen Gruppe um.

»Bringen Sie alle in das Festzelt!«, wies Imogens Vater sie in der autoritären Art und Weise eines Mannes an, der es gewohnt ist, Entscheidungen zu treffen und Befehle zu erteilen. »Und geben Sie ihnen etwas zu trinken!«

Anscheinend blind für alles, was um sie herum vorging – Leute, die ihre Stühle zurückschoben und sich nur widerstrebend vom Schauplatz des dramatischen Geschehens entfernten –, riss sich Imogen ganz unversehens von ihrer Mutter los und versuchte erneut, an Floriana heranzukommen. Doch wieder einmal sorgte Adam dafür, dass ihr der Weg versperrt blieb.

»Jetzt bist du wohl sehr zufrieden mit dir, was?«, fauchte sie Floriana an. »Jetzt hast du, was du immer haben wolltest. Aber du kannst ihn gern haben! Alle haben mir gesagt, ich sei zu gut für ihn, und jetzt weiß ich, dass sie recht hatten. Doch ihr zwei verdient einander. Und ich hoffe, dass ihr todunglücklich miteinander werdet!«

Aus dem Augenwinkel sah Adam, dass einer der Gäste ein Mobiltelefon hochhielt und sie filmte. Das reicht jetzt wirklich, beschloss er und sagte entschieden: »Ich denke, wir sollten jetzt gehen, Floriana.«

»Ja, warum tut ihr das nicht?«, fragte Imogen bitter und wandte sich dann an Adam: »Und wer immer Sie auch sein mögen, ich hoffe nur, dass es nichts Ernstes zwischen Ihnen und dieser Frau ist, denn eins können Sie mir glauben: Sie hätten keine Chance, sie und Seb auseinanderzubringen! Die beiden sind so unzertrennlich, als wären sie an der Hüfte zusammengewachsen.«

Nachdem sie diese letzte Schmähung losgeworden war, begleitete sie ihre Eltern und ihren Bruder hinaus und ließ Floriana, Seb und Adam zurück – mitten in den Trümmern ihres ganz persönlichen Ground Zero, wie es Adam vorkam.

Noch immer starr vor Schock, mit schmerzhaft verkrampftem Magen und brennenden Wangen und kaum fähig, Atem zu holen, starrte Floriana ihren ältesten und engsten Freund an und verspürte etwas, wovon sie sich nie hätte träumen lassen, es einmal zu empfinden: Sie schämte sich ihres alten Freundes.

»Es tut mir leid, Florrie«, sagte er und lockerte seine Krawatte.

»Das sollte es auch«, gab sie scharf und außer sich vor Zorn zurück. »Du hast mich als etwas hingestellt, was ich nicht bin.«

»Es tut mir leid«, wiederholte er. »Ehrlich. Das alles tut mir wirklich leid.«

»Hör auf damit!«, schrie sie. »Immer wieder das Gleiche zu sagen, macht nicht plötzlich alles wieder gut.«

»Sei mir nicht böse, Florrie, bitte!«

Wütend warf sie die Hände in die Luft. »Ich weiß nicht, was du anderes von mir erwartest.«

»Es war nicht meine Sternstunde, das gebe ich zu.«

»Mein Gott, Seb, selbst an deinen Maßstäben gemessen ist das eine Untertreibung monumentalen Ausmaßes! Ich würde sagen, dass das, was du hier gerade geboten hast, deine persönliche Bestleistung in Grausamkeit und Bosheit ist. Was wirst du jetzt tun?«

Er zuckte mit den Schultern. Es war die Geste eines ganz und gar besiegten Mannes, die Floriana derart überraschte, dass Mitgefühl ihre Wut auf ihn zu schmälern drohte. »Ich habe keine Ahnung«, antwortete er. »Außer heimzufahren. Nur habe ich jetzt leider kein Zuhause mehr. Nicht wirklich jedenfalls.« Er riss sich die Krawatte ab, stopfte sie in die Jackentasche und öffnete den obersten Knopf seines Hemdes. »Sie müssen Adam sein«, sagte er, als würde er sich der Gegenwart des anderen Mannes erst jetzt bewusst. »Sie sind anders, als ich erwartet hatte.«

»Komischerweise sind *Sie* genau das, was ich erwartet hatte«, erwiderte Adam kühl.

Seb zog eine Augenbraue hoch. »Ein totaler Mistkerl?«

»So etwas in der Art, ja.«

»Na, zumindest sind Sie ehrlich. Das kann ich respektieren.«

Gerade als Floriana schon dachte, die Situation hätte ihren Höhepunkt erreicht, strömte unpassenderweise Musik aus dem Festzelt. Wie damals den Musikern auf der *Titanic* schien auch dem Streichquartett befohlen worden zu sein zu spielen.

»Wahrscheinlich werden sie einfach mit dem Empfang weitermachen«, bemerkte Seb verdrossen. »Und warum auch nicht? Es ist alles bezahlt, da können die Gäste ja auch ruhig noch etwas von dem Tag mitnehmen. Neben meiner Blamage, meine ich, die ihnen noch jahrelang Gesprächsstoff liefern wird.«

»Ach, Herrgott noch mal, Seb!«, wies Floriana ihn scharf zurecht. »Fang jetzt bloß nicht an, dich zu bemitleiden! Nur das nicht, bitte! Komm, Adam, lass uns gehen! Und du kommst besser mit, Seb!«

Beide sahen sie verwundert an.

»Du kannst ja wohl kaum hierbleiben, oder? Es sei denn, du bist hungrig und möchtest mit ihnen zu Mittag essen?«

Einen schrecklichen Moment lang wusste sie nicht, ob er lachen oder weinen würde. Zum Glück verzichtete er auf das eine und das andere, nickte und schloss sich ihnen schweigend an.

Was soll ich nur mit ihm machen?, dachte Floriana. Und warum fühle ich mich letzten Endes immer wieder für ihn verantwortlich?

Weil er ein Teil deines Lebens ist und es auch immer sein wird, beantwortete sie sich die Frage selbst, während sie den gewundenen Weg zur Anlegestelle hinuntergingen.

Kapitel 50

Für Esme, die ihr Leben lang einen leichten Schlaf gehabt hatte, war es nichts Ungewohntes, mitten in der Nacht zu erwachen. Und in dieser Nacht schien die Villa Sofia fest entschlossen zu sein, mit dem Knarren und Knacken ihrer betagten Konstruktion in der stillen Dunkelheit Esmes Schlaf nachhaltig zu stören. Sie war gerade wieder von einem besonders lauten Knacken geweckt worden, und Sekunden später hörte sie, wie eine Tür geöffnet wurde.

Die Leuchtziffern ihres Reiseweckers verrieten ihr, dass es zehn nach zwei war, und sie drehte sich seufzend auf den Rücken und streckte Arme und Beine seitlich aus, um so vielleicht noch einen kühlen Fleck im Bett zu finden. Dann schloss sie die Augen und versuchte, wieder einzuschlafen, aber ihr Kopf war schon wieder viel zu rege und ging die Ereignisse des vergangenen Tages durch, sodass an Schlaf vorläufig nicht zu denken war.

Sie war gerade dabei gewesen, Domenico beim Entfernen der verblühten Rosenblüten im Garten zu helfen, als Adam und Floriana viel früher als erwartet zur Villa zurückgekehrt waren. Aber sie waren nicht allein gewesen. Nachdem Floriana sie miteinander bekannt gemacht hatte, folgten wortreiche Entschuldigungen und die Bitte, Seb im Haus übernachten zu lassen, da er sonst nirgends unterkommen könne. Nirgends, wo der Flegel aufzutauchen wagt!, hatte Esme grimmig gedacht.

Während Floriana ihn zusammen mit seinem Gepäck, das sie aus dem *Grand Hotel Tremezzo* abgeholt hatten, nach oben geführt hatte, hatte Adam, nach außen hin völlig unbewegt wie immer, Esme über die Geschehnisse ins Bild gesetzt. Es war genau das geschehen, was sie befürchtet hatte, seit Floriana am vergangenen Tag zugestimmt hatte, sich mit Seb zu treffen.

Und so wälzte und warf sie sich jetzt noch ein wenig mehr im Bett herum, bevor sie dem Bedürfnis nachgab, die Toilette aufzusuchen. Wieder in ihrem Schlafzimmer, blieb sie am offenen Fenster stehen, weil sie auf der Schaukel unten im Garten jemanden zu sehen glaubte. Als sie die Augen zusammenkniff, konnte sie sogar im Dunkeln erkennen, dass es Seb und Floriana waren, die dort unten saßen und die Köpfe zusammensteckten. Schnell wandte Esme sich vom Fenster ab, denn sie hatte genug gesehen. Dieser eine Anblick hatte ihr gereicht.

Aber war es wirklich so überraschend, dass die beiden zusammen waren? War es nicht zu erwarten gewesen, dass sie allein sein wollten, damit Seb seiner alten Freundin ungestört sein Herz ausschütten konnte? Bis jetzt war er nicht aus seinem Zimmer herausgekommen; wahrscheinlich war es einfach zu viel für ihn gewesen, fremden Leuten gegenüberzutreten. Floriana hatte ihm etwas zu essen hinaufgebracht, war später aber mit dem unberührten Tablett zurückgekommen. Mehr denn je war Esme überzeugt davon, dass die Dynamik ihrer Beziehung auf dem simpelsten aller Gesetze beruhte: Floriana war die Gebende und Seb der Nehmende. In Esmes Augen war das kein gesundes Arrangement.

Aber sie konnte auch nicht sagen, dass sie Seb kein Mitgefühl entgegenbrachte. Er war ein junger Mann, der fünf Minuten vor zwölf erkannt hatte, dass er im Begriff war, einen schweren Fehler zu begehen. Doch weiß der Himmel, warum er auf so dramatische Art und Weise abgesprungen ist?, dachte sie. Es sei denn, er hatte Floriana auf seine Art beweisen wollen, was er ihretwegen zu tun imstande war, indem er in aller Öffentlichkeit das ganze Ausmaß seiner Liebe zu ihr zu erkennen gab. In der romantischsten und aufsehenerregendsten Liebeserklärung, die man sich nur vorstellen konnte. Welche Frau würde sich von einer solchen Geste nicht geschmeichelt fühlen?

Aber wo blieb da der arme Adam? Wie könnte er mit der unermesslichen Tiefe dessen konkurrieren, was Floriana und Seb verband, wie mit der unvermeidlichen Veränderung ihrer Beziehung, da Seb sich nun endlich zu seinen wahren Gefühlen für Floriana bekannt hatte? Denn das war schließlich genau das, was vor zweieinhalb Jahren Florianas größter Wunsch gewesen war.

Wieder im Bett, schloss Esme die Augen und versuchte, ihre Gewissensbisse hinsichtlich dieser Reise zu verdrängen. Sie war schuld an dieser Misere. Wenn sie Floriana nicht dazu ermutigt hätte, an Sebs Hochzeit teilzunehmen, um einen Schlussstrich unter die ganze Angelegenheit zu ziehen, wäre nichts von alldem geschehen. Aber aus purem Egoismus hatte sie sich von ihren eigenen Bedürfnissen lenken lassen und den Wunsch, mit der Vergangenheit – und ihrem eigenen neunzehnjährigen Ich – endgültig abzuschließen, auf Floriana übertragen.

Und was hatte sie abgeschlossen? Das Einzige, was sie mit der Rückkehr an den Comer See erreicht hatte, war die Bestätigung dessen, was sie schon immer gewusst hatte: dass Angelo ein schlechter Mensch gewesen war. Was Marco anbelangte, so hatte sie nicht mehr über ihn erfahren, oder jedenfalls nichts, was die Emotionen zur Ruhe kommen lassen würde, die in diesen letzten Monaten wieder so übermachtig geworden waren.

Sie seufzte tief und versuchte noch einmal, eine kühlere Stelle im Bett zu finden. Nur noch ein paar Tage, und dies alles würde zu Ende und sie wieder zu Hause sein. Esme konnte es kaum erwarten abzureisen, wieder daheim zu sein und friedlich in ihrem eigenen Bett zu liegen, mit ihrer lieben kleinen Eurydike an der Seite.

Am nächsten Morgen, bevor alle anderen aufstanden und es auch zu heiß wurde, ging Adam joggen. Laufen hilft, einen klaren Kopf zu bekommen, sagte er sich, als er den Hang hinuntersprintete. Am Fuß des Hügels blieb er stehen, um den Verkehr vorbeizulassen, und bog dann nach links auf die Hauptstraße ab, die parallel zum See verlief. Obwohl es hier kein nennenswertes Straßenpflaster gab und trotz der frühen Stunde, waren schon erstaunlich viele Autos, Lkws und Motorroller unterwegs. Aus diesem Grund war er sehr vorsichtig, als er weiterlief, und warf ab und zu einen Blick über die Schulter, um den von hinten kommenden Verkehr im Auge zu behalten. Streng genommen müsste er auf der anderen Seite der schmalen Straße laufen, aber dort war von dem Straßenbelag schon so gut wie gar nichts mehr vorhanden.

Irgendwann verbreiterte sich die Fahrbahn und bot ihm die Sicherheit einer von Bäumen gesäumten, asphaltierten Promenade und eine beeindruckende Aussicht auf den See, auf dessen anderer Seite Bellagio im frühmorgendlichen rosaroten Dunst zu sehen war. Adam war versucht, eine Pause zu machen und die Aussicht zu bewundern, aber seine Beine waren jetzt genauso darauf eingestellt, sich weiterzubewegen, wie sein Verstand darauf programmiert war, nicht an Floriana und Seb zu denken. Was auch immer kommen wird, hatte er sich gestern Nacht gesagt, während er versucht hatte einzuschlafen, wenn Floriana und Seb füreinander bestimmt sind, dann ist es eben so! Außerdem bestand keine Verpflichtung zwischen Floriana und ihm, sondern nur eine Freundschaft, aus der etwas mehr geworden war. Und davon würde er sich ja wohl problemlos lösen können, oder? Es würde nichts weiter als eine kleine Umstellung und ein Umdenken erfordern. Es war nicht das Gleiche wie bei Jesse, als sie ihn verlassen hatte. Nicht einmal annähernd. Es war enttäuschend, ja, aber nicht das Ende der Welt. Kaum etwas war das, wenn es hart auf hart kam.

Vielleicht wäre es zwischen ihnen sowieso nie gut gegangen. Was hatten er und Floriana denn eigentlich schon gemeinsam? Nein, nein, sie war besser dran mit Seb. Und er würde sich mit Anstand und bereitwillig zurückziehen. Das zumindest verlangte schon sein Stolz.

Er beschleunigte sein Tempo, biss die Zähne zusammen und trieb sich unerbittlich weiter an.

Als er gerade am *Grand Hotel Tremezzo* vorbeikam, wo Seb gewohnt hatte, wurde die Musik, die er auf seinem iPhone hörte, von einem Anruf unterbrochen. Sofort hielt er an, beugte sich vor, um Luft zu holen, und meldete sich dann.

Es war Giovanni Zazzaroni. »Signor Strong, entschuldigen Sie bitte, dass ich so früh anrufe, aber ich habe heute einen Termin außerhalb der Stadt und wollte Sie nicht wieder verpassen. Haben Sie jetzt gerade Zeit zu reden?«

Noch immer nach Atem ringend, sagte Adam: »Ja, das ist kein Problem. Aber Sie werden meine Kurzatmigkeit entschuldigen müssen, da ich laufen war und daher nicht so fit bin, wie ich es sein sollte.«

Der andere Mann lachte. »Ich bewundere Ihre Disziplin. In den Ferien zu laufen und dann so früh am Morgen! *Bravo!*«

»Was kann ich also für Sie tun, Signore?«

»Nein, es geht darum, was ich für Sie tun kann. Ich habe Neuigkeiten für Sie über die Familie Bassani und besonders über Marco Bassani.«

Noch immer außer Atem, aber sehr erfreut, sagte Adam: »Erzählen Sie!«

Floriana hatte Adam aus dem Haus gehen sehen und wartete nervös auf seine Rückkehr; sie musste dringend mit ihm sprechen. Er war jetzt schon beinahe eine Stunde fort. Wie weit wollte er laufen? Bis in die Schweiz und wieder zurück?

Es machte sie ganz verrückt, darüber nachzudenken, wie er sich heute fühlen mochte. Falls er ihr böse war, könnte sie es ihm nicht einmal verübeln, nachdem sie Seb gestern zur Villa mitgenommen hatte. Aber sie hätte Seb nicht einfach stehen lassen können. Damals in Oxford, als er versucht hatte, sich das Leben zu nehmen, hatte sie ihm versprochen, ihn niemals aufzugeben, und dieses Versprechen würde sie auch nicht brechen, schon gar nicht jetzt, da er sie noch mehr brauchte als je zuvor.

Aber würde sie das Adam erklären können? Würde er verstehen, dass Seb im wahrsten Sinne des Wortes niemanden sonst hatte, an den er sich wenden könnte? Er war ganz allein auf dieser Welt. Wie er ihr gestern Nacht im Garten erzählt hatte, war auch sein Kontakt zu seinen wenigen Freunden in London abgebrochen, weil Imogen sie nicht gemocht hatte. Sie hatte darauf bestanden, dass ihre Freunde auch zu seinen wurden. Was voll und ganz mit ihrer besitzergreifenden und eifersüchtigen Natur einherging: Isoliere das Objekt deiner Begierde, und behalte diese Person ganz allein für dich! Es war einer der Gründe, warum Imogen so wild entschlossen gewesen war, Floriana loszuwerden.

Vergangene Nacht hatten sie auch zum ersten Mal ganz offen und bis ins kleinste Detail besprochen, was Floriana damals in London beobachtet hatte, als sie Imogen ins *Ritz* gefolgt war. »Ich verstehe nicht, wie sie das tun konnte, wenn sie dich liebte«, hatte Floriana gesagt.

»Vielleicht ist es möglich, mehr als einen Menschen gleichzeitig zu lieben«, hatte Seb erwidert. »Und deiner Beschreibung nach könnte es ein Exfreund von ihr sein, mit dem du sie gesehen hast. Wahrscheinlich versuchte sie noch, sich darüber klar zu werden, was sie für ihn empfand.«

»Das klingt erstaunlich unvoreingenommen aus deinem Mund«, hatte Floriana dazu bemerkt.

»Ich bin nicht immer so borniert, wie du glaubst. So wie ich auch nicht zu blind bin, um zu sehen, dass es deinen Freunden – Adam und Esme – gar nicht passt, dass ich hier bei dir bin.«

»Sie kennen dich nicht, das ist alles«, hatte Floriana erwidert. »Und sie werden dich auch nicht kennenlernen, wenn du dich weiter in deinem Zimmer vor ihnen versteckst.«

»Aber jetzt verstecke ich mich nicht, oder?«, versetzte er und bückte sich nach der Flasche Wein, die sie mit hinausgenommen hatten.

»Weil sie nicht da sind«, konterte Floriana. »Sei nicht so feige, Seb! Den Leuten auszuweichen ist keine Lösung.«

»Und was ist die Lösung?«

»Um Hilfe zu bitten. Das würde für den Anfang reichen.«

»Darin bin ich gar nicht gut.«

»Das weiß ich, und deshalb bringst du dich ja auch andauernd in Schwierigkeiten. Doch du wirst es lernen müssen, Seb, denn sonst werde ich nie aufhören können, mich um dich zu sorgen.«

»Aber ich mag es, wenn du dir Sorgen um mich machst«, sagte er, nur halb im Scherz. »Es gibt mir das Gefühl, geliebt zu werden.«

»Du wirst geliebt, Seb. Das war immer so. Selbst als du mich aus deinem Leben ausgeschlossen hattest.« Dann hatte Floriana ihm von ihrem Treffen mit Imogen erzählt, bei dem sie erfahren hatte, dass Imogen ihn damals gezwungen hatte, sich zwischen ihr und Floriana zu entscheiden.

»Es tut mir leid, dass ich damals diese Entscheidung getroffen habe. Das war falsch. Wie so viele Dinge, die ich getan habe. Aber ich wollte Imogen nicht verlieren. Ich liebte sie wirklich.« In der stillen, warmen Dunkelheit legte er den Arm um Floriana. »Was ich jetzt weiß – und ohne den geringsten Zweifel –, ist, dass du es hättest sein sollen, mit der ich heute vor dem Standesbeamten stand.«

»Nun, so war es aber nicht.«

»Nein. Ich habe es gründlich vermasselt, was?«

»Ohne Frage.«

»Du könntest es wenigstens ein bisschen beschönigen.«

»Glaubst du, du würdest dich dann besser fühlen?«

»Nein, aber hier mit dir zu sitzen hilft. Wäre es nicht wunderbar, wenn wir einfach für immer hierbleiben und glücklich und zufrieden zusammen alt werden könnten?«

»Ich bin noch nicht bereit zum Altwerden.«

»Sei nicht so kleinlich. Du weißt schon, was ich meine.«

Ja, dachte sie jetzt, als sie Shorts und ein T-Shirt anzog, um frisches Brot im Supermarkt zu holen, ich weiß ganz genau, was Seb gemeint hat: Er will nicht zurück nach Hause, um sich nicht den Konsequenzen seiner Handlungsweise stellen zu müssen.

So leise wie möglich huschte sie die Treppe hinunter, um Esme oder Seb nicht zu stören, aber unten merkte sie, dass ihre Freundin bereits in der Küche war.

»Du bist aber früh auf«, sagte Floriana.

»Ich konnte nicht schlafen.«

»Ich auch nicht.«

»Und unser Gast?«

Esmes Blick war ebenso unverblümt wie ihre Frage, und Floriana spürte, wie das Blut ihr in die Wangen schoss. Schockiert, dass Esme glaubte, sie habe mit Seb geschlafen, öffnete sie den Mund, um etwas zu erwidern, schloss ihn aber dann gleich wieder, als Adam in der offenen Gartentür erschien.

Schwer atmend und so verschwitzt, dass sein T-Shirt feucht an seinem Oberkörper klebte, sagte er: »Esme, ich glaube, du solltest dich jetzt lieber setzen.«

Kapitel 51

An ihrem Tisch auf der Terrasse des *Hotels Danieli* lauschte Esme dem Läuten der frühen Morgenglocken, trank ihren Kaffee und beobachtete Boote aller Formen und Größen, die geschäftig die Lagune überquerten. In der Ferne war die Insel San Giorgio zu sehen, und zu ihrer Rechten kennzeichneten die Basilika Santa Maria della Salute und die Punta della Dogana den Eingang zum Canal Grande. Venedig – es gab keinen zweiten Ort wie diesen auf der Welt.

Vor einer Ewigkeit, schien ihr, hatte sie mit dem gleichen faszinierten Staunen diesen grandiosen Anblick bewundert, und jetzt war sie wieder hier. Damals hatte sie mit ihrem Vater Venedig besucht, und diesmal war sie mit Adam und Floriana hier.

Obwohl es eine weniger als vierstündige Fahrt vom Comer See aus war, hatte Esme sich Sorgen gemacht, dass die Hin- und Rückfahrt an einem Tag zu strapaziös für sie sein könnte, und deshalb vorgeschlagen, falls sie noch Zimmer bekommen konnten, für eine Nacht im *Danieli* abzusteigen. Selbstverständlich würde sie die Rechnung übernehmen, hatte sie ihren Freunden versichert. Es schien ihr eine sehr passende Vorgehensweise zu sein, um den Kreis zu schließen.

Und so waren sie am gestrigen Abend angekommen, nachdem sie Seb allein in der Villa Sofia zurückgelassen hatten. Esme hatte befürchtet, dass Floriana ihn vielleicht würde mitnehmen wollen, aber zu ihrer großen Erleichterung hatte sie kein Wort darüber verloren. Sebs Probleme waren auch ziemlich in den Hintergrund getreten angesichts der Neuigkeiten, dass Giovanni Zazzaroni sich bei den älteren Mitgliedern seiner Familie umgehört und erfahren hatte, dass einer seiner Großonkel in Como Anwalt und Notar gewesen war und Giulia Bassanis Testamentsvollstrecker nach ihrem Tod. Von diesem Ausgangspunkt an, war Giovanni einer Reihe von Adressen gefolgt, die ihm gegeben worden waren, hatte Marcos derzeitigen Aufenthaltsort ausfindig gemacht und sogar mit ihm gesprochen. Esme bewunderte die Beharrlichkeit des Mannes, mit der er der Aufgabe nachgegangen war, die er so bereitwillig übernommen hatte.

Die erste Entscheidung, die daraufhin getroffen werden musste und die nur Esme selbst treffen konnte, war, ob sie Marco wiedersehen wollte oder nicht. Nachdem Giovanni ihm erklärt hatte, aus welchem Grund er Kontakt zu ihm aufnahm, hatte Marco offenbar die dringende Bitte geäußert, Esme möge ihn doch anrufen, um ein Treffen mit ihm zu vereinbaren. Doch so absurd es auch war, hatte Esme es nicht über sich gebracht, nach all diesen Jahren die Nummer zu wählen und selbst mit ihm zu sprechen. Aus Furcht, keinen Ton herauszubringen oder sich nicht gut genug ausdrücken zu können, hatte sie Adam gebeten, an ihrer Stelle mit Marco zu sprechen.

»Wie klang er?«, fragte sie, sobald er das Gespräch beendet hatte. Floriana hatte ihr Ohr dicht an den Hörer gedrückt, da sie sich nichts von dem Gesagten hatte entgehen lassen wollen.

»›Neugierig‹ wäre eine zutreffende Beschreibung«, erwiderte Adam.

»Er hat dich eingeladen, mit ihm in Venedig zu Mittag zu essen!«, hatte Floriana aufgeregt eingeworfen. »Du wirst doch hingehen, nicht?«

»Kaum zu glauben, wie deine Tonart sich geändert hat«, bemerkte Esme. »Ich hatte bisher den Eindruck, dass du nicht dafür warst, die Dinge noch weiterzuführen?«

»Das war dann, und jetzt ist *jetzt*. Und wer weiß, ob dies nicht die einzige Chance ist, die du je bekommst, Marco wiederzusehen.«

»Du schreibst mich wohl schon ab, was?«

»Du weißt, was ich meine. Wir sind so weit gekommen, also lass uns hinfahren! Lass uns nach Venedig fahren!«

Es war so schön mitanzusehen, wie sich Florianas Stimmung hob. Esme konnte gar nicht anders, als sich von ihrer Begeisterung mitreißen zu lassen.

Doch nun, da sie in wenigen Stunden Marco gegenüberstehen würde, wurde Esmes Enthusiasmus von einem wachsenden Gefühl des Zweifels hinsichtlich ihres Vorhabens gedämpft. War ein Mittagessen mit Marco wirklich eine gute Idee? Und wenn sie sich nun nichts zu sagen hatten? Vielleicht wäre ein kurzer Austausch bei einem Drink besser gewesen, zumindest hätte sie dann eine Ausrede, falls die Unterhaltung stocken oder sogar ganz versiegen sollte. Aber was immer sie auch besprechen würden, Esme wusste mit absoluter Sicherheit, dass sie ihm nichts von dem Kind erzählen würde. Was hätte das für einen Sinn? Was geschehen war, war geschehen.

Eine große Personenfähre erschien auf der Lagune. So viele Leute unterwegs, sinnierte Esme, und jeder einzelne dieser Menschen an Bord des Schiffes hat eine Geschichte zu erzählen. Einige waren sicher ganz alltäglich, andere völlig ungewöhnlich. Und mit Sicherheit glich keine der anderen.

Was würde Marcos Geschichte sein? Ob er wohl ein guter Priester gewesen war? Und war das geistliche Amt so befriedigend für ihn gewesen, wie er es sich vorgestellt hatte? Oder hatte es auch Momente gegeben, in denen er bereut hatte, sein Leben ausschließlich Gott geweiht zu haben?

Himmel, wie arrogant von dir zu glauben, dass es so sein könnte!, schalt sie sich. Wenn sie selbst Gewissenbisse verspürte, durfte sie sie doch nicht auf andere übertragen.

Als sie ihr Frühstück beendet und ihren Kaffee getrunken hatte, beschloss sie, einen Spaziergang zu unternehmen und Adam und Floriana allein frühstücken zu lassen. Ganz gewiss konnten sie ein wenig Ungestörtheit brauchen, um einiges zwischen ihnen zu klären.

Adam klopfte an Florianas Tür, um zu fragen, ob sie bereit sei, frühstücken zu gehen. Als er keine Antwort von ihr erhielt, versuchte er es an Esmes Tür, doch auch hier war er erfolglos. Vielleicht waren sie ja schon oben auf der Dachterrasse.

Floriana fand er dort vor, aber sie war allein und führte ein offenbar sehr angespanntes Telefongespräch auf ihrem Handy. Schon wieder Seb!, dachte Adam ärgerlich.

Als sie ihn sah, winkte sie ihn zu sich, während sie mit den Lippen eine Entschuldigung formte. Er setzte sich und versuchte, ihr Gespräch zu ignorieren, indem er sich auf die Aussicht konzentrierte. Er war noch nie in Venedig gewesen und konnte dies beim besten Willen nicht verstehen. Wirklich schade, dass sie nur für so kurze Zeit hier waren! Und mindestens genauso schade, dass Floriana und er noch keine Chance gehabt hatten, ein vernünftiges Gespräch zu führen! Er wartete noch immer auf die richtige Gelegenheit, aber entweder war Esme da gewesen, oder Seb hatte Floriana ganz für sich vereinnahmt.

Es war unmöglich, nicht mitzubekommen, was Floriana sagte. Bald schon merkte er, dass es nicht Seb war, mit dem sie sprach. Doch wer immer es auch sein mochte, es gab anscheinend ein Problem bei ihr zu Hause. Schließlich verabschiedete sie sich von dem Anrufer. »Wir bleiben in Verbindung, Robert, und falls ich irgendetwas höre, lasse ich es dich wissen.«

»Ich kann es nicht glauben«, sagte sie, als sie das Handy auf den Tisch legte. »Das war der Schwager meiner Schwester – er rief an, um mir zu sagen, dass sie ihren Mann verlassen hat.«

»Warum?«

»Ann hatte wohl herausgefunden, dass er eine Affäre hat.« Sie schüttelte den Kopf. »Das erscheint mir fast unmöglich. Wenn man mich gefragt hätte – und ich weiß, das klingt jetzt nicht sehr freundlich –, hätte ich geschworen, dass Paul viel zu langweilig ist, um eine Affäre zu haben.«

»Wo ist deine Schwester jetzt?«

»Weiß der Henker. Sie hat Paul gestern Abend eine Nachricht hinterlassen, er könne von ihr aus so viele Frauen haben, wie er wolle, und wenn er schon dabei sei, könne er sich auch gleich um die Kinder kümmern.«

Floriana sprang so unvermittelt auf, dass sie gegen den Tisch stieß und fast ein leeres Wasserglas umwarf. »Tut mir leid«, sagte sie stirnrunzelnd, »aber könntest du allein frühstücken? Ich muss unbedingt mit meinen Eltern sprechen, um herauszufinden, was da los ist.«

Adam sah ihr nach. Das war's dann wohl. Schon wieder eine verpasste Gelegenheit, dachte er.

An ihr Schlafzimmerfenster gelehnt, hörte Floriana in betroffenem Schweigen ihrer Mutter zu.

Es stimmte. Paul hatte tatsächlich eine Affäre gehabt, und Ann hatte ihn wirklich sitzen lassen. Wie es dazu gekommen war, dass die Bombe geplatzt war? Tja, sie hatten sich gezankt und wie immer gegenseitig genervt, aber das war nun mal ihr Ding und letztlich das, was ihre Beziehung in Schwung hielt.

»Wo ist sie denn nun, Mum?«, fragte Floriana.

»Das will sie nicht verraten. Sie sagt, sie bliebe, wo sie ist, bis sie beschlossen hat, was sie unternehmen wird.«

»Ist es Paul ernst mit dieser anderen Frau?«

»Er sagt, es sei ein schrecklicher Fehler gewesen, eine dieser Bürogeschichten, die außer Kontrolle geriet.«

»Na klar!«, spottete Floriana. »Das ist uns allen schon passiert, nicht wahr?«

»Sarkasmus wird uns hier nicht weiterhelfen, Liebes.«

»Nein, aber wir können Ann ja wohl kaum einen Vorwurf daraus machen, dass sie so reagiert hat.«

»Da stimme ich dir zu, doch was ist mit den Kindern? Sie stehen zwischen den Fronten. Dein Vater und ich haben angeboten, uns um sie zu kümmern, aber Ann besteht darauf, dass wir das lassen sollen. Dein Vater meint, es sei ihre Art, Paul zu bestrafen und ihm vor Augen zu führen, was sie alles leistet. Und ich weiß, dass ihr beide nicht immer einer Meinung wart, doch Anns Problem ist, dass sie nicht wie du ist, sondern das Leben zu ernst nimmt und zu hart arbeitet.«

»Soll das heißen, dass ich ein Faulpelz bin, der viel zu unbekümmert durch seine Tage segelt?«

»Du weißt genau, was ich meine. Du bist entspannter und erlaubst dir, das Leben zu genießen.«

Floriana dachte, dass sie in den vergangenen beiden Tagen alles andere als entspannt gewesen war, und sagte: »Und wann genau ist es passiert?«

»Vor drei Tagen.«

»Warum hast du mir nichts davon erzählt, Mum?«

»Aus dem gleichen Grund, aus dem du uns nichts von deinem Unfall im vergangenen Jahr erzählt hast: Wir wollten dir den Urlaub nicht verderben. Ich bin sehr böse auf Robert, dass er dich damit belastet hat. Das hätte er bleiben lassen sollen. Wie geht es dir übrigens?«

»Wir sind gerade in Venedig.«

»Du Glückspilz! Und die Hochzeit? Wie ist alles gelaufen?«

Floriana holte tief Luft. »Gar nicht. Seb hat Imogen buchstäblich vor dem Altar sitzen lassen. Auch wenn es genau genommen kein richtiger Altar war.«

»Großer Gott! Aber warum denn?«

Um es nicht erklären zu müssen, sagte Floriana: »Hör zu, Mum, das Gespräch kostet mich ein Vermögen, und deshalb mache ich jetzt besser Schluss. Ruf mich an, falls ich irgendwie helfen kann! Ich werde morgen wieder zu Hause sein. Bis dahin bestell Dad liebe Grüße und sag Ann, dass sie sich bei mir melden kann, wenn sie will.«

Nach dem Gespräch blieb Floriana auch weiterhin am Fenster und stützte sich mit den Ellbogen auf den Fensterrahmen. Unten am Seeufer strömten Touristen von einem *vaporetto* und vergrößerten die Scharen, die sich schon am Steg versammelt hatten. Unwillkürlich fragte Floriana sich, was Seb wohl gerade tat. Ihm würde es hier gefallen. So viele Menschen, unter denen er anonym bleiben konnte, so viele enge Sträßchen, in denen er sich verlieren konnte.

Ärgerlich auf sich selbst, dass sie in einem Moment wie diesem an Seb dachte, kehrte sie mit ihren Gedanken schnell wieder zu Ann zurück. Es kam nicht oft vor, dass sie ihre Schwester bedauerte, aber im Moment tat sie ihr aufrichtig leid. Was die arme Ann wohl gerade durchmachte! Und wo war sie?

Wie oft hatte sie damit geprahlt, dass sie nie länger als eine Nacht von ihren Kindern getrennt gewesen war! Wie tief verletzt und aufgebracht Ann sein musste, dass sie nun Clare und Thomas benutzte, um Paul zu bestrafen! Schließlich war er streng genommen noch nie ein Paradebeispiel für einen brauchbaren Vater gewesen.

Aber vielleicht hatte Ann ihm eine Chance geben wollen, ein interessierterer Vater zu sein? Oder hatte sie Paul mit ihrem Perfektionismus und Superfrau-Getue aus dem Haus geekelt? Aber selbst wenn es so gewesen war, gab das Paul noch lange keinen Freibrief, etwas mit einer Kollegin anzufangen! Warum hatte er Ann nicht gesagt, wie er sich fühlte? Warum brachten sie nicht

Klarheit in die ganze Sache und waren einfach ehrlich zueinander?

Aber dann dachte Floriana, dass sie die Letzte war, um Einwände zu erheben. Schließlich hatte sie selbst noch immer nicht den richtigen Moment gefunden, um mit Adam über Seb zu reden.

Gestern auf der Herfahrt, als sie im Fond des Wagens gesessen hatte und immer wieder Adams Blick im Rückspiegel begegnet war, hätte sie ihm gern etwas gesagt, aber für das Gespräch, das sie miteinander führen mussten, brauchten sie Ungestörtheit. Und Ungestörtheit schien im Augenblick Mangelware zu sein.

Gestern Abend, nach der Ankunft und dem Dinner, hatte sie geduldig darauf gewartet, dass Esme zu Bett ging, um mit Adam allein zu sein. Aber dann hatte Seb mit seinem Anruf, bei dem er sich über Langeweile beklagt hatte, wieder alles ruiniert. Kaum hatte Adam gemerkt, mit wem sie sprach, hatte er Gute Nacht gesagt und sich zurückgezogen. Nach dem Gespräch mit Seb hatte sie an Adams Tür geklopft, aber entweder war er zu einem nächtlichen Spaziergang aufgebrochen oder schon zu Bett gegangen. Enttäuscht und zu aufgedreht, um Schlaf zu finden, war auch Floriana ein wenig spazieren gegangen, obwohl es schon nach Mitternacht gewesen war.

Während sie auf der fast unheimlich stillen Piazza umherspazierte und die wundervoll beleuchtete Basilika und den in der Dunkelheit schier endlos aufragenden Glockenturm bewunderte, hatte sie gehofft, Adam zufällig zu begegnen. Doch das war leider nur Wunschdenken gewesen.

Sie drohte, ihn zu verlieren, das war ihr klar. Wie so viele ihrer früheren Freunde schien er mit ihrer komplizierten Beziehung zu Seb nicht umgehen zu können.

Und langsam fing sie an zu denken, dass sie selbst es auch nicht konnte.

Kapitel 52

Auf Florianas Vorschlag hin behielten sie Esme unbemerkt im Auge. Was aktive Überwachung anging, war das allerdings kein Leichtes angesichts der Tatsache, dass es auf dem Markusplatz von Touristen und Tauben wimmelte.

»Ich komme mir vor wie in einer Szene aus *Spooks*«, sagte Floriana von der anderen Seite der Säule her, hinter der sie sich auf dem Kolonnadenweg verbargen. »Ich habe dieses zwingende Bedürfnis, in meinen Ärmel zu flüstern, während ich unauffällig einen Blick über die Schulter werfe.«

»Esme wäre sehr verärgert, wenn sie wüsste, dass wir sie beobachten. Schließlich hat sie uns das ausdrücklich verboten«, bemerkte Adam.

»Falls sie es herausfindet, werde ich sagen, wir hätten es in bester Absicht getan, weil wir sichergehen wollten, dass ihr nichts passiert.«

»Und sie wird dich fragen, was genau deiner Meinung nach ein Achtzigjähriger ihr schon antun könnte.«

»Das wäre eine berechtigte Frage. Aber du scheinst das Gleiche wie ich zu denken, denn sonst wärst du nicht hier bei mir.«

Wo sollte ich denn sonst sein?, grübelte Adam düster. Wann sonst würde er wieder eine Chance bekommen, mit Floriana allein zu sein und offen mit ihr reden zu können?

Er starrte weiter über die Piazza zu Esme hinüber, die zwischen dem Campanile und dem Uhrenturm stand. Aus der Entfernung und verloren in dem Menschenmeer, sah sie sehr klein und verwundbar aus. »Hast du heute schon etwas von Seb gehört?«, erkundigte Adam sich betont beiläufig.

Eine merkliche Pause folgte auf der anderen Seite der Säule. »Nein. Er ist verstummt.«

»Ist das ein gutes oder schlechtes Zeichen?«

»Keine Ahnung. Das ist das Problem bei Seb, man weiß nie wirklich, was er denkt.«

»Machst du dir Sorgen um ihn?«

»Ach, ich bin immer besorgt um Seb; das gehört bei ihm dazu. Aber wenn ich ganz ehrlich sein soll, bin ich deinetwegen im Moment noch viel besorgter.«

»Meinetwegen?«, entgegnete Adam vorsichtig und widerstand dem Impuls, um die Säule herumzublicken, um Floriana anzusehen. »Warum das denn?«

»Weil du mir gegenüber so distanziert geworden bist. Und das Sebs wegen, oder?«

Adam schluckte. Er hätte wissen müssen, dass Floriana das Thema sofort aufgreifen und mit entnervender Direktheit antworten würde, wenn er das Problem ansprach. »Das Gleiche dachte ich von dir«, sagte er. »Dass du plötzlich viel zurückhaltender mir gegenüber warst.«

»Und warum denkst du das?«

»Weil du, um es ganz klar zu sagen, der Grund dafür bist, dass dein Freund seine Hochzeit sausen ließ.«

»Willst du damit sagen, dass es meine Schuld war?«

»Nein. Aber es sind die Folgen, die mich zurückhaltender werden ließen. Ich … ich habe euch neulich nachts im Garten gesehen, und …« Er brach ab, um nicht noch mehr preiszugeben; es würde nur deutlich machen, wie erbärmlich eifersüchtig er im Grunde war. Er hatte versucht, diesem Gefühl nicht zu erliegen, sich wirklich Mühe gegeben, es weit von sich zu weisen, doch es hatte Besitz von ihm ergriffen und ließ ihn nicht mehr los. Besonders, nachdem er die beiden auf derselben Schaukel gesehen hatte, auf der Floriana und er gesessen hatten.

Das Ausmaß seiner Eifersucht hatte ihn nachdenklich gestimmt und ihm die Tiefe seiner Gefühle für Floriana offenbart. Inzwischen war ihm klar, dass er sich in sie verliebt hatte. Aber was nützte ihm das, wenn er wusste, dass er mit Seb nicht konkurrieren konnte?

»Und was genau hast du gesehen, Adam?«, fragte Floriana in angespanntem, vorwurfsvollem Ton.

»Entschuldige! Vergiss, was ich gesagt habe.«

Er wartete auf eine Antwort, und als die ausblieb, beugte er sich vor und spähte zu Florianas Seite der Säule hinüber. Doch sie war nicht mehr da.

»Ich wusste, dass das passieren würde.«

Er fuhr auf dem Absatz herum, denn sie stand jetzt hinter ihm. »Du wusstest, dass *was* passieren würde?«, wiederholte er verständnislos.

»Dass Seb alles zwischen uns verderben würde.«

»Und hat er es getan?«

Sie maß ihn mit einem beunruhigend langen Blick. »Nur, wenn du es zulässt, Adam.«

»Glaubst du nicht, dass es besser wäre, wenn ich zurückträte und dir den Freiraum gäbe, in Ruhe zu entscheiden, was du willst?«

»Du denkst, ich wüsste nicht, was ich will?«

»Ich denke, dass du dir sicher sein solltest«, erwiderte er behutsam. »Ich will kein Durcheinander. Und ich möchte dir auch nicht dabei im Wege stehen, einen vernünftigen Entschluss zu fassen.«

Sie runzelte die Stirn. »Manchmal hat Vernunft gar nichts damit zu tun. Man weiß es einfach, wenn etwas das Richtige ist.«

»Oder manchmal kommen einem die Gefühle in die Quere und …« Er verstummte jäh, als das Mobiltelefon in seiner Tasche klingelte. *Verdammt!* Ausgerechnet jetzt!

»Na, geh schon dran!«, sagte Floriana mit einem kleinen Seufzer. »Ich kann warten.«

Esme entdeckte ihn sofort. Ein Blick auf den elegant gekleideten Mann, der mit entschiedenen Schritten die im grellen Sonnenschein liegende Piazza überquerte und sich einen Weg durch die Menge bahnte, und sie wusste augenblicklich, dass es Marco war.

Nicht, weil er sofort für sie erkennbar war, sondern weil er sich so zielstrebig und entschlossen bewegte und direkt auf sie zukam. Auch wenn er, wenn sie ehrlich sein sollte, eigentlich nur geradewegs auf den Glockenturm zuhielt.

Sie hatte schon halb erwartet, ihn in Priesterkleidung zu sehen – nicht in vollem Ornat, doch in einem schwarzen Anzug mit dem Kragen eines Geistlichen. Tatsächlich trug er jedoch eine braungraue Hose, kastanienbraune Halbschuhe, ein cremefarbenes Polohemd und einen marineblauen Pullover über den Schultern, den er locker vor der Brust verknotet hatte. Unter einem Arm hielt er eine schmale, brieftaschenartige Aktentasche. Sein Haar war grau meliert, aber noch immer voll und dicht. Sein ganzes Äußeres war von einer lässigen, natürlichen Eleganz, und der Italiener war ihm immer noch sehr deutlich anzusehen. Im Alter wie in seiner Jugend war er eine faszinierende Erscheinung, der die Jahre und die damit erworbenen Falten nichts hatten anhaben können. Und er wirkte ausgesprochen ungezwungen und entspannt.

Esme dagegen war furchtbar aufgeregt und nervös – genau so, wie sie es als junges Mädchen einst gewesen war. Sie wünschte jetzt, sie könnte ihr Make-up mit einem Hauch von Puder auffrischen, denn sie schwitzte wie verrückt in dieser versengenden Hitze. »Wie sehe ich aus?«, hatte sie Floriana gefragt, als sie zum hundertsten Mal ihr Haar betastet und zurechtgezupft hatte.

»So elegant und selbstbewusst wie immer«, hatte das liebe

Kind erwidert und sie umarmt. »Du wirst ihn buchstäblich umhauen, Esme!«

»Das ist ja wohl kaum meine Absicht, aber trotzdem danke für deinen Vertrauensvorschuss.«

Er war nur noch wenige Meter von ihr entfernt, als seine Schritte für einen Moment stockten und dann wieder schneller wurden. Sicher denkt er, was für eine grässliche alte Schachtel ich geworden bin, schoss es Esme durch den Kopf. Sie holte tief Luft und schluckte ihre Nervosität herunter.

»Hallo, Marco«, begrüßte sie ihn, als er direkt vor ihr stand. »Es ist lange her.«

»Mein Gott«, murmelte er, als traute er seinen Augen nicht. »Das bist ja wirklich du, Esme! Unverkennbar *du*!« Er beugte sich ein wenig vor, um sie auf die Wange zu küssen, zuerst auf ihre rechte, dann auf ihre linke. Dann trat er zurück und schüttelte den Kopf. »Es erscheint unmöglich. All diese Jahre, und hier sind wir wieder. Es ist geradezu unglaublich!«

»Und was für eine geniale Idee von dir, Adam vorzuschlagen, dass wir uns wiedersehen, wo wir uns zum ersten Mal begegnet sind.«

»Verzeih einem alten Mann diesen Moment theatralischer Sentimentalität, aber ich konnte nicht widerstehen.«

»Ich bin erstaunt, dass du dich noch daran erinnert hast.«

Er blinzelte. »Wie hätte ich das vergessen können, *cara?* Ich kann dich jetzt noch in deinem roten Rock hier herumwirbeln sehen. Was für ein Anblick das war!« Er bot ihr seinen Arm an. »Komm, lass uns essen gehen, ich habe einen Tisch reserviert!«

Und einfach so, von einem Augenblick zum anderen, fühlte sie sich in die Zeit zurückversetzt, als Marco und sie jung gewesen waren und noch ihr ganzes Leben vor sich gehabt hatten.

Aber wie kann das so einfach sein?, fragte Esme sich, als sie den kurzen Weg von der Piazza zu dem angenehm kühlen Schatten der Calle Vallaresso zurückgelegt hatten und an einem Tisch in *Harry's Bar* saßen.

Nach all diesen Jahren war es wirklich kaum zu glauben, dass sie sich zum Essen hinsetzen konnten, als wäre es das Natürlichste der Welt – als wäre es ihnen all die Jahre eine liebe Gewohnheit gewesen. Und tatsächlich könnte ein Fremder, der sie beobachtete, sie durchaus für ein älteres Ehepaar halten, so wie sie Seite an Seite auf einer bequemen Sitzbank an einem Ecktisch saßen – einem Tisch, der so platziert war, dass sie den anderen Restaurantbesuchern gegenübersaßen. Zumindest werden wir etwas zu sehen haben, falls uns der Gesprächsstoff ausgehen sollte, dachte Esme. Doch jetzt, da sie bei Marco war, bezweifelte sie eigentlich, dass das der Fall sein würde.

Während er mit einem Kellner plauderte, den er offensichtlich sehr gut kannte, dachte Esme an die vielen Male, bei denen ihr Vater und sie während ihres leider viel zu kurzen Aufenthalts in Venedig hier in *Harry's Bar* gegessen hatten. Einmal war eine ungeheure Aufregung unter den Gästen entstanden, als sich plötzlich herumgesprochen hatte, dass Sophia Loren zum Essen kommen würde. Sehr zur Enttäuschung ihres Vaters war die großartige Schauspielerin jedoch nicht erschienen. Als Esme sich umsah, dachte sie, wie ungewöhnlich es doch war, dass das Restaurant noch genauso wie damals aussah, so, als hätte sich nichts darin geändert. Selbst die Tische und Stühle waren noch dieselben. Oder bildete sie sich das nur ein?

Marco beendete sein Gespräch mit dem Kellner und wandte sich an Esme. »Was möchtest du trinken? Einen Bellini?«

Sie schüttelte den Kopf. »Ich hätte lieber einen Wodka-Martini, bitte. Mit einer Zitronenscheibe.«

Mit einem leichten Anheben einer seiner Augenbrauen, die

viel dunkler waren als sein Haar und seinen Ausdruck noch charakteristischer machten, sagte er: »Eine ausgezeichnete Idee. Ich werde das Gleiche nehmen. *Due*«, wies er den Kellner an.

»*Allora*«, meinte Marco, als sie allein waren. »Wo sollen wir beginnen, Esme? Wir haben uns sehr viel zu erzählen, glaube ich.«

»Vielleicht«, sagte sie vorsichtig, obwohl ihr tausend Fragen auf der Zunge lagen, »solltest du wissen, dass ich über deinen Cousin Angelo und die Art, wie er zu Tode kam, im Bilde bin.«

Er wirkte überrascht. »Und wie hast du davon erfahren?«

»Das ist eine lange Geschichte, aber meine Freunde und ich waren vor ein paar Tagen bei Maria. Erinnerst du dich noch an sie? Sie war die junge Bedienung im Hotel deiner Tante. Sie lebt heute in Bellagio.«

Marco nickte mit plötzlich bitterernster Miene. »Ja, natürlich erinnere ich mich an sie. Hat sie dir von ihrem Bruder erzählt?«

»Ja.«

»Die arme Maria, sie war furchtbar wütend auf meinen Cousin!«

Esme, die keine Zeit mit Gesprächen über Angelo vergeuden wollte, wechselte das Thema. »Aber was ist mit dir? Erzähl mir von deinem Leben als Priester! Bist du überhaupt noch Priester? Du siehst gar nicht wie einer aus. Was nicht als Kritik gemeint ist, wohlgemerkt.«

Ein Lächeln machte seine Züge weicher. »Ich war über fünfundzwanzig Jahre Gemeindepfarrer, und dann veränderte sich etwas in mir, und so sehr ich auch gegen meine Zweifel ankämpfte, konnte ich sie doch nicht beseitigen. So lebte ich fast zwei Jahre lang.«

»Du meinst, du hast deinen Glauben an Gott verloren?«

»Nein, nicht den Glauben an Gott, nur die Überzeugung, dass ich das tat, was Gott wirklich von mir wollte. Ich hatte das Gefühl, dass ich dazu berufen war, ihm auf andere Art zu dienen. Irgendwann habe ich …«

Er unterbrach sich, weil der Keller mit ihren Getränken kam und sie bedächtig, ja geradezu pedantisch mit Tellerchen und Servietten auf dem Tisch anordnete. Esme hätte ihm am liebsten auf die Hand geschlagen und ihn fortgescheucht. Als er sie endlich wieder allein ließ, drängte sie Marco fortzufahren. »Irgendwann hast du was getan?«

»Nach gründlicher Gewissenerforschung verließ ich die Kirche und ließ mich zum Lehrer umschulen. Fast zehn Jahre lang unterrichtete ich Englisch und Geschichte an einer Oberschule in Turin, bis mir dann die Möglichkeit geboten wurde, hier in Venedig an der Universität Englisch zu lehren. Natürlich bin ich schon vor langer Zeit in Pension gegangen und lebe heute sehr bescheiden und still, verbringe meine Tage mit Lesen und gebe gelegentlich noch ein wenig Nachhilfeunterricht in Englisch.«

»Welche Ironie des Schicksals, dass du ausgerechnet hier gelandet bist, an einem Ort, von dem Elena überzeugt war, dass er geradezu tödlich sei für jemanden mit schwacher Lunge!«

»Ach ja, die liebe Elena! Sie hat sich immer viel zu viel gesorgt. Aber wie du sehen kannst, habe ich Venedig sehr gut überlebt.«

Dann nahm er sein Glas. »Bringen wir einen Toast aus!«, sagte er, seine blauen, vom Alter stark verblassten Augen auf Esmes gerichtet. »Auf das Überleben und auf dich, Esme, die du mir heute die Gelegenheit gibst, etwas zu tun, was ich schon vor langer Zeit hätte tun müssen. Zu meiner Schande muss ich jedoch gestehen, dass ich nie den Mut dazu aufbringen konnte.«

Kapitel 53

»Aber zuerst will ich alles über dich erfahren.«

»Ach du meine Güte!«, sagte sie nach einem Schluck von ihrem Martini. »Da gibt es nicht viel zu erzählen. Mein Leben ist eigentlich ziemlich langweilig gewesen.«

»Ich bin mir sicher, dass das nicht wahr ist. Ich kann mir nicht vorstellen, dass das junge Mädchen, das ich kannte, ein Leben führte, das nicht reich an Glück und Liebe war.«

»Na, na«, meinte Esme lächelnd. »Schäm dich, einer alten Frau schmeicheln zu wollen!«

»Aber wieso denn?«, erwiderte er mit einem liebevollen Lächeln, das noch immer stark an das erinnerte, das ihr einst das Herz erweicht hatte. »Du hast doch sicherlich geheiratet?«

Sie schüttelte den Kopf.

Seine Stimme klang genauso ungläubig, wie sein Gesichtsausdruck es war. »Heißt das, dass es in England reihenweise Männer mit gebrochenem Herzen gibt?«

»Es heißt, dass wir jetzt das Essen bestellen sollten«, gab sie knapp zurück und griff nach ihrer Speisekarte. »Was empfiehlst du mir?«

Er verstand den Wink. »Das *Carpaccio* ist immer ausgezeichnet, aber auch die *Scampi all'Armoricaine* und das *Cipriani risotto.* Und tu mir bitte den Gefallen, nicht auf die Preise zu achten, die stehen nämlich nur zu meiner Kenntnisnahme da.«

Als Esme sah, dass diese Preise einem die Tränen in die Augen treiben konnten, bemerkte sie: »Offenbar ist ein pensionierter Lehrer hier in Venedig finanziell viel besser gestellt als sein Gegenstück in England.«

»Das bezweifle ich, aber als Letzter der Familie Bassani hatte ich nach dem Tod meiner Tante Giulia das Hotel geerbt. Da ich es jedoch unmöglich weiterführen konnte und auch kein solch großes Haus brauchte, um darin zu leben, verkaufte ich es. Ich behielt einen Teil des Erlöses und teilte den Rest zwischen zwei Kinderheimen in Mailand auf, wo ich damals Priester war. Im Allgemeinen lebe ich bescheiden, doch ein so bedeutsamer Anlass wie dieser rechtfertigt doch ein bisschen Luxus, nicht? Auch wenn es schon Luxus genug für mich ist, wieder mit dir hier zu sein, was ich mir niemals hätte träumen lassen.«

»Na, na«, tadelte sie ihn erneut, »jetzt fängst du schon wieder mit den Schmeicheleien an! Du solltest wirklich damit aufhören.«

Doch er lächelte nur und wandte sich dem Kellner zu, der zu ihnen trat.

Nachdem sie ihre Bestellung aufgegeben hatten, rückte Marco ein wenig näher an Esme heran. »Du hast mich lange genug geschickt vom Thema abgelenkt, *cara*, aber jetzt will ich mehr über dich erfahren.« Er legte eine warme Hand über die ihre. »Ich möchte wissen, was für eine Art von Leben *du* geführt hast.«

Es war eine scheinbar harmlose Frage, die jedoch auch mit einer enormen Komplexität befrachtet war, wenn Esme völlig ehrlich zu ihm sein sollte. Sie bezweifelte keine Sekunde lang, dass er sich zu einem Mann von beträchtlicher Intelligenz und Bildung entwickelt hatte und alles außer völliger Offenheit ihm gegenüber eine Beleidigung wäre. »Nun, ich denke, man kann wohl sagen, dass ich aus freien Stücken ein Leben geführt habe, das reich an Kompromissen war«, antwortete sie nach langem Schweigen.

Mit schmalen Lippen und ernster Miene nickte er und wartete auf weitere Ausführungen. Als sie ihm eine editierte und stark gekürzte Geschichte ihres Lebens in Oxford erzählt hatte, sagte er: »Ich hatte einmal Gelegenheit, Oxford mit einer Gruppe Studenten zu besuchen, doch bedauerlicherweise wurde ich krank und konnte sie nicht begleiten. Wenn ich bedenke, dass unsere Wege sich vielleicht gekreuzt hätten …!«

»Aber hätten wir einander erkannt, wenn wir uns auf der Straße begegnet wären? Das bezweifle ich.«

Mit seinem betörend sanften Blick sah er ihr in die Augen. »Ich hätte dich überall erkannt.«

Mit einem Mal, wie aus dem Nichts heraus, erwachte tief in ihrem Innersten eine versengende Hitze, und zu ihrem großen Schreck errötete sie auch noch. Wie absolut absurd und lächerlich, dass sie noch so reagieren konnte! »Du wirst doch wohl nicht behaupten, du hättest mich auf der Piazza sofort erkannt?«, fragte sie in erzwungen ruhigem Ton.

»Aber sicher habe ich dich gleich erkannt! Du mich etwa nicht?«

»Ich gebe zu, dass du mir irgendwie bekannt vorkamst, aber machen wir uns doch nichts vor! Wir erwarteten beide, jemanden unseres eigenen Alters zu entdecken, der mehr oder weniger dem Bild entsprach, das wir von ihm im Kopf hatten.«

Marco lachte. »Ich gebe es auf; meine törichte Eitelkeit ist deinem Pragmatismus nicht gewachsen. Dummerweise hatte ich gehofft, äußerlich noch ein klein wenig der Marco zu sein, der dich vor all den Jahren liebte.«

Als sie ihn von Liebe sprechen hörte, spürte sie wieder diese vollkommen absurde Hitze in sich aufsteigen. Schnell versuchte sie, sie mit einem Schluck Martini zu vertreiben. »Du weißt genauso gut wie ich«, sagte sie, »dass wir nicht mehr dieselben Menschen sind, die wir einmal waren. Dem Himmel sei Dank, dass ich weit weniger naiv bin als das törichte junge Mädchen damals, das sich für so allwissend hielt.«

Seine blassblauen Augen verengten sich, als er ihr forschend ins Gesicht sah. »Wir waren beide naiv, *cara*, aber wir wussten etwas sehr Wichtiges, und das war, was wir füreinander empfanden.«

Der Kellner, der ihre Vorspeisen brachte, ersparte ihr eine Antwort. Er stellte zwei völlig gleich aussehende Teller mit dem *Carpaccio* mit einer schwungvollen Bewegung vor sie hin, doch jetzt, da Esme sich entspannt hatte, störte das theatralische Gehabe sie nicht mehr. Im Gegenteil, sie genoss es sogar.

»*Buon appetito*«, wünschte Marco, als sie wieder allein waren.

Minuten verstrichen, während sie in einträchtigem Schweigen aßen, bis Marco Messer und Gabel niederlegte. »Ich hoffe, dass du nie an meiner Liebe zu dir gezweifelt hast, Esme«, sagte er ganz unversehens. »Ich habe dich wirklich geliebt. Vielleicht denkst du, dass es viel zu lange her ist, um mich noch an meine Gefühle für dich erinnern zu können, doch ich habe unseren gemeinsamen Sommer nie vergessen. Er ist mir in all diesen langen Jahren stets präsent gewesen.«

Als sie nichts erwiderte, fuhr er fort: »Ich wollte dich immer um Verzeihung bitten für das, was ich zwischen uns geschehen ließ, obwohl ich wusste, dass wir keine Zukunft hatten. Aber jetzt habe ich endlich die Gelegenheit zu sagen, dass es mir leidtut. Kannst du mir nach all der Zeit verzeihen?«

»Ist es dir so wichtig? Hast du deine Sünde nicht schon Gott gebeichtet und seine Vergebung erhalten?«

Bei ihren Worten zuckte er zusammen. »War das jetzt Zynismus?«

»Keineswegs. Ich könnte nicht weniger zynisch sein. Ich vermute nur, dass es in den Augen eines heißblütigen Italieners eine sehr viel geringfügigere Sünde war, und gehe daher davon aus, dass sie dir wahrscheinlich sofort vergeben wurde.«

»Du glaubst doch nicht etwa, ich hätte mir dieses Benehmen zur Gewohnheit gemacht?«

»Ob es so war oder nicht, geht mich eigentlich nichts an.«

Wieder wirkte er sehr betroffen. Er runzelte die Stirn und sah alles andere als glücklich aus. »Dann lass mich dir versichern, dass ich seit meiner Priesterweihe mein Zölibatsgelübde äußerst ernst genommen habe.«

Die Schärfe seines Tons rüttelte sie auf, und erschrocken, dass sie so unhöflich zu ihm gewesen war, murmelte sie eine kleinlaute Entschuldigung. »Bitte entschuldige, es war nicht meine Absicht, dir irgendetwas vorzuwerfen!«

Aber war es das wirklich nicht?, fragte sie sich im Stillen. Hatte sie sich in den düstersten Momenten ihrer Trauer nicht oft eine solche Szene zwischen ihnen vorgestellt, in der sie ihn zur Rechenschaft zog für den Schmerz, den sie hatte ertragen müssen? Hatte es nicht Momente gegeben, in denen sie geglaubt hatte, der Kummer über den Verlust ihres gemeinsamen Kindes würde nie vergehen, und hatte dieser Gedanke ihr nicht das grausame Bedürfnis eingepflanzt, den Mann, der die Ursache dieser Qualen war, genauso sehr zu verletzen? Den Mann, der sein Leben einfach fortgesetzt hatte, in seliger Unkenntnis des Trümmerhaufens, den er mit verursacht hatte?

»Nein«, sagte er mit sanfterer Stimme und riss sie aus den unfreundlichen Gedanken, die ihr durch den Kopf gingen, »ich bin es, der sich entschuldigen muss. Es ist dein gutes Recht, meine Aufrichtigkeit anzuzweifeln; immerhin habe ich dir allen Grund gegeben, schlecht von mir zu denken.«

Da ihr nichts einfiel, was sie darauf erwidern konnte, konzentrierten sie sich wie in stillem Einverständnis beide wieder auf das Essen.

Ein wenig später sagte Esme: »Du hast mich gefragt, ob ich je verheiratet war, aber was ist mit dir? Hast du geheiratet, als du das Priesteramt aufgabst?« In Gedanken hatte sie plötzlich eine Ehefrau vor Augen, die ihn daheim erwartete.

Er lächelte und schüttelte den Kopf. »Ich wurde zu dem fürchterlich klischeehaften akademischen Junggesellen, der seine ganze Zeit mit Büchern und seinen Studenten verbrachte. Es gab keine Frau, die es mit mir aushielt.«

»Das fällt mir schwer zu glauben.«

»Jetzt bist du diejenige, die sich der Schmeichelei bedient. Aber es ist wahr. Keine Beziehung hielt sehr lange bei mir. Ich bin zu festgefahren in meinen Gewohnheiten. Aber sag mir doch, *cara*, was dich nach Italien geführt hat? Und wer der junge Mann ist, mit dem ich am Telefon gesprochen habe?«

Während ihr Kellner wieder erschien und ihre leeren Teller abräumte, um mit seiner üblichen Umständlichkeit den Tisch wieder herzurichten, erklärte Esme Marco die Sache mit der Hochzeit, zu der Floriana eingeladen gewesen war, und wie dadurch Erinnerungen an den Sommer geweckt worden waren, den Esme mit ihrem Vater am See verbracht hatte.

»Also sind Floriana und Adam wie Kinder für dich, die du unter deine liebevollen Fittiche genommen hast?«

Esme lachte. »Es ist wohl eher so, dass sie *mich* unter *ihre* Fittiche genommen haben. Sie sind außerordentlich fürsorglich mir gegenüber. Besonders Floriana. Sie war sehr besorgt, dass unser Wiedersehen mich aufregen könnte.«

»Aufregen?«, wiederholte er erstaunt. »Besteht denn Gefahr, dass es dich aufregen könnte, mit mir zu Mittag zu essen?«

Nachdem sie unabsichtlich ein Thema angesprochen hatte, das sie eigentlich nicht hatte antasten wollen, gab sie fröhlich zurück: »Ach, du weißt ja, wie es ist. Ausflüge in die eigene Vergangenheit sind nicht immer die positiven Erlebnisse, die man sich davon erhofft.«

»Das stimmt. Aber bei uns kann es doch wohl nur etwas Gutes

sein, dass wir uns nach über sechzig Jahren wiedersehen? Für mich ist das auf jeden Fall so.«

Sein unbekümmerter Ton ärgerte Esme. Aber sie wusste auch, dass es nicht seine Schuld war, da eine sehr entscheidende Tatsache ihm schließlich nicht bekannt war.

Der Anblick des Kellners, der sich mit dem Hauptgang näherte, erfüllte Esme mit Erleichterung; zumindest blieben ihr so weitere Erklärungen erspart. Nachdem der Kellner sich zurückgezogen hatte und sie mit frischen Drinks versorgt waren, nahm sie die Unterhaltung wieder auf.

»Vielleicht würdest du meine Freunde später gern noch kennenlernen, bevor wir abreisen? Sie zumindest sind sehr neugierig auf dich.«

Er nickte. »Oh ja, sehr gern. Denn ohne sie würden wir jetzt nicht hier zusammensitzen. Dafür würde ich mich sehr gern bei ihnen bedanken.« Dann fügte er etwas ernster hinzu: »Wie viel wissen sie über mich?«

Mehr, als dir lieb wäre, dachte sie. »Dass du meine erste Liebe warst«, sagte sie, während sie ganz offen seinen Blick erwiderte.

Er zögerte. Dann fragte er: »Wann reist ihr ab?«

»Heute Abend. Adam wird uns zum See zurückfahren, und morgen fliegen wir heim nach England.«

Marco wirkte plötzlich sehr enttäuscht. »Was für eine Schande! Ich wünschte, du könntest länger bleiben.«

»Bist du sicher, dass ihr allein zurechtkommen werdet?«

»Aber natürlich, Adam. Du brauchst dir keine Sorgen um uns zu machen; ich kümmere mich hier um alles. Esme und ich werden mit dem Zug zum See zurückfahren, wie ich dir schon sagte.«

»Und der Mietwagen?«

Floriana schüttelte den Kopf. »Hör auf damit, Adam! Ich

werde das mit dem Autoverleih regeln. Das einzig Wichtige ist, dass du so schnell wie möglich nach Hause kommst.« Sie umarmte ihn. »Lass mich wissen, wie die Dinge sich entwickeln! Und versuch bitte, positiv zu denken! Es besteht jede Chance, dass dein Vater durchkommt und wieder ganz gesund wird.«

Adam umarmte Floriana und drückte sie an sich. Er hätte ewig so dastehen und sich von ihrer Zuversicht überfluten lassen können. Aber da er wusste, dass er keine andere Wahl hatte, löste er sich widerstrebend von ihr und stieg in das Wassertaxi, das der Empfangschef des Hotels für ihn bestellt hatte. Es sei der schnellste Weg, zum Flughafen zu gelangen; der *vaporetto* sei zwar billiger, aber er würde doppelt so lange brauchen, hatte er gesagt. Und Adam stand unter Zeitdruck. Wenn er nicht in spätestens fünfzig Minuten am Flughafen war, würde er den Flug verpassen, den Floriana noch für ihn hatte buchen können.

Ein letztes Mal blickte er sich zu ihr um, als sie ihm nachwinkte, und rief dann seinen Bruder an, um ihm mitzuteilen, dass er unterwegs war. Dabei versuchte er, nicht an jenen Tag vor zwölf Jahren zu denken, an dem sein Vater ihn angerufen hatte, um ihm zu sagen, er solle schnell ins Krankenhaus kommen, da Mum die Nacht nicht überleben würde. Sie hatte es auch wirklich nicht geschafft. Und Adam war zehn Minuten zu spät gekommen.

Floriana sah dem Wassertaxi nach, bis es die Lagune verließ und aus ihrem Blickfeld verschwand. Aber selbst dann noch blieb sie wie angewurzelt stehen.

Im Herzen war sie bei Adam und hoffte bei Gott, dass alles gut gehen würde.

Sie hatte Adam noch nie anders gesehen als ruhig und beherrscht. Er war stets Herr der Lage; er war der fähigste und tatkräftigste Mensch, den sie kannte, jemand, an den man sich in einer Krise wenden würde. Aber er war am Boden zerstört gewesen nach dem Anruf seines Bruders vor ein paar Stunden, durch den er erfahren hatte, dass sein Vater nach einem schweren Herzanfall auf der Intensivstation lag. Floriana war nichts anderes übrig geblieben, als das Heft in die Hand zu nehmen und Entscheidungen für Adam zu treffen, wie ihn mit dem nächstmöglichen Flug nach Hause zu schicken. Sie wusste, dass er das Schlimmste befürchtete und sich Sorgen machte, es nicht rechtzeitig zu schaffen.

Irgendwann riss sie sich von der Anlegestelle los, um zum Hotel zurückzugehen. Als Erstes musste sie den Empfangschef bitten, für sie Zugfahrscheine nach Como zu reservieren, und danach wollte sie die Autovermietung anrufen. Vielleicht würde Esme bis dahin auch von ihrem Lunch mit Marco zurück sein.

Und nur der liebe Himmel wusste, was mit Ann los war! Wie viele andere Schocks erwarteten sie an diesem Tag wohl noch?

Kapitel 54

Es war ein langer, anstrengender Tag gewesen, und Esme war mehr als bettreif, als sie endlich zur Villa Sofia zurückkehrten.

Die Zugfahrt von Venedig – die sie an die gleiche Reise erinnerte, die sie vor über sechzig Jahren mit ihrem Vater unternommen hatte – war mit einem ermüdenden einstündigen Aufenthalt in Mailand verbunden gewesen, wo sie auf den Zug nach Como hatten warten müssen, der dann auch noch an fast jeder kleinen Stadt und jedem Dorf gehalten hatte. In Como hatten sie sich für die letzten fünfundvierzig Minuten Fahrt ein Taxi genommen.

Der Taxifahrer war so freundlich gewesen, ihnen das Gepäck zum Haus hinaufzutragen, das vollkommen im Dunkeln lag. Drinnen war es stickig und erdrückend heiß – die Fenster waren alle geschlossen, nur die Läden standen offen. Floriana rief nach Seb.

»Es ist ziemlich spät«, sagte Esme, die Florianas besorgten Blick bemerkte, als keine Antwort von Seb kam. »Er liegt wahrscheinlich schon im Bett und schläft.« Während der Fahrt zurück zum See hatte Floriana mehrmals festgestellt, wie eigenartig es doch sei, dass Seb sich seit gestern nicht mehr gemeldet hatte. Noch seltsamer war, dass er nicht auf die diversen SMS geantwortet hatte, die sie ihm heute geschickt hatte.

Ganz im Gegensatz zu Sebs Schweigen hatte Adam sich bereits gemeldet. Er war im Krankenhaus, wo sein Vater sich noch auf der Intensivstation befand.

Floriana schaltete das Licht im Haus an und rief wieder nach Seb. Als sie noch immer keine Antwort erhielt, lief sie die Treppe hinauf. Sekunden später war sie wieder unten in der Küche und sah noch viel besorgter aus als vorher. »Er ist nicht hier«, berichtete sie Esme. »Auch alle seine Sachen sind weg. Ich wusste, dass irgendwas nicht stimmt. Ich wusste es einfach!«

Erst dann entdeckten sie etwas auf dem Küchentisch, das wie ein Brief aussah und an Floriana adressiert war.

»Ich brühe uns eine Tasse Tee auf«, sagte Esme, um sich mit etwas Nützlichem zu beschäftigen, während Floriana den Brief las, der mehrere Seiten lang war, wie es schien.

Das Wasser kochte noch nicht, als Floriana scharf den Atem einzog. »Ich glaube es nicht! Warum muss er immer …«

Zu Esmes Bestürzung schlug Floriana die Hände vors Gesicht und begann zu weinen. Esme, die mit Schrecken daran dachte, was Seb sich jetzt schon wieder geleistet haben mochte, trat zu ihr und nahm sie in die Arme. »Beruhige dich, Kind, und sag mir, was er geschrieben hat, was dich so aufregt!«

»Du kannst es selbst lesen«, sagte Floriana, nachdem sie sich ein wenig beruhigt hatte. »Ich kümmere mich derweil um den Tee.«

Esme holte ihre Brille und setzte sich an den Tisch.

Liebe Florrie,
ich habe lange darüber nachgedacht, und es gibt nur eins, was ich tun kann, um die Dinge wieder ins Lot zu bringen.
Ich muss viele Menschen um Entschuldigung bitten, aber vor allem dich. Du bist die beste Freundin gewesen, die man haben kann, und um nichts auf der Welt könnte ich mir jemals vormachen, dass ich deine Freundschaft verdiene. Ich war abscheulich zu dir, nachdem ich Imogen begegnet war – vielleicht, weil ich tief im Innern wusste, dass du recht hattest und sie die Falsche für mich war. Aber du weißt, wie stur ich bin, und wie hätte ich da zugeben können, dass ich einen Fehler machte?

Ich werde immer bereuen, dass wir zwei Jahre unserer Freundschaft verloren haben, doch es hat mir unendlich viel bedeutet, dass du am Ende zugestimmt hattest, bei dieser Farce einer Hochzeit anwesend zu sein. Es sagt viel über deine Charakterstärke aus, dass du dort warst. Auch wenn es letztendlich nur war, um mitanzusehen, wie ich wieder einmal durchdrehte und Panik bekam.

Was kann ich also sagen? Außer dem Offensichtlichen. Ich bin eine wandelnde Katastrophe, Florrie, habe es total vermasselt und kann jetzt nur noch eins tun, das sich gut und richtig anfühlt – ich muss von der Bildfläche verschwinden, bevor ich noch mehr zerstöre, vor allem für dich.

Doch vorher werde ich dir noch einen Rat geben – vergiss, dass ich je gesagt habe, du seiest es, die ich hätte heiraten sollen! Streich das aus deinem Gedächtnis, denn ich hatte mich geirrt, als ich das sagte. Ich würde dir nichts als Ärger bringen. Du bist besser dran mit jemandem wie Adam, jemand Anständigem und Zuverlässigem, für den du stets an erster Stelle kommen wirst. Du weißt genauso gut wie ich, was für ein Egoist ich bin und dass ich mich immer selbst an die erste Stelle setze.

Was ich dir zu sagen versuche, ist, dass du Adam nicht gehen lassen solltest. Er wird dich viel glücklicher machen, als ich es jemals könnte. Und wenn es mit euch wider Erwarten nicht klappt, was soll's? Dann wirst du es wenigstens versucht haben, nur das zählt. Aber eins wirst du akzeptieren müssen: Diese Geschichte mit Adam und dir wird nicht funktionieren, wenn ich in eurer Nähe herumhänge. Das wäre nicht fair ihm gegenüber. Was mich betrifft, so wäre »Ich kann es nicht wiedergutmachen« die passende Überschrift für diesen Brief, und deshalb werde ich allen einen Riesengefallen tun und mich verdünnisieren. Ich weiß, das ist feige, aber es ist das Beste, das ich unter den gegebenen Umständen machen kann.

Weißt du noch, wie wir immer davon träumten, zusammen auf Reisen zu gehen? Das ist es, was ich vorhabe, und dann, wer weiß, werde ich vielleicht zu einem langhaarigen alten Einsiedler, der irgendwo in einer Höhle lebt. Wie hört sich das an?
Aber zunächst einmal sollst du wissen, dass du es trotz des harten Kampfes, der es war, immer geschafft hast, das Beste in mir hervorzubringen. Soweit das möglich war. Und als Schlaumeier, der du bist, wirst du wissen, wer zu sagen pflegte: ›Wir glauben, dass in Käfigen gehaltene Vögel singen. Aber in Wahrheit weinen sie.‹ Das charakterisiert mich ziemlich gut. Und du, Florrie, wusstest das schon immer über mich.
Pass gut auf dich auf!
Seb

PS: Ich verlasse mich darauf, dass Adam der anständige Kerl ist, für den ich ihn halte, doch falls er dir Ärger macht oder dir wehtut, dann richte ihm von mir aus, dass ich kommen und ihn finden werde. Er ist gewarnt!

PPS: Sieh dir deine Handfläche und die Linie dort an. Es ist genau so, wie ich dachte. Dort steht, dass du aufhören musst zu zaudern und Adam nicht länger auf die Folter spannen darfst. Denn er ist offensichtlich schwer verliebt in dich.

Esme nahm ihre Brille ab und räusperte sich. »Ein sehr einsichtiger und eloquenter Brief«, sagte sie und blickte zu Floriana auf. »Und Seb hat natürlich recht. Das weißt du, nicht?«

Floriana, deren Augen noch immer feucht von Tränen waren, reichte ihr einen der Teebecher und setzte sich ihr gegenüber. Dann holte sie tief Luft. »Ich dachte, es sei ein Abschiedsbrief. Dass er Selbstmord begehen und mich für immer verlassen würde. Ich … das hätte ich nicht ertragen.« Wieder schossen ihr die Tränen in die Augen und liefen ihr über die Wangen. »Ich habe Seb schon einmal fast verloren, das will ich nicht noch mal durchmachen.«

»Das brauchst du auch nicht«, sagte Esme beruhigend. »Er weiß, was er dir bedeutet, deshalb zieht er sich ja auch zurück: weil er nichts tun will, das dich aufregen oder dir wehtun könnte. Ich bewundere ihn sehr dafür, dass er das Opfer erkannt hat, das er deinem Glück zuliebe bringen muss. Das erfordert eine ganz besondere Art von Liebe.«

»Aber er hätte es mir persönlich sagen können. Und wenn er das nicht wollte, warum hat er mir dann nicht wenigstens einen Hinweis hinterlassen, wohin er geht? Ich hasse es, nicht zu wissen, wo er sich aufhält.«

»Ich könnte mir vorstellen, dass er nach London zurückgekehrt ist, um seine Finanzen zu regeln und seine Stelle zu kündigen, falls er wirklich vorhat zu verreisen.«

»Wie typisch für ihn! Und wie theatralisch!«, rief Floriana in einer Mischung aus Ärger und Verzweiflung. Dann presste sie die flachen Hände an die Augen und stieß einen tief empfundenen Seufzer aus. Als sie aufblickte, fragte sie: »Du mochtest ihn nicht allzu sehr, nicht wahr?«

Es war eine dieser sehr direkten Fragen, die so bezeichnend für ihre junge Freundin waren. »Gerechterweise muss ich sagen, dass ich den jungen Mann nicht kannte«, antwortete Esme. »Jetzt wünschte ich, ich hätte mehr Zeit mit ihm verbringen können. Doch wenn ich ihm gegenüber abweisend war, dann nur meiner Sorge wegen, dass er einen Keil zwischen Adam und dich treiben würde. Was er ja auch tat, nicht wahr? Er hat Adam sehr verunsichert und irritiert.«

»Ja, das stimmt, das hat er.«

»Aber die wirklich wichtige Frage ist doch, ob er auch dich verunsichert hat?«

Floriana blies auf ihren Tee und trank ein Schlückchen. »Wie viel weißt du eigentlich über Adam und mich? Hat er mit dir über uns gesprochen?«

»Adam gibt ja kaum etwas freiwillig preis, aber als ich – und dafür entschuldige ich mich nicht – ihn ein wenig unter Druck setzte, vertraute er sich mir widerstrebend an. Doch um deine Frage richtig zu beantworten: Ich weiß genug, um mir bewusst zu sein, dass ihr beide für kurze Zeit gemerkt habt, was ihr füreinander empfandet. Dass eine Art von Hingezogenheit zwischen euch bestand, die mehr als bloße Freundschaft war. Hat sich das durch Seb geändert?«

»In gewisser Weise ja«, gab Floriana zu. »Es wäre gelogen, wenn ich etwas anderes behaupten würde, aber es war nur für einen Augenblick. Und so plötzlich und kurzlebig die Veränderung auch war, genügte sie doch, um mir klarzumachen, was Adam mir bedeutet und wie ich mich bei ihm fühle.«

»Und wie fühlst du dich bei ihm?«

»Das lässt sich mit einem einzigen Wort beschreiben: glücklich. Ich bin glücklich, wenn ich bei ihm bin. Was das Gegenteil von dem ist, was Seb in mir bewirkt. Bis jetzt war mir nie bewusst gewesen, was für eine schwere Last an Traurigkeit ich mit mir herumschleppe, wenn ich mit Seb zusammen bin.«

»Hast du Adam das gesagt? Hast du ihn beruhigt?«

»Ich wollte es, bekam aber nie Gelegenheit dazu, weil wir niemals lange genug allein waren für ein richtiges Gespräch. Und als wir es dann waren, als du auf Marco wartetest, wollte ich gerade damit beginnen, doch dann rief Adams Bruder an, und plötzlich war nichts anderes mehr wichtig, als Adam so schnell wie möglich nach England zurückzuschaffen.«

Esme dachte an Adams überstürzten Aufbruch, voller Sorge um seinen Vater und ohne zu wissen, woran er bei Floriana war. Was für eine qualvolle Reise es für ihn gewesen sein musste! »Ihr habt mich auf dem Markusplatz beobachtet, nicht wahr?«, bemerkte sie.

»Hast du uns gesehen?«

Um Floriana ein wenig abzulenken und aufzuheitern, nutzte Esme die Gelegenheit und sagte: »Natürlich habe ich euch gesehen. Ich wusste doch, dass ihr der Versuchung nicht würdet widerstehen können, einen Blick auf Marco zu erhaschen.«

»Ich wünschte jetzt, ich hätte ein Foto von euch gemacht; es wäre ein schönes Andenken für dich daheim gewesen.«

»Eine nette Idee, aber in meinem Alter sind Andenken entbehrlich. Außerdem ist alles hier oben drin.« Sie tippte sich an die Stirn. Im selben Moment jedoch erschien vor ihrem inneren Auge das Andenken, das Marco in all diesen Jahren aufbewahrt hatte – ihre heißgeliebte Ausgabe von *Zimmer mit Aussicht*, aus der sie ihm vorgelesen hatte, als er krank im Bett gelegen hatte, und die sie ihm zum Abschied und zur Erinnerung an sie geschenkt hatte, als er den See verlassen hatte. Nach dem Mittagessen heute hatte er sie damit überrascht, dass er ebendieses Buch aus seiner Aktentasche gezogen und ihr ein verblasstes Schwarz-Weiß-Foto gezeigt hatte, das zwischen den vergilbten Seiten steckte – ein Foto, das ihr Vater in Venedig von ihnen aufgenommen hatte, als sie sich gerade erst begegnet waren.

»Nun, wie dem auch sei, ich bin jedenfalls froh, dass das Mittagessen für euch beide gut verlaufen ist«, riss Florianas Stimme Esme aus ihren Gedanken, »und dass ich Marco kennenlernen durfte. Er ist charmant. Und immer noch ein ausgesprochen attraktiver Mann.«

Esme lächelte. »Ja, das fand ich auch.«

Nach dem Lunch hatte Marco Esme zum *Hotel Danieli* zurückbegleitet. Dort trafen sie im Foyer Floriana an, die Esme dort mit den Neuigkeiten erwartete, dass Adam Hals über Kopf abgereist war und sie jetzt mit dem Zug zum See zurückfahren würden. Marco bestand sofort darauf, ihnen ein Wassertaxi zum Bahnhof zu bestellen, und begleitete sie dann auch dorthin.

Auf dem überfüllten Bahnsteig von Marco Abschied zu nehmen, rief in Esme schmerzliche Erinnerungen an den Tag hervor, an dem er sie und ihren Vater dort mit den Worten verabschiedet hatte, er hoffe sehr, sie eines Tages wiederzusehen.

»Ja, ich weiß noch sehr gut, dass ich das gesagt habe«, bekannte er heute Abend auf dem Bahnsteig, als Esme ihn an ihre erste Trennung erinnerte. »Und ich werde es jetzt wieder sagen, *cara mia*, weil das hier nicht das Ende sein kann. Noch nicht. Versprich mir das!«

»Ich verspreche es«, antwortete sie, obwohl sie beim besten Willen nicht wusste, wie sie ein solches Versprechen halten sollte.

Marco drückte sie beschützend an sich, als eine Gruppe lärmender junger Teenager sich an ihnen vorbeidrängelte, und streifte mit den Lippen sanft die ihren. »Schreib mir! Du hast doch meine Adresse, nicht?«

»In meiner Handtasche«, sagte sie.

»Und vielleicht werden deine Freunde eine moderne Frau aus dir machen und dich lehren, einen Computer zu benutzen, damit du mir E-Mails schicken kannst?«

»Oh ja, das werden wir!«, mischte sich Floriana ein. »Ich werde mich persönlich darum kümmern. Und jetzt komm, Esme, der Zug fährt jeden Moment ab, und wir müssen uns beeilen, falls du nicht die Absicht hast zu bleiben!«

»*Arrivederci, cara*«, sagte Marco, als Esme Floriana ihren Koffer übergeben hatte und die Stufen in den Waggon hinaufstieg.

Als der Zug langsam aus dem Bahnhofsgebäude hinausfuhr, winkte sie Marco zu, bis er sich in der Ferne verlor und sie ihn nicht mehr sehen konnte. Doch selbst dann hörte sie noch nicht auf zu winken, und ihre Augen standen voller Tränen. »*Arrivederci, caro*«, hatte sie gemurmelt. »*Arrivederci …*«

»Es war John Webster«, sagte Floriana.

»Wer ist John Webster?«, fragte Esme, die nur schweren Herzens die Erinnerung an die letzten Minuten mit Marco gehen ließ.

»Sebs Zitat über im Käfig gehaltene Vögel, die nicht singen, sondern weinen. Es ist aus einem Stück aus dem siebzehnten Jahrhundert: *Der weiße Teufel* von John Webster, dem englischen Dramatiker. Es ist eine Rachetragödie. Hast du Marco von dem Baby erzählt?«

»Nein.« Esme dachte, dass sie viel zu müde war, um mit Florianas Gedankensprüngen Schritt zu halten. »Warum sollte ich sein Gewissen mit etwas so Schwerwiegendem belasten?«

»Du hast es ein Leben lang allein tragen müssen, sollte ihm da nicht die Möglichkeit gegeben werden, einen Teil der Verantwortung zu übernehmen? Hat er kein Recht, es zu wissen? Und würde dieses Eingeständnis euch einander nicht noch näherbringen?«

Drei Fragen, auf die Esme keine Antwort hatte.

Kapitel 55

Zurück in Oxford, begleitete Floriana Esme noch nach Trinity House, dann ließ sie die Freundin bei ihrer geliebten Eurydike zurück und machte sich auf den Heimweg. Im warmen Abendsonnenschein rollte Floriana ihren Koffer das kurze Stück die Latimer Street hinunter. Nach der brütenden Hitze Italiens war die sanfte Wärme eines Oxforder Sommers, verbunden mit dem vertrauten und durch und durch englischen Geräusch einer zwitschernden Amsel, ein erfreulicher Empfang daheim. Floriana war weniger als eine Woche fort gewesen, und dennoch fühlte es sich viel länger an.

Kaum hatte sie die Haustür aufgeschlossen und geöffnet, sagte ihr ein sechster Sinn, dass etwas nicht in Ordnung war: Ein Eindringling war in ihrem Haus.

Während ein Adrenalinstoß ihr Herz wie wild zum Schlagen brachte, blieb sie reglos und mit all ihren Sinnen in Alarmbereitschaft auf der Schwelle stehen. Jemand sprach im Inneren des Hauses. Nein, streich das, *mehrere* Leute sprachen! Und lachten. Was ging da vor? Dann hörte sie Applaus und merkte, dass die Stimmen aus dem Fernseher kamen. Und *sie* hatte ihn ganz bestimmt nicht angelassen. Das Nächste, was sie hörte, war das unverwechselbare Geräusch der Toilettenspülung im ersten Stock. Wer zum Teufel war hier und machte es sich in ihrem Haus bequem? Ein Einbrecher, dem es hier gefiel? Hausbesetzer?

Wut und Empörung überwogen jetzt auf einmal Florianas Furcht, und sie betrat den Flur, um sich wem auch immer zu stellen. Aber dann sah sie erstaunt und ungläubig ihre Schwester die Treppe hinunterkommen, so lässig und ungezwungen, als fühlte sie sich hier so heimisch wie Goldlöckchen bei den drei Bären.

»Natürlich stört es mich nicht, dass du hierhergekommen bist«, sagte Floriana und versuchte, so zu klingen, als meinte sie es auch so.

Denn eigentlich störte es sie sehr wohl. Es störte sie sogar sehr, dass Ann sich erdreistet hatte, ungefragt ihren Ersatzschlüssel für Notfälle zu benutzen. Es war eine fixe Idee ihrer Mutter, dass alle für den Notfall einen Schlüssel für die Häuser der anderen haben sollten, aber war es tatsächlich ein Notfall, dass Ann ihren Ehemann verlassen hatte?

»Du kannst allerdings nicht endlos hierbleiben«, sagte sie so freundlich, wie sie konnte. »Irgendwann wirst du wieder heimgehen müssen.«

In einer recht passablen Imitation des siebenjährigen Thomas, wenn er schlecht aufgelegt war, erwiderte Ann: »Wer sagt, dass ich je wieder heimgehen werde?«

»Aber die Kinder, Ann! Sie vermissen dich doch bestimmt ganz schrecklich. Und es ist auch eigentlich nicht fair, sie so im Ungewissen zu lassen, nicht?«

»Sie sind nicht im Ungewissen; ich spreche jeden Tag mit Clare und Thomas. Es ist ja nicht so, als hätte ich sie in ihren Pantoffeln und Pyjamas auf der Straße ausgesetzt. Sie sind bei ihrem Vater, Herrgott noch mal! Und mit Sicherheit ist Pauls Mutter eingesprungen und jetzt ganz in ihrem Element. Endlich kann sie sie bekochen, für sie waschen und über mich lästern. Wahrscheinlich behauptet sie sogar, ich hätte ihren heißgeliebten Sohn in die Arme einer anderen Frau getrieben.«

»Vergiss Gillian!«, sagte Floriana entschieden. »Diese Frau macht jeden schlecht. Aber was denken die Kinder, warum du nicht bei ihnen bist?«

»Ich habe ihnen gesagt, ich bräuchte Erholung und machte Urlaub. Und weißt du was? So ist es auch! Ich bin so müde! Und ich habe es so satt. Alles! Du hast gut reden; du hast keine Verpflichtungen und kannst mit deinem Leben anfangen, was du willst. Sieh doch nur, wie du gerade zu kostenfreien All-inclusive-Ferien nach Italien abgezogen bist! Was würde ich nicht dafür geben, das tun zu können! Aber jede Sekunde meines Tages ist ausgebucht. Ich habe keine Freizeit. Nicht eine Minute. Ich tue nichts, was nicht für Paul oder die Kinder ist. Oder diese undankbaren Faulenzer in der Firma. Was mache ich je, was ausschließlich für mich ist? Ich werde dir sagen, was: nichts, rein gar nichts!«

»Aber ich dachte, du liebtest es, beschäftigt und immerzu auf Trab zu sein«, entgegnete Floriana, obwohl das, was sie wirklich sagen wollte, war: Ich dachte, du liebtest es, der Boss zu sein und alle herumzukommandieren.

»Ich liebe es auch, meistens jedenfalls, doch es wäre schön, wenn mir ausnahmsweise einmal jemand zeigen würde, dass sie meine harte Arbeit und Bemühungen zu schätzen wissen!«

Bis jetzt war Ann herumgestreift wie ein nervöser Tiger auf Nahrungssuche. Doch jetzt kam sie und blieb in dem bogenförmigen Durchgang zwischen der Küche und dem Wohnzimmer stehen. Die Arme vor der Brust verschränkt, sah sie grimmig zu, wie Floriana sich darauf verlegte, den Wasserkessel zu füllen und Tee aufzubrühen, um den Schock, ihre Schwester hier vorzufinden, zu überwinden. Das heißt, sie *würde* Tee aufbrühen, wenn sie die Teebeutel finden könnte. »Wo sind die Teebeutel geblieben?«, fragte sie, während sie den Küchenschrank über dem Herd durchforstete.

»Hier drüben, über dem Kühlschrank«, sagte Ann, »was ein viel vernünftigerer Platz ist, um sie aufzubewahren. Ich habe übrigens deine Schränke aufgeräumt; sie waren in einem furchtbaren Zustand, ohne jede Ordnung. Und den Kühlschrank habe ich auch ausgewaschen. Oder sollte ich besser sagen ›ausgemistet‹? Du hattest Sachen da drin, die weit über das Verfallsdatum hinaus waren. Es ist ein Wunder, dass du noch nicht an einer Lebensmittelvergiftung gestorben bist. Ah, und vergiss nicht, mir einen koffeinfreien Tee aufzubrühen!«

Noch ein bisschen mehr davon, und an Lebensmittelvergiftung zu sterben wäre ein Segen, dachte Floriana. »Komm, setzen wir uns in den Garten!«, schlug sie vor, als der Tee bereit war. »Dann können wir darüber reden, wie wir das mit dir und Paul wieder hinbiegen werden.«

Ohne Anns verächtliches Schnauben zu beachten, biss sie die Zähne zusammen und beschloss, dass es ihre erste Priorität sein musste, ihre Schwester und ihren Schwager wieder zusammenzubringen. Und zwar so bald wie möglich. Denn leider bestand nicht die geringste Chance, wie Floriana sehr wohl wusste, dass sie mehr als vierundzwanzig Stunden in Frieden und Harmonie mit Ann zusammenleben könnte. Wenn überhaupt so lange! Sobald Ann ihr für einen Moment den Rücken kehrte, würde sie ihre Eltern anrufen und sie um Unterstützung bitten.

»Und denk nicht mal daran, Mum und Dad zu erzählen, dass ich hier bin«, sagte Ann, als könnte sie Gedanken lesen. »Wenn du das tust, rede ich nie wieder mit dir.«

»So, und was hast du denn nun vor?«, fragte Floriana, als sie in ihrem Garten saßen – der kaum größer war als eine Briefmarke, verglichen mit dem Park der Villa Sofia und seinem fabelhaften Ausblick auf den See. »Wenn du weder mit Mum und Dad noch mit Paul redest, mit wem *wirst* du dann reden? Wie wäre es mit jemand Objektivem, der zwischen euch beiden vermitteln könnte? Hast du schon mal an Eheberatung gedacht?«

»Nein! Was ich brauche, ist, dass mich alle in Ruhe lassen. Und wie kannst du eine Eheberatung vorschlagen, wo ich doch nicht mal eine Ehe habe – dafür hat Paul ja gesorgt!«

»Er hat einen Fehler gemacht«, sagte Floriana, obwohl ihr bewusst war, dass sie damit einen Wutanfall ihrer Schwester riskierte. »Einen großen Fehler, zugegeben, aber du solltest ihm wenigstens die Chance geben zu erklären, warum er …«

Ann hob eine Hand. »Denk nicht mal daran zu sagen, dass immer zwei dazu gehören, wenn eine Ehe scheitert!«

»Ist es denn nicht so?«

»Oh, du bist also plötzlich eine Expertin!«, versetzte Ann verächtlich und mit vor Zorn sprühenden Augen. »Kein Ehemann oder Kinder in Sicht, aber du denkst, du könntest *mir* Ratschläge geben? Dazu gehört schon einiges!«

Im Stillen zählte Floriana langsam bis zehn. So wird das nichts, dachte sie mit wachsender Bestürzung. Ihre Schwester würde auf nichts und niemanden als ihre eigene Wut und Empörung hören. Aber gerechterweise musste Floriana sich auch fragen, wie sie sich fühlen würde, wenn der Mann, den sie liebte, sie betrügen würde? Welche Ausrede oder Rechtfertigung seinerseits würde es ihr ermöglichen, ihm zu verzeihen?

»Ann«, sagte sie mit erzwungener Geduld, »ich bin absolut keine Expertin, was Beziehungen anbelangt, meine eigene Erfolgsbilanz spricht für sich selbst, aber sag mir doch, was du dir wünschst? Willst du einen Weg finden, Paul zu verzeihen? Hältst du das überhaupt für möglich? Liebst du ihn noch?«

Zu Florianas Entsetzen ließen ihre Worte das Unvorstellbare geschehen: Der unversöhnliche und erboste Ausdruck auf dem Gesicht ihrer Schwester zerfiel. Weggewischt war der unbeugsame Trotz, den Floriana so gut kannte, und an seine Stelle trat eine zitternde Unterlippe – genauso wie bei ihrer Nichte, wenn sie kurz davorstand, in Tränen auszubrechen. Ann kämpfte sichtlich mit sich, um Haltung zu bewahren. Aber dann wich die Anspannung aus ihrem Körper, und sie verlor den inneren Kampf. Ein Schluchzen stieg in ihrer Kehle auf. Floriana konnte sich nicht erinnern, wann sie ihre Schwester das letzte Mal hatte weinen sehen; es passierte einfach nie. Ann zeigte niemals Schwäche, ließ sich nie anmerken, dass sie irgendetwas anderes als knochenhart und ungemein belastbar war. Die arme Ann, die stets so unerschütterlich davon überzeugt gewesen war, dass sie und nur sie allein das Recht besaß, das Universum zu beherrschen! Jetzt saß sie da, mit gebrochenem Herzen, verletzlich und schutzlos der schlimmsten Art von Verrat ausgesetzt.

Floriana nahm ihre Schwester in die Arme und gab sich die größte Mühe, sie über den Schmerz hinwegzutrösten. Sie streichelte Ann gerade beruhigend den Rücken, als sie sich an etwas erinnerte, das Esme im vergangenen Jahr gesagt hatte: dass Ann ihrer vermeintlich völlig sorglosen Lebensweise wegen neidisch auf sie war. Aber wer führte schon ein ganz und gar sorgenfreies Leben? Floriana jedenfalls bestimmt nicht. Tatsache war, dass jeder seine Last an Verpflichtungen und Sorgen zu tragen hatte, und egal, was wir alle vielleicht irgendwann einmal dachten, das Gras war woanders auch nicht grüner als im eigenen Garten. Es war nur eine andere Sorte Gras mit ihren eigenen ihr innewohnenden Problemen.

Als ihre Tränen endlich versiegt waren, löste sich Ann aus Florianas Armen. »Entschuldige«, murmelte sie und errötete vor Verlegenheit und Scham. Sie suchte ihre Rocktaschen nach einem Taschentuch ab, fand aber nur eine zusammengefaltete Einkaufsliste. Ihre Wangen waren fleckig, ihre Augen rot und geschwollen, als sie aufblickte. »Es ist nur Müdigkeit, mehr nicht. Ich habe schon eine ganze Weile nicht mehr gut geschlafen.«

»Das wundert mich nicht«, sagte Floriana sanft, »doch du brauchst dich für nichts zu entschuldigen.« Sie stand auf und ging in die Küche, um eine Schachtel Papiertücher zu holen. Irgendwann fand sie sie auch, in der hintersten Ecke eines Schrankes versteckt, statt auf dem Regal über dem Toaster, wo sie sie normalerweise aufbewahrte. Und dort, wo sie die Papiertücher gefunden hatte, lag auch ein Stapel Post. Ach, Ann, dachte Floriana traurig, was soll das nützen, alles umzuräumen und neu zu arrangieren?

Nach einem enormen Aufwand an Überredungskunst gelang es Floriana, ihre Schwester dazu zu bewegen, sich ein langes, entspannendes Bad mit einem Glas Wein zu gönnen. Und sobald Ann außer Hörweite war, rief sie ihre Eltern an. Sie würde Ann auf gar keinen Fall bei sich wohnen lassen, ohne ihre Mutter und ihren Vater darüber zu informieren. Was wiederum bedeutete, dass auch Paul es erfahren würde. Aber da sie Ann nicht wirklich versprochen hatte, nicht mit ihnen zu reden, hielten sich ihre Gewissensbisse in Grenzen.

Zumindest redete sie sich das ein, während sie dem Freizeichen lauschte und darauf wartete, dass im Haus ihrer Eltern jemand abnahm. Je länger es jedoch klingelte und sich niemand meldete, desto mehr Zweifel beschlichen sie, ob sie wirklich mit ihnen reden sollte. Wie würde sie sich fühlen, wenn die Situation umgekehrt wäre und sie Ann gebeten hätte, ihren Aufenthaltsort für sich zu behalten?

Schließlich unterbrach sie den Anruf und wählte gleich danach eine andere Nummer.

Aber auch Adam, von dem sie seit gestern nichts mehr gehört hatte, meldete sich nicht. Sie wünschte, sie könnte in dieser schweren Zeit bei ihm sein, doch aller Wahrscheinlichkeit nach war sie das Letzte, woran er in diesem Moment dachte.

Vielleicht würde er ja nie wieder auf die gleiche Weise an sie denken wie vor Sebs Erscheinen. Floriana war nahezu sicher, dass Adam mittlerweile glaubte, sie stehe Seb viel zu nahe, um eine Beziehung mit ihr zu riskieren. Und wer könnte es ihm verdenken, zu diesem Schluss gelangt zu sein?

Kapitel 56

Carissima Esme,

ich kann dir gar nicht sagen, wie sehr ich mich über deinen Brief gefreut habe und wie sehr er mich wünschen ließ, ich könnte bei dir in Oxford sein, um mich mit Eurydike anzufreunden, die Bekanntschaft mit deiner Freundin Floriana zu vertiefen und Adam persönlich kennenzulernen. Du kannst dich wirklich glücklich schätzen, zwei so wundervolle junge Menschen in deinem Leben zu haben.

Im Vergleich dazu habe ich nur sehr wenig mitzuteilen. Aber eine kleine Anekdote will ich dir erzählen – in der Hoffnung, dass sie dich zum Lächeln bringen wird. Crina, die Moldawierin, die meine Wohnung davor bewahrt, im Chaos zu versinken, denkt, ich hätte eine heimliche Geliebte! Sie sagt, das sei für sie so offensichtlich wie die hinter den Wolken hervorkommende Sonne, da sie mich noch nie so glücklich gesehen habe. Ich habe ihr erklärt, dass ich viel zu alt bin, um eine Geliebte zu haben, doch sie hat nur ihren Finger hin und her geschwenkt und gesagt, ihr Großvater daheim in Chisinau habe letztes Jahr zum dritten Mal geheiratet, und er sei einundneunzig, und dass es auch für mich noch nicht zu spät sei, ans Heiraten zu denken. Ich fürchte, ihr Kopf ist derzeit voller romantischer Gedanken, weil sie sehr verliebt in einen jungen Mann aus Mestre auf dem Festland ist.

In einem hat Crina allerdings recht, und das ist, dass du wieder Sonnenschein in mein Leben gebracht hast. Während ich hier an meinem Schreibtisch sitze und auf den Platz hinunterschaue, wo ein kleines Nachbarmädchen die Tauben jagt, möchte ich

mich bei dir dafür bedanken, dass du mir so viele glückliche Erinnerungen zurückgebracht hast. Wie klar ich dich noch vor mir sehe, wenn ich an unsere erste Begegnung denke und dann an unsere Zeit am See, als du mich so liebevoll gepflegt hast!
Unsere gemeinsame Zeit war kurz, aber ich habe dich nie vergessen. Manchmal tauchten bruchstückhafte Erinnerungen in meinem Bewusstsein auf, und dann fragte ich mich, wo du wohl warst und wie dein Leben sich entwickelt hatte. Wenn ich jetzt zurückblicke, habe ich das Gefühl, dass es uns bestimmt war, einander wiederzusehen, und dass unsere Geschichte noch lange nicht beendet ist. Als wären wir durch ein unsichtbares Band miteinander verbunden.
Doch für den Augenblick muss ich Schluss machen, um zur Bank zu gehen, bevor sie schließt, und auch diesen Brief absenden. Schreib mir wieder und sehr bald! Ich möchte wissen, wie es zwischen deinen jungen Freunden Floriana und Adam weitergeht.
Un abbraccio,
Marco

PS: Wenn die Zeit so knapp ist, wären E-Mails viel einfacher und schneller …

Esme nahm die Brille ab. »Was hältst du davon?«, fragte sie Eurydike, die zu ihren Füßen saß und mit ihrer morgendlichen Toilette beschäftigt war. Wie immer widmete sie ihren Ohren ganz besondere Aufmerksamkeit.

»Was?«, fragte Esme, als die Katze ihr keinerlei Beachtung schenkte. »Interessiert dich Marcos Brief nicht? Oder schmollst du noch, weil ich dich Joes und Buddys Obhut überlassen hatte? Ist es das? Na ja, wahrscheinlich ist es das, ihr Katzen habt ja ein sehr gutes Gedächtnis.«

Genau wie Marco und ich, dachte sie mit einem wehmütigen Lächeln. Sie hatte wirklich nicht damit gerechnet, dass er sich so gut an alles erinnern würde wie sie selbst. In dieser Hinsicht hatte sie ihn gewaltig unterschätzt. Vielleicht sollte sie die Möglichkeit in Betracht ziehen, dass es falsch von ihr gewesen war, ihm ausgerechnet das zu verschweigen, was sehr gut das unsichtbare Band zwischen ihnen sein könnte, von dem er gesprochen hatte: das Kind, das sie gezeugt und dann verloren hatten.

Und dass unsere Geschichte noch lange nicht beendet ist … Ja, Marco, du hast recht, da kommt noch mehr.

Im Moment war es jedoch Adams und Florianas Geschichte, die sehr viel dringlicher war.

Esme wusste, dass es egoistisch von ihr war, aber es betrübte sie, in den zwei Wochen seit ihrer Rückkehr aus Italien nicht mehr von ihren jungen Freunden gesehen zu haben. Doch was konnte sie auch anderes erwarten? Adam teilte schließlich seine Zeit zwischen der Arbeit und dem John Radcliffe Hospital auf, wo sein Vater sich nach einer Operation sehr gut erholte, soweit Esme wusste. Und auch Floriana war von morgens bis abends beschäftigt, einerseits, weil es in Oxford von Touristen nur so wimmelte, andererseits, weil auch sie familiäre Probleme hatte, und zwar mit ihrer Schwester. Erst kürzlich hatte sie Ann dazu überreden können, zu ihrem Ehemann und ihren Kindern heimzukehren. Bei all dem, was derzeit in ihrem eigenen Leben vorging, war es nur allzu verständlich, dass Floriana nicht die Zeit hatte, sie so oft wie früher zu besuchen. Was Esme weit mehr beunruhigte, war die Furcht, dass ihre beiden jungen Freunde auch keine Zeit füreinander hatten. Und das bedeutete vermutlich, dass sie sich noch nicht ausgesprochen hatten.

Später an jenem Tag, als sie gerade die Einkäufe wegräumte, die sie bei Buddy Joe's getätigt hatte, erhielt sie zu ihrer Überraschung und großen Freude Besuch von Adam.

»Falls du einen Moment Zeit hast, würde ich gern ein paar Worte mit dir reden, bevor ich zu meinem Vater fahre«, sagte er.

»Es geht um Floriana«, erklärte er, als sie ihn in den Garten geführt hatte und er mit Eurydike auf dem Schoß auf einem Gartenstuhl saß. »Hast du in letzter Zeit mit ihr gesprochen?«

»Kaum mehr als ein paar Worte. Wie du hatte auch sie in den letzten beiden Wochen alle Hände voll zu tun. Willst du irgendetwas Bestimmtes wissen?«, fragte Esme. Als könnte sie sich das nicht denken!

»Ja, über Floriana und Seb«, erwiderte er ganz offen. »Wie ist die Lage momentan?«

Esme verscheuchte eine lästige Wespe, die ihr keine Ruhe ließ. »Solltest du das nicht Floriana fragen?«

»Ich … wir haben nicht mehr miteinander gesprochen seit … Nun ja, seit Venedig eben.«

»Nicht einmal am Telefon?«

»Wir haben uns nur ein paar SMS geschrieben, nachdem ihr beide wieder in Oxford wart.«

Genau das hatte Esme befürchtet! »Ich weiß, dass du sehr besorgt um deinen Vater warst, Adam, aber bist du sicher, dass du Floriana nicht ganz bewusst gemieden hast?«

Er veränderte seine Haltung, was Eurydike dazu veranlasste, aufzustehen und sich ein paar Mal auf seinem Schoß im Kreis zu drehen, um es sich dann wieder bequem zu machen. »Eigentlich hatte ich eher den Eindruck, dass sie sich von mir fernhält. Hat sie mit dir über Seb gesprochen?«

Die Wespe war wieder da, doch diesmal ignorierte Esme sie. »Was ist es, was du wirklich von mir wissen willst? Ob ich den Eindruck habe, dass sie ihn noch liebt?«

»Um es kurz zu machen, ja. Vor Sebs geplatzter Hochzeit sagte sie mir, sie liebte ihn nicht, aber vielleicht hat sich das ja geändert, seit … na ja, seit die Umstände sich geändert haben. Es wäre verständlich, wenn es so gewesen wäre.«

»Ach ja? Würdest du plötzlich beschließen, Jesse wieder zu lieben, wenn sie zurückkäme und zu der Ansicht gelangt wäre, einen Fehler gemacht zu haben?«

Adams dunkle Brauen zogen sich zusammen. »Nein, jetzt nicht mehr. Dazu wäre es zu spät.«

»Dann solltest du Floriana zugestehen, dass sie in genau der gleichen Lage ist: Seb hat zu lange damit gewartet, ihr seine Liebe zu gestehen. Aber eins musst du akzeptieren, und das ist, dass er ihr sehr am Herzen liegt und dass sich das vermutlich niemals ändern wird. Weißt du von dem Brief, den er ihr geschrieben hatte, als wir aus Venedig zum See zurückkamen?«

Adam schüttelte den Kopf. »Was für ein Brief?«

Verärgert, dass zwei so intelligente Menschen die Dinge derart schleifen lassen konnten, beschloss Esme, Adam aufzuklären.

»Aber warum hat sie mir denn nichts davon erzählt?«, fragte er, als sie ihren Bericht beendet hatte.

»Vielleicht hat sie durch dein Verhalten den Eindruck gewonnen, du wärst nicht mehr interessiert? Oder sie vermutete, dass du dich von Eifersucht hast unterkriegen lassen. Du bist ein intelligenter Mann, Adam, deshalb brauche ich dir wohl nicht zu sagen, dass Eifersucht eine der destruktivsten Emotionen ist und die beste Beziehung zerstören kann. Und das wiederum bedeutet, dass dir nichts anderes übrig bleiben wird, als dich damit abzufinden, dass Floriana Seb nie ganz aus ihrem Leben streichen wird.«

»Das würde ich auch nicht von ihr erwarten.«

»Das ist leicht gesagt, aber nur du kannst wissen, ob du das auch wirklich ehrlich meinst. Ich kann dir jedoch einen Rat geben, Adam: Floriana muss sich deiner Gefühle für sie genauso sicher sein, wie du dir ihrer Gefühle für dich sicher sein musst.«

Adam wusste, das Esme recht hatte. Eifersucht und Stolz hatten ihn davon abgehalten, mit Floriana zu sprechen, und je länger das Schweigen zwischen ihnen angehalten hatte, desto mehr war er davon überzeugt gewesen, dass er gegenüber Seb den Kürzeren gezogen hatte, und desto resignierter war er geworden.

Aber gestern, nachdem er den Abend mit Joyce am Krankenbett seines Vaters verbracht hatte und die tiefe Zuneigung und Verbundenheit der beiden gespürt hatte, war ihm der Gedanke gekommen, wie glücklich sie sich schätzen konnten, ein zweites Mal im Leben wahres Glück gefunden zu haben. Das wiederum hatte ihn dazu gebracht, ernsthaft über Floriana nachzudenken und sich einzugestehen, wie sehr sie ihm fehlte. Er vermisste die Heiterkeit, die sie in sein Leben gebracht hatte, und die Art und Weise, wie sie es schaffte, ihn mit Worten oder Taten immer wieder neu zu überraschen und herauszufordern. Es hatte ihn sogar dazu veranlasst, den für ihn radikalen Schritt zu tun, seinem Vater und Joyce von ihr zu erzählen.

»Dann hör auf, dich wie ein Armleuchter zu benehmen, und unternimm etwas!«, hatte sein Vater ganz unverblümt erwidert. »Das ist der beste Rat, den ich dir geben kann. Wenn dir etwas an dem Mädchen liegt und du glaubst, dass eine Chance besteht, dass etwas daraus werden könnte, dann nutze den Tag! *Carpe diem!* Was soll ich auch sonst sagen, wo ich hier liege und dem Tod gerade noch von der Schippe gesprungen bin? Klischee oder nicht, Adam, wir haben nur ein Leben, also mach das Beste daraus!«

Die Worte seines Vaters hatten ihm heute den ganzen Tag keine Ruhe gelassen und ihn irgendwann zu Esme geführt, um ihren Rat einzuholen, bevor er sich mit Floriana in Verbindung setzte.

Und nun, auf dem Heimweg nach einem weiteren Besuch bei seinem Vater, war er fest entschlossen, mit Floriana zu reden. Er würde sie heute Abend sehen; es wurde höchste Zeit, sich mit ihr auszusprechen. Er würde seine Karten auf den Tisch legen und ihr sagen, dass er sie liebte. Und falls sie ihn zurückwies, dann sollte es wohl so sein. Zumindest würde er dann Bescheid wissen. Und sich damit trösten können, dass er es wenigstens versucht hatte. Das Schwierigste würde sein, sie – und vielleicht auch sich selbst – davon zu überzeugen, dass Seb kein Thema mehr für ihn war. Wie Esme ganz richtig gesagt hatte, wäre eine Beziehung zwischen ihnen zum Scheitern verurteilt, wenn Floriana andauernd befürchten müsste, dass er auf ihren ältesten Freund eifersüchtig war.

Adam parkte vor seinem Haus auf der Latimer Street und ging zu Fuß das kurze Stück nach Church Close. In Florianas Haus brannte nirgendwo Licht, aber es war ja auch noch nicht richtig dunkel.

Nachdem er dreimal geklingelt und diskret durch das Vorderfenster gespäht hatte, musste er einsehen, umsonst gekommen zu sein. Enttäuscht wandte er sich ab, um heimzugehen. Das Vernünftigste wäre gewesen, ihr im Vorfeld eine SMS zu schicken oder sie sogar anzurufen, um sicherzugehen, dass sie daheim sein würde, doch er hatte sich von dem Bedürfnis leiten lassen, ausnahmsweise einmal ganz spontan zu handeln. »Oh, auf einmal so spontan, Mr. Strong?«, hörte er sie im Geiste spotten. »Und was kommt als Nächstes?« Und plötzlich erinnerte er sich an die Schneeballschlacht, zu der sie ihn im vergangenen Winter an genau dieser Stelle angestiftet hatte. Dann erschien ein jüngeres Bild vor seinem inneren Auge: Floriana im Garten der Villa Sofia, wo sie Rosenblütenblätter sammelte, um sie dann wie Konfetti über sich in die Luft zu werfen. Beide Erinnerungen entlockten ihm ein Lächeln.

Er war schon auf halbem Weg nach Hause, als er Floriana auf ihrem Fahrrad näher kommen sah. Sie trug einen langen weißen Baumwollrock, der jedes Mal, wenn sie in die Pedale trat, an ihren nackten Beinen hinauf- und hinunterrutschte, und während sie lässig mit einer Hand das Fahrrad lenkte, hielt sie in der anderen ein Erdbeereis.

Als sie ihn sah, stoppte sie neben ihm und stieg vom Rad.

»Hi«, sagte er und widerstand dem Bedürfnis, sie daran zu erinnern, einen Fahrradhelm zu tragen. Schon lange lagen Esme und er ihr damit in den Ohren. »Ich war gerade bei dir.«

»Das ist ja lustig«, erwiderte sie ohne Zögern, »denn ich war gerade bei *dir*. Ich habe dir dort eine Nachricht hinterlassen.«

Ihre Lippen waren rosa von Eis, was den Wunsch in ihm weckte, sie zu küssen, mit seiner Zunge über ihre Lippen zu streichen … Hör auf damit!, zwang er sich, den Gedanken zu verdrängen. »Was hast du mir denn geschrieben?«, fragte er.

»Ach, dies und das. Wie geht es deinem Vater?«

»Er fängt an, sich über Langeweile zu beschweren, und will nach Hause, was wir als ermutigendes Zeichen werten. Was ist denn nun mit deiner Nachricht – sollte ich zurücklaufen, um sie zu lesen?«

Floriana strich mit der Zunge über ihre Handkante, auf die Eis getropft war, und hinterließ dort eine erdbeerfarbene Spur. »Das eilt nicht.«

Ein weißer Lieferwagen fuhr vorbei. Aus den heruntergelassenen Fenstern dröhnte laute Musik. Als der Wagen sich entfernte, sagte Adam: »Esme hat mir erzählt, dass deine Schwester zu ihrem Ehemann zurückgegangen ist.«

»Ja, seit zwei Tagen ist sie nicht mehr bei mir. Ich glaube, ich habe mich gerade erst von dem Trauma erholt.«

»War es wirklich so schlimm?«

Sie tat so, als erschauderte sie heftig. »Schlimmer.«

Okay, damit sind die Nettigkeiten ausgetauscht, und jetzt musst du dein Bestes geben, sagte er sich. »Es scheint ewig her zu sein, seit wir uns das letzte Mal gesprochen haben«, begann er. »Du hast mir gefehlt.«

Sie sah ihm lächelnd in die Augen. »Du mir auch, aber ich wollte dich nicht stören, da du doch mit deinem Vater so beschäftigt warst.«

Frag jetzt *nicht*, ob das der einzige Grund war, warum sie sich nicht gemeldet hat!, ermahnte Adam sich. »War das der einzige Grund, warum du dich nicht gemeldet hast?« Na prima, nun hat sich mein Mund auch noch von meinem Gehirn getrennt und sich selbstständig gemacht!

Ihr Blick wurde eindringlicher. »Ich war mir nicht sicher, ob du mit mir sprechen wolltest.«

»Und wieso nicht?«

»Du weißt, warum.«

Sie hatte recht. Völlig recht. Nur ein Idiot würde eine so dumme Frage stellen. »Können wir miteinander reden?«, bat er. »Ich meine, richtig reden? Und woanders«, fügte er hinzu, als langsam ein Wagen vorbeifuhr, dessen Fahrer sie anstarrte, als hätten sie kein Recht, dort zu stehen. »Wo wir ungestört sind. Wie bei mir zum Beispiel. Obwohl es dort noch immer ziemlich chaotisch aussieht. Wir können auch zu dir gehen, wenn es dir lieber ist.«

Sie lutschte an ihrem schnell schmelzenden Eis und blickte sich dann über die Schulter zu ihrem Haus um, bevor sie sich wieder umdrehte und ihn ansah. Dann senkte sie den Blick auf den Gehsteig unter ihren Füßen. »Das hier ist unser ganz privater Äquator, nicht?«, bemerkte sie und zog mit ihrem Schuh eine Linie über das Pflaster. »Wir stehen genau auf halbem Weg zwischen deinem Haus und meinem. Du entscheidest, was wir tun.«

Da ihm klar war, was sie ihm wirklich zu verstehen geben wollte, und auch wusste, dass er sich noch nie im Leben einer Sache sicherer gewesen war, sagte er: »Dann komm mit mir nach Hause!«

»Bist du dir auch sicher?«

»Ja. Hundertprozentig sicher.«

Sie lächelte, und es war, als bräche urplötzlich die Sonne durch die Wolken. Er legte eine Hand an ihre Wange und küsste sie, und all die Zweifel und Unsicherheit der letzten beiden Wochen waren wie weggewischt, als er sie immer weiterküsste und gar nicht mehr damit aufhören konnte. Und ihre Lippen schmeckten tatsächlich nach Erdbeeren, süß und ungemein verlockend.

Als sie sich endlich voneinander lösten, warf sie den leeren Stiel in den Korb am Lenker ihres Rades. »Steig auf«, sagte sie und deutete auf den Sattel, »ich nehme dich mit!«

»Besser wäre, du setzt dich nach hinten und ich fahre«, meinte er.

»Nur wenn du einverstanden bist, *Raindrops Keep Fallin' on my Head* zu singen«, entgegnete sie grinsend.

Adam lachte. »Zu Ehren von *Butch Cassidy and the Sundance Kid*? Ich würde es gar nicht anders wollen!«

Kapitel 57

An einem schönen Sonntagmorgen Mitte September, an dem die Glocken über den Dächern zum Gottesdienst riefen, radelte Floriana zur Arbeit. Es war einer dieser perfekten, sonnendurchfluteten Tage, an denen Oxford mit seiner goldenen Pracht ihr wieder einmal vor Augen führte, dass sie nirgendwo anders leben könnte. Dies war ihr Zuhause und würde es auch immer sein.

Da die Vorlesungen an der Universität noch nicht begonnen hatten, befand sich die Stadt noch in diesem schläfrigen Zustand, in dem sie noch einmal tief Luft zu holen schien, um Kraft für das neue akademische Jahr zu sammeln. Ein weicher frühmorgendlicher Nebel hatte über dem Park der Universität gelegen, als Floriana und Adam vor dem Frühstück laufen gegangen waren. Es war Jahre her, seit sie zum letzten Mal ihre Trainingsschuhe angezogen hatte, aber eines Tages hatte sie sich dem sportbegeisterten Adam angeschlossen und sich gewundert, wie viel Spaß es ihr gemacht hatte.

Doch so kitschig es auch klingen mochte, machte ihr gemeinsam mit Adam ja auch fast alles Spaß. Es brachte sie immer noch zum Lächeln, dass sie jetzt offiziell ein Paar waren und alles so gut zwischen ihnen lief. Besser als gut – sie verstanden sich einfach fabelhaft! Er blieb oft über Nacht bei ihr in Church Close, und obwohl nichts dergleichen gesagt worden war, hatte sie das Gefühl, dass er Mut sammelte, um sie zu bitten, bei ihm einzuziehen, sobald die umfangreichsten Renovierungsarbeiten in und an seinem Haus vollendet waren. Auf jeden Fall war Esme davon überzeugt. Und hatte Esme Silcox sich mit ihren Voraussagen je geirrt? Bisher nicht!

Gelegentlich stellte Floriana sich vor, mit Adam in seinem Haus auf der Latimer Street zu leben. Komischerweise war es dann immer eine weihnachtliche Szene, die sie vor sich sah, eine Art weichgezeichnete Version wie aus einem Disney-Film mit sanft fallendem Schnee und einer deckenhohen Tanne in dem Erkerfenster des vorderen Wohnzimmers, die mit genau der richtigen Anzahl funkelnder Kugeln und blinkender Lichter geschmackvoll dekoriert war. Und dann sie selbst, die am Heiligen Abend auf leisen Sohlen im Pyjama die Treppe hinunterhuschte, um Adams Geschenke unter den Weihnachtsbaum zu legen. Was rosarot getönte Bilder anging, hätten sie gar nicht mehr rosiger sein können. Aber genauso fühlte sich das Leben jetzt tatsächlich für sie an.

Wie nicht anders zu erwarten, war Adam Florianas Eltern sofort sympathisch gewesen, und sogar ihre Schwester hatte sich positiv über ihn geäußert. »Er scheint ein durch und durch erwachsener Mann zu sein«, hatte Ann bemerkt. »Kein bisschen wie deine normalerweise sehr willkürlich ausgewählten Freunde.« Na, wenn das kein Lob war!

Erstaunlicherweise hatte Ann Florianas Rat beherzigt. Paul und sie suchten nun einen Eheberater auf. Die Therapie hatte gerade erst begonnen, doch es gab schon Anzeichen, dass sie sich als Paar auf einem guten Weg befanden. Ann lernte, nicht mehr alles und jeden kontrollieren und bevormunden zu wollen, und Paul, sich mehr mit den Kindern zu beschäftigen und im Haushalt mitzuhelfen. Floriana vermutete, dass es noch lange dauern würde, bis Paul über die Peinlichkeit hinwegkam, dass die ganze Familie über seine Affäre im Bilde war, so kurz sie auch gewesen war. Doch sie bemühten sich alle nach Kräften, weiterzumachen wie bisher und sich ganz normal ihm gegenüber zu verhalten. Was blieb ihnen auch anderes übrig?

In der derselben Woche, in der Ann und Paul zum ersten Mal

zur Eheberatung gingen, wurde Adams Vater aus dem Krankenhaus entlassen. Ein paar Tage später nahm Adam Floriana zu einem Besuch mit, um sie seiner Familie vorzustellen. Erst als sie schon wieder nach Oxford zurückfuhren, gestand sie Adam, was für ein Nervenbündel sie vor de Besuch gewesen war. Der Familie eines festen Freundes vorgestellt zu werden, war etwas Neues für sie – ein Beziehungsmeilenstein, den sie bisher immer gemieden hatte, aus dem einfachen Grund, dass keine ihrer Beziehungen lange genug gehalten hatte oder fest genug gewesen war, um einen solchen Schritt zu rechtfertigen.

Und in der Zwischenzeit verlangte Sara aus Buenos Aires, mit regelmäßigen Berichten und Fotos auf dem Laufenden gehalten zu werden. Sie hatte Floriana und Adam auch eingeladen, sie zu besuchen, sobald sie eine Wohnung gefunden hatte. Floriana konnte sich das so bald nicht vorstellen, aber Adam war von der Idee ganz begeistert.

Florianas Gruppe an diesem Morgen hatte die City-Highlights-Tour gebucht. Unter ihnen war ein schwedisches Ehepaar, und der Mann übersetzte ab und zu für seine Frau, wenn sie ihn mit dem Ellbogen anstieß.

Nachdem sie die pittoreske Merton Street mit ihrem Kopfsteinpflaster und die Wasserspeier des Merton Colleges gesehen hatten, führte Floriana die Gruppe über die Magpie Lane wieder zur High zurück und verzichtete ganz bewusst darauf, den ursprünglichen Namen der schmalen Magpie zu erwähnen. Dessen Freizügigkeit könnte als beleidigend empfunden werden. Eine nicht ganz so derbe Variante des Namens war Grope Lane oder »Grabschstraße«, weil die Straße im dreizehnten Jahrhundert ein Bereich gewesen war, in dem Prostituierte ihrem Gewerbe nachgingen.

Als sie wieder vor dem Büro von Dreaming Spires Tours anlangten, verabschiedete sich Floriana von der Gruppe, meldete sich bei Tony ab und machte sich auf den Heimweg. Sie radelte gerade über die Kreuzung zwischen Catte Street und Parks Road, als ihr Handy klingelte. In dem Glauben, es sei Adam, der etwas für ihr Mittagessen mit Esme vergessen hatte und sie bitten wollte, es noch schnell zu holen, zog sie das Telefon aus ihrer Handtasche im Fahrradkorb. »Ja, *Chef de cuisine*, was brauchst du noch?«, fragte sie.

»Komische Art, sich am Telefon zu melden!« Diese Stimme war die letzte auf Erden, die Floriana zu hören erwartet hatte.

»Seb!«

»Der einzig wahre. Wie geht's?«

Wie wunderbar, nach all dieser Zeit von ihm zu hören! »Alles bestens«, sagte sie und fuhr näher an den Bordstein heran, als ein Auto an ihr vorbeirauschte. »Es könnte mir gar nicht besser gehen. Aber wie geht es dir? Und wo bist du?«

»Es spielt keine Rolle, wo ich bin; wichtig ist nur, dass du okay bist. Bist du okay? Benimmt sich Adam? Macht er dich glücklich?«

»Alle drei Fragen kann ich nur bejahen. Doch was ist mit dir? Bist du glücklich?«

»Ja, mir geht es gut.«

»Wirklich?«

»Würde ich dich belügen?«

»Das soll schon vorgekommen sein.«

Vor ihr lag das Keble College, und als sie sich erinnerte, dass Seb sie schon einmal mit einem Anruf von dort überrascht hatte, sagte sie: »Na, komm schon, gib mir einen Hinweis, wo du bist!«

»Vergiss es! Es ist besser, wenn du es nicht weißt.«

»Warum?«

»Aus keinem besonderen Grund. Es ist mir nur lieber so.«

»Du bist doch nicht etwa im Gefängnis, oder?«

Seb lachte. »Musst du wirklich immer nur das Schlimmste von mir annehmen? Wie geht es dieser alten Dame, mit der ihr befreundet seid?«

»Oh, Esme geht es großartig! Erinnerst du dich, dass ich dir von ihrer ersten Liebe erzählte, von dem Mann, der dann Priester wurde? Stell dir vor, er ist vor ein paar Wochen zu ihrem Geburtstag hergekommen! Ich ziehe sie damit auf, dass sie endlich ihren Mann bekommen hat und heiraten wird. Es wäre das perfekte romantische Ende für ihre …«

Aber sie konnte den Satz nicht mehr beenden. Zu ihrer Linken kam ein Lieferwagen aus der Keble Road geschossen und war bei ihr, bevor sie registrieren konnte, dass der Fahrer sie nicht gesehen hatte und sie den Zusammenstoß nicht mehr vermeiden konnte. Der Aufprall traf sie seitlich und warf sie in die Luft, und als sie jegliches Gefühl für Oben und Unten verloren hatte, hörte sie ein furchtbares Geräusch: ihre eigenen Schreie.

Von dem unheimlichen Gefühl erfasst, als wäre die Zeit stehen geblieben und sie selbst gefangen in der Bewegung, dachte Floriana, wie unfair es doch war, dass sie Adam nun nie wiedersehen würde.

Nach Aussage der behandelnden Ärzte war ihr nur des Fahrradhelmes wegen, den Adam ihr erst vor ein paar Wochen gekauft hatte und den zu tragen sie ihm hatte schwören müssen, eine schwerwiegende Kopfverletzung erspart geblieben. Oder Schlimmeres. Bis er ihr den Helm geschenkt hatte und allen Statistiken zum Trotz, die bewiesen, dass nur ein Dummkopf ohne Helm fuhr, hatte Floriana es nie für nötig gehalten, einen zu tragen.

Aber während ihr Kopf wie durch ein Wunder unverletzt geblieben war, war es dem Rest von ihr nicht halb so gut ergangen. Sie hatte zwei gebrochene Rippen davongetragen, außerdem ein stark aufgeschürftes Knie, eine geprellte Hüfte und eine ausgekugelte Schulter, die in einem sehr schmerzvollen Prozess wieder eingerenkt worden war.

»Tut mir leid, dass ich euch das Mittagessen verdorben habe«, sagte sie, als Adam gestattet wurde, sie in dem von Vorhängen abgetrennten kleinen Raum zu besuchen. »Und dass ich dir das zumute, denn ich weiß ja, wie sehr du Krankenhäuser hasst.« Ein Kind in der Kabine nebenan begann zu weinen, und plötzlich war Floriana auch den Tränen nahe.

»Das macht nichts«, versicherte Adam. »All das ist völlig unwichtig.« Dann beugte er sich vor und küsste sie ganz sachte auf den Mund. »Wie fühlst du dich?«

»Komischerweise so, als wäre ich unter einen Lkw geraten. Und ein bisschen paranoid, dass ich womöglich eine Zielscheibe auf dem Rücken trage – zweimal in weniger als einem Jahr angefahren zu werden, ist doch irgendwie schon ein Rekord, oder?«

»Rekord oder nicht, lass uns hoffen, dass du damit die Unfallquote deines Lebens erreicht hast, denn einen solchen Schreck möchte ich nicht noch einmal bekommen.«

Angesichts seiner ernsten Miene sagte sie: »Es war wirklich nicht meine Schuld, weißt du, der Fahrer kam direkt auf mich zu …« Sie zuckte zusammen, als sie sich an den exakten Moment erinnerte, in dem der Wagen sie getroffen, von ihrem Rad gestoßen und in die Luft geschleudert hatte.

»Denk nicht darüber nach!«, riet Adam und nahm ihre Hand in seine, bevor er sich vorsichtig auf den Bettrand setzte. »Du wirst es vielleicht nicht hören wollen, aber der Fahrer ist hier. Ich habe mit ihm gesprochen.«

»Ist er auch verletzt?«

»Nein, doch er ist sehr erschüttert über das, was passiert ist, und möchte sich vergewissern, dass du einigermaßen in Ordnung bist. Er weiß, dass es seine Schuld ist und er wahrscheinlich wegen seines Fahrverhaltens angeklagt wird, aber er möchte sich bei dir entschuldigen. Natürlich brauchst du ihn nicht zu sehen, wenn du es nicht willst. Ah, ja, und ein Polizist ist auch noch hier und wartet.«

»Sie stehen Schlange, um mich zu sehen? Dann sollten wir vielleicht Eintritt nehmen.«

Zwei Stunden später brachte Adam Floriana heim nach Church Close. Nachdem er ihr geholfen hatte, ihren Pyjama anzuziehen, machte er es ihr mit einer Decke auf dem Sofa bequem, brühte ihr eine Tasse Tee auf und rief dann ihre Eltern an. Als Nächstes sprach er mit Esme, um sie zu beruhigen. Sie war bei ihm gewesen, als die Polizei ihn auf dem Handy angerufen hatte; tatsächlich war sie erst Minuten vorher bei Floriana eingetroffen, wo Adam heute für sie alle hatte kochen wollen.

Adam hatte es Seb zu verdanken, dass er unverzüglich angerufen worden war. Aus New York, wo Seb gerade arbeitete, hatte er mit Floriana telefoniert und war am Telefon Zeuge des Unfalls geworden. Daraufhin hatte er sofort den Oxforder Notdienst informiert und gesagt, sie sollten sich mit Adam Strong auf der Latimer Street in Verbindung setzen. So hatte die Polizei Adams Handynummer ermitteln können.

»Möchtest du etwas essen?«, fragte Adam, als er sich von Esme verabschiedet und ihre guten Wünsche an Floriana weitergegeben hatte.

»Nein, danke. Komm und setz dich zu mir! Im Moment habe ich das Gefühl, dass ich nie wieder mehr als ein paar Zentimeter von dir entfernt sein möchte.«

Er kniete sich auf den Boden neben dem Sofa, und als er registrierte, wie schrecklich blass und abgespannt sie aussah, wurde er plötzlich von der ganzen Intensität seiner Liebe zu ihr überwältigt. Der Gedanke, dass sie am Morgen zur Arbeit gegangen sein könnte, um nie wiederzukehren, erfüllte ihn mit einem Kummer und einer Seelenqual, die er nicht in Worte fassen konnte. Vielleicht war es der Schock, der erst jetzt einsetzte, doch Adam stellte fest, dass er nicht einmal mehr sprechen konnte. Deshalb drückte er nur zärtlich ihre Hand.

»Willst du wissen, was mir durch den Kopf ging, als der Wagen mich anfuhr?«, fragte sie.

Adam nickte.

»Dass es verdammt unfair wäre, wenn ich dich nie wiedersähe. Und das wiederum machte mir etwas sehr, sehr Wichtiges bewusst.«

»Und was war das?«

Sie lächelte. »Dass ich dich liebe, Adam.«

Er räusperte sich, und irgendwie schaffte er es, seine Stimme wiederzufinden. »Ich liebe dich auch.«

»Wirklich? Du sagst das nicht nur, weil ich es gesagt habe?«

Adam schüttelte den Kopf und lächelte. »Ich wusste schon seit Italien, dass ich dich liebe.«

»Und du hast es für dich behalten?«

»Du weißt ja, wie ich bin.«

»Allerdings. Du erhebst Unergründlichkeit und Zurückhaltung auf eine völlig neue Ebene.«

»Schuldig im Sinne der Anklage.«

»Aber gib ruhig zu, dass ich dich zermürbe und dein Schneckenhaus allmählich knacke.«

Er streichelte ihre Wange. »Das ist dir schon am ersten Tag gelungen, als wir einander begegnet sind.«

»Schön zu wissen, dass meine Bemühungen nicht umsonst gewesen sind.« Floriana legte eine Hand an ihren Mund und gähnte.

»Wie wäre es, wenn du jetzt ein bisschen schlafen würdest?«, schlug er vor.

Sie griff nach seiner Hand. »Aber du lässt mich nicht allein, oder?«

»Nein, ich bleibe hier bei dir.«

»Versprochen?«

»Versprochen.«

Ihre Lider flatterten und fielen zu. »Das ist gut«, murmelte sie schläfrig.

Er beobachtete eine Weile ihr gleichmäßiges Atmen und überlegte gerade, ob er die Beine ausstrecken und es sich ein bisschen bequemer machen sollte, als ihre Lippen sich bewegten. »Adam?«

»Ja?«

»Was wünschst du dir zu Weihnachten?«

Er war völlig überrumpelt von der Frage. »Es ist doch erst September«, sagte er.

»Ich weiß, doch ich plane voraus.«

»Wenn das so ist, hätte ich gerne *dich*, bitte.«

»Mich hast du doch schon.«

»Ich will dich aber für immer.«

Daraufhin öffnete sie die Augen.

»Schluss mit Reden«, sagte er und legte einen Finger an ihre Lippen. »Schlaf jetzt! Du musst dich ausruhen.«

Kapitel 58

Fast vierzehn Tage nach Florianas Unfall erhielt Esme einen Brief von Marco. Es war der Brief, den sie schon gefürchtet hatte.

Carissima Esme,
ich habe deinen Brief wieder und wieder gelesen, und bei jedem Lesen wurde mir das Herz noch schwerer. Ich glaube, es gibt keine passenden Worte, um auszudrücken, wie ich mich fühle. Warum hast du es mir nicht gesagt, als ich bei dir in Oxford war? Niemals werde ich das Leid wiedergutmachen können, das ich dir zugefügt habe. Bis zum Tage meines Todes werde ich mit der Schuld leben müssen, die ich mit meiner Handlungsweise auf mich geladen habe. Ja, cara, ich weiß, du hast gesagt, ich müsste mich nicht schuldig fühlen, aber ich fürchte, das ist unmöglich. Wenn es in meiner Macht stünde, die Zeit zurückzudrehen, würde ich mit Sicherheit alles anders machen. Wenn ich gewusst hätte, dass du mit unserem Kind schwanger warst – mit unserer Tochter Grace –, dann hätte ich dich geheiratet. Wie sehr wünschte ich, dass du es mir nicht verheimlicht hättest! Doch ich weiß auch, dass du aus reiner Selbstlosigkeit so gehandelt hast, nur mir zuliebe und in dem Glauben, das Richtige für mich zu tun.
Du schreibst in deinem Brief, dass du den Lauf der Geschichte, die vor mir lag, nicht ändern wolltest, aber vielleicht hast du sie ja doch geändert. Vielleicht beinhaltete der wahre Verlauf UNSERER Geschichte, zusammenzubleiben und Mann und Frau und Vater und Mutter zu sein. Du sagst auch in deinem Brief, du wünschtest, ich würde dir verzeihen, dass du mir die Wahr-

heit vorenthalten hast, aber in Wirklichkeit bin ich es, der dich um Verzeihung bitten muss.

Ich habe viel nachgedacht und viel gebetet. Doch ich habe immer noch keine Antwort darauf, warum dein Leben und das meine diesen und keinen anderen Verlauf genommen haben. Zu sagen, es sei Gottes Wille gewesen, wäre zu einfach und praktisch für mich. Nicht zum ersten Mal in meinem Leben bleibt es mir selbst überlassen zu versuchen, das Unverständliche zu verstehen.

Was ich allerdings sehr wohl glaube, ist, dass wir aus einem bestimmen Grund wieder zusammengeführt wurden und dass wir das Beste daraus machen sollten. Ich war sehr glücklich während meines Aufenthalts bei dir in Oxford und würde dich sehr gern einladen, auch einige Zeit hier bei mir in Venedig zu verbringen. Bitte lass es mich wissen, falls das möglich wäre!

Dieser Brief würde die Tiefe meiner Gefühle für dich und das Ausmaß meiner Beschämung verhöhnen, wenn ich dich nicht um Verzeihung bitten würde für mein Verhalten vor all diesen Jahren, als ich mehr Selbstbeherrschung hätte aufbringen müssen. Ich könnte argumentieren, dass ich jung und naiv war, doch das Ergebnis bliebe dasselbe, weil meine Handlungsweise dir unvorstellbaren Kummer zugefügt hat. Ich habe kein Recht, dich darum zu bitten, aber ich hoffe, dass du in deinem Herzen die Kraft findest, mir zu verzeihen.

In Liebe und großer Achtung vor dir,

Marco

Esme nahm ihre Brille ab und lehnte sich im Sessel zurück. Marcos Brief wies keine Spur von Ärger auf. Doch genau das war es, was sie befürchtet hatte: dass er außer sich sein würde vor Zorn darüber, all diese Jahre in Unkenntnis gelassen worden zu sein. Oh, was für eine Erleichterung, ihm endlich alles anvertraut zu haben und seine Reaktion zu sehen! Mehrmals während seines Besuchs bei ihr war sie nahe daran gewesen, es ihm zu erzählen – besonders, als er sein Porträt in ihrem Schlafzimmer gesehen und eine Träne darüber vergossen hatte –, aber ihr Mut hatte sie im Stich gelassen. So feige es auch war, war ein Brief ihr doch viel einfacher erschienen.

Und was Marcos Einladung nach Venedig anging, würde sie sie auf jeden Fall annehmen. Warum auch nicht?

So lange war ihre Welt immer mehr geschrumpft, bis ihr Leben kaum mehr als ein bloßes Weiterexistieren gewesen war, doch das hatte sich mit dem Tag geändert, an dem Adam und Floriana in ihr Leben getreten waren. Durch ihre Freundschaft hatte sie neuen Lebensmut geschöpft; sie hatten ihr die Augen für die Möglichkeiten geöffnet, die sich ihr noch immer boten.

Zu ihrer Bestürzung erkannte sie jetzt, dass sie vor ihrer Freundschaft mit den beiden tatsächlich nur auf das Ende gewartet und geglaubt hatte, das Beste sei vorbei. Aber das war nicht der Fall. Solange sie über ihre Gesundheit verfügte, gab es noch eine Fülle von Dingen, an denen sie sich erfreuen konnte. Vorbei waren die Tage, an denen sie damit zufrieden war, sich die Zeit mit Radiohören und dem Lösen von Kreuzworträtseln zu vertreiben – sie war jetzt eine Frau, die Dinge zu erledigen und Pläne zu schmieden hatte!

Ihre erste Aufgabe war, mit der Benutzung des Laptops zu beginnen, den Adam ihr geschenkt hatte. Es sei ein ausrangiertes Gerät aus dem Büro, das keiner mehr haben wolle, hatte er am vergangenen Abend erklärt, als er ihn ihr übergeben hatte, zusammen mit einem kleinen Kasten mit blinkenden Lichtern, der sie auf wundersame Weise mit dem Internet verbinden würde. Adam hatte ihr auch ein wenig Unterricht in der Benutzung des Laptops gegeben und ihr sehr klare und präzise Schritt-für-Schritt-Anleitungen aufgeschrieben, die ihr helfen sollten, sich durch E-Mails zu verständigen. »Denk einfach nur daran, dass du gelernt hast, ein Mobiltelefon zu benutzen, und daher kein Grund besteht, warum du mit dem Computer nicht zurechtkommen solltest«, hatte er gesagt. Unter seiner fachmännischen und überaus geduldigen Anleitung hatte sie Floriana eine E-Mail geschickt und innerhalb von Minuten eine Antwort erhalten.

Als sie nun an dem Tisch im Erkerfenster ihres Wohnzimmers saß, beschloss Esme, dass dieser Augenblick so gut wie jeder andere war, um zu versuchen, ihre erste E-Mail ohne fremde Hilfe zu versenden. Adams Anweisungen im Hinterkopf, gab sie die E-Mail-Adresse ein und tippte dann sehr langsam auf der Tastatur herum. Im Grunde war es gar nicht so anders, als eine altmodische Schreibmaschine zu bedienen – Esme hatte damit in der grauen Vorzeit der Technologie immer sehr gut umgehen können. Nein, eigentlich war das noch viel einfacher. Sie lachte, als ihr der Spruch über alte Hunde, denen man keine neuen Tricks mehr beibringen konnte, in den Sinn kam. Ha! Ein solcher Dinosaurier bist du ja doch noch nicht!, dachte sie fröhlich.

Als sie ihre kurze Nachricht beendet hatte, las sie das Geschriebene noch einmal durch und überprüfte es auf Fehler. Nachdem sie ein paar eklatante Tippfehler beseitigt hatte, nickte sie zufrieden und las das Ganze ein weiteres Mal.

Lieber Marco,
vielen Dank für deine Einladung, dich in Venedig zu besuchen. Ich würde liebend gern kommen. Welchen Zeitpunkt schlägst du vor?
Was deine Bitte, dir zu verzeihen, angeht, so habe ich das längst getan. Können wir jetzt also bitte akzeptieren, dass keiner von uns Schuld an dem Geschehenen hat?
In Liebe,
Esme

PS: Ich hoffe doch, dass du beeindruckt bist von meinen neu erworbenen Computerfähigkeiten. Dafür musst du Adam danken.

Dann bewegte sie den Cursor nervös und mit großer Vorsicht auf das kleine Pfeil-Symbol und klickte es kurz an.

»Na also«, sagte sie zu Eurydike, die auf ihrem Beobachtungsposten auf dem Fensterbrett die Ohren spitzte bei dem blubbernden Geräusch, mit dem die Botschaft in den Äther schoss. »Wie findest du das?«

Sichtlich unbeeindruckt, zuckte die Katze nur mit dem Schwanz und richtete den Blick wieder auf die Aussicht vor dem Fenster. Und sie wurde auch sogleich belohnt, denn sie entdeckte Floriana und Adam, die auf dem Weg zu seinem Haus nebenan vorbeigingen. Sie winkten Esme zu und zeigten auf die Uhr, und die fünf Finger, die Floriana hochhielt, bedeuteten, dass sie in fünf Minuten herüberkommen würden.

»Zeit, schon einmal den Kessel aufzusetzen«, sagte Esme zu ihrer Katze. »Und weißt du was? Wenn es nicht so früh am Morgen wäre, würde ich etwas Stärkeres vorschlagen, da ich plötzlich sehr in Feierlaune bin. Schließlich gibt es so viel, wofür ich dankbar sein muss, nicht?«

Eurydike sprang vom Fensterbrett und folgte Esme in die Küche. Ein paar Minuten später, als Esme ins Wohnzimmer zurückkam, hörte sie eine Art bimmelndes Geräusch, das von dem Laptop kam. Schnell blickte sie auf den Bildschirm und sah mit einem entzückten Lächeln, dass sie eine E-Mail aus dem fernen Venedig erhalten hatte.

Oh, was für eine seltsame und wundervolle Welt ich jetzt bewohne!, dachte sie glücklich, als sie sich hinsetzte, um Marcos Antwort zu lesen.

Danksagungen

Ich hätte dieses Buch nicht schreiben können ohne die Unterstützung einiger fabelhafter Menschen, die so großzügig waren mit ihrer Zeit und ihrem Wissen.

In Oxford hatte ich Hilfe von der wunderbar tüchtigen Digna Martinez im Oxforder Besucherinformationszentrum.

Auch hatte ich das Glück, von Lynette Dobson in der Bibliothek des Queen's College herumgeführt zu werden.

Etwas näher an der Heimat muss ich mich bei Grace Hulley dafür bedanken, mich einen besonderen Weg hinuntergeführt zu haben.